Grenzgänge   Literatur aus der Schweiz 1933-45

Mit 31 Abbildungen,
ausgewählt in Zusammenarbeit
mit Guido Magnaguagno

Grenzgänge

Literatur aus der Schweiz 1933–45

Ein Lesebuch

Herausgegeben von Hans Rudolf Hilty

Unionsverlag

Dieses Werk wurde gefördert durch einen Beitrag der
Stiftung der Schweizerischen Landesausstellung 1939
Zürich für Kunst und Forschung.
Förderungsbeiträge, die erst nach der Drucklegung
zugesprochen wurden, konnten an dieser Stelle
nicht verdankt werden.

Zollikerstr. 138, CH-8008 Zürich
Umschlag: Alex Wick
Satz: Arpa-Genossenschaft, Langnau/A
Druck: Clausen & Bosse, Leck

CIP Kurztitelaufnahme der Deutschen Bibliothek
Grenzgänge : Literatur aus d. Schweiz 1933-45 ;
e. Lesebuch / hrsg.von Hans Rudolf Hilty. –
Zürich : Unionsverlag, 1981.
ISBN 3 293 00027 4
NE: Hilty, Hans Rudolf [Hrsg.]

Inhalt

Bilder

1

Ort der Handlung: – diese Bühne – oder man könnte auch sagen: unser Bewusstsein. Max Frisch

Ein Schriftsteller darf sich nicht einfach vor einer Landschaft heimisch niederlassen – und sei sie noch so grandios. Blaise Cendrars

Wir Schriftsteller des 20. Jahrhunderts müssen wissen, dass unsere einzige Rechtfertigung, wenn es eine gibt, darin besteht, nach bestem Können für jene zu sprechen, die es nicht vermögen. Albert Camus

---

Alfred Mombert

Alles ist hier

Alles ist hier.
Hier sind Berge, sind ziehende Wolken.
Viele Seen, weite Frucht-Ebenen.

Alles ist hier.
Wälder, Wald-Wiesen, liebliche Weiden.
Täler voller Vogelsang.

Und hier steht mein Zelt:
Bei einem kleinen Brunnen
rein erbaut aus Element:
Aus Äther, Meer, aus Licht;
aus Geist des Menschen.
Da wehen die Winde.
Veilchen und Tulpen beblühen seinen Strand.

Drinnen sitze ich nachts.
Dann ruht die Mond-Sichel
silbernfromm auf meiner Schulter.
Bei mir sitzt die himmlische Tänzerin.
Vollendet ist die Zeit in meinem Herzen.
Draussen ist der Gesang aller Sänger der Welt.

Charles Ferdinand Ramuz

Bedürfnis nach Grösse

Ich bin vielleicht ein Patriot, ich bin kein Nationalist. Vaterland, Nation: was bedeuten diese beiden Wörter? Man spürt genau, dass sie nicht gleichbedeutend, wenn nicht sogar absolute Gegensätze sind. Was ist also ein Vaterland? was ist eine Nation?

Wir Welschschweizer gehören zu einer kleinen, aber verwickelt gegliederten Republik, deren einzelne Staaten jeder auf seiner Bahn um einen abstrakten Mittelpunkt kreisen, genannt Eidgenossenschaft. Wir sind nicht »vereinheitlicht«. Frankreich ist seit Jahrhunderten tief vereinheitlicht; Deutschland ist es seit kurzem, Italien wird es mehr und mehr; wir sind eine Summe kleiner Länder, die unbestimmt zusammengehalten werden durch Notwendigkeiten verschiedener Art: geographische, militärische, wirtschaftliche, die sie verpflichten, sich im Notfall zu Hilfe zu kommen; aber eigentlich hat ein jeder von uns nur das kleine Stück Erde (oder Kanton) zu eigen, wohin uns die Geburt gestellt hat. Wir werden weiter hinten versuchen, genauer zu sagen, was man unter Nation zu verstehen hat und mehr oder weniger freiwillig übernommenen Verpflichtungen, die der Begriff voraussetzt: machen wir uns aber gleich klar, dass diese Verpflichtungen in gar keiner Weise die unsrigen sein können, die wir aus jenen kleinen, eben genannten Ländern hervorgegangen sind.

Ich bin ein Patriot, weil ich mein Land im geographischen Sinn des Wortes liebe, ich liebe eine gewisse Erde, ein gewisses Klima, einen gewissen Himmel; ich liebe sie notwendigerweise. Ich liebe diese Erde, weil ich aus ihr stamme, dieses Klima und diesen Himmel, weil ich immer von ihnen umgeben gewesen bin; und sage dadurch ja zu dem Geheimnis, das für jeden unter uns herrscht bei seinem Eintritt ins Sein, das ihn festhält und verpflichtet an einen Punkt im Raum, an einen Augenblick in der Zeit.

Ich schwöre also nichts ab von einem Vorurteil, das ich immer gehabt habe und das ich heute noch habe, das man aber heute mehr als je in seinem Inhalt genau zu bezeichnen versuchen muss. Dieses Vorurteil hat nichts Soziales noch Politisches; es ist also keinesweg »nationalistisch«. Der Nationalismus setzt eine Politik und eine Soziologie voraus; der Patriotismus, wie ich ihn habe, verträgt weder die eine noch die andere. Patriot ist sogar zu stark: man müsste »Bauer« sagen dürfen, denn in Bauer steckt bebauen; Bauer meint nur das Stück Land, und in Vaterland sind die »Väter«,

Geschichte ist in Vaterland, Vergangenheit ist in Vaterland: Land meint nur die Gegenwart. Land meint nur die Geographie; es spielt nicht an auf Geschehnisse, die gewesen sind, sondern nur auf Dinge, die sind. Ich bin dem treu geblieben, der ich mit achtzehn oder zwanzig Jahren war, als ich, indem ich zum ersten Mal die Augen öffnete vor dem Schauspiel, das mich umgab (ich meine meine eigenen Augen und nicht mehr die, welche man mir anerzogen hatte), Berge sah, Wasser, Reben, Geländestufen, bebaut oder unbebaut, einen See, das heisst einen verbreiterten Fluss, Dörfer und Städte am Ufer dieses Sees, und dann Leute, die da lebten. Ich glaube wirklich, ich habe nichts anderes gesehen. Gewisse Leute stützen sich auf die Metaphysik, andere auf die Geschichte, wieder andere auf die Moral (die Nationalisten), und steigen von da zu den Dingen herunter; ich glaube, ich kann wirklich sagen, dass mein Ausgangspunkt diese selben Dinge waren (vielleicht gerade aus metaphysischer und geschichtlicher Verwirrung). Die Schule war vielleicht dafür verantwortlich (für diese Verwirrung) und eine gewisse »Schädelstopferei«, die ziemlich zu ihren Praktiken gehört, denn man geht da an alles erst aus zweiter Hand heran und durch Bücher hindurch, durch einen Unterricht hindurch, der schon Ausdeutung ist und seinerseits wieder ausgedeutet wird. Aber manchmal geschieht es dann doch, dass man sich davon frei macht, das war mir geschehen: und plötzlich sah ich, dass es Dinge gibt, die im Rohzustand existieren, das heisst nichtausgedeutet, lebendig unter unseren lebendigen Augen. Plötzlich hat es für mich ein Land gegeben, und ich meine ein wirkliches Land, das aber, ich vergesse es durchaus nicht, zugleich erfunden oder neu erbaut war, weil die Grenzen, die ich ihm anwies, keineswegs diejenigen waren, die ihm auf andere Art die Geschichte aufzwang, zu deren Werden alle menschlichen Leidenschaften, alle Ehrsüchte, alle Intrigen, alle Glaubensweisen wirr und wechselweise zusammengearbeitet hatten. Ich sah einen Fluss, das heisst eine Erdfalte, das heisst einen Wohnort und zugleich einen abgetrennten Ort (durch die Bergketten, die ihn begrenzen): zuerst eine Falte, eng und tief eingezeichnet, dann harmonisch verbreitert zwischen mässigeren Hängen: und obwohl es keine verwaltungsmässige Existenz hatte, noch beglaubigte Grenzen, war das doch ein Land, war das für mich eine Wirklichkeit.

Es gibt verschiedene Arten von Wirklichkeit.

Es gibt eine geschichtliche Wirklichkeit, es gibt eine geographische Wirklichkeit; und man weiss, dass die Völker immer den Versuch gemacht haben, die beiden zusammenfallen zu lassen, ohne doch kaum je Erfolg zu haben: sie haben immer zu ihren »natürlichen« Grenzen hingestrebt. Vielleicht haben wir Welschschweizer darin mehr Erfolg gehabt als andere: ich weiss nicht recht; immerhin muss man erkennen, dass wir nicht vollen Erfolg gehabt haben. Dieses obere Rhonebecken, das von der Rhonequelle bis nach Genf geht und unbestreitbar eine vollkommene geographische Einheit darstellt, durch seine Lage, sein Aussehen, seine Bebauung, durch alle möglichen wirtschaftlichen Zwänge, ist nichtsdestoweniger politisch aufgeteilt. Und politisch wäre noch nichts, wenn es nicht, und noch viel tiefer, aufgeteilt wäre durch die Religion (ihrerseits eine Folge der Politik). Wenn es endlich nicht aufgeteilt wäre durch die Sitten (ihrerseits eine Folge der Religion), so dass es den meisten unserer Mitbürger als zusammengeflickt aus vollkommen verschiedenen Stücken erscheint und die Kinder unserer Schulen vom See und dann von der Rhone sprechen, wie wenn die Rhone und der See nichts miteinander zu tun hätten. Man hat ihnen beigebracht, das Wallis (die Rhone) sei katholisch, das Waadtland (der See) sei protestantisch, und das macht für sie einen wesentlichen Unterschied. Die Dinge, die für naive (nicht voreingenommene) Augen sonnenklar sind, sind ausserordentlich dunkel für voreingenommene Augen.

Trotzdem kann man sich ein Vaterland oder ein wirkliches Land, ich meine ein geographisches Ganzes, vorstellen ausserhalb der historischen oder politischen Systeme, die heute die Welt unter sich aufteilen: tritt nicht an diesem Punkt der Patriotismus mit dem Nationalismus in Konflikt? Der Patriotismus gründet sich auf die Augen und das Herz, der Nationalismus auf das abstrakte Wissen; der Patriotismus, so wie ich ihn verstehe, auf die Gegenwart (und die Zukunft), der Nationalismus auf die Vergangenheit und die Kenntnis der Vergangenheit: auf die Geschichte und die Kenntnis der Geschichte, auf ein Ganzes von juristischen Übereinkünften, auf erworbene Rechte, die man zunächst einmal wahren muss. Der Nationalismus ruht auf einer gewissen Zahl von religiösen oder moralischen Traditionen, die die Sitten oder die Gewohnheiten angehen, eine Art zu denken, zu fühlen und sich zu verhalten, von denen man nicht zugibt, sie könnten sich je ändern, und die man den Sitten, den Gewohnheiten, den Traditionen seiner Nachbarn entgegenstellt, denn im Nationalismus steckt immer ein gewisser Imperialismus, ein gewisses Bedürfnis, sich auszudehenen, sich zu vergrössern, ein gewisser Eroberungsdurst: wer Rechte hat, will deren Bereich ausdehnen, wer einen Glauben hat, will ihm neue Anhänger gewinnen.

Und unsere kleinen Länder haben ihrerseits, ich weiss es wohl, ihre berühmten »Traditionen«, hinter denen sie Schutz suchen (um nicht zu sagen, sich verstecken), aber wozu sind sie ihnen nütz? Woher kommen sie? Welches ist ihr Alter? Sind sie überhaupt bodenständig, das heisst, haben sie ihren Ursprung in diesen Ländern? Sind sie hervorgegangen aus einem gewissen Boden oder geboren unter einem gewissen Klima, wodurch sie dann wenigstens eine gewisse Echtheit hätten? Im Widerstand, den sie jedem Wechsel entgegensetzen, wie immer er sei, stützen sie sich wenigstens auf ihr Alter oder was sie für ihr Alter halten. Prüfen sie nach? Die Gewohnheit hat rasch die Lust am Nachforschen abgestumpft: man glaubt, was sei, sei immer gewesen und, weil man selber nicht mehr von der Stelle rückt, man sei nie von der Stelle gerückt. (...)

Ach! wie wollten wir doch alle endlich für immer landen an einer Erde, die sich nicht ändern würde; da wir sehen, dass wir vergehen und alles vergeht, und da wir eigentlich nur ein Bedürfnis haben, nämlich, dass nichts vergehe und dass wir nicht vergehen.

Daher vielleicht diese Bedürftigkeit nach einem Vaterland, wo auch immer wir es übrigens ansiedeln; denn es kann geistig sein und es kann stofflich sein, und es gibt ein Vaterland der Ideen wie es ein Vaterland des Fleisches gibt: aber auch der Seemann hat einen Heimathafen, wohin er von Zeit zu Zeit zurückzukehren trachtet. (...)

Werden wir unserer Kleinheit erliegen, denn wir sind ganz klein? Wir sind materiell ganz klein, ganz klein durch das Territorium und die Geschichte: wo die Grösse finden, die uns allein retten kann? Ich drücke hier, ach! nur das Bedürfnis danach aus. Wo sind denn die verborgenen Kräfte und die, welche sie ins Werk setzen werden? Einige können nur sagen, nicht tun, und sagen *vorher:* das heisst, das sie nur hoffen. Aber indem sie hoffen, vielleicht gerade dadurch, werden sie in anderen die Hoffnung entfachen; indem sie die Hoffnung ausdrücken, ist sie vielleicht schon in anderen, wo sie ihr helfen werden zu wachsen; indem sie ein Bedürfnis ausdrücken, werden sie dieses Bedürfnis in anderen schüren, die nun ihrerseits zu tun vermögen. Und all dieses Hoffen zusammengelegt und all dieses Bedürfen zusammengelegt, das so die, welche daran teilhaben, einander näherbringt, wird sein wie ein erstes Ferment und wie das bisschen Hefe, das man dem Teig beifügen muss, damit er aufgehe und fähig werde, Brot zu sein.

(Aus dem Französischen von Elisabeth Brock-Sulzer)

Max Frisch

Über Zeitereignis und Dichtung

Wer heutzutage schreibt und zu den Ereignissen schweigt, die uns zur Kenntnis kommen, ob wir es mögen oder nicht, und die uns manches liebe Vertrauen rauben, am Ende gibt natürlich auch er eine deutliche und durchaus entschiedene Antwort dazu – er begegnet ihnen nicht mit Verwünschungen, nicht mit Urteilen eines Richters, sondern mit Arbeit, mit seinem persönlichen Versuch, das Vorhandensein einer andern Welt darzustellen, ihre Dauer aufzuzeigen; er äussert sich zum Zeitereignis, indem er es nicht, wie man oft allzu leichthin von ihm fordert, als das einzig Wirkliche annimmt, sondern im Gegenteil: indem er ihm alles andere, was Leben heisst und auch noch Wirklichkeit hat, entgegenstellt. Vielleicht ist das, sofern wir nicht die Ausflucht ins Angenehme damit verwechseln, die weitaus dringendere Tat, die eigentlich notwendende –

Zum Glück ist es die Antwort der meisten.

Der Dichter eines Kriegslandes ist durch ein Feuer gegangen, ein öffentlich sichtbares, ein allgemein begriffenes, so dass er wohl allgemein von seinem Volk wieder ernst genommen wird; was er sagt, was zu sagen ihm noch bleibt, hat eine letzte Probe bestanden. Auch in unsern Augen, vor allem in unsern Augen, erscheint er mit der Gloriole eines Geläuterten, mindestens eines Geprüften. Natürlich werden auch falsche Gloriolen kommen; sie sind schon gekommen und haben Helvetier auf Knien gefunden. Denken wir aber an die wirklichen, deren es genug gibt, denken wir an die neuen Franzosen, es folgen die Stimmen aus andern Völkern, auch aus Deutschland werden sie sich erheben. Was haben, in solchem Kreise, die Schaffenden unseres Landes zu sagen?

Die Frage scheint bedrängend.

Wir haben den Krieg nicht am eigenen Leib erlitten, das ist das eine – anderseits haben natürlich auch wir ein Erleben von den Dingen, die ringsum geschehen und die, wie jeder weiss, auch unser Schicksal bestimmen. Der Krieg geht uns im höchsten Grade an, auch wenn er uns verschont. Unser Glück ist ein scheinbares; wir sind nicht imstande, es wirklich zu geniessen inmitten eines Leichenfeldes, am Rande einer Folterkammer, wir hören die Schreie, aber wir sind es nicht selber, die schreien, wir selber bleiben ohne die Tiefe des erlittenen Leides, aber dem Leiden zu nahe, um lachen zu können; unser Schicksal scheint die Leere zwischen Krieg und Frieden, ein Nichtganzvorhandensein, ein Warten, eine Ohnmacht im scheinbaren Glück, unser Ausweg ist bestenfalls das Helfen. Wir reden mit Gefangenen, die geflohen sind und uns vom Wüstenkrieg erzählen,von den Luftkämpfen über England; mitten auf den Strassen unseres friedlichen Alltages sehen wir das junge Gesicht der Flieger, die Europa für immer verändert haben, wir sehen die Verwundeten beider Parteien, die Flüchtlinge aller Gattungen, die Kinder, die von der Erschiessung ihrer Eltern erzählen – wir haben einen Anblick dieser Zeit, wie ihn kein Volk, so es nicht selber im Krieg steht, deutlicher und aufdringlicher haben kann. Wir haben sogar, im Gegensatz zu allen Kriegführenden, stets einen zwiefachen Anblick, der erst die ganze Weite dieses apokalyptischen Geschehens erfassen könnte. Wir sind nicht kämpfende Partei. Zwar haben wir durchaus unsere Sympathie, unsere Wünsche, unser verfängliches Denken nach Wünschen, genau wie jede kämpfende Partei; aber wir haben nicht die unvermeidliche Verengung des Blickes und des Gefühls, die erst einen Kämpfer macht. Wir haben eines nicht: die elementare Versuchung zur Rache. Wir sind fast die einzigen, die dort stehen, wo man die Tragödie, die ganze, schauen könnte und müsste; der Kämpfende kann die Szene nur sehen, solange er selber darauf steht, der Zuschauer sieht sie immerfort. Wir haben die selten gewordene Freiheit, gerecht zu bleiben, oder wir hätten sie. Mehr noch: wir müssten sie haben.

Sie allein steht uns an.

Hier liegt die einzige, aber die grosse Möglichkeit unseres Geisteslebens, und allein von hier aus, scheint uns, könnte allenfalls auch eine künstlerische Aussage zum Zeitereignis möglich werden. Hier könnten wir, unserem Standort nach, von der entfremdeten Umwelt befragt werden, sofern uns zum Standort, der ein Geschick ist, auch die Gnade eben der Einsicht und der Aussage verliehen sein sollte. Unsere Rolle gliche ungefähr dem Chor in der antiken Tragödie: Er bestimmt das Geschehen nicht, das vor seinen Augen abläuft, und er weiss es, dass er es nicht bestimmt, er sieht es nicht voraus wie der Seher, er richtet es auch nicht, manchmal warnt er, aber vergebens, er klagt, aber er klagt nicht an, er ist der Mitleidende aller, er verwechselt sich nie mit ihnen, nicht mit ihrer Schuld und nicht mit ihrer Grösse, er ist ohne die Leidenschaft, welche den Helden macht und venichtet. Was überhaupt hat er zu sprechen, er, der nichts am eigenen Leibe erlitt? Warum hören sie ihn dennoch an? Weil er nichts am eigenen Leibe erlitt: aus ihm spricht keine Rache, kein Hass, er allein hätte es leicht, die Ehrfurcht zu wahren, und er, der antike Chor, tut das auch ... Das Hinkende auch dieses Vergleiches bleibt uns nicht verborgen: der Chor ist nie bedroht, dass das Geschehen auch ihn verschlinge, wir sind es ständig, und aus dieser Bedrohung allein ist unsere Teilnahme auch leidenschaftlich und eifernd; der antike Chor hat es leichter, gerecht zu bleiben, denn er weiss, dass er Chor bleibt.

Soviel zum Standort.

Sicher ist nichts damit getan, dass der Gegenstand, sei es für Bild oder Gedicht, aus dem Zeitereignis bezogen wird; der Gegenstand macht es ja nicht, und die Gesinnung, die vom Künstler verlangt wird, äussert sich allein in der Art, wie er sich mit seinen Gegenständen befasst, gleichviel, ob es ein Krug oder eine versengte Landschaft oder die Sonne an der eigenen Hauswand ist. Das alles hält man für sehr vertraute Dinge. Wenn es also, wie wir meinen, keinen Grund gibt, der das Zeitereignis selber als Gegenstand verlangt, so bleibt noch die andere Frage, ob es einen zwingenden Grund gibt, der es verbietet.

Mindestens gibt es Bedenken.

Zum Teil sind es die gleichen, wie sie gegenüber der historischen Dichtung gelten: sie arbeitet mit einem Vorschuss an Wirkung, der nicht legitim ist. Wer einen Napoleon auf die Bühne stellt, bestreitet die ersten Akte allein mit der Ehrfurcht und Erinnerung, die der Name auslöst, ohne dass es ihm wirklich gelingen muss, einen Feldherrn aufzustellen, dessen Tun und Lassen uns von seinem Wesen überzeugt, so dass er uns überhaupt angeht. Noch krasser ist all dies der Fall, wenn das Zeitereignis auf die Bühne kommt, die Historie des eigenen Tages, wenn wir Gestalten sehen, die uns erregen durch ihr wirkliches Treiben zur gleichen Zeit. Eine inhaltliche Wirkung ist beschworen und gesichert, die das Kunstwerk, wenn es ausserdem ein solches wäre, kaum noch erkennen lässt. Ein anderes kommt noch hinzu. Die aktuelle Dichtung verschärft eine Frage, die zwar immer vorhanden ist, aber nicht immer so spürbar. Wie kommt ein Mann dazu, wissen zu wollen und auszusagen, wie einer Mutter zu Mute ist, die in eben dieser Stunde wirklich ihr Kind verliert, wie einem Verschütteten zu Mute ist, lauter Dinge, die er unmöglich am eigenen Leib erfahren hat. Und all die Dichter, die jemals den Herrgott haben reden lassen, wie kommen sie dazu? Die wenigsten, die einen Kerker auf die Bühne brachten, haben auch nur einmal in einem Kerker gelegen und wollen uns doch sagen, wie man sich vor der Hinrichtung befindet; Büchner, als er seinen ungeheuren Danton schrieb, kannte die Guillotine von Stichen, Kafka ist niemals ein Käfer gewesen. Offenbar ist es eine ungeheuerliche Anmassung, die jedem Dichten zugrunde liegt. Je näher sie aber zusammenkommen in der Zeit und im Raum, der Gegenstand einer Dichtung und diese Dichtung selber, um so lauter wird die Frage, um so peinlicher, um so unerträglicher – gewiss, es gibt das erprobte und fast sichere Mittel der historischen Verkleidung: man schlägt die Geschichte, die Ereignisse aus dem

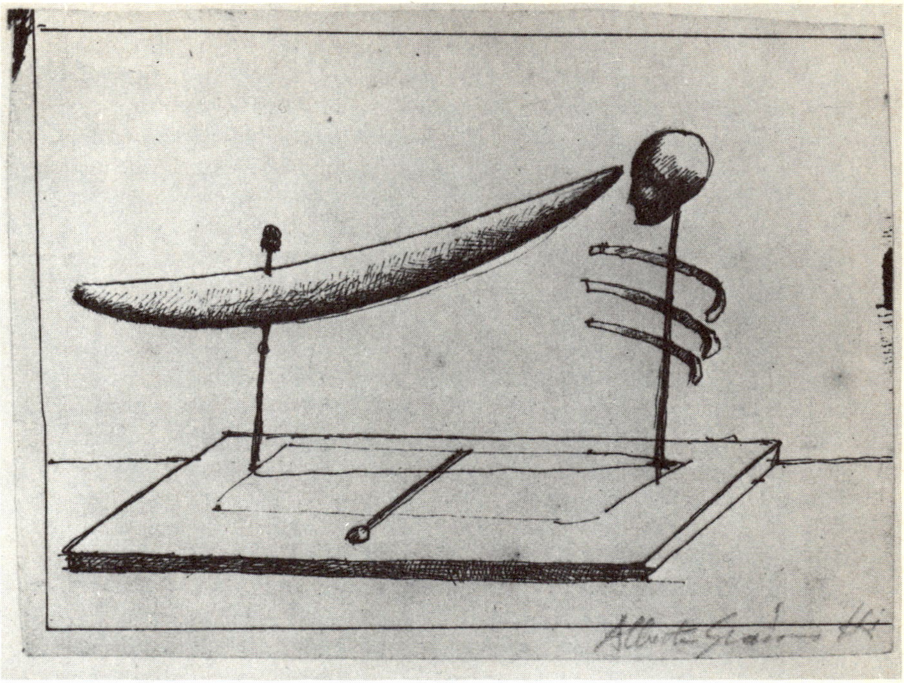

Alberto Giacometti *Pointe à l'œuil*

soundsovielten Jahrhundert, und man meint die Gegenwart. Das Mittel hat vieles für sich. Man entschlüpft der Zensur; man zeigt dem Hofe, ob er fürstlich oder anders heisst, seinen Spiegel, und es merken das immer nur jene, die den Spiegel schon in sich tragen. Zu Zeiten war es überhaupt der einzige Weg, um nach der Wahrheit zu wandern, und es wird das immer wieder sein. Es ist das Zeitstück in der Tarnung. Nicht zuletzt entsteht ja diese Tarnung aus dem dichterischen Verlangen, seine eigene Gegenwart aus der Ferne zu sehen, ihre Zufälle abzustreifen, sie aufzuzeigen in einem allgemeineren, in einem dauernden und gültigeren Gesetz. Nur ist es dann jedesmal der Eifer der Hellen, eben diese versuchte Leistung so rasch und so vollkommen als möglich wieder abzutragen, sie dechiffrieren mit einer diebischen Wonne, sie können nicht anders, es lässt ihnen keine Ruhe, bis alles wieder auf den Namen der Gegenwart endet, und nichts ist gewonnen ausser ihrem geräuschvollen Vergnügen darüber, dass man alles gemerkt hat. Man fragt sich dann jedesmal, warum das Dargestellte, was ja Geheimnis genug ist, noch hinter einem Kreuzworträtsel stehen musste, ferner, ob eine frühere Geschichte einfach aus ihrem eigenen und ebenfalls wirklich gewesenen Dasein entstellt werden darf, um unsere Deutung der Gegenwart wiederzugeben. Wieder ist es die Frage nach der Anmassung, sie kommt wie ein Bumerang zurück, unverändert.

Wie unwillkürlich, wie unausweichlich das Zeitereignis auch von uns erlebt wird, die es nicht mit Augen sehen und die es nicht unmittelbar betrifft, das zeigt uns übrigens der eigene Traum; fast jede zweite Nacht verrät er uns als Genossen einer grauenhaften Zeit. Der Traum aber, glauben wir, sei die einzig unbestechliche und die letzte hörbare Stimme, die wir befragen können, um sicher zu sein, was unter der Oberfläche uns wirklich bewegt, was auszusprechen wir mindestens versuchen sollten im Masse unserer Mittel.

2

Für mich, so wie ich alles sehe und es, meiner Art und Anlage nach, erleben muss, besteht kein Zweifel, dass es Deutschland ist, das, in dem es sich nicht erkennt, die Welt aufhält ... Etwas ist ausgeblieben, das alles ins Mass gerückt hätte ... Deutschland hat ... sich nicht jene Würde geschaffen, die die innerste Demut zur Wurzel hat, es war nur auf Rettung bedacht in einem oberflächlichen, raschen, misstrauischen und gewinnsüchtigen Sinn, es wollte leisten und hoch- und davonkommen ... Und so fühlt man: etwas ist ausgeblieben. Ein Datum fehlt, an dem Anhalt gewesen wäre. Eine Sprosse fehlt in der Leiter. Daher die unbeschreibliche Besorgnis, die Angst, das »Vorgefühl eines jähen und gewaltigen Sturzes«.

Rainer Maria Rilke (1923)

Das Weglügen aller Kriegsschuld, das Verschieben aller Verantwortung für Deutschlands Zustände auf die »Feinde« und auf Versailles, erzeugt ... in Deutschland eine Luft von politischer Dummheit, Verlogenheit und Unreife, die zur Entstehung eines künftigen Krieges sehr viel beitragen wird.

Hermann Hesse (1932)

Albin Zollinger

Labyrinth der Vergangenheit

Zwei deutsche Jünglinge hatten zum Lohn für bestandene Examen eine Reise nach Rom bezahlt bekommen. Was sie zog, war nicht so sehr der Ruhm der Ewigen Stadt, als einfach die Ferne und nicht zuletzt auch die Neugier auf den neuen Cäsaren, dessen Taten sie bewunderten. Sie waren Juristen und den Dingen der Kunst nicht eben sehr aufgeschlossen, doch widmeten sie ihnen recht ordentlich Zeit aus dem Bedürfnis des deutschen Wesens, umsichtig und gründlich zu handeln und im Dienste der Bildung nichts zu versäumen. Sie hielten, in den Museen herumstehend, die Hände vor sich zusammengelegt, hochaufgeschossen und von den Glashöhen blond überschienen, ein wenig ratlos, ehrfürchtig verdrossen, mit Spitzbubenblicken untereinander, und nach getaner Arbeit brachen sie prustend, mit ihren lange verhaltenen Witzen hervorsprudelnd, vor die

Marmorportale heraus, den Hut andrückend und die Gelegenheit mit hellem Blick ausspähend – ach, hier wehte der Wind, in dem lichten Wald des Gemäuers; die Campagna schien oben herein, eine Bläue von Tümpeln, die Geschichte des Landes, diese Vergangenheit von Soldatengesang und garibaldinischen Fahnen lag so eigentümlich über allem, über den Ziegelquartieren, in den besonnten Storen, im Stroh, das die Esel trugen, in den Stimmen der Strassenrufer, in Gerüchen und Klängen. Sie liebten Italien, liebten das Leben, die ganze Breite der Verheissungen, welche sie nach der Gefangenschaft unter Steinbildern mit beinahe schmerzender Inbrunst empfanden. Sie hatten die Art dazu, es nicht bei Träumen bewenden zu lassen; indem sie, zu dieser Nachmittagsstunde, in einer der Osterien assen, das lichte Beet südlicher Tafel abräumten, zückte ihnen die Lust auf den Abend durchs Herz, da sie zu ihren zwei Römerinnen bestellt waren; sie guckten einander in die Augen. Vorgängig gab es noch Fussball, Besuch der Kasernen, der Reitplätze, und wenn Glück dabei war, endlich die Begegnung mit dem Cäsaren in seinem Lancia. Sie rüsteten ihre Photoapparate, studierten die Karten im Baedeker, rauchten und tranken Frascati, schrieben auch wohl einen Gruss in die Heimat, glücklich und übermütig, nicht ahnend, dass sie sie nie wieder sehen sollten.

Die Beschäftigung mit den alten Sachen hatte sie unvermerkt doch eigentümlich plastisch in ihrem Inneren ausgestattet; voll des moosigen Ornaments frühchristlicher Kirchen, muffig von vermodertem Weihrauch, erlagen sie der stillen Gewalt dieser Schauplätze immerhin nachhaltiger Ereignisse: Man hatte ihnen Petri Handschellen über die Finger gelegt, sie befühlten das Stück Marmor eines Säulenstumpfes, an welchem angeblich Christus gegeisselt worden war, die Heilige Treppe vom Hause des Pontius Pilatus lag unter einer Schutzhülle aus Holz, das älteste Baptisterium, die Christenheit sang ihnen in seinen Türangeln ein Thema vor; unbotmässige Gläubige, lachten sie darüber und trauten ihm halbwegs doch ein inwohnendes Mysterium zu, es konnte ein offenes Rätsel, das Grundmotiv des Christentums, der Keim aller abendländischen Musik sein – von morgens bis abends in Gesellschaft gemalter Märtyrer, Madonnen und Engel, immer auf diesen abgeräumten Märkten apostolischen Betriebes, auf Stätten blutiger Vorkommnisse, verträumten sie sich tiefsinnig und leicht melancholisch und fanden aus diesem Zustand sehr oft nicht anders als dadurch heraus, dass sie ihn mit forschem Spott abschüttelten: Der Marschtakt des Militärs, Trommeln und Pfeifen uniformierter Jugend brachten sie zum Bewusstsein der Gegenwart und ihrer Überlegenheit über alles, was gross aber tot war. »Sie ist von allen Zeiten doch unsere einzige Realität«, sagten sie untereinander.

Es übernahm sie das Heimweh nach einer Trinklaube auf der Höhe der Via Appia, sie fuhren in einem Kaleschchen hinaus und tranken noch einmal Frascati in der unaussprechlich wohligen Gegend, in welcher die Hühner gackerten und Ziegen und Eidechsen den klassischen Schutt erkletterten. Es kam ihnen so vor, als läge die Art der Vergangenheit in der Landschaft als etwas hesperisch Ewiges; all der Armut und Verlotterung wohnte sie inne mit dem sonderbar Sinnbildlichen der Baum- und Wolkenformen, der Schafhörner und Distelblätter – vielleicht kam es auch nur aus den Büchern, mit deren Behauptungen sie grossgezogen waren; jedenfalls durften sie sich nicht verhehlen, dass ein schwer fassbares Leben ausserhalb der Zeitlichkeit nebenherlief, aus Geschriebenem und Gebildetem und wohl gar aus dem eigenen Blutstrom wirkte. Indem diese Einsicht gegen etwas wie Eifersucht stiess und die Freudigkeit lähmte, versuchten sie sie zu verleugnen; sie sprachen von ihren Mädchen, sie stöberten mit den Blicken in die zauberhafte Heimatlichkeit des Olivengeländes hinein, in die Mauertörchen und Pfade; es zwitscherte aus den Orangengärten, aus unsichtbaren Wohnstätten der sonderbar sonntäglichen, buschig verkleideten und doch offenen, nachbarlich vernehmbaren Umgebung. Sie einigten sich in ihren Herzen dahin, dass der Geist des Gewesenen ihre Zeit als ein Wohlgeruch zu verschönern hatte.

Auf einmal wurden sie rätig, zur Häufung der Abenteuer die Improvisation noch weiterzutreiben und mit der Abendsonne unter Grund zu gehen. Eine Tafel stand an der Weltstrasse, in welcher die Jahrhunderte und Völkerschaften so eigenartig vorübertrieben, ein Portier erwartete Gäste, man konnte denken, dass es ein Schwefelbad war, was da seine Dienste antrug. Im Inneren erhob sich ein Friedhof, ein schöner Zypressengarten mit Wegen bis hinüber zum fernen Rom; reisende Liebespaare ergingen sich auf dem Kies, und Führer kamen herüber, die Angestellten des Ortes, von dem so gar nichts zu erblicken war. Unsere Deutschen hatten das anderswo gesucht, unterm Tiber, in den Kellergewölben von Kirchen, nicht in so freundlicher Freiheit; Katakomben standen in ihrer Erinnerung als fackelerhellte Höhlen voller Totengebeine – wo sollte es das hier geben? Die zwei oder drei alten Kapellchen schienen für Gartengeräte eher als zur Aufnahme in die schauerlich berühmte Sehenswürdigkeit der urchristlichen Begräbnisstätte eingerichtet zu sein.

»Mal sehen, wie sich die Herrschaften gebettet haben«, sagten die jungen Männer, und »Schau, es gibt eine Gratiskerze zu der Prozession in die Unterwelt«. Der römische Pater betrachtete sie mit stillem Gesicht und verkündete, nachdem die beiden so gescherzt hatten, die Stimme erhebend in zwei oder drei Sprachen, dass man, bitte schön, immer hübsch aufschliessen möchte, um nicht verlorenzugehen, die Gänge zögen sich einige fünf Kilometer in der Erde dahin. »Hörst du, der fromme Ort hat seine Tükken«, sprach der eine über die Schulter zurück, und aus der Höhe kam eine verträumte Stimme: »Die Wallfahrt der Glühwürmer.« Der Hades roch sandig und kalt herauf, die Lichter bestrahlten schwarz ausgebrochene Wände; es ging hinauf und hinunter, über Stufen und Schrägen, im Winkel, in Schläuche und grottenhafte Erweiterungen hinein. »Der Dachs hat wacker gegraben«, rief der von hinten. »Aber das Knochenmuseum, wo bleibt mein Knochenmuseum? Ich will Totengebeine haben, es muss da irgendwo so ein putziges Marionettentheater mit bekleideten Gerippen stehen; die paar lumpigen Kindergräblein sind nichts für mein Geld.« Immerhin verträumten sie sich davor, es waren trogartige Nischen im Kalke zu beiden Seiten, mit etwas Knochenbröckel darin. Sie nahmen es in die Hände, versuchten sein Geheimnis abzudenken – zweitausend Jahre, Christenjunge, Christenmädel, lateinische Mundart, Verspottung um einer schwerlich begriffenen Sache willen – was ist schon dabei herausgekommen! Von allen grossen Ideen bleibt nur die Karikatur des Missverständnisses in der Geschichte, die Industrie, das Dogma. Friede eurer Asche, Fabricius, Tertula, ihr hättet es ohnehin hinter euch. Und ihre Finger streichelten sie, die zarten Herzen liebten sie dafür, dass sie vorangegangen und gleichsam für sie die Zeit angefüllt hatten, damit sie, auf ihnen stehend, in der Bläue des Tages leben durften. Sie sahen sich selber auf eine Weile aus dem Grund der Jahrhunderte heraus, so als wären sie Fabricius und Tertula, die sich vorstellten, was dannzumal sein würde; nicht sonderlich viel Neues, Brüderchen und Schwesterchen; ein paar Flugzeuge, ein paar aufgefundene Erdteile, im übrigen möglicherweise nur die Anstrengung, auf eure heroische Höhe zu kommen. Gingen wir im Krebsgang, sind wir die verzerrte Spiegelung einer Wahrheit, die sich anderswo im Raume fortbewegt? Manchmal wird alles geisterhaft, in eurer Gesellschaft schon gar, Fabricius und Tertula; wir haben uns unter den Boden begeben. Glückauf, der Bergmann wird wunderlich.

Dann erinnerten sie sich wieder ihrer Mädchen, und den Worten des Mönches lauschend, horchten sie auch nach dem Herzen hinab, wo die Glut des Gefühls in Stössen nach allen Fernen des Körpers auseinanderlief. Der Bischof hatte in dieser unterirdischen, hübsch ausgemachten Kapelle Messen zelebriert, vor Zeiten, das Ding lag wie das juwelene Innere eines Edelsteins unter Tag – nun: der Bischof war inzwischen zum Heiligen aufgerückt, die Sache in Ordnung; auf dem Pincio wiegten sich die Pinien der Stunde entgegen, da Livia und Maria aus dem Steinbildergarten hervorstöckelten, und dann ging es in irgendeine der unbekannten hundert-

Louis Soutter *Seuls*

tausend Tapetenkammern Roms zu schwindelnden Verzückungen. Der Pater hielt eine Art Predigt, sie verglichen ihre Angelegenheiten mit denen der alten Ekstatiker; nun ja, das Feuer der menschlichen Begeisterung kann sich auf recht verschiedene Brennstoffe werfen; am Ende war die Liebe nicht genialer Art, ein irdisches Flämmchen, das mit ihnen verging, nicht wie die dunkle Brunst der Gottesergriffenheit an Kirchenwänden und Decken, in Gesängen und Kerzen fortlebte; möglicherweise galt vor dem Herrn alles, was glühte.

Es kam nichts Neuartiges mehr, man bückte sich durch die Gänge, verweilte vor Grabtafeln und vor Gittern zu Seitenstrassen, die Damen umstanden den Klosterbruder mit ihren Anliegen, die sie zum Vorwand nahmen, ihm in die schönen Augen zu blicken. Ein Fenster nach oben zeigte, dass man sich wieder dem Tageslicht genähert hatte, die Laute der Oberwelt drangen herunter; angeblich wölbte sich die Kirche San Sebastiano zu Häupten; unsere beiden Jünglinge schämten sich auf einmal, so artig nachgetrottet zu sein, sie wollten wenigstens die Gewissheit haben, dass sie sich im Herkommen auskannten. Mit Gelächter und Spässen entfernten sie sich in die Finsternis, immer den vertrauten Wegzeichen nach; einmal im Zweifel, richteten sie sich nach den Stimmen der Gesellschaft, sie fanden zu dem Himmelfenster zurück, der Pater war weitergegangen, allein sie hörten ihn. »Sieh, wie sonderbar«, sagte der eine zum Freunde, »hier ist ein Kreuzzeichen wild angestrichen wie bei uns etwa ein Parteisymbol an den Mauern; ein bissiger Heide hat seinen Zorn in diesem Protest verewigt.«

»Der Weg geht links, da sind Fussstapfen im Sande.« – »Hier sind auch Fussstapfen, aber ich will weder die einen noch die andern nachtreten; es müsste mich doch wundern, wenn eine alte Pfadfindernase vor den Ränken der Väter versagte.« – »Vielleicht ist es doch zu heimtückisch«, antwortete der andere, der nichtdestoweniger mitging. –»Man kann nicht fehlen, die Gänge sind alle ähnlich, irgendwo muss man doch wohl eines Tages herauskommen.« – »Eines Tages ist gut; und der Pincio?« Sie lachten. »Den Pincio wollen wir keinesfalls verpassen. Ist die Vorstellung, dass oben die Sonne jetzt untergeht, nicht wunderbar? Wenn ein Abendgewitter vorüberginge, hätten wir keine Ahnung davon.« – »Allzu lange dürfen wir es übrigens nicht treiben, es ist spät geworden.« – »Halt, da ist eine Sackgasse; wir nehmen dieses Tor.« – »Ich wäre eher dafür, auf den Spuren zurückzugehen; die Kerzen brennen herunter.« – »Daran hab' ich nicht gedacht; aber verlass dich auf meinen sechsten Sinn, wir werden es gleich geschafft haben, ich wittere Morgenluft.« Sie wanderten; mit der Morgenluft war es Essig; sie drückten das eine ihrer Flämmchen aus, um zu sparen. »Halte dich eng auf meiner Ferse, es ist eine Sauerei in dem Fuchsbau; gehen wir eben doch zurück, von wegen des Pincios.« – »Vermutlich schliessen die Betbrüder ab, und wir können vor der Türschwelle hocken; keiner der Sarkophagheiligen wird ein Einsehen haben, und Petrus mit seinem Schlüssel ist sich ja auch gerade an der Stelle reuig geworden, nach Scienkiewicz.«

Der Grund war felsig, die Richtung zumeist nur nach dem Gefühl zu wählen; sie begannen sich mit der Möglichkeit abzufinden, den Pincio doch zu versäumen; sie fluchten und trauerten. Ihr letzter Kerzenstumpf brannte, mit schadenfroher Sanftmut, gleissnerisch wie alles Fromme; nachdem er zu Ende war, half ein Feuerzeug weiter

»Schlimmstenfalls schlafen wir und machen uns morgen durch Rufen den Karawanen bemerkbar.« – »Sie werden nicht wieder zum Pincio kommen.« Sie verehrten ihr weltliches Feuerzeug, es drohte mit keiner Erschöpfung; als es plötzlich zusammenbrach, standen sie vor der Frage, ob sie aufgeben oder sich weitertasten sollten. Wahrscheinlich hatten die Katakomben einen solchen Rosenkranz von Flüchen in allen Jahrhunderten nicht vernommen. Den Jünglingen kam es so vor, die alte Nonne von Höhle verdarb ihnen aus Neid ihren Spass. Es blieb nichts anderes, sie hatten sich so häuslich als möglich für die Nacht hier einzurichten. Um dem Hunger zu wehren, rauchten sie; bald fanden sie den aufleuchtenden Schein ihrer Zigaretten eigentlich für das Stillesitzen zu schade; sie pfadeten sich damit weiter, zwei Schachteln lang, das hielt Stunden vor, so lange, dass sich die Sache erübrigte, der Pincio blieb verpatzt.

Sie sassen, hübsch aufgebraucht, und stellten sich alles vor: die Bäume, die Brunnen, den Mond, die Ratlosigkeit der Mädchen, ihren schnippischen Verzicht zuletzt und dass sie sich vielleicht anderswo schadlos hielten, derweil die Verräter in ihrer Falle gefangen sassen. Sie hatten Angst bis dahin nicht eigentlich empfunden; über kurz oder lang mussten sie sich mit den Lebenden doch wieder begegnen, so rechneten sie; ein Anfall von Schrecken erfasste sie erst bei der Entdeckung, dass sie keineswegs allein hier beisammensassen. Noch jemand bewegte sich in der Finsternis, und das war die Grabesluft, die irgendwo aus der Tiefe heraufzog und ihnen kalt vor die Nase blies; sie begannen zu schlottern. Im römischen Frühling erfrieren, hat man sich dessen versehen! Mit einiger Gliederbewegung war es zu überstehen, strapaziöse Stunden setzte es zweifellos ab. Von dem Rauchen war ihnen Übelkeit, doch kein Schutz vor dem Hunger geblieben; ein wenig abergläubische Vorstellungen auch davon machten ihnen zu schaffen.

Sie vernahmen das Ticken der Uhr an ihrem Handgelenk. Ihr Grollengezirpe öffnete die Nacht nach oben in Heu, Ruinen, Bergfernen, Gestirne; der Stand der Zeit bestrahlte sie winzig aus einem Radiumlicht, in welchem sie hinwiederum, einen ganzen Sonnentag, das helle Gemäuer Sorrents erblickten. Sie entschliefen und träumten davon.

Am Morgen, der ihnen abermals mit Sonnenaufgang und Meergeglitzer nur aus ihren Zifferblättern hervorfunkelte, sprangen sie ordentlich übermütig und voll einer intuitiven Zuversicht auf die Beine, schon um sich Lebenswärme zu verschaffen. »Du wirst sehen, dass wir zwei Schritte vor der Freiheit aufgegeben haben; die Fügung liebt solchen Schabernack. Kerl: Brot und Radieschen bei Biffi; das Leben freut mich wieder!« Das Leben freute sie übermächtig auch ohne Mädchen vom Pincio; sie verspürten viel eher nun Heimweh nach ihrem Norden, nach Muttern, sie fuhren in ihren Gedanken den Weg über Livorno und Pisa zurück – ach, die Bahngeleise dem Meer entlang, ach, die Lichter im Friedhof von Spezia! Die Lust des Daseins fror sie an den Schläfen empor. Der Hunger hatte eine sonderbar sanftmütige Form angenommen, wandelte sich in einen Zustand von Beschwingtheit um; sie sahen eine ganze Menge Leistungsfähigkeit und Musse vor sich.

Nämlich die Karawanen wollten nicht kommen, es wurde Mittag, die Verirrten empfanden schon gleichsam wieder das schattige Hinüberneigen der Sonne am Himmel. Sie tasteten sich von Stollen zu Stollen. Sie hatten das Rufen bis jetzt umgangen, aus Ehrgeiz, wie sie sich einredeten, aus Furcht vor dessen Rückwirkungen in Tat und Wahrheit. Nachdem sie zögernd damit angefangen hatten, schrien sie immer öfter und lauter, und plötzlich erfasste sie wirklich die Panik, ein wildes Entsetzen griff nach ihrem Herzen und schüttelte sie; wie erschreckte Pferde brannten sie jählings nach verschiedenen Richtungen durch, schrien nach einander: »Bist du wahnsinnig, wir dürfen uns doch nicht trennen!« Einer krallte sich an den andern, und sie flatterten wie Büsche im Gewitterwind.

Der Vorsatz, sich zu mässigen, hielt nicht vor; manchmal rannten sie blindlings, wie Ratten im Boden, stiessen sich am Gefelse und fielen; die Männlichkeit hatte sie so wie ein Fuhrmann sein Gefährt verlassen. Sie lagen an einem Häufchen, wimmerten. Das Schlottern warf sie förmlich in die Höhe. Alle Finsternis war gegen sie vorgebrochen, um ihnen den Ausweg zu versperren, der Tod war lebendig geworden, hatte seine ganze Arglist und Beschlagenheit gegen sie gewendet. »Wir müssen sterben!« hauchten sie.

Doch war es nicht das allein; die Gefangenschaft unter Tag fuhr mit Stössen von Wahnsinn über sie, sie rissen erstickend ihre Lungen auf, der

Druck der Dunkelheit war nicht zu ertragen. Wohl dämmerten blaue Erleichterungen, wenn ihnen die Laune des Innern Gewissheit über ihren Standort vorspiegelte – im nächsten Augenblick schrien sie wieder, in den Verliessen des Grauens.

Ein Anfall von Tollheit jagte den jüngeren der Freunde plötzlich davon, sein Galopp war lange zu vernehmen, dann am Rande der Nacht brach er ab, es blieb still; der andere hockte sich nieder, sass wie erfroren, die Stirn auf den Fäusten, es sauste. Kriechend, als fürchtete er den Boden unter sich auch noch zu verlieren, schleppte er sich hinüber, schwer von Todesnot, blieb wieder sitzen, als das Geheul des Bruders auf einmal gleichsam heiter machte; wie eine Fontäne stieg vorn die Stimme, ein Jammer, aus dem nicht mehr Seelenqual, sondern Schmerz einer Verwunderung schrie. »Er ist abgestürzt und hat sich ein Bein gebrochen, das hat uns gerade noch gefehlt«, sprach der Sitzende vor sich hin. Die Stimme schlug wieder um, die Luft kam ihr scheinbar von anderswo; er drückte zwei Finger auf die Ohreingänge, hörte die eigenen Worte jenseitig verschleiert: »Ja, ich komme.«

Der Unfall des Gefährten hatte ihn ernüchtert; er erhob sich und ging, mit bereits verfeinerter Witterung, zu dem Abgrund hinüber, aus welchem der Gestürzte heraufrief. »Hast du dich verletzt, Richard ... ?« – »Geh nicht weg, Hellmut!« – »Ist es tief, bist du tief gefallen?« – »Versprich mir, nicht wegzugehen, Hellmut!« – »Ich werd' doch nicht weggehen. Hast du dir wehgetan?« – »Das Bein muss entzwei sein – aber du musst bleiben, Hellmut, ich werde wahnsinnig, wenn du nur einen Schritt tust!« Und er lauschte. Hellmut fühlte mit der Hand in der Grube herum, fuhr zurück, in Grauen erschauernd; er war gerutscht –»Hellmut, du Hund!!«

Er musste in ein anderes Stockwerk hinabgestürzt sein; wenn er sich von der Stelle bewegte, entfernte er sich in eine schauerliche Fremde dieses unterirdischen Himmels; sie verhandelten zärtlich hinauf und hinunter, beisammenbleiben zu wollen, sich in Gottes Namen zu ergeben, es war ihnen bestimmt zu sterben, der Tod hatte sie jählings, ihr Tod, an den sie in ihrer Jugendlichkeit im Grunde bis dahin nicht geglaubt hatten, soviel und sowenig wie an Gott, zu dessen Thron zu treten jetzt ebensolche Wirklichkeit wurde. Wenn sie vor Schrecken froren, so war es nicht Angst vor Hölle oder Himmel, sie entsetzte die Gegenwart unaussprechbar jenseitiger Dinge; sie hatten leichtfertig gelebt nicht so sehr in einem moralischen als in dem Sinne, dass sie die unmittelbare Nachbarschaft dessen, was sie jetzt eben als das Jenseitige so sehr empfanden, unterschätzten; sie entdeckten nun erst den Ozean, der ihr Schifflein getragen hatte; die unsäglich abgründige Romantik, in welcher die Schöpfung schwamm; das Mythenreich der Dichter und Priester umschloss sie gewaltig und schauerlich mit dem unbeweglichen Dunkel dieser Felstiefe. Etwas wie Gewöhnung bereits, ihr innerstes Bewusstsein, das in Erscheinung trat, gab ihnen für eine Weile Ruhe; sie sassen und sannen, die Schrecknisse verloren von ihrer Gewalt; die beiden jungen Menschen fühlten sich auf einmal ins Riesenhafte gewachsen. Sie bluteten aus vielen Wunden, das warme Leben tropfte ihnen wie Schweiss von den Schläfen auf Brust und Hände, tastete sie sonderbar dunkel ab, als nähme es Abschied von ihnen; die Tränen sprangen hervor, gingen wie Mairegen über sie, weckten die traulichsten Erinnerungen; sie weinten still vor sich hin und dachten an ihre Kindheit.

Dann unversehens flackerte Streit zwischen den beiden auf, dessen Anklagen in sturem Hinbrüten abermals rasch erlahmten. Als Hellmut sich erhob und gebückt wie durch ein Wetter davonlief, geschah es nicht mit seinem Willen; das dunkle Tier des Grauens jagte ihn; das Geschrei des Kameraden drang nicht in dies Bündel Wahnsinn; er rannte und kroch und kletterte aus Kräften der Todesnot solange, bis er in seine Erschöpfung mit schwindenden Sinnen wie in ein weiches Gebüsch sank. Dämmerhaft wachend atmete er und verlor Blut. Manchmal umfing ihn sein Zustand mit Wohlgefühl, Feste von Fieber durchfunkelten ihn, das Gesprüh seines Blutes umgab ihn mit Sternenhimmeln, die Ewigkeit ergoss sich irgendwo herein. Es wurde so heiter, dass er die Steinwände sah und, plötzlich erlöst, noch einmal ein Stück voranging; er hatte den Freund vergessen, er tappte in einem Reich der Finsternis und Gefunkel herum. Dann wieder lag er und weinte. Er fühlte sein schweres Gewicht, er sank wie in Moorgrund, aber angenehm, wie wenn man schmerzhafter Müdigkeit nachgeben darf.

Ihre Uhren waren stehen geblieben, die Zeit hatte sie bereits verlassen, die Ewigkeit erwies sich als ein Stillstand in Finsternis, die Schrecknisse nahmen kein Ende.

Richard schleppte sein welkes Bein mit der Zähigkeit eines sterbenden Tieres in den Stollen herum.

Oben hatte man das Fehlen der beiden Deutschen wohl bemerkt und wochenlang gesucht; dann schlug man das Kreuz über sie.

Gustave Roud

Reisebilder aus der Toscana

Aus der Strassenschlucht dringt nur noch wenig Lärm in mein Zimmer herauf: Stimmen, Wagen, und plötzlich die Pauke vom nahen Theater. Ich nehme den Duft zweier Rosen wahr, die zum Stilleben auf dem kleinen runden Tisch gehören: eine Karaffe, überquellend von Blüten und Blättern, der Aschenbecher, auf gelbem Fayence-Teller das Tintenfass (glänzender Siegellack von submarinem Schwarz), getrocknete Feigen in einem veilchenblauen Glas, Rosinen und Mandeln auf zerknittertem Papier. In der Tiefe unten, fast schon verschluckt von der Nacht, die duftlosen Kelche einer riesigen Amaryllis.

Nach dem frierenden Schatten der Krypta – wie wohltuend diese Elfuhr-Sonne auf der Terrasse mit dem Blick auf Florenz! Die Stadt ist von hier aus eine weite Landschaft von braunen Dächern und gleichmässigen Fassaden, im Norden verliert sie sich im Dunst. Hinter den nächsten Zypressen durchbohrt der spitze Turm von Santa Croce mächtige Kastanienbäume. Der Dom, der Campanile, der Palazzo Vecchio: die reine Silhouette zeichnet sich vor dem Himmel ab, die Horizontlinie eines Hügels überschneidend. Die Glocken schlagen an, ohne Hast, und verstummen wieder. In den Bäumen des Friedhofs das Lied der Amsel. Und gelegentlich verleiten Schritte von Sandalen einen dazu, den Kopf zu wenden: ein Mönch in braunem Habit vor dem Schwarz des offenen Kirchentors.

(Uccello.) Ein grosses Fries im Kreisbogen: fünf Pferde, weiss-rot-weiss-rot-weiss, und, in Fortführung der Blicklinie, die schieferfarbenen Leiber zweier toter Pferde, dahinter ein wogendes Schlachtgemenge, wobei die Bogenformen der Armbrüste den Rhythmus der Hügellinien im Hintergrund repetieren. Diese fernen Hügel begrenzen ihrerseits rechts einen Wald von Helmen und purpurnen Federbüschen, links eine Vielzahl von Trompeten, zum Himmel gereckt, unter dem schweren Blattwerk von Orangenbäumen, aus dem einige Früchte aufscheinen, die da hängen.

Der Autobus, der angehalten hat, zittert. Die Sonne, die von hier aus untergegangen ist, lässt – bei einem Blick durchs Geäst – ferne Fassaden rot und gelb aufscheinen. Das Schellen von zwei toskanischen Wagen mit riesigen dunkelroten Hinterrädern verliert sich in ein paar Sekunden.

Wiewohl er etwas trüb ist, verdient der süsse Wein in der zweitletzten Flasche des Jahrgangs (dass es die zweitletzte ist, erklärt die Wirtin der *Trattoria Stella*), keinerlei Misstrauen. Bewirkt dieses vierte Glas, dass es mir schwerfällt, ein Schmunzeln zu unterdrücken, wie ich zwei Männer beobachte, die sich auf Stühle hinsinken lassen, als hätten sie eine anstrengende Arbeit getan? Sie haben zwei Nadeln herausgezogen, mit denen das grüne Plakat befestigt war, das *Faust* im *Teatro Boccaccio* angezeigt hatte, und dann mit staubiger Hand ein Plakat für *Bohème* ausgebreitet: rote Buchstaben auf gelbem Grund. Die Musik, ist darauf präzisiert, stammt von *Puccini,* der Kapellmeister heisst *Iginio Pozzolini.*

Die Männer lassen sich Zeit, am grauen Marmor dieser Tischchen eine halbe Karaffe dieses schwarzroten toskanischen Weins zu leeren. Die kleine Katze mit getigertem Fell lässt sich auf einem grün und gelb geflochtenen Stuhl nieder.

Ich bin kaum auf der andern Seite eines Hügels, aber die Sonne steht so tief, dass sogleich mein ganzer Körper in den Schatten fällt. Man kann den Arm gegen einen Olivenbaum ausstrecken, der noch im rotgelben Abendlicht steht, und die Hand berührt die Helle und wird zu einer ockerfarbenen schweren Frucht. Ein ziehender Wind rauscht leise in Gräsern und Bäumen. Die Toscana, die vor mir ausgebreitet liegt, verliert langsam die Sonne. Vergeblich suche ich in diesem kapriziösen Gehügel nach einer geheimen Ordnung. Die Schatten der Olivenbäume am Abhang sind rötlich. Die Zypressen nehmen mehr und mehr Farbe und Schwere von Bronzestatuen an. Nichts in den reglosen Wellen der Landschaft zieht den Blick zum Horizont – ausser diesem geheimnisvoll aus dem Raum geborenen Blau, das von Hügel zu Hügel tiefer und reiner wird und das aus der Landschaft mehr und mehr einen Himmel macht, auf dem der Himmel ruht. Ein Ginsterzweig überm Ärmel meines schwarzen Mantels blitzt heftiger auf als Gold. Vor mir erhebt sich San Gimigniano in die trockene Luft, niedlich, die Türme wie aus Karton. Die tiefe Sonne graviert die Furchen mit spitzem Stift zwischen die Reihen der Olivenbäume, parallel zu rötlichen oder aschfarbenen Streifen von Dunst; die rings in den Feldern verstreuten Ochsen leuchten wie Silberflecken. Der Autobus *Firenze–San Gimigniano–Volterra* wirbelt auf der Strasse eine Spur von Kreide auf.

Durchs Fenster, aus dem sich der Sohn des Hoteliers hinauslehnt, dringt der Lärm der Stimmen von der *Piazza della Cisterna.* Raffaëllina knipst eine Lampe an. Sofort zeichnet der Schatten meiner Finger blau auf dieses Blatt, das ich gleich zerreissen werde.

Volterra, Stadt des Alabasters! Alabaster knirscht unter den Schritten, man trinkt Milch aus Alabasterglas. Die Serviererin in der *Stella d'Oro* schenkt sie einem ein mit einer Alabasterhand. Und diese tristen Peruginos in der *Galleria Municipale,* diese mit Alabaster verkleideten Burgen! *»E bellino!«* schreit ein dümmlicher Jüngling, der stupide Kartenkunststücke unter einer Glocke von Alabasterglas vorführt. Der Glockenschlag! Schon! der Zug fährt bald ab, und der *facchino* ist noch nicht da. Der Bahnhof ist Hunderte von Metern weit weg, mindestens, bei den Alabaster-Steinbrüchen. Wie einen Koffer dahin schleppen, beladen mit Tauben, Bonbonnieren, Schalen, Vasen, Wasserkrügen – aus Alabaster?

(Mit den Augen das Meer suchend, stolperte ich an irgend einen Misthaufen. Ein kleines Mädchen teilte dort die Haare ihres Bruders und liess ihn dabei die Zahl ihrer Entdeckungen ahnen.)

Die Hügelkuppen mit den schwarzvioletten Furchen reichen bis ans Meer. In diesem Sechs-Uhr-Licht und bei weiss bedecktem Himmel gibt es kaum Farben. Ein stumpfes Grün der ärmlichen Weiden. Und, brüsk die gegliederte Landschaft durchschneidend, die rohen Kreidestriche der Strassen. Schon fast am Horizont unbekannte Flüsse, schwach aufscheinend in ihren Mäandern.

Die lange Nordallee im *Campo Santo* lässt die schrille Stimme eines Fremdenführers zerflattern, der zu einer Dame in Schwarz spricht mit einem grellen Rosa-Sonnenhut: kein Echo. Doch als ein einzelner Vogel auffliegt und wie geölt das kürzeste Lied erklingen lässt (die kleine Zeitspanne, bis er das Rechteck des Himmels zwischen den Säulen durchquert hat), wird plötzlich jedermann auf seine spitze Stimme aufmerksam.

Osteria degli amici. Inventar: Ein Teller auf einem graugrünen Tischtuch mit schwarzen Karos, ein Glas, halbvoll von süssem honigfarbenem Wein, eine Flasche von dunklem Glas: es ist ein schönes Schwarz, das ins Violett übergeht. Dann ein Strauss von Maiglöckchen Margeriten mit gelben

Herzen, eine leere Literkaraffe, am Fuss rot bereift, zwei benützte Gläser, ein Stück Brot, ein Messer und eine zusammengefaltete Zeitung. Zwei Arbeitslose vom 1. Mai, von denen der eine wie verloren Rauchringe ausstösst. Die Türe mit einer Mattglasscheibe öffnet sich kurz, und vier junge Männer mit Gummisohlen kommen herein.

Draussen schreit ein Händler, der Schuhe verkauft, Glasdiamanten an seinen dreckigen Fingern, das Haar mit Brillantine in Locken getrimmt, einen Angestellten an: *»Du bist der wahre Proletarier!«* – und er umarmt ihn. *»Der wahre Proletarier, und das sind wir alle! Der Mensch wird ohne Hemd geboren.«* Kümmerliches »Fest der Brüderlichkeit«, bei dem keine Glocke von rotem Feuer in den Wolken erklingt, wie bei Rimbaud, sondern nur ein schreckliches mechanisches Klavier mit dem letzten argentinischen Tango. Ein kleiner alter Mann tritt ein, der um den Hals eine lange Kette von getrockneten Kastanien trägt.

Es gibt eine Art von Kommunion zwischen dem Körper und der neu gewordenen Welt, von all den spriessenden Blüten und Blättern überwältigt. Der Geist bleibt stumm; dieses Schaudern des Fleisches, gespiegelt durch die prickelnde Luft, erreicht seine Helle nicht. Unsagbar der Gefühlsaufschwung, die Freude! Ja dieses Verlangen zu singen überkommt mich wieder – doch wenn ich ihm nachgebe, ohnmächtig einmal gegenüber dieser vergänglichen Welt, was wird bleiben von solchen Worten ohne Stütze? Gedichte, die mit dem Wechsel der Blätter dem Jahreslauf folgen, sich ausbreiten zur Sonnwende und wieder in Asche fallen mit dem Herbst. Ich träume von einer andern, einer nicht derart unterwürfigen Kunst.

(Aus »Ecrits I«, aus dem Französischen von Hans Rudolf Hilty)

Julie Weidenmann

Wenn morgen

Wenn morgen Krieg wäre

Wenn morgen Krieg wäre,
die Heere der Arbeitslosen
würden singend marschieren!
Die Stempelämter würden geschlossen,
die Munitionsfabriken
arbeiteten Tag und Nacht
für Tod und Zerstörung.

Wenn morgen Krieg wäre,
Millionen Menschen,
ausgeschaltet und beiseite geschoben,
würden wieder eingereiht
in die Front der Arbeit.

Wenn morgen Krieg wäre,
dann jauchzten alle Dämonen,
besiegelt wäre der Untergang Europas.

Wenn morgen Krieg wäre,
wer würde nicht getroffen
bis ins Herz?

Wenn morgen Frieden wäre

Wenn morgen Frieden wäre,
Frieden zwischen den Völkern,
Frieden zwischen Deutschen,
Engländern und Franzosen,
Frieden zwischen allen Völkern Europas,
– unerhört wäre
das strahlende Bündnis,
gewaltig der Einbruch des Lichts
in die Finsternis
der dämonischen Gewalten,
die mit Vernichtung und Tod,
Elend und Zusammenbruch
die Menschheit geisseln.

Wenn morgen Frieden wäre ...
Fallen müssten die engen Zollschranken,
zum Aufbau der Völker
benötigte man
die Hände der Arbeitslosen,
ach, wie viele Kräfte
des Guten würden lebendig
in der gewandelten Menschheit!

Wenn morgen Europa neu geboren würde,
gross und erhaben,
würdevoll,
die Vereinigten Staaten Europas!
Dann wäre die Krise behoben,
der Krieg begraben,
die Kriegsgewinne vernichtet,
Europas Menschenwürde gerettet.
Wenn morgen Frieden wäre!

Emil Burki *Hinter der Friedenspalme schmiedet man das Schwert*

Richard B. Matzig

Notturno

Man hört schwere Tritte. Die Musik reisst jäh ab. Ferne Trommeln. Harlekin und Colombine fahren auseinander.

COLOMBINE Horch! – Das ist ja wie im Stück, an dieser Stelle kommt Pantalone und stürzt sich auf dich.

HARLEKIN Merkwürdig, sollten sie schon zurückkommen, mit dem neuen Kollegen?

COLOMBINE Du! – Harlekin! – So hast du mich schon lange nicht geküsst.

HARLEKIN Ich hab mich ganz ins Spiel verloren.

COLOMBINE Ins Spiel??

HARLEKIN So meint' ich es nicht. Mir kam auf einmal unsere längst versunkene Zeit ins Bewusstsein – als wir zuerst in die Welt gingen und mit unserer Liebe alle Menschen und uns selbst verzauberten. Alles fing in mir zu klingen an, alle Brunnen rauschten wieder, und diese bunten Fetzen sind ein Stück von mir.

COLOMBINE Alle Brunnen rauschen wieder –

PIERROT *stürzt herein, keuchend*

Wir haben ihn. Er kommt –

COLOMBINE und HARLEKIN Wie sieht er aus?

PIERROT Unaussprechlich. Er ist Einer von Tausenden. Wir dachten uns, wenn alle so aussehn, dann wird er wohl in die Gegenwart passen.

PANTALONE *wankt herein*

Er ist da. Etwas Zeitgemässeres habe ich nicht gefunden –

Schwere Tritte. Der neue Kollege kommt: in Stahlhelm, Gasmaske und mit Handgranaten im Gürtel. Er steht wuchtig in der Mitte der Bühne, grell beleuchtet.

COLOMBINE Das ist ja ein Ameisenbär!

HARLEKIN Ein verkrüppelter Elefant!

PIERROT Zoologisch sieht er wirklich aus, aber –

PANTALONE Er ist der neue Kollege.

ALLE Der neue Kollege!

HARLEKIN *tritt näher und fasst die Gasmaske an*

So ein schöner Rüssel!

DER NEUE *gibt Harlekin einen Puff, dass er hinfällt*

HARLEKIN Ein rabiater Herr!

PIERROT Das fängt ja gut an.

COLOMBINE *tritt näher*
Wer sind Sie eigentlich?
DER NEUE *langsam*
Meinen Namen kann ich nicht sagen; aber man nennt mich »den Menschen des zwanzigsten Jahrhunderts«.
PANTALONE Hatte ich nicht recht? Das Neueste vom Neuen, der moderne Mensch!
COLOMBINE Wo ist das Menschliche? Ich sehe nichts.
HARLEKIN *reibt sich die Glieder*
Ich spüre etwas.
COLOMBINE *zum Neuen*
Was können Sie?
DER NEUE Zeigt was ihr könnt! Ich führe Regie!!
COLOMBINE Interessant!
DER NEUE Fangt an! Und zwar null Komma plötzlich!
PANTALONE Kinderchen, fangt an. Der neue Kollege muss sich ein Bild von euch machen können.
COLOMBINE *zum Neuen*
Einen Rüssel habe ich leider nicht zur Verfügung. Sie müssen sich daher mit meinem unzeitgemässen Antlitz begnügen.
DER NEUE Hm.
COLOMBINE *zu Harlekin*
Wiederholen wir das gestörte Stelldichein. Dieses Gespenst versteht ja nichts davon.
HARLEKIN Soll ich hinter die Brüstung gehen?
PANTALONE Nein! Sag dein Sprüchlein zur Abwechslung mit Kniefall.
HARLEKIN *knieend. Leise Musik*
Colombine, du geliebte,
Wunderschöne Maid,
Dein ist alles Glück der Erde,
Mein das Herzeleid!
Neige deine roten Lippen
Meinem Antlitz zu,
Gib mit Lachen, gib mit Küssen
Meinem Herzen Ruh!
COLOMBINE Harlekin, du wilder, böser,
Stürmischer Gesell,
Meine Lippen, meine Küsse
Schenk ich nicht so schnell!
DER NEUE *fährt dazwischen, die Musik verstummt*

Potz, Dynamit, Blaukreuz und Granaten! Was redet ihr so lange drum herum? Die Welt braucht kräftige Kinder, die Welt braucht Soldaten!

PIERROT *lacht*

PANTALONE *wischt sich den Schweiss*

COLOMBINE Ein delikater Herr!

DER NEUE Ich will mit euch ein Stück einstudieren. Eure Flötentöne sind nicht zu ertragen. Stellt euch in einer Reihe auf.

Alle ausser Colombine tun es

COLOMBINE Ich spiele nicht mit.

DER NEUE Sie spielen mit! Stellen Sie sich dahin!

COLOMBINE *tritt zu den übrigen neben Pantalone*

DER NEUE Unsere Zeit fordert Drill und Disziplin. Ihr müsst erst mal Mark in eure Gummiknochen bekommen. Ihr müsst vorbereitet sein für das Spiel, das heutzutage angebracht ist.

COLOMBINE Wie heisst das Spiel?

DER NEUE Das Spiel heisst der – Krieg!

Man hört ferne Trommeln, dumpfes Knallen, Rattern wie von Maschinengewehren

ALLE *laut*

Der Krieg!

Kurze Pause

COLOMBINE Was soll ich in diesem sogenannten Spiel?

DER NEUE Mitmachen! Es gibt auch Frauenbataillone!

COLOMBINE *zu Pantalone*

Du hast dir etwas Schönes eingebrockt, Pantalone!

PANTALONE *zuckt die Achseln*

DER NEUE Achtung! Stillgestanden –

Hinlegen! – Auf!

Hinlegen! – Auf!

Hinlegen! – Auf!

Hinlegen! – Auf!

Alle leisten dem Befehl Folge

PANTALONE Ich kann nicht mehr!

PIERROT Nur immer weiter!

HARLEKIN Warte, du Bestie!

DER NEUE Hinlegen! – Auf!

COLOMBINE Wie geht das schöne Spiel weiter?

DER NEUE *steht wuchtig in der Mitte der Bühne, von den anderen Mitspielern mit ängstlicher und neugieriger Gebärde umgeben. Der Scheinwerfer konzentriert sich auf ihn*

Das ist nur ein kleiner Anfang. Nachher üben wir Hindernislaufen, Anschleichen in Dreck und Schlamm, Stechen, Schiessen, Handgranatenwerfen.

Das Trommeln, Rattern und Knallen ertönt wieder, steigert sich während der folgenden Worte

Der nächste Akt ist erfüllt von der Musik schwerer Schiffskanonen, deren Explosionen Mauern niederreissen. Brummend fliegen Bomber über die Städte, und die Häuser gehn in Flammen auf. In das Donnern mischt sich der Schrei der Menschen. Theatralisch recken sie die Arme empor. Die Ebenen sind überflutet von fliehenden Truppen und von fliehenden Frauen, Kindern und Greisen. Jagdflugzeuge mähen sie mit Maschinengewehren wie der Schnitter das Korn. Meine Bühne leuchtet in einer einzigen Farbe, gewaltig und flutend. Ich brauche nur Rot, um zu malen, Rot, Rot wie das Blut und das Feuer.

Die ganze Bühne ist in Rot getaucht

COLOMBINE *schreiend*

Halt ein! Halt ein! – Ist das der Krieg?!

DER NEUE Und wenn noch Leben nistet in Löchern und Kellern, in Höhlen und Flussbetten, Leben, das sich verteidigen will, dann blase ich Gas in die Welt, Gas, das leise fliesst, in alle Poren hinein, das Menschen, Tiere und Pflanzen schweigend zerstört. Das Schlussbild ist ein riesiger Friedhof, still wie die Krater des Mondes.

Die Geräusche schweigen, kurze Pause. Das Rot erlischt

COLOMBINE Wir verzichten auf das Spiel!

ALLE ausser dem NEUEN Wir verzichten!

HARLEKIN *langsam*

Du bist also der »Mensch des zwanzigsten Jahrhunderts«, und dein Name ist Krieg! Wir haben schon manches Jahrhundert gesehen, nicht wahr, Colombine, und jedes hatte eine andere Maske, andere Schrecken und Beseligungen. Überall waren wir wohlgelitten, weil wir einige Fünklein Schönheit und Scherz mitgebracht haben. In diesem Jahrhundert haben wir nichts zu suchen, Hässlichkeit und Verwesung sind Trumpf. Nein, du vermummter Tod, du kannst unser Kollege nicht sein!

ALLE ausser COLOMBINE Du kannst unser Kollege nicht sein!

HARLEKIN Krieg war überall, wo wir uns zeigten. Es mag Gründe geben, die nicht mit Worten zu verfechten sind, sondern mit Waffen. Auch ich habe schon meinen Degen gezogen, und nicht nur auf der Bühne. Immer aber sah man bisher dem Feind ins Auge, und der Besiegte durfte ritterliche Grossmut erwarten. Die Zerstörung aller Kreatur war dir vorbehalten. Du bist der dumme, der blinde Untergang.

COLOMBINE *in hellem Lichte*

Und ich sage: Trotzdem! Wir weichen nicht, wir bleiben in diesem Jahrhundert! – Wer beweist euch, liebe Freunde, dass dieser Vermummte allmächtig sei, wer beweist euch, dass es keine Herzen gibt, in denen die Funken Schönheit und Scherz zu zünden vermögen? Alle Brunnen rauschen wieder in mir. Leben nicht viele, viele Schwestern in der Welt, die das innere Rauschen hören? – Ich sage: Trotzdem! Und wenn alle trotzdem sagen, dann ist deine Macht zu Ende, du Schrecklicher, dann ist deine Macht nichts als ein böser, grässlicher Spuk, der vergeht!

Sie tritt zu dem geheimnisvollen Kollegen

Ich fürchte dich nicht. Ich will dein Gesicht sehen!

Sie schlägt ihm den Helm vom Kopf, reisst ihm die Gasmaske ab, die Fratze des Teufels kommt zum Vorschein, düster beleuchtet. Colombine schreit auf; dann kurze Pause

COLOMBINE *laut*

Unser neuer Kollege ist der Teufel!

ALLE Der Teufel!

COLOMBINE *schrill*

Fahr zur Hölle!

Der Teufel versinkt unter Knall und Feuer. Eine Zeitlang ist die Bühne ganz dunkel. Dann erhellt die Morgenröte den Raum. Colombine sitzt im Lehnstuhl, ihr zu Füssen Pierrot. Im Hintergrund, an der Brüstung gelehnt, sitzt Pantalone, links im Vordergrund kauert Harlekin. Alle schlafen. Die Gruppierung ist wie am Anfang des Spiels. Ein Menuett ertönt. – Dann beginnen die Gestalten sich langsam emporzurekeln, Pantalone und Harlekin stehen auf. Pierrot schläft weiter

PANTALONE Wo ist er?

HARLEKIN Wer?

PANTALONE Der Teufel, er war doch eben da.

COLOMBINE *leise*

Fahr zur Hölle.

HARLEKIN *langsam*

Mir kommt es auch so vor, als ob etwas Unheimliches geschehen sei. Es riecht nach Pulver und Schwefel.

COLOMBINE *erwachend*

Er ist fort. – Wir sind unter uns.

HARLEKIN Wir bleiben zusammen.

COLOMBINE Das furchtbare Rüsselgespenst kommt nicht wieder.

M. Brasdos *Menschen*

HARLEKIN Viele Masken hat der Teufel; seine neueste aber hätte ich nicht für möglich gehalten.

COLOMBINE Und diese Maske nennt er den »Menschen des zwanzigsten Jahrhunderts«.

PANTALONE Und sein Name ist Krieg.

Steht auf. Die Musik verstummt

HARLEKIN *wach*

Haben wir dies alles wirklich erlebt oder nur geträumt?

COLOMBINE Erlebt oder geträumt, das bleibt sich gleich.

Aufstehend

Wir haben den Teufel überwunden. Die Sonne steigt, bald ist es Tag –
Pantalon, du lieber alter
Freund, Kumpan und Kunstverwalter!
Was wollen wir heute abend spielen?

PANTALONE Wir passen nicht in dieses Jahrhundert.

HARLEKIN So? – Wer beweist dir das? – Die Welt ist schön und weit, die Sträucher duften. Zitronen und Apfelsinen dürfen wir pflücken! Und Liebe schwebt überall, nicht wahr, Colombine?

3

Sich um die kleinen wahren Vorfälle zu kümmern, taugt besser, als an ihnen vorbeizusehen ... Eine kleine wahre Begebenheit taugt besser als zehn fragwürdige grosse Gedanken. Aber man darf auch nicht vergessen, dass sie weniger taugt, als eine grosse wahre Begebenheit, wie es zum Beispiel eine Doktrin wäre, die man mit aller Kraft verfolgt, unter Zurückstellung seiner selbst und jedes Nützlichkeitszwecks: denn sie kann die alles überragende Begebenheit werden.

Denis de Rougemont

In Herisau habe ich nichts mehr geschrieben. Wozu auch? Meine Welt wurde von den Nazis zertrümmert. Die Zeitungen, für die ich schrieb, sind eingegangen, ihre Redaktoren wurden verjagt oder sind gestorben. Da bin ich ja beinahe zu einem Petrefakt geworden. Robert Walser (im Gespräch mit Carl Seelig)

Adrien Turel

Das Verhör

Um mich wiederum zu verdrängen nahmen die Leute von der Fuhrmann-Partei einen Jüngling namens Harro Schulze-Boysen auf. Er war ein Grossneffe des Grossadmirals Alfred von Ripitz, Sohn eines Korvettenkapitäns und kam zudem von der Jugendbewegung her. So nahmen meine macchiavellistischen Feinde leichten Herzens an, dass er für den Freudianer und Judengenossen, für den Franzosen mit roten Hosen und Vertrauten eines Georg Bernhard, mit einem Wort, für das verächtliche Subjekt Adrien Turel nichts als geringschätzende Abneigung empfinden würde.

Bei der nächsten Redaktionssitzung begrüsste mich ein junger Mann von ein Meter fünfundachtzig Länge. Sein blasser, schmaler Kopf mit den stechenden Augen hätte an den jungen Bonaparte erinnern können, nur dass dieser Kopf auf dem Körper eines typischen Ulanenoffiziers sass. Das war nun der Mann, der mich auf der Redaktion des »Gegners« mehr oder minder hinausbugsieren sollte. Statt dessen ergab sich prima vista Sympathie und Zusammenarbeit zwischen uns. Wir bildeten ein so hervorragendes Bipol, dass später einmal ein gemeinsamer Feind aus Wut darüber, dass man uns mit keiner Intrige auseinander bringen konnte, ausrief: »Ihr seid ja schwul miteinander!« Worauf Boysen mit souveräner Sachlichkeit feststellte: »Wir sind nicht schwul, wir sind lesbisch.«

Boysen las die »Eroberung des Jenseits«, auch andere Bücher von mir, und wir besprachen die Beziehung meiner Theorie zum revolutionären Marxismus, mit dem sie ja niemals identisch gewesen ist. Aus unserer Verbindung hätte sich vielleicht eine nicht unwesentliche politische und historische Schule in Deutschland ergeben können, wenn die Zeit ausgereicht hätte. Aber, am 2. September 1909 geboren, war Boysen damals dreiundzwanzig Jahre alt, und da sich die Ereignisse überstürzten, blieb uns keine Zeit, den »Gegner« zu einer wirklichen Keimzelle grosser Dinge auszubauen. Wohl aber begann es alsbald um uns von allen möglichen Leuten zu schwärmen und zu wimmeln. Ich möchte grundsätzlich keine Namen nennen. Es hätte dies keinen Zweck, weil es in der Hitze des Gefechtes unmöglich war, die Konjunkturritter von den blossen romantischen Blödianen und von den Agents provocateurs zu unterscheiden.

Mir ging es jammervoll schlecht. Ich wurde (systematisch, sozialstrategisch gleichsam) in eine Notlage abgedrängt, die der Situation der ohnmächtigsten Arbeitslosen in den USA zur gleichen Zeit entsprach, und die ein deutscher Mensch im beginnenden Wirtschaftswunder des strategischen Zauberkünstlers Adolf Hitler nur noch mit bedauerndem Kopfschütteln als ein Zeichen gänzlicher Unfähigkeit konstatieren konnte.

Ich musste mich, von der Arbeitslosenhilfe am Leben erhalten und kontrolliert von Beamten, die schon das Hakenkreuz im Knopfloch trugen, mit einer zwar saubern, aber entsetzlich kahlen Stube ganz weit draussen am Absturz der Welten behelfen.

Wertvoll war es da für mich, dass Franz Jung, der mich zum »Gegner« gebracht hatte, in dieser Situation veranlasste, dass ich in die Hausgemeinschaft seiner geschiedenen Frau Claire Jung aufgenommen wurde, wo ein Zeitungsdienst ebenso fleissig wie intelligent betrieben wurde, freilich mit sehr mässigem Erfolge, da damals die Ullstein-Konjunktur des »Völkischen Beobachters« im Ansteigen begriffen war. (...)

Dann kam aber die Zeit im Herbst und Spätherbst 1932, wo die Situation in unserer idyllischen Verlagsvilla für mich unerträglich wurde. Zwar waren die Wiesen ringsum wunderschön in der Versponnenheit des Herbstes, den ich in der norddeutschen Tiefebene ganz besonders liebe.

Scherret und ich, der mit Frau Claire Jung zusammen mit Bienenfleiss den Feuilletondienst zusammenbastelte, wir gingen oft schon recht früh durch die taubeglänzten Herbstwiesen hinüber zu einer Art von Kiosk, wo wir gutes frisches Pilsner Bier bekamen (zeitlebens habe ich, wenn ich um vier Uhr morgens aufgestanden war, um sechs Uhr morgens gern einige Glas Bier mit dazugehörigem Korn getrunken).

Immer habe ich zwar nicht das zweite Gesicht gehabt, wohl aber die Doppelbodigkeit der Lebensbeziehung zum Menschen, zu Mann und Weib, zu Freund und Feind, auch zu Stadt und Gesellschaft, eine Doppelbodigkeit, die es mir ermöglichte, einerseits den Gegenstand und die Gegenwart zu geniessen, zugleich aber mich auch in Siriusferne davon abzusetzen, um den Zusammenhang der Dinge aus objektiver Ferne zu integrieren. So war es auch damals. Während ich mit Scherret durch die Frühwiesen schritt, wirkte in mir unbestechlich und ununterbrochen die tiefe perspektivische Sehspaltung, vermöge derer ich alles, was mich umgab, zugleich als eine uns tödlich-feindliche Welt von zukünftigen Nazischergen erkannte, durchschaute.

Ich sprach mit Scherret und Frau Claire Jung. Ich sagte ihnen: »Feinde ringsum! Lauter Nazi! Im gegebenen Moment werden wir hier abgekillt werden wie vergreiste Legehühner. Rücken!«

»Schon, schon, schon!« erwiderte Frau Claire Jung mit dem melancholischen Blick der Frauen. »Das weiss ich selbst, aber die Ziehfirma verlangt volle 150 Mark, die haben wir doch nicht, da ihr beiden Säufer, Scherret und du, liebes Turelchen, alles in der Beiz verbringt.«

Dieser tief begründete Vorwurf musste mich ins Herz treffen; so sann ich auf Abhilfe.

Am gleichen Abend begab ich mich hinüber zur »Stadt«, in eine Beiz, in der ich am Abend verkehrte. Dort sprach ich mit einem sozialdemokratischen Genossen. Mit diesem verabredete ich, dass er mit seinem Wagen punkt 1 Uhr nachts bei unserer Villa eintreffen würde, mit zwei andern Genossen, um uns beim »Rücken« zu helfen. Wir verabredeten 36 Mark Unkosten. Mit leisem Augenzwinkern wurden noch zwei Flaschen Korn hinzugezählt.

Dann musste ich wieder zu Frau Claire Jung heimkehren und sie fragen, wohin wir nun »rücken« sollten. Ja, das wusste sie schon. Sie hatte an der Seebahnstrasse in Berlin-Halensee eine Wohnung in Aussicht genommen, diese stand leer wie das Weltvakuum persönlich. Aber wie sollten wir es anstellen, um dahin zu gelangen?

Ich wusste Bescheid. In der nächsten Nacht um 1 Uhr früh waren meine Freunde aus der sozialdemokratischen Beiz mit ihrem Ziehwagen vor der Tür unserer Villa angelangt, lautlos wie auf Gummirädern, als hätte es niemals ein wieherndes Pferd gegeben.

Wir verwandelten uns alle nicht sowohl in Heinzelmännchen als in massive und athletische Ziehmänner. Sofort gab ich meinem Freund die beiden Flaschen Korn in Verwahrung, denn man darf den Sieg nur nach dem Sieg feiern. Er versteckte die beiden Flaschen sorgfältig, mir freudig zuzwinkernd.

Dann haben wir alle miteinander von 1 Uhr nachts bis gegen 4 Uhr lautlos wie auf Gummisohlen die gesamte Wohnungseinrichtung unserer Villa, soweit sie an Maschinen, Betten usw. wichtig war, hinunter getragen auf den Wagen, und dann fuhr der Wagen lautlos und still vergnügt die verschlafenen Strassen der nationalsozialistisch vornehmen südwestlichen Berliner Vororte, querweltein, bis zur Seebahnstrasse in Halensee.

Dort trafen wir etwa um 5 1/2 Uhr früh morgens ein. Das Haus wurde aufgeschlossen, die gähnend leere Wohnung wurde aufgeschlossen, und um 7 Uhr morgens hatten wir uns schon in unserem neuen Home (My home is my castle: En son castel Seigneur est Roi!) eingegraben, wie ein Termitenpaar in die Wurzelbedingungen eines neuen Termitenbaues. Da erst holte mein Freund, der Ziehmann, die beiden bis dahin sorgfältig verhehlten Flaschen Korn aus ihrem Versteck, und selten habe ich so freudig mit Menschen, die meine Freunde waren und die mir geholfen hatten, derart vergnügt eine Masse Korn getrunken.

Während im allgemeinen die Ziehmänner schon in Berlin berüchtigt waren, weil sie unterwegs zwischen Aufladen der Wohnungseinrichtungen und dem Wiederabladen allzuviel Schnaps zu sich genommen hatten, hatte mein sozialdemokratischer Freund vollkommen kapiert, dass die Mannschaft erst nach gesichertem Siege über die Schnur hauen darf. Frau Jung legte noch 10 Mark dazu, und nur selten in meinem Leben bin ich mit meinen »Arbeitssklaven« so wundervoll harmonisch auseinandergegangen.

Am 15. Januar 1933 rief mich Boysen an und bat mich, sofort zum Café Adler am Dönhoffplatz zu kommen, wo allerhand oppositionelle Gruppen, auch die Gruppe meines Freundes Karl Korsch, zusammenkamen. Dort fand ich eine sich rasch vermehrende Gesellschaft beieinander. In einer Ecke sassen zwei oder drei Herren, derart vornehm zurückhaltend, Typus Kavallerieoffizier, dass ich Boysen auf sie aufmerksam machte. Boysen nahm mich gleich beiseite und sagte: »Das sind Leute vom Herrenklub, so aus der Ecke Papen-Schleicher. Sie meinen, den 'Gegner' ganz billig aufkaufen zu können, ich glaube, ich soll sogar einen Frack oder Smoking bekommen. Hör dir zunächst einmal die Sache an, nachher kannst du ja sprechen.«

Ich setzte mich in eine Ecke und hörte zu. Es war die blödeste Rattenfängerei, die mir jemals vorgekommen ist. Deshalb begann es auch bald in meiner zutiefst realistischen Seele zu brodeln. Als es mir zu dumm wurde, stand ich auf und hielt eine gänzlich undiplomatische, kleine Rede. Ich erklärte schlicht und einfach, der Herr von Schleicher (damals Reichskanzler) sei nichts als eine Art Schnürsenkel, der Schuhe zu binden suche, an deren Spannung er zerreissen würde. Ich erklärte schlankweg, die staatserhaltenden Parteien, insbesondere die Herrenreiter, versuchten es mit lauter Schlaumeiereien; so könne man es nicht schaffen; nur mit ganz anderen Methoden könne man der Hitlerflut begegnen.

Kurz nach meiner Rede entfernten sich die drei Kavalleriemajore, vermutlich geradezu skandalisiert, tief befremdet. Aber auch unter den Zurückbleibenden war die Stimmung für mich alles andere als günstig oder gar zärtlich. Ich hörte, wie jemand mir zurief, man müsste mich mal ordentlich verhauen. Diesen Helden vom »Gegner« war eine grosse Hoffnung davongeschwommen, sich ehrenvoll aufkaufen zu lassen. Boysen aber verstand mich ganz gut. Wir waren uns darüber einig, dass der »Gegner« sich im Dienst der verschiedenen Herren von Pappe lediglich blamieren würde, um dann im Stich gelassen und von den Nazis jammervoll geschlagen zu werden.

Vierzehn Tage später, am 30. Januar 1933 gegen Mittag, rief mich Boysen in der Seebahnstrasse, Halensee, an, wo ich bei Frau Claire Jung wohnte, und sagte mir: »Hitler ist Reichskanzler. Fahr doch mal mit der Untergrundbahn bis Potsdamerplatz und sieh dir das Volksfest an. Dann kommst du vielleicht auf die Redaktion. Zunächst wird uns ja kaum etwas passieren.«

Gesagt, getan. Ich fuhr mit der Untergrundbahn bis Potsdamerplatz und ging durch die Stresemannstrasse (ehemals Königgrätzer Strasse, später Hermann-Göring-Strasse, wie sie jetzt heisst, weiss ich nicht) zum Brandenburgertor und schritt dann sieghaften Gewissens die Linden entlang, stromaufwärts nach dem Schloss hin, mitten auf dem mittleren Spaziergang mit den Reitbahnen zu beiden Seiten.

Beiderseits auf dem Fahrdamm kamen mir massive Kolonnen von SA-Leuten entgegen, mit Fackeln in den Händen, für die Umzüge am Abend, strammen Schrittes, so wie Gladiatoren in die Arena schreiten. Ich meinerseits marschierte gegen den Strom. Und siehe da: entgegen kam mir nun ein jüdischer Fabrikant und seine Frau, Menschen, die ich sehr gut kannte. Ich begrüsste sie freudig als Judengenosse, der ich bin, mitten zwischen den Heersäulen der SA-Leute, welche gleichsam im Chorus die Verse von Felix Dahn sangen:

Gebt Raum, ihr Völker, unserem Schritt,
Wir sind die letzten Goten!

Ich begrüsste meine Freunde und sagte: »Menschenkinder, dicke Luft! Hauen Sie ab!« Worauf die Dame mich anstrahlte und mit kindlicher Naivität sagte: »Aber, lieber Turel, seien Sie doch nicht hysterisch! Das ist ja ein Volksfest.«

Auch Boysen hatte ja von einem Volksfest gesprochen, aber in etwas anderem Sinne. The rest is silence.

Von diesem Augenblick an waren Boysen und ich darauf gefasst, verhaftet zu werden. Vermutlich habe ich eben in diesen Tagen auf einige meiner Dossiers das drollige Wort »Wüsterlei« geschrieben, was dann bei meiner Verhaftung den SS-Leuten solchen Spass gemacht hat, dass sie in diesem Chaos von Manuskripten kaum weiter nachgeforscht haben.

Im übrigen lebten und arbeiteten Boysen und auch ich genauso weiter wie bisher. Ich versuchte (wenngleich ohne grosse Eignung), der Frau Jung bei ihrem Feuilletondienst etwas zu helfen und empfand die grösste Hochachtung für sie, weil sie mich nicht hinauswarf, obgleich ich für ihre Firma höchstens kompromittierend sein konnte.

Eines Märzabends, gegen neun Uhr, war ich mit mir selbst äusserst unzufrieden, denn ich hatte an jenem Tage noch nichts für die Weiterentwicklung des Weltreziproks und des Quaternismus geleistet. So musste ich Kraft schöpfen gehen. Ich ging hinunter in die kümmerliche Kaschemme einer gewissen Frau Schaffrath. Dort setzte ich mich hin, trank zwei Mollen und etliche Korn und ging dann nach Hause, um mich für einige Stunden an die Schreibmaschine zu setzen. Vor unserem Haus stand ein langes, schwarzes Auto; die Haustür stand offen, und alles war erleuchtet, unten im Hausflur wie oben in unserer Wohnung.

Ich ging hinauf, um nach dem Rechten zu sehen. Die Wohnungstür stand offen, mein Zimmer gleichfalls, und drinnen betätigten sich vier SS-Männer und zwei Kriminalkommissare. Sie hatten den Schrank, die Kommode, überhaupt alle Fächer aufgerissen und herausgenommen und waren damit beschäftigt, die marxistischen und sonstigen subversiven Schriften aus meiner Bibliothek auszusortieren und meine Akten zu mächtigen Bündeln zusammenzuschnüren.

Ich wurde sofort verhaftet. Ein gut aussehender und völlig nüchterner Mann in SS-Uniform verlangte meinen Ausweis.

Ich gab ihm meinen Schweizerpass. Er blätterte darin und sagte mit verhängnisvollem Blick: »Es ist Ihnen bekannt, dass Ihr Pass längst verfallen

Emil Zbinden *Dimitroff*

ist?« so als hätte er ausdrücken wollen, ich sei staatenlos; worauf ich mit souveräner Sicherheit erwiderte, dass ich ohnehin kaum die Absicht gehabt hätte, mich auf meinen Schweizerpass zu berufen. Auf dieser Basis könnten wir nicht miteinander sprechen.

Ich wurde ins Columbiahaus gebracht, wo ich im Vorbeigehen hörte, wie Boysen in einem Zimmer verhört wurde. Er war mit seinem Untersuchungsrichter keineswegs einverstanden, denn seine Stimme schrillte deutlich. Gleichzeitig mit mir war auch die Redaktion des »Gegners« in ihrem Dachstübchen hinter dem Potsdamer Bahnhof verhaftet worden.

Dann wurde ich (gegen elf Uhr abends, wieder im gleichen, langen schwarzen Auto) vom Columbiahaus weit hinaus gefahren, in einen der Kegelkeller, vor denen ich schon gewarnt worden war. Dort unten war alles grell beleuchtet. Die Nazi hatten sich eine Art von Polizeikommissariat eingerichtet. Ich wurde in ein Kellergewölbe geschoben, wo ich mich am Boden ausstrecken musste. Das Stroh auf den Zementfliessen war mit lauter Fahnen »schwarzrotsenf« zugedeckt. Ich musste mich auf den Rücken legen und »die Schnauze halten«. Gegen zwölf Uhr ging die Tür auf, und Boysen wurde hereingeführt, mit drei anderen Leuten vom »Gegner«. Alle mussten sich parallel zu mir hinlegen.

Zu sprechen war uns streng verboten. Die ganze Nacht blieben wir scharf beleuchtet, und an der Tür hielt ein SA-Mann von mindestens ein Meter neunzig Grösse Wache. Er sass auf einem Schemel, und zwischen seinen Knien spielte er mit seiner Armeepistole. Bald nahm er die Ladung heraus, bald schob er sie mit einem Knacken wieder hinein, vermutlich damit wir Bescheid wüssten.

Diese Nacht war sehr bewegt. Gegen ein Uhr brach die Tür auf. Herein stürzte ein SA-Kommissar, gefolgt von zwei Adjutanten. Es wurde gebrüllt: »Ist hier ein gewisser Turel?«

Ich erhob mich gehorsamst.

»Stramm stehen! Wie heissen Sie?«

»Adrien Turel.«

»Wie?« meinte der Kommissar, indem er die Hand ans Ohr hielt.

»Ich hör' immer: Jid!«

Ich stand unentwegt. Mir war weder zum Lachen noch zum Zittern.

Dieses erste Verhör fand, wie gesagt, etwa um ein Uhr statt. Um zwei Uhr wurde der Mann, der zwischen Boysen und mir lag, brutal herausgeholt, und bald hernach dröhnten zwei Pistolenschüsse draussen gewaltig durch den Gang. Später haben wir festgestellt, dass der Mann, in dem wir schon lange einen Agent provocateur vermuteten, sich weiterhin quietschfidel seines Lebens erfreuen durfte. Wie er gleichsam mit Fusstritten hinausgetrieben wurde und wie dann die Schüsse knallten, hatten wir nur glauben sollen, er sei grausam hingeschlachtet worden. Dann hätten wir als Verbreiter von Greuelnachrichten gut ad absurdum geführt werden können.

Um drei Uhr morgens wurde ich nochmals emporgerissen und verhört.

Gegen fünf Uhr kam Boysen an die Reihe.

Um sechs Uhr wurde ein Kommunist hereingebracht und in einer Ecke leise verhört. Da er leichenblass wurde, vermute ich, dass es ihm viel schlimmer erging als uns. Manchmal möchte man sich fast genieren, mit gesunden Knochen weiterzuleben.

Gegen sieben gelang es Boysen, mir zuzuflüstern, ich würde jetzt bald herauskommen, und ich solle mich dann sofort um ihn und die anderen bemühen. Er war gut informiert. Gegen neun Uhr wurde ich im gleichen grossen, schwarzen Auto ins Columbiahaus zurückgebracht. Gegen elf begann ein fast dreistündiges Verhör durch einen grossen, stattlichen Herrn, der mir eine Zigarette anbot und sagte, er habe das Vergnügen, mir mitzuteilen, dass sich gegen mich nichts eigentlich Belastendes vorgefunden habe. Man würde mich alsbald entlassen, er möchte nur das Vergnügen haben, sich mit mir zu unterhalten, bis meine Akten im anderen Raum daneben durchgeprüft seien.

Dann haben wir fast drei Stunden miteinander gesprochen. Zwischendurch brachte ein Adjutant einen Zettel. Mein Dialogpartner sah vom Zettel auf und sagte: »Gleichzeitig mit Ihnen wird auch Harro Schulze-Boysen verhört. Er hat gestanden, Sie hätten das und das gesagt ...«

Darauf antwortete ich: »Das ist ausgeschlossen. Boysen hat das auf keinen Fall gesagt. Es muss ein Missverständnis sein.«

Später hat mir Boysen erzählt, genau in der gleichen Weltminute sei auch in seinem Zimmer ein Adjutant mit einem Zettel erschienen, auch sein Untersuchungskommissar habe die Augen von dem Zettel aufgeschlagen und gesagt: »Adrien Turel hat das und das zugegeben.«

Worauf Boysen antwortete: »Ausgeschlossen. So etwas tut Turel nicht. Das ist reiner Unsinn.« Denn obgleich er als Deutscher gefährdeter war als ich neutraler Schweizer, verhielt er sich weniger gewählt in seiner Ausdrucksweise.

All solche psychologischen Schlaumeiereien prallen völlig wirkungslos an mir ab. Schon eher wäre ich für grosse politische Konzeptionen empfänglich gewesen, aber dergleichen war ja bei den Nazi kaum zu erwarten.

Die folgenden Monate vom März 1933 bis Ende Mai 1934 wären einem Normalbürger wahrhaft unerträglich erschienen. Bei mir lag die

Sache insofern anders, als ich mich schon nach »Christi Weltleidenschaft« damit abgefunden hatte, im ganzen Dasein niemals mehr eine gute und befriedigende Woche zu erleben. Jetzt wurde ich nur noch strenger boykottiert als früher schon. Diese Situation bedeutete nur eine Steigerung und befremdete mich viel weniger als irgendeinen Ullstein-Autor oder Redaktor einer linksstehenden Zeitung, dem erst jetzt ein Maulkorb vorgebunden wurde. Im tiefsten und eigentlichsten Sinne hatte ich von jeher unter Zensur gestanden.

Nach jenem Verhör wurde ich gegen drei Uhr nachmittags entlassen. man brachte mich nach Hause zurück, im gleichen langen, schwarzen Torpedo mitsamt dem grössten Teil meiner zusammengebündelten Akten und geleitet von zwei oder drei hochgewachsenen SS-Leuten, die mir auf der Fahrt längs des Kurfürstendammes nach Halensee einschärften, ich hätte mich auf keinen Fall als misshandelt zu betrachten. Ich erwiderte nur sehr kühl: »Ja, geprügelt hat man mich nicht!«

An der Seebahnstrasse wurde ich mit meinen Aktenpaketen auf den Bürgersteig gesetzt, und ich bemerkte, wie meine SS-Begleiter stutzten, als ich gleichsam beschwingt und erleichtert die Riesenfracht meiner Akten ergriff und in meinem Haustor verschwand. (...)

Immer noch nicht konnte ich mich dazu aufraffen, aus Hitler-Deutschland zu entschwinden, denn für einen Menschen, der die Weltlage so empfand, stellte sich immer wieder die qualvolle Frage: wohin? wohin mit besserem Nutzen? Was gewisse Emigranten mir aus Paris schrieben, als könnte ich dort von Nutzen sein, erinnerte mich lediglich an die deutsche Emigration in Paris und London nach 1848. Wenn man schon ein Unzeitgemässer ist, so ist man es überall in der zeitgenössischen Schale dieser runden Welt.

Das waren (während ich noch einigen Menschen psychoanalytisch zu helfen vermochte) meine scheinbar hamletischen Überlegungen (oder ist vielleicht Hamlet bei Shakespeare in Wirklichkeit gar kein »Hamlet«?) im März, April, Mai 1934, bis ich mich, völlig eingekreist und abgewürgt, dann doch dazu entschliessen musste, Berlin und Deutschland zu verlassen.

In den allerersten Junitagen liquidierte ich alles in Berlin nach dem philosophischen Prinzip: »Omnia mea mecum porto«. Nur ganz unter der Hand nahm ich Abschied von wenigen Leuten, bestieg mit einem einzigen Köfferchen auf dem Potsdamer oder Anhalter Bahnhof den Zug und entschwand aus Deutschland wie ein Morgennebel. Ähnlich einem Ullsteinschen oder jüdischen Emigranten ... und dennoch ganz anders, weil ich niemals in Deutschland zu den erfolgreichen Männern und Frauen der zwanziger Jahre gehört hatte.

An einem silberhellen Mittag (es sollte der 5. Juni 1934 gewesen sein, da ich an meinem Geburtstage in Zürich anlangte) erreichte ich Friedrichshafen und bestieg nach kurzen Formalitäten den Dampfer, der mich nach Romanshorn hinüberbrachte. Ich stand fast allein auf dem blitzsauberen Schiffe. Glitt ich nicht wie ein Erlöster durch den hellen, durchsonnten Nebel in die Sicherheit, in die Freiheit und in den Frieden?

Keineswegs.

Dass ich das nicht konnte, dass für mich die Illusion einer solchen Befreiung aus der Hölle in die demokratische Freiheit einer »andern« Welt nicht in Frage kam, dafür sorgte meine mathematische Grübelei über den Begriff der Grenze, von der ich seit meiner Jugend besessen gewesen war.

Schon in meiner Kindheit drückte ich scherzhaft meine Verzweiflung aus, indem ich ausrief: »Das grenzt ans Grenzenlose!« Wenn ich das sage, sollten die andern lächeln, denn für mich war es eine lustige Frage, wie irgendetwas ans Grenzenlose grenzen sollte, wenn anderseits das Grenzenlose unbegrenzt bleiben sollte.

Mathematiker mögen glauben, dass sie den Begriff der einseitig abgrenzenden Flächen erfunden haben, für mich haben die Abgrenzungen des Privatbesitzes auch der Staatsareale zueinander immer schon das Grundproblem jeder Nationalökonomie und Weltpolitik bedeutet.

Was bedeuten praktisch die Grenzen der Staaten zueinander?

Bedeutet die Grenze das Gleiche für den grossindustriellen Produzenten und für den Bankier?

Bedeutet die Grenze das Gleiche für den Schmuggler und für den Zollbeamten?

Bedeutet die Grenze das Gleiche in einem Sonderkrieg wie zwischen Frankreich und Deutschland 1870/71 und in einem Weltkrieg wie dem spanischen Erbfolgekrieg oder dem 1. Weltkrieg von 1914-18?

Bedeutet die Grenze das Gleiche in einem Bürgerkrieg wie die französische Kommune von 1871 und in dem ersten grossen Weltbürgerkrieg von 1939-45?

Bedeutet die Grenze das Gleiche für ein Geschoss, das tunlichst reibungslos bis zum Ziel duch die Atmosphäre schiessen soll und für ein Gestirn wie den Planeten Saturn oder für einen Kometen, der in atmosphärisch aufgelöster Gestalt durch das Vakuum gravitiert?

Bedeutet die Grenze das Gleiche für ein euklidisches Bauertum um 1850 wie für ein Atom, für ein Elektron im Bewegungs-System unserer heutigen Nuklearphysik?

(Aus »Bilanz eines erfolglosen Lebens«)

Thomas Mann

Die Dinge sind erkannt und durchschaut

Arosa, Mittwoch, den 15. März 1933

Ich holte nach dem Ankleiden K. vom Ski-Platz ab, und wir gingen bei reinster Himmelsbläue spazieren. Eigentümlich verwaschener und erweichter Brief des W. Haas von der «Literarischen Welt» im Verfolg unserer Korrespondenz. Es fehlt nichts, als dass er von der «grossen Zeit» spräche.

Zu zweit mit K. zu Mittag gegessen, da Medi an einem Ausflug teilnahm. Nach Tische auf dem Balkon viel Gutes in der »Rundschau« gelesen, von Hermann Heller und Kessler. Wohltuend der höhere Blick nach dem Krud-Zeitungsmässigen.

Erika hat mir viel Lektüre mitgebracht, auch die «Corona» mit meinem Goethe-Vortrag, dazu das Joseph-Manuskript des 3. Bandes nebst dem Material. Das Gedichtbändchen Bertrams – edel deprimierend, anständig-widerwärtig.

Nachmittags im Orte mit K. Pass-Aufnahmen machen lassen. Beratungen mit ihr über meinen nächsten Aufenthalt: Seefeld? Innsbruck? Zürich? Man sprach ins Blaue, da Reisigers Antwort aussteht. – Nahmen den Thee wie gewöhnlich im «Old India», ohne Medi, u. lasen die «N. Zürcher Zeitung»: über die Verhaftung Falkenbergs, den Tod Gerlichs und andere Greuel. Im Hotel Besuch bei Eri im 3. Stock. Sie ist mit der Giehse im Auto zurück und wusste neue Mord- und Schandgeschichten aus München, die in den Tagen des Ausbruches der nationalen Freiheit die fortlaufenden regulären Gewalttaten politischer Art begleitet haben. Wüste Misshandlungen von Juden. Verzweiflung dieses Idioten von H. über die Anarchie u. die Wirkungslosigkeit seiner Verbote. Geständnis Arcos, dass er H. habe töten wollen. Komplott der Erzbischöfe von Wien und München im Sinne einer Donauföderation.

Die Giehse widerspricht für München den Gerüchten vom Abflauen der Gewalttätigkeiten. (...)

Arosa, Freitag, den 17. März

Wir tranken zum letzten Mal Thee im Old India zusammen mit Eri u. Medi. Einkauf von Papier- u. Toilette-Waren. Zu Hause den Koffer wieder gepackt. Den Abend nach dem Diner noch einmal bei Dr. Richter verbracht, in Gegenwart Erikas, Feists und des jungen Mährisch-Ostrauers, der Theater spielen möchte. Besprechungen über späteren Dauer-Wohnsitz in Locarno oder Zürich. Gespräch über die kess-sadistischen Propaganda-Pläne der deutschen Regierung, die ungekündigte Niederwalzung und totale Uniformierung der öffentlichen Meinung, die Ausrottung jeder Kritik, die Zweckloserklärung jeder Opposition. Der widerlich modernistische Schmiss, das psychologisch Zeitgemässe darin, in Anbetracht der kulturellen, geistigen und moralischen Rückbildung. Das kess Moderne, Tempomässige, Futuristische im Dienste der zukunftsfeindlichen Ideenlosigkeit, Mamutreklame für Nichts. Schauderhaft und miserabel. – Der gesellige Abend physisch recht wohltuend.

Meldung vom Verbot des «Tagebuchs» u. der «Weltbühne». Besorgnis wegen der «Rundschau». Ohne Zweifel besteht die Tendenz der Nation möglichst alle Bildungsmittel abzuschneiden. Siehe Papen gegen die Volksschule. Bildung u. Denken ist selbstverständlich nicht erwünscht, sondern gewollt wird die Massenverdummung zum Zweck mechanistisch einförmiger Beherrschung mit Hilfe der modernen Suggestionstechnik. Schlimmster Bolschewismus, unter dem *deutschen* Gesichtspunkt gesehen, vom russischen aber unterschieden durch den Mangel jeder Idee. – (...)

Lenzerheide, Montag, den 20. März

Als wir nach der Toilette zum Frühstück kamen, neue Erschütterung u. Aufregung durch das bedienende Mädchen, das gestern Abend Radio gehört und berichtete, in München habe der soz. Abgeordnete Auer (oder Bauer) einen Polizeioffizier nebst Begleiter erschossen: offenbar eine Tat nur zu begreiflicher Verzweiflungswut, die vielleicht auch in Bayern das in Baden schon ausgesprochene Verbot der Sozialdemokr. Partei nach sich zieht. Daneben Meldungen von den für morgen, zur Reichstagseröffnung, vorbereiteten nationalen Betäubungsfeierlichkeiten: Glockenläuten, Fahnen, Freiheitsjubel. Es ist gar zu blödsinnig, gemein und ekelhaft. Grauen und Erbitterung erfüllten uns wieder ganz und gar. K. sorgte sich um die Kinder, über deren Unberührtheit von den Ereignissen ich sie aus Überzeugung beruhigte. Sie telephonierte mit Erika, die auf einen Tag nach München fahren will, aber die Reise noch verschiebt. Sie wusste übrigens nichts Neues. Hanna Kiel kehrt heute Nachmittag zurück.

Post aus München, «Europa» mit dem Wagner-Aufsatz in Bertaux's gekürzter Übersetzung. Brief von Bonnet in Sachen der Madrider Versammlung. Zwei Briefe der Mazzucchetti aus Mailand und Innsbruck, dankbar für meine Eröffnungen aus Arosa, der erste noch meiner baldigen Rückkehr nach München günstig, der zweite, nach Gesprächen mit Deutschen in Innsbruck ängstlich dringend davon abratend.

In der Voss. Zeitung nebeneinander Reden von Papen und Goering, die erstere in staatsmännischer Beängstigung auf Ordnung, Mass u. Versöhnung dringend, auf eine «deutsche» Revolution statt einer «bolschewistischen»; die andere schäumend, die Greuel verteidigend. Der «Marxismus» solle nicht nur ausgerottet, das Wort selbst solle vergessen werden, niemand mehr wissen, was das sei. Er und die Seinen wissen es schon heute nicht.

Gingen vorm Lunch eine Stunde bei heisser Föhnsonne spazieren. (...)

Lugano, Mittwoch, den 29. März

Getränke u. Unterhaltung. Das niederträchtige Geisel-System in Deutschland. Die Verwirklichung des systematischen wirtschaftlichen Boykotts der Juden scheint abhängig von dem «Wohlverhalten» der ausländischen Presse, ist aber als Drohung eine neue Herausforderung an die Welt.

Ich hatte Post: ein Artikel der Baseler National-Zeitung über deutsche Zustände mit der Versicherung, dass ich heute im Dachauer Konzentrationslager sässe, wenn ich in Deutschland wäre. – Langer Not-Brief Kiefers aus Basel. Seine Flucht nach der Misshandlung seines Sohnes. Seine Nachrichten aus Genf. Isolierung Deutschlands, dessen wirtschaftliche Aussichten für sehr schlecht erachtet werden. Dennoch rechne man mit einem jahrelangen Bestehen des Regimes, wenn nicht aussenpolitische Konflagrationen die Ereignisse beschleunigen, was z. B. Herr van Aaken mit Bestimmtheit annahm. Unwahrscheinlich sei eine Milderung der Spannung in Deutschland mit nächster Zeit. Im Gegenteil werde es Blut geben; das Zeichen dazu, ein Attentat, werde mit derselben Skrupellosigkeit inszeniert werden wie alles Übrige. Rat, mit den Meinen das Land zu verlassen.

Ullstein hat den Vertrieb von Feuchtwangers «Jüdischem Krieg» eingestellt, wegen Beteiligung des Autors an der «Greuel-Propaganda». Wann wird die Censur beginnen, sich gegen die Buch-Literatur zu richten? Zweifel, ob Fischer, der Verleger Trotzki's, seinen Betrieb in Berlin wird aufrecht erhalten können. (...)

Lugano, Donnerstag, den 30. März

Erika und die Giese fanden mein Aussehen gebessert, auch Hesses stellten das fest. Tatsächlich bin ich hier ruhiger geworden, die Neigung zu Angstanfällen ist geringer, eine gewisse Gewöhnung an die Lage hat stattgefunden, und ich verstehe, dass ich, bei aller Qual, von charakteristischem Glück sagen kann, insofern ich bei Ausbruch der Katastrophe mit K. auswärts war. (...)

Die lügenhaften Gemeinheiten gegen Braun und Severing, Gerede, blödsinnige Anschuldigungen der «Unterschlagung», Vermögenskonfiskation, elende kaltblütige wirtschaftliche Vernichtung. Der abgründig-widerwärtige Rache-Charakter des Ganzen. Im Berliner «Herrenklub» ratlose Verzweiflung unter Vorsitz des albernen Verbrechers Papen. – (...)

Lugano, Freitag, den 31. März

Hesse hat mir seine Insel-Ausgabe von «Krieg u. Frieden» geliehen, statt meiner elend übersetzten Reclam-Ausgabe. Ich las vorm Einschlafen längere Zeit am l. Bande weiter. Unruhig geschlafen infolge der Beschäftigung mit den heimatlichen Dingen, dem Boykott- und Geiselwesen, dem verrückten Kriegszustand, dem Blödsinn u. der Gemeinheit. Neue erregte Depression. (...)

In Breslau hat man allen Juden die Pässe entzogen. In München, offenbar auch an anderen Orten, hat der systematische Boykott der jüdischen Geschäfte, trotz Nachlassen der auswärtigen Propaganda, eingesetzt. Der Unterhalt der Angestellten ist dabei Sache der Inhaber. Blödsinnige Inkonsequenz in der Niedertracht, da die «Bewegung» vor den jüdischen Banken halt macht. Ernst warnender Artikel der N.Z.Z., der auch auf die wirtschaftliche Selbstschädigung hinweist. Rasende Drohungen des Göbbels in seinem Blatt gegen diejenigen, die sich dem «Aufbau» entgegenzustellen wagen. Der «Völk. Beobachter» schäumt gegen die «D.A.Z.», die als über und über mitschuldiges Organ jetzt die Vernünftige spielt. Die Narren, die das Unwesen grossgezogen!

K. ermahnt ihre Eltern, in die Schweiz zu kommen und die Sammlung zu sichern. (...)

Lugano, Donnerstag, den 20. April

Anmeldung, telegraphisch, von Erika und Klaus für morgen. Überraschung. (...)

– Die deutschen Vorgänge hören nicht auf, mich zu beschäftigen. Später, wenn ich in Deutschland liquidiert habe, werde ich gewiss einmal darüber schreiben. Die Rebarbarisierung, die in antiken Zeiten durch primitive Völker von aussen kam, willentlich als «Revolution» vorgenommen, mit Hülfe einer stark vereinfachten Jugend. Austreibung des mittelständisch-humanen Geistes, die sich hauptsächlich in Antisemitismus kleidet, und Reduzierung aufs Völkisch-Nationale, gründlicher u. gewaltsamer als je früher schon. (...)

Diese Revolution rühmt sich ihrer Unblutigkeit, ist aber dabei die hasserfüllteste und mordlustigste, die je da war. Ihr ganzes Wesen ist, was man sich auch einbilden möge, *nicht* «Erhebung», Freude, Hochherzigkeit, Liebe, die immer mit vielen dem Glauben und der Menschenzukunft dargebrachten Blutopfern sich vertragen könnten, sondern Hass, Ressentiment, Rache, Gemeinheit. Sie könnte viel blutiger sein, und die Welt würde sie dennoch bewundern, wenn sie dabei schöner, heller und edelmütiger wäre. Die Welt verachtet sie, darüber ist kein Zweifel, und das Land ist isoliert. (...)

Sanary, Donnerstag, den 17. August
Im Garten Material-Studium und Überlegungen. Der «Temps» berichtet von einem scharfen Artikel der «N.Z.Z.» gegen die Bedrohung der Schweizer Unabhängigkeit durch Deutschland. Die «moralischen» Eroberungswünsche sind durchaus unbegrenzt. Dabei bieder-friedseliges Gerede im Sinn eines nationalsozialistischen Europa. Es ist ein nie gesehenes Mass von dummer und grobschlauer Unverschämtheit. Das elende Niveau ist es, die Mischung von Unbildung, Träumerei und Roheit, was am meisten erbittert. – (...)

Küsnacht, Mittwoch, den 11. Oktober
Eben kommt in Deutschland das Gesetz gegen den «Rasse-Verrat» heraus, das jüdisch-«arische» Verbindungen jeder Art, auch wenn sie nicht auf Nachkommenschaft zielen, unter schwere Strafe stellt. Das revolutionär Phantastische, Rasante, Ungeahnte und Widerwahrscheinliche dieser Legislative könnte amüsieren, ja erfrischen, wenn es nicht der unleidliche und jämmerliche Kostbarkeitsdünkel der deutschen Crapule wäre, die hier aus abenteuerlicher Machtvollkommenheit, die Welt herausfordernd, ihre Krüppel-Philosophie in «Geschichte» umsetzt.– (...)

Zeitungs- und Zeitschriftenlektüre. Später geschlafen. Der Reichsbrand tagt in Berlin, eine schauerliche und elende Groteske, Lubbe, der allein angezündet haben (will), antwortet auf die dringliche Frage, ob er von irgendwem dazu angestiftet worden, mit tropfender Nase: «Das kann ich nicht sagen.» Die drei anderen Angeklagten sind längst offenkundig entlastet, aber der Beweis, dass der internationale Kommunismus hinter dem stupiden Verbrechen steht, wird dennoch als erbracht betrachtet werden. Torglers verbitterte Miene deutet es an. Das Urteil wird im Geiste derjenigen ergehen, nach denen junge Kommunisten, die in provozierter Rauferei einen Nazi getötet, geköpft werden. Man rechnet auf Weltsympathie für ein solches Urteil auf Grund der allgemeinen Furcht. Aber die Kommunistenfurcht der Welt ist eines und ein anderes ihr Ekel vor der deutschen Rechtsverhunzung, ausgeprägt in dem Satz: »Was dem deutschen

Volke nützt ist Recht.« Der Spruch wird dem deutschen Volke nicht nützen, sondern die Kluft zwischen ihm u. der übrigen Welt vertiefen. – (...)

Küsnacht, Sonnabend, den 30. Juni 1934
Beim Abendessen wurde ein Zürcher Extrablatt übergeben, das ich vorlas. Drunter und drüber in Deutschland: Meuterei der S.A. und Röhms, der von Hitler ausgestossen und abgesetzt, Braune Häuser von Reichswehr besetzt, grosse Menschenmassen in Berlin und München auf den Beinen, Verhaftungen und Erschiessungen, Feuerkampf Unter den Linden. General von Schleicher ermordet. – Unglückseliges, thorheitsvolles Land, das sich diesen schändlichen Mist, diesen Sumpf von Lüge, Roheit und Verbrechen hat aufreden lassen und noch lange nicht Frieden finden wird. (...)

Anruf bei der N.Z.Z. wegen neuer Nachrichten. Der elende Hitler nach München geflogen, um verhaften und erschiessen zu lassen. «General» Göhring leitet die Niederschlagung der «Zweiten Revolution» in Berlin. Der Tod Schleichers bestätigt sich; er ist von den S.A.-Bestien noch rasch erschlagen worden, weil er vielleicht der Mann gewesen wäre, das Land aus dem schmutzigen Irrwitz herauszuführen. Für 11 kommunistische Arbeiter ist gerade wieder die Hinrichtung beantragt worden, weil sie an der Ermordung eines S.A.-Rammels beteiligt gewesen sein sollen. Jetzt wird die S.A. niedergeschossen, und die Spott- und Schandgeburt von «Revolution» beginnt sich selbst mit Blut zu besudeln. Es wird weitergehen. Möge die Flut bald diese ganze Lügen- und Dummheitsgeburt von «nationaler Erhebung» verschlingen mitsamt den menschheitswidrigen Gestalten, die sich ihre Helden nannten. (...)

Küsnacht, Mittwoch, den 4. Juli 1934
Das «Komplott» gegen den deutschen Staat, das blutig niedergeschlagen werden musste, stellt sich immer mehr als Verbrecherschwindel von der Art des Reichstagsbrandes und der kommunistischen Gefahr vom vorigen Jahr heraus. Dass in der S.A. Unzufriedenheit herrschte, war am Tage, aber der Verlauf der Aktion zeugt wenig dafür, dass die Kommandanten das vorhatten, was man ihnen zuschreibt. Auch ihre Weigerung sich selbst zu richten zeugt nicht dafür, noch der Ruf «Heil Hitler», mit dem mehrere gestorben sein sollen. Es handelt sich um eine «staatsmännische» Scheusäligkeit im Stil dieser verdorbenen Hirne, ein Präventiv-Blutbad rechts und links, wobei das rechte das politische Alibi für das linke ergibt und umgekehrt, und das als grosse moralische Reinigungstat aufgemacht wird für Wiederherstellung der schon völlig zerrütteten Stimmung. Es ist möglich

und scheint so, dass die Kleinbürgermassen wieder auf die mit dreckiger Seelenkunde auf sie zugeschnittene Moralität hineinfallen und in Hitler aufs neue den Retter sehen. Aber wird das bei steigendem Wirtschaftsruin und politischer wie moralischer Isolierung noch einmal 14 Monate vorhalten?

Die Zahl der Getöteten liegt im Dunkel. Sie ist sicher sehr gross. E. Jung ist erschossen – Bertram bewunderte sehr sein Buch «Die Herrschaft des Minderwertigen» und wollte es mir aufreden. Wie mag er sich stellen zu seiner Ermordung? General von Bredow, der Katholik Klausener, zehn, zwölf weitere konservative Patrioten ermordet. Die Szene der Beseitigung Schleichers nebst seiner Frau stand genauer im «Temps». Der «Herrenklub», nationalistisch und reaktionär genug, ist aufgelöst, von Gleichen und andere ins Ausland entkommen. Ich bemitleide diese Schrittmacher des Elends nicht, so wenig wie die Rowdy-Abenteurer Heines und Röhm, und doch wird auch ihr Blut eines Tages auf das «Haupt» dieses schmutzigen Schwindlers und Mordcharlatans kommen, eines Helden der Geschichte wie die Welt ihn noch nicht sah, denn Robbespierre erscheint verehrungswürdig neben ihm. – (...)

Küsnacht, Sonntag, den 29. Juli 1934

Nachmittags kam Erika an. Begrüsste sie beim Thee, nach kurzer Ruhe, und wir hatten zu viert, mit K. und Golo, ein längeres Gespräch, wie jetzt immer wieder die Zeit es den Herzen abpresst, über die Lage, die Aussichten in Deutschland, die Hoffnung auf Zusammenbruch und selbst auf einen hoffnungslosen Zusammenbruch. Erwägungen über ein finis Germaniae, den möglichen politischen Bankerott, die Auflösung. Wäre er seelisch zu ertragen, vielleicht gar eine Erlösung? Nach der Geschichte der Einigung? Nach dem, was Berlin unter Bismarck gewesen? «Verging, wie Dunst –» Aber ist Rückkehr zur Unwirklichkeit, zum Geistesvolk möglich? Das Ausgehen des Geschichtsrausches von 1933 in einem schlimmeren Katzenjammer, als der war, in den der von 1914 ausging. Das Deutschtum wollte die Republik nicht, weil ihr ideologischer Gehalt, die Einordnung in die Civilisation, ihm zu dünn war. Das Deutsche, das Protestantische, das Ewig-Volkhafte wurde eingesetzt zu neuer erhebender Geschichtsschöpfung, aber eingesetzt als etwas Heruntergekommenes, Verhunztes, mit Mitteln der Lüge, der Brutalität und roher, hysterischer Besoffenheit, und die Geschichtsschöpfung ist im Begriffe sich als der miserabelste Fehlschlag zu erweisen, in den je das Unternehmen eines Hauptvolkes ausging. Welch ein Bankerott! (...)

Küsnacht, Donnerstag, den 2. August 1934
Nachmittags keine Ruhe gefunden. Rohrbruch. In Küsnacht den ganzen Nachmittag kein Wasser.

Zum Thee Erikas Freund X, der junge Schauspieler und Kommunist, mit den ausgeschlagenen Zähnen. Erzählte von seinen Erlebnissen, aus denen überzeugend hervorgeht, dass der Nationalsozialismus Bestialismus ist *und nichts weiter.* Seine überzeugten Hoffnungen auf die eines Tages kommende rettende und reinigende Aktion der Arbeiterklasse. Seine Versicherung, dass alles, was ausländische und Emigrantenblätter über die Wirtschaft in den Konz. Lagern zu melden wissen, nicht im Entferntesten an die Wahrheit heranreicht. – (...)

Küsnacht, Montag, den 1. Oktober 1934
Heute schrieb ich weiter und ging allein spazieren, da K. wegen unserer morgigen Abreise in der Stadt beschäftigt war. Las nach Tische Zeitungen: im «Temps» einen guten und deutlichen Artikel d'Ormessons über die «Duplicité» des Hitlerismus, offen und frei den Reichstagsbrand, den 30. Juni, den 24. Juli, das Testament erörternd und auch die unheimliche Gläubigkeit, mit der das arme und gefährliche deutsche Volk jede cynische Lüge und Fälschung hinnimmt. Man kann nicht offener und zutreffender sprechen. Die Dinge sind erkannt und durchschaut. (...)

(Aus »Tagebücher 1933/34«)

Denis de Rougemont

Tagebuch aus Deutschland

Ende November 1935

Acht Wochen Aufenthalt, vier Wochen Unterricht. Versuchen wir, unter den vielen, widersprüchlichen kleinen Begebenheiten, von Tag zu Tag ohne Rücksicht auf ihre mögliche Bedeutungslosigkeit notiert, die gegenwärtige Lage zu überblicken. Am besten betrachtet man wohl einige der typischen Vertreter der einzelnen Gesellschaftsschichten und ein paar unmissverständliche Situationen.

Die Bürgerlichen. Ich kam aus Paris, überzeugt davon, dass der Hitlerismus eine Bewegung der «Rechten» sei, ein letzter Versuch, den Kapitalismus und die bürgerlichen Privilegien zu retten, wie es die Sozialisten ausdrückten; oder anders gesagt: ein Bollwerk gegen den Bolschewismus, wie es die Reaktionäre behaupteten.

Ich treffe viele Bürgerliche: Professoren, Mediziner, Kaufleute, Industrielle, Rechtsanwälte, Angestellte, mehr oder weniger ruinierte Privatiers. Es besteht kein Zweifel: sie alle sind gegen das Regime. «Es ist ein verschleierter Bolschewismus», sagen sie immer wieder. Seltsames «Bollwerk». Sie beklagen sich, alle Reformen seien für die Arbeiter und Bauern: die Steuerbelastung komme einer Konfiszierung des Kapitals gleich; das Familienleben werde zerstört, die Autorität der Eltern untergraben, die Religion verfälscht, aus der Erziehung ausgeklammert und mit tausend hinterlistigen Mitteln planmässig verfolgt.

Aber wenn ich sie nach ihren Widerstandsplänen frage, weichen sie aus. Es kommt vor, dass sie gestehen, der braune Bolschewismus sei in ihren Augen weniger schrecklich als der rote. Es hat keine Massaker gegeben. Alles läuft schrittweise und in geordneten Bahnen. Bald einmal werden sie kein Vermögen mehr besitzen, aber sie behalten ihre Titel und Funktionen unter den neuen Meistern (der Gauleiter ist ein ehemaliger Postangestellter, ein fettwanstiger Kerl, den man für sehr ordinär hält).

Überall dieselbe Angst, die jeden Ansatz von Widerstand im Keim erstickt: Wenn es nicht die Braunen wären, die an der Macht sind, wären es die Roten. Sie können sich keine andere Alternative vorstellen. In der Tat haben diese «Besitzenden» niemals an die Weimarer Regierung geglaubt. Es gibt zweifellos in ganz Europa keine Klasse, die weniger Interesse am politischen Leben zeigt, die dem Staat passiver gegenübersteht, den vollendeten Tatsachen – die immer von den anderen vollendet werden – schwächeren Widerstand leistet und die alles in allem weniger staatsbürgerliche Gesinnung aufbringt.

Paradoxerweise ist es das nationalsozialistische Regime, das ihnen die sozialen Verhältnisse und die daraus entstehenden Probleme aufdeckt. Einerseits war der heftige und rasante Aufschwung des Hitlertums eine direkte Folge der fehlenden staatsbürgerlichen Gesinnung, ein allgemeines Gesetz, das sich in jedem totalitären Staat bewahrheitet. Andererseits hat es sich das neue Regime zur Aufgabe gemacht, alle diese Leute zu erziehen: daher die Didaktik voll von unzähligen politischen Reden und die Gleichschaltung der Presse.

Sicher, die Deutschen zeigten schon immer Gruppensinn, und man ist zu oft versucht, den Nationalsozialismus mit dem Bedürfnis zu erklären, gemeinsam zu marschieren, zu singen, zu trinken und zu denken. Dieses Phänomen ist in Wirklichkeit so alt wie die Deutschen selbst; es ist also keine Erklärung für das, was sich jetzt ganz neu abspielt. In einem totalitären Regime kommt nicht so sehr die Kollektiv-Seele eines Volkes zum Ausdruck als vielmehr die Notwendigkeit, das schwere Versagen wieder gutzumachen. Hitler ist dabei, das deutsche Volk zu dressieren (wie Stalin das russische Volk dressiert hat); in dieser Dressur findet sich nichts Traditionelles, ganz im Gegenteil. Alle Propagandabemühungen, um den ich weiss nicht welchen hypothetischen und prähistorischen Germanismus zu restaurieren, sind mehr oder weniger bewusst dazu bestimmt, den antideutschen Charakter der angewandten Methoden zu verschleiern. Preussische Methoden, sagen die Süddeutschen; Slawenmethoden, murren die Preussen. Jakobiner-Methoden, so scheint es mir. Denn was dieser trägen Bourgeoisie eingehämmert werden sollte, ist nicht der Gruppensinn, den sie besitzt, sondern der Staatssinn, den sie nicht hat. Den Sinn für ein einiges Deutschland, für das deutsche Interesse vor den Interessen der Klasse und vor allen privaten Interessen.

Da haben wir also die grosse Revolution in einem Land, wo das Privatleben einerseits und die Klassentrennung andererseits die wahren sittlichen Grundlagen darstellten.

Zwischen dem Jakobinertum und dem Nationalsozialismus besteht nur dieser eine grosse Unterschied: Beim ersteren sprach man von den *Rechten* des Bürgers, beim letzteren spricht man nur noch von seinen *Pflichten.*

Ich sehe keine theoretischen Argumente, die dem einen oder anderen System den Vorzug geben könnten. Vielmehr löst jedes mögliche Argument dafür sofort ein Gegenargument aus; es ist ein dialektischer Wirrwarr.

Der kleine Industrielle. – Vor 1933 war sein Leben unmöglich: Streiks, Morddrohungen von seiten der Extremisten, mühsame Diskussionen mit der Gewerkschaft, katastrophale finanzielle Verhältnisse. Das war die «Freiheit». Jetzt ist nichts mehr frei, aber alles funktioniert, bestätigt er, oder wird funktionieren. Keine Diskussionen mehr. Der «Führer der Firma» hat nicht das Recht, seine Arbeiter zu entlassen, aber diese haben auch nicht das Recht zu streiken. Der soziale Frieden wurde erreicht durch das Festhalten der gegenseitigen Pflichten auf einem rechtlich sehr mittelmässigen, aber stabilen Niveau.

«Alles in allem betrachtet, sind Sie zufrieden?»

Er lächelt, zuckt mit den Schultern, nickt mit dem Kopf. Morgen muss er in ein Schulungslager reisen. Das freut ihn nicht.

Ich sehe ihn drei Wochen später wieder.

«Dieses Lager?»

«Nun, es war so: wir waren in einem grossen Haus in komfortablen Zweierzimmern untergebracht. Mein Zimmerkamerad war ein Arbeiter aus meiner Fabrik. Man lernt sich etwas näher kennen, wenn man dasselbe Zimmer teilt. Wir hatten Kurse über Politik und Wirtschaft. Wir haben zusammen gesungen. Man hat uns Fragen gestellt. Die meisten freien Abende haben wir im Wirtshaus im Dorf verbracht...»

Er kommt mir ganz verjüngt vor: Er ist wieder zur Schule gegangen, und alles hat sich in Wohlgefallen aufgelöst: seine Arbeiter sind im Grunde anständige Kerle, man kann ganz normal mit ihnen reden...

Ich habe geglaubt, von den Äusserungen dieses kleinen Chefs und einiger anderer eine etwas weniger simple Antwort ableiten zu können auf die übliche Frage: *Steht das Regime links oder rechts?* Die Antwort: Das Regime steht viel mehr links, als man in Frankreich glaubt, aber etwas weniger, als man beim deutschen Bürgertum glaubt. Aber zweifellos gibt es darauf keine schlüssige Antwort; die Frage selbst wird ja sehr irreal, sobald man den Boden der Polemik verlässt. (Je nach der oppositionellen Haltung, die nicht erfassbar ist, und naturgemäss unabhängig von jeder genauen Information).

Ein Israelit. Nach den üblichen Scherzen über die Regierungsmannschaft und einigen Andeutungen über die schikanösen Massnahmen in bezug auf die Juden (es ist ganz einfach: sie können nicht bleiben, aber auch nicht weggehen), beginnt er mir sehnsuchtsvoll von dem Werk der deutsch-französischen Annäherung zu erzählen, das er in dieser Stadt auf die Beine gestellt hat. Studentenaustausch, Konferenzen, Studienkreise, unentgeltliche Hilfe für Studenten der romanischen Sprachen, Reisen,

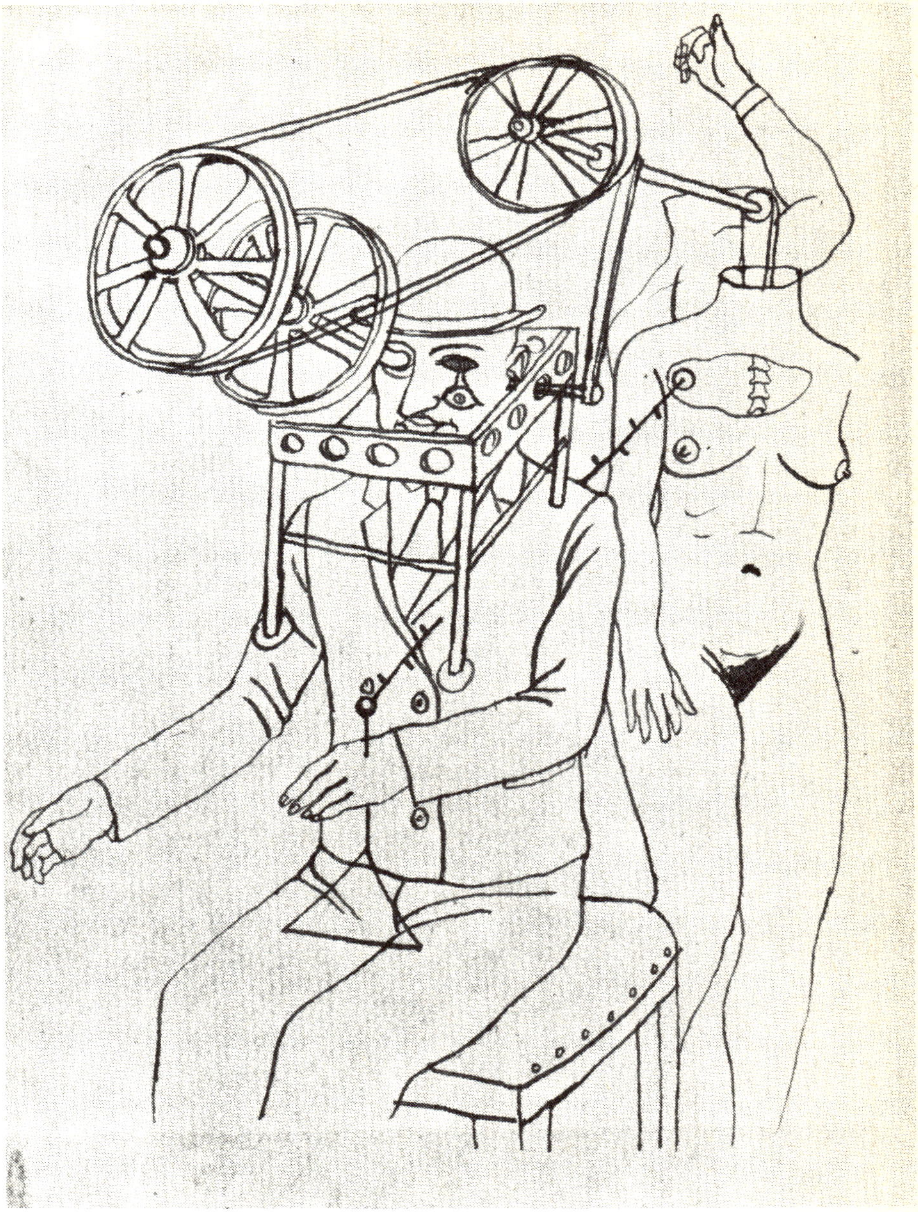

Werner Schaad

Einrichtung und Erweiterung von Bibliotheken, Konzerte ... «Das ist alles vorbei», schliesst er. Dieser kleine Satz enthält die ganze Wahrheit, die der Verstand noch nicht annehmen will. (Der Verstand sträubt sich dagegen, die vollendeten Tatsachen hinzunehmen und die nicht rückgängig zu machenden Tatsachen zu denken; der jüdische Verstand zweifellos mehr als jeder andere. Deshalb ist er liberal. Meiner Meinung nach ist niemand weniger jüdisch als Marx.)

Das, was vorbei ist, ist eine Form der Kultur, die bezaubernd, liebenswürdig und «tief» war, aber dermassen vom «ordinären» Leben der Massen abgeschnitten, dass sie beim plötzlichen Erwachen gewisser Instinkte nicht einen Tag überlebte. Aber ich werde hier nicht wiederholen, was ich an anderer Stelle gerade schreibe (in «Penser avec les mains», einer in diesem deutschen Winter fertiggestellten Arbeit, entstanden unter dem Druck der peinlichsten Fragen, die mir das Hitlertum unaufhörlich stellte). Ich halte nur fest, dass ein kultivierter, liberaler und bürgerlicher Jude das Hitlertum wirklich nur als völlige Absurdität erfassen *kann*. Es ist nicht der Antisemitismus, der für sie unbegreiflich ist, nicht im geringsten! Manche Juden teilen ihn. Es ist eine Weltanschauung, die auf der Macht der Tatsachen begründet ist, wo sein Denken keine Orientierung mehr findet.

Es ist übrigens ungerecht oder ungenau, vom Juden ganz allgemein zu sprechen. Selbst hier unterscheide ich drei ganz verschiedene Arten. Der Jude, von dem ich gesprochen habe, ist praktisch identisch mit dem Typus eines europäischen Liberalen. Es gibt andere (man behauptet es), die Marxisten oder Stalinisten geworden sind, teils aus Idealismus, teils aus Ressentiment. Sie verehren einen Anti-Führer, der es besser machen würde als der Führer der Gojim. Man muss jedoch zugeben, dass die meisten jener Juden, die man noch im Kaffeehaus am Opernplatz sieht, den einfältigen Parolen der Hitler-Propaganda recht zu geben scheinen. Schmerbäuchig, Ringe an den Fingern, die Zigarre mitten im Mund, repräsentieren sie den herkömmlichen Typus des arroganten Kapitalisten; Goebbels und die Gauleiter hatten es nicht schwer, den neidischen Hass auf sie zu lenken, den die Kleinen für die Grossen innerhalb der bürgerlichen Klasse empfinden. Es war gar nicht nötig, zu falschen Manifesten Zuflucht zu nehmen, wie zum Protokoll der Weisen von Zion: Man musste nur mit dem Finger auf diese Bäuche zeigen und den gedemütigten Eltern in Erinnerung rufen, dass ihre Kinder nie Klassenerste werden, solange Juden in der Klasse sind.

Entweder ist das Ressentiment nicht nur den Linken eigen, oder das Hitlertum ist links. In beiden Fällen täuschen sich unsere Rechten; unsere Linken aber im zweiten Fall.

Die Studenten. – An den meisten deutschen Universitäten ist die Zahl der Studenten in den romanischen Sprachen auf ein Zehntel gesunken im Verhältnis zur Zahl im Jahre 1932. Sicher, man musste die Arbeitslosigkeit bekämpfen. Aber tatsächlich sind die jungen Abiturienten verpflichtet zu sechs Monaten Arbeitsdienst, zwei Jahren Militärdienst und manchmal zu einem Jahr Pädagogische Lehranstalt (Gymnastik und Pädagogik), bevor sie in die Universität eintreten können. Das bedeutet einige magere Jahre, während denen man zweifellos damit rechnet, dass sie die Lust am Studium verlieren. Dazu kommt die grosse Schwierigkeit, französische Bücher zu bekommen wegen der Devisenbestimmungen. Unsere Kultur verliert in erschreckendem Ausmass an Boden, wie auch die Kultur ganz allgemein.

Unter den Studenten, die meine Kurse belegen, sind die meisten im vierten oder fünften Jahr. Das ist die letzte Generation vor der Machtergreifung. Sie kennen Gide, Claudel, Giraudoux besser als ich. Einer unter ihnen legt mir eine Arbeit über «Les Nouvelles Nourritures» von Gide vor, die ich gerade bekommen und ihm ausgeliehen habe. Er zeigt sich sehr überrascht über den vom Autor zur Schau getragenen Kommunismus und meint abschliessend: «Da muss sich der Dichter geirrt haben.» Dieselbe Reaktion in bezug auf Giono, den sie verehren und von dem sie – nicht ganz zu unrecht – annehmen, er stehe den früh-Hitlerischen Ideologien näher als dem Sozialismus, zu dem er sich bekennt.

Die Jüngeren scheinen weniger offen zu sein. Sie kommen vom Arbeitsdienst. Der Professor flösst ihnen nicht mehr den Respekt vor dem Titel oder seinem Alter ein, der früher in Deutschland so frappant war. Er ist nur noch der unvermeidliche Techniker – übrigens ein schlechter Turner, der zurückgezogen «vom Leben» existiert – der einem ein gewisses Mass an «Kenntnissen» vermitteln kann.

Ich bitte sie, schriftlich zur folgenden Frage Stellung zu nehmen: «Warum studiere ich romanische Sprachen?» Drei von sechs geben zur Antwort, dass das Radio der Hitlerjugend Gespräche auf französisch ausstrahlt, und dies beweise, dass es «nützlich» sei, die Sprache des Nachbarn zu kennen.

Kurz vor Beginn des Semesters wurden durch eine Verordnung des Reichserziehungsministeriums alle Studentenverbindungen ausnahmslos als aufgelöst und illegal erklärt. Die Tragweite dieser Revolution in den Gewohnheiten wird wöchentlich vom Universitätsorgan der Partei, der «Bewegung» unterstrichen. Man kann sich in Frankreich keine Vorstellung machen von der demagogischen Gewalt dieser Artikel, denn sie erscheint weniger in der Heftigkeit, d.h. im plumpen Ausdruck, als vielmehr im Wunsch, die besiegte Opposition bis in die hintersten Winkel zu verfolgen, bis ins intimste Privatleben. Man begnügt sich nicht mehr mit einem selbst vorbildlichen Gehorsam; man stempelt jene als «asozial», die keine «freudige» Begeisterung für den Dienst in der Partei zeigen.(...)

Man kann kaum von Opposition sprechen. Es ist eher eine konservative Trägheit, gegen die die Partei heute kämpft.

Ein «Oppositioneller». – Ich gehe mit einem meiner Studenten spazieren. Er hat schon seinen Doktor phil., und er wollte sich im Französischen vervollkommnen, bis er eine Stelle gefunden hat. Er fürchtet übrigens, keine zu bekommen, weil er nicht in der Partei ist. Er hat sich viel mit Psychoanalyse beschäftigt: «Das hat mich seinerzeit fast fertiggemacht. Man kann an nichts mehr glauben.» Heute ist er Anhänger von Nicolai Hartmann: der Wille, das Reale, und der Stolz des Menschen ... Das Regime widert ihn an und stösst ihn ab. Das ist die Diktatur der Flegel und Dummköpfe. Ich stelle ihm meine übliche Frage: – Was glauben Sie, können Sie tun gegen diese Leute, gegen diesen Stand der Dinge? – Man kann nichts tun. Und übrigens bin ich schon zu alt. – Zu alt, Sie? Wie alt sind Sie denn? – 27 Jahre alt. Aber der Führer hat es gerade neulich gesagt: die Menschen, die 1933 mehr als 20 Jahre alt waren, werden die neue Zeit nie begreifen.

Er bereitet für das Seminar eine Arbeit über Barrès vor: *«La terre et les morts»;* das ist fast wie die Blut-und-Boden-Ideologie der Nazis. Da er Barrès liebt, beruhigt ihn das. Es ist eine Möglichkeit der Annäherung, ein Kompromiss mit dem verhassten Regime.
(Anmerkung 1938: Dieser Student ist gerade in die Partei eingetreten)

Ein Kommunist. – In seiner kleinen Küche, in der wir seit zwei Stunden am Tisch sitzen, erzählt er mir seine Raufereien mit den Nazis vor 33, als er Feldgrau trug (Uniform der Kommunisten) und die anderen Braun. Er ist ein hartgesottener Bursche. Seit sieben Jahren arbeitslos. Ehemaliger Leiter einer *Kameradschaft* (einer militanten roten Kompanie). Unwiderruflich, bestätigt er mir feierlich. Aber auch er fühlt sich zu alt, den Kampf weiterzuführen; er ist 50. Sich wieder zu prügeln? Sie sind nicht so, die deutschen Arbeiter. «Ihr Franzosen», sagt er mir, «Ihr träumt nur von Revolutionen und Aufständen. Ihr wisst nicht, was das heisst. Wir haben genug davon gehabt bei uns. Jetzt wollen wir Arbeit und unseren Milchkaffee am Morgen. Wenn man uns das gibt, egal ob das Hitler ist oder ein anderer, dann genügt es. Die Arbeiter interessieren sich nicht für Politik, wenn sie genug zu essen und Arbeit haben. Hitler? Er muss nur sein Programm durchführen, jetzt, wo er gewonnen hat. Es war fast dasselbe Programm wie unseres. Aber er war schlauer, er hat das Bürgertum in Sicherheit gewiegt, weil er nicht gleich die Religion angegriffen hat ...» Plötzlich erhebt er sich von seinem Hocker mit erhabener Geste, den Finger in die Luftgestreckt: «Ich will Ihnen etwas sagen: wenn ihn alle verlassen, alle diese grossen Schweine, die um ihn sind (und er nennt die wichtigsten Köpfe des Regimes), aber ich (und er schlägt sich an die Brust), ich werde mich für ihn töten lassen!» Und er wiederholt: «*Er* wenigstens, er ist ein ehrlicher Mensch, und er ist der einzige ...»

Ein «alter Kämpfer» des Regimes. – Man erkennt sie sofort: ein körperlicher Typ, der sich von den Bürgerlichen und Arbeitern abhebt: härter, sportlich, mit kaltem «objektivem» Blick, blasser Haut, Brille, mit schwerem Unterkiefer.

Vor 33 empfing man ihn nicht mehr in der Gesellschaft der Stadt. Seither ist er eine Persönlichkeit geworden, von jenen begehrt, die ihm früher die stärksten Kränkungen in aller Öffentlichkeit zugefügt haben, wie zum Beispiel jener Grossindustrielle, der ihn an jenem Abend mit uns eingeladen hatte und der sich früher als Sozialdemokrat gab. Wir sprechen über Politik, ein verbanntes Thema bei den Bürgerlichen der Opposition. Unser Gastgeber geht kurz und höflich auf meine Einwände ein (vor allem über die Kriegsgefahr, die das Hitlertum darstellt). Er anerkennt die Berechtigung einiger Kritiken. Aber er schliesst: – Wie dem auch sei, Sie können nicht verleugnen, dass der Führer grosse Politik macht!

Ich stelle ihm die Frage nach dem Anschluss. (Jedermann hier wiederholt: Wir wollen das nicht, das wäre eine verheerende Operation wirtschaftlich gesehen, wir haben schon genügend Katholiken, nur der Führer denkt daran, etc.)

– Der Anschluss? sagt unser Gastgeber. Das wird so schnell gehen, dass niemand dazukommt, sich auch nur zu regen. Überhaupt keine Kriegsgefahr. Ein Blitz, und alles ist vorbei. Sie müssen keine Angst um den Frieden haben, wir können kalkulieren, und in dieser Sache ist alles kalkuliert.

Im Zimmer seines Sohnes: Er hebt den Kleinen zu sich herauf und sagt: – «Ja, Du wirst einmal ein richtiger Krieger sein!» Seine Frau: – «Hör mal, Du bist dumm, so etwas vor Franzosen zu sagen!» Aber er scheint es nicht zu verstehen. Was soll daran dumm sein?

Eltern und Kinder. – Mittagessen bei einem Rechtsanwalt. Die gnädige Frau beklagt sich: «Es gibt gar kein Familienleben mehr mit diesem System. Jeden Abend sind zwei meiner drei Kinder von der Partei in Anspruch genommen: Meine ältere Tochter ist 18 Jahre alt. Sie ist Führerin einer Gruppe junger Mädchen, die sie zweimal in der Woche leiten muss. Gymnastik und politische Bildung. Dazu muss sie noch Plätze für ihre Schützlinge finden, sich mit der Hilfe für die Ärmeren befassen, sie besuchen, wenn sie krank sind (das ist eine Überwachung) und sogar – und das ist schon mehr als einmal vorgekommen – sehr heikle Fragen behandeln, uneheliche Kinder, usw. Sie verstehen mich. Sie können sich vorstellen, dass wir sie kaum mehr sehen. Und wie sollen die Eltern ihre Autorität wahren? Die Partei kommt vor allem anderen. Wenn wir unseren Sohn, der 15 Jahre alt ist, eines Abends nicht ausgehen lassen wollen, weil er zum Beispiel etwas krank ist, riskieren wir, mit den Parteigewaltigen Unannehmlichkeiten zu bekommen. Für unsere Kinder sind wir nur Zivilisten. Sie selbst halten sich für Militaristen.»

Diese Klage habe ich schon zwanzig Mal gehört. Die Kinder sind natürlich begeistert. Sie fühlen sich frei. Denn Freiheit heisst für einen Jugendlichen alles, was nicht von der Familie abhängt, sei es auch die härteste Disziplin, vorausgesetzt, sie findet ausserhalb des eigenen Heims statt.

Ich werde nicht mehr sagen, der «Faschismus» töte die Initiative. Ganz im Gegenteil. Vergleichen Sie die junge «Führerin» mit einem jungen Mädchen gleichen Alters bei uns! Aber die Initiative, die man verlangt, sie dient dem Staat und wird von ihm eingesetzt. Sie wird von der modernen Taktik vom Soldaten im Feld erwartet. Zwingen ist keine Kunst. Aber sich selbst der Freiheit der Jungen bemächtigen, das ist Totalitarismus.

(Aus »Journal d'Allemagne«, aus dem Französischen von Elisabeth Steiner-Rüdinger)

4

In den fortschrittlichen Kreisen gehörte es zum guten Ton, für Flüchtlinge etwas zu tun. So war ich einmal bei dieser, einmal bei jener Familie zu Gast. Dazu kam, dass ich ein lustiger, unterhaltsamer Kerl war. Mit mir wollte man einfach mal gesprochen haben. Auf diese Weise wurde ich herumgereicht wie ein Kuriosum. Eigentlich waren wir zwei, ich und Silone. Aber dann kam die Flut von Emigranten, die von Hitler vertrieben wurden. Clément Moreau

Die Betten sind auch bei mir gerüstet, und ich erwarte morgen den ersten aus Deutschland entkommenen Gast. Hermann Hesse (1933)

Ich habe beinah überall stärkste Entmutigung erfahren. Bert Brecht (1933)

Else Lasker-Schüler

Die Verscheuchte

Es ist der Tag im Nebel völlig eingehüllt,
Entseelt begegnen alle Welten sich –
Kaum hingezeichnet wie auf einem Schattenbild.

Wie lange war kein Herz zu meinem mild...
Die Welt erkaltete, der Mensch verblich.
– Komm bete mit mir – denn Gott tröstet mich.

Wo weilt der Odem, der aus meinem Leben wich?
Ich streife heimatlos zusammen mit dem Wild
Durch bleiche Zeiten träumend – ja ich liebte dich...

Wo soll ich hin, wenn kalt der Nordsturm brüllt?
Die scheuen Tiere aus der Landschaft wagen sich
Und ich vor deine Tür, ein Bündel Wegerich.

Bald haben Tränen alle Himmel weggespült,
An deren Kelchen Dichter ihren Durst gestillt –
Auch du und ich.

Ignazio Silone

Der Fuchs

Daniele war gerade im Schweinestall, um dem Mutterschwein beim Ferkeln behilflich zu sein, als er sich von seinem dreissig Meter entfernten Hause gerufen hörte. Er war heftig um die Sau bemüht und hatte vorher schon gesagt, dass er nicht gestört werden wolle. Darum gab er auch auf die Rufe keine Antwort. Seine Frau Filomena hatte sich schon zwei- oder dreimal bemerkbar zu machen gesucht: »Daniele! Es will dich jemand sprechen!...« Da er aber keine Antwort gegeben, war sie verstummt. Daniele hatte alle Vorsichtsmassregeln getroffen, damit sich die Geburt nur ja glatt abwickle. Aber das sind Dinge, bei denen man niemals ganz sicher ist. Schon gestern hatte er dem Schwein eine strenge Diät auferlegt und ihm aus ganz besonderer Vorsicht einen tüchtigen Einlauf mit Rizinusöl gemacht. Denn er fürchtete vor allem eine Verstopfung des Tieres, eine daraus folgende Lähmung des Hinterteils und dann ein Ausbleiben der Milch. Daniele hatte sich einen Bergamasken, einen gewissen Agostino, zur Hilfe genommen, der seit etlichen Jahren im Tessin lebte; obwohl Maurer von Beruf, war er in der toten Saison für alles zu haben. Die Geburt hatte gut angefangen. Drei Ferkelchen waren schon, wie drei Mäuse, aus dem blutigen Loch geschlüpft. Agostino beschäftigte sich vor allem damit, für jedes Schweinchen den passenden Namen zu finden. Das vierte Tier wollte nicht heraus. Agostino musste das Mutterschwein am Rüssel packen, es festhalten, damit Daniele seinen mit Öl beschmierten Arm in die zerrissene Scheide des Tieres hineinschieben, aus ihr das vierte Ferkel herausziehen und damit den Weg für die folgenden freimachen konnte.

»Dieses«, schlug Agostino vor, und deutete auf das widerspenstige Schweinchen, »wollen wir Benito nennen.«

»Unmöglich!« antwortete Daniele. »Die Ferkel sind an eine italienische Firma verkauft.«

»Berechnender Hund!« brummte der Bergamasker.

Da hörte man die Stimme von Luisa, Danielens jüngster Tochter: »Papa!... Da ist jemand, der dich sprechen will!...«

Daniele fuhr ruhig fort, die Ferkelchen abzunabeln. Es musste einer Infektion vorgebeugt werden. Er hatte zuhause schon gesagt, dass es während der Arbeit nur die Arbeit gebe und dass er nicht gestört werden wolle. Daher gab er auch Luisa keine Antwort. Daniele versorgte die Tierchen in einer grossen, mit Stroh ausgelegten Kiste und deckte sie mit einer

Wolldecke zu, während Agostino die Nachgeburt entfernte und den Schweinestall säuberte.

Da hörte man vom Weg, der zum Stall führte, die Stimme Silvias, Danielens älterer Tochter: »Papa! ... Hier ist jemand, der dich sprechen will! ... «

Silvia erschien in Begleitung der Schneiderin Caterina, einer alten Jungfer aus Florenz, die seit vielen Jahren in Minusio zum Nähen ging. Sie verdiente ihren Lebensunterhalt weniger durch Kleidermachen als durch Ausbessern und Flicken.

Als Daniele Caterinens ansichtig wurde, konnte er sich nicht enthalten, zu seiner Tochter zu sagen: »Wegen der plagt ihr mich schon seit einer Stunde? ... «

Caterina hatte nämlich nicht den Ruf, sich kurz zu fassen.

»Caterina will dich sprechen!« erwiderte Silvia, ohne auf den Vorwurf einzugehen.

Agostino und das Mädchen gingen weg, dem Hause zu, während die Schneiderin mit Daniele allein zurückblieb.

»Sie wissen doch, dass ich mich immer mit meinen Angelegenheiten befasst habe?« begann Caterina.

»Die interessieren mich nicht!« antwortete Daniele mit wenig ermunternder Stimme.

»Sie wissen doch, dass ich mich während der vielen Jahre, die ich hier im Tessin lebe, nie mit den Angelegenheiten anderer beschäftigt habe? ...«

»Geht mich nichts an!« brummte Daniele noch einmal und wandte sich dem Hause zu.

Als Caterina eindeutig festgestellt hatte, dass Daniele sie nicht anhören wollte, verzichtete sie auf jede Einleitung und kam zur Sache:

»Ein italienischer Herr ist zu mir gekommen und hat mir vorgeschlagen, Spionin zu werden ...«

Daniele blieb mit einem Ruck stehen. Caterina holte tief Atem, begann dann von dem Besuche des Herrn zu erzählen, den sie einmal zufällig in einem Büro von Locarno getroffen hatte.

'Sie sind seit so vielen Jahren hier im Tessin', hat er zu mir gesagt, 'Sie kennen alle. Ihr Beruf bringt Sie überall hin. Sie kommen zu Hunderten von Familien ins Haus. Sie hören Hunderte von Gesprächen. Sie sind alt und allein; niemand fürchtet sich, in Ihrer Gegenwart zu sprechen.' »'Stimmt!' gab ich zur Antwort, 'alle schätzen mich, weil ich mich immer nur um meine eigenen Angelegenheiten gekümmert habe.' Er redete im gleichen Sinne weiter und kam zu dem Schluss: 'Wenn Sie bereit sind, Informationen über die Tätigkeit bestimmter italienischer Antifaschisten zu sammeln, die hier im Tessin zwischen Ascona und Bellinzona leben, können Sie einiges für die Sicherung Ihres Alters tun ...'«

Daniele hatte sich von seiner Überraschung erholt und sah Caterina, die unter Zittern und Schluchzen erzählt hatte, forschend an: »Warum bist du damit zu mir gekommen?...«

»Wieso warum?...«

»Ich bin Tessiner«, sagte Daniele, »und eure italienischen Geschichten interessieren mich nicht. Warum bist du zu mir gekommen?... Wer hat dich zu mir geschickt?...«

Das Jüngferchen stammelte bestürzt: »Wie? Sie kennen mich seit dreissig Jahren ... Sie wissen, dass ich immer ehrlich mein Brot verdient habe. Sie wissen, dass ich mich immer um meine Dinge gekümmert habe!...«

»Ich will wissen«, unterbrach sie Daniele mit erhobener Stimme, »ob dich jemand zu mir geschickt hat?...«

»Niemand!« gab Caterina zur Antwort und fügte kleinlaut hinzu: »Entschuldigen Sie bitte die Störung; ich gehe schon ...«

Sie schlug den Weg ein, der am Hause vorbei auf die Strasse nach Gordola und Minusio führte.

Daniele ging hinter ihr her und nahm nach einer Weile das Gespräch wieder auf: »Wenn dich niemand zu mir geschickt hat, warum bist du dann gekommen?«

»Ich wollte einen Rat haben«, murmelte Caterina im Weitergehen vor sich hin.

»Was für einen Rat?...«

»Ob ich das Angebot des Herrn annehmen soll oder nicht«, fügte die Alte stehenbleibend hinzu. »Ich weiss nicht, was ich tun soll. Ich bin in einer Verwirrung, wie noch nie in meinem Leben ... Wenn ich annehme, verdiene ich einige Soldi, aber durch Schlechtigkeiten gegen Leute, die mir nie etwas Böses getan haben ... Wenn ich ablehne, werde ich bestimmt als Antifaschistin gebucht und auf alle Arten schikaniert ... Sie kennen mich seit dreissig Jahren; Sie wissen, dass ich weder Faschistin noch Antifaschistin bin; Sie wissen, dass ich immer ehrlich mein Brot verdient und mich ausschliesslich um meine eigenen Angelegenheiten gekümmert habe ...«

Daniele schien höchst nachdenklich.

Caterina hatte schluchzend den Weg wieder aufgenommen und er folgte ihr. Am Ende des Weges wartete Agostino.

»Höre«, sagte Daniele plötzlich zu der Alten, »du brauchst keine Angst zu haben. Erzähl Agostino, was du mir erzählt hast, und tue, was er dir rät!...«

Daniele sah den beiden nach, wie sie sich auf dem Weg nach Gordola entfernten und kehrte dann in den Schweinestall zurück, um seine Schweine zu pflegen.

Eines Morgens arbeitete er mit seiner Tochter Silvia an den Reben der Pergola, als Agostino zum erstenmal wieder vorüberkam.

Daniele wollte einen freien Vormittag benützen, um seine Weinstöcke vor der Vernichtung durch die Reblaus zu retten. Um schadhafte Stellen aufzudecken und die keimenden Schmarotzer zu zerstören, suchte er die kranken Zweige mit einer kleinen Metallbürste ab. Silvia ging hinter ihm her, um jene ihrerseits mit kochendem Wasser zu bespritzen.

Da fuhr Agostino in einem mit Ziegelsteinen beladenen Lastauto vorüber und rief Daniele zu: »Du, die Geschichte geht voran! . . .«

»Welche Geschichte?« antwortete Daniele, der so schnell nicht begriffen hatte, worum es sich handelte.

»Du weisst doch, jene Geschichte«, wiederholte Agostino mit einer Handbewegung, während das Lastauto schon weiterfuhr. Daniele schüttelte den Kopf.

»Diese Italiener sind brave Leute«, wandte er sich zur Tochter, »freigebig, impulsiv, waghalsig . . . Aber sie schwatzen zuviel!«

»Vater«, sagte Silvia daraufhin, entschlossen, einen Wunsch auszusprechen, den sie schon lange auf dem Herzen hatte, »ich weiss, dass du, ohne darüber zu sprechen, viel für die Befreiung Italiens tust. Ich möchte dir so gern dabei helfen . . .«

»Suche die auf der Erde liegenden Rindenstückchen zusammen«, antwortete der Vater, »und verbrenne sie. Anderes gibt es im Augenblick nicht für dich zu tun! . . .«

Die Tochter gehorchte. Daniele sah ihr zu, wie sie den Rebgang zurückging, sich zu jedem Weinstock niederbeugte und die Rindenstückchen sorgfältig in kleine Haufen zusammentrug. Im November war Silvia zwanzig Jahre alt geworden, und der Vater betrachtete sie voller Stolz und Bangen als seinen kostbarsten und unsichersten Besitz.

Einige Tage später, es war ein Sonntag morgen, kam Agostino wieder vorbei. Daniele und Filomena unterhielten sich gerade mit einer Frau über einige Hühnerställe in Cadenazzo und Robasacco, die in der vergangenen Nacht vom Fuchse heimgesucht worden waren.

»An die fünfzig Hühner sind erwürgt und ausgeblutet gefunden worden!« berichtete die Frau.

»Wenn die Hühner erwürgt und ihr Blut ausgesogen war, so ist es kein Fuchs, sondern der Marder gewesen«, wandte Daniele ein.

Ein Chauffeur aus Cadenazzo ging vorüber, auch er wurde nach seiner Ansicht gefragt.

»Es war ein Fuchs«, meinte der Chauffeur, »wahrscheinlich sogar mehr als einer ... In einem Hühnerstall blieben überhaupt nur die Schwanzfedern übrig ...«

»Wir müssen gut auf unsere Hühner aufpassen«, wandte sich Filomena zu Daniele. »Letztes Jahr hat uns Krankheit den Hühnerhof geleert; heuer fehlt uns gerade noch der Fuchs! ...«

»Wir wollen die Fuchsfalle aufstellen«, schlug Daniele vor.

In diesem Augenblick kam Agostino dazu. »Die Sache ist reif!« sagte er zu Daniele, indem er ihn auf die Seite nahm. »Caterina hat das gemacht, was ich ihr geraten habe. Der Spitzel hat angebissen. Jetzt muss man aufpassen! ...«

»Was hast du vor?« fragte Daniele gespannt.

»Man muss ihm die Falle legen«, gab Agostino zur Antwort. Daniele musste lachen, als er von einer Falle hörte. Filomena hatte nur dieses Wort aufgeschnappt und mischte sich sofort ins Gespräch.

»Eine Falle genügt nicht immer«, bemerkte sie, zu Agostino gewandt. »Der Fuchs ist sehr schlau und untersucht den Boden ringsherum, ehe er den Körper packt, beisst ihn auch nicht gleich an, sondern versucht ihn mit der Pfote zu sich heranzuziehen ... Man kann das Fangeisen schon aufstellen, aber es ist gut, ausserdem rund um den Hühnerstall vergiftete Leckerbissen auszulegen... «

Agostino verstand den Sinn dieser Parabel nicht sofort.

»Die vergifteten Lockbissen«, wandte sich Daniele zu seiner Frau, »haben auch keine sichere Wirkung ... Es kommt häufig vor, dass der ausgehungerte Fuchs sich in der Nähe des Hühnerhofs keine Zeit mehr nimmt, ausgestreute Bissen zu fressen. Und wenn er selbst ein Stück vergifteten Fleisches oder vergiftete Kastanien verschlingt, so ist die Wirkung nicht gesichert. Man hat noch nie die Strychninmenge herausgefunden, die nötig ist, um einen unbekannten Fuchs zu töten. Wenn der Fuchs nämlich stark und das Strychnin schwach ist, bekommt das Tier nur eine vorübergehende Magenstörung, die es keineswegs am Fressen der Hühner hindert. Wenn die Strychninmenge dagegen zu stark ist, kotzt der Fuchs das Gift sofort wieder heraus, erleichtert seinen Magen und verzehrt dann die Hühner mit noch grösserem Appetit ...«

»Somit ist es unmöglich, einen Fuchs zu fangen!« unterbrach Agostino, der endlich verstanden hatte, wovon die Rede war, ehe er dazugekommen.

»Nicht unmöglich, aber schwierig!« antwortete Daniele; und fügte dann hinzu: »Wie auch immer, noch nie ist ein Fuchs in eine aus Geschwätz gemachte Falle gegangen ...«

Dann ging Frau Filomena ins Haus; die jüngere Tochter hatte sie gerufen. Die beiden Männer zogen sich in den Obstgarten zurück, um dort ihr Gespräch fortzusetzen.

»Caterina hat nach vielem Krampf und Zögern den Auftrag angenommen«, berichtete Agostino. »Gestern hat der italienische Spitzel sie wieder aufgesucht und ihr eine Adresse von Pallanza dagelassen, an die sie schreiben soll, wenn sie etwas mitzuteilen hat.«

»Hat ihr der Spitzel nicht bestimmte Menschen genannt, die auszuspionieren sind?« fragte Daniele.

»Bis jetzt anscheinend nicht«, gab Agostino zur Antwort, »aber er hat ihr gesagt, sie solle ganz allgemein die Namen aller italienischen Saisonarbeiter melden, die täglich die Grenze überschreiten und die hier mit verdächtigen Elementen oder flüchtigen Revolutionären in Berührung kommen. Er hat ihr auch mitgeteilt, dass sie einen ansehnlichen Betrag verdienen könne, wenn sie dazu verhelfen würde, jene Personen zu entdecken, die revolutionäre Bücher und Broschüren aus der Schweiz nach Italien einführen ...«

»Hat ihr der Spitzel nicht gesagt«, fragte Daniele noch einmal, »ob es hierfür schon verdächtige Leute gebe? ...«

»Der Spitzel hat Caterina versprochen, dass man ihr die Mittel liefern würde, sich in Zürich niederzulassen, falls es zu Verwicklungen kommen und sie dadurch kompromittiert werden sollte. Seit den dreissig Jahren, die sie im Tessin ist, hat sie selbstverständlich davon geträumt, in einer grossen Stadt zu leben.«

»Nimmt Caterina an, dass ich zu den italienischen Revolutionären Beziehungen habe?« erkundigte sich Daniele von neuem.

»Ausgeschlossen!« versicherte Agostino. »Jedes Mal, wenn sie mit mir spricht, seufzt sie mittendrin auf und wiederholt, dass sie sich immer ausschliesslich um ihre Angelegenheiten gekümmert habe und kümmern werde, dass Herr Daniele, der doch ein Ehrenmann sei und ein Tessiner dazu, sich ausserdem niemals mit Politik abgegeben habe, das auch bezeugen könne ...«

Silvia hatte, vom Fenster ihres Stübchens aus, den Vater mit Agostino erspäht. »Darf ich herunterkommen?«

»Natürlich! ...«

Das Mädchen verliess das Haus und kam in den Garten. Als sie sich den beiden näherte, wechselten diese das Thema und begannen vom Wetter zu sprechen.

Jeden Abend stellte Daniele am Eingang zum Hühnerstall die Falle auf und verteilte die vergifteten Brocken; aber der Fuchs blieb aus. Auch der Fuchs des Agostino schien keine Eile zu haben, in die vom Bergamasker aufgestellte Falle zu gehen. Wenigstens hörte Daniele nichts mehr davon.

»Das Leben des Bauern ist ein ewiger Kampf«, wiederholte er oft, »ein Kampf mit dem schlechten Wetter, mit Ungeziefer, mit Raubvögeln, aber der erbittertste ist der Kampf mit dem Fuchs.«

Der Feldzug gegen das Ungeziefer an den Reben war beendet, und Daniele begann nun die Obstbäume von den Schmarotzern zu säubern. Auf der Suche nach ihnen befreite er die Bäume von dürren Ästen, von abgestorbener Rinde, vom Moos. Wo sich eine Ritze mit rötlichen Spänen fand, machte sich Silvia gleich darüber. Das Mädchen stocherte mit einem Eisendraht in dem Loch herum, um den Holzwurm aufzustöbern, der sich im Hintergrund versteckt hielt. Als die Baumstämme alle gereinigt waren, kam Mutter Filomena mit der Kalklauge und strich jeden Stamm bis zu Mannshöhe mit einer Bürste weiss an.

»Von unten, von der Erde her, sind die Bäume nun geschützt«, sprach Daniele zu seiner Tochter. »Aber wie wollen wir sie von oben, vom Himmel her bewahren? . . .«

Unter der Haustüre sah er Agostino, der wartend unterdessen mit Silvia scherzte.

»Was gibt es neues?« fragte ihn der hinzutretende Daniele.

»Die Falle ist aufgestellt!« antwortete der Bergamasker.

»Und der Fuchs? . . .«

»Wird heute Abend hineingehen!« prophezeite Agostino.

»Wenn man nur allen Füchsen so ein Stelldichein geben könnte!« rief Daniele aus.

Agostino berichtete nun, wie man den Lockspitzel überraschen wollte: »Caterina hat ihm geschrieben, dass sie ihm wichtige Mitteilungen zu machen habe. Sie hat sich mit ihm für heute Abend um neun Uhr in der Riva Piana, ganz nah am See, und zwar vor dem alten Kapellchen von San Quirico verabredet. Sie wird hingehen, auch ich und zwei andere werden dort sein.

»Meinst du nicht, dass man die Polizei benachrichtigen sollte?« überlegte Daniele.

»Das wäre sehr unklug! . . . Das Konsulat würde sofort Wind bekommen und der Fuchs überhaupt nicht erscheinen . . .«

Daniele konnte dagegen nichts einwenden, denn es war bekannt, dass es unter den Polizeibeamten unsichere Elemente gab. Daniele machte sich jedoch Sorgen wegen der Gefahren, die am Ende für die italienischen Emigranten daraus erwachsen könnten. »Der Schlag sollte von Tessinern geführt werden!« schlug er vor.

Aber Agostino widersetzte sich: »Dann müssten zuviele Leute in die Geschichte eingeweiht werden. Ausserdem: einem italienischen Fuchs eine italienische Falle! . . .«

Am Abend nahm Daniele den Zug nach Locarno und wanderte gegen zehn Uhr den See entlang, in der Richtung auf die Saleggi. Er erwartete Agostino, der ihm über den Ausgang der Geschichte berichten wollte. Gegen halb elf Uhr tauchte jedoch statt Agostino der italienische Schreiner Luca aus Minusio auf.

»Agostino hat sich«, erzählte dieser, »an einer Hand leicht verletzt. Er ist nicht gekommen, um mit seinem Verband kein Aufsehen zu erregen . . .«

»Und der andere?« fragte Daniele gespannt.

»Der wurde im Stich gelassen! . . . Er ist mit zwei Leuten am Treffpunkt erschienen. Dann haben sie ihn der Caterina überlassen und sind mit dem Versprechen weggegangen, in einer Stunde wiederzukommen. Wir waren hinter San Quirico und warteten, bis die zwei in der Richtung nach Navegna verschwunden waren. Inzwischen erzählte Caterina unter Tränen und Seufzern dem Spitzel lauter Unsinn. Immer wieder versicherte sie, dass sie sich in ihrem ganzen Leben niemals um die Angelegenheiten anderer gekümmert habe und auch nie sich darum kümmern wollte, dass sie aber mit grösster Bestimmtheit wisse, dass die revolutionären Bücher und Zeitungen, die nach Italien geschmuggelt würden, sich im Franziskanerkloster Madonna del Sasso über Locarno in Verwahrung befänden . . .« Daniele musste über diese Entdeckung herzhaft lachen.

»Zuerst hat sich Agostino allein gezeigt und uns hinter der Kirche gelassen«, setzte Luca seinen Bericht fort. »Es war ausgemacht, dass er nur dann vom Revolver Gebrauch machen würde, wenn der andere Miene machen sollte, ihm damit vorzukommen. Agostino tat so, als ginge er zufällig vorüber. Da es dunkel war, zündete er eine Zigarette an und erkannte den Gauner beim Schein des brennenden Streichholzes. 'Ach!' rief er aus, 'hier ist ja ein bekanntes Gesicht. Sie sind ein italienischer Spitzel!' Er warf die Zigarette weg, und der Kampf begann. Auch wir kamen aus unserem Versteck hervor, während Caterina die Flucht ergriff . . .«

»Habt ihr euch auch eingemischt? . . .«

»Das war gar nicht nötig . . . Wir gaben nur acht, ob Leute kamen. Agostino hatte rasch die Oberhand. Er warf den anderen zu Boden, gab ihm mit solcher Wucht Fausthiebe über den Kopf, dass Steine auseinandergesprungen wären. Dass Agostino sehr stark ist, haben wir immer gewusst. Aber dass er eines solchen Hasses fähig ist, war uns neu . . .«

»Man darf nicht vergessen, dass ihm die Faschisten den Bruder umgebracht haben«, sagte Daniele. Dann fragte er weiter: »Wieso hat er seine Hand verletzt? . . .«

»Der Spion hat hineingebissen. Er hat Agostinos linke Hand zwischen die Zähne bekommen und wollte sie nicht mehr loslassen. Mit der freigebliebenen Faust schlug der Bergamasker wie ein Wahnsinniger auf den Kiefer seines Gegners ein, aber er gab nicht nach. Da nahm ihn Agostino an der Kehle und würgte ihn, bis er am Ersticken war.«

»Hat er ihn erledigt?« fragte Daniele angeekelt.

»Es scheint so . . .«

»Dann muss Agostino verschwinden . . . Vielleicht nach Frankreich! . . .«

Angesichts der Wendung der Dinge beschloss Daniele, die Nacht in Locarno zu verbringen und am nächsten Morgen nach Bellinzona zu fahren. Um seine Familie nicht zu beunruhigen, ging er ins Café und telephonierte nach Hause.

»Ein wahres Glück, dass du anrufst«, sagte Silvia sogleich. »Seit einer Stunde habe ich Gott und die Welt angeklingelt . . .«

»Was ist denn los?« fragte Daniele bestürzt.

»Bei uns nichts«, beeilte sich Silvia zu erklären. »Aber nicht weit von uns, auf der Strasse nach Gordola, sind zwei Autos zusammengestossen, und ein Herr wurde schwer verletzt. Man hat den Arzt sofort geholt, der die Verwundung für so schwer hielt, dass ein längerer Transport nicht in Frage kam. Daraufhin hat man in verschiedene Häuser geschickt, wer den Verletzten vorübergehend beherbergen könnte. Die Nachbarn haben unser Haus als das einzig mögliche angegeben. Die Mutter sagte, dass wir in deiner Abwesenheit keinen Fremden ins Haus nehmen könnten. Ich dagegen meinte, dass du sicherlich dafür wärest . . .«

»Selbstverständlich!« unterbrach Daniele. »Wo habt ihr den Verwundeten untergebracht? . . .«

»Im ersten Stock, in meinem Zimmer«, antwortete Silvia. »Ich werde vorerst mit Luisa schlafen . . .«

»Ist der Verwundete in Lebensgefahr? . . .«

»Der Arzt wollte sich darüber nicht äussern. Er schickt heute Nacht noch eine Krankenschwester, obwohl ich angeboten habe, alles allein zu machen . . .«

»Woher stammt der Verwundete? Aus welcher Familie?«

»Der Bedauernswerte ist noch bewusstlos«, erklärte die Tochter. »Er muss aus einer reichen Familie sein, denn der Arzt wollte die Mutter für eventuelle Auslagen unbedingt im voraus entschädigen . . .«

»Höre«, sagte Daniele zum Schluss, »es tut mir wirklich leid, dass ich

Varlin *Motta übt den römischen Schritt*

nicht heimkommen kann, um diesem Unglücklichen beizustehen... Ich muss aber heute Nacht in Locarno bleiben und morgen früh wegen unaufschiebbarer Geschäfte nach Bellinzona fahren... Aber du kennst ja mein Vertrauen zu dir! Tue alles, was der Arzt dir empfiehlt, und tue es freudigen Herzens!...«

Tags darauf telephonierte Daniele noch einmal nach Hause, um zu erfragen, ob der Verwundete noch lebte! Zuerst antwortete Luisa, weil Silvia ausgegangen war, um Einkäufe zu machen.

»Dem armen Mann geht es etwas besser. Heute Nacht kam noch eine Krankenschwester, aber Silvia wollte trotzdem nicht ins Bett kommen... Eben ist der Arzt wieder da...«

Der Arzt kam ans Telephon.

»Herr Doktor«, sagte Daniele, »verfügen Sie bitte über mein Haus. Es tut mir leid, in einem solchen Augenblick nicht zuhause zu sein.

»Der Verwundete kann als gerettet bezeichnet werden«, antwortete der Arzt. »Er hatte eine schwere Gehirnerschütterung, aber man kann jetzt schon sagen, dass es wohl ohne Komplikationen abgehen wird. Alles was die Familie betrifft, werde ich erledigen...«

»Wer ist der Verwundete? Wo leben seine Angehörigen?« fragte Daniele.

»Es ist ein italienischer Ingenieur aus Bologna, Umberto Stella, von dem Sie vielleicht schon gehört haben«, erwiderte der Arzt. »Er ist in die Schweiz gekommen, um hydroelektrische Anlagen zu studieren...«

»Wer es auch sein mag«, unterbrach Daniele, »verfügen Sie frei über mein Haus und meine Familie...«

In Bellinzona versuchte Daniele sogleich festzustellen, wie weit die Obrigkeit mit ihren Nachforschungen über den heimlichen Mordversuch an der Riva Piana bereits gediehen war. Als kluger Mann fing er nicht zu sprechen an, sondern wartete bis die andern davon beginnen würden. In diesem Sinne machte er auch seinem Anwalt einen Besuch, ging mit ihm zu Gericht, um Formalitäten zu erledigen, die gar keine Eile hatten. Auf der Strasse blieb er bei jedem Bekannten stehen. Er kaufte zwei Morgenzeitungen, aber keine erwähnte auch nur mit einem Wort das Drama vom Abend vorher. Offenbar wusste man in Bellinzona nichts davon.

»Ich habe sagen hören«, wagte Daniele seinem Anwalt schliesslich anzudeuten, »dass gestern Abend in der Nähe von Locarno unter Italienern ein politischer Streit ausgetragen wurde...«

»Hier weiss man nichts davon«, antwortete der Anwalt. »Es muss ein unbedeutender Zusammenstoss gewesen sein... Wenn es etwas Ernsthaftes wäre, hätte man hier etwas gehört... Die Beziehungen zwischen den beiden Richtungen sind bei uns äusserst gespannt!...«

Diese Antwort beruhigte Daniele, der sowieso schon unsicher geworden war. Wahrscheinlich hatte die Phantasie des Luca eine unbedeutende Schlägerei aufgebauscht.

»Diese Italiener, sagte sich Daniele, »sind brave Leute, freigebig, impulsiv, aber Schwätzer. – Besser so«, dachte er dann noch, »sonst hätten Agostino und Caterina die Schweiz verlassen müssen...« Immerhin ärgerte es ihn, dass er wegen einer belanglosen Rauferei die Nacht ausser Haus verbracht und einen Tag verloren hatte. Beim Heimfahren stiess er im Zug auf ein paar Bauern, die über den Fuchs sprachen, der unter den Hühnern von Magadino so furchtbar gehaust hatte.

»Der Fuchs ist sehr schlau!« sagte einer. »Viel schlauer als die Menschen mit ihrer Falle...«

»Es gibt eine neue Falle, ein italienisches System...« unterbrach ein zweiter.

»Macht viel Lärm, aber schnappt nichts!« erwiderte der erste.

»Das stimmt«, mischte sich Daniele ein, »macht viel Lärm, aber schnappt nichts... Sie macht nur einen sinnlosen Krach...«

Zuhause angekommen, stieg Daniel sofort in den ersten Stock hinauf, um den Verwundeten zu sehen. Unter der Zimmertür vertrat ihm Silvia den Weg und bat ihn, den Finger am Mund, zu schweigen.

»Er muss unbedingt Ruhe haben«, flüsterte die Tochter dem Vater ins Ohr.

»Keine Besuche, keine Geschichten, nichts, was ihn erregen könnte, hat der Arzt angeordnet...«

»Dann kann ich also nichts tun?« fragte Daniele enttäuscht.

»Ehe du die Treppe hinuntergehst, kannst du deine Schuhe ausziehen, damit du keinen Lärm machst!« riet Silvia leise. Daniele zog die Stiefel aus, ging die Treppen hinunter und hinaus in den Garten. Er begab sich in den Holzschuppen und schlug dort mit der Axt neue Gartenpfähle zurecht.

Kaum hatte er damit angefangen, als Silvia in Pantoffeln angerannt kam. »Bist du verrückt geworden? Wir haben einen Schwerverletzten im Hause, und du machst einen solchen Spektakel!...«

Daniele stellte die Axt weg.

»Kann ich wenigstens umgraben?« fragte er die Tochter kleinlaut. Silvia nickte bejahend und stieg wieder in den ersten Stock hinauf. Daniele nahm die Schaufel und begann eine Ecke des Obstgartens umzustechen.

Kurz darauf sah er seine Älteste mit dem Henkelkorb aus der Tür treten.

Er ging sofort in das Haus zurück, zog die Stiefel aus und stieg eilig ins Obergeschoss.

Die Krankenschwester kam aus dem Zimmer und erlaubte ihm einzutreten: »Aber nur auf einen Augenblick! ...«

Daniele sah in Silvias schmalem Bett nichts als einen riesigen Kopf liegen, ganz weiss vermummt. Obwohl es ihm nicht zum Lachen war, musste er an einen Schneemann denken. In der grossen weissen Kugel gab es nur ein kleines Loch für ein Auge, und ein etwas grösseres schien für den Mund berechnet.

»Das war schon lange genug!« sagte die Krankenschwester, indem sie Daniele wieder zur Tür brachte. Während er, die Stiefel in der Hand, die Treppen hinunterschlich, stiess er auf die heimkehrende Silvia.

»Wo bist du gewesen?« fragte sie in vorwurfsvollem Tone.

»Spricht man so mit seinem Vater?« brummte dieser und kehrte zum Umgraben in den Obstgarten zurück.

Während er grub, kam Frau Filomena zu ihm heraus.

»Silvia hat den Verstand verloren!« beklagte sie sich bei ihrem Manne. »Seit gestern hat sie kein Auge zugetan und keinen Bissen angerührt ...«

»Sie hat den wahren Verstand gefunden!« entgegnete Daniele. »Sie hat ein gutes Herz! ...«

»Ein zu gutes Herz«, stellte die Mutter fest.

»Zu gut? ... Das Herz kann nie zu gut sein!« sprach der Vater. Daniele war mit seiner Tochter zufrieden. Er betrachtete sie voller Bangen und Stolz. Hinten im Obstgarten an der kleinen Mauer blühten einige Primeln. Silvia kam und pflückte sie für das Krankenzimmer.

»Aber er sieht sie doch nicht! Hat ja die Augen verbunden!« wehrte Filomena leise ab.

»Mutter«, schmeichelte Silvia, »du weisst doch, dass man Blumen auch mit geschlossenen Augen sehen kann ...«

Daniele verbrachte einen guten Teil der Tage in seinem Weinberg auf dem Hügel. Wenn er abends heimkam, erkundigte er sich nach dem Befinden des Verwundeten und hörte von Silvia, dass er sich rasch erholte. Die Krankenschwester war entlassen worden, und Silvia besorgte den Kranken allein. Daniele sah ihn zwei oder dreimal, aber stets nur flüchtig. Er machte ihm den Eindruck eines ordentlichen Menschen. Der Hausherr hatte genug andere Dinge im Kopf. Aber die grosse Veränderung in Silvias Wesen entging ihm nicht.

»Du könntest dich etwas weniger um andere kümmern und etwas mehr um deine Tochter!« sagte ihm, in vorwurfsvollem Tone, eines Abends seine Ehefrau.

»Silvia ist kein Kind mehr und hat ihren Verstand«, antwortete Daniele trocken.

»Sie hat Verstand, aber keine Erfahrung!« erwiderte die Frau, entschlossen, sich von den Sorgen zu befreien, die sie seit mehreren Tagen beschwerten. Daniele wurde nachdenklich.

»Meinst du, dass ich mit ihr sprechen sollte?« fragte er zuletzt.

»Und zwar, bevor es zu spät ist!« antwortete die Frau. Am nächsten Tag musste Daniele ein Säckchen Erbsensamen zu einem Freund nach Comma im Val Verzasca tragen und nahm Silvia dahin mit. In Comma beeilte er sich bei der Erledigung der kleinen Geschäfte, die er zum Vorwand dieses Ganges genommen hatte, und lehnte jede Einladung ab.

»Ich gehe lieber mit meiner Tochter zu Fuss nach Hause«, erklärte er den Bekannten. »Das Mädchen ist in letzter Zeit etwas blass geworden und muss Luft haben ... Es muss auf andere Gedanken gebracht worden ...«

Vater und Tochter schlugen schweigend den Weg nach Gordola ein. Die Fahrstrasse hält sich hier auf beträchtlicher Höhe über dem Fluss, der sich schäumend durchs Tal windet. »Kann man nicht dem Wasser entlang gehen?« fragte Silvia.

»Ich glaube nicht«, antwortete Daniele, fügte aber, in der Absicht, sich in allem nach seiner Tochter zu richten, hinzu: »Da wir Zeit haben, können wir es ja versuchen ...« Sie fanden einen kleinen Weg, steil wie eine Treppe. Nach vielen Windungen gelangten sie an einer Stelle zum Fluss hinunter, wo er sich schäumend gegen eine Felswand warf. Dicht daneben war ruhiges, klares Wasser, und man sah jeden Stein auf dem Grunde. Bis dahin hatten Vater und Tochter nur kurze und bedeutungslose Worte miteinander gewechselt. Mehr als anderes gab dies Daniele einen Begriff von der tiefgehenden Veränderung, die sich in Silvia vollzog.

»Welch schöne Steine!« bemerkte die Tochter endlich und deutete auf einen Sandstreifen, ungefähr einen Fuss breit unter dem Wasser.

»Das ist Fischlaich«, erklärte der Vater. »Ende September verlassen die Forellen den Unterlauf der Flüsse und streben ins Quellgebiet hinauf. Die von ihren Eiern aufgedunsenen Fischweibchen gehen auf die Suche nach sandigen, gut geschützten Stellen. Mit Hilfe ihrer Schwänze schieben sie die Kieselsteine auseinander und lassen die Eier abgehen, die an dem Gestein haften bleiben ...«

»Und so werden die Forellen geboren? ...«

»Die Befruchtung geschieht dann erst durch die Männchen, die der Spur der Weibchen folgen und über dem Gestein, auf dem die Eier ruhen, eine milchige, dicke Flüssigkeit verspritzen ... In den nächsten Tagen werden die Eier anfangen, sich zu erschliessen ...«

Silvia betrachtete voller Bewunderung den Sandstreifen, in dem sich dies Mysterium vollzogen hatte.

»Wie schön und wie einfach«, sagte sie dann.

»Die Forellen, liebes Kind, gehen nicht in die Kirche! . . .«

Mehr wurde während dieses Spaziergangs nicht gesprochen.

»Habt ihr miteinander geredet?« fragte die Frau, als der Mann heimkam.

»Ja . . .«

»Was denn? . . .«

»Nichts . . .«

Eines Tages hatte der Ingenieur zum ersten Mal sein Zimmer verlassen und lag auf einem Liegestuhl im Obstgarten, als Caterina und Daniele gemeinsam aus Gordola daherkamen.

Die Stimme des Ingenieurs ertönte: »Fräulein Silvia! . . .«

Caterina blieb wie angewurzelt stehen. Sie näherte sich der Hecke, die den Garten von der Strasse trennte und suchte den Rufer zu entdecken.

»Herr Daniele«, sagte sie dann, von oben bis unten zitternd, »Herr Daniele, der Mann, den Sie im Hause haben, ist der Spion von der Riva Piana! . . .«

»Du bist verrückt!« rief Daniele aus und erzählte der Schneiderin, auf welche Weise, während seiner Abwesenheit, jener Mann in sein Haus getragen worden war.

Da ging Caterina nochmals an die Hecke und betrachtete den Genesenden, der eben mit Silvia scherzte, noch genauer. »Und doch ist er's!« wiederholte Caterina, »ich will gehen, ehe er mich sieht . . .«

»Gut«, nickte Daniele, der blass geworden war. »Sag Agostino, dass er morgen zur gleichen Stunde herkommt, und ich will dafür sorgen, dass der andere ihm nicht begegnet . . .«

Gleich darauf kam Silvia auf den Vater zu: »Da es unserem Verwundeten besser geht, wäre es nett von dir, wenn du dich ein wenig mit ihm unterhalten würdest . . . Du wirst sehen, was für einen feinen und guten Menschen der Zufall uns ins Haus gebracht hat! . . .«

»Gerne! Es würde mich wirklich interessieren, mit ihm zu sprechen«, antwortete Daniele, indem er seine Bestürzung zu verbergen suchte. »Wir können heute zusammen essen . . .« Bei Tisch wurde die Situation unerträglich. Der Hausherr konnte diesen Mann nicht zwischen seinen beiden Töchtern sitzen sehen. So entschuldigte er sich mit leichtem Unwohlsein und ging hinaus.

Später gesellten sich die andern im Obstgarten wieder zu ihm.

»Was gibt es Neues in den Zeitungen?« fragte der angebliche Ingenieur seinen Gastgeber. »Ich habe seit mehreren Wochen keine Zeitung mehr gelesen ...«

»Jeden Tag eine Tragödie«, antwortete Daniele. »Gestern ist in Frankreich ein grosses Eisenbahnunglück passiert, mit Hunderten von Toten! ...«

»Jeden Tag eine Tragödie«, wiederholte der Ingenieur. »Aber wieviel tragischer noch ist die Art, wie die Menschen ihrem Verhängnis entgegengehen ... Wir brauchen nur an die Hunderte von Menschen zu denken, die gestern beim Eisenbahnunglück zugrunde gingen. Da waren Studenten, Bauern, Handlungsreisende im gleichen Zug mit Offizieren, Ärzten, Hutmacherinnen, Notaren. Sie waren im gleichen Zug und waren es doch nicht. Der Bauer dachte an die Marktpreise, der Notar an das Kreuz der Ehrenlegion, der Offizier träumte von einer reichen Braut, der Arzt stritt in Gedanken mit dem Bürgermeister seines Dorfes, der Student schielte auf seine neue Krawatte. So reiste jeder in seinem Extrazug. In der menschlichen Gesellschaft hatte jeder seinen eigenen Zug. Und dann mit einem Schlag sind sie doch alle im gleichen Zug gefahren, im Zug des Todes. Die Krawatte des Studenten ist unter den Stiefeln des Bauern gelandet, der Säbel des Offiziers hat dem Handlungsreisenden den Leib durchbohrt, die neuen Modelle der Putzmacherin sind in Flammen aufgegangen. Alle waren im gleichen Zug und haben es nicht gewusst ...«

»Aber die Eisenbahnverwaltung ist sofort herbeigeeilt«, fuhr Daniele fort, »um die durch den Tod geschaffene Einheit zu sprengen. Die Eisenbahnverwaltung hat die Leichen in Pelzmänteln auf die eine Seite legen lassen und die in einfachen Kitteln auf die andere! ...«

»Dann sind wohl die Menschen dazu verdammt, auch jenseits des Todes noch Gegner zu sein?« forschte Silvia.

»Es ist ein Abgrund zwischen der Natur des Menschen, seinem Schicksal und dem, was die Gesellschaft aus ihm macht«, antwortete der Genesende. »Während der Tage, in denen ich mit dem Tode rang, hat mich diese Idee nicht mehr losgelassen ... Jeder von uns fährt in seinem Extrazug, und alle sind wir dennoch in der gleichen Eisenbahn ...«

»Die heutige Gesellschaft beruht gänzlich auf Trennung und Gegnerschaft der Menschen«, mischte sich Daniele ein. »Die grosse Mehrzahl der Menschen ist von dem Ergebnis ihrer eigenen Arbeit getrennt und im Gegensatz zu ihr. Kaum haben die Produkte ihre Hände verlassen, so gehören sie denen nicht mehr, die sie hervorgebracht haben, sie werden sogar deren Feinde. Die Produkte sind die Gegner der Produzenten. Das leblose Ding ist zum Fetisch geworden, vor dem sich der Mensch zu beugen hat ...«

»Muss denn das immer so bleiben?« fragte Silvia.

»In meiner Jugend«, antwortete der Genesende »habe auch ich auf eine andere Gesellschaft gehofft, als die, in der wir leben ...«

Daniele stand auf und begann wieder seinen Garten umzugraben. Der Frühling war nahe, und die Arbeit drängte. Wuchtig fuhr er mit der Schaufel ins Erdreich, indem er mit dem ganzen Gewicht seines Körpers den rechten Fuss darauf stiess, und warf dann die Erdschollen zur Seite. Hinter ihm glättete Mutter Filomena die Klumpen mit einem Rechen. Ein süsslicher Geruch von feuchter Erde lagerte über dem Garten. Auf dem gequälten und aufgeregten Gesicht des Daniele perlten grosse Schweisstropfen. Der Genesende blieb im Garten auf dem Liegestuhl, bis der Abend kam, bis die ersten Sterne über dem Monte Ceneri aufleuchteten.

»Es ist so lange her, viele viele Jahre, dass ich nicht mehr in den Himmel gesehen habe!« sagte er mit leiser Stimme zu der Familie, die ihn umringte. Silvia erhob sich und kam gleich darauf mit einem Buche zurück.

»Hier«, sagte das Mädchen, »im ersten Band von Tolstois Krieg und Frieden ist ein ähnlicher Fall. Der Prinz Andrei stürzt im November 1805 in der Nähe von Pratzen während einer Schlacht zwischen Russen und Franzosen. Er bricht verwundet zusammen, und Tolstoi erzählt darüber:

'Dann öffnete er wieder die Augen, in der Hoffnung zu sehen, welchen Ausgang der Kampf der beiden Franzosen mit dem Artilleristen genommen habe, ob der rothaarige Artillerist getötet sei oder nicht; auch hätte er gerne gewusst, ob die Kanonen genommen oder gerettet waren. Aber er sah nichts mehr, als über sich den Himmel, den hohen Himmel, der jetzt nicht klar, aber doch unermesslich hoch war, mit ruhig über ihn hingleitenden grauen Wolken. Wie still und ruhig und feierlich das ist, dachte Fürst Andrei. Das hat so gar keine Ähnlichkeit mit unserm Laufen, Schreien und Kämpfen. Das stille Dahingleiten der Wolken an diesem hohen unendlichen Himmel hat so gar nichts gemein mit dem Ringen des Franzosen und des Artilleristen, die mit erregten, grimmigen Gesichtern einander den Stückwischer zu entreissen suchten. Wie ist es nur zugegangen, dass ich diesen hohen Himmel früher nie gesehen habe? Und wie glücklich bin ich, dass ich ihn endlich kennengelernt habe. Ja, alles ist nichtig, alles ist Irrtum und Lug, ausser diesem unendlichen Himmel. Es gibt nichts, nichts ausser ihm. Aber auch er ist nicht vorhanden; es gibt nichts als Stille und Ruhe. Und dafür sei Gott Dank! ...'«

Der Mond war aufgegangen und überflutete die Ebene von Magadino mit märchenhaftem Glanz.

»Der Mond«, sagte Luisa, »hat Augen und eine Nase wie wir ...«

»Das sind Berge und Meere«, belehrte Silvia die jüngere Schwester.

»Wenn die Mondbewohner in diesem Augenblick auf die Erde herunterblicken, erscheint sie ihnen wahrscheinlich nicht wesentlich anders«, fügte der Ingenieur hinzu. »Was sind, von dort oben gesehen, die grossen Städte der Erde? ... Von da oben muss Italien wie ein Komma sein und die Schweiz wie ein kleiner Punkt! ...«

»Von dort oben gesehen, was ist da mit Mussolini?« fragte Luisa.

»Was ist da mit Motta?« fragte Daniele. Alle lachten.

Als Daniele am folgenden Tag Agostino kommen sah, ging er ihm entgegen und liess ihn auf der dem Obstgarten entgegengesetzten Seite ins Haus hineingehen. Denn im Garten lag der »Ingenieur« in der Sonne. Die zwei Männer stiegen in Luisas Zimmer hinauf. Dort, hinter dem Vorhang verborgen, konnte der Bergamasker den Gast ruhig betrachten, ohne zu riskieren, von ihm bemerkt zu werden.

»Wahrhaftig, er ist es«, flüsterte Agostino. Dann fügte er, sich die Hände reibend, hinzu: »Diesmal wird er uns wenigstens nicht entwischen! ...«

»Was willst du damit sagen?« fragte ihn Daniele und runzelte die Stirn.

»Ich will sagen, dass er uns diesmal nicht entwischen wird! ...«

»Du machst wohl einen Witz?« erwiderte Daniele in einem Ton, der den Bergamasker aufhorchen liess.

»Der Fuchs ist in der Falle. Muss man ihn da entkommen lassen? ... Jetzt haben wir endlich und ohne unser Zutun einen von denen in Händen, die in Italien die Unsern in den Gefängnissen und auf den Strafinseln umbringen. Und da sollen wir ihn laufen lassen? ...« brauste Agostino auf.

»Er ist in meinem Hause; er ist der Gast!« antwortete Daniele ruhig.

»Der Spion!« zischte Agostino.

»Er war ein Spion, jetzt ist er ein Gast!« antwortete Daniele mit der gleichen Ruhe. »Er hat als Sterbender in meinem Haus um Aufnahme gebeten. Er ist bei mir gewesen ...« Agostino traute seinen Ohren nicht.

»Wozu diese Skrupel? Du weisst, mit welchen Mitteln die Faschisten gegen uns kämpfen, du weisst, dass sie keinerlei moralische Bedenken kennen ...«

»Weiss ich«, antwortete Daniele, »und bin darum auch kein Faschist! ...«

»Wegen unserer Moral sind wir geschlagen worden! ...«

»Und daher werden wir siegen!« schloss Daniele.

Vor solchem Starrsinn konnte Agostino nur stumm den Kopf schütteln.

»Wie lange wird er noch hierbleiben?« fragte er dann.

»Vielleicht eine Woche, denn er ist noch recht schwach ...«

»Also haben wir Zeit, noch einmal darüber zu sprechen, ehe er uns entwischt!« sagte der Bergamasker.

Daniele beschloss, seiner Familie von alledem nichts zu sagen; er wollte sie nicht beunruhigen. Er liess auch den Gast nichts merken. Eine Schwester von Frau Filomena, die in Vira wohnte, hatte kürzlich ein Kindchen bekommen. Daniele wollte sie mit Frau und Tochter besuchen. Luisa und der Genesende blieben allein zurück.

»Nun bist du schon mehrere Wochen bei uns und hast noch nicht einmal unser Haus richtig gesehen«, sprach das Mädchen zum sogenannten Ingenieur.

»Das war nur, weil ich die ganze Zeit im Bett lag«, erwiderte er. Luisa zeigte ihm alles: die Vorratskammer, in der die Kartoffeln, die Zwiebeln, das Obst lagen und die Werkzeuge für die Gartenarbeit. Im ersten Stock führte sie ihn in ihr eigenes Zimmer, in dem auch Silvia vorübergehend schlief. Eine an die Wand geheftete, von zwei roten Papiernelken eingerahmte Photographie erregte die Aufmerksamkeit des Gastes.

»Wer ist das?« fragte er.

»Matteotti! . . .«

Der Gast setzte sich auf einen Stuhl.

»Wer ist Matteotti?« fragte er dann.

»Er war ein Mann, der die Armen verteidigte und dafür von Mussolini umgebracht wurde«, erwiderte das Mädchen.

»Bist du Antifaschistin? . . .«

»Selbstverständlich! . . .«

»Auch Silvia? . . .«

»Mehr als ich . . .«

»Auch dein Vater? . . .«

»Mehr als wir alle . . . Nicht mit Worten, aber mit der Tat.« Dann zeigte Luisa dem Gast den zweiten Stock.

»Dies ist das Zimmer der Eltern . . .«

»Und dort, was ist das?« fragte der Gast und wies auf die nächste Tür.

»Da ist der Eintritt verboten . . . Vater erlaubt es nicht. Es sind viele Papiere darinnen, und er will nicht, dass Unordnung gemacht wird . . .«

Luisa und der Gast kehrten in den Garten zurück. Eine halbe Stunde lang wanderte der Mann auf dem Gartenpfad hin und her, hin und her. Dann ging er entschlossen auf Luisa zu und sagte: »Willst du mir ein Telegramm aufgeben? . . .«

Er gab dem Mädchen den Text, das Geld und fügte hinzu: »Ich bin müde und gehe gleich schlafen . . .«

Am nächsten Tag, als Silvia dem Gast das Frühstück bringen wollte, klopfte sie vergebens an seine Türe. Sie klopfte immer wieder, bekam aber keine Antwort. Die Türe war verschlossen. Überzeugt, dass ein Unglück geschehen sei, begann Silvia zu lärmen, und die ganze Familie kam angerannt. Daniele schlug die Türe ein. Der Gast war nicht im Zimmer. Das Bett war unberührt. Die Koffer waren verschwunden.

»Er ist fort!« rief Silvia aus.

»Er ist fort, ohne Lebewohl zu sagen«, fügte Luisa hinzu.

»Er ist fort, seit gestern Abend schon«, bemerkte Frau Filomena und wies auf das Bett.

Mit zwei Sätzen war Daniele im zweiten Stock, und gleich darauf hörten die Frauen ein wütendes Geschrei: »Dieb! ... Schuft! ... Verräter! ... Er hat alle meine Papier mitgenommen!« So tobte Daniele, ein zu Tode Getroffener. Die Frauen eilten hinauf. Die Kammer war in grosser Unordnung. Die Schubladen lagen umgestülpt auf dem Boden.

Da erschien Agostino. Er wusste noch nichts und war dennoch blass und aufgeregt.

»Gestern Abend«, wandte sich Daniele an ihn, »ist der Spion ausgerückt und hat in unserer Abwesenheit viele meiner Papiere mitgenommen, darunter die für den Grenzverkehr ... Man muss, ohne eine Minute zu verlieren, die Betroffen benachrichtigen ...«

»Heute früh«, antwortete Agostino, »wurden zwanzig Saisonarbeiter an der Station Luino verhaftet. Und zwar die, welche tagsüber zur Arbeit in die Schweiz kommen und abends nach Italien heimgehen! ...«

Silvia sah den Vater und Agostino entgeistert an, als wäre dies alles erfunden, eine Art Theater.

»Nein, nein«, begann sie zu stöhnen, »dies ist alles nicht wahr! ... Dies ist alles ein Scherz! Agostino, sag mir um Gottes Willen, dass es nicht wahr ist! ...«

Daniele raffte sich zusammen: »Man muss sofort an die Rettung derer denken, die der Spion noch nicht fassen konnte!«

Er und Agostino gingen eilig davon.

Spät am Abend kam Daniele zurück.

Mutter Filomena und Luisa sassen am Kamin, Silvia kauerte auf einer Kiste im Hintergrund der dunklen Küche.

»Heute, schon früh am Morgen«, sagte Daniele unter der Küchentür, »sind unsere Schmuggler verhaftet worden. Eine Büchersammelstelle in Brissago wurde am Mittag ausgehoben. Die Polizei war bei Caterina. Es scheint, dass Agostino verhaftet ist und wahrscheinlich ausgewiesen wird. Und hier? Ist die Polizei noch nicht hier gewesen?«

»Nein!« antwortete Filomena.

Daniele setzte sich auf die Türschwelle. Die Nacht kam heran, vom stillen Gang der Sterne geführt. Der Hahn krähte zum ersten Mal, aber niemand dachte daran, sich schlafen zu legen; niemand wollte am ersten Stock vorübergehen, wo der andere bis gestern gewohnt hatte. Der Hahn krähte zum zweiten Mal. Die Mutter und die jüngere Tochter blieben am Kamin sitzen, die ältere Tochter kauerte im Hintergrund der dunklen Küche auf einer Kiste und der Vater auf der Türschwelle. Es war wie eine Totenwache, es war, wie wenn einer gestorben wäre. Der Hahn krähte zum dritten Mal.

Da durchbrach ein durchdringender Tierschrei, einem schmerzerfüllten Hundebellen ähnlich, und dann ein langandauerndes Hühnergegacker das Schweigen der Nacht. Daniele sprang auf, durchquerte den Garten und rannte auf den Hühnerstall zu. Dort sah er einen Fuchs, dessen eine Pfote in der Falle steckte. Sich mit den drei freien Pfoten dagegen stemmend und den Rücken krümmend, versuchte das Tier das gefangene Glied zu befreien. Als der Fuchs den Menschen heraneilen sah, begann er nach rechts und links wütende Sprünge zu machen, obwohl ihn die Kette, mit der das Fangeisen befestigt war, schwer behinderte.

»Endlich!« keuchte Daniele mit wilder Stimme. Er packte eine Axt, die neben dem Hühnerstall lehnte und hieb, als ob es sich um das Fällen einer Eiche handelte, mit fürchterlichen Schlägen auf das Tier ein. Er hieb auf den Kopf, auf den Rücken, auf den Bauch, auf die Beine, immer wieder, wie ein Wahnsinniger. Er fuhr fort, auf den Fuchs einzuschlagen, auch dann noch, als das Tier schon in Fetzen zerstückelt, zu einer blutigen Masse zermalmt war.

(Aus dem Italienischen von Nettie Sutro)

Max Werner Lenz (Cabaret Cornichon)

Mensch ohne Pass

Ich bin aus aller Ordnung ausgetrieben.
Sie nennen mich ein Emigrantenschwein.
Sie sagen, wärst du doch zu Haus geblieben!
Ich aber wollte ein Charakter sein.
Ich sagte »Guten Tag« statt »Heil« zu rufen.
Da hat man mir die Schutzhaft angedroht.
Doch ich bin nicht zum Märtyrer berufen!
Ich floh – aus einer Not in andre Not.
  Jetzt bin ich ein unangemeldetes Leben,
  Ich habe keinen Pass.
  Ich stehe daneben und bleibe daneben –
  Den Beamten ein ewiger Hass.

Die Staaten haben herrliche Devisen!
Hier drüben »Freiheit, Gleichheit, Bruderschaft«,
Und dieses Land wird als Asyl gepriesen.
Doch mich erwartet hier und dort nur Haft.
So wie ich bin, so bin ich ungesetzlich.
Zwar schlägt man nicht, man ist zivilisiert.
Doch, bin ich körperlich auch unverletzlich.
Die Seele darf man foltern, ungeniert.
  Denn ich bin ein unangemeldetes Leben.
  Ich habe keinen Pass.
  Ich stehe daneben und bleibe daneben –
  Den Beamten ein ewiger Hass.

Doch jetzt gibt's Kommissionen, wie ich höre,
Die kümmern sich um uns und meinen's gut,
Denn sie beschliessen, dass ich nicht mehr störe.
Doch der Beschluss kommt in Beamten-Hut!
Und bis die Paragraphen sich ergänzen,
Braucht's lange Zeit – inzwischen geht's mir schlecht,
Man scheucht mich heimlich über fremde Grenzen.
Bis ich krepiere – durch Gesetz und Recht.
  Dann bin ich ein unabgemeldetes Leben,
  Und brauche keinen Pass.
  Dann steh ich darüber und nicht mehr daneben,
  Über den Grenzen und über dem Hass.

Johannes R. Becher

Zürich/Das Lenin-Haus/Zu sehr Süden

In Zürich, das an der Limmat liegt,
Gehn alle um elf Uhr schon schlafen,
Doch scheint es nur so, als befändest du dich
In Gesellschaft von Hirten und Schafen.

Tagsüber der Faschismus spaziert
Auf den Strassen, den meist besonnten,
Die Bewegung, von einem Stabsoffizier
Gegründet, nennt sich: »Die Fronten«.

Der Züricher See, wie ruhend und sanft,
Als gäb es in Zürich keine Klassen.
Ich hatte nicht Zeit und musste darum
Ihn weiter sanft ruhen lassen.

Längere Zeit ist hier in Zürich auch
Genosse Lenin gewesen.
Man kann es noch an der Tafel dort
An dem Haus, wo er wohnte, lesen.

Die Tafel hängt wohl nicht lange mehr,
Denn auch die Schweiz hat gelernt,
Dass selbst solche Tafeln gefährlich sind,
Und rasch ist die Tafel entfernt.

Für diesen Fall also möchte ich
Eine neue Tafel schreiben,
Die Tafel hängt an keinem Haus
Und wird darum hängenbleiben.

Die Gasse, die führt zu Lenins Haus,
Ist schmal und führt in die Höhe,
Links steht ein Brunnen, ein munter Gebraus,
Das Haus ist gleich in der Nähe.

Die Türe unten ist kreuz und quer
Mit einem Gitter verschlungen.
Es steht das Haus im Häuserblock,
Als sei es hineingezwungen.

Die Klinke unten an der Tür,
Ist sie's, die auch Lenin drückte,
Und wenn er eintrat, ob er sich
Wie der Mann, der jetzt eintritt, bückte?!

So stand ich lange vor Lenins Haus
– Die Stadt war ringsum versunken –
Da hörte ich, wie ich selbst zu mir sprach:
»Eine Flamme schlug einst aus dem Funken.«

Eine Flamme schlug aus dem Funken, sie schlägt
Weiter und schlägt neue Flammen,
Bis über der Welt mit flammender Kraft
Die Flammen schlagen zusammen.

Von hier aus ist Lenin nach Russland gereist
In einem plombierten Wagen.
Ein Funken fiel in die Nacht – und dann
Die Flammen begannen zu schlagen!

Ich ging in dem Gässchen auf und ab,
Ich ging auf »Lenins Spuren«,
Da beobachteten mich von ferne zwei
Höchst verdächtige Kreaturen.

Zwei Spitzel hat man aufgestellt,
Um Lenins Haus zu bewachen.
Vielleicht blieb da ein Fünkchen zurück
Und könnte leicht Brand entfachen ...

Ich fuhr von Zürich mit der Gotthardbahn
Durch den Gotthardtunnel nach dem Süden,
Es erwartete mich ein Genosse dort,
Nicht Orangen und Mandelblüten.

Dort unten am Vierwaldstätter-See
Liegt die berühmte Platte,
Auf die Tell sprang, nachdem sein Schiff
Das Steuer verloren hatte.

Dort unten am Vierwaldstätter-See
Liegt auch die Tellkapelle,
Ein Luxushotel steht oben am Berg,
Es besitzt Garagen und Ställe.

Auf dem Wege nach Küssnacht fiel
Ein Vogt, und die Vögte wüten,
»Hut ab!« befiehlt es heut allerorts,
Hut ab! vor den Gesslerhüten ...

Ich kenne die Strecke, ich bin sie oft
Mit dem Motorrad gefahren.
Oben auf dem Gotthard, in Andermatt,
Meistens Manöver waren.

Der Gotthard ist ein Festungswerk
Mit ganzen Gebirgen als Mauern.
Hier kann bequem die Schweizer Armee
Alle Kriege der Welt überdauern.

Es fuhr der Zug durch den Gotthard hindurch,
Die Lichter brannten im Wagen ...
Ich war acht Jahre. Da reiste ich
Mit den Eltern nach Interlaken.

Kam ich dann aus den Ferien nach Haus,
Liess sich mein Freund erzählen
Von der Jungfraubahn und dem Matterhorn,
Doch schien er dabei sich zu quälen.

Es quälte ihn damals die Frage schon,
Die mich viel später erst quälte,
Es war sein Vater Arbeiter nur –
Doch schwieg er, und ich erzählte ...

Hinter dem Gotthard wurde die Luft
Dick und kochend wie Brühe,
Es war, als ob sich in Strömen von Schweiss
Alles Wasser dem Körper entziehe.

So kam ich durchnässt in Carona an,
Dort piepste einst auf der Flöte
Und stand am Fenster, die ich geliebt,
Die Dame hiess Margarete.

Es bat mich die Dame, ich solle ihr
Den Herzenswunsch doch erfüllen,
Sie hätte sich schon als Mädchen gewünscht
Einen Dichter, solch einen – stillen.

Und der Himmel war blau und der See war blau,
Und ich war trunken vor Bläue
Und gelobte der Dame Margarete fürwahr
Ewige Liebe und Treue.

Die Frösche quakten, es zirpten auch
Melancholisch die Grillen.
Am meisten verspürte ich Lust dazu,
Recht unanständig zu brüllen.

Es war die Treue ein leerer Wahn
Und die Liebe war bald verflogen,
Das Klima hatt es mir angetan –
Bin schleunigst drum abgezogen ...

Ich konnte auch diesmal das Klima nicht
Beim besten Willen ertragen,
Es hat mich das allzu üppige Blau
Mit tierischer Trägheit geschlagen.

Ich kam mir vor wie in einem Sumpf
Eine behaglich sich räkelnde Kröte,
Und ausserdem – ich entsann mich dumpf
Margaretens und ihrer Flöte.

Jo Mihaly

Doktor Franz Hennig, Ausländer

An einer Stelle, an der der Fluss so schmal war, dass ihn ein Kind durchschwimmen konnte, ging ich aufrecht in ihn hinein, indem ich den Koffer auf die Schultern hob. Ein Fischerkahn schaukelte an langer Kette in der Mitte des Flusses. Ich erreichte ihn, noch ehe das Wasser mein Kinn benetzte und zog mich daran ans Ufer.
Dass das Letzte so leicht war! Niemand hinderte mich an meinem Tun, sogar der Mond blieb hinter den Wolken verborgen, als wollte er mir den Rest der Dunkelheit zwischen Nacht und Morgen schenken.

Kaum fühlte ich Grund unter den Füssen, als die Gewissheit, die Heimat verlassen zu haben, so stark über mich kam, dass ich verwundert ob der Schmerzgewalt stehenblieb und zurückschaute. Indem hub eine Männerstimme in der Ferne schön und ergreifend zu singen an; ich hatte Mühe, nicht auf der Stelle Kehrt zu machen.

Während ich noch stand und ein Schauer nach dem andern mich überkam, rief eine Stimme in fremder Sprache: »Halt! Wo kommen Sie her?« und zwei Männer liefen herbei, so dass ich nicht mehr fliehen konnte, wohl auch nicht wollte, denn endlich, so dünkte es mich, war der Augenblick der Sicherheit gekommen. Ich setzte den Koffer nieder, lüftete den Hut und sagte, nun ebenfalls in fremder Sprache: »Lassen Sie mich hier, ich bin ein Flüchtling.«

Kaum hatte ich ausgesprochen, als der Mann, der zuerst gerufen hatte, mir den Lauf eines Gewehrs auf die Brust setzte und mich zum Wasser zurückdrängte, während der zweite mit einer Taschenlaterne mein Gesicht beleuchtete. Ich erkannte, dass ich Grenzposten vor mir hatte. Der erste rief mir zu, ich solle wieder umkehren und auf dem Wege heimgehen, den ich gekommen sei. Auch wenn ich die fremde Mundart nicht verstanden hätte, so hätte doch der zunehmende Druck des Gewehrs seine Absicht deutlich gemacht. Ich erwiderte mit matter und gereizter Stimme, dass ich, sobald ich in die Hände der heimatlichen Grenzposten fiele, erschossen werden würde, noch schlimmer: gefoltert und hingerichtet! Wieder dachte ich an Elise, deren Gesicht vielleicht in diesem Augenblick von Gewehrkolben zerschmettert war.

Da sagte der zweite Wächter, der bisher geschwiegen hatte: »Er fällt ja um, es haut ihn hin!«

Und zu meiner Verwunderung fiel ich wirklich, obwohl ich nicht bemerkt hatte, dass mir schwach geworden war. Nun aber war es eine Wohltat zu sinken, sich wie ein Mantel fallen zu lassen, der den Schultern lästig geworden ist. Die Wächter fingen mich auf, und der, der gesagt hatte, dass es mich »hingehauen« hätte, legte meinen Kopf auf sein aufgestütztes Knie. Ich glaubte in den Fluss zu gleiten und in ihm zu versinken, so sang und murmelte das Blut in meinen Ohren, zugleich erinnerte ich mich deutlich an Käthchen. Wie lächerlich, dass ich mit letzter Kraft die Arme hob, um den Wächter, der mich stützte, zu umarmen! Ich zog ihn mit aller Macht zu meinen Lippen nieder und küsste ihn. Wenigstens glaube ich bis heute es getan zu haben. Ich meinte, es wäre Käthchen, denn ich lag manchmal mit dem Kopf in ihrem Schoss, und sie stützte ihn mit ihrer Rechten, wie der Wächter es tat.

Nach menschlichem Ermessen wäre es besser gewesen, den Fluss hinab und in ein anderes Land zu schwimmen, mich bis ans Meer durchzuschlagen und nach Afrika oder Amerika einzuschiffen. Dann wäre mir erspart geblieben, was mich einen Teil meiner Menschenwürde gekostet hat. Auch hätte ich meine Gesundheit noch, um die mich früher mancher beneidete. Immerhin, ich kann auch heute noch eine Frau umarmen; das hätte ich nicht gedacht, niemals. Aber es wäre falsch vorwegzunehmen, was später immer noch des Erzählens wert ist.

Die Wächter setzten mich in ein Camion. So fuhr ich landeinwärts. Ich war müde und schlief fast die ganze Zeit. Wenn ich von einem Stoss des Wagens erwachte, dachte ich: »... in Sicherheit!« und liess die Augen erstaunt rundum gehen, um sie gleich darauf wieder zu schliessen. Einmal, entsinne ich mich, fuhren wir durch eine Pappelallee. Pappeln wachsen so hoch hinauf, ihr Wuchs ist so leicht und aufwärtsstrebend, dass sie an junge Mädchen erinnern; auch sind sie von einem besonderen Ernst. Als ich jünger war, lag ich unter einer Pappel am Bach und schaute zu ihr auf, bis sie mir wie ein junges Mädchen vorkam, das mit geschlossenen Füssen im Gras stand, während der Wind ihm den grünen Rock übers Knie hinaufwehte. Damals dachte ich, dass die Frau, die ich ewig zu lieben wünschte, einer Pappel gleichen müsse.... Hin- und hergeschüttelt auf dem fahrenden Camion, dachte ich auch an das Gewehr, das mir der Wächter auf die Brust gesetzt hatte, und ich wünschte es zu besitzen. ... Ich sann den Zuständen in meiner Heimat nach, in der es keine Dynamitkapseln mehr gab, geschweige denn ein Gewehr; selbst auf die eisernen Zaunpfähle, die Grabgitter und Kreuze hatten die Mächtigen die Hand gelegt. So weit in meinen Gedanken angelangt, überwältigte mich abermals die Müdigkeit. Ich schlief ein und erwachte erst, als wir uns inmitten der Stadt befanden. Es war heller Vormittag. Trotz schimmernder Wolken war der Himmel durchsonnt, Scharen von Möven schwebten darunter auf und ab. Wir bogen um eine Strassenecke, da lag ein See vor uns; noch heute überkommt mich, wenn ich daran denke, freudiges Entzücken. Ich sah Segelboote mit weissen und orangeroten Segeln; Dampfschiffe fuhren vorüber, Schwäne, Blesshühner, Wildenten, Taucher, das ganze Seevogelvolk tummelte sich am Quai. Und die Spaziergänger! Es kam mir vor, als hätte ich lange nicht mehr so gut gekleidete Frauen gesehen – und wie müssig sie gehen, haben sie keine Eile?

Unter den Bäumen ist Markt. Viele Händler haben ihre Zelte aufgeschlagen, Gemüse, Obst, Eier, Fische, Kuchen liegen zum Verkauf bereit. angesichts der langentbehrten Genüsse reisse ich die Augen auf: eine Stadt, die keinen Mangel kennt!

Und die Beete voller Blumen, die schattigen Kastanien, die flatternden Wimpel an den Elektrischen, die hochschwingenden Fahnen, die Kirchtürme, Giebelhäuser und die sich fort und fort wölbenden Brücken!

Ihr Nachgeborenen, die ihr diese Blätter lesen werdet, denkt daran, dass diese Stadt wie jede andere hätte heiter sein können, wenn sie von gerechtem Geist erfüllt gewesen wäre. Aber indem ich an sie zurückdenke, verwandelt sie sich auf gespenstische Art: ihr Glanz verblasst, die Mauern scheinen fahl, und Nebel erfüllt die Gassen, die mich einst malerisch bedünkten. Die Heiterkeit ist nichts wert, das Behagen gleicht dem vollen Bauch des Satten. Der Geist der Stadt ist trocken wie das Hirn eines Grosskaufmanns um elf Uhr vormittags; ich sage das aus Erfahrung, denn ich habe es erlebt.

... Ich wurde auf die Polizeiwache geführt.

Von jeher hat mich der Anblick von Gefängnissen und Polizisten verstört. Immer ist es mir, als hätte ich eine unehrenhafte Handlung begangen, die meinen Blick unfrei, meine Rede gezwungen, meine Haltung ohne Natürlichkeit macht. Ich habe mich oft gefragt, woher dieser hündische Zug in mir stammt, offenbar hängt er mit dem geheimnisvollen Erwachen des Wolf-Tieres zusammen. Ich schäme mich seiner. Aber wenn ich ihn auch scheinbar überwinden gelernt habe, so zittert er doch auf dem Grund meiner Ruhe wie das Blatt der Espe, die sich stolz reckt, während das Blättchen an ihrem untersten, verborgensten Zweig nicht aufhört, sich zu winden und närrisch zu gebärden.

Nachdem ich meinen Pass abgegeben und Name, Stand und Herkunft genannt hatte, legten mir die Polizeibeamten nahe, das Land zu verlassen.

Ich bat um Schutz und Aufenthalt, bis es mir gelungen sein würde, Reisepapiere zu beschaffen. Aber die Herren wollten davon nichts hören.

Ich berief mich auf Ärzte und Professoren, die für mich bürgen sollten. Sie redeten nunmehr mit den Augen, indem sie sich zu befragen schienen, worin sich ein Doktor von einem gewöhnlichen Flüchtling unterscheide. Endlich fragten sie mich, welches mein politisches Vergehen sei. Ich lachte und sagte, dass ich, solange ich Herr meiner Zunge wäre, darüber zu schweigen gedächte. Im selben Augenblick durchfuhr mich ein Schrekken; es fiel mir ein, dass sie die Macht hätten, mir die Zunge mit Gewalt zu lösen. Ich hätte nun gewünscht, das Verhör wäre zu Ende gewesen, denn mit dem Wissen um diese Dinge war nicht mehr gut antworten.

Vor dem geöffneten Fenster flogen Möven wie geschleuderte Bumerangs vorbei, es war, als schwebten sie nach bestimmten Gesetzen der Geschwindigkeit, ohne die Flügel bewegen zu müssen.

»Dass Sie hier Möven haben!« sagte ich. Ich betonte das »hier«, es war wie ein Triumph, wie eine ganz kleine Schadenfreude, dass die Möven nicht in diese Stadt gehörten. Sie waren fremd wie ich. Aber während man sie fütterte und pflegte und »unsere lieben Gäste auf einheimischen Gewässern« nannte, war ich, der Kranke gesund machen und Menschen auf uneigennützige Weise helfen konnte, nicht besser als das, was sie zu sein vortäuschten: ein geschleuderter Bumerang. Wer hatte ihn über die Grenze geworfen, was sollte man mit ihm anfangen? Er war verdächtigen Ursprungs. Man konnte ihn entweder einschliessen, damit er keinen Schaden täte, oder über die Grenze zurückschleudern.

»So!« sagte der erste Beamte. »Die Möven interessieren Sie.«

Ich sah ihn an. Es fiel mir auf, dass er ein braunes und ein graues Auge hatte; dasjenige, das grau war, zuckte unaufhörlich. In seinen Zügen prägte sich plötzlich eine gewisse Milde aus, als hätte es ihn überrascht, in einem Bumerang menschliche Gefühle zu finden. Ehe ich mich aber dazu entschliessen konnte, die unerwartete Milde in Anspruch zu nehmen, senkte er den Blick auf den Aktenbogen und teilte mir mit, dass er mich bis zur Klärung meiner Angelegenheit in Haft behalten müsse.

Soweit ich in meiner Bestürzung imstande war, auf die Gemütsbewegung fremder Personen zu achten, nahm ich wahr, dass ihn der Beschluss nicht freute. Er erhob sich mit ungerechtfertigter Eile, worauf auch der zweite Beamte aufstand und sich mit ihm entfernte. Mich überliessen sie der Obhut zweier Gendarmen.

Als ich abgeführt wurde, begegnete mir auf dem Flur ein anderer Mann, der gleichfalls zwischen zwei Gendarmen ging. Er hatte ein blasses, erregtes Gesicht und hellblonde Haare, die mit Wasser an den Schläfen festgekämmt waren. So stieg er die Stufen aus dem Untergeschoss herauf, die ich hinabzusteigen hatte. Ich grüsste ihn, indem ich den Hut vor ihm zog. Er sah mich verständnislos an, während der Gendarm zu meiner Linken mich fragte: »Kennen Sie den?«

»Nein«, sagte ich.

»Warum grüssen Sie ihn denn?«

»Er ist vielleicht ein Landsmann«, sagte ich.

So war ich in Haft und erging mich stundenlang in meiner Zelle, indem ich die Hände auf den Rücken legte und mit gesenkter Stirn von der Tür zur Wand und von der Wand zur Tür wanderte. Auf dieser Wanderung hatte ich Musse, über vieles nachzudenken. Damals war meine Lage so ungeklärt, dass sie noch manchen Schimmer von Hoffnung barg. Das Leben hatte wie ein Hundefänger den Sack über mich geworfen; aber wie der gefangene Hund nicht weiss, ob er verkauft oder geschlachtet werden soll, so wusste ich nicht, ob mir am Ende dieser Wirren nicht doch noch ein aussichtsreiches Dasein winkte.

Nach allem, was ich erlebt hatte, war ich grenzenlos müde. Nicht so, wie ich auf dem Camion müde gewesen war, sondern anders, innerlich. Ich unterbrach oft meine Wanderung, um mich auf den Schemel zu setzen, die Hände vor das Gesicht zu schlagen und in mich hineinzudenken. Vor allem dachte ich an Käthchen und an meine Praxis, die nun verlassen war. Vielleicht hatte die Polizei bereits die Türen versiegelt, und Staub sammelte sich auf Glas und Nickel, die Käthchen blankzuputzen liebte. Aber wo war Käthchen? Ich war mir bewusst, dass ich sie nicht so liebte, wie sie es verdiente. Liebte ich vielleicht meinen Arm oder mein Bein? Wenn mir aber eins der Glieder fehlte, – wie traurig würde ich sein! Nun sehnte ich mich nach Käthchen mit einer Gewalt, die einer körperlichen Heimsuchung glich. Immer glaubte ich, ihr Gesicht in jenem kleinen Rund zu erblicken, das in die Zellentür eingelassen war; sooft die Verschraubung dieses Fensters klirrte, fuhr ich auf, aber es war ein fremdes Auge, das zu mir herübersah, ohne dass ich imstande gewesen wäre es zu erkennen.

Ich hatte gesagt, dass mich die Flucht in einen Wolf verwandelt hatte. Man soll nicht glauben, dass die Gefangenschaft mich in einen Menschen zurückverwandelte. Vielmehr blieb eine geheimnisvolle Loslösung vom Bund der Menschen bestehen; ich erkannte in mir deutlich Spuren einer Verwilderung, die ich nicht zu ändern vermochte. Nicht immer nahm ich sie wahr; wenn ich jedoch lange in der Zelle umhergewandert war, fühlte ich an dem Schmerz in meinen zerbissenen Lippen, dass die wölfische Wildheit nicht zum Stillstand gekommen war. Wenn ich aus dem Schlaf fuhr, so schrie ich mit einer mir fremden Stimme auf. Und beim Essen der

Alfred Bernegger *Liegender*

bitteren Gefängniskost benahm ich mich anders als sonst; halb rührte ich das Mahl nicht an, halb verschlang ich es mit einer unmanierlichen Gier, während ich mir oft über Mund und Kinn fuhr, um die Spuren, die mir Ekel verursachten, wegzuwischen. Den Koteimer benutzte ich auch mit Ingrimm, aber wie sollte ein ordentlicher Mensch einen solchen Behälter anders benutzen? Seit ich die Strasse mit dem Regenbogen verlassen hatte, schaffte mir alles Pein, die Welt schien auf dem Kopf zu stehen, und ich fiel rücklings durch das Regenbogentor in eine Welt, in der ich nicht als Mensch geachtet wurde. So lebte das Tier in mir und verkroch sich auf seinen vier Pfoten in die Winkel meiner Seele, obwohl ich äusserlich einen leidlich gemässigten Eindruck machte. Der Zellenwärter nannte mich: »Herr Doktor«; das war eine Ehrenbezeichnung.

Ich bin aber sicher, dass er sich vor meinem Blick fürchtete und dass die Ehrenbezeigung der Angst entsprang, es könnte ihn der Wolf aus meinen Augenwinkeln anfallen.

»Nun, nun, Franz Henning«, sagte ich zu mir, »du bist nicht unverschuldet so weit gekommen. So gewiss du Männern dazu verholfen hast, mit dem Gewehr die Freiheit zu verteidigen, so gewiss ist dir die Freiheit mit dem Gewehr genommen worden.« Aber ist die Freiheit nicht das Beste im Leben, und haben wir nicht darum zu kämpfen? so frage ich mich.

Ich sah die Wand an, die blieb stumm.

Ich sah zu dem Milchglasfenster hoch, das blieb ebenfalls stumm. Zuerst hatte ich versucht, das Fenster durch Springen zu erklimmen, um den Himmel zu sehen, das einzige Stück Freiheit, das mir erreichbar schien; aber ich konnte es nicht, und Tisch und Schemel waren festgeschraubt. Welche Qual für einen beweglichen Geist: sie waren festgeschraubt! Und auch das Bett war an die Mauer angeschlossen, ausserdem musste ich es morgens aufrecht gegen die Wand klappen. So konnte ich mich nicht hinlegen, wenn ich müde war, es sei denn, dass ich mich auf dem Fussboden ausstreckte. Der aber stank nach der Angst aller derjenigen, die vor mir in der Zelle gewesen waren. Also legte ich mich nicht hin, sondern schlief, wenn ich des Schlafs bedurfte, über dem Tisch, indem ich Kopf und Arme darauf legte.

Der Zellenwärter öffnet die Tür und tritt mit dem Kalfaktor ein, der mir das Nachtmahl bringt. Es ist immer dasselbe: Wassersuppe mit einigen Bohnen oder Krautblättern, und ein Stück trocknes Brot. Nach sechs oder sieben Tagen vertrage ich das Brot nicht mehr und lasse es liegen.

Ist das nicht auch Freiheit, – ich lasse das Brot liegen?

Der Wärter fragt: »Warum essen Sie das Brot nicht? Es ist wohl nicht weiss genug?«

Ich habe Mitleid mit dem Wärter. Er bildet sich ein, frei zu sein und kraft seines Amtes die Freiheit zu beschützen. Wie entsetzlich müssten seine Leiden sein, wenn ihm die Augen für die Erkenntnis aufgingen, dass die Freiheit hier, hier in dieser engen und schlechtgelüfteten Zelle eingesperrt ist! Schlage die Hände vor die Augen, Wärter, verschliesse die Tür deines Bewusstseins, damit der blendende Strahl dein Inneres nicht erleuchte! Das Licht des Wissens gleicht dem Skalpell in der Hand des Arztes. Darum fürchten sich viele Menschen vor der Erkenntnis. Wenn ich dir mit dem Skalpell das Hirn zertrennte ... du schriest, Wärter! Aber ich bin ein mitleidiger Arzt und versenke dich in Betäubung, ich lasse dich schlafen, während die Zeit an dir arbeitet. So wird dir das Messer nicht so fürchterlich sein.

Ich verspüre, während ich denke, selbst den scharfen Schmerz im Hirn. Es fällt mir ein, dass diese Klause, diese Einsiedelei einen tieferen Sinn haben könnte, als ich anzunehmen bereit war. Sitze ich nicht gefangen, um Ordnung in mein Denken zu bringen, bin ich nicht wie Prometheus angeschmiedet, um zu erkennen, was ich falsch gemacht habe? Oder ist, was ich tat, dem neuen Göttersinn längst angenehm und führte mich die Vorsehung nur in die Einsamkeit, um zu lernen, wie ich's den Menschen auch weiter recht machen könne?

Ich hebe den Kopf von meinem Blechnapf, dessen angestossene Ecken mir Widerwillen einflössen und vergesse, dass ich noch einen Rest Suppe zu essen habe.

Eine demütige Freude erfüllt mich ...

Ich vertrug die Gefängniskost nicht und begann an einer ruhrähnlichen Erkrankung zu leiden, liess mich aber nicht dem Gefängnisarzt melden. Vielleicht fürchtete ich, mich eines Kollegen schämen zu müssen, der den hohen Lehrsatz der Medizin missachtete, dass alle Kranken voreinander gleich seien.

Ich gebe es zu: ich litt unter der Krankheit, sie war mannesunwürdig. Auch hatte ich nicht mehr die Kraft, mich besonderer Reinlichkeit zu befleissigen, und das Bewusstsein meiner Unsauberkeit beleidigte mich. Jeden Morgen und Abend schleppte ich den Kotkübel zur Reinigung, indem ich mich der Reihe der Gefangenen eingliederte, den Kübel in das Spülbecken entleerte, ihn mit einem Schwall Wassers ausspülte und, kaum vom Notdürftigsten gesäubert, wieder in die Zelle zurücktrug. Von diesen Ausgängen kehrte ich immer erschöpfter zurück, bis der Kübel endlich meiner Hand entfiel und, stinkende Lachen Schmutzwasser am Boden zurücklassend, in eine Ecke meiner Kammer rollte. Ich, zu müde um ihn aufzuheben, warf mich neben ihn nieder und blieb dort liegen, dankbar dafür, dass die Erde bereit war mich zu tragen.

Doch dieser Kniefall vor dem Elend war der letzte, den ich meinem Stolz bezahlte; um die Mittagsstunde wurde ich aus der Haft entlassen. Ich erschien in demselben Zimmer, in dem das Protokoll über mich aufgenommen worden war, wie ein Geist, dem die Vorsehung es erlaubt, noch einmal die Oberwelt zu betreten. Selbst die Beamten verhehlten ihr Befremden über meinen Anblick nicht und fragten, ob ich mich nicht wohl befände.

»Danke, es geht mir gut«, sagte ich, »während Ströme von Licht in meine Augen stürzten und ich die Sonne wiedersah, die das offene Fenster mit Glanz erfüllte. In diesem Katarakt von Licht gingen die Stimmen der Beamten wie Fetzen von Papier unter, die die Kinder mutwillig in die Strömung werfen. Endlich tauchten Worte aus dem Strudel auf, erreichten mein Ohr und drangen in mein Bewusstsein. Ich erfuhr, dass ich frei sei.

»Haben Sie verstanden?« fragte der Beamte, der ein braunes und ein graues Auge hatte und dessen Misstrauen angesichts meiner schlafwandlerischen Haltung geweckt worden war. »Wir wünschen Sie nach vier Wochen nicht mehr zu sehen.«

Ich blickte ihn an, und er wiederholte, was er gesagt hatte.

»Haben Sie mich verstanden?« fragte er nochmals, denn ich schwankte und hielt mich an der Tischecke fest.

»Ich glaube«, antwortete ich. »Sie geben mir eine Ausreisefrist von vier Wochen.«

»Exakt. Hier ist Ihr Aufenthaltsschein. Lassen Sie sich den Koffer geben.«

»Danke«, sagte ich, und ohne dass ich es verhindern konnte, verzogen sich meine Lippen, mein Mund öffnete sich, und ich begann zu lachen. »Warum lachen Sie?« fragte der Beamte verwundert. Aber wie hätte ich es einem Gefängnisbeamten klarmachen sollen, dass ich vor Glück darüber lachte, die Sonne wiederzusehen, und dass ich anders hätte weinen müssen.

Kaum der Haft entronnen, war es mir, als seien Himmel und Erde, Bäume und Blumen und das Gras am Wege einzig zu meiner Erquickung geschaffen. Ich hob das Gesicht in die Höhe, und warme Luft umfächelte mich, die auf den Lippen den Geschmack des Sommers hatte. Mir war leicht und gut, eine grosse Dankbarkeit erfüllte mich. Mit dem Hut in der Hand schritt ich langsam aus, um den Genuss des Gehens auszukosten; nicht mehr dreieinhalb Schritte vorwärts, Viertelsdrehung, anderthalb Schritte rechts, Viertelsdrehung ... nicht mehr wie ein Tier im Käfig drehte ich mich in der Zelle herum. Ich ging zu meiner Freude, während ich mit einem Glück ohnegleichen fühlte, dass der Wind durch meine Haare blies.

»Das also bleibt des Flüchtlings Eigentum!« dachte ich, als ich am Rand einer Parkwiese stehenblieb, auf der ringsum verstreut die Flämmchen der Herbstzeitlosen leuchteten. Ein Erschrecken durchfuhr mich: »Ist es schon Herbst –?« doch schob ich den Gedanken von mir ab, um dem ersten nachzuhängen: »Die Natur, Franz Hennig, bleibt des Flüchtlings Eigentum.«

Dank der Natur! Wieviele Gaben der Natur könnte ich aufzählen, die des Dankes würdig sind, aber woher sollte ich die Worte nehmen, um sie so zu preisen, wie sie es verdienen? Allein jene Steine, auf denen ich gehe, jene lieben, zuverlässigen Steine, vom Schatten sanftbewegter Blätter gemustert, sind schöner, als ich es auszudrücken vermag. Und doch fehlt im Reigen der Natur eine Tänzerin, eine, die der Flüchtling höher schätzen würde als die andern: die Liebe! Ich bin ein Mann. Was nützt mir die Schönheit, wenn ich nicht verschwenden kann?

Dass ich nicht gleich an Käthchen gedacht hatte! Kaum dachte ich an sie, als ich mich wieder krank fühlte, wie ein gefallenes Kind nach Trost schreit, wenn es den Rockzipfel der Mutter nur von weitem erblickt. Ich hielt nach einer Bank Ausschau. Aber alle Bänke im Park waren von Einheimischen besetzt, und ich wagte nicht, sie um Platz zu bitten. Sieh doch einer an, wie feige ich geworden war, ich wagte es nicht mehr, den Mund aufzutun, und um ein Plätzchen in der Sonne zu bitten! Wie der Wolf den Schwanz einkniff, wie er sich verkroch! War es möglich, dass ich mich so verändert hatte?

Ich ging endlich in ein kleines Hotel, bestellte ein Zimmer unterm Dach, und nahm ein Bad, das erste, seitdem ich mein Land verlassen hatte. Ich seufzte, als ich die Wärme des Wassers fühlte. Später kleidete ich mich an, indem ich lange und sorgfältig zwischen den wenigen Kleidungsstükken wählte, die ich in den Koffer gepackt hatte. Ich strich die Falten des Anzugs glatt, band eine neue Kravatte um, kämmte und bürstete das Haar und trat vom Spiegel zurück, um mich darin zu betrachten.

Ja, ich sah Dr. Franz Hennig. Aber ein Jahrzehnt schien über ihn hinweggegangen zu sein. Er stand am Beginn seiner Leiden und war bereits gezeichnet, ein Mann in nebelhafter Rüstung, die bis auf das Oval des Gesichtes geschlossen war. Er war ein Soldat der Emigration, noch ohne besondere Verdienste. Sein Anblick erweckte Traurigkeit.

Die Zeit verging, und ich hatte, was meine Ausreise betraf, nichts erreichen können. Kein Land wollte sich mir auftun; wohin sollte ich mich wenden? Ich musste versuchen hierzubleiben, wo ich so übel empfangen worden war.

So ging ich zu angesehenen Ärzten, um sie um Hilfe zu bitten. Es hiesse der Wahrheit nicht die Ehre geben, wenn ich behaupten wollte, sie wären nicht aufmerksam gegen mich gewesen.

»Sie praktizierten selbst, Herr Dr. Hennig?«

»Gewiss, aber ich bin bereit, jede Arbeit zu tun, die Sie verlangen würden, ich kann assistieren oder Laboratoriumsarbeiten machen.«

»Ich darf Sie nicht beschäftigen, Sie sind Ausländer. Kennen Sie nicht die Arbeitsbetimmungen hierzulande?«

»Ich habe sie genau studiert, aber ich hoffte, dass Ihre Fürsprache ... bei der Polizei ...«

»Herr Kollege, was vermag ich gegen Polizeibestimmungen? Ausserdem brauche ich keine Hilfe, ich komme mit meiner Assistentin ganz gut aus. Wenn Sie sich entschliessen könnten, in ein paar Jahren die Examina nachzumachen –«

»Mein Land hat mein Bankguthaben gesperrt und mein Vermögen beschlagnahmt, ich bin fast ohne Geldmittel.«

»Das tut mir aufrichtig leid, Herr Kollege. Vielleicht dass ein Flüchtlingskomitee ... «

»Es tut mir leid, Sie belästigt zu haben, Herr Kollege. Ich bitte um Verzeihung.«

So ging ich wieder. Wie sehnte ich mich nach den gewohnten Verhältnissen, wie vermisste ich die Arbeit! Mir war, als hätten die Bürger dieser Stadt einen Verlust dadurch erlitten, dass sie meine ärztliche Hilfe nicht in Anspruch nehmen durften. Je aussichtsloser meine Bitte um Arbeit wurde, desto tiefer fühlte sich mein Stolz verletzt, desto hochmütiger begann ich mich auf meine Fähigkeiten zu besinnen. Aber es gab niemand, dem ich es beweisen konnte, welch guter Arzt ich war. Mit der Zeit verlor sich auch mein Hochmut, und es blieb nichst als die Angst, zu verlieren, was mich einst ausgezeichnet hatte.

Die Erkenntnis meiner Lage schuf keine Klarheit. Es war nicht so, dass sie mich belehrte: »Passe dich den veränderten Verhältnissen an, sei der Armut würdig und trachte danach nicht unterzugehen.« Sondern sie sagte: »Du bist eine Mücke im Spinnennetz, erkenne das deutlich. Was du tun wirst, wird vergeblich sein; je mehr du dich wehrst, um so tiefer wirst du dich verstricken.«

Als die vierte Woche begann, sah ich mir zwei fremde Männer folgen, die ich ohne Mühe als Agenten der Polizei erkannte. Ihr Auftauchen liess mir das Herz zum Zerspringen klopfen. Mitleid mit mir selbst ergriff mich. Hatte ich sonst nur einen Schatten, so hatte ich jetzt deren drei; das war zuviel.

Nachdem ich sie lange in die Irre zu führen versucht hatte, ging ich zur Post und fragte, ob ein Brief für mich angekommen wäre. Und wirklich war ein Brief von Käthchen da. »Mein lieber Franz«, schrieb sie, »gestern erfuhr ich Deinen Aufenthalt. Du kannst Dir nicht denken, wie mir zumute war (oder kannst Du es Dir denken –?). Zu wissen, wo Du bist, und doch nicht zu Dir zu dürfen! Schreibe mir nicht mehr, mein Liebling, es ist besser. Deine Sachen sind beschlagnahmt, aber ich habe das Album mit den Fotografien gerettet. Was mich angeht, so sorge Dich nicht, ich werde die Stelle bei Dr. L. annehmen, die er mir solange freigehalten hat. Ich frage mich bloss, wie Du jetzt lebst? Aber Du bist ein so blendender Arzt, dass Dir überall die Welt offenstehen wird. Das sagt Dr. L. auch. Ich will versuchen, Dir sooft es geht Nachricht zukommen zu lassen. Dass ich Dich liebe, weisst Du. Leb wohl, bleib gesund, auf Wiedersehen, Franz, mein Mann!«

Wieviele Male ich den Brief gelesen habe, weiss ich nicht; ich wurde nicht satt davon. Denke doch niemand, es wäre ein einfältiger Brief, den mir das Mädchen geschrieben hatte; ihre Hände, schwerfällig und mütterlich in Liebkosungen, wussten die Feder nicht künstlicher zu führen.

Während der ganzen Zeit waren meine drei Schatten hinter mir her. Ich hatte sie eine Weile vergessen, das Glück, das mich beim Lesen überkam, hatte mich des äusseren Lebens entrückt. Jetzt entsann ich mich ihrer wieder und nahm aus den Augenwinkeln heraus wahr, dass sie mir auf den Fersen folgten. Ich wunderte mich, dass die Menschen, die an uns vorübergingen, es nicht bemerkten.

Nun galt es nachzudenken.

Auf der Bank des kleinen Hotelfensters sitzend, schaute ich über die Dächer hin, grübelnd, wie ich es anstellen könnte, im Lande zu bleiben. Ich war des Herumirrens müde, wusste auch, dass mich hinter fremden Grenzen das gleiche Schicksal erwartete. Viele Flüchtlinge waren vor mir dagewesen, und wo ein Arbeitsplatz zu haben war, da hatten sie ihn eingenommen. Für mich war nirgends mehr Raum; ich taumelte zwischen den Paragraphen wie zwischen den Wänden von Stacheldraht, ein Ziel für Scharfschützen.

Stadt, Stadt! Du breitest dich unter meinem Giebel wie ein Teppich in feinen, dunklen Farben aus, als brauchte ich nur die Füsse vom Fenster herunterzulassen, um auf dir zu stehen. Stadt! Stadt! Du bist ein Teppich für reiche Bürger, ein Paradiesgärtlein für Tugend; nichts für einen, der schmutzige Schuhe trägt.

Wenn ich von meinem Fenster in die Runde blicke, sehe ich überall Ordnung. Kein Ziegel fehlt in den Dächern, an den Fenstern keine Gardine; die Strassen sind so rein, als wagte es kein Hund, das Bein zu heben. Sicher, wenn der Herbst die Bäume kämmt, wird kein Blatt auf die Pflastersteine wirbeln; der Wind trägt es wohl vorher fort.

Ach, höbe er doch auch mich vom Fenster auf und bliese mich in die ungetreue Heimat zurück! Alles scheint mir falsch, was ich sehe, auch das Richtige hat für den Fremden ein verkehrtes Gesicht, die Bäume sind anders grün als zu Hause, die Vögel singen wohl lieblich, aber nicht so ergreifend wie bei uns. Die Hügel sind zu hoch, der Himmel ist zu eng, die Gärten sind zu kunstvoll, die Häuser zu schön, die Menschen zu satt, und das Mädchen, das sich nach mir umwendet, hat kein Herz für mich.

Wie – wenn ich, der ich dennoch hier bleiben muss, mir die Adern öffnete, um dem allen zu entgehen? Wenn ich, an den Umgang mit Messern gewöhnt, mir mit einem kleinen Schnitt den Puls öffnete? Dann könnte kein Polizeibeamter mich über die Grenze weisen, und das Heimweh schwiege still, das Heimweh, das so bitter wie Gefängnisbrot ist. Was habe ich noch zu hoffen, ich, »der blendende Arzt, dem überall die Welt offensteht«?

Freilich, mit dem Leben wäre es vorbei, ich sähe die Sonne niemals wieder, sähe die Efeuranke nicht, die dieses Giebelfenster umschlingt, das Geraniumstöckchen auf dem Nachbarbalkon auch nicht; nicht den Käfer, der auf dem Blatt sitzt und nicht die Schwärme von Möven und Mauerseglern, die um die Türme schweben. Dann wäre diese Hand verdorrt, die jetzt kräftig das Fensterkreuz umspannt; meine Brust höbe und senkte sich nicht mehr unter reinen Atemzügen, mein Kopf, voll von hochfliegenden und kühnen Gedanken, würde zu Staub.

Wie aber, wenn ich nicht ganz verblutete –? Wenn ich, List gegen Gewalt setzend, es so einzurichten verstünde, dass, noch ehe der letzte Seufzer getan ist, Menschen mich fänden und ins Spital brächten? Dann läge ich lange still und verträumte den Tag, an dem ich das Land zu verlassen hätte, dann hätte kein Polizist die Macht, mich aus dem Bett zu schleifen. Und ist mit einer Frist nicht viel gewonnen? Ich wäre wieder in der vertrauten Nähe von Glas und Nickel, Jod und Gaze, Lampen und Medikamenten, Schwestern und Ärzten.

Hennig, horch! Eine Amsel singt drüben auf dem Schornstein. Wie sie den Schnabel aufsperrt, die Meistersängerin!

Mut, Hennig! Es ist nur eine List. Parole: Tarnung vor dem Feind! (...)

Als einige Tage vergangen waren, ohne dass die Polizei meinen Schlupfwinkel gefunden hatte, suchte ich die Flüchtlingsämter auf, denn ich bedurfte der Hilfe. Aber es erging mir sonderbar, denn die eine Fürsorge schickte mich zur anderen, da ich keines rechten Glaubens war; ich hatte mich des Religionsbekenntnisses entäussert. Wer hätte das gedacht, dass die Religionsgemeinschaften die Barmherzigkeit abgeschworen hätten! Nur die jüdische schenkte mir aus Erbarmen Geld, obwohl ich ihr am wenigsten angehörte.

Als ich dort den Warteraum voller Jammergestalten fand, fing mir das Herz in der Brust zu brennen an, so dass ich fürchtete, es würde gleich wie ein Licht zu leuchten anfangen und die Aufmerksamkeit auf mich lenken. Mit dem Rücken an die Wand gelehnt, betrachtete ich die Armen, die die Heimat verstossen hatte; es waren Flüchtlinge aus vielen Ländern.

Als ich achtzehn Jahre alt war, ging ich einmal durch eine Stadt, die von einer fremden Macht besetzt war. Ich verirrte mich in ihrem alten Teil und gelangte in ein Stadtviertel, das armselig, schäbig und verwegen war, denn nicht nur, dass sich die grösste Armut auf den Schwellen breit machte, hingen auch überall die roten Laternen der Huren unter den Torbögen, und wüstes Volk zog mit Lärm in die Kneipen. Über den Gassen spannten sich rote Tuchstreifen, auf denen zu lesen stand: »Aus dem Bund!«, was soviel bedeuten sollte, als dass jene Strassen »aus dem Bund gestossen« waren, dass sie jenseits des Schutzes der Mächtigen standen, ein Freihafen für gottverlassenes Takelzeug. Mir damals, als ich unter den roten Warnungszeichen dahinging, brannte die Brust vor Scham, Mitleid und Zugehörigkeitsgefühl mit den Ausgestossenen, und ich konnte die Kränkung meiner Lebtag nicht vergessen. Stand sie nicht unsichtbar über uns allen? Drängten die Flüchtlinge nicht durch Armutsgassen, über denen die Schmähschrift leuchtete: »Aus dem Bund gestossen!?«

Diese Menschen waren die meinen. Sie waren ein Teil der Armee, die ich suchte und der ich angehörte. Ich konnte mich nicht von ihnen trennen. Endlich, als mein langes Verweilen anfing Befremden zu erregen, erhob ich mich und ging zur Tür hinaus.

Indem trat ein Mann neben mich, den ich fast um Kopfeshälfte überragte, der aber von so stämmiger, blühender Gesundheit war, so kräftig von Wuchs, so rot von Wangen, dass der Grössenunterschied nicht eigentlich ins Gewicht fiel. Der Mann sah mir ins Gesicht und fragte mich, weshalb ich so lange gewartet hätte, da ich doch bereits abgefertigt gewesen wäre.

»Allerdings«, sagte ich und seufzte unwillkürlich, »ich habe nur etwas unter meinesgleichen sitzen wollen.«

»Sie sind doch kein Jude?«

»Nein, aber mir war wohl dort.«

Der Mann lachte. »Unsereinem ist wohl, wenn er nicht da zu sein braucht, wo er Almosen kriegt!« entgegnete er, während er nicht aufhörte, mich gründlich von der Seite zu betrachten. Dann gab er mir allerlei Ratschläge, wie ich zu einer Unterstützung kommen könnte, versah mich auch sonst mit manch nützlichem Wink, und das in herzlicher Weise, als wäre ich ihm wohlbekannt. Endlich schwieg er und schien über etwas, was ihm am Herzen lag, nachzudenken, denn er begann an der Unterlippe zu nagen wie einer, der sich einer Sache nicht gleich schlüssig wird. »Sind Sie Arzt?« fragte er, und als ich bejahte, fuhr er wie entschuldigend fort: »Ich habe mich im Büro nach Ihnen erkundigt. Wollten Sie freiwillig für die Flüchtlingshilfe arbeiten, ich meine: aus Kameradschaft?«

»Aus Kameradschaft, ja!« erwiderte ich, errötete und fing an, mich vor dem Fremden zu schämen. Plötzlich stieg eine Freude in mir auf, eine frohe Erwartung.

»Natürlich haben die Fürsorgestellen ihre Ärzte«, sagte der Mann, »Sie kommen zu spät. Waren Sie so lange im Lande?« Er machte eine unbestimmte Bewegung dorthin, wo er die Heimat vermutete.

»Ja«, sagte ich.

». . . sie brüten den Krieg aus.«

»Ja.«

»Und wird es zum Krieg kommen, was glauben Sie?«

»Bestimmt.«

»Ja«, sagte der Fremde und lachte wieder. »Denn die Völker schlafen. Hoffen wir, dass sie vorher erwachen. Wünschen Sie den Krieg?«

Mich begann das Examen zu verdriessen, und ich sagte, nein, ich wünschte es nicht, wohl aber wünschte ich, dass v o r allen andern Völkern das meinige erwache.

»Gut!« antwortete der Mann so vergnügt, als hätte ich ihm den besten Spass erzählt. »Wissen Sie, ich hab in meinem Leben einen braven Ratgeber gehabt, wenn alle anderen mich im Stich gelassen hatten: den Instinkt. Er hat mich nie betrogen. Wenn er zu mir sagte: Der Mann ist in Ordnung, so hab' ich darauf gebaut und bin gut damit gefahren.« Da mir schien, er wollte, dass ich mich dazu äusserte, so fragte ich höflich: »Und was hat er Ihnen jetzt gesagt?«

»In Ordnung, Heinrich! hat er gesagt, ich heisse nämlich Heinrich. Wie heissen Sie?«

»Franz! Franz Hennig«

»In Ordnung, Franz Hennig.«

Wir traten auf die Strasse hinaus, die um diese Stunde besonders belebt war. Mein neuer Freund sah sich um; in der Art, wie er den Kopf nach rechts und links wandte, lag etwas von der Atemlosigkeit lauschender Waldtiere.

»Machen wir's kurz«, sagte er, während er die Stimme vorsichtig dämpfte und jedem Vorübergehenden ins Gesicht sah. »Ich brauche einen Arzt.«

Ich bat ihn über mich zu verfügen, mein Herz klopfte hart vor Bedrängnis.

»Es gibt Unangemeldete«, sagte Heinrich, und wieder sah ich ihn den Kopf ruckartig nach allen Seiten drehen, »heimliche Flüchtlinge, Kämpfer. Sie sind oft krank, denn sie leben nicht besser als Maulwürfe, immer in Verstecken, sozusagen unter der Erde. Kein Arzt kommt zu ihnen, wem könnten sie vertrauen? Nicht einmal die Ärzte der Flüchtlingshilfen wollen etwas mit ihnen zu tun haben, sie wittern die Polizei. Wer opfert den letzten Rest Freiheit?«

»Ich. Ich hab sie nur im Geiste.«

»Nur ... nur ...! Als wäre solche Freiheit jetzt nicht die wichtigste! Aber» – setzte er mit jenem Lächeln hinzu, das ich mit immer grösserem Erstaunen an ihm wahrnahm, da es sein Gesicht verschönte, »was sagen Sie dazu, wie mein Instinkt recht gehabt hat? Da sehe ich Sie an und denke bei mir: Das ist mein Mann! Und Sie sind's.«

»Sagen Sie mir, wo ich die Kranken finde.«

»Ich sage es Ihnen, aber notieren Sie's nur im Gedächtnis. Es ist eine Malariakranke dabei. Sie redet irre und so laut, dass wir die Nachbarn fürchten ... Ist Ihnen aufgefallen, dass manche Menschen statt eines Herzens ein Geldstück in der Brust haben? Darum kennen sie die Aufopferung nicht.«

Ich schwieg. Als ich mir dessen bewusst geworden war, dass Heinrich schon eine Weile an meiner Seite ging, ohne es für nötig befunden zu haben, mein Schweigen zu unterbrechen, wandte ich ihm das Gesicht zu und sagte: »Sie sind nicht nur ein Helfer für versteckte Kranke – ebenso wie ich nicht nur Arzt bin. Beide haben wir unser Land verlassen.«

Ich wollte ihm damit zu verstehen geben, dass ich ihn für einen Mann unserer heimlichen Widerstandsbewegung hielt, ebenso wie ich ihm anzudeuten wünschte, dass ich mich selbst als einen solchen Mann betrachtete.

»Ich verliess es, weil ich musste«, sagte Heinrich. »Glauben Sie, ich hätte darum nicht Vorsicht im Umgang mit Menschen gelernt? Seit man mir die Hände fesselte, hab' ich meine Zunge gefesselt.«

»Gut, gut«, antwortete ich, ärgerlich darüber, dass ich ihn zur Zurückhaltung herausgefordert hatte. »So erinnere ich Sie an Ihren Instinkt.« Er sagte zum drittenmal: »In Ordnung!« und nannte mir die Adressen der Kranken; ich wiederholte sie, bis ich sie auswendig wusste. Wir drückten uns die Hand, er versprach mich zu besuchen und entfernte sich eilig. Ich sprang wie ein Knabe die Treppen zu meiner Mansarde hinauf.

Dank Dir, unbekannte Macht! Hier ist der Offizier, den ich gesucht habe, ein schlichter Mann, sein Name ist »Heinrich«, weiter nichts. Er gibt mir die Hand und sagt: »In Ordnung, Franz Hennig.« Ich bin so voller Dank, dass ich Mühe habe, nicht in der Stube niederzuknien, die Hände zu falten oder sonst etwas Aussergewöhnliches zu tun, um meine Dankbarkeit auszudrücken. Ich denke an den Stein am Wege: er ist nur ein einfacher Strassenstein, aber wenn er nicht da wäre, so würde mein Fuss in den Sand einsinken, wer weiss, vielleicht würde er stolpern. Der Stein ist in dieser Strasse von grosser Wichtigkeit, er ist eingereiht in andere Steine, die ebenso hart und treu sind wie er selbst. Es tut gut, über diese Steine zu gehen. Es ist, als ginge man auf einem festen Damm über aufgeregtes Wasser.

Jetzt bin ich nicht mehr Sand, der unter den Schuhen rieselt, ich bin ein Stein, festgefügt in meinesgleichen.

Zum erstenmal vertraut mir hier ein Mensch!

Ich begann meine Pflicht wie ein Dieb. Beharrliche Schritte hinter mir drängten mich vom Wege ab und in eine Seitengasse hinein, von dort in eine andere und wieder in die nächste, bis ich, unfähig, noch länger Verstecken zu spielen, in eine Trambahn sprang und in entgegengesetzter Richtung davonfuhr.

Gegen Abend versuchte ich mein Glück aufs neue, kam auch bis zu der Malariakranken, fand aber die Tür verschlossen, und obwohl ich lange um Einlass klopfte, wollte man mir nicht auftun. Desgleichen bei meinem zweiten Patienten, dessen Behausung ich nach mühevoller Wanderung erreichte. Beim dritten machte mir eine alte Frau die Türe auf, schloss sie aber, als sie mich gewahrte, sogleich bis auf einen Spalt, durch den sie mich abweisenden Tones nach meinem Begehren fragte.

Ich nannte meinen Namen, sagte, dass ich Arzt sei und gekommen wäre, um einem Kranken zu helfen. Doch da die Alte nicht willens war, den Mann an einen Fremden zu verraten, schlug sie mir die Tür vor der Nase zu und rief, dass kein Kranker bei ihr wohne und folglich auch kein Doktor nötig sei. Nun, es war eine brave Frau, keine, deren Herz »zu einem Geldstück erhärtet war«, und ich gab ihr, während ich mich mit hochgeschlagenem Rockkragen heimwärts trollte, lauter ehrenwerte Namen, um sie nicht in meinem Ärger zu beschimpfen.

Regendurchnässt, niedergeschlagen und hungrig, warf ich mich endlich auf das Feldbett nieder, das die Länge meiner Dachkammer einnahm – ein Dienstbotenlogis, wie man's den Armen anzutun pflegt: jämmerlich und sonnenlos. Aber weil es mir gehörte, weil ich die Tür hinter mir zuschliessen konnte, weil es mein Bett war, auf dem ich lag, mein durchlöcherter Strohstuhl, auf dem ich sitzen konnte, mein Tisch, auf dem sich Tinte, Schreibpapier und ein paar Bücher befanden, und vor allem mein Fenster, das mir eine kleine Aussicht auf die Gasse bot, – so war es doch meine Welt und mir darum teuer. Wenn ich sie nur behalten durfte, wollt' ich zufrieden sein; und aus lauter Gewohnheit hielt ich den Atem an, um zu lauschen, ob kein fremder Schritt sich auf dem Boden näherte und ich sicher sein durfte ... für die nächsten Minuten sicher! Es schien, ich wäre es, und so stand ich wieder auf, zog die nasse Jacke aus und hängte sie auf einen Kleiderbügel, den ich aus einer starken Weidenrute zurechtgebogen hatte. Wenn der Mensch aller Hilfsmittel beraubt ist, wird er erfinderisch; mich verdross es nicht, verborgene Fähigkeiten in mir zu erproben, wenn ich auch nicht eben grosse Kunstfertigkeit dabei an den Tag legte. Desto mehr verdross mich der Hunger, der meine Gedärme wie mit Eisenzähnen anfiel und in sie hineinbiss, so dass ich mich eiligst daran machte, alle Winkel meiner Kammer nach einem Rest Essbarem zu durchsuchen, fand aber nichts. Doch besass ich noch etwas Kognak in einer Flasche, ich trank davon und fühlte mich gestärkt.

Was sollte ich beginnen? Die ganze Schwierigkeit meiner heimlichen Arbeit wurde mir klar, während ich mich wieder auf dem Feldbett ausstreckte und die Decke über mich zog, denn mir war kalt. Vor allem galt es Heinrich wiederzusehen; ohne seinen Zuspruch, das wusste ich nun, würden die Kranken die Tür vor mir geschlossen halten. Auch machte ich es mir klar, dass ich auf Hilfsmittel angewiesen sein würde, die ich bei meiner ärztlichen Arbeit fast ganz ausgeschaltet hatte, auf Wiesentee und Altweiberwickel, auf Schäferkräuter und Essigwasser und Tonerde. Und dies bei einem Stand der medizinischen Wissenschaft, der Zaubermittel kannte, die bei geordneter Einteilung allen Menschen zum Heil gereichen würden!

Je nun, auch die Alten hatten gelebt; ich würde in die Bibliotheken gehen und in vergilbten Büchern ihre Heilkunde studieren. Mochte man mich einen Quacksalber nennen, wenn es mir nur gelang, meine unglücklichen Landsleute zu kurieren. Wie aber, wenn chirurgische Eingriffe nötig wären? Mir grauste, wenn ich gewisse Fälle bedachte, die alle Register ärztlicher Kunst nötig hatten.

Heinrich führte mich zu den Kranken. Ich war meiner beschränkten Mittel wegen nicht zufrieden.

Das sagte ich ihm.

Eines Tages geleitete er mich zu einem Speicher, der von einem Mann im blauen Overall geöffnet wurde. Der Mann lächelte, als er Heinrich erkannte.

»Das ist unser Doktor, Bernhard!« sagte Heinrich und wies auf mich. »Er will sein Schlachtfeld sehen!«

Bernhard führte uns durch das Labyrinth des Speichers zu einem Wandschrank und öffnete ihn; ich fand den Schrank mit ärztlichen Medikamenten angefüllt. Da fehlte wenig, auch waren Watte und Gaze, Leinen und Binden in reicher Menge vorhanden, alles so wohlgeordnet, dass ich in freudiges Lachen ausbrach.

Als ich mich lachen sah, lachte Heinrich auch, desgleichen der Mann im Overall.

» . . . woher?« fragte ich schliesslich.

»Ach, Kamerad«, sagte Heinrich und schlug mir auf die Schulter, »bläst der Wind übers Meer, so gibt's Strandgut. Frag nicht und nimm, was du brauchst.«

Darauf liess ich mich nicht lange bitten und stopfte in meine Taschen, was hineingehen wollte, doch als sie wie kleine, pralle Säcke aussahen, nahm ich einen Teil wieder heraus und wog ihn in den Händen.

»Was seufzest du wie ein Scherenschleifer!« rief Heinrich. »Weiss schon, dass es so nicht geht. Bernhard soll dir eine Ledertasche verschaffen, damit du wie ein richtiger Doktor aussiehst, nicht wahr, Bernhard?« Und es erwies sich, dass der Mann im Overall auch imstande war, eine Ledertasche zu beschaffen, wenn ich mich einige Tage gedulden würde.

»Stiehlt er das alles?« fragte ich lächelnd, als ich an Heinrichs Seite heimging. Mein Freund lachte herzlich.

»Du musst dir das nicht so vorstellen«, antwortete er. »Wir haben Helfer. Kameradschaft wirst du immer unter Arbeitern finden, auch im fremden Land. Gefällt dir Bernhard?« fragte er und forschte in meinem Gesicht. »Er sagt nicht viel, aber er ist verlässlich.«

»Ein Baustein«, dachte ich mit innerem Frohlocken und schlang die Kette der Kameradschaft auch um den Mann im Overall. Ich kam mir mit jedem Tag stärker vor, verband mich doch meine Doktorarbeit auch mit den drei Patienten, von denen mir alle wohlgefielen. Sie nannten mich bei meinem Vornamen und sagten »du« zu mir, daraus erwuchs viel Brüderliches und Schwesterliches. Ich sah, dass diese Menschen gut waren, sie waren nicht zufällig mit Heinrich verbunden, sondern in harten Kämpfen um die Freiheit erprobt. Bernhard hatte auf spanischem Boden gefochten, eine Kugel im Schultergelenk hatte ihn für schwere Arbeit untauglich gemacht. Da er an gichtischen Schmerzen litt, behandelte ich auch ihn. (...)

Es war wie immer früh am Morgen, als ich mich auf den Weg zu meinen Kranken machte. In der Nacht hatte es geschneit, so dass die Stadt, als ich zum Haustor hinaustrat, ganz verzaubert aussah und ich überrascht innehielt, um sie zu betrachten. Die Strassenlaternen brannten noch und beleuchteten den schneeverwehten Asphalt, und reizend waren die Schneehauben der alten Giebelhäuser. Wie ich mich dem Strom der Früharbeiter anschloss und mit ihm durch den Morgen wanderte, der Schnee mir ins Gesicht wehte und auf meinen Mantel einen wahren Rupprechtsbart von silbrigem Geglitzer aufklebte, fühlte ich für die fremde Stadt eine leiderfüllte Zuneigung.

Ich hatte mir vorgenommen, den ersten Besuch bei meiner malariakranken Patientin zu machen, der es nicht gut erging. Weiss nicht, wie es kam, dass ich mich umzusehen vergass, als ich mich ihrem Haus näherte; der Schnee und die beseligende Erinnerung verwirrten auf sanfte Weise meinen Sinn, so dass ich erst in dem Augenblick aufmerkte, als ich die Hand auf die Klinke legte und ein Paar im Hauseingang gewahrte, das sich umschlungen hielt. Das Misstrauen durchfuhr meinen ganzen Leib, ich fühlte mich bis in die Haarwurzeln hinein davon erregt, wagte mich aber nicht abzuwenden, sondern schritt in das Haus hinein und an ihm vorbei, die Treppen hinauf und halb wieder herab und vorüber an der Tür meiner Patientin. Als ich jedoch an ihr vorbeiging, öffnete sie sich rasch, und eine Person in sportlicher Kleidung schaute heraus, die ich niemals im Leben gesehen hatte und deren Gesicht mich warnte, noch ehe sie den Mund zum Reden öffnete.

»Wollten Sie zu Fräulein Louise?« fragte sie mich. »Fräulein Louise ist gestorben, Herr Doktor Hennig, wir wollten eben nach Ihnen schicken.«

Entsetzen lähmte mich, denn nicht nur, dass ich mit meinem Namen angeredet wurde, der nur wenigen vertraut war, hatte die Mitteilung vom Tod der armen Kranken immerhin einige Wahrscheinlichkeit. Indem sah ich Louisens Wirtin weinend hinter der Person auftauchen und mich, während sie sich in die Schürze schneuzte, verwirrt anblicken, ja, es schien, als mache sie mir mit den Augen ein Zeichen. Das alles, und dass ich das junge Paar eilends die Treppe hinaufkommen hörte, liess mich erkennen, dass ich verloren wäre, wenn ich mich nicht durch Flucht zu retten versuchte. Und so gab ich keine Antwort, sondern sprang, immer mehrere Stufen auf einmal nehmend, leicht und lautlos die Treppe hinab, während mich die Überlegung leitete, dass das heraufpolternde Paar mein Kommen vielleicht überhörte. Hatte auch mit dieser Meinung recht und warf mich mit solcher Wucht gegen Mann und Frau, dass ich sie wie ein dazwischengetriebener Keil sprengte und die letzten Treppenstufen in Freiheit vor mir sah. Die nahm ich im Sprung und entwischte zur Haustür hinaus. Aber meine Verfolger waren mir auf den Fersen und – Gnade mir Gott! da tauchte an der Strassenecke wieder ein Paar auf, in einem Haustor ein drittes, an jeder Strassenecke ein Mann im Trenchcoat, zwei Männer, drei Männer ... und nun Jagd auf das Tier! Jagd auf den Wolf! hierhin und dorthin, auf die eine Seite der Strasse, hinüber auf die andere; in ein Bierlokal hinein und zur Hintertür hinaus, in eine andere Gasse, und freier Weg bis zur Ecke ... da, neue Verfolger, das ganze Quartier ist umstellt, Grossjagd auf das wilde Tier, das den Frieden der Bürger stört!

Ich ergab mich endlich. Der Hut war mir vom Kopf gefallen, aber die Tasche hielt ich unterm Arm fest. Ich war nass von Schweiss, als wäre ich wieder durch den Fluss gewatet, und keuchte, so dass ich nicht reden konnte.

»Sie sind Doktor Hennig?«

Ein Nicken.

»Folgen Sie ohne Aufsehen!« Da trottete der Wolf zwischen den Häschern, da schlich er zum Polizeigebäude, da gab er sich ohne Widerstand gefangen, müdegehetzt, ausgehungert und rechtlos. (...)

... In eine Zelle geführt, wie ich sie kannte, wartete ich nicht erst das Herunterklappen des Bettes zur Nacht ab, sondern warf mich neben der Warmwasserröhre auf die Erde nieder, barg das Gesicht in der Beuge des Arms und schlief, bis der Wärter mich weckte. Ass, trank, schlief, verrichtete meine Notdurft und schlief wieder, bereit, bis an den Tod und länger zu schlafen, falls es eine Auferstehung geben sollte; immer und ewig.

(Aus dem Roman »Die Steine«)

Jesse Thoor

Dankrede

Dies ist die Rede des Einzigen und aus Jesse und Lob und Dank.
Der viel gesehen hat, mancherlei gehört und mehr noch erfahren.
Und zur Bestätigung und Zeugnisablegung dem Gesicht des Herrn.
(Sein Wille geschieht in Einfältigkeit und in Gerechtigkeit.)

Und zur Freude der Abgestorbenen und des Himmels und der Erde.
Und nach beiden Seiten .. der Auferstandenen und der Lebendigen.
Und der Tiere .. vor allem den Pferden, den Kühen, den Schafen.
Und der Sonne .. und dem Mond .. und dem Wind .. dem Regen ..

Und Dame Jo .. die mich verborgen .. die meine Flucht vorbereitet hat.
Und Friederike .. die auf allen meinen Wegen mich begleitet hat.
Und Wolfgang Langhoff .. der mir Geld und gute Worte mitgegeben hat.

Und Max Pfänder .. der mich aufgenommen und gesund gepflegt hat.
– Und Hubertus .. der ohne Erwarten meinen Glauben gerettet hat.
(– Und gib ihnen ein langes Leben und ein seliges Ende ..)

Franz Werfel

Die Zimmer meines Lebens

Jedesmal,
Wenn ich in ein neues Zimmer ziehe,
Spür ich eine Schwäche meiner Knie.
Kalt und karg und kahl
Starrt der Raum. Ich steh in seiner Mitten
Mit dem Koffer, gar nicht wohlgelitten.
Jedesmal,
Wenn ich solch ein Zimmer muss verlassen,
Kann ich mich vor Abschiedsfurcht nicht fassen.
Geister ohne Zahl
Meiner Stunden, Traum und waches Treiben,
Winken matt. *Ich* gehe. Doch *sie* bleiben.

Walter Benjamin

Die Warnung

Bei einem Ausflugsort unweit von Tsingtau gab es eine Felsenpartie, die sich durch ihre romantische Lage und die steilen Wände auszeichnete, mit denen sie zur Tiefe hin abstürzte. Diese Felsenpartie war das Ziel vieler Liebhaber in ihrer glücklichen Zeit, und nachdem sie die Landschaft am Arm ihres Mädchens bewundert hatten, kehrten sie in Begleitung desselben in eine nahegelegene Restauration ein. Diese Restauration ging sehr gut. Sie gehörte Herrn Ming.

Da kam eines Tages ein Liebhaber, der verlassen worden war, auf den Gedanken, seinem Leben ebendort ein Ende zu machen, wo er es am vollsten genossen hatte, und unweit der Restauration stürzte er sich von dem Felsen in die Tiefe. Dieser erfinderische Liebhaber fand Nachahmer, und nicht lange dauerte es, so war diese Felspartie ebenso berüchtigt als Schädelstätte wie als Aussichtspunkt berühmt. Unter diesem neuen Ruf aber litt das Etablissement von Herrn Ming: kein Kavalier konnte es wagen, seine Dame an einen Ort zu führen, wo er jederzeit gewärtig sein musste, eine Ambulanz auftauchen zu sehen. Herrn Mings Geschäfte gingen schlechter und schlechter, und es blieb ihm nichts übrig, als nachzudenken.

Er schloss sich einen Tag in sein Zimmer ein. Als er wieder hervorkam, begab er sich in das nahegelegene Elektrizitätswerk. Nach wenigen Tagen zog sich am äusseren Rande der romantischen Felspartie ein Draht entlang. Auf einer Tafel, die an ihm hing, las man: »Achtung! Hochspannung! Lebensgefahr!« Seitdem mieden die Selbstmordkandidaten diese Gegend, und Herrn Mings Geschäfte blühten wie ehemals.

5

Im Laufe des Monats Januar (1933) spitzten sich die politischen Verhältnisse im benachbarten Deutschland weiter zu. Aber auch in Schaffhausen begann die Lage der Industrie kritisch zu werden ... Es handelte sich darum, Entlassungen zu vermeiden und einen Lohnabbau zu verhindern.
Walther Bringolf

In Deutschland herrscht der faschistische Terror der Nationalsozialisten. Es drohen Pogrome den Führern der Arbeiterschaft, und es besteht die Gefahr der blutigen Unterdrückung jeder freiheitlichen Bewegung. Der Schweizerische Gewerkschaftsbund gibt seiner Empörung Ausdruck über die Beseitigung der Demokratie und der Menschenrechte ... Der Ausschuss des Schweizerischen Gewerkschaftsbunds fordert den Internationalen Gewerkschaftsbund auf, gegen den Terror und die drohenden Massaker in Deutschland zum moralischen und wirtschaftlichen Boykott des nationalsozialistischen Deutschland aufzurufen.
Der Ausschuss des SGB (3. März 1933)

Felice Filippini

Ländliches Fest

Der Mann sass in Gedanken versunken auf seinem Stuhl, reglos wie während der Nacht, und das Schweigen legte seinen Sammet über das ganze Zimmer. Vor dem Fenster draussen sah es aus, wie wenn dort ein Aquarium wäre, still und dämmerig; Entmutigung von Kälte und Langeweile, Schlaf der Dinge wurden jetzt, ohne Wind nunmehr, gewichtiger in ihrem ewigen Staunen; die Wipfel der Pappeln nach dem trostlosen Platze zum Ufer des Sees hin waren unbewegt und wie von Metall, und sie ragten empor bis dort, wo der Nebel seine Schleier ausbreitete. Plötzlich erhob sich ein Schwall von Stimmen, die diskutierten, sangen und sich zuriefen, wie am Tage zuvor.

»Heute grosses ländliches Fest«, sagte der Mann, »diese Leute haben sogar den Winter in Beschlag genommen, um ihre Feste zu veranstalten.«

»Was werden wir heute tun?« fragte der Knabe.

»Wir werden uns ein wenig hier, ein wenig drunten aufhalten«, antwortete der Mann, »wenn es nicht zu kalt ist, gehen wir später in mein Atelier.«

Als sie am Nachmittag zu dem Feste gingen, wurde das Gedränge dichter und geräuschvoller, heiserer; die Persönlichkeiten hatten bereits ihre Ansprachen gehalten vor der ergebenen Aufmerksamkeit der Menge; das Bankett war unter den Pappeln von Herrschaften verzehrt worden, die mit den Zähnen klapperten und Hut und Mantel anhatten, und nur darum nicht in den Saal des Tencalla hineingingen, um nicht zuzugeben, dass sie für das Fest einen wenig geeigneten Zeitpunkt gewählt hatten. Dann waren von allen Seiten die Burschen und die Mädchen angelangt, in Fuhrwerken, weil jetzt alle Kraftwagen vom Staate beschlagnahmt worden waren; und sie hatten den trostlosen Platz überschwemmt, mit Geschrei und einem Betriebe, wie wenn sonntags der Mensch mehr Recht hätte, Krach zu schlagen, als an anderen Tagen. Sie hatten bereits das Fest vom Tage zuvor auf dem Buckel, und jetzt schienen sie in gewisser Weise erbittert; durch die Kälte vielleicht oder nur durch den schlecht verdauten Wein. So schlenderten sie mit einer Art Wut zwischen den aufgeschlagenen Tischen umher und stärkten sich mit Schnäpschen; und die Mädchen, grün und steif vom Frost, standen in Reihen lustlos vor dem Karussell und gafften.

Die beiden öffneten die Türe zu der Kellergruft vom Tage zuvor, dieses Mal ohne Kerzenlicht; sie erblickten wieder das aufgehäufte Durcheinander von Steinbrocken, von jungfräulichen und glatten Marmorplatten, kalt, in allen Formen; und der Mann sagte zu Marcellino: »Schau, dort ist der Giosuè: sag ihm, er solle hereinkommen!«

Der Knabe blickte zu dem Torbogen hinaus und war erstaunt, dort den alten Giosuè an seinem Platze vom Abend zuvor zu sehen, auf seinem Steinbänklein, verschrumpft und verhutzelt wie eine alte Kartoffel. Der Knabe rief ihn, und er erhob sich mit grosser Anstrengung, genau wie am Vorabend, und schleppte sich in das Lokal, setzte sich augenblicklich, wie wenn er schwer ermüdet wäre, und holte einen Seufzer aus den innersten Eingeweiden hervor. Der Knabe erblickte sofort auch den alten Cecchino, der gerade wie eine Stange in der Helle der Türe aufragte. »Kommt auch Ihr herein!« sagte er. Sie liessen sich alle auf den Steinen nieder und schwiegen. Hierauf wurde die Szene dunkel, von Schatten getrübt – es ist noch nicht Nacht, sagte sich der Knabe; dann hörte er, dass der Mann sagte: »Komm auch du herein, alter Medaglia!«; er wandte sich nach der Türe um und sah, dass dem Lichte der Eingang durch diesen riesigen Greis verwehrt wurde, der jetzt die Schwelle überschritt.

»Wohnt ihr hier, ihr alle?« fragte Marcellino.

»Hier herum«, antwortete für sie alle der alte Giosuè, »aber in diesen Tagen sind sie mit dem Karussel, der Fanfare und all dem Humbug gekommen, und da fühlen wir uns nicht mehr recht zu Hause, hier liegt der Hund begraben!«

»Kleiner«, sagte der Mann, »da hast du einen Fünfliber: geh hinunter in das Wäldchen, wo sie das Fest abhalten, an den Ausschank: fünf Salami, fünf Wecken und für den Rest Schnaps!«

»Ist recht«, sagte Marcellino und ging. Draussen begann sofort das Gedränge, das Hin und Her, das sinnlose Geschrei von einem Ende der Tischreihen zum anderen; und er sah auch alsbald die Menschen, getrieben von einer beängstigend wachsenden Erbitterung, herumlaufen; sie blieben gerade so lange stehen, um ein Gläschen zu trinken, und dann liefen sie weiter, starrköpfig, als wollten sie sich für etwas rächen. Der Ausschank war auf höheren Holzböcken aufgeschlagen worden, unter den Pappeln; und der Wirt Tencalla thronte auf einem hohen, eigens für ihn hergestellten Sessel und ass Backwaren und trank ein Viertel Wein: wer bediente, war die Aurora, alle Hände beschäftigt. Bierschaum war auf dem Schenktisch, Salamihäute und Flecken; leere Gläser, Zigarrenstummel, Asche.

Als der Knabe seine Sachen hatte, hörte er eine starke Stimme das unablässige Brausen des Festes übertönen. »Martinone«, rief die Stimme, »komm mal sehen!« Der Knabe erkannte eine der Stimmen vom Vorabend wieder – schaute sich unter den Leuten um und erblickte einen der Burschen, die Baciccia verhöhnt hatten: ein hochrotes Gesicht, voll lächerlicher Wichtigkeit; eine groteske und ausdruckslose Fratze, wenn nicht darauf jene Verfolgungssucht, die sich verzehrt, und jene Erbitterung, die sich um jeden Preis austoben wollte, zu lesen gewesen wäre. Marcellino lief eilig durch die Menge und drängte sich durch die betroffenen Reihen der von Frost geschwollenen Mädchen bis zu dem Torbogen, bis zu dem Keller zu den vier Männern.

Er setzte sich, stellte die Einkäufe auf einen Stein, hielt die Flasche Grappa hin. Die anderen liessen sie von Hand zu Hand gehen, indem sie erschreckliche Schlücke daraus zogen.

»Dann«, sagte der Knabe nach einem langen Schweigen, »gefallen auch euch die Feste nicht?«

Die drei Alten betrachteten ihn aufmerksam; Giosuè schlotterte wie ein Mummelgreis, mit seinem borstigen Schädel auf dem von Schatten durchfurchten Vogelhals; keiner sagte etwas.

»Uns kommen wichtige, entscheidende Dinge zu«, sagte Baciccia, »und statt, dass man sie uns gibt, sagt man: hier halten sie ein Fest ab, geht hin und vergnügt auch ihr euch, wie die anderen!«

»Die Feste werden abgehalten für diejenigen, die sich vormachen wollen, dass sie glückselige Menschen sind«, urteilte der alte Medaglia, »und es ist ein betrügerischer Wein: ihn trinkt, wer zum Sterben sich aufmacht. Diejenigen, die mit dem Schiessprügel abziehen, will ich sagen«, fügte er dann gemächlich hinzu, indem er Marcellino zuzwinkerte.

»Was ist der Schiessprügel, Baciccia?« fragte dieser den Mann.

»Das Gewehr, Kleiner«, antwortete dieser, »und der Tornister und die Pakete vom Schatz oder von der Mamma; und sie bereiten sich darauf vor, hinten im Saale jenen Altar mit den Leuchten und dem Plunder aufzurichten.«

»Wir sind Greise, wir sehen nur mit der Nase aus dem Grabe«, sagte der alte Cecchino, »aber du, Kleiner, tröste dich: du, du wirst zu den Kundgebungen gehen, um die Reden anzuhören: ein guter Wein ist das, für die Jungen!«

»Reden«, antwortete Marcellino, »Reden habe ich vom Vater so viele gehört, dass sie für das ganze Leben ausreichen. Ich ging auf den Pflanzplatz vor unserem Hause, wo ein Haufen dicker Baumstümpfe liegt, vielleicht noch von damals her, da sie das neue Haus gebaut haben: ich ging zu diesen Strünken, setzte mich darauf, stellte die Füsse so hoch wie den Hinteren, die Knie gegen die Brust, die Arme um die Beine und die Hände nach vorn, so dass sie einander fassen; man glaubt zu fliegen. Ich sass da und dachte nach. So viele seltsame Dinge gehen einem durch den Kopf bei dieser Haltung: das, scheint mir, habe ich immer getan, seit undenklicher Zeit. Sicher ist: das erstemal, da ich begriff, dass ich ich war, der Marcellino, und ich, wie man sagt, meinen Verstand benützte, da sass ich gerade hier auf den Strünken, in dieser Haltung, mäuschenstill. Das elektrische Licht war plötzlich aufgeflammt in der Strasse, wo die Ställe liegen, und die man einschlägt, um zu unserem Haus zu kommen (du kennst sie ja, Battista); und ich sagte zu mir: 'Ei welch ein schönes Licht!' (es war Nacht geworden), 'ich will sehen, bis wann ich mich erinnern werde, dieses Licht gesehen zu haben – nur so, um etwas im Gedächtnis zu behalten.' Ich erinnere mich daran, wie wenn es heute wäre, und ich glaube, ich werde es niemals vergessen. Es ist seltsam, die anderen behalten die Dinge nicht im Kopfe. Einige Zeit hernach legte die Mutter uns ins Bett, mich und den Dante, sie hatte uns beide auf den Armen (der Dante war noch ganz klein), als die Tür zu unserem Zimmer von einem waagrecht liegenden Brett mit einem Schubkarren darauf, wie Maurer sie benützen, verstellt schien: man baute

Aldo Patocchi *Die Arbeitslosen*

das neue Haus, neben dem alten. 'Wir wollen doch sehen', sagte die Mutter so zum Scherz zu uns, und dabei glaubte sie nicht einmal, dass wir sie verstehen könnten, 'wir wollen sehen, wer von uns sich länger an diesen Karren erinnert vor der Türe, so dass wir uns bücken müssen, um einzutreten.' Gut, jetzt ist der arme Dante tot und erinnert sich sicherlich nicht mehr an den Schubkarren; ich habe vor einigen Tagen die Mutter gefragt, ob sie sich noch an jenen Vorfall erinnere; gut, sie hat mich ein wenig nachdenklich angeschaut und dann mit den Achseln gezuckt. 'Was für Dinge kommen dir in den Kürbis?' sagte sie; so bin ich der einzige Mensch auf Erden, der sich jenes Karrens entsinnt, der die Türe versperrte, und wir mussten gebückt hereinkommen, die Mutter mit uns beiden auf den Armen.

Ach ja, um darauf zurückzukommen«, fuhr Marcellino fort, in seiner reuigen, fast anklagenden Redeweise beim Erzählen der Geschichte, »ich gehe immer auf jene Strünke vor dem Hause und bleibe da lange sitzen, um zu überlegen; und da kommt fast immer der Vater heraus und hält eine Rede; und man kann sich nicht sammeln und nachsinnen, wenn einem jemand gerade ins Gesicht hinein predigt und angehört werden will.«

Du wirst noch Reden hören, nur keine Angst«, sagte der alte Cecchino, »früher einmal überlegten sie auf ihre Rechnung, wie du sagst. Jetzt sind es Versammlungen, Gedenkfeiern, Reden und lauter solche Spässe.«

»Ist recht; aber wenn ich nicht hingehe, zu diesen Kundgebungen?« fragte Marcellino.

Von weitem näherten sich einige Stimmen, »ich komme, ich komme«, hörte man raunen, in einem Tone, der sich ein kräftiges Vergügen verspricht. Und draussen hörte man die Tritte und das Getrappel, wie am Abend zuvor.

»Du wirst gar nicht anders können, als hingehen«, erwiderte der alte Cecchino, »es wird nicht mehr Zeit sein, da einer sich aussuchen kann, was er tun soll.«

»Aber sie werden mich doch nicht mit Gewalt dazu zwingen können, das meine ich«, sagte der Knabe.

Eine jener faulen Früchte, die, wer weiss wie, auf den herbstlichen Bäumen hängenbleiben, flog durch die dunkle Luft des Kellers und klatschte schliesslich dem alten Giosuè mitten ins Gesicht, der sich noch mehr einhutzelte und zusammenkauerte. Und man hörte draussen zischeln, immer frecher; wie ein Wind, der unersättlich klagt, immer lauter.

»Hör, Kleiner«, sagte der alte Cecchino, »sie werden damit beginnen, dir nichts anderes übrigzulassen. Du wirst nicht an ihre Feste gehen mit den Reden und Paraden? Ganz wie du willst: aber was wirst du dann tun?«

»Ich werde arbeiten«, antwortete der Knabe, »ich werde den lieben langen Tag arbeiten, und in den Freistunden werde ich mich hinsetzen auf die Sich hinsetzen auf die Stümpfe zum Überlegen, in der Haltung, wie ich sagte.«

»Sie werden dich nicht machen lassen«, sagte der alte Cecchino, »sie werden diejenigen, die sich auf die Strünke setzen, um zu überlegen, mit einer Strafe büssen.«

»Ich werde in den Rebgarten gehen«, sagte der Knabe, »längs des Flusses werde ich spazierengehen, wo der arme Dante gestorben ist, und ich werde mich irgendwo verstecken, auf den Steinen, um nachzudenken.«

»Es ist nicht möglich, es ist nicht möglich«, sagten die drei Greise im Chore; und tranken wütend entsetzliche Schlücke Grappa aus der Flasche.

Ein ungeheures Geschrei erhob sich draussen und entschwebte wie eine Wolke zu den Himmeln; man hörte eilige Schritte, unterdrücktes Lachen und Scherzworte.

»Wie, es ist nicht möglich«, sagte Marcellino, »dann werde ich das Gewehr nehmen, ja, und der erste, der sich vorwagt, den mache ich einfach kalt.«

»Sie werden dir nicht so gegenübertreten«, sagten die drei Greise, »sie werden dir alles nehmen, bis zum Letzten, das werden sie; so bleibt einem nichts mehr übrig, als die Wüste: dann kann einer den Versammlungen und den Kundgebungen nicht entgehen.«

»Dann werde ich immer arbeiten«, sagte der Knabe.

»Sie nehmen sie dir weg, die Arbeit«, erwiderten die drei Greise, »nach und nach wirst du merken, dass du keine Arbeit mehr bekommst, nichts mehr; und dann zieht man seinen Rock an und geht in die Versammlungen.«

»Ihr seid rechte Starrköpfe«, rief der Knabe aus, »es wird doch noch einen Ort geben auf der Welt, wo man sich hinflüchten kann, um zu überlegen.«

»Es ist nicht möglich, es ist nicht möglich«, sagten im Chor die drei Greise, Giosuè, Cecchino und Medaglia, »es ist nicht möglich, und damit gute Nacht!«

(Aus »Herr Gott der armen Seelen«, aus dem Italienischen von Adolf Saager)

Albert Ehrismann

Äine Waartet

Ich ha käi Büetz. Henu, bin ich eläige?
Wie männge staat verussen und hät nüüt!
Sötted mir öppe gflickti Tschööpe zäige
und mit de Zääne chlappere vor de Lüüt?

Mer wiird is scho nüd laa am Hunger stëërbe.
Es wachst ja gnueg. De Himel wëër scho rächt.
Und Broot und Kafi lösets la verdëërbe?
Das isch nüd waar! D Wält isch gar nüd so schlächt.

Si isch nu gschpässig. Mängsmaal möchti lieber
en chlyne Hund sy oder nu en Spatz.
S gieng äim dän besser, und mer wëër kain Chrieger,
und a der Sune hettid ali Platz.

Mer mues halt waarte. – Dusse fangts aa gfrüüre.
Und i der Chuchi sig de Chaschte lëër?
Tumms Züüg! Ich wäiss doch, i de vole Schüüre
sind d Böde vo de vile Secke zschwëër. –

Und ich ha gwaartet. Gschwiget. Wien en Diener.
Uf äimaal hani Angscht. Mir gwaggled d Bäi.
Isch es dän waar? Es ghöört is würkli niemer?
Und zmitzt im Winter laat mer öis eläi?

Lisel Bruggmann

Wohltätigkeit

»Wissen Sie«, sagte mir Frau Häbig, »wir müssen auch Rücksicht nehmen auf die vielen arbeitslosen armen Frauen, die wir in der Gemeinde haben. Wovon sollen die leben, seit der Betrieb geschlossen ist? Keine Arbeit, kein Brot... Ich zum Beispiel hatte früher ein Dienstmädchen, jetzt nehme ich mir eine Stundenfrau aus dem Dorf. Und sie ist wie froh über diese Arbeit.«

Frau Häbig hat eine grosse Vier- oder Fünfzimmerwohnung, schwere Teppiche zum Reinigen drin, immer gibt's zu putzen, immer abzustauben, immer zu schaffen. Einen Staubsauger will sie keinen kaufen, denn »wozu nehme ich mir die Stundenfrau?, die muss auch etwas zu tun haben.«

Am anderen Tag komme ich zufällig zu dieser Stundenfrau der Frau Häbig, zu Frau Hager. Vierzig Jahre lang, noch darüber, hat sie als Textilarbeiterin immer im gleichen Betrieb gearbeitet, hat ihre Jugend, ihre Kraft dorthin gebracht, für ihre Ausbeuter aufgebraucht; die Aktionäre haben ihre Dividenden bekommen und wurden reicher und reicher; Frau Hager hat ihren Lohn bekommen und wurde ärmer und ärmer. Nach vierzig Jahren schloss der Betrieb wegen der Krise, mit allen Arbeitern wurde auch Frau Hager auf die Strasse gestellt. Ohne Pension. Ärmer im Alter als je, denn sie konnte nie etwas von ihrem Jammerlohn ersparen und hat heute keine Aussicht mehr, Arbeit in einem Betrieb zu finden. Und für die Arbeiten im Haushalt glücklicherer Frauen, für Waschen und Putzen und Betten sonnen, reichen die Kräfte nicht mehr aus.

Wie gut ist es darum, dass es Frauen gibt wie Frau Häbig, die ein mildes Herz und Verständnis für die traurige Lage der Arbeitslosen haben! Frau Häbig lässt also Frau Hager im Haushalt arbeiten, jeden Tag fünf Stunden lang, manchmal mehr. Und bezahlt ihr für 29 Tage, also 29 mal fünf Arbeitsstunden, den Lohn von dreissig Franken.

Ja, dreissig Franken. Und auch diese dreissig Franken empfindet sie als erwiesene Wohltat gegenüber Frau Hager!

Frau Häbig hat viele Gesinnungsschwestern. Eine davon beschäftigt ebenfalls Frau Hager jeden Tag ungefähr eine Stunde lang zum Geschirrwaschen und Schuhputzen. Für diese tägliche Arbeitsstunde bezahlt sie fünf Franken in vierzehn Tagen. Auch sie fühlt sich als Wohltäterin.

Und Frau Hager? Frau Hager ist nahe daran, vor lauter erfahrener Wohltat zu verhungern.

Cécile Lauber

Arbeiter in der Erde

Der Graben klafft, die Hacke schwingt,
der harte, getroffene Stein erklingt,
Und die grausame Erde unter uns singt
Das Lied unserer Not.

Wir stehn bis zum Knie im Kot.

Der Regen fällt.
Wir sind bis zur Brust in den Schlamm gestellt.
Und sehen von eben heraus die Welt.
Die Dinge verschnitten und zerstückelt;
Aber die Bäume sind gross und allerhand,
Und die Häuser wachsen wie eine Wand,
Und der Himmel darüber ist eine Hand,
Die uns erdrückt.

Josef Reinhart

's Fabriggemeitli

Hinder de graue Schybe
Goht mr's Johr verby.
All Tag 's glyche Liedli,
's ganz Johr uus und y:
»Schrübli spalte, Löchli schloh,
Muess uf hundert Dotze cho,
Muess e schöne Zahltag bringe,
Darf keis anders Liedli singe.«

Albin Zollinger

Advent der Fabrikmädchen

Die Arbeiterinnen kommen in einem Geruche von Mandarinen.
Ihr Feierabend neigt in das Dunkel hinein.
Wenn sie, die Augen noch blass vom Gebraus der Maschinen,
Über die Stege gehn, blakt im Kanal der verlassene Fensterschein.

Mit zehntausend Lichtern sinkt die Spinnerei wie ein Schiff
Und brennt in ihrem Gerippe geisterhaft glosend.
Dennoch hören die Mädchen schon ihren nebligen Pfiff
Zum Gesang der Hähne früh, durch Ohren, von Schlummer tosend.

Man sieht nicht recht, will es schnein, die Schwärze steht windstill und vage.
Einmal im Schilfe streift sie ein Falter Gas.
Einmal, ein Vogel, ein Mensch der ertrinkt, eine Klage
Seufzt, schaurig unter den Schuhen das pfeifende Gras.

Vielleicht wird es regnen. Faucht nicht der laue Föhn
Über das Brachfeld? Weich trägt er ihnen die Schürzen wie Schwangern.
Wie Fischerinnen im Winde lehnen, so gehn
Sie gebrechlich und sehnlich am Grunde von starrenden Angern.

Ach, sie sind ja nicht so! Aber die Lippen, versengt von Zoten
Öffnen sich bläulich den hauchenden Schauern der Nacht.
Ihre Gesichter, dämmernde Jenseitsgesichter von Toten
Stöbern im Sternenschein wunderlich aufgewacht.

Wie sie jetzt sind, kleine Mägdlein, schauern sie unter dem Dunkel
Das eine schwankende Höhe von Gassen türmt
Und unaussprechlich wie in der Kindheit mit Schneegefunkel
Glocken und Kerzenbrand auf die Erde stürmt.

R.J. Humm

Der Aufruf

Es war der fünfzigste Todestag des Begründers des dialektischen Materialismus, und Carolin hatte gefunden, er müsse den Abend würdig begehen. Hauptsächlich hatte Mac ihn für diese Ansicht gewonnen.

Mac war mit Carolin wieder einmal nicht zufrieden. Am gestrigen Abend hatte sich Mac mit seiner Frau in der wichtigen, von Nemo geleiteten Versammlung eingefunden, die zu verpassen nach der Meinung aller vernünftigen Leute eine Schmach war. Carolin hatte ihn vor der Tür des Vortragshauses begrüsst, aber im Innern des Saales war er dann verschwunden gewesen. Mac hatte gefragt, wodurch Carolin abgehalten sei; er hätte sich gefreut, ihn gerade heute und hier zu sehen. Nun mache er sich dünne, halte nicht bei der Stange, träume vermutlich wieder seiner blauen Blume nach. Dieser Mann sei enttäuschend, erklärte Mac, er werde noch völlig zugrunde gehen. Und Phil war errötet und hatte den Eindruck vermittelt, sie sei nicht glücklich.

Nach der Versammlung waren die MacCormicks mit Phil in ein Kaffeehaus gegangen, und hier war die Wahrheit herausgeplatzt: Carolin verbrachte den Abend bei der Ganiool.

Mac knöpfte seine Jacke zu und erklärte rauh und ruhig, dass er es nicht zulassen werde, dass sein Freund mit offenen Augen in sein Verderben hineinrenne, so sagte er dem; und er leitete noch am selben Abend eine Sache ein, die er eine »Rettungsaktion« nannte.

Er kam am andern Tag zu Carolin herauf, wie es seine Gewohnheit war, wobei er diesmal aber anklopfte. Er setzte sich auf Carolins Liegebett und teilte dem Insassen dieses Zimmers mit, dass er es bedauerlich finde, dass er gestern die Versammlung verpasst habe. Es gebe nichts Schöneres auf der Welt, als Versammlungen besuchen, das habe Carolin nur noch nicht erkannt. Nun, was verpasst, sei verpasst; hingegen finde an diesem heutigen Abend eine neue Veranstaltung statt, die womöglich noch wichtiger sei als die gestrige, und er würde Carolin empfehlen, sie zu besuchen und einmal in Augenschein zu nehmen, wie das Proletariat das Andenken eines grossen Mannes feiere. Ein solcher Tag komme nie wieder, er sei einmalig in den Äonen der Geschichte, und noch seinen fernsten Enkeln werde er beglückt davon erzählen können.

Dazu gäbe es noch andere Gründe, die den Besuch dieser Veranstaltung lohnend machten. Man habe für Abwechslung und Überraschung gesorgt, wovon zwar nur die Eingeweihten etwas wüssten; doch wolle er ihm zeigen, welches Vertrauen er ihm entgegenbringe. So habe er zuverlässige Nachricht, dass man heute abend ein paar frisch angereiste Flüchtlinge auf der Bühne zeigen werde, darunter den grossen deutschen Schriftsteller Pirasch, der freilich ein Sprechverbot habe, aber mit einer schwarzen Brille und einem falschen Bart angetan, durch seine stumme Gegenwart, die man ihm nicht verbieten könne, mitwirken und alles Gesprochene unterstreichen werde. Es werde ein erhebender Abend sein, ein frontaler Angriff auf die Zustände drüben, auf die bestehende Gesellschaftsordnung, und nicht zu vergessen: auf die SP – zwei Mac tief verhasste Buchstaben. Und so redete er auf Carolin weiter ein; und Carolin, der ohnehin Gewissensbisse hatte, zögerte nicht, ihm zu versichern, dass er sein Gefährt besteigen und den Schöpfer der widersprüchlichen Stofflichkeitslehre ehren werde.

Der deutsche Schriftsteller Pirasch, das erfuhr er bei dieser Gelegenheit, war jener kleine, aufgeregte Herr mit blitzblauen Augen, dem er auf seinem griesgrämigen Morgenspaziergang neulich begegnet war.

So fuhren sie hin, Carolin auf seinem Fahrrad, und Phil im Wagen der MacCormicks, da nämlich Phil im letzten Augenblick keine Lust mehr bezeigt hatte, mit Carolin zu fahren.

Nach der Versammlung trafen sie sich mit einigen ihrer Freunde bei Peruzzi, das ist eine Kneipe im Arbeiterviertel. Ausser den Carolins und dem Ehepaar MacCormick hatten sich eingefunden: Alizin, der Lyriker Sargander und der Malermeister Karl, den man den »Ohnmächtigen« nannte wegen seiner völlig unerklärlichen, plötzlichen Lachanfälle. Sie waren alle recht aufgeräumt; in der Kneipe war ein ziemlicher Lärm. Die Ladenkasse klingelte, vor dem Schanktisch standen Arbeiter, die noch ein Bier tranken und miteinander stritten, ob Pirasch wirklich Pirasch gewesen sei; und nicht minder aufgeregt ging es an einem kleinen Glücksbillard zu, das in einer Ecke stand, und das Carolin zu einer Bemerkung über die deutsche Sprache veranlasste. Seit dreihundert Jahren werde in Deutschland Billard gespielt, und doch habe man dem Kugeltisch noch immer keinen vernünftigen Namen gefunden. Dieser Sprache, er rede aus Erfahrung, als Übersetzer sei er schon oftmals verzweifelt, fehle einfach die Zugriffigkeit, der Laut des Entzückens, mit dem man sich eines neuen Gegenstandes bemächtige. Mode, Palast, Fassade, Tunnel, Taille – davor stehe sie verlegen wie eine Bauernjungfer. Und so redete er noch einiges, worüber Karl der Ohnmächtige viel und voller Erstaunen lachte. Auch Phil lachte geziert. Als Carolin ausgeredet und den ersten Schluck Kaffee getrunken hatte, wandte sich Mac an ihn.

»Carolin«, sagte er bewegt, geradezu mürrisch. »Sie müssen ein Ding drehen.«

»Was für ein Ding?« fragte Carolin.

Macs Augen strahlten finster. »Gegen die Judenverfolgung der Nazis!« sagte er, und seine Stimme stockte vor Erregung.

Mac nannte jedes Ding bei seinem Namen; einen Sprachzauber kannte er nicht. Wenn er bewegt war, und das war er oft, verschob sich sein Adamsapfel, und er drückte das Kinn in den Hals.

»Sonst nichts!« sagte Carolin. »Sagen Sie mir lieber, wie das englische Wort für Schwingachsen heisst.« Carolin sollte eine Werbeschrift für einen Wagenbauer übersetzen, und in jenem Jahr kamen gerade die Schwingachsen auf.

»Carolin – Schwingachsen – englisch«, trug Mac in sein Notizbuch ein, das in Krokodilsleder gebunden war. Dann erklärte er, es müssten in der ganzen Stadt Plakate angeschlagen werden.

»Plakate?« forschte Carolin.

»Die Idee ist nicht von mir!« erklärte Mac wahrheitsgemäss.

Sie sei deswegen nicht weniger begeisternd, neckte Phil.

»Sie müssen die Geistesarbeiter wachrütteln, Carolin!« sagte Mac jetzt eindringlich und mit Wärme. »Sie müssen sie auffordern, gegen die Greuel der Braunen zu protestieren, Sie, als ehemaliger Atomforscher!«

Carolin nickte, als sei er zutiefst von der Güte des Einfalls überzeugt.

»Öffentlich, Carolin!« drängte Mac. »Ärzte, Schriftsteller, Künstler. Die Ingenieure, die Architekten, die Professoren, die Lehrer, alle. Sie sollen aufstehen und protestieren. Das sollten Sie machen!«

»Vermittels Plakate?« erkundigte sich Carolin. Über Plakate sprach er nie gern.

Mac bot Carolin eine Zigarette an und holte ein Schriftstück aus der Tasche. Es war der Aufruf. Diesen Aufruf hier sollten die Geistesarbeiter unterzeichnen, sagte er, und es sollte der Aufruf dann auf siebzig mal ein Meter zwanzig gedruckt und in der ganzen Stadt angeschlagen werden. Dann werde der Mann von der Strasse, Bürger, Arbeiter oder Geistesmensch erfahren, dass etwas geschah, dass unsere »Elite« nicht untätig blieb, wenn drüben die Kultur zertrampelt wurde, sondern auf die Schanze sprang und ihren Mann stellte. Das sollte er anregen, er, Carolin, der sich vorhin über das Wort »Billard« entrüstet habe.

Carolin nahm das Blatt. Er las es durch, dann zog er einen Bleistift aus der Tasche.

»Sadistische Grausamkeit«, bemerkte er. »Bestialische Verprügelungen. Viehische Roheiten. Muss das so stehenbleiben?«

»Warum nicht?« fragte Mac.

»Klingt nicht schön«, sagte Galizin.

Mac schluckte, wobei sein Adamsapfel sich verschob. Karl der Ohnmächtige schaute diesen Adamsapfel interessiert an.

»Kann mir einer erklären«, fragte Carolin, »Warum Proteste immer flammend und Grausamkeiten immer sadistisch sein müssen?«

»Man kann auch blutige sagen«, erklärte Mac. »Passt Ihnen bestialische nicht, so können wir tierische schreiben.«

»Er will ja alles verdeutscht haben!« lachte Phil. Dieses Lachen berührte Carolin unangenehm.

»Es kommt nicht darauf an, ob wir es verdeutschen«, sagte er. »Es kommt darauf an, ob wir uns lächerlich machen wollen!«

»Lächerlich!« tat Mac wegwerfend.

»Jawohl!« sagte Carolin, plötzlich gereizt. »Oder würden Sie das Ding hier unterschreiben?«

»Nein«, sagte Mac unerschüttert und zuletzt sogar bescheiden. »Ich bin kein Geistesarbeiter.«

»Der ist fein heraus!« lachte Galizin.

Man lachte. Übrigens fand auch Galizin, dass die Sache so nicht ging. Man wollte für die Gesittung einstehen, also sollte man sich gesittet ausdrücken. Mac gab schliesslich zu, dass er das Schriftstück nicht selber verfasst habe.

Hier war ein gewisser Tibor, der in der Nähe wohnte, in die Kneipe getreten. Er nahm Galizin beiseite und wechselte mit ihm einige Worte; dann streckte er Mac und Sargander zwei Finger hin, streifte Carolin mit einem kühlen Blick und entfernte sich.

Was hat er? fragte sich Carolin. Er hat etwas gegen mich!

Tibor war ein ungarischer Flüchtling, der seit einigen Jahren in unserer Stadt wohnte. Er war immer sehr einsilbig, doch kannten sie einander und vertrugen sich gut. Jetzt glaubte Carolin zu fühlen, dieser Tibor werfe ihm etwas vor. Es konnte auch nur Einbildung sein, weil er jetzt verstimmt war. Es war ihm, seitdem er Proletarier geworden, stets unbehaglich, wenn etwas auftauchte, das ihn an seine Vergangenheit erinnerte, an Böndeli zum Beispiel und an seine Plakate. Dass er ein Spekulant gewesen war, wusste hier keiner.

Er tastete sich ins Gespräch zurück. Mac und Sargander hatten Zigaretten angezündet und versuchten, den Aufruf zu verbessern. Endlich hatten sie ihn umgebaut, und Galizin las ihn vor. Aber er las nicht zu Ende.

»So hat er gar keine Wirkung!« sagte Mac.

Auch Galizin fand, es sei eine flaue Sache daraus geworden. Aber in dieser gezähmten Fassung, erklärte er, würden ihn die Empfänger vielleicht eher unterschreiben. Sie seien zart besaitet, die Herren Geistesarbeiter. Käme man ihnen mit Bestialitäten, so zitterten sie wie die Hasen.

»Dann sind sie aber mächtig blöd!« meinte Mac.

»Was willst du«, sagte Galizin. »Es sind Geistesarbeiter. Die müssen ja blöd sein.«

Dabei schaute er Frau MacCormick an. Es entstand eine Pause, als erwarte er, dass sie etwas dazu sage. Unlustig, unbeteiligt und etwas müde schaute Frau MacCormick zu Carolin hinüber, in das Papier, das er in Händen hielt. Da sie schwieg, schaute Galizin zu Mac, dann zu Karl, dann zu Phil hinüber; dann zu Carolin. Schliesslich äusserte Frau MacCormick etwas Ungünstiges über Nemo, was von Galizin mit Behagen vernommen wurde, aber Macs lebhaften Widerspruch erregte. Carolin verstand den Zusammenhang nicht, hörte nur, dass Phil wieder geziert lachte und Mac unterstützte, und das verstimmte ihn noch mehr. Es kam ihm vor, als halte Phil gegen ihn zu den andern. Frau MacCormick schaute Carolin an; sie hatte weiche, grünbraun gesprenkelte Augen, die etwas sonderbar leuchteten und an ganz andere Dinge zu denken schienen, als an die, welche hier verhandelt wurden. Diese Augen schienen sich über Phil, hauptsächlich über Carolin zu wundern. Carolin nahm sich zusammen.

»Warum übrigens Plakate?« fragte er. »Würden Sie Ihren Namen auf ein Plakat setzen?«

»Nein«, erklärte Mac.

»Warum nicht?« fragte Carolin.

»Weil«, erklärte Mac wahrheitsgemäss, »ich sonst keine Hörgeräte mehr verkaufe.«

»Es kann sein«, sagte Carolin, »dass ich keine Übersetzungen mehr bekomme.«

Mac schaute Carolin gerührt an. Das war es nämlich, weswegen er Carolin so gern hatte. In Macs Augen hatte Carolin tausend Fehler, er beging peinliche Abweichungen; stets geriet er ausserhalb der schönen, sauber vorgezeichneten Linie. Aber es lag doch etwas Verführerisches in der Art, wie er seinen Vorteil so wacker zurücksetzte. Er hielt Vorträge in Arbeiterversammlungen, er reiste auf Kongresse, er unterzeichnete mit vollem Namen die Aufsätze, die er im »Roten Pionier« schrieb. Nun, das konnte er freilich, weil er unabhängig war. Er wollte gerade sagen, dass es kein Unglück wäre, wenn Carolin an diesen »Bürgern« weniger verdiene, weil er sich dann mit grösserem Ernst ihrer Sache annehmen könne; aber Carolin schaute verdüstert zu Phil hinüber, die sich mit dem Lyriker Sargander unterhielt. Sie traf mit ihm eine Abmachung für den folgenden

Abend, und das schien Sargander auf die Nerven zu fallen. Sargander lächelte verdutzt, indem er ein Papier an sich zog, auf dem er ein paar Verse geschrieben hatte. Er fragte, ob Carolin morgen abend ebenfalls dabei sein werde, was Phil gegen ihn aufbrachte. Sie warf sich auf ihren Stuhl zurück und schaute trotzig im Saal herum.

Hier erlitt Karl der Ohnmächtige einen seiner schallenden Lachanfälle, denen er seinen Namen verdankte. Er hatte die Eigentümlichkeit, dass er ganz unvermittelt, scheinbar ohne Grund, drauflos lachte, und dieses Lachen wirkte so ansteckend, dass alle darin einstimmen mussten. Das taten sie auch jetzt, bis Galizin sie zurechtwies.

»An die Arbeit!« mahnte er.

Sie versuchten, den Aufruf wieder zu verschärfen, konnten sich aber über die Anzahl der Bestialitäten nicht einigen, und Carolin wurde immer zerstreuter. Auf einmal erhob sich Sargander, gab jedem hastig die Hand und ging auf die Strasse hinaus. Er erklärte nachher, die Leute um jenen Tisch seien alle so gereizt gewesen, und es habe ein so merkwürdiges Etwas zwischen ihnen gelegen, dass es ihn fortgetrieben habe.

Frau Mac Cormick mass Carolin durch den Rauch der Zigarette ruhig und wägend.

Dieser zuckte schliesslich die Achseln, nahm dem Malermeister die Blätter und unterschrieb alles, Aufruf und Begleitbrief, genau wie Mac es vorgesetzt hatte. Unterschreiben müsse er aber, erklärte Mac, der es plötzlich sehr eilig hatte, damit man »jenen Leuten« nicht wieder vorwerfen könne, sie setzten Unterschriften hin, die nicht gegeben worden waren.

Sie zahlten und gingen auf die Strasse. Phil setzte sich in Macs Wagen. Galizin erklärte sich begierig, auf Carolins Gefährt aufzusitzen. Sargander und Karl der Ohnmächtige gingen ihrer Wege. Diesen hörte man manchmal in der Tiefe der Strasse laut schallend lachen.

»Ich war so guter Laune«, sagte Carolin zu Galizin, als sie allein waren. »Immer überfallen sie einen. Nun, Gott, die Sache ist ja so schlecht, dass sie ohnehin nicht zustande kommt. Brauche mich also um meinen Kredit nicht zu sorgen!«

Mit einer Art Begeisterung schob Galizin seinen Arm unter den von Carolin und zog ihn ein Stück auf dem Bürgersteig fort.

»Passen Sie auf, geben Sie acht, sehen Sie sich vor«, sprach er lächelnd, in seiner nachlässigen, belehrsamen Art. »Was Sie hier sagen, ist, wenn man will, eine Abart jener berühmten Erscheinung, der man Sabotage sagt. Diese Sabotage, mein lieber Carolin, besteht meiner Erfahrung nach viel weniger darin, dass einer mit teuflischer Tücke alles durcheinanderbringt, als viel häufiger darin, dass ein Kluger und Gescheiter nach langem Drängen endlich das tut, was die weniger Klugen von ihm verlangen. Natürlich geht die Sache schief, das wissen die Klugen im voraus. Weil sie es aber vorausgesagt und die Dummen blossgestellt haben, werden sie von diesen zur Rechenschaft gezogen und erschossen. Niemals werden aber die Dummen einander untereinander selbst erschiessen. So dumm sind sie nicht!«

Und er lächelte trübe und überlegen, als spreche er eine Erfahrung, die er aus Fällen gewonnen haben mochte, die nicht so einfach lagen und auch nicht so belanglos waren, wie die Unterzeichnung dieses Aufrufs.

(Aus dem Roman »Carolin«)

Leo von Meyenburg

Vorstadtäcker

Die Vorstadtäcker sind erschlafft
Wie das Proletariat,
Dem Arbeit, Not und Schwangerschaft
Die magere Brust zertrat.

Das Ackerland voll Not und Fron,
Das Russ und Seuche schwitzt,
Es trägt die dürre Dornenkron,
Die um die Grossstadt sitzt.

Und wenn der Abend fern erglüht,
Weiss man nicht, ist es Blut
Aus Dornen-Wunden. Oder sprüht
Schon der Revolte Glut.

Emil Burki *Das Fähnlein der sieben Aufrechten 1937*

Kurt Früh

Arbeitertheater in der Schweiz

Die Schillersche Forderung nach dem Theater als moralischer Anstalt, das die Bühne zur Tribüne werden lässt, von der aus der Kampf gegen Unrecht und Bedrückung, für Freiheit und Menschlichkeit geführt werden soll, wird von der heutigen bürgerlichen Bühne nicht mehr erfüllt. Sie deckt nicht mehr auf, sie deckt zu. Sie steht im Dienste einer Gesellschaftsordnung, die alles Interesse hat, die Zusammenhänge in verheimlichendem Dunkel zu lassen. Und mehr noch: Sie ist – bewusst oder unbewusst – ein äusserst geschicktes Mittel der Propagierung einer Ideologie, auf der sich die herrschende Gesellschaftsordnung aufbaut. Ein Mittel, dem alle Gesellschaftskreise ausgesetzt sind. Wie der Film, verherrlicht auch die Bühne die bestehenden Zustände – die Scheinwerfer tauchen nur alles in rosiges Licht, statt Hintergründe und Zusammenhänge zu beleuchten. Der Chef heiratet die berühmte Privatsekretärin, Mildtätigkeit und Opferfreudigkeit verhelfen dem Darbenden zur Besserung seiner Lage: Das wahre Gesicht der Gegenwart bleibt im Dunkel.

Die Erkenntnis der Arbeiterklasse, dass sie sich von dieser Beeinflussung durch die bürgerliche Ideologie loszulösen hat, liess nun überall die Forderung nach eigenen Theatern, nach Arbeitertheatern laut werden, die das Publikum im Sinne der Arbeiterschaft und im Sinne des Sozialismus wirksam beeinflussen sollten.

In der Schweiz stiess die Erfüllung dieser Forderung auf grosse Schwierigkeiten. An ein Berufstheater wagte man nicht zu denken – und so machte sich der Dilettantismus oft in kaum zu überbietender Weise breit.

Es gab Truppen, die auf gleiche Weise wie der bürgerliche dramatische Verein »Theater« spielte, mit dem Unterschied, dass ihre Stücke inhaltlich revolutionär waren. Und dies oft nicht in einem sehr sympathischen Sinne. Spielastik und Pathos halfen mit, das furchtbare Schicksal des armen Fabrikmädchens, das von dem brutalen Ausbeuter entehrt und auf die Strasse gestellt wird, eindrucksvoll zu gestalten. Revolutionärer Inhalt primitivster Art wurde hier in eine Form gegossen, die rein künstlerisch von Laien gar nicht zu bewältigen war, abgesehen davon, dass diese Stücke auch literarisch im allgemeinen über den untersten Durchschnitt kaum herausreichten. Diese Form des Arbeitertheaters darf in der Schweiz wohl als überwunden gelten. Was auf dieser Bühne geschah, hatte man mit dem umgekehrten Vorzeichen viel besser im schlechtesten Film, auf der schlechtesten bürgerlichen Bühne.

Eine andere Form, in der der Dilettantismus weniger krass zum Vorschein trat, war der Sprechchor. Er ist bis heute ein Propagandamittel der Arbeiterklasse geblieben. Aber von eigentlichem Theater kann hier nicht gesprochen werden. Das Theater gestaltet, der Sprechchor sagt. Trotz alledem hat sich eine gewisse Entwicklung auf dem Gebiete des Sprechchors gezeigt. Von dem einfachen gesprochenen Satz bis zum rhythmisierten, musikalisch unterlegten Chor, bis zum lautmalerischen Verwenden der Stimmen, das oft überraschende Wirkungen zu geben imstande war, hat man davon in der Schweiz alle Stufen gehört. Dies war eine Möglichkeit, Laien zu verwenden, ohne dass der Dilettantismus offen zutage trat. Aber die Form war zu begrenzt und erfüllte im wesentlichsten nicht die Forderung nach einem Theater.

Aus dem Bedürfnis heraus, den Sprechchor bühnenmässiger zu gestalten, entstand der Bewegungschor: tänzerische Ausgestaltung und Ausdeutung des gesprochenen Wortes, oder aber untextierter Gruppentanz. Hier traten nun die Mängel des Dilettantismus wieder offen zutage. Man tanzte Maschinen und hungernde Mütter – in der Übersteigerung des Dilettanten wirkten diese Tänze meistens eher komisch als überzeugend. Dazu kam, dass das Mittel des Bewegungschors oft völlig falsch und sinnlos angewendet wurde: Ich habe den Entwurf für einen Versuch gesehn, das Kommunistische Manifest zu tanzen. »Satus« und sozialdemokratische Spieltruppen pflegen diesen Stil heute noch, der aber ebensowenig wie der Sprechchor und das Dilettantentheater die bürgerliche Bühne zu ersetzen vermag.

Die einzige Truppe, die während einiger Zeit konkret an formaler und inhaltlicher Erweiterung gearbeitet hat, war die Volksbühne Zürich. Zur Vermeidung zu grosser Dilettantismen schrieben die jeweiligen Regisseure die Stücke selbst, und so konnte man also mit den gegebenen Mitteln ökonomisch umgehen. Es kristallisierte sich hier im Laufe der Zeit eine kabarettähnliche Form heraus, in der Sprechchor, Tanz, Dialog, Song und Chorlied Platz fanden. Politische Rücksichten liessen später jedoch das künstlerische Moment in den Hintergrund treten zugunsten einer zu eng aufgefassten tagespolitischen Propaganda. Auch die Volksbühne hat den entscheidenden Schritt zur Ausnützung der Errungenschaften des bürgerlichen Theaters nicht getan. Man verfiel mehr und mehr dem dramatisierten Leitartikel, fiel sogar in die Anfänge primitiven Agitprops zurück und stellte die künstlerischen Ziele völlig in den Hintergrund.

Die Mängel all dieser Truppen bestanden eben darin, dass man mit unzulänglichen Mitteln zu arbeiten hatte. Der Laienspieler ist und bleibt ein unzulängliches Mittel, wenn er nicht gerade so begabt ist, dass er auch Berufsschauspieler sein könnte. Guter Wille, Interesse an der Sache und Theaterfreudigkeit sind eben noch nicht Begabung. Auch bot die wenige Zeit, die man für Proben zur Verfügung hatte, nicht den Raum zur Weiterbildung. Es konnte ja nur abends geprobt werden, und die ganze Freizeit konnte man den Mitgliedern der Truppen nicht rauben, wenn es auch in der Volksbühne zum Beispiel Monate gab, da man jeden Abend und jeden Sonntag geprobt hat. Ein weiterer Mangel war das Fehlen jeglicher ökonomischer Mittel. Eine gute Theateraufführung kostet immer Geld. Und dieses Geld könnte eben nur durch gute und weite Kreise interessierende Aufführungen hereingebracht werden. Und solche Aufführungen waren für diese Truppen ein Ding der Unmöglichkeit.

Diese Arbeiterbühnen vermochten in keiner Weise mit dem bürgerlichen Theater in Konkurrenz zu treten. Das schlechteste bürgerliche Theater ist der besten Arbeiterbühne der Schweiz überlegen. Denn alle diese Arbeiterbühnen waren künstlerisch nicht in der Lage, den Anschluss an die fortschrittliche bürgerliche Kulturtradition zu finden.

Und wie ist es nun möglich, die Krise des Arbeitertheaters zu überwinden? Die Krise, in der sich das bürgerliche Theater heute befindet, legt selbst die treibenden Kräfte frei, deren das Arbeitertheater bedarf, um aus einer naiven Verneinung der bürgerlichen Kultur die fortschrittlichste und künstlerisch wertvollste Kulturbewegung zu machen. Schauspieler, Regisseure und Schriftsteller stellen sich heute wie überall so auch in der Schweiz der Sache zur Verfügung – es gilt nur, sie zu sammeln und in gemeinsamer zielbewusster Arbeit das aufzubauen, was die Arbeiterschaft und die linke Intelligenz mehr denn je braucht: ein künstlerisches, fortschrittliches, formal und inhaltlich interessantes Arbeitertheater. Ein fruchtbares Weiterarbeiten wird nur möglich sein unter Ausnützung der Fortschritte, die das bürgerliche Theater gebracht hat – technisch und künstlerisch – und durch Wiederbesinnung auf die Grundforderung aller Kunst, deren Aufgabe darin besteht, Einsicht und Erkenntnis in die menschlichen und sozialen Verhältnisse zu vermitteln. Ein so aufgefasstes realistisches Theater vermag erst mit der nötigen Überzeugungskraft jenes bürgerliche Theater, das sich zum Propagandamittel einer zerfallenden Klasse entwürdigt hat, mit seinen flitternden Lügen aus dem Felde zu schlagen.

C. A. Loosli

Unsere Konzentrationslager

An der »Administrativjustiz«, mit der wir uns in den folgenden Ausführungen zu befassen haben werden, ist alles falsch und willkürlich, sogar ihr Name. Aus diesem Grunde wird er in den folgenden Ausführungen jeweilen in Gänsefüsschen gesetzt.

Unter eigentlicher Administrativjustiz, in ihrem einzig reinen, zulässigen Sinne versteht man nämlich ausschliesslich die Verwaltunsrechtspflege. Diese aber hat sich lediglich mit der Entscheidung der Rechtsfragen auf dem Gebiete des öffentlichen Rechts und von Privatstreitigkeiten zu befassen, die aus besonderen Zweckmässigkeitsgründen den Verwaltungsbehörden zugewiesen sind und die diese selber treffen.

Also beispielsweise Enteignungsfragen (Expropriationen), Organisationen von Stiftungsbetrieben, die dem Staate überbunden wurden, ferner gelegentliche Kompetenz-, also Zuständigkeitsstreitigkeiten. Staats- und sachenrechtliche Belange also, an denen vor allen Dingen der Staat als solcher in erster Linie beteiligt ist und die auch als administrativkontensiöse Sache bezeichnet werden.(...)

Mit dieser vorumschriebenen, der ausschliesslichen, eigentlichen Administrationsjustiz also, haben wir uns hier nicht zu befassen. Sie ist eine öffentlichrechtliche, anerkannte Institution, die ihre Vorteile und Mängel aufweisen mag, die jedoch als solche allgemein als wirklich unentbehrlich, wenigstens praktisch, anerkannt wird.

Die »Administrativjustiz« in Gänsefüsschen jedoch, die uns hier ausschliesslich beschäftigen wird, fusst nicht auf dem Verwaltungsrecht, sondern auf der Willkür des Staates, der Gemeinden und der Gesellschaft, die sich anmassen, den einzelnen Staatsbürger seinem natürlichen Richter zu entziehen, ihn der ihm ebenfalls verfassungsmässig zustehenden Gleichheit aller Bürger vor dem Gesetze, und dem Rechte zu berauben, über seine Person, sein Eigentum willkürlich, unter Ausschluss jegliches öffentlichen Verfahrens, unter Vergewaltigung und Verneinung seiner Menschen- und Bürgerrechte, zu verfügen.

Diese »Administrativjustiz« wird, im Gegensatz zur ordentlichen Zivil- und Strafrechtspflege, nicht von Gerichten oder Organen der Justizpflege, sondern von ausführenden, also exekutiven Behörden und ihren Organen, den Beamten, im Widerspruch zum verfassungsmässig niedergelegten Rechtsgrundsatz der Trennung der Gewalten, ausgeübt.

Die hauptsächlich daran beteiligten Behörden sind die Polizei-, die Armen- und die Vormundschaftsbehörden mit ihrer Beamtenschaft und ihren Organen.

Ihre »Administrativjustiz« kennzeichnet sich also als das ausgesprochene Gegenteil der eigentlichen Justiz- und Rechtspflege überhaupt. Sie urteilt nämlich nicht, wie der Richter, nach Tatbestand und Strafgesetz, sondern sie verfügt von Fall zu Fall durchaus willkürlich, gestützt auf an sich menschen-, bürger- und verfassungsrechtswidrige Gesetze, Erlasse und Verfügungen über Personen und Privateigentum, ohne ihre Entscheide öffentlich zu begründen, ohne öffentliche Einsicht in ihre Verfahren, ohne irgendwelche Gewähr der Persönlichkeitsrechte der von ihr Betroffenen, ohne kontradiktatorisches Beweisverfahren, ohne irgendwelche auch nur annähernd ausreichende Verteidigungsrechte und -möglichkeiten, ohne praktisch erfolgreiche Gewähr der Berufung oder Revision gegen ihre Entscheide, weil die Berufungs- und Revisionsorgane genau aus denselben Behörden bestehen, die die anfechtbaren oder angefochtenen Verfügungen selber getroffen haben, also Partei und Richter in einer Person sind.

Ihre Erwägungen, beim Ausfällen ihrer Beschlüsse und Verfügungen, beruhen nicht auf irgendwelcher, weder menschen-, noch bürgerrechtlichen, noch verfassungsmässigen Rechtsgrundlage, sondern lediglich auf fiskalischen Vorteilserwägungen, auf Erledigungs- und Abfertigungsbedürfnissen der sich damit befassenden Beamtenschaft, auf falsch verstandenem, weil auf die Dauer Staat und Gesellschaft gefährdendem, momentanem Sicherheitsbedürfnis der gerade bestehenden Gesellschaftsgliederung, folglich auf Willkür, Rechtsbruch und Vergewaltigung. (...)

Unumgängliche Bemerkungen

Es ist eine altbewährte Erfahrung, dass, wenn sich eine unabhängige Stimme oder ein wohlmeinender Warnefinger, sei es gegen das Tun und Lassen des Bureausaurus helveticus L. (dessen Naturgeschichte ich vor einigen zwanzig Jahren veröffentlichte), oder gegen den Unfug, der mit öffentlichen Anstalten und Institutionen getrieben wird, oder gegen administrative und sonstige obrigkeitliche Machtübergriffe und Misstände erhebt sich mit der Zwangsläufigkeit eines unabwendbaren Naturereignisses jeweilen folgendes ereignet:

1. wird günstigstenfalles versucht, falls sich der unbequeme Angriff, die immerdar unwillkommene und verhasste Kritik samt ihrem Urheber

nicht einfach totschweigen lassen, diesen als einen zwar wohlmeinenden, aber sachunkundigen, welt- und lebensfremden, sanften Trottel auszugeben. Ich beeile mich hinzuzufügen, dass solches in vielen Fällen in der besten Absicht der Welt, von an sich durchaus braven, rechtschaffenen Menschen geübt wird, deren Gesichtskreis eben nicht weiter reicht, als es ihre Lebensstellung unbedingt erfordert, oder von Leuten, die sich in ihrem bequemen Optimismus beunruhigt fühlen, oder die sich überhaupt nicht vorzustellen vermögen, die kritisierten Zustände oder Einrichtungen seien in barer Wirklichkeit eben so, wie sie der Warner und Kritiker darstellt.

2. wird, – denn es geht in solchen Fällen immer crescendo – der Kritiker mit anonymen und öffentlichen Gemeinheiten und Grobheiten bedacht. Es wird ihm blind-leidenschaftliches, krankhaftes Querulantentum vorgeworfen, ferner mit allem erforderlichen Nachdruck offen und geheim behauptet, der Mann mache sich der unzulässigen Verallgemeinerung seltener Einzelvorkommnisse oder Einzelfälle schuldig.

3. wenn auch das nicht verfängt, wird dann die schwere Artillerie der Beschimpfung, der Verdächtigung und Verleumdung aufgefahren. Dann wird der Warner oder Kritiker als ein unter allen Umständen grössenwahnsinniger, bestochener, verlogener, moralisch unter aller Kanone stehender Demagoge mit eigennützigen Absichten, als moralisch minderwertiges Subjekt und gewissenloser Lumpenhund möglichst dröhnend öffentlich angeprangert, wobei nie versäumt wird, ihn bis in sein Privat- und Familienleben hinein zu verfolgen, zu schädigen und ihm namentlich die Brotzufuhr nach Möglichkeit, und zwar in der fast ausnahmelosen Regel nicht erfolglos, abzuschneiden.

Das nun wird bewerkstelligt, wenn es nicht gelingt, oder denn doch zu gefährlich oder zu auffällig wäre, besagtes Subjekt auf anderem, gründlicherem, beispielsweise auf dem administrativen Wege seiner »Versorgung« ins Irren-, Armen- oder Zuchthaus, mundtot zu schlagen.

Führt auch dieses Vorgehen nicht zu dem gewünschten Ergebnis, ja, gelingt es dem schlechten Kerl sogar, vor aller Welt seine Aussetzung und seine Kritik so unwiderlegbar zu erhärten, dass man schlechterdings nicht mehr darum herumkommt, dann bequemt sich der Bureausaurus helveticus, widerstrebend und murrend, zu einigen amtlichen Untersuchungen, die natürlich immer, wenigstens in der Hauptsache, zu seinen Gunsten ausfallen.

Erreicht er auch damit sein Ziel nicht, dann lässt er sich, in die Enge gedrängt, schliesslich zu einigen Scheinreformen und mitunter – ich muss auch das hier dankbar anerkennend festellen – zu teilweisen, wirklichen

Verbesserungen der ursprünglich in Abrede gestellten, üblen Zustände herbei.

Haben sich dann nach einigen Jahren, oder Jahrzehnten, diese Verbesserungen wirklich bewährt, hat sich der Bureausaurus helveticus durch eigene Erfahrung überzeugt, dass es auch so, und zwar besser, ja, für ihn selber erträglicher geht, dann ist er imstande und holt sich bei dem ursprünglich zu allen Teufeln gewünschten Kritiker Rat, sucht sich ihn, wenn nicht gar zum Freunde, so doch zum gelegentlichen Mitarbeiter zu gewinnen.

Gelingt ihm das, dann entdeckt er nachträglich zu seiner nicht geringsten Verblüffung, dass der schlimme Kritiker sich einzig um der Sache willen gegen ihn einsetzte, dass er es mit Land, Volk und sogar mit ihm, dem Bureausaurus helveticus, nicht anders als wohl meinte und dass er im Grunde ein ganz erträglicher, mitunter recht brauchbarer und nützlicher Bürger sei.

Aber dazu bedarf es, wie gesagt, immerhin einiger Jahre oder Jahrzehnte.

Aus diesen Gründen habe ich meiner Einstellung zum Burausaurus helveticus schon seit Jahrzehnten folgende Leitsätze zugrunde gelegt:

Als gegeben ist zu betrachten:

1. Missstände in öffentlichen Einrichtungen und Betrieben sind an sich niemals skandalös, sondern werden es erst durch ihre öffentliche Verlautbarung.

2. Würden sich die zuständigen Behörden und ihre amtlichen Organe auch nur halb so viel Mühe geben, dem in den öffentlichen Betrieben und Einrichtungen eingerissenen Schlendrian zu steuern, als sie Eifer aufwenden, unbequeme Anklagen zu entkräften, Missstände zu vertuschen, in Abrede zu stellen, zu verteidigen oder zu entschuldigen, so würden wir zwar noch lange keinen Idealzustand der öffentlichen Einrichtungen, wohl aber verhältnismässig durchaus erträgliche Verhältnisse erreicht haben, deren öffentlich polemische Erörterung in weitaus den meisten Fällen, weil überflüssig, unterbleiben könnte.

3. Der Ankläger öffentlicher Einrichtungen, Behörden und Missstände hat, vom Beamten- und Regierungsstandpunkt aus, grundsätzlich immer Unrecht. Er ist entweder geistig oder sittlich minderwertig und in allen Fällen, gemessen an der obrigkeitlichen Weisheit, fachlich und sachlich restlos unzuständig.

4. Was von Amtes wegen veranstaltet, verfügt, verordnet oder verfehlt wird, geht das gemeine Volk grundsätzlich nichts an. Es ist weder berechtigt, darüber unterrichtet zu werden, noch dazu Stellung zu beziehen,

noch Verantwortlichkeiten festzustellen, sondern hat lediglich für die daraus erwachsenen Kosten aufzukommen.

5. Für schlechterdings nicht mehr in Abrede zu stellende Mängel oder Missstände sind niemals die Spitzen der betreffenden Einrichtungen, Betriebe oder Anstalten verantwortlich, sondern höchstens und in Einzelfällen untergeordnete Beamte oder Angestellte, die dann, bei gelegentlich oder unvermeidlich gewordenen Säuberungen, sogar auch rechtlich erfasst werden. Bei Eisenbahnunglücken beispielsweise sind es jeweilen entweder Lokomotivführer, Zugführer, Weichensteller, Übergangswärter oder kleine Abfertigungsbeamte, niemals aber Ingenieure, Betriebschefs, Inspektoren oder gar Direktoren und Verwaltungsräte.

6. Einschlägige Gesetze, Verfügungen, Verordnungen, Erlasse, Bestimmungen und Reglemente sind in erster und vornehmster Linie dazu da und darauf zugeschnitten, die Behörden in allen Fällen zu decken und ihre Verantwortung nach unten oder aussen abzuwälzen. Erst in zweiter Linie dienen sie auch zur einigermassen zweckmässig vernünftigen Betriebsermöglichung und Aufwertung.

7. Alles und jedes, auch das Schlimmste, Verwerflichste und Gemeinste, ist praktisch zulässig, solange es irgendwie geübt werden kann, ohne missbilligendes, öffentliches Aufsehen zu erregen. Also genau solange, als es niemandem gelingt, erfolgreich gegen Schlendrian, Missstände oder Korruption anzukämpfen. Es ist dies ein Erfordernis der öffentlichen Ordnung, Ruhe und Sicherheit, das unter der französischen Bezeichnung »Raison d'état« subsummiert, behördlicherseits angestrebt, amtlich aufgefasst und geübt wird.

8. Das Ganze nennt sich demokratische Staats- und Gesellschaftsgliederung, wie sie nicht nur obrigkeitlicher-, behördlicher- und amtlicherseits verstanden, sondern wie sie auch von jedermann anerkannt werden muss, der sich nicht gerne in Schlaf und Verdauung stören lässt.

9. Diese Gegebenheiten sind weder einzelnen Gemeinden, Kantonen oder dem Bunde ausschliesslich, sondern in der ganzen Schweiz sozusagen jeder Regierung und Verwaltung überhaupt eigen. Sie gehören bei uns zur Morphologie des Bureausaurus helveticus L. – Wer das nicht begreift, ist entweder ein unpraktischer, lebens- und weltfremder Ideologe, oder aber ein hämisch böswilliger, daher strafwürdiger und vernichtungsreifer Querulant. Im ersten Fall gehört er von Rechts wegen ins Narren-, im zweiten Fall ins Zuchthaus.

10. Sind aber schon einmal Missstände und Missbräuche zum nicht mehr erfolgreich zu unterdrückenden Skandal durch die Art und das Ausmass ihrer öffentlichen Bekanntgabe gediehen, dann werden sie jeweilen

am besten und unwiderlegbarsten gerade von den Stellen oder Leuten erhärtet und bewiesen, die an deren Vertuschung am innigsten beteiligt wären. Und zwar durch ihre eigene Verteidigung, die sich ausnahmslos in unentwirrbare Widersprüche, ganz von selbst, ohne Zutun von aussen, mit der auf sie eindringenden Kritik verwickelt. (...)

Dies vorausgeschickt, wende ich mich wiederum unserem heute in Frage stehenden Gegenstand, der »Administrativjustiz« und der Administrativwillkür mit all ihren Auswüchsen, Vertretern und Verteidigern zu. Der Kampf, den ich hier fortsetze, drängte sich mir schon vor langen Jahrzehnten immer unabweisbarer auf. Ich lernte je länger je eindringlicher erkennen, dass ein grosser, wenn nicht der grösste Teil des sozialen, körperlichen, geistigen und seelischen Elendes, das die grossen Massen unseres Volkes in mannigfacher Weise bedrückt, entrechtet und vermindert, auf das verständnisbare, vernunftverlassene, eingebildete, sich unfehlbar wähnende, machthungrige, machtberauschte, verantwortungsenthobene Tun und Lassen des Bureausaurus helveticus zurückzuführen ist, in welcher Überzeugung mich meine persönlichen Erlebnisse und Erfahrungen von früher Kindheit an bis zum heutigen Tage bestärken. (...)

Wir alle, die wir gegenwärtig leben, erleiden in irgendwelcher Form die unübersehbaren Nachteile und Schädigungen der »Administrativjustiz« und der von ihr unzertrennlichen, weil sie bedingenden behördlichen Willkür. Daran ändert der Umstand, dass man sich widerwillig oder gezwungen nachträglich damit als mit einem unvermeidlichen Übel abgefunden hat, ja, in stets vermehrtem Masse abfindet, weil die Willküransprüche eben unersättlich sind, nicht das Geringste.(...)

Arbeitslos oder arbeitsscheu?

Eine der von der »Administrativjustiz« ganz besonders beharrlich erfasste Kategorie enterbter Bürger besteht in den von ihr als »arbeitsscheu« bezeichneten. Wird sie auch nur von ferne angegriffen, dann rückt sie namentlich mit den Arbeitsscheuen und den Alkoholikern zu ihrer Rechtfertigung ebenso nachdrücklich wie ausdauernd auf.

Da ist nun zunächst neuerdings festzustellen, dass sie sich nur mit unbemittelten, fürsorgefälligen sogenannten Arbeitsscheuen befasst, die angesehenen, wohlhabenden Faulenzer jedoch sorgfältig und gewissenhaft übersieht. Verbrechen ist für sie eben nur, was allenfalls den Fiskus belastet, oder ihn zu belasten droht.

Nun soll keineswegs etwa behauptet werden, es gebe wirklich keine arbeitsscheuen Menschen, die lediglich darauf ausgehen, nur auf Kosten der arbeitsamen, werktätigen Mitbürger ein mehr oder weniger üppiges Schmarotzerleben zu führen. Diese jedoch sind vor allem, und zwar in der verhältnismässigen Mehrzahl, in den besser gestellten Ständen und Klassen anzutreffen. Wenn also schon die Arbeitsscheu als solche inkriminiert werden soll – und meines Erachtens soll sie es, – dann muss sich ihre Ahndung billigerweise auf die Arbeitsscheuen aller Stände, auf den satten, reichen Müssiggänger ebensowohl, wie auf den parasitären, kleinen Betrüger und Landstreicher, erstrecken. Aber auch dann nur auf dem Wege eines ordentlichen, öffentlichen Gerichtsverfahrens, das in diesem Falle, neben allen seinen übrigen Vorteilen, auch noch den der hier wirklich möglichen Abschreckung zeitigen dürfte.

Vorderhand aber ist festzustellen, dass Armut und Mittellosigkeit an sich ausschliesslich inkriminiert werden; ferner, dass weitaus die Mehrzahl der von der »Administrativjustiz« erfassten, sogenannten Arbeitsscheuen, lediglich Erwerbs- und Arbeitslose sind. (...)

Staat und Gesellschaft haben erst dann ein Recht, gegen die von ihnen so eindringlich beklagte Arbeitsscheu einzugreifen, wenn sie einmal den Nachweis erbracht haben werden, dass sie imstande sind, jedem Menschen ausreichende Arbeit zu einem menschenwürdigen Dasein zu beschaffen. Bis heute aber ist das nicht geschehen; sondern alle beide – Staat und Gesellschaft – haben alles getan und nichts unterlassen, um die Arbeit zu unterbinden, verächtlich und hassenswert zu gestalten. So durch Lohnabbau, künstliche Preissteigerung der notwendigsten Lebensmittel und Bedarfsartikel, Begünstigung des rücksichtslosen Spekulantentums, stets erneuten, sorglichen Schutz und Förderung des arbeitslosen Einkommens, »Administrativjustiz« und deren Vollzug. Alle diese Umstände wirken krisenerzeugend, wodurch immer breitere Volksschichten verdürftigt, unterdrückt, enttüchtigt, gelähmt und schliesslich revolutioniert werden.

Es ist eine der bittersten, nein, der verbittertsten Klagen fast aller Opfer der »Administrativjustiz«, die sich darin äussert: »Man hat für uns keine bezahlte Arbeit; wo wir auch anklopfen, heisst es, Arbeit sei keine zu vergeben. Sind wir jedoch einmal hinreichend verarmt, um die soziale Fürsorge ansprechen zu müssen, dann werden wir versorgt; dann aber ist Arbeit im Überfluss vorhanden. Da gibt es weder Minimallohn, noch Lohntarif, noch Achtundvierzigstundenwoche, sondern Schwerarbeit vom Morgen bis zum Abend, verbunden mit schlechter, unausreichender Verpflegung und scheusslichen Misshandlungen. Erst wenn wir Staatssklaven geworden sind, hat man für uns der Arbeit die Fülle! Ja, man richtet allüberall eigentliche Menschenfallen auf, der »Administrativjustiz« möglichst viele unentlöhnbare Arbeitskräfte, Staatssklaven, zuzuführen; – dann verlangt man von uns noch, wir sollen darob die Arbeit lieb gewinnen und uns gar dafür begeistern.«

Diese Klagen sind vom Standpunkte der Arbeitslosen sowohl, wie vom unparteiischen Gesichtspunkt des unbeteiligten Beobachters, leider durchaus berechtigt. (...)

Die Arbeitslosen klagen im weitern über die Art und Weise, in der die Beamten der Arbeitsämter allzuoft mit den Hilfsbedürftigen verkehren. Nicht nur sind jene weder gewillt noch in der Lage, Arbeit zu vermitteln, sondern sie verhindern viele Arbeiter, selbstgefundene und gesuchte Stellen anzutreten. Ausserdem werden die armen Leute, wie ich aus eigener Beobachtung weiss, oft geradezu menschenunwürdig angeschnarcht und schikaniert.

So wird beispielsweise der Arbeitslose darauf verpflichtet, jede ihm vom Arbeitsamt angebotene Arbeit anzunehmen. Ob er sich dazu eigne, ob er darob nicht schamlos ausgebeutet oder gar noch obendrein misshandelt, ob ihm der Lohn nicht entwendet werde, kommt nicht in Frage. Weigert er sich, sich schamlos ausbeuten und quälen zu lassen, geht er der Arbeitslosenunterstützung verlustig. Sogar in Fällen, wo er körperlicher oder anderer Mängel halber nicht zu der ihm zugewiesenen Arbeit taugt, wofür ich ein paar nur allzu überzeugende Beweise zu erbringen in der Lage bin.

Ein Arbeitsloser erklärte mir jüngst: »Seit einigen Jahren wird auch auf die schwersten Verbrecher nicht mit dem Eifer und dem Nachdruck gefahndet, wie auf Leute, die sich auf eigene Faust Arbeit verschaffen.«

Auch das stimmt! Wer in einem andern als in seinem Heimatkanton, ja, in einer anderen als in seiner Heimatgemeinde, um Arbeit ausgeht, der wird polizeilich verfolgt, gelegentlich ausgewiesen, und teilt, innerhalb seines teuren Vaterlandes, der Schweiz, das klägliche Los der Staatenlosen. Er wird von einem Kanton, von einer Gemeinde zur andern abgeschoben, bis er schliesslich in seiner Heimat per Schub landet, der »Administrativjustiz« verfällt und »versorgt«, das heisst im Armen-, Arbeits- oder Korrektionshaus interniert wird. Vor mir liegen Akten, die in dieser Hinsicht erschütternden Aufschluss erteilen. (...)

Man hat mir meine Gleichstellung unserer Zucht-, Korrektions- und Arbeitshäuser mit den Konzentrationslagern da und dort verübelt, sie als böswillige Demagogie bezeichnet und wird es voraussichtlich auch fernerhin tun. Das verpflichtet mich zu einer weitmöglichen genauen Begriffsbestimmung.

Was sind Konzentrationslager?

Es sind notbehülfliche Anstalten, woselbst militärische oder politische Gegner gefangen gehalten werden, die man sich nicht getraut einfach hinzurichten, entweder weil ihre Zahl zu gross oder deren Arbeitskraft immer noch wertvoll genug ist, sie zum Vorteil des Einweisers auszubeuten.

Konzentrationslager hat es zu jeder Zeit gegeben. Nicht die Einrichtungen an sich also, sondern lediglich ihre Benennung ist verhältnismässig neu. Sie stammt nämlich aus dem Burenkrieg des Anfangs unseres Jahrhunderts. (...)

Seither sind wir an diese Einrichtungen in stets erweitertem Masse fortschreitend gewöhnt worden. Durch den Weltkrieg zunächst, dann, in neuester Zeit, durch die Diktaturstaaten.

Während die Konzentrationslager urspünglich lediglich als vorübergehende Gefangenenlager für Militär- und Zivilpersonen gedacht waren und eingerichtet wurden, dienen sie heute zur Enthaltung politisch unbeliebter Gegner oder der Gegnerschaft Verdächtiger. Ihre Insassen werden nicht auf dem ordentlichen Rechtsweg durch gerichtliches Urteil, sondern nach dem willkürlichen Gutfinden oft untergeordneter, unverantwortlicher Instanzen, aus Gründen der sogenannten Staatsraison, mehrheitlich aber aus Hass, Rache oder Habgier eingewiesen.

Im Gegensatz jedoch zu den ordentlichen Strafanstalten, erheben die Konzentrationslager keinen Anspruch darauf, ihre Häftlinge irgendwie zu bessern, um sie als Gebesserte, Ertüchtigte wiederum der Volksgemeinschaft einzugliedern; sondern man verfolgt damit lediglich den Zweck ihrer Unschädlichmachung, Ausbeutung oder Vernichtung.

Als solche sind die Konzentrationslager typische Kriegseinrichtungen auch da und dort geblieben, wo es nicht zum Kriege zwischen Välkern und Ländern, sondern auch um Bürgerkriege geht. Die deutschen Konzentrationslager beispielsweise sind eine typische Bürgerkriegserscheinung, – ein Verlegenheitsnotbehelf.

Etwas mehr oder etwas anderes sind jedoch unsere, mit den ordentlichen Zucht- und Korrektionshäusern in jeder Hinsicht unzertrennlich verbundenen Arbeitshäuser auch nicht. Auch diese sind eine, freilich schamhaft verschleierte, latent klassenkämpferische Bürgerkriegserscheinung. Die vorderhand wirtschaftlich und politisch noch mächtigere Oberschicht bedient sich ihrer als eines Kampf- und Vernichtungsmittels gegen Arme, Enterbte, von ihr Verwahrloste. Sie tut es genau wie überall anderswo, einmal um ihrer eigenen Sicherheit, dann namentlich aber auch um ihrer Verlegenheit willen, in der sie sich gegenüber ihren Häftlingen befindet, weil sie mit ihnen nichts Vernünftiges anzufangen weiss und weder die Einsicht noch den Mut aufbringt, etwas wirklich Gesellschaftsaufwertendes, Staatserhaltendes mit ihnen anzubahnen.

Dass die »Administrativjustiz« in ihrer Verlegenheit dafür Entschuldigungen und Erklärungen vorbringt, sich ein menschenfreundliches Mäntelchen umhängt, und von Besserungs- und Nacherziehungszwecken gar erbaulich zu predigen weiss, darf einen nicht beirren. Ihre Konzentrationslager, unsere Arbeitshäuser, sind und bleiben Anstalten provisorischer Beschaffenheit für Menschen, die der Obrigkeit, den Behörden, der Verwaltung und dem Fiskus unbequem sind, die sie belasten, die sie am liebsten ausrotten möchten, die sie aber weder ertüchtigen noch wirtschaftlich normalisieren können oder wollen.

Der Vergleich zwischen unseren Arbeitshäusern und den Konzentrationslagern im ausländischen, nun allgemein gewordenen Sinn, schlägt also, genau besehen, insofern sogar zugunsten dieser aus, als sie sich wenigstens nicht der philantropophagischen Heuchelei schuldig machen, sondern sich ganz brutal und offen zu ihren nackten Sicherheits-, Unterdrückungs- und Vergewaltigungszwecken bekennen.

Indem ich das ein für allemal mit aller gebotenen, schonungslosen Deutlichkeit feststelle, rede ich keinem zu lieb noch zu leid, sondern ich stelle ganz einfach eine Tatsache fest. Ja, ich glaube und hoffe sogar zuversichtlich, gerade durch diese Feststellung eines im Ernste unbestreitbaren Tatbestandes, die Erörterungsgrundlage dazu zu schaffen, diese staats- und gesellschaftswidrigen Einrichtungen zu überwinden, um sie durch zweckmässigere, zielbewusstere und bessere zu ersetzen.

(Aus »Administrativjustiz und Schweizerische Konzentrationslager«)

René Auberjonois *Gefängnisspaziergang*

Jakob Bührer

Die Versammlung

Als vor einem Jahr eine eidgenössische Volksabstimmung ein ganz anderes Resultat ergab, als er erwartet hatte, eine starke Mehrheit sich gegen die bürgerliche Parole ausgesprochen hatte, war Annemargret verblüfft gewesen über Ottos zerknirschten Gesichtsausdruck, den ihm die aus dem Radio tönenden Zahlen aufzwangen. Eigentlich konsterniert aber hatten ihn die Nachrichten von einer Strassenschlacht in Genf. »Zum Teufel, was ist denn eigentlich los?« hatte er ausgerufen und war tagelang in gedrückter Stimmung gewesen. Und nun die Absage des Sohnes, bei deren Beantwortung es sich ergab, dass, was ihm als »heilige Glaubenssätze« galt, zur Phrase wurde, dass ihm darüber im Inneren vielleicht sogar aufging, dass sein Schweizertum zu einem unverantwortlichen Teil auf rhetorischer Überlieferung, leicht veralkoholter Festmeierei und auf Unkenntnis der sozialen und wirtschaftlichen Zustände beruhte.

Nein, die Jungen taten Unrecht, sich über die Alten zu erheben und sie mit einem verächtlichen »Bourgeois« abzutun. Auch sie kämpften zurzeit ihren Kampf. Wirklich? Welchen Anteil hatte denn Annemargret an Ottos patriotischen Sorgen und Nöten genommen? Jene Volksabstimmung hatte ihr keinerlei Kopfzerbrechen gemacht; die Strassenschlacht von Genf, das war schrecklich gewesen. Was weiter?

»Um Gotteswillen«, hatte der Doktor ausgerufen, als sie geäussert, sie hätte Lust, der Frontenversammlung beizuwohnen, »um Gotteswillen, das fehlt noch, dass du dich auch noch von der Politik vergiften lässest!« Erschrocken hatte er sie dabei angesehen. Ehrlich erschrocken. Über was? Dass ihm ein anderer, vielleicht ein letzter Halt entglitte? Zum erstenmal blitzte Annemargret auf, was die Ehe war. Eine Übereinstimmung mit dem bestehenden Staat. Wobei es bei der Frau bei der gefühlsmässigen Übereinstimmung sein Bewenden haben sollte. Warum? Vielleicht darum? Ja, vielleicht darum: weil es unendlich schwierig war, die Tatsachen zu erkennen, schwierig für einen. Und nun gar für zwei! So dass beider verstandesmässige Erkenntnisse übereinstimmten? – Darum einigte man sich in der bürgerlichen Ehe auf einer Gefühlslinie. Aber ist das Kameradschaft? Ist das ...

Durchs geschlossene Fenster kommen ferne Autosignale. Agninia ist vorhin die Treppe hinuntergesprungen. Jetzt ruft sie von unten: »Mutti, sie sind da! Sie sind da!« Sie öffnet das Fenster: »Wer?«

»Die Fröntler!« ruft Agninia und weist nach der Strasse.

Zwei Lastwagen fahren langsam in der Dämmerung durch die vielfach offene Dorfstrasse. Auf den Wagen sieht man Männer. Einer hebt einen Schalltrichter an den Mund und ruft, so dass es bis zum Doktorhaus hinauf verständlich ist:

»Volksgenossen, kommt in den 'Löwen'. Wir zeigen euch den Ausweg aus der Not. Kommt heute abend um acht. Kommt alle.«

Die Wagen rollen weiter, die Rufe wiederholen sich, klingen ferner und ferner.

»Gehst du?« frägt Annemargret.

»Gewiss«, sagt Agninia, »und du?«

»Ich wohl auch«, entschliesst sich Annemargret.

»Gut«, jauchzt Agninia und eilt ins Haus.

Ob das gut ist? frägt sich Annemargret. Morgen wird das ganze Dorf davon sprechen: Die Doktorin war an einer politischen Versammlung. Das ist anders, ist mehr, als wenn Agninia, das junge neugierige Ding, dabei ist. Die Doktorin! – Darin liegt eine bestimmte Summe von Achtung. – Sie ist, das weiss sie, für viele Massstab, Vorbild und Beispiel. Aber gerade darum, just darum! Aber was wird Otto sagen? Was wird es für ihn bedeuten? Das eben muss sie auf sich nehmen.

Als Mutter und Tochter zum »Löwen« hinunter kommen – es ist inzwischen Nacht geworden – drängen sich unter der Bogenlampe unter dem Saaleingang jüngere und ältere Bauern. Einer flüstert: »Die Doktorin!«

Vier, fünf drehen sich um, grüssen und treten zurück.

»Aber nein«, sagt Annemargret, »geht nur.«

Agninia begrüsst den einen und anderen der jungen Burschen mit Vornamen, gibt ihnen lachend die Hand. Mitten unter Männern kommen die Frauen durch den Gang. Das Getuschel geht vor ihnen her: »Die Doktorin kommt auch.« Jetzt sind sie am Saaleingang. Auf beiden Seiten steht je eine Reihe städtisch angezogener junger Männer. Alle tragen dieselben Halsbinden. Sie mustern die Eintretenden scharf. Frau Margrete mustert sie. Bessere Bürgersöhne. Intelligente Gesichter. Sie kennt den Typ von Skifeldern her. Der eine und andere könnte Alois sein. Der Saal, der an die zweihundert Personen fasst, ist schon ziemlich voll. Ausschliesslich Männer, deren Köpfe sich nun alle ihnen zudrehen. Sie kennt das. Das war nicht anders, wenn sie zum Jahresfest des Musikvereins oder des Gemischten Chores gingen, aber dann war Otto gewöhnlich dabei, und es gehörte sich, dass sie kamen. Man hätte es übel vermerkt, wenn sie nicht gekommen wären. Aber jetzt? – Sie wahrte den Schein, als ob es selbstverständlich sei, dass sie auch heute kam.

Die Bauern haben, wie das ihre Gewohnheit ist, zuerst die hintern Plätze besetzt, aus Scheu oder aus Anstand. Die Frauen müssen sich in die drittvorderste Bank setzen. Agninia lotst einen Schulkameraden mit, auf den sie lebhaft einredet, und Annemargret hat nun einige Zeit mit ihrem Umtuch zu tun, das sie sich neu um die Schultern legt, und dann kann sie noch etwas die Haare zurechtstreichen, denn sie ist natürlich ohne Hut gekommen, wie Agninia und wie die Bäuerinnen in Versammlungen gehen, eben an jene Feste. Bis dahin legt sich die Überraschung der Männer.

Auf der Bühne, deren Vorhang zurückgezogen ist, steht ein Stuhl, ein Tisch mit einem Glas Wasser darauf vor der Waldkulisse, vor der vor einem Jahr der Gemischte Chor »Die Braut des Wilderers« gespielt hat. Lieber nicht daran denken!

Lieber an die Geschichte von dem jungen Adler denken. Die war so: Zwei Burschen hatten am Hexenkopf einen jungen Adler aus dem Horst geholt, nachdem ein Jäger die Alten abgeschossen, die plötzlich eines Tages erschienen. Seit Menschengedenken hatte man in Stifflis keine Adler mehr gesehen. Die Burschen hielten den jungen Raubvogel in einem leeren Hühnerhof an einer Kette gefangen. Er sass elend und verschüchtert auf seiner Stange, starrte in die Höhe und duckte sich ununterbrochen zusammen, um zum Fluge anzusetzen, den er doch nicht wagen konnte. Annemargret hatte einem zoologischen Garten geschrieben, aber die wollten ihn nicht; solche in die Gefangenschaft geratene junge Geier gingen in der Regel sehr rasch ein. Annemargret hatte dann den Burschen fünf Franken angeboten, wenn sie den Vogel töteten. Sie hatten angenommen und ihr den Kopf gebracht. –

Ja, so unerträglich, wie der Anblick des angeketteten jungen Geiers, waren die Theateraufführungen in Stifflis. Ein höchstes Wollen und ein absolutes Nichtkönnen. Darüber lachen? Weinen kam einen an. Jedesmal war sie aus solchen Veranstaltungen unsäglich niedergedrückt nach Hause gekommen. Nie stand die geistige Dorfarmut so eindringlich vor einem, als bei derart jämmerlich danebengreifenden Versuchen, die um so erschütternder waren, als sie immer zur »vollsten Zufriedenheit der Darsteller und des Publikums« ausfielen. Das bestätigte auch jeweils das Bezirksblättchen. – Wie ganz anders wurde diesem selben Verlangen nach künstlerischem Ausdruck Erfüllung, wenn Mädchen oder Mädchen und Burschen zusammen waren und frei zu ihrer Freude sangen. Mit welch erstaunlicher Sicherheit, ohne es eigentlich gelernt zu haben, aus ursprünglicher Musikalität heraus, fanden sie die zweite und dritte Stimme und schufen ein einfaches Tonwerk, das von einem beglückenden Gefühlsreichtum zeugte.

Plötzlich schmettert von hinten ein Ruf durch den nun dicht gefüllten Saal: »Harus!«

Alle fahren herum. Die jungen Männer, die in zwei Reihen am Eingang stehen, haben die Arme schief nach aufwärts gestellt. Zwischen ihnen hindurch schreitet rasch und schneidig eine gut gewachsene Gestalt. Im Saale lachen einige verhalten. Die Mehrzahl sieht interessiert zu. Über einen Stuhl steigt der so energisch Ausschreitende auf die Bühne. Die ihn begrüssten, kommen hinter ihm her, stellen sich vor der Bühne auf, Gesicht gegen das Publikum. In regelmässigen Abständen stehen auch an den Seiten und der Hinterwand Fremde, Posten gewissermassen. Ein frösteliges Gefühl geht durch den Saal. Annemargret sieht sich die En face-Stehenden noch einmal an. Einen nach dem andern. Ihr will scheinen, ihr erster Eindruck sei zu günstig gewesen. Gewiss, die Aufgewecktheit des jungen Stadtmenschen ist in fast allen Gesichtern, aber kaum mehr. Kann sein, dass sie jetzt, da sie der Masse gegenüberstehen müssen, die Maske blasierter Strammheit und Kraft aufgesetzt haben. Aber just, das dürften sie nicht tun, stösst ab. Annemargret scheint, der Grundirrtum dieser Leute liege schon offen am Tage: Man täuscht Zucht und Kraft vor, wo Einsicht, Erkenntnis und Güte vonnöten ist.

»Volksgenossen«, beginnt der Mann da oben seine Rede, viel zu laut für den niederen, übervollen Saal, »ihr seid mit mir einverstanden – ich weiss –, wenn ich sage: so kann es nicht weitergehen in Helvetien.« – Mit diesem Alarmruf hat er sich Stille und Aufmerksamkeit erzwungen. Etwas weniger laut fährt er fort: die Menschheit befände sich in einer ungeheuren Umwälzung, wie sie die Erde nie gesehen. Es sei nicht zuviel gesagt, wenn man behaupte, Gott und der Teufel seien in dieser Stunde im End-Ausschwinget begriffen. Bei diesem grossen Hosenlupf komme es darauf an, ob der krasse Materialismus, der gemeine Neid, die Zerstörung, mit einem Wort Moskau, den Sieg davontrage oder aber der Geist, der unsere Väter allzeit beseelt und unser liebes Vaterland geschaffen habe. Ja, nichts mehr und nichts weniger stehe auf dem Spiel, als Untergang in einem internationalen Sklavenstaat, wie ihn das Sowjetreich so herrlich verwirklicht habe, oder aber die Unabhängigkeit und Freiheit des Vaterlandes, dessen Boden mit dem Blute seiner Helden gedüngt sei. Das sei die Frage, vor der wir heute stünden: Ist Winkelried umsonst in den Tod gegangen? – Kein Denkfähiger könne sich darüber täuschen. Der Marxismus, der heute so sehr um die Gunst der Bauern werbe in der Schweiz, wolle dem Bauern den Grund und Boden, den er von seinen Vätern ererbt habe, wegnehmen und ihn vom Staate bewirtschaften lassen. Von dem Staate, dessen Unfähigkeit und Unzulänglichkeit heute mit Händen zu greifen sei.

In diesem Tone geht es noch eine Weile fort, und es ist nicht zu verkennen, die grossen, leidenschaftlich ausgestossenen Worte machen Eindruck auf die Bauern.

Aber nun reitet der Redner eine scharfe Attacke auf den Liberalismus, der das beste Volksgut, den Geist der Einfachheit und Treue, vertan und das ganze Trachten der Nation auf rücksichtslosen Gelderwerb umgestellt habe. Die Schuld des Liberalismus sei es, wenn die schweizerische Bauernschaft in einer Zinsknechtschaft schmachte, die schlimmer sei als die Schreckensherrschaft der Gessler und Landenberger. Aber was hätten damals die Bauern der Urschweiz getan? Sie hätten sich an ihre alten Bünde erinnert, hätten die Burgen ihrer Vögte angezündet und seien brüderlich zusammengestanden. Daran hätten wir zu lernen. Die Alten aber seien dazu unfähig, viel zu verkrampft in ihre Dividenden- und Zinsengier, darum seien die Jungen im Lande aufgestanden und ihr Ruf heisse ...

»Harus!« brüllen die jungen Männer vor der Bühne und an den Wänden und schnellen ihre Arme in die Luft.

Die Energie dieses geschickten Aktes durchzuckt die Versammlung.

Jawohl, fährt der Redner fort, »Harus« hätten die alten Schweizer gerufen, wenn Gefahr im Lande war, von Dorf zu Dorf »Harus!« Und unbekümmert um Weib und Kind hätten sie sich zusammengerottet und dem Feind die Stirne geboten, der sie von aussen bedroht hätte. Heute aber stehe der Feind im eigenen Lande. Es sei der internationale Ungeist, den ein jüdischer Wirrkopf, namens Marx, in ein System gebracht habe, das ironischerweise als Wissenschaft ausgegeben werde. Lenin habe es in die Praxis umgesetzt, und das Resultat sei ein Millionenvolk von entrechteten Bauern, denen das Nötigste fehle, die einzige Kuh und das unentbehrlichste Saatgut. Und diesen Verbrechern an der Menschheit, diesen Gottesleugnern liefen die Verführer der braven schweizerischen Arbeiterschaft nach.

Der Redner macht hier eine Pause, etwas verspätet brechen die Männer vor der Bühne in Pfuirufe aus. Gereizter geht der Redner ins Zeug: und diese Kerle wagten es, sich Schweizer zu nennen. Diesmal klappt die Regie: die Pfuirufe kommen prompt verstärkt.

»Volksgenossen«, schreit der Redner und erhebt sich, während er die Faust in die Luft schnellt, auf die Zehen, »es ist zehn Minuten vor zwölf!«

In die Stille hinein sagt ein Bäuerlein, das in der ersten Reihe sitzt: »Was scho? Dä müemer denk' hei!«

Ein dröhnendes Gelächter durchhallt den Saal, in das auch die jungen Männer vor der Bühne hineingerissen werden. Sie begreifen jedoch rasch, dass das nicht geht, beissen die Zähne zusammen; aber es zuckt noch lange um ihre Mundwinkel.

Die Mundartbemerkung hat die ganze Stimmung zerstört. Der Redner schluckt ein paarmal, bekommt ein nervöses Zucken ins linke Auge und donnert dann weiter, ohne auf die Zwischenbemerkung einzugehen. Aber nun scheint in den Bauern das Gefühl zu erwachen, der Mann da oben spricht ihnen was Auswendiggelerntes herunter. Sie lauschen wohl noch, aber sind nicht mehr gepackt. Die Kritik ist erwacht, und trotzdem der Redner wieder heftig auf die Banken, die Wucherer, auf das jüdische Grosskapital und die Freimaurerei, was eine Geheimverbindung von dickbäuchigen Geldlumpen sei, schimpft und noch einmal gegen die Bonzenwirtschaft marxistischer Gewerkschaftsführer ins Zeug geht, wobei seine Trabanten jedes Kraftwort mit »Sehr gut!« und so weiter unterstreichen, bleibt die Stimmung unter den Bauern nüchtern und kühl. – Und als der Redner mit einem, wie er offensichtlich glaubt, flammenden Appell an die Vaterlandsliebe aller Eidgenossen, an die Verbundenheit des Volkes, dessen edelster Teil die Bauernschaft sei, an die Treue zur Armee, als dem Stolz der Nation schliesst, stimmen wohl alle in den von den Trabanten ausgelösten Beifall ein, doch tut keiner den Mund auf, so laut auch jene Bravo rufen.

Jetzt tritt einer aus der Reihe vor der Bühne und schreit: »Bevor wir nun unsere eindrucksvolle Versammlung schliessen ...«

Da schnellt Agninia von ihrem Sitze auf und ruft: »Halt, wir Stiffliser wollen auch ein Wort sagen.«

Einen Augenblick herrscht Totenstille. Da kehrt sich der, der die Rede gehalten hat und sich jetzt den Schweiss wischend vom Publikum abkehrte, der Versammlung wieder zu und erklärt in schneidendem Kommandoton: »Eine Diskussion ist nicht vorgesehen; wir wollen hier keine Schwatzbude auftun.«

»Das haben Sie doch bereits getan!« schreit ihm Agninia entgegen.

»Was sagen Sie?«

»Maulhalten!«

»Abhocken!« so schreien die Trabanten ihr entgegen. Aber nun ist es mit der Gelassenheit der Bauern vorbei. Sie können sich zwar noch nicht fassen, dass eine Frau aufsteht; aber es ist eine Stiffliserin, und sie hat gesagt: Wir Stiffliser wollen auch ein Wort reden. Da hat sie ganz recht.

Aber der auf der Bühne brüllt in grosser Erregung: »Weiber haben überhaupt nichts zu sagen!«

»Sowieso!« fallen die Trabanten ein.

Nun steht auch Annemargret auf. Sie hebt zaghaft die rechte Hand gegen den Redner empor und sagt ruhig und gütig: »Ich glaube nicht, dass Sie sich Sympathie erwerben, wenn Sie die Frauen so behandeln.«

Der Mann auf der Bühne wird verwirrt. Seine gute Erziehung regt sich. Der Anblick der stattlichen Frau bezwingt ihn. Er nimmt die Absätze zusammen und sagt:

»Verzeihung! Aber es ist wirklich nicht vorgesehen und es widerspricht unsern Grundsätzen.«

Da hört man von hinten eine Stimme: »Ich bin der Meinung, dass die Herrschaften, die den Abend veranstalteten, ihre Versammlung ruhig schliessen können, und wir haben nichts dagegen, wenn sie sich veabschieden. Wenn aber noch jemand etwas zu sagen hat, so bleiben wir Stiffliser da.«

»Guet!« und »Jawohl!« ruft man dem Sprechenden zu. Es ist der Gemeindepräsident. Alle haben sich ihm zugekehrt. Annemargret und Agninia sind wieder abgesessen.

Aber derjenige, der aus der Reihe getreten ist, schreit: »Schluss!«

»Schluss! Schluss!« fallen seine Kameraden im Chor ein, und einer, der am äussersten rechten Flügel steht, ein stämmiger Kerl, holt unter seinem Rock ein Schlaginstrument, eine Art eiserner Rute hervor. – Jetzt schnellen ein paar Bauernburschen vor ihm in die Höhe. Flüche, Schimpfworte werden laut. Im Augenblick ist der Saal in tosender Erregung. Da eilt der Gemeindepräsident mit grossen Schritten nach vorn und donnert:

»Ruhe! Friede!«

Jetzt besinnt sich auch der Redner auf der Bühne eines andern. Er schreit:

»Volksgenossen, wenn ihr durchaus wollt, so können wir auch eine Diskussion einschalten. Wir scheuen sie nicht. Ihr werdet es aber nur recht und billig finden, dass wir, die wir die Versammlung veranstalteten, sie auch zu Ende führen. Ich frage also: Wer verlangt das Wort?«

Die Menge hat sich beruhigt. Der Präsident und alle sind wieder abgesessen. Es bleibt stille. Der Mann da oben fährt fort: »Wenn sich also niemand zum Worte meldet . . .«

»Ich«, ruft Agninia und erhebt sich.

»Ihr Name?« frägt der Redner und lächelt verbindlich.

»Agninia Bartoldy.«

»Sehr angenehm!« verbeugt sich der Mann auf dem Podium. »Es mag uns und namentlich unsere bäuerlichen Volksgenossen«, fährt er mit auserwählter Höflichkeit fort, »sehr interessieren, zu vernehmen, was eine so junge, elegante Dame zu unserm Thema 'Der Ausweg aus der Bauernnot' zu sagen hat.« Er lächelt verbindlich, und seine Mannen, die begriffen haben, lächeln ebenfalls. »Wollen Sie sich hier heraufbemühen, Fräulein Bartoldy?«

»Ja«, sagt Agninia ruhig und geht durch die Bankreihe. Aller Augen hängen an ihr, voller Erwartung, Befürchtung und Spannung. Tollkühn von der Jungen, vor den Männern sprechen und auf die Bühne zu gehen.

Galant hilft ihr einer der Männer vorn. Auch der auf der Bühne streckt ihr die Hand entgegen. Aber Agninia übersieht sie und steht schon oben, stellt sich vor den Tisch und beginnt ohne weiteres und ohne Anrede:

»Zu dem Thema 'Der Ausweg aus der Bauernnot' ist, soviel ich gehört habe, bisher nichts gesprochen worden.«

»Ganz recht«, sagt der Präsident. Sofort murmeln einige »Jawohl«.

Agninia fährt fort: »Es war von Schäden und Missständen die Rede. Wer kennt sie nicht? – Was ich sagen möchte, ist dies: Es gibt heute Maschinen, mit denen man das Korn nicht nur mähen, sondern gleich auf dem Felde dreschen und in Säcke abfüllen kann.«

Die Männer machen erstaunte, verblüffte Gesichter. Sie haben offenbar etwas ganz anderes erwartet. Aber die nüchternen, ruhigen Worte der jungen Frau stehen in einem so scharfen Gegensatz zu den Tiraden des Redners, dass sie irgendwie angenehm berührt sind.

Agninia fährt ebenso ruhig, wie sie begonnen hat, fort: »Was bedeutet diese Maschine? Sie bedeutet, dass der Bauer nicht mehr dreschen muss. Dass ihm eine schwere Arbeit abgenommen ist. Ist das gut? Ich sage, das ist sehr gut. Nimmt aber die Maschine dem Bauern die Arbeit ab, dann hört der Bauer auf, ein Bauer zu sein. Ich frage euch: Ist das gut? Ich meine, das ist sehr gut.«

»Oho«, bemerkt der Redner vom Tag, der sich am oberen Ende des Tisches gesetzt hat.

Agninia dreht sich dem Redner zu. »Sie rufen 'Oho'? – Wissen Sie, was es heisst, ein Bauer zu sein? Sie priesen soeben den Bauernstand als den edelsten Teil des Volkes. Aber wer von Ihnen, meine Herren, ist bereit, ein Bauer zu werden?«

»Bravo, sehr guet!« ruft man ihr aus der Versammlung zu.

»Wie viele aber von euch Stifflisern«, wendet sich Agninia an die Versammlung, »sind bereit, eine andere Beschäftigung zu ergreifen, sobald sie euch ein besseres Auskommen ermöglicht? Ich meine, so wie ich euch kenne, sehr viele.«

»Sicher. Gewiss«, murmelt's unten.

»Nun aber gibt's keine solche Beschäftigung«, fährt Agninia fort, »weder hier in Stifflis noch unten im Lande. Ihr wisst, wie viele arbeitslos sind. Auch euere Verwandten, euere Brüder und Schwäger, die im Unterland in Fabriken gingen, sind arbeitslos. Und warum? Leider hat man davon nicht gesprochen. Ich habe den Mähdrescher erwähnt. Er leistet die Arbeit von 350 Menschen, aber er beschäftigt nur 30. Also brauchen 320 nicht mehr zu arbeiten. So ist es mit vielen Maschinen. Nun frage ich euch: Ist das von Übel? Ist es von Übel, wenn die Maschine dem Menschen die schwere Arbeit abnimmt? Ich meine, das ist von Gutem. Denn des Kornes, der Güter, deren der Mensch bedarf, sind ja nicht weniger geworden. Aber nun hat man jene wunderbaren Maschinen in Betrieb gesetzt und sonst alles beim alten belassen. – Denkt daran, wie wir in Stifflis das Wasser in die Häuser hinein nahmen. Was haben wir da gemacht? Wir haben Wasserhahnen an die Rohre getan. Wir haben es so eingerichtet, dass wir so viel Wasser herauslassen können, als wir brauchen, und haben verhütet, dass uns das Wasser die Küchen und Ställe überschwemmt.

Nun sagt ihr, wir haben auch die Hahnen zugemacht, als sie draussen die Mähdrescher in Betrieb nahmen. Wir haben unsere Grenzen geschlossen mit Schutzzöllen und haben das billige Korn, das billige Brot nicht hereingelassen. Aber was sagen unsere Verwandten, unsere Brüder und Schwäger im Unterland dazu? Werden sie nicht sagen: Ihr habt uns bei euch nicht ernähren können; wir gingen ins Tal, in die Fabriken, aber es geht uns nicht gut, und draussen vor den Grenzen läge billiges Brot. Freilich, wenn wir es hereinlassen, dann leidet ihr Bauern darunter. Aber warum macht ihr es nicht wie jene; warum versehet ihr euch nicht mit Maschinen, die euch so leistungsfähig machen, wie es die andern sind? Was sollen wir ihnen darauf antworten? – Werden wir ausrufen: Auf unseren höckerigen Bergen können wir doch keine Mähdrescher gebrauchen?

Ihr lieben Stiffliser, es kommt euch wohl ein wenig absonderlich vor, wenn ich euch sage, dass ich in der Fremde viel über solche Dinge nachgedacht habe. Es geht aber, und da hat der Herr hier ja schon recht, drunter und drüber in der Welt, und wir Jungen schreien: Hallo, passt auf, dass wir nicht erdrückt werden. Aber von was erdrückt? Da muss man gut zusehen, klar sehen, mein Herr, nicht Nebel machen. Werden wir etwa erdrückt von dem Mähdrescher? Dem könnte wohl so sein, dass wir der tauglicheren Maschine, der besseren Einrichtung erliegen. Ist das aber gerecht? Ja, meine Stiffliser, wir müssen sagen: Es ist gerecht, dass der Taugliche über den Untauglichen siegt. Wer wird bestehen vor der Ewigkeit, derjenige, der billiges Brot liefert, oder derjenige, der teueres Brot liefert und das billige nicht herein lässt? –

Ihr seht, es ist eine gar ernste Frage, die uns da gestellt ist, und als ich sie erkannt hatte, ist mir Himmelangst geworden um Stifflis. Was können wir denn nur tun, habe ich mich gefragt, was können wir tun? Und einmal an einem Nachmittag, als ich in meinem Stübchen in London sass, ich hatte gerade ein wenig Heimweh und war müde, da ist mir etwas ganz Merkwürdiges passiert. Aber ich weiss nicht, ob ich euch das erzählen darf.«

Agninia macht eine Pause und sieht lächelnd in die Versammlung.

»Aber ja«, rufen einige.

Und von hinten schreit einer: »Erzähle, Agninia!«

Agninia wendet sich lustig an jenen: »Schön, Hans, aber früher habe ich nur erzählt, wenn du vorher auf den Kopf standest.«

Gelächter.

»Ihr werdet«, fährt Agninia heiter fort, »alle auf den Kopf stehen, wenn ich euch erzähle, was mir damals begegnet ist. Ich sitze also da am Tisch und starre vor mich hin auf den Kalender, der vor mir steht. Plötzlich sehe ich genauer zu und lese '15. Juli 1953'. Ich wische mir über die Augen. Es geht nicht weg: 15. Juli 1953. Dabei hatten wir den 24. November 1933. Bevor ich aber darüber nachdenken kann, pocht's an die Türe. Wer steht da? Doch das will ich euch jetzt nicht verraten. Einer von euch ist's. Und jetzt sitzt er da unten mitten unter euch. 'Agninia', ruft er, 'komm wir fliegen heim.' Und dann sitz ich in einem Flugzeug; er am Steuer. Schon zieht unter uns der Kanal, Frankreich weg, tauchen die Berge auf, schon erkenn ich da unten unser altes liebes Kirchlein. Mein Freund stellt den Motor ab. 'Aber nein', schrei ich, 'das ist doch nicht Stifflis!' Er lacht nur; wir ziehen zwei Kurven und schon setzen wir auf einem zementierten Viereck auf. Ich steige aus dem Apparat, renne an ein Geländer. Wahrhaftig, es ist doch Stifflis, die Tête noire, das Kirchlein ... Aber sonst ... ja, wenn ich euch das jetzt beschreiben könnte. Der ganze Hang vom Kirchenrain bis hinüber zum Bärwald, unsere ganze schöne grosse Sonnenhalde, die bisher nur Wiese war, aufgeteilt in Terrassen, eine über der anderen, jede Terrasse wieder aufgeteilt in Beete, viele Gewächshäuser, Schutzfenster, die in der Sonne glitzern. 'Du, was ist das?' packe ich meinen Freund am Arm. Er lacht: 'Ja, was ist das? Unsere Gemüse, Blumen und Beerenkulturen sind das. – War denn nicht unsere Sonnhalde ein Wärmekessel, darin man schon immer in den Sommermonaten verdursten wollte? – Sieh dort am Sturibach das Mäuerlein, da geht die Bewässerungsanlage ab, und dort gleich daneben »Im Loch« das Haus, das ist das Elektrizitätswerk, das gibt uns den Strom für die Bodenbeheizung und die Wärme für die Gewächshäuser.' – 'Du', sag ich, 'binde mir keine Bären auf.' Aber er lacht nur, weist nach dem Brühl hinüber und frägt: 'Weisst du, was das ist?' 'Das', sag ich und glotze auf einen riesigen, viereckigen Kasten, so gross (sie zeichnet's mit den Händen), 'ein Grandhotel.' – Jetzt hättet ihr euern Stiffliser hören sollen, wie der mich ausgelacht hat: 'Grandhotel, unser Viehstall ist das!' Und es war so, ihr Leute, es war so. Er hat mich dann nachher hineingeführt. Der Stall waren blitzsaubere Säle, mit viel Licht. Nur wenig Vieh war da, weil alles auf den Alpen sei. Aber was für Vieh, ihr Stiffliser, ihr hättet Wasser in die Augen bekommen vor Freude. Prämiiert werde schon lange nicht mehr, da nur und selbstverständlich das Allerbeste aufgezogen würde. Und die Maschinen hättet ihr sehen sollen! Melkapparate, Viehputzmaschinen, Düngersammler, Wischmaschinen. Hinter den Ställen die Butterräume, Käseräume! Laboratorien, das waren Laboratorien! – Von diesem Gebäude weg aber liefen Aufzüge in die Vorderalp, in die Oberalp, ins Tal hinunter. 'Wie anders', sagte mein Stiffliser, 'wie anders nützen wir jetzt die Alpen, die oberen Triften aus, als noch in unserer Schulzeit. Und auch den Wald! Herrgott, wieviel Holz ist doch damals noch verfault, ehe wir die Aufzüge hatten, und was war das für eine Schinderei! Jetzt ist der Transport so billig geworden, dass wir Holz als Betriebsstoff für Autos liefern können.' –

Ihr begreift wohl, dass mir das ein wenig die Sprache verschlug. Als ich mich aber umwandte, war unser Flugzeug verschwunden. Eben sah ich, wie es in eine Halle rollte, wo noch zwei andere Flugzeuge standen. 'Ja, was denkst du', erklärte mein Stiffliser, 'warum ich nach London flog, bloss um dich abzuholen? Frische Butter, Beeren und Blumen habe ich hinübergebracht. Ganz frische Alpenbutter, o die Londoner schätzen sie. Aber jetzt komm.« Wir traten in einen Lift. Sausten ein paar Meter hinunter. – Mein Freund tat eine Türe auf: eine allerliebste Stube war da mit grossen Fenstern und der herrlichen Aussicht auf unsere Heimat. »Da wohne ich', sagte er, und er liess mich einen Blick tun in ein Schlafzimmer, ein Kinderzimmer, in seine 'Studierstube', wie er sagte. Alles war sehr einfach, aber sehr praktisch, ein entzückendes Heim für tüchtige, vernünftige Menschen. 'Aber beeil dich', sagte er, 'ich muss mich in der Verwaltung melden.' Wir sausten wieder im Lift hinunter, viele Stockwerke. 'Hier in diesem Bau wohnen wir jetzt', erklärte er. – 'Wer?' frug ich. 'Nun wer', entfuhr es ihm lustig, 'wir Stiffliser alle, mit Ausnahme der wenigen Querköpfe, die sich uns immer noch nicht angeschlossen haben.' 'So schön und gesund und fein wohnt ihr jetzt?' schrie ich auf. 'Aber ja doch', machte er nur und liess mich in einen grossen, weiten Raum eintreten: 'Und das ist unser Festsaal, unser Bibliothek- und Studierraum.' 'Aber geh doch', lachte ich ihm ins Gesicht, 'seid ihr Stiffliser denn keine Bergbauern mehr?' Aber da hättet ihr sehen sollen, wie er zornig wurde. 'Was heisst Bergbauer', schrie er mich an, 'gehörst du auch noch zu denen, die da meinen, Bergbauer sein, heisse, hinterm Mond daheim sein,

Kampfkongreß der Basler Arbeiterschaft gegen Faschismus!

Montag, 12. Dezember abends punkt 7 Uhr im Rest. zum Amerbach Hammerstraße

Der Arbeitsausschuß gegen Faschismus ruft die Basler Arbeiterschaft zum Kampfaufmarsch.

Arbeiter, hinein in die einheitliche geschlossene Front gegen Faschismus! In die Front gegen Lohnabbau, gegen Zuchthausgesetze, gegen die Reaktion! In die Front gegen den Verrat der sozialdemokratischen Führer!

Die Delegierten der Betriebe, die Kampfausschüsse werden sprechen. Die Stimme der Arbeiterklasse muß sich jetzt entschlossen erheben.

Die Fragen stehen scharf!

Was will die Reaktion? Was zeigt Genf? Was zeigen die Verhaftungen Hunderte von Arbeitern, von Soldaten?

Was zeigen die Massenverurteilungen, Kantons- und Landesverweise usw., die Demonstrationsverbote?

Sie zeigen:

Sammlung aller Kräfte der schweizerischen Reaktion zum entscheidenden Schlag gegen die schweizerische Arbeiterklasse. Sammeln der Kräfte mit der Unterstützung der arbeitertäuschenden sozialdemokratischen Führer, die unter Deckung linker Manöver als Ausübende faschistischer Organe der Reaktion die Arbeiter niederknüppeln und zugleich ihre Mitglieder an der Schließung der Einheitsfront mit allen Arbeitern zum Teil durch Zwangsmethoden (Unterstützungsentzug, Denunziationen usw.) zu hindern versuchen. Denkt an den Monteurenstreik und den 15. Juni in Zürich, denkt an die Sabotage des Generalstreikes in Genf durch die reformistischen Gewerkschaftsführer, durch die sozialdemokratischen Führer. Denkt an die Verurteilung von Arbeiterdemonstranten in Basel durch den sozialdemokratischen Gerichtspräsidenten.

Die Frage steht wirklich scharf für die gesamte schweizerische Arbeiterklasse. Steht sie anders in Basel?

Ist euch nicht allen die Provokation, die Niederknüppelung der Arbeiter auf der Klaramatte in voller Erinnerung? Steht nicht das Richtbeil verschärfter Zuchthaus- und Terrorgesetze über der Basler Arbeiterschaft, um sie zu knebeln und niederzuschlagen? Ist nicht Genf ein Signal, daß wir entschlossener handeln müssen? Scharf steht die Frage der Kampffront für die gesamte baslerische Arbeiterschaft, gleich welcher politischen Richtung und Gewerkschaftszugehörigkeit.

Diese Frage muß von uns allen Arbeitern ernst geprüft werden. Die Stunde ruft zur entschlossenen Sammlung. Dieser gilt der erste Kampfkongreß gegen Reaktion und Faschismus, die ungeheure Lohnabbauoffensive der schweizerischen Bourgeoisie.

An dem ersten Kampfkongreß gegen Faschismus muß besprochen werden: die kämpfende Einheitsfront als Waffe gegen die Reaktion, das einheitlich geschmiedete Kampfschwert gegen Faschismus und Lohnraub.

11 Betriebe und eine Reihe von proletarischen Organisationen haben bereits Kampfausschüsse gewählt. Sie richten den Appell an alle Arbeiter: mit uns hinein in die feste Einheitsfront! Sie sagen allen Arbeitern: hört den Alarmruf der Stunde!

An dem Kongreß werden zu uns sprechen: Arbeiter von Genf, Delegationen aus den Betrieben.

Es werden Beschlüsse von Bedeutung gefaßt und Entscheidungen der weiteren Vorbereitungen der Kampfmaßnahmen und deren rasche Durchführung getroffen.

Unsere Maßnahme muß sein: Schutz der Arbeiterschaft gegen die Arbeiter mordende Reaktion, die Militärkamarilla, gegen Lohnabbau. Entschiedener Einsatz für die eingekerkerten, zur Verurteilung kommenden Soldaten und die Hunderte von weitern eingesperrten Arbeitern. Eine feste Mauer muß die Einheitsfront gegen Reaktion und Faschismus werden.

Das entschlossene Gesicht der gesamten Arbeiterklasse der Reaktion entgegen!

Dafür wählt überall in euren Betrieben, in Versammlungen entschlossene Delegierte, Kampfausschüsse. Bezeugt eure Verbundenheit mit dem ersten Kampfkongreß der Basler Arbeiterschaft und bezeugt eure Verbundenheit und Willen durch eure organisierende Anteilnahme am

Montag, 12. Dezember, abends punkt 7 Uhr, im Rest. zum Amerbach

Arbeiter, aufmarschiert alle zum Kampf gegen Faschismus und Lohnabbau!

Kampfausschüsse der Betriebe u. Organisationen der Basler Arbeiterschaft gegen Faschismus.

Clément Moreau *Flugblatt 1932*

heisse verkommen in der Enge der Gebirge! Hat ein Bergbauer keinen Verstand, keinen Geist, keine Seele? Glaubst du, wir hätten den Ruf nicht vernommen, der damals durch die Welt brauste vor mehr denn zwei Jahrzehnten (Agninia schreit es in den Saal): Niemand kann euch helfen, wenn ihr euch nicht selber helft! Niemand euch aus eurer Armut erlösen als ihr selber! Darum stehet zusammen! Höret auf, selbstsüchtige Kleinbäuerlein zu sein, die mit Teufelsgewalt Herren auf ihrem Boden sein wollen und doch nur die armseligen Knechte der Geldgeber und der Banken und ihrer eigenen Armut sind! Werdet die Mitarbeiter an euerem eigenen allgemeinen Besitz, den ihr gemeinsam nach den besten Kenntnissen und mit den tauglichsten Apparaten verwaltet und bewirtschaftet! Auf diesen Ruf haben die Stiffliser gehört, und wir taten uns zusammen zu einer Gemeinschaft, und bald sahen wir mit Augen, griffen es mit Händen, dass unser Stifflis, unser Berghang, unsere Alpen und Wälder viel, viel reicher waren, als wir jemals ahnten.' So schrie dieser Stiffliser, der da mitten unter euch sitzt, mir zu und seine Augen waren voll Glanz.«

Damit tritt Agninia an die Rampe und schwingt sich in den Saal.

Es bleibt ganz still, keine Hand regt sich. Agninia hat die letzten Sätze in tiefer Ergriffenheit gesprochen. Diese Ergriffenheit zittert in der Versammlung nach. Noch ehe sich die Leute erholt haben und auf den vielleicht schuldigen Beifall sich besinnen können, erhebt sich der Frontist, der die Versammlung leitet, und ruft:

»Volksgenossen, ich meine, die Ausführungen der Dame, die soeben gesprochen hat, kann man mit einem Wort charakterisieren und damit auch erledigen mit dem Wort: Märchen!«

»Sehr gut«, rufen einige seiner Trabanten.

Da schreit eine Frauenstimme aus der hintersten Ecke: »Halt doch den Mund! Das war doch so schön!«

Wieder fahren alle herum. »Die Maron! – Die Maron!« zischelt's erst erstaunt, dann erregt und ein wenig empört durch die Reihen.

»Ich möchte auch«, fährt der Redner, Lisas Zwischenruf übergehend fort, »nicht unerwähnt lassen, dass ich die Rednerin im Verdacht habe, sie sei – jawohl, Volksgenossen – eine verkappte Kommunistin.«

»Sehr richtig«, schreien Frontisten. Gelächter und Widerspruch erhebt sich im Saal.

»Jawohl«, überschreit der Frontist, »kann sein, dass es die junge Dame selber nicht weiss, aber was sie euch da predigt, ist Bolschewismus.«

Nun ruft der, den Agninia mit »Hans« anredete: »Wenn das Bolschewismus ist, dann her damit.«

Einige rufen »Bravo!« und »Ganz recht!«

»Ich möchte jedoch«, ertönt es von der Bühne herab, »auf die Sache nicht weiter eingehen; sie erscheint mir zu belanglos und zu phantastisch, und da sich niemand mehr zum Worte meldet, schliesse ich die Versammlung. Wir singen das Vaterlandslied.«

Sofort stimmen die vorn an der Bühne an und winken, dass die Versammlung sich erhebe. Es geschieht langsam, und die meisten singen mit.

Nach der zweiten Strophe schreit der Mann auf der Bühne:

»Volksgenossen, erwachet!«

»Harus!« fallen seine Mannen ein, während der Redner von der Bühne herunter kommt und mit seinen Leuten rasch dem Ausgang zuschreitet.

(Aus dem Roman »Sturm über Stifflis«)

Kurt Guggenheim

Bundesfeier

Bieli kam aus der Tiefe des Waldes und ging dem Fenster zu, das sich zwischen den Stämmen der Buchen, über den Wänden des Steinbruchs, auf den See öffnete. Unter seinen Schritten begann das Moos dünner zu werden, denn darunter lag schon der nackte Kalkfels, der sanft zu einer Brüstung anstieg. Das Laubdach der Bäume hing weit über den Abgrund hinaus. Bieli stieg bis an den äussersten Rand empor, legte sich nieder und blickte in die Tiefe. Unter ihm wölbte sich der graue Fels vor und verdeckte das Ufer. Der Schatten des Buchbergs lag noch über dem See, an seiner weichenden Grenze zitterte der Goldstaub des Morgens.

Jenseits, am anderen Ufer, öffneten sich, eines nach dem anderen, die Giebelfenster an den Häusern von Schmerikon, und die schweren rotweissen Flaggen rollten über die breiten Fassaden herab. Die Ledischiffe waren am Ausfahren; in kurzen Abständen glitten sie hinter dem Uferdamm hervor, beschrieben einen weiten Bogen in den See hinaus und wandten sich westwärts, Zürich zu. Sie zogen in einer lockeren Linie über das blassblaue Wasser davon, der »Buchberg«, der »Saturn«, das »Margritli«, die »Möve«. Bei allen flatterte die Schweizerfahne im Heck und an der Spitze das grüne Feld der St.gallischen. Dann kam die Flotte der grauen Motorboote; strahlenförmig trennten sie sich an der Hafeneinfahrt und schossen, Gischt am Bug, den Steinbrüchen zu, der Wurmsbacher Werft, dem Bagger im Binnensee. Alle hatten eine wehende Fahne am Heck.

Das Echo der Böllerschüsse von Bolligen rollte über den See, die von Eschenbach und St.Gallenkappel antworteten, und in den Pausen hörte Bieli die Glocken von Uznach, die von Gommiswald und das Bimmeln der Kapellen von Sankt Dionys und Sankt Anna.

Er zog den kleinen Leinensack, den er neben sich mit dem Beil niedergelegt hatte, heran und begann die Petarden auszupacken, zwölf an der Zahl. Er legte sie behutsam, eine neben der andern, auf die Felsenbrüstung, und dann steckte er sorgfältig seinen Stumpen in Brand.

Nach dem ersten Kanonenschlag wartete er, bis der Widerhall unter dem Dom der Buchen verrollt war. Die zweite Petarde warf er in den Kessel des Steinbruchs hinab. Der Knall war so gewaltig, dass zwischen dem Erlengestrüpp kleines Gestein seewärts rollte und die beiden Schwäne unten in der Bucht aufrauschend zu fliehen begannen.

Die zehn verbleibenden Petarden legte er schön ausgerichtet nebeneinander, verband sie mit einer Zündschnur, und durch den zarten Morgen ging es minutenlang mit Donner und Blitzen wie ein Gewitter hernieder. Als es verklungen war, kam noch lange nachher vom Bachtel herüber und aus den Bergen des Oberlandes das dröhnende Echo, die Buchen zitterten, und ein blaues Räuchlein zog unschuldig seeabwärts. An den Ufermauern von Schmerikon hatten sich die Leute angesammelt und schauten herüber. »Der erste August hat angefangen!« schrie auf dem »Saturn« Stilli zu Lorenz zurück, der unbewegten Gesichts in seiner Kabine hinter dem Steuerrad sass. Der Schiffsknecht stand mit nacktem Oberkörper in der Sonne, neben der Gallusfahne, und schwenkte sein Hemd.

Als Bieli auf der Kuppe des Buchberges aus dem Walde trat, stand die Sonne so hoch, dass der rote Granitblock in der Mitte der Matte keinen Schatten mehr warf. In der blauen Stille des Himmels kreisten drei Weihe, die Grillen zirpten; über den silbernen Körbchen der Disteln gaukelten die Schmetterlinge, auf dem Becken des Seetals flimmerte hyazinthenblau die Luft.

Bieli stellte die Axt nieder, zog den Rock aus, legte den Hut darauf. Dann ging er an den Waldrand hinab. Schwere buchene Wurzelstöcke lagen dort zu einem Wall aufgeschichtet. Er lud einen davon auf die Schultern, trug ihn über die Matte und legte ihn am Fusse des roten Felsens nieder. Dann ging er zurück, holte den zweiten und setzte ihn neben den andern. Dann ging er zurück und holte den dritten. Es waren jedesmal fünfzig Schritte. Die Stöcke waren schwer und ungebärdig, mit scharfen Kanten dort, wo die Axthiebe die Wurzeln durchhauen hatten. Vom zehnten an musste er den Steinblock ersteigen, um sie beigen zu können. Es war Mittag. Sein weisses Haar knisterte unter der brennenden Sonne wie die Körbchen der Stilberdisteln. Auf seinem Rücken schlug der Schweiss durch das Hemd. Manchmal hielt er ein bisschen Rast. Weissgekleidete Mädchen schritten über den Dorfplatz von Schmerikon, zwei Segelboote kamen den See herauf.

Als von der Spinnerei in Uznaberg die Zwei-Uhr-Sirene langgezogen über den See heulte, waren alle zweiunddreissig Wurzelstöcke an der Flanke des Granitblocks aufgeschichtet. Es war ein grosser Haufen, zwei Mann hoch und vom Umfang eines kleinen Hauses.

Bieli nahm die Axt auf, legte den Rock über den Arm, stülpte den Hut auf und ging quer über die Matte dem jenseitigen Waldrand zu. Er schritt lautlos auf dem Teppich dürrer Nadeln im kühlen Dämmer zwischen den Stämmen dahin, bis es aufhellte und das Moos unter den schräg einfallenden Sonnenstrahlen wieder zu leuchten begann.

Tuggen lag unter ihm. Vom Kirchturm herab fiel die rote Schwyzerflagge, dahinter dehnte sich endlos und gelb im Glast das Ried; die violetten Schleier des blühenden Schilfs schwebten darüber. Auf dem Bohrturm flatterte eine Fahne.

Sechs dürre Tannen lagen am Waldrand, mit allen ihren Ästen. Bieli legte den Rock, das Beil und den Hut zur Erde und zerrte die grösste von ihnen auf die Wiese hinaus, einem tiefen Loch zu. Er stellte sie auf, versenkte sie in den Boden, festigte sie mit Ackersteinen. Dann schleppte er die andern Tannen herbei und lehnte sie im Kreise herum daran. Als er fertig war, glich das Ganze einem riesigen Zelt. Es warf einen grossen Schatten. Es wurde Abend.

Er nahm seinen Rock auf, das Beil und den Hut und ging davon. Er wanderte dem Grat des Buchberges entlang, ostwärts, eine Stunde im Wald. Er ass Brot im Gehen.

Die Grynauer Lichtung lag schon ganz im blauen Schatten, jenseits der Ebene glühten die Häuser von Uznach in der Abendsonne, eisblau kam die Linth aus der gelben Wildnis des Rieds. Vier Pferde zogen ein beflaggtes Heuschiff den Strom hinauf.

Als die Dämmerung hereinbrach, hatte er mitten auf der Wiese aus zwei Klaftern Buchenholz einen turmhohen Scheiterhaufen geschichtet.

Er legte sich im Gras nieder. In den Ohren summte sein Blut, so müde war er. Die Augen fielen ihm sogleich zu.

So fand ihn Marie liegen, als sie aus dem Walde trat. Sie blickte auf den Scheiterhaufen und verstand. Sie setzte sich leise ins Gras, zog die Beine an, schlang ihre Arme darum und schaute auf ihn hinab. Ein schlichter Wind strich über die Wiese; es war ganz still.

Ein warmer Dunst von Schweiss und Körperlichkeit entströmte dem schlafenden Mann, ein scharfer, bitterer Geruch, wie aus der Nähe eines Pferdes. Er lag auf dem rechten Arm, die Ärmel seines Hemdes waren bis zur Achselhöhle zurückgekrempelt, unter seinem Atem zitterten die Grashalme, im Ausschnitt seines Hemdes hoben und senkten sich die weissen Haarbüschel seiner Brust, über seinen leblosen Schuhen kreiste eine Fliege. Wie eine dünne Maske lag die braune Haut auf einem Antlitz, das sonst nicht zu sehen war.

Marie schaute ihn lange aufmerksam an, als sähe sie ihn zum erstenmal. Sie wusste nicht, dass dieser Blick eine Erbschaft ihrer Mutter war. Im Schlafe, so auf dem Boden hingesunken, wurde seine ganze, einfache Armut in stiller Weise offenbar. Ein seltsames Mal, stand der Scheiterhaufen neben ihm, das mühsame und törichte Werk seiner Hände.

Über die Wipfel des Waldes kam die Dämmerung herein und erreichte Marie wie eine Botschaft. Es tat ihr etwas weh, aber es gab keinen Namen dafür.

»Was machst du da, Marieli?« fragte Bieli und setzte sich auf.

»Ich habe gedacht, Sie seien hier, am ersten August«, sagte Marie.

Er erhob sich, zog seinen Rock an und sagte:

»Sowieso. Ist etwas los?« Sein Schattenriss mit dem abenteuerlich verkrempelten Hut hob sich vom blassen Abendhimmel ab.

»Der Gemeindepräsident hat nach Ihnen gefragt.«

Sie hatte ihr Gesicht zu ihm aufgewendet und schaute ihn auf eine sonderbare Weise an.

Er nahm sein Leinensäckchen und das Beil vom Boden. »Der soll warten bis morgen«, sagte er. »Geht ihr tanzen?«

»Nein, wir wollen die Höhenfeuer vom See aus sehen.«

Er stand noch einen Augenblick bewegungslos, dann wandte er sich zum Gehen. »Und ich geh sie anzünden.«

Nach ein paar Schritten – schon war er nur noch ein Schatten auf der Wiese – stand er still, und sie hörte ihn sagen:

»Musst keine Angst um mich haben, Marieli.«

Der Jupiter flimmerte bereits über dem Aubrig, als Bieli wieder auf der Kuppe des Buchberges anlangte. Um das blaue Rund der Wiese stand dunkel und schweigsam der Wald. Die Grillen zirpten noch unaufhörlich.

Tief unten im Schwarz glitzerten die bunten Lichter auf den Fenstergesimsen der Häuser von Schmerikon. Die Ledischiffe waren eingefahren und lagen aufgereiht und nebeneinander vertäut im Lichte der grossen Bogenlampen. Auf dem Dorfplatz blitzten die vergoldeten Bleche der Blasinstrumente. Zwischen den Uferplatanen hingen die roten Girlanden der Papierlaternen und spiegelten sich im dunklen Wasser.

In der Tiefe des westlichen Himmels verwehte der letzte Lichtschleier. In grosser Stille wellte ein blaues, unirdisches Land bis an den fernen Kraterrand der Horizonte, über denen die Sterne glitzerten.

Als auf dem Bachtel und am Schwarzenberg die ersten Höhenfeuer aufflammten, kniete auch Bieli am Fusse seines Brandmals nieder und streute das Pulver unter die Wurzelstöcke. Rauschend schoss die Flamme auf. Das Holz knisterte, knallte; mit leisem Pfeifen sotten die Säfte unter den Rinden, das Feuer sang, erlöst, mit heissem Atem.

Bieli trat bis an die Grenze der Hitze zurück. Das ganze Land war im Dunkel versunken, und die Welt war nur noch eine rötliche Kugel, mit dem lodernden Brandmal als Kern.

Er ging auf die Wiese hinaus und sah, dass er nicht mehr allein war. Die ganze schwarze Weite war von glühenden Signalen übersät. Auf allen Höhen standen nun schweigsame Männer am Rande des Feuers, das für sie redete.

Am Waldrand schaute er noch einmal zurück. Still und ohne Zeichen von Erschöpfung loderte sein Fanal. So würde es dauern die ganze Nacht, bis die Sterne darüber verblassten, und am Morgen, im östlichen Winde, würde eine weisse Rauchfahne die Schiffe seeabwärts geleiten.

Als er bei seinen sechs dürren Tannen anlangte, sah er in der Tiefe den lockeren Kreis der Feuer um das schwarze Ried. In einem weiten Rund lagen sie an den Hängen, stiegen an ihnen empor und zogen sich endlos über die Bergspitzen in das dunkle Land hinein.

Auf einmal begann mitten im Ried eine seltsame bläuliche Flamme zu blaken. Der Bohrturm daneben schimmerte in ihrem Widerschein. Es ging ein Wind über die Ebene; hie und da leuchtete das helle Kreuz der Fahne auf, die einsam im Dunkel flatterte.

»Hast dein Petrollämpchen angezündet«, murmelte Bieli. Er begriff: sie hatten das Feuer an ein Loch gelegt, dem Erdgase entströmten.

Er stand noch eine Weile und blickte hinab, dann entzündete er seinen zweiten Stoss. Die dürren Tannen brannten sofort lichterloh. Die glühenden Funken schossen über den Saum der Buchen hinaus und mischten sich mit den Sternen.

Er machte sich von neuem auf den Weg, dem Grat des Buchbergs entlang, der Grynauer Lichtung zu, wo sein dritter Holzstoss stand.

Er ging lautlos und sicher wie ein Tier zwischen den Schäften der Tannen dahin. Er konnte sie nicht sehen, so finster war es; aber der lebendige Strom, der von ihren Rinden ausging, leitete ihn durch den schwarzen Hain.

Es war dunkle Nacht, als sie mit ihrem Faltboot unter der Brücke von Grynau hindurchfuhren. Marie hatte das Ruder quer vor sich gelegt, Rochat sass hinter ihr und berührte nur leicht von Zeit zu Zeit mit einer Schaufel das Wasser, die Richtung in der Mitte des Stromes zu halten. Nach der grossen Krümmung verlor sich der Schein der Brückenlampe, und sie glitten in das stille Dunkel hinein. Das Wasser schimmerte blass unter der Milchstrasse; aus den Wäldern des Buchberges kam der eintönige Widerhall des rauschenden Flusses.

Er schlang seinen Arm um ihren Leib, sie legte ihre Hände darauf, lehnte sich zurück und spürte den Atem in seiner Brust. Auf dem Damm tauchten die Pappeln aus der Nacht, glitten ihnen entgegen, wuchsen riesengross in den bestirnten Himmel, versanken. Auf den schwarzen Hängen jenseits der Ebene glommen in lockeren Ketten die Höhenfeuer; manchmal stieg eine Rakete und öffnete eine silberne Hand über dem Ried. Marie hörte auf das Plätschern der Wellen an den Flanken des Bootes. Ein leiser Fahrwind strich ihr über das Gesicht, das sie aufwärts gewendet hatte. Sie sah nur noch die endlose Gegenwart der regungslosen Sternbilder, unter denen sie dahinfuhren.

Als sie aus der Flussmündung heraus in den See schossen, senkte Rochat die eine Schaufel. Das Boot beschrieb leise rauschend einen grossen Bogen, und auf einmal lag das schwarze Wasser still unter ihnen. Nur am Wandern der fernen Lichter sahen sie, dass eine Strömung sie sachte dahintrieb. Ganz nahe quäkte verschlafen eine Ente, sie streiften das flirrende Schilf, dann tat es sich vor ihnen auf, und die Hafenlichter von Schmerikon schimmerten über den See. Der leise Klang einer fernen Blechmusik begleitete sie. Sie hatten beide nach ihren Rudern gegriffen; langsam, im Gleichtakt, ohne Laut, tauchten sie die Schaufeln in das samtene Wasser.

Auf einmal wandte Marie den Kopf. »Oh, schau!« rief sie. Rochat folgte ihrem Blick.

Auf der Kuppe des Buchberges schoss eine Feuergarbe in die Höhe. Es war ein gewaltiges Feuer, grösser und näher als alle andern. Eine rosige Aura lag über der Matte, und weit in der Runde flackerte der Widerschein der Flamme an den Bäumen der offenen Lichtung empor. Am Fusse des Berges, im schwarzen Spiegel des Sees, war ein feuriger Komet unterwegs nach den grossen Tiefen.

»Es ist Bieli«, sagte Marie. Während sie zu dem einsamen Feuer hinaufschaute, sah sie ihn wieder vor sich, wie sie ihn im Schlafe belauscht hatte, als ein fremdes Gesicht durch seine braune Haut hindurchschimmerte, und wieder fühlte sie, dass neben der Süsse der Gegenwart noch etwas anderes in ihr seinen Raum hatte, etwas, wofür es keinen Namen gab, etwas von dem alle Menschen, die sie kannte – auch Rochat, auch die Schwester Pia – so unsagbar weit entfernt waren. Es schimmerte glühend und unfassbar durch die Seele hinauf, wie dieser rote Komet aus den schwarzen Gründen des Wassers.

Sie begannen wieder zu rudern. Aber dann hielt Marie nochmals inne, und auch Rochat hob sein Ruder. Das Boot hatte seinen Schwung beibehalten und schoss lautlos mit leisem Rauschen dahin.

»Das Feuer«, murmelte sie und zögerte eine Weile. »Das Feuer ist unsere Freude«, sagte sie dann ganz leise, »es ist keiner zu arm dazu.« In der Beuge zwischen Hals und Schultern fühlte sie seinen Kuss, aber sie schaute mit grossen abwesenden Augen in das Dunkel hinaus.

Sie kamen immer näher in den Bereich des nächtlichen Festes. Schon erzitterte die Luft unter den Paukenschlägen. Die glühenden Raupen der roten Papierlaternen schaukelten unter den dunklen Kronen der Platanen. Die Ufermauern waren schwarz von Leuten.

Als sie um den Hafendamm bogen, bot sich ihnen ein seltsamer Anblick. Unter dem weissen Licht der Bogenlampen war der ganze Hafen ein riesiger Tanzboden. Sie hatten über die vertäuten Ledischiffe Bretter gelegt, dicht nebeneinander, über das ganze Wasser hin. Nur das schwarze Bord des 'Saturn' ragte mannshoch darüber hinaus. Auf eisernen Gartenstühlen sass dort die Musik; der Dirigent stand wie ein Kapitän auf der Kommandobrücke. Jenseits der Strasse schimmerten wie Kulissen die Fassaden der Giebelhäuser im Widerschein der Lichter, die in grünen, roten und blauen Glasbecherchen auf den Fenstergesimsen standen.

Sie legten an, Rochat half Marie lachend aus dem Boot, und sie stellten sich in den Kreis der Leute am Rande des Podiums.

Es war gerade eine Tanzpause. Ein Turner streute Magnesium auf die Bretter, andere rückten zwei Barren in die Mitte. Dann hörten sie das kurze: »Achtung steht, vorwärts marsch!« des Oberturners, und die Kunstriege stellte sich auf, acht Mann hoch, in weissen Hosen und Leibchen, die braunen Arme im Rücken verschränkt.

Marie blickte zu Rochat empor, der über die Köpfe der Menge hinwegsah. Seine Augen funkelten vor Vergnügen, und sein Muttermal glühte. Seine Hand presste ihren Oberarm.

»Kannst du sehen?« fragte er. »Kannst du sehen? Was die sich da ausgedacht haben!« Sein erregtes Gesicht rührte sie.

Eine grosse Stille trat ein. Die Turner hatten über den beiden Barren eine gipsweisse Pyramide gebildet. Die Bogenlampen erlöschten. Am Boden, vor ihnen, zischten bengalische Flammen auf. Eine weisse Sichel, hob sich, mit gestrafften Füssen, der Spitzenmann im Handstand über die andern hinaus in den gestirnten Himmel. Seine Arme zitterten leicht, sein Gesicht glühte im roten Schein der bengalischen Feuer, sein verkehrtes Auge war starr. Zu seiner Seite, ein bisschen tiefer, standen leise wankend zwei Jünglinge, die Füllhörner mit fleischroten Gladiolen und gelben Mimosen symmetrisch über den Schultern.

Dann verlöschten die roten Flammen, »ab!« hörten sie den Oberturner scharf befehlen, die Bogenlampen flammten auf, die Leute klatschten, die Deckel der Bierkisten knallten, die Turner trugen die Barren davon, der Dirigent auf dem »Saturn« hob seinen Stab, die Tanzmusik setzte ein. Von Zeit zu Zeit zischte eine Rakete in den Himmel, die Buben bildeten kleine wilde Gruppen um einen bräuselnden Schwärmer und stoben auseinander, wenn er losging; der Tanzboden war schwarz von kreisenden Paaren.

Rochat nahm Marie in den Arm, und sie begannen zu tanzen. Die Bretter schwankten leise unter ihnen; Marie fühlte seinen Atem in ihrem Haar.

Sie tanzten am Fischer Helbling vorbei, der auf einem eisernen Benzinfass hockte und zuschaute. Der Schiffsknecht Stilli sass auf dem Boden und rieb seinen krausen Hinterkopf am Knie eines Mädchens, das hinter ihm auf einem Stuhle sass und ein Weinglas in der Hand hielt. Lorenz stand bei den älteren Männern und blickte unbewegten Gesichts in das Getümmel. Er hielt ein kleines Mädchen an der Hand, es hatte eine rote Masche im strähnigen Haar.

Marie horchte in die Musik hinein und versuchte die vier Trompeten herauszuhören, die an einem Abend allein ihren schrillen Einsatz geübt hatten. Sie hörte sie nicht. Sie gingen unter in den freundlichen Instrumenten. Im Drehen sah sie über den Köpfen der Tanzenden die Höhenfeuer in der Runde, den Hügelzügen des Sees entlang, gegen das Toggenburg zu, im Zürcher Oberland. Einige begannen schon kleiner zu werden. Aber dann flammte zuletzt noch der Holzstoss in der Grynauer Lichtung auf. »Jetzt hat er seine Runde beendet«, dachte Marie, und nochmals glitt unverständlich Bielis schlafblasses Gesicht an ihr vorüber. Sie sah ihn, wie er einsam über den Buchberg ging, von Holzstock zu Holzstock, und seine Brände warf, als hätte er, am Rande der Menschen, einen besonderen und geheimnisvollen Auftrag zu erfüllen.

(Aus dem Roman »Riedland«)

Friedrich Glauser

Matto erscheint

Am meisten bewunderte Studer den Arzt Laduner. Er verstand es Mittelpunkt zu sein und zu gleicher Zeit jedem, der sprach, die Überzeugung beizubringen, dass er, der Redende, die Hauptperson sei ... Diplomatisches Geschick ...

Den Herrn Pfarrer Veronal mit dem grossen Mund liess er über die Stellung der Landeskirche zur Oxfordbewegung sprechen und lauschte interessiert den langfädigen Ausführungen, unterbrach ihn dann höflich mit einem »Gestatten Sie bitte, Herr Pfarrer«, worauf er sich der Frau Nationalrat zuwandte und lobend von der Armendirektion sprach, die wirklich sehr verständnisvoll auf alle Anregungen eingehe, die von der Heilanstalt ausgingen ... Die Frau Nationalrat strahlte, denn ein Bruder von ihr war Adjunkt an der Armendirektion ... Übrigens kannte Studer diesen Mann, und er fand, Dr. Laduner übertreibe gar nicht ... Beim schwerhörigen Fürsorgebeamten erkundigte sich Laduner nach dem Schicksal eines gewissen Schreier, der zur Begutachtung in Randlingen gewesen und dann ein Jahr in Witzwil versorgt worden war ... Wie gehe es dem Manne? Halte er sich gut? ... Sicher werde es dem Herrn Fürsorger gelingen, dem Mann bei der Entlassung eine gute Stelle zu verschaffen; nein, nein, die Prognose sei gar nicht ungünstig ... Laduner liess sich auch nicht durch das fortwährende: »Wie me-inet i-ihr?« aus der Ruhe bringen, er wiederholte seine Sätze dreimal, wenn es sein musste, und inzwischen unterhielt sich Frau Laduner mit der Frau Nationalrat und schenkte Tee ein. Der Herr Pfarrer Veronal trank ihn mit viel Rum. Und Studer auch.

Der Wachtmeister war vorgestellt worden, nun hockte er in der Ecke beim Fenster, stumm, beobachtend.

Um neun Uhr verabschiedete sich die Kommission, und Studer blieb sitzen. Dr. Laduner erbot sich, die Mitglieder mit dem Auto nach der Station zu bringen, und das Anerbieten wurde dankend angenommen.

Studer wartete auf die Rückkehr des Arztes in seiner Ecke. Frau Laduner fragte, warum der Herr Studer so schweigsam sei, und erhielt als Antwort ein unhöfliches Brummen. So schwieg auch sie, ging zum Fenster, wo in der Ecke, Studer gegenüber, ein glänzend polierter Kasten auf einem kleinen Tischchen stand. Sie drehte an einem Knopf ... Marschmusik. Studer war es zufrieden. Marschmusik war besser als: »Irgendwo auf der Welt ...«

Sie warteten beide schweigend auf Laduners Rückkehr. Als dann der Arzt ins Zimmer trat, schickte er seine Frau ins Bett, sehr freundlich und besorgt übrigens, und meinte schliesslich: »Sie leisten mir noch Gesellschaft, Studer?«

Der Wachtmeister brummte etwas aus seiner Ecke, das man allenfalls als Zustimmung auffassen konnte ...

Laduner schwieg zuerst. Dann sagte er:

»Schad um den Gilgen ...« Er schien auf eine Antwort zu warten, aber als es in der Ecke still blieb, fuhr er fort:

»Haben Sie eigentlich darüber nachgedacht, Studer, dass sich niemand unbeschadet lange Zeit mit Irren abgeben kann? Dass der Umgang ansteckend wirkt? Ich habe mich manchmal gefragt, ob es vielleicht nicht umgekehrt ist: dass nur diejenigen als Pfleger, als Ärzte in Irrenanstalten gehen, die ohnehin schon einen Vogel haben, um volkstümlich zu reden. Mit dem Unterschied, dass die Leute, die den Drang verspüren, in Mattos Reich einzudringen, wissen, dass etwas bei ihnen nicht stimmt, unbewusst, meinetwegen, aber sie wissen es. Es ist eine Flucht ... Die andern draussen haben manchmal die ausgewachseneren Vögel, aber sie wissen es nicht, nicht einmal unbewusst ... Denken Sie, ich bin einmal um die Mittagszeit am Bundeshaus vorbeigegangen und habe die Angestellten herausströmen sehen. Ich bin stehengeblieben und habe mir die Leute angesehen ... Es war lehrreich ... Gang, Haltung. Der eine hatte den Daumen im Westenausschnitt und ging mit schlenkernden Tritten, sein Gesicht war rot und steif, und ein einfältiges Lächeln lag auf seinem Gesicht ... Sieh da! sagte ich, eine beginnende Katatonie! ... und versuchte auszurechnen, wann etwa der Schub fällig sein würde. – Ein anderer hatte starre Blicke, sah sich ständig um, dann blickte er wieder eine Zeitlang zu Boden und balancierte vorsichtig auf dem Trottoirrand ... Neurotisch, vielleicht schizoid, dachte ich ... Ein anderer trug eines jener Lächeln im Gesicht, die man als sonnig zu bezeichnen pflegt, er hatte den Kopf im Nacken, schlenkerte mit dem Stock, grüsste alle Leute ... Natürlich: manische Verstimmung wie mein Bundesratsattentäter Schmocker ...«

Immer noch spielte das Radio in der Ecke leise Märsche. Es war eine angenehme Begleitung zu den Ausführungen Dr. Laduners.

»Sie haben mit Schül gesprochen, hab' ich gehört? Und er hat Ihnen sein Gedicht verehrt? Sie werden mir zugeben, dass es nicht dumm ist, dass es voll Symbolgehalt ist ... Manchmal hab' ich ihn beneidet um seinen Matto ... Matto, der die Welt regiert! Matto, der mit roten Bällen spielt und sie wirft, und die Revolutionen flackern auf! ... Und die bunte Papiergirlande flattert, und der Krieg lodert ... Es hat viel für sich ... Wir werden nie die Grenze ziehen können zwischen geisteskrank und normal ... Wir können nur sagen, ein Mensch kann sich sozial anpassen, und je besser er sich sozial anpassen kann, je mehr er versucht, den Nebenmenschen zu verstehen, ihm zu helfen, desto normaler ist er. Darum habe ich immer den Pflegern gepredigt: Organisiert euch, haltet zusammen, versucht miteinander auszukommen! Organisation ist doch der erste Schritt zu einem fruchtbaren Zusammenleben ... Zuerst Interessengemeinschaft, dann Kameradschaft ... Eins geht aus dem andern hervor – sollte wenigstens daraus hervorgehen ... Freiwillig übernommene Verpflichtungen ... Wenn man es nur nicht so oft auf Schützenfesten prostituiert hätte, das Wort: Einer für alle, alle für einen ...«

Ein anderer leiser Marsch ... Es war eine Militärmusik, die spielte ...

»Es wäre schön ... Was tun wir denn eigentlich, wir vielverlästerten Psychiater? Wir versuchen, ein wenig Ordnung zu schaffen, wir versuchen, den Menschen zu zeigen, dass es gar nicht so unnötig ist, ein wenig vernünftig zu sein, nicht allen dunklen Regungen des Unbewussten nachzugeben ... Die Menschen haben eines noch nicht begriffen, dass Leid eben auch Lustgewinn bringt ... verstehen Sie? ... Wenn es einem Volk zu gut geht, dann wird es übermütig und sehnt sich nach dem Leid. Genügsamkeit ist wohl am schwersten zu ertragen ...« Laduner schwieg. Er schien mehr für sich selbst zu sprechen ... Studer hatte plötzlich das Gefühl, dass er die ganze Rede über Pieterlen falsch beurteilt hatte ...

Auf dem Grunde aller Menschen hockte die Einsamkeit.

Vielleicht war Dr. Laduner auch einsam? Er hatte seine Frau ... Aber es gibt gewisse Dinge, die man auch mit einer Frau nicht besprechen kann. – Er hatte Kollegen ... Was kann man schon mit Kollegen sprechen? ... Fachsimpeln! ... Und mit den Ärzten drunten? Für die war man der Lehrer ... Da schneite eines Tages ein einfacher Fahnderwachtmeister in die Wohnung des Dr. Laduner. Und Dr. Laduner ergriff die Gelegenheit und hielt vor besagtem Fahnderwachtmeister Monologe. Warum sollte er nicht?

»Er wirft seine Girlanden, und der Krieg flackert auf ...« wiederholte Laduner. Er schwieg. Ein Militärmarsch verklang, und dann erfüllte eine fremde Stimme das Zimemr. Sie war eindringlich, aber von einer unangenehmen Eindringlichkeit. Sie sagte:

»Zweihunderttausend Männer und Frauen sind versammelt und jubeln mir zu. Zweihunderttausend Männer und Frauen haben sich eingefunden als Vertreter des ganzen Volkes, das hinter mir steht. Das Ausland wagt es, mich des Vertragsbruches zu zeihen ... Als ich die Macht ergriff, lag das Land verheert, verwüstet, krank ... Ich habe es gross gemacht, ich habe ihm Achtung verschafft... Zweihunderttausend Männer und Frauen lauschen meinen Worte, und mit ihnen lauscht das ganze Volk ...«

Langsam stand Laduner auf, schritt zum sprechenden Kasten... Ein Knack... Die Stimme verstummte...

»Wo hört Mattos Reich auf, Studer?« fragte der Arzt leise. »Am Staketenzaun der Anstalt Randlingen? Sie haben einmal von der Spinne gesprochen, die inmitten ihres Netzes hockt. Die Fäden reichen weiter. Sie reichen über die ganze Erde... Matto wirft seine Bälle und Papiergirlanden... Sie werden mich für einen dichterischen Psychiater halten... Das wäre nicht so schlimm... Wir wollen doch nicht viel... Ein wenig Vernunft in die Welt bringen... Nicht die Vernunft der französischen Aufklärungszeit, eine andere Art Vernunft, die unserer Zeit... Die Vernunft, die fähig wäre, wie eine Blendlaterne in das dunkle Innere zu zünden und ein wenig Klarheit zu bringen... Ein wenig die Lüge zu verscheuchen... Die grossen Worte beiseite zu schieben: Pflicht, Wahrheit, Rechtschaffenheit... Bescheidener zu machen... – Wir sind allesamt Mörder und Diebe und Ehebrecher... Matto lauert im dunkeln... Der Teufel ist schon lange tot, aber Matto lebt, da hat Schül ganz recht... Es ist schade, dass Schül mir nie die Bitte erfüllt hat, eine Geschichte Mattos zu schreiben... Ein kleines Gedicht in Prosa bring ich bei keiner Zeitung an...« Er schwieg. Studer gähnte leise. Laduner hörte es nicht.

»Zweihunderttausend Männer und Frauen – das ganze Volk... Und Kollege Bonhöffer, unser Lehrer, ein Mann, der viel wusste, er ist umgefallen wie ein Kartenhaus... Erinnern Sie sich an den grossen Prozess? Der Mann, der soeben sprach, hat Glück gehabt... Wäre er zu Beginn seiner Laufbahn einmal psychiatrisch begutachtet worden, die Welt sähe vielleicht ein wenig anders aus... Ich sagte Ihnen schon, der Verkehr mit Geisteskranken ist ansteckend. Es gibt Menschen, die prädisponiert sind, wenn Sie mich verstehen, aufnahmefähig... Ganze Völker können prädisponiert sein... In einem Vortrag habe ich einmal einen Satz gesagt, der mir übelgenommen wurde: Gewisse sogenannte Revolutionen, habe ich gesagt, sind im Grunde nichts anderes als die Revanche der Psychopathen... Worauf ein paar Kollegen demonstrativ den Saal verlassen haben... Aber es ist doch so...«

Laduner sah müde aus. Er legte die Hand über die Augen. »Wir stehen auf verlorenem Posten. Aber wir müssen weitermachen... Es hilft uns niemand. Vielleicht ist es nicht ganz nutzlos, vielleicht kommen später andere – in hundert, in zweihundert Jahren? –, die bauen dann dort weiter, wo wir aufgehört haben...«

Ein Seufzer. In der Wohnung war es still.

»Trinken Sie noch ein Glas Bénédictine?« fragte Laduner plötzlich. Er ging hinaus, blieb merkwürdig lange fort, kam wieder, mit zwei gefüllten Gläsern auf einem Tablett.

»Prost!« sagte er und stiess mit Studer an. »Sie müssen austrinken!« Studer leerte das Glas. Der Schnaps hatte einen sonderbar bitteren Nachgeschmack. Der Wachtmeister blickte Laduner an, doch der wandte sich ab.

»Gute Nacht, Studer. Und schlafen Sie gut!« sagte er mit seinem Maskenlächeln ...

Man liegt im Bett und weiss nicht, schläft man oder ist man wach ... Der Schlaf ist wie ein schwarzes Tuch, unter dem man liegt, und man kommt aus seinen Falten nicht los ... Man träumt, man sei wach, vielleicht ist man wirklich wach?

Das Zimmer ist doch hell. Unverständlich ist nur, warum die Helligkeit grün ist, obwohl die Nachttischlampe einen gelben Schirm trägt. Und in der grünen Helligkeit sieht man jemanden am Tisch sitzen. Er sitzt zurückgelehnt im Stuhl, hält eine Handharpfe auf den Knien und spielt, spielt ...

»Irgendwo auf der Welt fängt der Weg zum Himmel an ...«

Merkwürdig ist nur eines: dass nämlich der Mann (ist es ein Mann übrigens?), dass der Mann, der am Tisch sitzt, ständig seine Gestalt ändert ... Bald ist er winzig klein, und nur die Nägel seiner Finger sind lang und flaschengrün ... Bald aber ist er gross und dick, sehr dick ... Er sieht aus wie der Bundesratsattentäter Schmocker, und er redet, während er handharpft: »Zweihunderttausend Männer und Frauen ...« Er singt es zur Melodie: »Im Rosengarten von Sanssouci ...« Dann wachsen dem dicken, kleinen Mann plötzlich ein zweites Paar Arme aus den Schultern, die Arme sind lang und dünn, die Hände spielen mit Bällen und Papiergirlanden. Die Bälle fliegen durch das offene Fenster, die Papiergirlanden zieren die Wände ... Man ist ja im Kasino, mit den Honoratioren sitzt man am gleichen Tisch, Weisswein füllt die Gläser. Aber in einer Ecke der Bühne, baumelnd mit den Beinen, sitzt der Mann mit den vier Armen und spielt Handharpfe und jongliert mit Gummibällen ... Es tanzen Paare im freien Raum, am Fusse der Bühne. Da springt der Vierarmige herab, mischt sich unter die Tanzenden, wie ein Primgeiger aus einer Zigeunerkapelle geht er zwischen den Tanzenden umher und neigt sich jedem Pärchen zu, mit einschmeichelndem Spiel ...

»Vernunft!« sagt Dr. Laduner laut. Da ist das Kasino verschwunden. Baracken stehen in ödem Feld. Ein Stern steht am Himmel, sinkt herab

Varlin *Vorläufig satt?*

und ist eine glühende Fabrik mit vielen, unzählig vielen Bauten. Es stinkt nach Gas, die Augen tränen. Der Vierarmige spielt: »Fridericus Rex unser König und Herr ...«

Da stehen sie wie ein stummes, starres Regiment: Bombe an Bombe, langgestreckt, elegant ... »Meine Erfindung«, sagt der Vierarmige. Eine Bombe platzt, gelbes Gas strömt heraus, die Luft wird dunkel, die Musik schweigt, laut und deutlich sagt Dr. Laduners Stimme:

»In zweihundert Jahren bauen wir weiter ...«

Dann verfliegt der gelbe Gasvorhang, und auf einer weiten Ebene sind Leichen verstreut, die sonderbar verrenkt daliegen, ähnlich wie der alte Direktor oder wie der kleine Gilgen. Ja, richtig, einer ist der kleine Gilgen. Jetzt richtet er sich auf und sagt: »Irgendwo fängt doch der Weg zum Himmel an ...« und lacht, und ob dem Lachen erwacht man ... Mit schwerem Kopf ... Das Zimmer ist dunkel, durchs Fenster sieht man, dass auch der Hof dunkel ist ...

Herrgottdonner! Warum hat einem der Dr. Laduner ein Schlafmittel in die Bénédictine geschüttet? ...

Ein Geräusch im Gang. Studer fuhr auf. Die Gangtüre schnappte ins Schloss. Mit einem Satz war Studer aus dem Bett ... Wohin schlich Dr. Laduner? ...

War der Vortrag über Mattos Reich nichts anderes gewesen als ein Ablenkungsmanöver, ähnlich dem Vortrag über das Demonstrationsobjekt Pieterlen?

Die Lederpantoffeln. Ein Blick auf die Uhr: zwei Uhr. – Ein Blick in den Hof: eine Gestalt ging vorsichtig in der Richtung nach der Ecke, in der das K ans R stiess.

Wie hatte Dr. Laduner gesagt? Der Umgang mit Geisteskranken wirke ansteckend? ...

Es sickerte keine Handharpfenmusik mehr durch die Decke. Wo mochte Pieterlen sein? Eigentlich hätte man sich schon lange den Estrich ansehen müssen, mit dem Fenster, aus dem nach Schüls Behauptung Mattos Kopf vorschoss und zurück, vor und zurück ... Vielleicht hatte Schül wirklich etwas beobachtet, vielleicht hatte Schül seine Beobachtung nur in ein Bild gekleidet ... Der kantonale Polizeidirektor, dem man angeläutet hatte, gleich nach dem Gespräch mit Frau Laduner, hatte nämlich mitgeteilt, dass man Pieterlens Spur noch nicht gefunden habe ...

Studer schlich über den stillen Hof, trat ins Soussol vom R. Die Tür der Heizung war geöffnet, das Licht brannte.

Am Fuss der Treppe, an der gleichen Stelle, an welcher der Wachtmeister den Direktor gefunden hatte, lag Dr. Laduner, und die Tür des Feuerloches stand weit offen.

Dr. Laduner war nicht tot. Nur betäubt. Studer liess ihn vorläufig liegen. Mit seiner Taschenlampe leuchtete er in das Ofenloch. Eine lederne Aktenmappe ... Daneben halb verkohlte Papiere. Vorsichtig zog Studer sie heraus.

Auf den unverbrannten Blattresten konnte er Worte entziffern: »Pfleger Knuchel gibt an, er habe von Pfleger Blaser erfahren, dass Gilgen ein Paar Unterhosen im Schaft ...«

Der Rest fehlte.

Auf einem andern Blatt stand:

»Schäfer Arnold † 25. VIII. Embolie. U 1.

Vuillemin Maurice † 26. VIII. Typhus exanthematosus. U 1.

Mosimann Fritz † 26. VIII. Allgemeiner Schwächezustand, Herzkollaps. U 1.«

Die Liste der Toten, die sich der Direktor angelegt hatte. Aber da war ein Blatt, fast unverkohlt ...

»Sehr geehrter Herr Oberst,

In Beantwortung Ihres Schreibens vom 26. VIII. a. ct. teile ich Ihnen mit, dass ich die von Ihnen gewünschte Untersuchung vorgenommen habe. Ihr Sohn hat in letzter Zeit wieder dem Alkoholgenuss gefrönt, und gelang es mir persönlich, ihn zweimal in einer Wirtschaft in halbbetrunkenem Zustande zu betreffen. Es scheint mir, dass die von Dr. Laduner eingeleitete Kur wirkungslos bleibt, und erlaube ich mir, Sie zu bitten, die nötigen Schritte zu unternehmen, um besagte Kur zu unterbrechen ...

»Danke«, sagte eine Stimme neben Studer. Der Wachtmeister wandte sich um. Dr. Laduner stand lächelnd neben ihm, nahm ihm die Blätter aus der Hand, steckte sie in den Ofen zurück, entzündete ein Steichholz. Dann flackerten die Papiere auf. Dr. Laduner holte Holz, eine Wädele, legte zuerst dünnes Holz auf das brennende Papier, dann dickeres, schliesslich die Ledermappe zuoberst.. Wir wollen die Vergangenheit verbrennen«, sagte Dr. Laduner.

Einen Augenblick glaubte Studer, er träume noch immer. Aber dann sah er, wie eine fleckige Blässe Dr. Laduners sonst braunes Gesicht überzog, wie der Arzt wankte. Studer stützte ihn. Der Mann war schwer ...

»Wer hat euch niedergeschlagen, Herr Doktor?«

Laduner schloss die Augen, er wollte nicht antworten.

»Und«, fuhr Studer fort, »das war nicht recht, mir ein Schlafmittel in den Schnaps zu schütten ... Warum habt ihr das getan? Ich bin doch da, um euch zu schützen ... Und das kann ich doch nicht, wenn ihr mich einschläfert .. «

Laduner öffnete die Augen.

»Sie werden später schon noch alles verstehen ... Vielleicht hätte ich mehr Vertrauen zu Ihnen haben sollen ... Aber es ging nicht ...«

Dr. Laduner hatte eine Beule am Hinterkopf, sie war sichtbar unter der Haarsträhne, die wie der Kopfputz eines Reihers abstand, und Blut sickerte darunter hervor ...

»Ich will ein wenig abhocken«, sagte Dr. Laduner mit müder Stimme. »Ein wenig Wasser, wenn dr weit so gut sy ...«

Er parodierte lächelnd den Oberpfleger Weyrauch ...

Studer trat aus der Heizung und ging bis zum B, denn es war die einzige Abteilung, die er kannte. Dort brach er in die Küche im Parterre ein, fand einen Milchhafen, der zwei Liter fasste, füllte ihn mit Wasser und machte sich auf den Rückweg. Unterwegs, im Soussol, traf er einen Mann, der in der Dunkelheit herumschlich. Studer sah ihn erst, als er das Licht anknipste. Da blieb der Mann stehen, er war untersetzt, muskulös ... Vielleicht ein Pfleger, der von einem kleinen Liebesausflug zurückkam ...

Der gedrungene Mann fragte, was denn los sei.

– Das gehe ihn nichts an, antwortete Studer mürrisch. – Ob dem Dr. Laduner etwas passiert sei? – Nein, er sei ein wenig sturm, sonst nichts.

Der Mann atmete auf, wie erlöst. Aber als Studer ihn fassen wollte, um ihn weiter auszufragen, war der Mann in einem dunklen Seitengang verschwunden, und auch er musste Finken tragen, denn seine Schritte waren unhörbar ...

Studer wusch Dr. Laduners Wunde aus, verband sie mit seinem sauberen Taschentuch. Dann führte er ihn vorsichtig über den Hof, die Treppen hinauf ...

Es war günstig, dass der Nachtwächter schon seine Runde gemacht hatte.

Im Türmchen der Anstalt schlug der Hammer vier Schläge und dann, kaum süsser, noch drei Schläge. Der letzte hallte scheppernd nach.

»Aber Ernscht!« sagte Frau Laduner vorwurfsvoll. Sie trug ihren roten Schlafrock. Studer half ihr, Dr. Laduner ins Bett zu legen. Dann empfahl er sich und wünschte gute Nacht. Es freute ihn, dass Frau Laduner ihm dankbar nachblickte ... In seinem Zimmer angekommen, musste er plötzlich an die Szene in der Erziehungsanstalt des Herrn Eichhorn in Oberhollabrunn denken.

Es schien manchmal doch mit Gefahren verbunden zu sein, Proteste ablaufen zu lassen, dachte er. Und ganz verschwommen sah er zum erstenmal etwas, das, übertragen, einem Fadenende glich; jenes Ende des Fadens, das man braucht, um ein Gewirr aufzudröseln ... Aber er konnte es noch nicht fassen ... er sah seine Farbe, weiter nichts ... Vielleicht war auch sein schlafsturmer Kopf an diesem Versagen schuld ...

Es war günstig, dass Dr. Laduner an diesem Sonntag keinen Dienst hatte. So konnte er im Bett bleiben und seinem schmerzenden Kopf Ruhe gönnen. Zwar auch Studers Kopf brummte, aber die Spannung, das Interesse an der Anstalt Randlingen war stärker als die Migräne, die ihn plagte ... Donnerstag, Freitag, Samstag – drei Tage ... Man musste zu einem Ende kommen. Sonst – sonst kam man auch unter die Herrschaft Mattos.

Studer dachte an den Traum der letzten Nacht, als er gegen zehn Uhr früh über die Abteilungen spazierte. Die Visite war schon vorüber, wie er erfuhr. Die baltische Dame hatte im Laufschritt die Abteilungen passiert. Studer hatte ihre Rückkehr gesehen, als sie allein, in weisswehendem Mantel, über den Hof in den Mittelbau galoppiert war ...

Nun stand er im K, in der Abteilung, in der jene lagen, die nicht nur am Geiste, sondern auch am Körper krank waren. Und Studer suchte nach dem Pfleger Knuchel, dem Dirigenten der Randlinger Blasmusik, der ja auf dem K Dienst tun musste. Er wusste nicht, warum er ihn suchte, warum er ihn zu sehen begehrte, aber es war ihm, als müsse er mit dem Manne sprachen, um mit ihm die Schuld zu teilen, die er sich zumass am Tode des kleinen rothaarigen Gilgen ...

Die Patienten, die in den Betten lagen, waren meist sehr still. Sie blickten mit grossen, leeren Augen zur Decke, nur in einer Ecke lag einer, der mit zahnlosem Munde immer die gleichen Worte plapperte: »Zweihunderttausend Rinder, zweihunderttausend Schafe, zweihunderttausend Pferde, zweihunderttausend Franken ...«

Die Zahl zweihunderttausend ...

»Zweihunderttausend Männer und Frauen ...« hörte Studer, und es war ihm ungemütlich zumute.

Gerade als der Wachtmeister auf den Pfleger Knuchel zutreten wollte (er erinnerte sich jetzt, dass er ihn schon auf der grossen Visite gesehen hatte, es war jener gewesen, den Dr. Laduner abgekanzelt hatte), entstand Geräusch und Füssescharren draussen im Gang. Räuspern. Dann stimmten Frauenstimmen einen Choral an.

Studer trat auf den Gang. Es waren drei alte Fräulein, die vierte war jünger und trug eine Gitarre, auf der sie eine einfache Begleitung spielte ...

Sie sangen mit scheppernden Stimmen vom Himmelreich und seinem

Glanz und von der Sünder Seligkeit. Der Pfleger Knuchel mit dem breiten Kinn und den Wulstlippen stand in der Türe zum Krankensaal und hatte ein einfältiges Lächeln um den Mund ... Vielleicht war das Lächeln auch fromm. Das jüngere Fräulein stimmte die Gitarre, präludierte. Eine frischfröhliche Weise, die sich gar sonderbar ausnahm, gesungen von den verwelkten Lippen:

»Die Sach' ist dein, Herr Jesus Christ ...«

(Aus dem Roman »Matto regiert«)

6

Die Dunkelheit der Erde wird immer dunkler / Im Dunkeln vermehren sich auch die ungezieferähnlichen / Lärmmenschen / Bombenköche / Maschinenbeischläfer / Zentauren, halb Mensch, halb Maschine / Menschen mit Fussballköpfen / Menschen ohne ein Fünklein altertümlichen Herzens / Menschen, die auf dem Kopf stehen und gehen und meinen, die andern stünden und gingen auf dem Kopf.

Hans Arp

Ludwig Hohl

Der Igel

Längst hatten sie, Martin und seine Frau, in ihrer Einsamkeit ein Tier zu besitzen gewünscht; die Einsamkeit, in der sie wohnten, in diesem äusseren und ödesten Teil der öden Stadt, welche mehr dem Lande glich, war nicht böse, aber es war eben die Einsamkeit, die völlige Stille bis in aller Tage Viertelstunden hinein; die Stille, während der hoch am Himmel weisse, dicke Wolken wandern ...: da muss die Natur wuchten, wuchern und wachsen müssen ihre Geschöpfe, damit die unermesslichen Lüfte nicht erdrücken in unbewegter Welt. – Zwar stiegen im kleinen Garten die Sonnenblumen in erstaunliche Höhe, sie wuchsen und wuchsen und wurden zu Bäumen. Nach einem Tier aber bestand doch immer das Verlangen, nach einem Häschen etwa, mehr noch nach einem Igel, einem in so viel höherem Masse gehaltvollen Wesen. Obgleich es schwer ist, einen solchen zu finden, war es endlich doch gelungen. Nach zwei Wochen aber war er wieder verschwunden, verschwunden wie nur ein Igel und kein anderes Tier verschwinden kann – der Ort war doch klein und klar, und mit Hag und Mauer umgeben; gross und schwer der Igel, nicht huschend und dehnbar wie eine Maus, nicht einmal gewandt zum Laufe? Aber er war nicht wiederzuerlangen, und niemand hatte ihn gesehen. Nach einiger Zeit jedoch, welches Wunder geschah: Martin fand selber einen Igel; nachdem man mit Geld und jeglicher Bemühung sich keinen mehr hatte verschaffen können, fand er einen durch reinen Zufall; es geschah auf einem späten, durch ein entferntes Wäldchen führenden Gang.

Ein guter Schlag des Schicksals! Das war es, wie ein so ersehntes Tier auf einmal eintraf. Mit ihm zog an diesem Tag ein fröhlicher Geist in das kleine Haus ein, über dem ein guter Stern stehen musste. Martin küsste seine Frau, ja, ein unerwartetes Glück war in das Leben der beiden Menschen eingezogen. – Sie fütterten das kleine Tier, das schnurrig und gehalten sein winziges und doch wieder auch fast grosses Dasein fristete; denn ist nicht ein Igel eine Art Philosoph, eine Stelle der Einkehr, ein ernster Ort des Zusammentreffens seltener Dinge im Reich der Tiere? War so ein Wesen im Hause nicht ein schweres Besitztum? Sie nannten ihn elefantenartig; sie rückten ganz nahe an ihn heran mit ihren Augen. Was für Kräfte besass er, kleine Bretter, die in seinem Weg lagen, ja eine ganze Kiste wegzuschieben! Er war wie ein Tank. Und schwer wie Blei. Mochte er nicht zwei Kilo haben und war doch, zusammengerollt, nur eine winzige Kugel? Er schlief lange, nahm, wenn er erwachte, sogleich Nahrung an, wie er schon am ersten Tag, obwohl vorher in der Wildnis lebend, solche angenommen hatte; er zischte böse, wenn man ihn unrichtig anrührte, zeigte überhaupt viel Willkür, Unerschrockenheit für die Natur so kleiner, gewöhnlich so scheuer Tiere, konnte wiederum in zunehmender Sanftheit seine Stacheln weich werden lassen und sehr liebenswürdig sein. Wird nicht das kleinste Ding ungewöhnlich, wenn man sich genügend in seinen Anblick versenkt? Ein Igel aber ist immerhin nicht alltäglich. – Sie verloren viel Zeit mit ihm, ja viel zu viel Zeit für ein so geringes Tier . . . ; sie lernten alle seine Einzelheiten kennen, sie stiegen nieder in seine Tiefe mit ihren Sinnen. Er ist ganz seltsam, sagte Martin, er ist sanft und gescheit, ja man darf ihn eigentlich wunderbar nennen.

Dann las er einen nordischen Dichter und sagte seiner Frau vor: »Seht, dieser Isaak, das ist er nun, ein Klotz . . .« und »Sievert, bleibe nur hier, sei zufrieden mit deinem Los, lass dir nichts erzählen . . . Wächst und gedeiht hier nichts? Hier wächst und gedeiht alles.«

Hoch am Himmel wanderten weisse dicke Wolken, die Stille blieb, aber die Unermesslichkeit der Lüfte drückte nicht mehr. Schmatzend frass unten das kleine Tier und hatte eine Stärke in sich, die den Zauber der Höhe brach; die Menschen erfrischten sich an seinem gehaltenen und rätselvollen, kühlen und starken Leben. Und der Igel wuchs. Früher hatte man gesagt, er sei mächtig (elefantenartig), nun aber entfaltete er sich wahrhaft ausserordentlich, noch und noch, – er hörte nicht mehr auf zu wachsen.

Es kam eine Zeit, da dieses Wachsen leise zu beunruhigen begann. Denn jetzt konnte man ihn schon mit keinem Willen mehr für einen Igel halten. Zu den Ebern musste man ihn eher zählen; waren doch auch Hauer hervorgetreten und gingen die Stacheln mehr und mehr in Borsten über; er nahm immer weiter zu und frass viel. – Nach und nach wurde er wirklich elefantenartig. Jetzt frass er Unmengen. Er wohnte im obern Stockwerk, mit einer Gabel bot man ihm Heu hinauf durch das kleine geöffnete Fenster – aber nur nachts, denn man fürchtete die Nachbarn, Ärgernisse von ihnen, sie sollten nichts wissen von dem Tier. Sah es aber doch einer, wie man Heu hinaufbot, so sagte man, man stopfe Matratzen.

Das Beschaffen der unermesslichen Nahrungsmengen begann, da Martin kein Vermögen besass und nur bescheidene Einkünfte, die wirtschaftlichen Verhältnisse des Hauses zu zerstören.

Ja, das Tier wurde unheimlich; was sollten Martin und seine Frau tun? Und immer schwieriger wurde es, den andern Leuten die Sache zu verbergen; die seltsamsten Erklärungen mussten gegeben werden, wenn man bisweilen einen gewaltigen Ton vernahm, ein Zittern und Wanken des Hauses bemerkte; zum Beispiel, der Wind habe durch eine Dachluke gepfiffen; sehr arge Dachluken seien da oben! (In diesem Augenblick erlitt das Haus einen neuen Stoss, der Himmel wölbte sich über ihm sehr blau und still.) Selber wurden sie immer ratloser, geängstigter. Wenn sie bisweilen im kleinen Garten standen und unversehens durch das Fensterchen aus dem Halbdunkel und aus den riesigen Dimensionen des Kopfes hervor finstere Blicke herunterfielen –, so verliessen sie schnell den Garten. Und doch durften sie von diesem Glück, dem Tier, das in seltsamem Geschehnis erschienen war (und ohne dessen Erscheinen die Höhe der Lüfte sie erdrückt hätte, wie sie meinten), sich nicht trennen. Jedenfalls stand das nicht mehr in ihrer Macht. Mit welcher Gewalt hätte man das Tier aus dem Gemach bringen sollen, ohne dieses zu zerstören, die Öffnungen genügten ja schon lange nicht mehr an Weite! Rüssel und Stosszähne entwickelten sich nun ins Ungeheure, das Haus bebte von dem Gewicht, Martin und seine Frau wohnten im Erdgeschoss, die Angst mit ihnen.

Und jetzt *befahl* das Tier. Genügte ihm die Nahrungsmenge nicht, so erkannte man das an einem gesteigerten Lärmen, ja Toben, so dass man jeden Augenblick erwarten konnte, dass eine Mauer berste. Martin verkaufte alles, was er hatte.

Als das Gewicht des Elefanten zwei Tonnen überschritten hatte, geschah eines Tages das längst Erwartete: Der Boden des ersten Stockwerks wich. Gewisse Balken, die zur Aufrechterhaltung des ganzen Gebäudes nötig waren, brachen, und das kleine Haus verwandelte sich in einen Trümmerhaufen. Unter Trümmern sahen Martin und seine Frau, die sich hatten retten können, unerschlagen, unversehrt das riesige Geschöpf stehen und sich bewegen. Die Nachbarn, die zusammengelaufen waren, die vielen Fremden, die der Vorfall herbeizog, sahen es auch.

Schrecknis, Flucht, Hasten und jede Art Alarmieren. Die Feuerwehr kam, blieb aber, trotz ihrer grossen Ausrüstung, sehr auf der Hut; denn solchen Gegner hatte sie nie gesehen. Man berichtete nach der Kaserne, Militär wurde aufgeboten; nach einem Zirkus lief man, Tierbändiger zu holen. Aber ehe diese eintrafen, war es dem Militär gelungen, den finstern Koloss, der Zeichen eines masslosen Zornes zu geben begann, mit schwerer Waffe zu erlegen.

Martin und seine Frau standen arm da, verloren, in brennende Rätsel, unlösbare Fragen gehüllt wie in Trübsal. – Wohl versuchte Martin den Menschen zu erklären, dass der Unhold aus einem Igel entstanden sei, aber wer glaubte so etwas? Er erzählte viel, doch: »Du lügst, Martin«, sagten sie, »es kann nicht aus einer Tierart eine andere werden!« Und wenn auch ein vages Männchen, das sich unter der Menge befand, ein vager ferner Onkel, der auch Martin hiess, etwas von dunklen Dingen zu murmeln begann, etwas von Geistern, von einem besonderen Geist, den man einhauche und der selbst Arten zu ändern vermöge –, so ertrank dieses schwache Gemurmel ganz und gar in den heftigen Reden der andern. Keiner von diesen glaubte den lauten Beteuerungen Martins und seiner Frau und so hatten die beiden ungemildert die schwere Last aller Folgen zu tragen.

Charles-Albert Cingria

Die rote Ameise. Ein Fragment

Ein Zimmer wie irgend ein anderes. Kein Erdboden, keine Steinplatten; Holzdielen wie in einer Wohnung. In der Mitte des Raums, genau, ein Stuhl. Und da sitze ich. Ich warte. Es mögen zehn Tage sein, dass ich in dieser Stellung harre; ich weiss, dass ich meiner Position nicht entkommen kann. Eingeschlossen in einem Käfig, während man über mich ein Urteil fällt. Meine Familie wurde nicht vorgewarnt. Zufalls-Anwälte haben die Sache nur kompliziert. Die Richter betreten den Raum mit schrecklichem Lärm (Stühlerücken auf dem Holzboden) und in Roben (ich hatte erwartet, dass mein Herz stillsteht, aber die reden ja nichts). Ein tödlich langes Schweigen, ein undurchdringliches Hüsteln. Dann wurde etwas vorgelesen. Ich habe nichts davon verstanden, von Anfang an nichts und immer noch nichts. Gleichwohl hörte ich zu, ich höre noch immer zu. Es hatte da Nuancen, Pausen in der Rede, man blickte befriedigt im Halbkreis herum. Mein Herz wollte schon wieder aufleben. Ah! Warum? Diese Lesung wurde unterbrochen durch einen Zwischenfall. Ich blickte auf meine Verteidiger und das spärliche Publikum. Ein allgemeines Scharren mit den Füssen machte mich verstehen: Das war das Ende.

»Hat man«, sagte einer, »tatsächlich die Vorstellung? . . .« Ich hörte auch: »Übertriebene Strenge . . .« Doch ich hörte immer weniger. Alles Watte, alles schwarz, eine Röhre, Abscheu, Lachen. Noch vierundzwanzig Stunden, stehend vor diesen vierzig Männern in einem ganz engen Raum. Der Wagen.

Ich weiss, dass das undurchdringlich ist, aber es ist verrückt. Dieses Zimmer jetzt ist übrigens nicht das Schlimmste. Ich höre das Tram, das durch die Strasse rumpelt (es gibt eine Strasse!). Und hat es nicht Kanarienvögel im Hof?

Ich will aufstehen. Gibt es eine Gewalt, die mich daran hindern könnte? Nein, nicht im mindesten. Aber ist eine besondere Anstrengung nötig? Ich könnte aufstehen, ich könnte gehen – das weitere nachher!

Ich erwache, noch immer in dieser Stellung, das heisst sitzend genau in der Mitte dieses Holzbodens. Es dünkt mich, ich habe geschlafen – tausend Jahrhunderte lang. Plötzlich diese Gewissheit, die mich bestürzt: wie konnte ich leben, während mir doch niemand Nahrung brachte? Das ist allerdings seltsam. Folglich ... eh! aber dieses Fenster ... Welchen Zusammenhang gibt es zwischen diesem metallenen Netz – ja, ein Metallnetz wie gegen Insekten – und dieser Verurteilung, die für alle Zeit jede Vorstellung von Hoffnung ausrottet? Diese Tür, endlich entdecke ich sie. Lackiertes Holz einer ganz gewöhnlichen Tür. Es muss einen Flur geben vor diesem Zimmer ... grüne Zimmerpflanzen, Schirmständer. Aber nein, man hört Gehen wie auf der Strasse. Also wird hinter der Tür die Strasse sein. Unbegreiflich, dass ich nicht aufstehe. Ich muss es nur tun. Es ist undurchdringlich, für immer, aber ich muss es tun. Nichts hindert mich daran. Ich kann den Arm heben. Sieh da: er ist aufgestanden. Also vorwärts! aufrecht! Ich stehe aufrecht. Gehe! Ich gehe. Warum empfinde ich das als Sieg der Natur, als eine Art unerwartetes Wunder? Aber nur keine Bestürzung zeigen: ich geh jetzt zu dieser Tür und untersuche aufmerksam, wie sie geschlossen ist. Eine gewöhnliche Türklinke, die ohne Zweifel eine perfide Attrape ist. Ich bin da, meine Hand umschliesst die Türklinke. Ich fürchte mich vor mir selber lächerlich zu machen, wenn ich einfach die Klinke drücke. Wahrscheinlich lässt sich die Tür nicht öffnen, dieser Flur oder diese Strasse sind künstlich, diese Geräusche, die ich höre, aus dem Draht, den ich entdeckt habe an der Zimmerdecke – ich bin doch nicht so dumm, ich habe den Draht schon lange gesehen. Ich habe den Arm ausstrecken wollen, und ich habe den Arm ausgestreckt; ich habe mich aufrappeln wollen und diesen Stuhl verlassen; ich habe es gekonnt. Ich habe die Türklinke sehen wollen und in die Hand nehmen wie einer, der die Tür öffnet. Ich bin, all das ist real. Ich werde also die Klinke drükken, ich kann es, ich will es (man hört Schritte, das Rollen eines Zugs, das Piepsen von Kanarienvögeln), ich ... ich ...

... drücke die Türklinke. Die Tür öffnet sich. Ich bin auf der Strasse. Ich wechsle nicht einmal das Trottoir. Ich geh wie ein gewöhnlicher Passant. Nicht schnell, nicht langsam. Ich bleibe jedesmal vor einem Schaufenster stehen (zum Beispiel dem Schaufenster eines Schuhladens), dessen Glas reflektiert, wie ein Rückspiegel, und ich sehe, dass ich nicht verfolgt werde. Ein überfülltes Tram (es ist Mittag) hält an einer Kreuzung, ich steige ein, auf die vordere Plattform. Das Tram aus der Gegenrichtung kommt, wir fahren ab.

»Wohin?«

»Bis zur Endstation.«

»Das ist aber die 19, die bis zur Endstation fährt. Wir halten beim Depot. Aber ich gebe ihnen ein Billet bis zur Endstation. Sie müssen dann nur auf die 19 warten.«

Beim Depot warte ich. Ich lese nicht Zeitung, ich mache keine Bewe-

Paul Klee *Angstausbruch*

gung und erst recht vermeide ich Reflexe eines Menschen, der ahnungslos ist und wartet. Manchmal höre ich Schritte hinter mir, ja Laufen, aber ich wende mich nicht um. Ich höre sagen: »Da ist er.« Ich will, dass sich das auf jemand anderen bezieht, und tatsächlich ist es jemand anderer. Ich bleibe unbeweglich und unauffällig.

»Warten Sie auf die 19?«

Ich hätte in meiner ganzen Länge zusammenzucken können. Aber im Gegenteil, ich antworte: »Ja, auf die 19.«

»Dann kommen Sie schnell, sie wird gleich abfahren.«

»Ist sie denn da?«

»Ja, sie ist da.«

Ich habe es nicht bemerkt. Ich steige ein (während ich einsteige, schaukelt das Tram etwas, es schwingt auf seiner Federung). Ich bin der einzige Fahrgast. Der Fahrer, ein Mann mit schwerem Schritt wie ein Gärtner, steigt gleichfalls ein, bringt den Stromabnehmer an die Leitung und erzählt mir mit einer ermüdenden Stimme tausend Dinge. Ich achte nicht darauf. Ich bin nicht jemand, der sich auf so plumpe Art terrorisieren liesse, und seien die Geschichten auch wunderbar. Dann fährt das Tram ab, aufwärts, dann immer schneller, abwärts, hält an, setzt die Fahrt fort, durch Vororte, durch weite Felder, auf denen eben Mist ausgetragen worden ist, voller Raben. Endlich, bei einer Baumschule, hält das Tram. Kein Gleis mehr.

Ich muss also zu Fuss weitergehen, auf der Hauptstrasse. Das ist ganz einfach. Ohne je zurückzublicken.

(Versteht man meine Taktik? Ich muss das glauben, mit einem Glauben, der so stark ist wie die Existenz. Die Existenz erfordert von dem, der existiert, keine Anstrengung. Er existiert einfach. Genau so muss ich glauben. Andernfalls, wenn ich eine Art von Realität usurpiere, die nicht das ist, was ich glaube, so existiert sie nicht. Ich glaube, also existiere ich. Wenn die Realität nicht das ist, was ich glaube, wird das Gegenteil existieren und mich auflösen. Es gibt dabei nicht einen ebenso starken Glauben, dem Nichts zu widerstehen; es gibt den guten Glauben, der allen glücklichen Möglichkeiten zur Existenz verhilft, und den schlechten Glauben, der das Leben allen Monstern ausliefert. Ich habe begriffen, woran ich mich halten muss. Das ist vielleicht nur Klugheit. Es wird sich zeigen. Also vorwärts gehen. Am gefährlichsten ist es offensichtlich, nachzudenken. Ich darf nicht denken, nichts denken. Ich darf vor allem nie zurückblicken. Wenn ich eine gewisse Strecke zurückgelegt habe, wird sich zeigen, ob diese Klugheit Erfolg gehabt hat.)

Ein Dorf namens X. Ich lasse es hinter mir. Ein anderes heisst Z. Ich lasse es hinter mir. Die Strasse ist von hohen Böschungen gesäumt.

Es ist mir bis jetzt kein Gemüsewagen begegnet.

Ich bin jetzt in einer Gegend, die sich niederneigt. Sie ist wie der Abdruck eines Jagdhorns.

Ich marschiere unentwegt. Enten, Weiden. Ich marschiere unentwegt.

Auf einem Wegweiser habe ich einen Namen gesehen, den ich mir gemerkt habe, obwohl ich nicht weiss, was er bedeutet. Ich muss glauben, dass ich zu diesem Ziel komme (ich darf nicht sagen: ich muss glauben; ich glaube).

All das ist falsch. Ich habe keine Freude im Herzen. Ich weiss, dass ich auf Leben und Tod verfolgt werde. Es ist nicht die Phase einer wilden Hinrichtung. Man lässt mich tun, was mir Spass macht. Diese Stille und die Tatsache, dass ich niemals zurückschaue – mir kommen Tränen vor Lachen. Es wird immer, an dieser oder jener Stelle auf der Erdkugel, Länder geben, wo gefoltert wird, gefoltert durch Gehaltsempfänger, die nur Polizisten des grossen Gerichtshofs des Schlechten sind. Ich habe mit der Zeit bemerkt, dass man die gewöhnlichen Polizisten erkennt. Aufgrund ihrer infamen gesellschaftlichen Stellung, die ihnen einen infamen Gesichtsausdruck verleiht, und dieses falsche Herumlungern. Ich frage mich, was in ihnen hat vorgehen können und sie bestimmt hat, diesen Beruf zu wählen, der ihr ganzes Leben in der Schande hält. Geschmack von Schande, ohne Zweifel, und grenzenloser Abscheu gegenüber dem göttlichen Ursprung des Menschen. Darin versteckt sich der Teufel; das ist seine Kunst: keine Mittel zu verbreiten, die jedermann zur Hand wären. So dumm sind sie, dass sie von dem profitieren wollen, was zwischen dem Übernatürlichen und dem Natürlichen liegt – sagen wir: von der Telepathie, vom drahtlosen Funk – im Glauben, das verschaffe ihnen eine Kontrolle, die unmöglich ist, die aber umso gefährlicher wird, je mehr sich die Wissenschafter da einmischen und die Wissenschafter über Gesetze verfügen; das ist eine Bedrohung auf weite Sicht. Oh! aber man muss sich davor nicht fürchten. Fürchten: das ist Blasphemie. Und sich nicht fürchten: das ist Selbstmord. Es gibt, jenseits dieser erklärbaren oder nicht erklärbaren Wundertaten, in denen sich der Feind einnistet, Vernunft und Gerechtigkeit, und die sind unerschöpflich; man hat sie niedergeworfen, aber man wird sich ihrer erinnern. Auch können sie sich nicht allzu weit vorwagen. Wir aber, wir wagen uns vor, ohne Hilfsmittel, ohne Waffen, ohne Masken, ohne Geheimnis. Nichts wird auch nur ein bisschen mehr existieren, als wir im Leben existieren (nichts wird auch nur ein bisschen mehr geglaubt sein, als wir glauben). Wir werden sie treffen und zum Schweigen bringen. Was werden sie tun? Das ist das Erstaunliche. Sie tun es immer: Sie erwecken den Anschein, weniger zu existieren oder nicht zu existieren. Es genügt, dass sie Macht berühren, die sie gegen uns schleudern: ein Lohn, der ihnen ihre Erfolglosigkeit bezahlt, ihre Freiheit, sich auf eine Art zu zerstreuen, die ihrer dreckigen inneren Verfassung entspricht. Man hört nicht mehr davon reden. Aber man sollte Angst haben vor ihnen; sie sind fürchterlich; man sollte ihnen misstrauen, sollte sie allein durch die Kraft des Blicks herunterholen; dann würden sie auf dem Boden bleiben und durch ihren schweinischen Dreck kriechen, bis sie sich mit ihm vermischt haben.

Ich hatte vorhin unrecht, zu sagen, das sei falsch, ich würde keine Freude im Herzen verspüren. Denn da ist eine unmässige Freude, zu glauben, und zu wissen, dass ich glaube. Auch werde ich tun, was ich mir bisher strikt veroten habe: ich werde zurückblicken. Passt es denn zu einem Fussgänger, zu einem Menschen, der auf der Strasse seines Weges zieht, solche Verbote zu formulieren? Nicht zurückblicken: ist das nicht eigentlich befremdlicher, ja am Ende aller Rechnungen suspekt? Ich bestehe darauf, dass diese Überlegung stichhaltig ist, und mit aller Kraft meiner Füsse wende ich mich um. Ich überblicke sorgfältig die ganze Landschaft und die weite Strasse, die hinter mir liegt. Ich kann nicht sagen, dass da nichts ist. Es hat etwas: ein Stück Welt. Das ist natürlich. Ich kann der Natur nicht befehlen, unbelebt zu werden, nur weil ich mich umwende. Zum Beispiel ein Camion. Ich warte. Ich trete zur Seite und sehe ihn an. Ich trete zur Seite, um nicht überfahren zu werden; ich sehe ihn an, weil es mich Wunder nimmt, was darin ist – die Neugier ist berechtigt. Dann sehe ich zehn oder fünfzehn Menschen. Sie singen; es ist wahrscheinlich eine Hochzeit. Tatsächlich, sie nehmen einen Weg, der zu einem Kirchturm führt, mehr sieht man nicht. Dann warte ich weiter. Nichts mehr. Noch immer. Niemand, absolut niemand. Ich verlasse die Strasse und schlage einen Fussweg ein. Niemand. Hier ist das Land sehr flach. Ich schaue rundum: nicht der kleinste schwarze Punkt deutet auf die Anwesenheit eines Menschen hin.

Das ist wirklich verblüffend, ich werde nicht verfolgt. Aber diese Richter, dieser Gerichtshof, diese Stimmen, diese undurchdringliche Verurteilung, dieses Zimmer, dieser Stuhl?

Nichts. Ich bin völlig frei. Ein bisschen allein. Ich habe Hunger. Ich bin ein Lebewesen wie die andern. Ich empfinde das Bedürfnis, mich zu setzen, mich auszustrecken. Ich bin verrückt vor Freude. Oh! das war bedrohlich, dieses Eis, das war doch eben erst (ich wage nicht, es heraufzubeschwören), dieses Eis, das mich von innen her auffressen wollte. Es ist köstlich, von einer unbeschreiblichen Köstlichkeit, jetzt davon befreit zu sein. Also lieber nicht mehr daran denken. Diese Erfahrung hat gereicht.

Also marschiere ich von neuem. Ich will ein Städtchen erreichen, mich erfrischen und Landkarten kaufen, um zu wissen, wo ich bin.

Zwei Hunde überholen mich, einer hinter dem andern. Es sind Wolfshunde, die man auch Polizeihunde nennt. Wundervolle Tiere. Ich betrachte sie und beneide den glücklichen Eigentümer. Der kann übrigens nicht weit sein. Denn Hunde von dieser Rasse, denen man ansieht, wie wohlabgerichtet sie sind, laufen nicht allein herum. Ich wende mich also um. Mein Gedankengang war logisch und hat mich motiviert (wie er jedermann motivieren würde), zurückzublicken. Tatsächlich, ich sehe den Hundebesitzer, einen Mann auf einem Velo. Er ist nicht so nah, wie mich meine Logik hatte glauben lassen; er ist recht weit weg. Doch er nähert sich. Der fährt nicht spazieren, der ist kein Jäger, der ist kein Eigentümer, der ist kein Priester (was alles möglich wäre, wenn man mit dem Velo unterwegs ist und Hunde besitzt, die vorauslaufen); ja, der Mann trägt eine Uniform – ich sehe es jetzt genau, dass es eine Uniform ist –, er könnte ein Briefträger sein. Er hat sehr schöne Hunde. Ich beglückwünsche ihn. Die Hunde übrigens laufen nicht mehr voraus; sie warten auf den Herrn. Nichts ist natürlicher. Sie könnten an mir herumschnuppern. Doch sie sind so gut dressiert, dass sie das nicht tun.

Was hatte ich übrigens den Briefträger ständig anzugucken? Er hat angehalten, sucht etwas oder scheint etwas zu suchen. Briefe in seinem Sack. Was könnte ein Briefträger anderes suchen als Briefe? Aber da gibt es ja kein Haus. Nun, er sortiert sie, er ordnet jene Briefe, die er da oder dort deponieren wird, sobald es Häuser hat. Wahrscheinlich werden bald die Schrebergärten kommen und dann die Häuser: kleinere Häuser zuerst, dann grössere, schliesslich (denn es muss eine kleine Stadt von einiger Bedeutung sein) werde ich eine Buchhandlung finden, wo ich mich mit soviel Landkarten eindecken kann, wie ich es nur wünschen mag.

Ah! das sage ich so. Dabei habe ich keine Eingeweide mehr. Das ist ein schlechtes Plädoyer für die Wahrscheinlichkeit, dass ich schon im Begriff bin, das zu tun. Weiss ich denn nicht, dass es vergeblich wäre, sich aufzulehnen gegen das Unabwendbare – dieses Unabwendbare, das sich nähert mit dem Maul einer Boa, und ich bin nur ein Kolibri. Dass da auch kein Widerstand höherer Ordnung, der mir scheinbar den Sieg verheisst, noch irgend etwas hilft?

Man pfeift. Der Briefträger ruft so die Hunde herbei. Man pfeift abermals, und alle Glocken eines grossen Kirchengeläuts beginnen zu rauschen und zu reden.

Ich bin stärker, als man denkt. Das ist's, das gibt mir die Kraft, die Unverschämtheit zu erkennen. Da ist etwas, eine übertriebene Beflissenheit, die misstrauisch macht. Von einem gewissen Punkt an werden Machenschaften zu Betrug. Ich bin in Ordnung, ich bin gesund, ich bin gut. Ich war immer von Sympathie umgeben. Was will man da plötzlich, wer sind meine Feinde? Sehen wir sie genau an!

Das tue ich. Der Mann, der reichlich lange hat anhalten müssen, ist nicht mehr weit. Er ist nicht ein Briefträger, sondern ein Agent. Nun, sehen wir, was dieser Agent will. Warum übrigens frage ich: Was »will« dieser Agent? Ist es nicht offensichtlich, dass er etwas will, und zwar von mir?

Nun ist er schon ganz nah. Aber – unglaublich – er ist doch ein Briefträger! Nein, ein Agent ... nein, ein Briefträger ... nein, ein Agent ... nein, ein Briefträger.

Auf! Los! Marschieren!

Eins, zwei; eins, zwei; eins, zwei; eins, zwei.

»He!«

Eins, zwei; eins, zwei; eins, zwei; eins, zwei.

»Das nenne ich: mit gutem Schritt marschieren.«

»...«

»Entschuldigen Sie, Monsieur, Sie ...«

Man hat mich angeredet. Nicht von hinten. Von der Seite jetzt. Ich werde gleich so abwesend sein, dass ich nicht auf jemand achte, der mich anredet. Und wo dieser Jemand doch ein Agent ist, ein regelrechter Agent, im übrigen liebenswürdig, wie sie das ja immer sind.

»Sehen Sie, ich bin völlig verzweifelt.«

Ich begreife, es ist jemand, der einen normalen Gesprächston annimmt. Das tue ich auch.

»Ah! haben Sie aber schöne Hunde!«

»Jaja, die Hunde. Man muss nicht übertreiben. Sie haben nichts Ausserordentliches. Und sie sind auch nicht dressiert. Oh das ist ärgerlich mit diesen Hunden, dass sie immer hinter einem zurückbleiben. Verdammt! Warum wissen Sie, dass ich Hunde habe? Warten Sie ich will sie rufen.«

»Oh! das eilt ja nicht!«

(Ich bin's, der so irre Sachen sagt. Klar, wenn ich so weitermache, werde ich bald mit dem Rücken zur Wand stehen.)

»Gut, wenn Sie nicht in Eile sind, um so besser. Ich wollte Sie fragen ... Sie werden entschuldigen, doch ich habe eine Bitte ... Kann sein, dass ich mich täusche ... Ich wollte fragen, ob Sie ein Messer haben.« Das hat schlecht angefangen. Tatsächlich, vor dieser rätselhaften Gefangenschaft besass ich eines, ein wunderbares schweizerisches Armeemesser, doch man hat es mir weggenommen, wie auch mein Geld. Geld habe ich immerhin noch; denn ich habe immer einen Schein von 100 Franken und einen Schein von 10 Franken im Futter meiner Jacke, das hat mir auch erlaubt, das Tram zu bezahlen. Aber ein Messer, nein, das habe ich nicht mehr.

»Zu meinem grossen Bedauern – ein Messer habe ich leider nicht.«

»Ein simples kleines Taschenmesser hätte übrigens den Fall auch nicht gelöst. Stellen Sie sich vor, eine kleine Schraube an meiner Hinterrad-Bremse hat sich gelockert. Die Vorderrad-Bremse ist heissgelaufen. Ich habe also keine Bremse mehr. Eigentlich würde ich nicht ein Messer brauchen, sondern einen Schraubenzieher. Und es gibt ja Messer, die auch einen Schraubenzieher haben. Die Militärmesser, zum Beispiel, von der Schweizer Armee. Aber sie haben keines. Also entschuldigen Sie.«

»Tatsächlich, ich habe weder ein gewöhnliches kleines Taschenmesser noch ein Militärmesser von der Schweizer Armee.« Und ich fügte bei, ich weiss nicht warum: »Ich habe eines gehabt . . .«

»Ich auch. Aber Sie haben es wohl gemacht wie ich. Es gibt doch diese Klinge, mit der man Büchsen öffnen kann und die so leicht abbricht. Man denkt dann gar nicht mehr an die übrigen Klingen, und das Messer ist zum Teufel. Diese Büchsenöffner-Klinge sollte man gar nicht brauchen, wenn man ein neues Messer hat – meines war galvanisiert. Im übrigen hat das Militärmesser auch eine sehr praktische Klinge . . .«

»Die Bohrklinge.«

»Ja doch. Ich sehe, dass Sie es wissen. Mit der Klinge kann man die Korken springen lassen, besser als mit . . .«

»Besser als mit einem Zapfenzieher.«

Wir haben das zu gleicher Zeit gesagt.

Darüber also konnte sich ein Briefträger ereifern. Ein Briefträger mit Velo.

»Aber Ihre Hunde, was treiben die jetzt?«

»Bah! man muss sie lassen. Aber sagen Sie, Sie haben wirklich kein Messer von der Schweizer Armee? Sie wissen, eine der Klingen ist ein Schraubenzieher.«

»Ich habe kein Messer mit einem Schraubenzieher, aber ich habe einen Schraubenzieher.«

»Also sind wir gerettet.«

Während man zu zweit an dieser Bremse herumklapperte, fragte ich noch, ich weiss nicht warum: »Sagen Sie, ich bin doch hier sicher auf der Strasse von XXX?«

(Das war die Ortschaft, deren Namen ich mir auf dem Wegweiser gemerkt hatte. Doch ich wechselte inzwischen mindestens dreimal die Strasse.)

»Die Strasse von XXX?«

»Ja.«

»Eh, mein Gott! ganz und gar nicht. Wie haben Sie sich so täuschen können? Da sind Sie ganz und gar nicht. Passen Sie auf, ich will es Ihnen erklären.«

»Sie gehen jetzt ins Städchen hinein, und dann nach links an der Kirche vorbei.«

»Aber nein«, sagte der Briefträger nach einigem Nachdenken, »das wäre ein Umweg. Es gibt ein einfacheres Rezept. Sie kehren um, bis zu den Zementröhren, wo sich die Hunde aufhalten (ich glaube, es hat da Dachse in den Röhren, deshalb wollen die Hunde nicht weg). Dort finden Sie einen Fussweg, der zum Dorf führt. Nachher ist's leicht. Aber es ist weit. Sie werden wieder fragen.«

»Danke.«

Ich kehrte also um. Die Zementröhren, die Hunde, der Fussweg, ich fand das alles rasch. Was für eine sonderbare Begegnung, und was für eine Befreiung! Ausserordentlich erleichtert ging ich auf dem Fussweg. Überall Beeren. Ich pflückte Gartenschierling, um mir zu beweisen, wie fern mir jede Furcht sei.

Da hörte ich rufen: »He! He! Halt!«

Ich wandte mich um.

»Halt! Halt!«

Der Polizist und der Briefträger und die Hunde kamen drohend dahergerannt.

»Halt! Halt! Es gibt noch einen viel einfacheren Weg, und Sie müssen nicht stundenlang marschieren wie hier. Sie gehen von da aus höchstens drei Kilometer, links an den grossen Weiden vorbei. Aber gehen Sie nur ja nicht nach rechts; denn das ist ein Weg, der bei einem Gehöft endet. Auch nicht ganz rechts, da kämen Sie nie ans Ziel. Also links, wie gesagt, den grossen Weiden entlang. Nach drei Kilometern kommt ein Dorf. Dort gibt es einen Bus. Er muss so gegen fünf abfahren.«

»Oh! das ist ja wundervoll, tausend Dank!«

»Aber passen Sie auf. Der Bus fährt nicht bis nach XXX. Er fährt nach XX, dann nach X. Dort werden Sie ein Haus sehen, das die Form einer Kugel hat. Dann sind es nur noch zwei Schritte bis zum Zug. Und in zwanzig Minuten werden Sie am Ziel sein.«

»Oh! ich hab's mir gemerkt. Vielen Dank!«

»Keine Ursache. Auf Wiedersehen.«
»Alles Gute!«
»Alles Gute für Sie!«

Beim Haus mit der Form einer Kugel war ein grosses Leichenfest. Ich bat den Hoteldiener, der hoch auf einer Platane sass, die von Maikäfern summte, mir die Namen der wichtigsten Gäste zu deklamieren. Mein Name war dabei.

Ah! ich hatte genug. Schnell auf die Strasse. Und schnell zu dem kläglichen Städtchen D. Dort würde ich wissen was tun, um zu den Geschäften zu finden, wo ich alltäglich einkaufe. Einmal dort, würde ich gleich auf die Post gehen.

»Ja«, sagt man auf der Post, »es ist ein Berg von Briefen für Sie da.« Eine angenehme Unterhaltung: Briefe.

Ich suche unter den Handschriften. Ah! was für ein Glück: B. Ah! was für ein Glück: C. Ah! was für ein Glück: R. Sehen wir, was R. zu sagen weiss. Ich öffne den Umschlag. Seltsam: eine rote Ameise, wie ein Monogramm auf den Briefbogen geklebt, und darum herum ein Kreis, mit gelber Tusche gezeichnet. Er schreibt dazu, dass die Anwesenheit der Menschen auf der Erde nichts anderes bedeuten kann als ein Experiment interstellarer Navigation, von einem andern Planeten aus gesteuert, eine Reise, deren Gelingen darin besteht, dass man sie antritt. Es müsse da ein Huhn oder einen Fasan auf dem Geschoss der Venus geben, das eine Zeugung erlaube. Er verteidigt sich ausführlich, diese Hypothese sei kein Scherz. »Man muss sie sehr ernst nehmen. Denn nur sie erklärt den Unterschied zwischen den intelligentesten Tieren und dem Menschen. Wenn die Wissenschafter voraussetzen, alles Leben auf der Erde sei vom gleichen Punkt ausgegangen, das heisst von Mikroben aus, so ist es absurd, sich vorzustellen, dass nur der Mensch allein so Erfolg gehabt hat, wie er Erfolg gehabt hat. Logischerweise müsste das Pferd ebenso intelligent sein wie wir. Es kann zählen, gewiss, aber wie viele Millionen von Jahren wären für das Pferd nötig, um jenen Grad von Zivilisation zu erlangen, der es ihm erlauben würde, mit uns in einem Tram Platz zu nehmen. Wie diesen ungeheuren Vorsprung erklären, den wir haben, wenn es nicht einen andern Ursprung gibt? Ich überlasse dir diese Gedankengänge zu ihrer möglichst weiten Verbreitung. Sprich mit deiner Concierge darüber und pass auf, was sie denkt.«

Ich habe keine Concierge. Wie alle etwas überforderten Leute habe ich einen Schweizer. Zurückgekehrt nach XXX, befragte ich ihn also über diese Theorie, wie ich oft schon andere Themen meinem Schweizer vorgelegt habe. Er hörte mir aufmerksam zu, dann nahm er eine Prise Schnupftabak, von der er die eine Hälfte durch das eine Nasenloch und die andere Hälfte durch das andere Nasenloch einatmete. Das Ergebnis liess nicht auf sich warten. Im gleichen Augenblick, da er niesen musste, erschütterte seine Hellebarde, mit einem schrecklichen Sprung aus ihrer gewöhnlichen Stellung, den Porphyr meines Häuschens. Ich empfand, wie dieses, von unten bis oben unaussprechbares Wohlbefinden.

(Aus dem Französischen von Hans Rudolf Hilty)

Hans Arp

ins bodenlose

den kopf nach unten
die beine nach oben
stürzt er ins bodenlose
dorthin woher er gekommen ist.

er hat keine ehre mehr im leibe
beisst keinen biss mehr in einen imbiss
erwidert keinen gruss
und hält nicht an, selbst wenn man ihn anbetet.

den kopf nach unten
die beine nach oben
stürzt er ins bodenlose
dorthin woher er gekommen ist.

wie eine behaarte schüssel
wie ein vierbeiniger säugestuhl
wie ein tauber echostamm
halb voll halb leer.

den kopf nach unten
die beine nach oben
stürzt er ins bodenlose
dorthin woher er gekommen ist.

Friedrich Dürrenmatt

Der Folterknecht

Die Quader sind tot. Die Luft ist wie Stein. Die Erde drückt von allen Seiten. Aus den Ritzen rieselt kaltes Wasser. Die Erde eitert. Die Dunkelheit lauert. Die Folterzangen träumen. Das Feuer glüht im Schlaf. Die Qualen kleben an den Wänden. Er kauert in der Ecke. Sein Ohr lauscht. Die Stunden kriechen. Er steht auf. Weit oben geht eine Türe. Das Feuer erwacht und lodert rot. Die Zangen bewegen sich. Die Stricke dehnen sich. Die Qualen verlassen die Wände und senken sich auf jeden Gegenstand. Die Folterkammer beginnt zu atmen. Schritte nähern sich.

Er foltert. Die Wände keuchen. Die Quader brüllen. Die Steinplatten winseln. Aus den Ritzen glotzt die Hölle. Die Luft ist siedendes Blei. Das Feuer giesst sich über weisses Fleisch. Die Leitersprossen biegen sich. Die Sekunden sind ewig.

Er kauert wieder in der Ecke. Seine Augen sind leer, seine Hände wie Eis. Das Haar klebt. Die Folterkammer ist müde. Das Blut versickert. Die Quader erstarren. Der Ekel strömt durch die Gitter. Die Stille würgt. Die Zeit erwacht. Die Sekunden beginnen zu tasten und die Stunden schieben sich übereinander. Das Feuer leckt an den letzten Kohlen.

Die Nacht liegt auf der Stadt. Die Sterne sind gelb. Der Mond ist braun. Die Häuser kriechen über den Boden. Er geht durch eine Gasse und betritt die Schenke. Die Fackeln brennen schwarz. Die Menschen fliehen. Der Wein ist altes Blut. Jemand schreit. In der Ferne rückt ein Stuhl. Eine Zote wiehert herüber. Ein Weib hat weisse Haut. Eine Hand liegt darauf. Die Türe geht. Es wird still. Ein Fremder setzt sich zu ihm.

Er sieht des Fremden Hände. Sie sind schmal. Die Finger spielen mit einem Stock. Der Silberknauf blinkt. Das Gesicht ist bleich. Die Augen Abgründe. Die Lippen öffnen sich. Der Fremde beginnt zu sprechen.

Du bist der Folterknecht. Du bist der letzte der Menschen. Der hässlichste. Ich habe Gold. Ich habe ein Weib und zwei Kinder. Ich habe Freunde. Einmal werde ich nichts mehr haben. Ich werde alt werden. Ich werde sterben. Ich werde verwesen. Ich werde das sein, was du bist. Mein Leben ist Abstieg ins Nichts. Das deinige bleibt sich gleich im Nichts. Ich beneide dich. Du bist der glücklichste Mensch.

Ich habe jede Lust genossen. Doch meine Lust zersprang. Der Ekel blieb. Deine Lust ist unerschöpflich. Sie ist ewig. Du folterst. Unter deinen Händen zerbricht die Illusion Mensch. Das schreiende Tier bleibt. Die kleinste deiner Bewegungen erzeugt unendliche Angst. Du bist der Anfang und das Ende. Ich mache dir einen Vorschlag. Lass uns die Gestalt tauschen. Du sollst meine Frau haben. Mein Gold. Meine Jugend. Meine Macht. Lass mich Folterknecht sein. Lass uns nach zwei Jahren wieder zusammenkommen. Vergiss es nicht. Sonst bleiben wir ewig vertauscht.

Die Worte des Fremden hämmern an sein Ohr. Ein Glas fällt. Der Wein strömt über den Tisch. Auf dem Boden liegen Scherben. Er sieht des Fremden Gesicht. Es ist schön. Sein Kleid ist reich. Er küsst die schmalen Hände. Er hört sich lachen.

Sie betreten einen Saal. Die Schatten fliegen über die Wände. Die Fenster sind leer. An der Decke hängen Fledermäuse. Der Boden ist ein Spiegel. Die Opferschale glüht blau. Der Rauch steigt senkrecht. Er reicht dem Fremden die Hände. Das Licht wird dunkel. Die Schatten lösen sich von den Wänden. Die Luft singt. Die Fledermäuse an der Decke schwanken wie kleine Glocken hin und her. Die Fenster drehen sich. Er sieht den Folterknecht.

Eine unförmige Riesengestalt. Eiterbeulen starren. Eine verweste Fratze schimmert. Ein Auge glotzt rot. Der Augenstern ist ein Geschwür. Der Mund geifert. Er flieht.

Er geht durch die Gassen. Sein Schritt wird ruhiger. Er ist entschlossen, nie mehr zurückzukehren. Seine schmalen Hände spielen mit dem Stock. Die Sonne geht auf. Die Häuser leuchten. Der Himmel ist ein weites Meer. Die Menschen gehen an die Arbeit. Ein Mädchen lacht ihn an.

Er tritt in ein Haus. Die Mauern sind weiss. Die Hunde ziehen sich zurück. Die Diener verbeugen sich. Er küsst die Kinder. Eine Frau kommt. Sie ist zart. Das Haar ist blond. Ihr Fuss ist klein. Er lacht. Sie umarmt ihn. Er fährt ihr über die Brust.

Die Nacht ruht. Der Tag ist fern. Das Zimmer atmet regelmässig. Die Dunkelheit ist warm. Sie liegt nackt. Ihre Haut ist wie eine Wolke.

Die Tage wandeln. Die Monate steigen. Ein Jahr vergeht. Die Gassen sind leer. Die Hände spielen mit dem Stock. Das Silber blinkt. Der Himmel lastet auf der Erde. Der Boden ist weiss. Der Schnee knirscht. Er geht durch eine Allee. Ein Ast liegt auf dem Schnee. Ein kleines Kind schreit. Der Ast ist wie eine Folterzange.

Er sitzt im Sessel. Es ist dunkel. Er trinkt. Der Wein ist kaltes Blut. Die Finsternis kriecht in die Poren. Die Stille martert. Das Kaminfeuer lodert rot. Die weisse Mauer daneben hat einen Riss. Er schlägt mit dem Absatz des Stiefels den Mörtel ab. Quader kommen hervor. Er steht auf und geht hinaus. Er peitscht die Hunde tot.

Die Stunde naht. Er gibt ein Fest. Der Saal lärmt. Die Tische biegen sich.

Aimée Montandon *Die Gehenkten*

Die Lichter flackern über die Gesichter. Die Frauen haben runde Schultern. Die Männer lachen. Die Schatten fliegen über die Wände. Eine Zote wiehert herüber. Er küsst. Sie reisst das Kleid auf. Der Wein strömt über den Tisch. Blut versickert. Er springt auf. Er eilt weg. Er springt durch die Gassen. Die Häuser pfeifen. Die Türme wachsen pfeilschnell in den Himmel. Die Gasse senkt sich. Die Häuser rücken zusammen. Sie versperren ihm den Weg. Er macht sich Platz und stürzt in den Saal. Die Opferschale ist zerbrochen. Die Fenster starren ihn an. Der Boden ist bedeckt mit toten Fledermäusen. Er wartet. Seine Lippen zittern. Der Folterknecht kommt nicht.

Er schleicht zurück. Der Himmel ist kalter Schiefer. Sein Haus ist bleich. Seine Frau schläft. Sie liegt still. Ihr Haar ist wie Gold. Er hebt die Fackel. Feuer giesst sich über weisses Fleisch. Das Bett ist eine Folterbank. Jemand stöhnt. Das Blut ist rot.

Er sitzt. Er schweigt. Das Licht ist grell. Die Menschen gehen an einem Fenster vorüber. Die Richter reden. Er steht auf. Die Richter sagen Worte.

Der Gang führt immer tiefer. Er ist schmal. Der Boden ist aus Stein. Die Wände sind Quader.

Eine Tür öffnet sich. Der Raum ist viereckig. Ein Feuer flackert ihm entgegen. Die Luft ist nass. Aus der Ecke löst sich ein Schatten. Zangen heben sich aus dem Feuer. Der Schatten kommt näher. Er schreit auf. Es ist der Folterknecht.

Er ist an den Boden geschmiedet. Sein Mund brüllt. Die steinerne Decke fällt. Die Luft verklebt die Poren. Die Gewichte sind stöhnende Erdkugeln. Die Folterkammer ist die Welt. Die Welt ist Qual. Der Folterknecht ist Gott. Der foltert.

Ein Mensch schreit:

Warum bist du nicht gekommen?

Gott lacht:

Was soll ich wieder Mensch werden.

Ein Mensch stöhnt:

Was quälst du mich?

Gott lacht:

Ich brauche keinen Schatten.

Ein Mensch stirbt.

7

In Spanien wütet das Interesse mit einer Schamlosigkeit, wie die Welt sie selten gesehen. Tatsächlich gehört, was sich dort seit vielen Monaten abspielt, zum Schändlichsten und Skandalösesten, was die Geschichte aufzuweisen hat. Sieht, empfindet es die Welt?
Thomas Mann

Aus dem grossen Fragebogen. »Sind Sie Reaktionär oder Revolutionär? – Revolutionär. – »Klassiker oder Romantiker?« – Romantiker. – »Was mögen sie lieber: Gebirge oder Ebene? – Gebirge. – »Warum sagen Sie das?« – Weil es wahr ist; und dann vor allem, um Ärgernis zu erregen.
Charles-Albert Cingria

Franz Robert Schöni

Republikaner? Monarchist?

»Republikaner? Monarchist?« so fragte
Ein schlichter Mann mich, der die Flur bebaute,
Indes ihm kühn aus dunkelm Auge schaute
Der rauhe Mannesstolz, der alles sagte.

»Ein Sohn der Schweiz – am Seegestade ragte
Der blaue Jura, wo sein Morgen graute;
Der sich hierher der salzgen Flut vertraute,
Als er vernahm, dass es in Spanien tagte.«

Da fasste mir die Hand der Catalane:
»Du Sohn der Freiheit! Sei gegrüsst uns allen,
Die wir bebaun Padillas heilge Erde!

Die Republik! – Das ist auch unsre Fahne;
Und bis uns sieghaft *ihre* Farben wallen,
Sei nimmer Ruh beschieden unsrem Herde!«

Albert Ehrismann

Der Anzug

Eine Stimme meldete um Mitternacht,
man müsse einen guten Anzug haben:
es würde ein Mann über die Grenze gebracht,
der werde den Anzug tragen.

Die Sterne kamen zur üblichen Zeit.
Aus den Uhren tickte es leise.
In Paris lag sein Pass und Geld bereit
für die fernere südliche Reise.

Man hörte nichts weiter, doch *Madrid stand.*
Ein Paket soll im Hinterland liegen;
darin wartet geduldig das gute Gewand,
bis die Männer im rauhen Kleid siegen.

Die Sterne steigen und sinken ins Meer.
Ein Gewehr klagt die tödliche Weise.
Der jetzt stirbt, braucht den besseren Anzug nicht mehr
für die spätere glückliche Reise.

Eines Tages wird *diese* Stimme da sein:
unser Mann sei zurück, und er trüge
den Anzug, wie ein Mahnmal – Blumen und Stein –,
weil *ein* Sieg allein nicht genüge.

Die Sterne strahlen in himmlischem Glanz.
Alle Herzen wachen und schwören:
Wer die Freiheit will, muss der Freiheit ganz
und mit seinem Leben gehören.

Albin Zollinger

Die beiden Spanien

Möglicherweise ist es der verdiente Lohn, dass die Parteilosen es in dieser Zeit schwerer als alle anderen haben. Sich einer politischen Kirche zu verschreiben, müsse süss wie die Flucht in Mutters Schoss sein. Die Selbständigkeit gegen Revolutionäre zu bewahren, ist heute verfänglicher und erfordert mehr Selbstverleugnung als nach rechts nein zu sagen. Das einstmals königliche Attribut Idealist hat den Dolchstoss der Lächerlichkeit bekommen. Unter der Jugend, die sich bekanntlich frühe übt, gibt es das beliebte Spiel, dem Ahnungslosen ein Fetzchen Papier an den Rücken zu heften: »Ich bin ein Esel.« Gegen die Wirkung daraus ist ihm nicht wieder zu helfen. Es hat sich neben dem der Naivität (Demokrat – alter Sekundarlehrer) aber bereits ein anderer Sinn des Bekenntnisses zur Demokratie herausgebildet: der des unscheinbaren Mutes, der aussichtslosen Treue. Es pflegen nicht immer die schlechtesten zu sein, die dem Neuen mit Skepsis begegnen. Oft sind es die, welche zweifelten, als es noch ketzerisch war. Nicht jeder ist ein Dramatiker, der die Weltgeschichte nach der Vereinfachung Himmel und Hölle, Erzengel und Satan zu sehen vermag. Verflucht die Stunde der Versuchung, wo auf einmal ein Zug der Menschlichkeit in die Züge des Antichrists kommt. Insofern als die Vergangenheit übersichtlich vor uns liegt, ist es vielleicht nur mit Hilfe der Täuschung aus dem Abstand ermöglicht. Nun, die grossen Verläufe werden ersichtlich bleiben und auf die Lage des Kommenden weisen. Jeder von uns ist heute im höchsten Grade verantwortlich; das ist es, weshalb wir, gegen die eigene Bequemlichkeit, unsere Haut auf Märkte tragen, die wir vordem nicht besuchten. Der Wagenführer der alten Zeiten durfte sich weitgehend auf den Instinkt seines Tieres verlassen; den am Volant sichert keine erkannte Richtung vor dem heftigen Schluss, wenn er einnickt.

Ich wiederhole es immer aufs neue: es ist Sorge um unser Land, die mich zu reden treibt. Es braucht keines Prophetentums, die Gefahren zu sehen, ich bilde mir nichts darauf ein, zu sehen, was viele sehen. Am Ende sind wir, die wir schreien, bloss die Schwächlicheren, die zu schweigen nicht ertragen. Leistung und Heldentum sind möglicherweise bei denen, die die Not dieser Zeit in sich verarbeiten. Was wissen wir über Spanien? hielt ein Freund wohlmeinend meiner Absicht zu diesem Sonderheft entgegen. Weiss Gott, ich kenne sie, die vexierende Art der Wahrheiten. Allein, dürfen wir uns beruhigen bei der Tatsache, dass ehrlicher Glaube, heilige Aufopferung in allen Lagern vorkommen? Das darf ein Schafhirt, Schuster, usw. Als ob die zerrissenen Kinder Guernicas nichts als Politik wären! Dichter bleibe bei deiner Herzallerliebsten, die vergasten Frauen Harrars sind Politik! Ich schreie Protest gegen die Leichtfertigkeit, zu tun als läge Spanien auf dem Mond. Ich schreie Protest dagegen, dass man die Stadtverdunkelung zu einem Volksgaudi macht. Damals klangen die Gläser bis über Mitternacht hinaus. Ein Dichter entsetzt sich über den Romantismus dieses Volkes. Ist ihm die Welt zum Kino geworden? Haben die hundert Jahre Frieden es in die Sicherheit gewiegt, zu glauben, das Nervenkitzelnde, das man vom Polstersitz aus auf der Leinwand verfolgt, bliebe in alle Ewigkeit »jenseits von uns«? Es ist nicht der Angsthase in mir, der das fragt, es ist der, den die Möglichkeit solcher Frivolität empört. Wie oft, und zum Teil gewiss verzeihlicherweise, redet man sich hierzulande mit dem Spruch von »Heiri was Hans« aus der Sache. Wir brauchen zu keinen unverbindlichen Behauptungen Zuflucht zu nehmen, um zu sagen: In Spanien ist nicht Heiri was Hans. Geschichtlich ist dort nicht Heiri was Hans, auch wenn hüben und drüben Dinge vollbracht werden, die uns nicht freuen. Ohne die »Stimme des Herzens«, die verschieden berät, über Gebühr ernstzunehmen, dürfen wir uns doch jener Intuition anvertrauen, die aus dem Born des Unterbewussten mehr als aus dem kleineren des Bewussten strömt. Bei den meisten von uns ordnet das Unterbewusste ja richtiger als das Bewusste. Irre ich in der Meinung, dass im Schweizervolk *Hoffnung* zu Franco (und diese vor allem materieller Herkunft), Begeisterung der *Liebe* aber zum Volk hält? Doch, über Spanien wissen wir objektiv allerhand. Wir wissen nicht allein über die Zusammenhänge mit Zink- und Quecksilberminen, nicht allein darüber, dass sein Rebellengeneral Schub um Schub Afrikaner, Spende um Spende italienischer und deutscher »Freiwilliger« benötigte, um – bis auf den Tag nicht mit dem überrumpelten Haufen militärischer Laien fertig zu werden, der da nicht einverstanden war. Ich erlaube mir, daraus entscheidende Schlüsse zu ziehen. Ein Mann, der uns versichert, dass er lieber zwei Drittel des Volkes ausrotten als ihm seinen Marxismus erlauben wolle, erscheint mir hausbackenem Demokraten als ein sonderbarer Nationalist und Volksfreund. Welche Ideologie rechtfertigt die leibliche Vernichtung ihres Objektes? Keine, denn wenn es eher stirbt als sie anzunehmen, lässt es der Inquisitor an der schuldigen Geduld mit ihm fehlen. Demokratie ist die unansehnliche Politik der Geduld; wir müssten dafür Verständnis aufbringen. Die rechtmässige Mutter des salomonischen Gerichts trat ihr Kind lieber ab, als dass sie es aufteilen liess. Sich aufzuopfern hat nur der Angegriffene ein Recht; nun aber besteht auch darüber kein Zweifel, wer

Kurt Wiemken *Der Krieg*

die sozial weiss der Himmel nicht übermässig radikale spanische Volksregierung (Volksregierung durch legales Mehr der Abstimmung) tätlich angefallen hat. Ein wenig sehen wir uns in der Beurteilung einer Sache auch deren Freunde an. Dies nun geht lediglich aufs Gefühl: das moderne Heroengebaren stinkt mich an. Nicht als Marxist, der ich nicht bin, aber als Demokrat und Schweizer kann ich die Herren Diktatoren aus Herzensgrund nicht ausstehen. Sie sollen uns mit ihren hochtönenden Worten kommen. Wir wissen nachgerade, was deren Sinn ist. Ach, mir klopft unser konzilianter Aussenminister auf die Achsel. Ich lächle ja auch nicht mehr über Völker, die sich knechten lassen, ich lächle nicht mehr, seit wir im eigenen Lande nichts gegen das Demokratiewidrige vermögen, das hier geschieht. (Ignorierung von Volksbeschlüssen, Parteilichkeit in der Verurteilung von Spanienfahrern, Missbrauch des Postgeheimnisses, Begünstigung der Aufständischenpropaganda, voreilige Anerkennung des abessinischen Raubes, Schwanken unserer Botschaft in Spanien.) Und da bin ich nun bei den Zusammenhängen. Es geht uns selber sehr an, wenn wir, als eine der letzten Demokratien, so weit sind, dem Verteidigungskampf einer werdenden ohne brüderliche innere Anteilnahme zusehen zu können, wenn wir, was schlimmer ist, den Vernebelungsmanövern gar zu verdächtiger Regie erliegen und uns das Urteil mit den Schlagworten anderer erleichtern. Ein rechtlicher Mensch sieht nicht zu, wie die Urteilsschwachen mit Böhlimännern und Popanzen verhetzt werden, wo eine Sache weit über den Tag und seine Begleitumstände hinaus in ihrer Linie verfolgbar ist. Wie ich es drehe und wende, es bleibt mir unerfindlich, wie ein demokratisches Volk sich auf die Seite der summa summarum Grossgrundbesitzer, Bankiers, Monarchisten, Militärs und Herrenpfaffen schlagen sollte. Gut, es gibt in Spanien, und nicht ganz zufällig, Bolschewiken – sind sie schlimmer als die Usurpatoren, welche das Sengen und Brennen nicht mehr nötig haben, weil sie seit langem am Ruder stehen? Es gibt schöpferische Kapitalisten, auch heute noch; aber es gibt ungleich viel mehr Krämer und Spekulanten, heimliche Usurpatoren, die mit Vorliebe edle Begriffe wie Vaterland und Religion zum Schild ihrer Machenschaften nehmen. Sie täuschen uns hoffentlich nicht auf die Dauer. Sie täuschen uns auch nicht über Spanien. Ein Volk von der liebenswürdigen Intelligenz des spanischen, ein Volk, das seine Kunst hervorgebracht hat, ist kein Volk von Banditen, und dieses Volk hat in den Schützengräben gewiss nicht die Zeit, sehr über die Paragraphen seiner künftigen Staatsform nachzudenken; es weiss nur eines aus dem Todesmut seines Herzens: nicht wieder die Knechtschaft der überstandenen Jahrhunderte.

Ich stehe hier einer literarisch-künstlerischen Zeitschrift vor, und dessen eingedenk, redlich genug, mich in den Grenzen meiner Kompetenzen zu halten, überlasse ich die politisch-wirtschaftliche Beweisführung Zuständigen, indem ich auf unsern paar Blättern das Zeugnis der Künstler anrufe, zum Beweise dafür, dass nicht nur Museenschänder auf der Seite jener Ringenden stehen, die voll Entsetzen auf die Gleichgültigkeit der Welt blicken. »Alles was etwas wert ist, wiegt und von Bedeutung ist im Felde des Schrifttums, der Wissenschaften und der Künste«, sagt der Spanienkenner, dem ich für seine Förderung dieses Sonderheftes zu Dank verpflichtet bin, »steht auf der Seite der Regierung, der Volksfront und gegen die aufrührerischen, vaterlandsverräterischen Militärs«, und er belegt die Behauptung. Wem Gewährsmänner nichts bedeuten, der lese doch immer nach, was ein Genius wie Goya, seines Zeichens ein Hofmaler, damals schon hinter der Fassade des weltlichen und kirchlichen Herrentums erblickte – nicht viel anderes als etwas früher der grosse Franzose Callot. »Los desastres de la guerra« nennt Goya seine Mappe, »Les misères de la guerre« heisst die von Callot. Die Zeichnung des problematischen, aber unbezweifelbaren Genies Picasso entstammt einer Kartenserie, welche demnächst zugunsten der französischen Spanienkinderhilfe herausgebracht wird. Der Schweizer Max Hunziker hat in Blättern von schlichter Grösse für das leidende Spanien bezeugt. Wie hängen sie alle diesem schon legendären Lyriker Federico García Lorca an, der, von den Phalangisten erschossen, in der Liebe des Volkes nun wahrlich als »in einer Wetterfahne begraben« ruht, nämlich immer in der Strömung. Da unsere bürgerliche Presse sich nicht genug tun kann darin, die anarchistischen Bilderstürmereien auszumalen, ist es vergnüglich, etwa in der »Hora de España«, einer vorbildlich aufgemachten Monatsschrift, um die wir die Bolschewiken beneiden, von der Liebe und Umsicht zu lesen, mit welcher die Schätze des Prado aus dem Bereich der Gefahr geflüchtet wurden. Was zum Chauvinismus die Anlage hat, ist gerade das, was sich als Hüter der Kunstwerke aufspielen soll. Der Geschmack alleroberster Chauvinisten ist uns bekannt, wir mischen uns nicht in Politik, indem wir das sagen.

Die Zeit ist jämmerlich und gross zugleich, der spanische Freiheitskampf das sichtbarste Abbild davon, und es wird schon erlaubt sein, am Jahrestag des Brudermordes einmal das mühsam bewahrte Schweigen zu brechen und die Stimme gegen diese Mehrheit bürgerlicher Schreiber zu erheben, welche sehr wohl erwägen, was mit der Hilfe täglicher Wiederholungen vor einem Volke zu erreichen ist. Wenn sie, in bewusster Spekulation auf das selbst in Linkskreisen überhandnehmende Misstrauen gegen Russland, von der Volksfront frischweg nur als von den »Roten« reden, dann ist das von einer kaum mehr glaubhaften Frivolität. Von jeher war es das Wesen des Bürgertums, dass es, in Dingen der Kunst genau so wie gegenüber der Geschichte, die Grösse immer erst dann anerkannte, wenn sie historisch geworden war. Dann freilich nahm es ungesäumt auch das Monopol darauf und gab sich für deren Beschützer aus.

C. F. Vaucher

Das Dasein kleiner Leute

Hier am Rande steht geschrieben,
was das für ein Mann gewesen ist.
Er ward geboren, lernte lieben
Und blieb arm. Was wenig ist.

Des Glücks teilhaftig, dieser grossen
Gunst des Lebens war er nicht.
Einmal ausgewachsen blieben seine Hosen
Stets dieselben. Nicht so das Gesicht.

Dieses war in seinen jungen Jahren
Eher lieblich, wenn auch etwas stumpf:
Als wär's auf einen Prellbock aufgefahren,
Eine Zwiebel über einem Männerrumpf.

Ein Gesicht grad recht zum Reden,
Ein Gesicht auch noch zum Küssen,
Ein Gesicht, das sicher jeden
Anging, abzustossen oder zu geniessen.

Mählich wurd es weggeblasen,
Es verlor sich wie ein Frühlingsschnee,
Es war umgespatet wie der grüne Rasen
Und sank unter wie ein Stein im See.

Die nach Gottes Bild gemeisselt
Werden viele an die Wand gestellt.
Dann wird jene Wand geweisselt
Und für andre frisch bestellt.

Ach, es stand am Rand geschrieben,
Was dem Manne widerfuhr,
Denn nur Gott beliebt zu lieben
Gottes ärmste Kreatur.

Darum lehrt man Gottesfurcht
Denen, die zu klagen, leben,
Und es heisst, Gott selbst verbucht
Dieses für das ewige Leben.

Und sie stehen an der Mauer,
Hören noch die Schüsse knallen ...
Ob sie wohl im letzten Schauer
Wissen, dass sie für die Freiheit fallen!

Als ich von den Massenerschiessungen in Badajos und Toledo hörte.

Hans Mühlestein

»Los Dinamiteros«

Noch vierundzwanzig Stunden lang schwankte die Meerfront der asturischen Revolution hin und her. Alles, was Atem hatte, ohne Unterschied des Alters und des Geschlechts, stiess sie immer erneut bis zum blauen Meere vor. Erst als alle Arbeiter- und Fischerviertel von Avilés, Musel und Gijón von den Schiffsgeschützen in Grund und Boden geschossen waren; als während eines Tages und einer Nacht ganze Schwärme von Flugzeugen unentwegt Bomben in die Front und in ihre Verbindungen mit dem Herzen Asturiens geworfen hatten; als das ganze, von zahlreichen Widerstandsherden und fliehender Bevölkerung durchsetzte Fluchtgelände zwischen Gijón und Oviedo von den niedrig fliegenden Apparaten aus unausgesetzt mit Maschinengewehrsalven bestrichen wurde; kurz, als das verwüstete Meerasturien mit den Leichen seiner angestammten Bewohner besät war: da erst zogen sich, mit den letzten Flüchtlingen der umliegenden Dörfer, auch die überlebenden roten Truppen, bis zum letzten Augenblick kämpfend, hinter die Barrikaden von Oviedo zurück. Eben erst war endlich auch die Eda Vega mit ihrem grossen Waffenarsenal in die Hände der Oviedaner Arbeiter gefallen – und leer fiel sie in die Hände der anrückenden Regierungstruppen. Die Letzten der Letzten aber, die sich nicht für eine Minute von der feindlichen Front gelöst hatten, das waren die überlebenden Dinamiteros des Ventura.

Noch während Ventura in Gijón und Musel kämpfte, am Montag in aller Frühe, hatte man, der unausgesetzten Warnung Venturas eingedenk, von Oviedo aus eine Kolonne auf den Pass von Pajares geschickt, und auch dieser wurde eine Kampfgruppe von Dinamiteros beigegeben. Sie kam eben zurecht, um eine fliegende Maschinengewehrkolonne der Armee von León, die schon über die Passhöhe herübergestossen war, in den Schluchten unterhalb derselben zu vernichten. Die bedauernswert schlecht geführten Regierungstruppen wurden in dem ihnen unvertrauten Gelände von den berggewandten Asturiern restlos aufgerieben. Und auch hier waren es die Dinamiteros, die die verwegenste Arbeit taten. Ein Dutzend schwerer, auf Motorräder montierter Maschinengewehre konnte der roten Armee als Beute eingebracht werden. Sie wurden unverzüglich auf der Passhöhe selbst gegen die Armee von León in Stellung gebracht. So hat eine Handvoll Männer der asturischen Revolution während ihrer vollen Dauer eine ganze Armee vom Leibe zu halten vermocht. Bis ganz zuletzt noch ein mächtiger Schneefall den Aufständischen zu Hilfe kam, der den Pass wohl für die Armee, aber nicht für die Rebellen, auf Monate hinaus unpassierbar machte. Der Durchbruch durch die Bergfront des roten Asturien gelang dem Feinde nur in der Luft. Denn wenn auch Ventura und seine Gefährten bei ihrer Umfahrung Leóns von der roten Arbeiterwache die erhebende Kunde bekommen hatten, dass vier Fliegeroffiziere in León sich standhaft geweigert hätten, Bomben auf ihre asturischen Brüder abzuwerfen und dafür Degradierung und Einkerkerung in Kauf genommen hätten: so stunden doch andere vierzig Flieger bereit, es in jeder beliebigen Stunde zu tun. Und eben an diesem heroischen und verhängnisreichen Montag noch sollten diese Vierzig wie ein feuerspeiender Drachenschwarm über das Herz Asturiens fallen und das Land bis zum Meere hin mit Blut, Brand und Schrecken bedecken. Ja, zum erstenmal, seit es Bürgerkriege gibt, ward von den Raubvögeln einer Gewaltregierung Giftgas in Schwaden über das eigene Volk ausgespien ...

Und nun wälzte sich ein schwarzer Halbkreis des Verhängnisses, alles vernichtend, über Meerasturien bis zum Fuss der Berge vor. Ein modernes Heer von vierzigtausend Schwerbewaffneten rückte langsam, aber zermalmend vor: zum grossen Teil Marokkaner, die von ihren Herren zu tausend Grausamkeiten abgerichtet waren; zum andern aber Fremdenlegionäre, die aus spanischen Deportierten und geflüchteten Verbrechern aus aller Herren Länder zusammengewürfelt waren. Vierzigtausend Desperados also, denen die Offiziere die furchtbarsten Lügen über die Revolutionäre erzählten, um ihre wildesten Instinkte zu entfesseln, würgten und schändeten Schritt für Schritt buchstäblich alles, was da lebte und kein Versteck fand, vom Meer bis an die Bergwand. Schwere Geschütze und Tanks, Bombenflieger und Giftgas der Regierung bereiteten vertierten Söldnern Tag für Tag den Weg zu tausendfachem Mord und endloser Frauen- und Mädchenschändung, zu Mundraub und Hausplünderung, zu Kopfjagd und sinnlos wütender Zerstörung alles dessen, was Menschen dient und von Menschenhänden gemacht ist. Längst war das Stadtinnere mit der herrlichen alten Universität, dem Gerichtsgebäude und dem Theater – nur die Kirchen waren ausgenommen – durch Fliegerbomben zu einem rauchenden Trümmerhaufen zusammengeschossen, als der schwarze Ring in der Nacht vom zwölften auf den dreizehnten, vom Freitag auf den Samstag, sich in die Vorstädte Oviedos schob und sich erstickend um das Herz Asturiens zusammenzog.

Da waren es – nun alle unter Venturas Oberleitung vereinigt – die Dinamiteros, die den Ring des Verderbens immer aufs neue sprengten und zum Stehen brachten. Sie alle waren Bergarbeiter. Sie kannten die

Wirkung ihrer einzigen Waffe genau, ja, sie hatten in diesen Tagen gelernt, dem Sprengstoff ganz neue, bisher unbekannte Wirkungen abzugewinnen. Und sie gingen mit vollkommener Todesverachtung vor. Die Wirkung ihrer Angriffe auf die Regierungstruppen war furchtbar. Lähmendes Entsetzen ergriff ihre Reihen, wenn der Ruf »Los Dinamiteros!« erscholl und nur ein paar von ihnen plötzlich vor der Feuerlinie auftauchten. Förmlich ausgestopft mit Dynamitpatronen, fast ohne Deckung zu suchen, stolz und aufrecht, die Zigarette im Mund, um die Zündschnüre anzuzünden – so näherten sie sich den Sturmtruppen, die vor Schrekken vergassen, auf sie zu feuern. Denn – das wussten sie – schon der nächste Augenblick verwandelte sie in eine Rauch- und Staubwolke; im übernächsten aber waren die Dinamiteros bereits auf die Stelle der Explosion gesprungen und warfen, gedeckt vom Rauch und Staub, eine zweite und eine dritte Patrone auf vorher ins Auge gefasste Ziele. Dann aber war schon die ganze Feuerlinie in panikartiger Flucht. So befreiten die Dinamiteros oft in wenigen Minuten ganze Strassenzüge von der plündernden und mordenden Armee. Und es vergingen Stunden, ja Tage, bis sie in dieselben Strassen zurückzukehren wagte. In diesen Stunden aber konnte der Rest der Bevölkerung, der dem Massaker bislang zu entrinnen vermocht hatte, fortgeführt und gerettet werden. Oft aber fanden die tapferen Dinamiteros in den wiederbefreiten Quartieren nichts mehr vor als Häuser und Höfe voller Leichen. Ganze Familien lagen hingeschlachtet auf einem Haufen; da und dort verstreut zu Hilfe geeilte oder auf der Flucht ereilte Greise und Knaben, aufgespiesst auf Bajonetten, die mit ihnen liegen geblieben waren. Ganze Gruppen von Frauen und Mädchen, bis zu Zehn- und Achtjährigen herab, waren wie Herden in den Hofecken der Wohnblöcke zusammengetrieben, vergewaltigt und gleichzeitig erwürgt oder erstochen worden. Nicht selten zogen Dinamiteros noch lebend solche Opfer aus den Leichenhaufen, und es kam auch vor, dass solchermassen gemarterte Frauen die sie vergewaltigenden Soldaten in ihren Armen vor Sterbensschreck erwürgt oder zu Tode gebissen hatten …

Caridad!

So schafften die Dinamiteros dem ringenden Herzen Asturiens bis zur letzten Stunde immer wieder Luft. Besonderes Augenmerk jedoch hatte Ventura mit seinen Leuten dem Spitalviertel zugewandt. Nicht nur, weil es ihm von der Kampfleitung so befohlen war, da auch der Bahnhof in diesem Viertel lag, wo die Züge nach Trubía und Miéres aus und ein fuhren, der dafür oft und oft mit feindlichen Bomben belegt wurde. Vielmehr auch deshalb, weil er dort im Hospicio Provincial Aurora und Juanita am Werk wusste und sich geschworen hatte, sie beide mit dem eigenen Leib zu decken, falls dort die rasende Bestie der Soldateska Meister werden sollte. Bis weit über das Viertel hinaus, über San Pedro hinauf bis an die Flanken der Sierra de Naranco, hatte darum Ventura seine gefürchteten Posten verteilt, bis zum hoch und einsam gelegenen Friedhof von San Esteban de las Cruces. Hier lagen die Leichen der gefallenen roten Kämpfer zu Hügeln geschichtet. Der alte Totengräber Lucas vermochte seiner Aufgabe längst nicht mehr gerecht zu werden, obwohl ihm der Pförtner Navarro und dessen Sohn vom frühen Morgen bis tief in den Abend hinein nach Kräften bei dem furchtbaren Werke halfen. So war es ihnen denn nur recht, dass immer wieder Gruppen bewaffneter Bergleute erschienen, um die Toten, die sie zu erkennen vermochten, zu holen und ihren Angehörigen in die Berge zurückzubringen.

Am Sonntag, dem vierzehnten Oktober, morgens gegen acht, war wieder eine solche Gruppe erschienen. Sie erklärten dem Pförtner, dies sei wohl das letztemal, dass sie kommen könnten; denn heute marschiere die rote Armee ab, in Stellungen oberhalb der Stadt, gegen Miéres hinauf; die Stadt sei nicht mehr zu halten. Er möge jedoch keine Angst haben, die Dinamiteros blieben da.

Der Pförtner aber fürchtete für seine arme, gelähmte Frau, die in dem Pförtnerhause innerhalb des Friedhofes lag, das schon öfters von Kugeln getroffen wurde; und fürchtete auch für seine sechsundzwanzigjährige Tochter und deren zweijähriges Kind, die von ihm heissgeliebte Caridad. So rief er sofort Luis, den Sohn, und während die Bergarbeiter unter den Toten nach ihren Bekannten suchten, trug er mit Luis dem Sohn und Emilia der Tochter die schwere, alte Frau in den Friedhof hinab und bettete sie in eine grosse gemauerte Familiengruft. Er befahl der Tochter, nicht mehr aus dieser Gruft zu weichen und lief selber nochmals ins Haus hinauf, um auch die süsse, kleine Caridad, die in seinen Armen lächelte, zu den Frauen in die Gruft zu tragen.

Seit vier Uhr früh hatte der sechsundfünfzigjährige Navarro mit seinem achtundzwanzigjährigen Sohn und dem zweiundsechzigjährigen Totengräber Lucas Gräber geschaufelt. Jetzt gingen sie zusammen in die Küche des Hauses einen Imbiss nehmen, um sich bald wieder gestärkt an die Arbeit machen zu können. Kaum hatten sie sich in der Küche hingesetzt und waren von der Magd des Pförtners und der Frau des Totengräbers mit Brot und Obstwein bedient worden, als zwei Nachbarn, der Kaufmann Fernandez und sein Schwager, ein Bauer, nur »Manuel der Stier« genannt, mit ihren Frauen und sieben Kindern hereingestürmt kamen, mit dem Schreckensruf: »Die Legionäre kommen!«

Die Frauen und Kinder weinten; die Männer hatten nur Kasse und Geldtasche zu retten vermocht.

»Ja, glaubt ihr denn hier sicherer zu sein?» hatte der Pförtner eben ausgerufen. Da krachten ganz nah die ersten Schüsse, und im Nu war am Tor des Friedhofs ein heftiges Feuergefecht zwischen der Handvoll Bergarbeiter und einer schnell wachsenden Kohorte von Legionären im Gang.

Der Pförtner waf sich augenblicklich zum Fenster hinaus hinters Haus, kroch vorsichtig am Boden den Gräbern entlang und konnte sich so unversehrt in die Gruft zu seinen Frauen retten. Luis aber sprang gegen die Tür, um sie zu schliessen, erhielt eine Kugel ins Auge und fiel tot über die Schwelle. Über seinen Leichnam stürmten Legionäre ins Haus, erschlugen den allein noch, vor Schreck erstarrt, in der Küche sitzengebliebenen alten Lucas, schlugen sofort alles kurz und klein, entdeckten die übrigen Insassen und schleppten sie vors Haus, während andere sich an die Plünderung des Hauses machten. Den beiden Männern, Fernandez und »Manuel dem Stier«, wurde zuerst das Geld abgenommen, einige tausend Peseten Erspartes, dann die Uhren, dann die Kleider und selbst die Schuhe – während die im Hause die Schränke einschlugen und Bettwäsche, Hemden, Kleider und selbst Matratzen und eine Mandoline durch die Fenster ihren Kameraden zuwarfen. Mit diesem Plündergut nämlich spiesen sie die fliegenden Bazare, die sie in allen eroberten Orten errichteten. Und wenn es dort auch zu schändlichen Preisen verschleudert wurde, so genügte die Habe eines ganzen Volkes doch dazu, die Legionäre für einige Zeit zu reichen Leuten zu machen.

Inzwischen waren die Bergarbeiter von einer Übermacht, unter Zurücklassung mehrerer Toter, über die Friedhofsmauer den Berg hinabgedrängt worden. So lagen neue Tote bei denen, die sie in treuer Anhänglichkeit noch selber ausgesucht hatten, um sie in ihre Heimatdörfer zu bringen ...

Eben hatten sich die Frauen und Kinder am Pförtnerhaus wimmernd vor den Legionären auf die Knie geworfen und flehten herzzerbrechend um das Leben der Männer – als vom Berg her der andere Schreckensruf durch die Reihen der Legionäre flog: »Los Dinamiteros!«

Sofort erschossen die Legionäre die beiden Männer vor den Augen ihrer Frauen und Kinder und flüchteten gegen das Friedhofstor, immerfort wild um sich schiessend. Zwei Knaben von zwölf und acht Jahren hatten sich hinter einen Haufen Bohnen geflüchtet, wurden dort von Kugeln getroffen und später als Leichen aufgefunden.

Robert Schürch

Da krachten mehrere Dynamitpatronen auf einmal dicht ausserhalb vom Tor – und sechs Legionäre waren in Stücke gerissen, eine gewaltige Rauch- und Staubwolke erhob sich an ihrer Stelle.

Auf einmal stand Ventura mit seinen Dinamiteros im Tor. Mit ihnen waren auch die Bergleute wieder heraufgekommen. Er befahl ihnen, die Frauen und Kinder in die Stadt zu schaffen. Dann setzte er mit seinen Leuten die Verfolgung der Legionäre fort. Wie die Teufel flitzten sie quer den Hang entlang gegen Naranco hinauf, und die Detonationen ihrer Würfe entfernten sich rasch.

Als es still geworden war, kroch Navarro der Pförtner vorsichtig aus der Gruft und gegen sein Haus hin, entdeckte unterwegs hinter den Bohnen die beiden toten Knaben und sah die beiden Nachbarn in ihrem Blute verröcheln. Den toten Lucas fand er nicht mehr. Denn über der zertrampelten Leiche seines Sohnes auf der Türschwelle brach er bewusstlos zusammen ...

Als der alte Navarro aus seiner Ohnmacht erwachte, da war eine so feiertägliche Stille um ihn her, dass über sein schweissbedecktes Gesicht mit den müden geschlossenen Lidern ein seliges Lächeln ging. Denn aus der Gruft drang das helle Stimmchen der süssen kleinen Caridad in den wolkenlos blauen Oktobermorgen.

Karl Schölly

Der ewige Wächter

In einem unwegsamen Gebirge lag, von der Hauptmacht getrennt, eine Schar abgekämpfter Soldaten. Es waren Männer, die den Krieg weder gewünscht noch sein Handwerk geübt hatten, aber, einmal unter den Fahnen, für des Vaterlandes Ehre kein Opfer scheuten. Seit acht Tagen war keiner mehr aus den Kleidern herausgekommen; mit wunden Füssen, erschöpft und halb erfroren, schleppten sie sich von Gefecht zu Gefecht, und ihre Gesichtszüge, einst sanft und gefällig, wurden hart und fremd, und in ihren verwilderten Bärten brannte der Staub.

Das tapfere Häuflein, das schon so manchen Toten beklagte, hatte zuletzt zäh und verzweifelt einen Engpass verteidigt und den in Zahl und Rüstung überlegenen Feind noch einmal zurückgeschlagen. Jetzt, nach bestandener Gefahr, brach die grosse Müdigkeit über jeden der Getreuen; sie wünschten nichts, als sich fallen zu lassen.

Der junge Nikos, der den Befehl übernommen, führte sie noch unter den Felsvorsprung, wo zwei leichtverwundete Kameraden, notdürftig verbunden, im Schutze des Gesteins mit den Speichen eines zerschossenen Karrens ein Feuer nährten, um aus den letzten Vorräten ein warmes Gericht zu bereiten.

Gesprochen wurde nicht. Nur einmal, als ein Scheit knallte, frug Nikos, ob jemand sich freiwillig zur Wache melde, worauf ein schon ergrauter Mann, der den Rock einer andern Einheit trug, ohne langes Besinnen sein Gewehr ergriff und, Schlaf und Hunger vergessend, sich wieder an jene Stelle begab, wo vor ungefähr einer Stunde der letzte Schuss im Nebel verhallt war.

Hier blieb der freiwillige Wächter, die geladene Waffe mit dem Arm umschlungen, hinter einer Brustwehr wie angewurzelt stehen und horchte gespannt in das Dämmer hinaus. Es regte sich nichts im weiten Umkreis, nur aus der Ferne drang gedämpft das Knistern des Lagerfeuers und ein leises Klappern der Blechgeschirre. Aus Norden, wo der Fahrweg in die Klus mündete, blies stossweise der eisige Wind, der nach Neuschnee roch; liess er einen Augenblick nach, witterte der Wächter den Weihrauch des schwelenden Holzes. Kaum bezwang er die Lust, gleich den andern seinen nagenden Hunger zu stillen; ja, nur mit Mühe widerstand er der Versuchung, im Schutze der einbrechenden Nacht seinen Posten zu verlassen und seinen wohlverdienten Anteil heraufzuholen. Aber er riss sich zusammen und harrte ruhig aus, indem er sich tröstete: Geduldе dich, du hast einen Eid getan. Halte die Treue, dann bleibt dein zerrissenes Kleid ein Ehrenkleid. Durch Gottes unverdiente Gnade hast du noch alles überdauert – Schrecken, Entbehrung, Schmerzen und Todesangst – darum sei stark und wach. Bald ist unsre Not vorbei, bald, bald ...

»Michalis? ... Michalakis, ich bin's«

Vorsichtig tastete sich Nikos durch das Dunkel. Er trug ein gefülltes Essgeschirr und ein stark ausgebranntes Lämpchen, mit dem er zuweilen kurz den Boden absuchte, um nicht zu straucheln.

»Gib mir dein Gewehr, Michos. Ich werde dich ablösen, bis du satt bist. Nachher muss ich ein Wort mit dir reden.«

Michalis reichte die Waffe hin und griff zu. Er schämte sich fast seiner Gier. Nachdem er sich zum Danke bekreuzigt und eine Weile wehmütig auf das leere Gefäss geschaut hatte, hob er an: »Warum bist du selbst gekommen, Nikos? Will denn keiner mehr Wache stehn von den Jungen?«

»Sie schlafen alle. Ich bring es nicht über mein Herz, sie vorzeitig zu wecken. Du weisst, sie sind am Ende ihrer Kraft. Wenn sie jetzt ein paar Stunden ruhen können, schlagen wir uns durch, vorausgesetzt, dass wir nicht verfolgt und überrumpelt werden. Um das zu verhüten, muss einer wachen. In seiner Hand liegt unser Leben, unsre Freiheit. – Michalakis, du bist stolz und treu. Deine Vorfahren haben Kreta vom Joch der Türken befreit, und in deinem Gürtel steckt der Dolch eines Helden. Du hast ihn geerbt von deinem Vater. Du, nicht deine Brüder. Michalakis, dürfen wir uns auf dich verlassen?«

Michalis wusste, dass der Feind den Hohlweg wieder angreifen würde, wenn er nicht besetzt wäre. Man musste den Späher, der die Wache wahrscheinlich mit einem Feldstecher beobachtete, solange täuschen, bis die Mannschaft den ungedeckten Teil des nach Süden abfallenden Tales überschritten und das zerklüftete Gelände sicher erreicht hatte. Nikos war der einzige, der sich aufs Kartenlesen verstand und Gewähr bot, die Versprengten bis nach Koritza zu führen, wo man auf den Verband zu stossen hoffte. Er selbst, Michalis, wollte den Weg schon allein finden.

»Geht in Gottes Namen. Ich halte die Nacht aus«, sagte Michalis.

Nikos umarmte den Kameraden gerührt, bot ihm zum Abschied fünf Oliven und ein Rindchen Brot – alles nämlich, was er zu verschenken hatte –, gab ihm nochmals die Hand und trat den Rückweg zur windgeschützten Höhle gesenkten Hauptes an. Werd ich die treue Seele jemals wieder sehen? frug er sich.

Ein paar Stunden sass er neben der verglimmenden Asche, kämpfte verzweifelt mit dem Schlaf und kroch erschauernd immer tiefer in seinen

Mantel; denn die Märznacht war bitterkalt. Der Nebel sank, der Mond trat aus den Wolken und warf ein fahles Licht auf die verschneiten Felsbänder. Nachdem Nikos die Karte, die schier unter seiner Hand zerbröckelte, noch einmal zu Rate gezogen hatte, rüttelte er die Schläfer wach und befahl den Aufbruch.

Michalis, der trotz seiner Müdigkeit mit geschärften Sinnen spähte, vernahm das Rollen der Steine; als er jedoch sah, wie seine Kameraden zu Tal stiegen, beruhigte sich sein Blut wieder. Nikos winkte mit der Mütze nach dem Sattel; da schauten alle seine Gefährten flüchtig nach der Passhöhe, doch wagte keiner einen Zuruf. Aber Michalis wusste, wie dankbar sie gegen ihn gesinnt waren, und dieses Wissen hielt ihn lange wach. Auch glaubte der Lauschende nach Ablauf einer Stunde noch immer das leise Geräusch ihrer Tritte, das Knirschen des Gerölls zu vernehmen, und so lang er sich's einbildete, focht ihn die Langeweile nicht an.

Erst als er annehmen musste, dass der Zeit nach die Schar ausser Hörweite war, überfiel ihn das Gefühl einer grenzenlosen Verlassenheit. Noch nie war ihm eine Nacht so qualvoll lang erschienen. Durch das Sausen des Windes klang sein Herzschlag unerträglich laut und doch einschläfernd – wenn er jetzt riefe, würde das Gebirge widerhallen wie von Posaunenstössen.

Der Himmel hatte sich wieder verdüstert, nur an einer Stelle blickte der Sternenraum wie durch ein Wolkenfenster, und in diesem Ausschnitt zog gross der Orion herauf. Michalis hatte früher selten nach den Sternen geschaut; erst auf den nächtlichen Runden waren sie ihm als seine Begleiter etwas vertrauter geworden, so dass er ihre merkwürdigsten Bilder zuweilen wieder erkannte. Im Orion sah er den mit dem Schwerte gegürteten Krieger, der das Zelt Gottes bewachte. Er nahm daher eine besser Haltung an und trat einen Augenblick ins Gewehr. Dann tat er, als hätt' ihn jemand über sein Verhalten bespöttelt, verzog die Lippen und sagte halblaut: Für nichts und wieder nichts werden sie nicht am Himmel stehen. Der sie bewegt, wacht über uns allen.

Dem Nachtfrost zu wehren, schlug er den Mantelkragen hoch und stellte den rechten Fuss auf die Zehenspitzen, um durch die Reizung des Nervs ein Zittern des Körpers zu erzeugen, bei dem er sich nicht anzustrengen brauchte. Tatsächlich schützte dieses künstliche Schlottern ihn eine Zeitlang vor dem Starrwerden, doch kam jetzt der Schlaf mit solcher Macht über ihn, dass er beschloss, auf und ab zu gehen.

Allein der Wind, der über den Sattel strich, trieb ihm das Wasser in die Augen, auch war alles, was er machte, mit einem verräterischen Gedröhn verbunden, weshalb er seinen früheren Standort wieder einnahm und versuchte, mit einem Teil des Leibes auszuruhen, ohne ganz in den Schlaf zu sinken.

Er merkte bald, wie schwer es war, sitzend wach zu bleiben, dagegen entdeckte er zu seinem Troste, dass er allen möglichen Gedanken nachhängen konnte, ohne den Wachzustand einzubüssen. Das Gehör blieb äusserst empfindlich: windbewegter Sand kreischte schon in dieser Einsamkeit, wenn er den Geist vom Sinn löste. Michalis wiederholte den Versuch mit Erfolg; es schien ihm fast, als hätte sein Leib einen eigenen Wächter mit Nachtsinnen ausgerüstet, sein bewusstes Ich zu warnen. Vielleicht war es derselbe, der ihn aus dem Schlaf zum Leben erweckte, jener geheimnisvolle Pförtner an der Schwelle des Bewusstseins.

Um diesem zweiten, unsichtbaren Wächter den Dienst zu erleichtern und die Bereitschaft zu erhöhen, spannte Michalis den Hahn und legte das Gewehr mit der Mündung gegen den Feind auf den Steinwall. Wenn es mir gelingt, mich im Geiste mit freundlicheren Gegenständen zu beschäftigen, dachte Michalis, wird mir die Kälte wenig anhaben. Ich stelle mir einfach einen Sommermorgen in der Heimat vor und empfinde dann die heisse Luft an der Mauer meines Gartens. Ich muss fort, fort, sonst halt ich es nicht mehr aus so verlassen inmitten grauer Felsen ...

Michalis begann zu träumen. Er schlug erst den Weg ein, den die Kameraden vor ein paar Stunden genommen hatten und lenkte seinen Traum so, dass er sie nach einem abgekürzten Eilmarsch einholte. Sie sassen im Tal unter blühenden Pfirsichbäumen im grellen Sonnenschein, die Mützen mit Ginster geschmückt, und riefen ihm schon von weitem zu: »Der Krieg ist aus, komm mit zur Siegesfeier! Da, nimm einen Lorbeerzweig oder etwas gelben Jasmin, steck's auf den Hut und jauchze; wir haben dich lange nicht mehr lustig gesehen.« Sie fuhren gemeinsam in einem bequemen Wagen nach Monastir und von dort mit der Bahn nach Saloniki. Überall stand grüssendes Volk am Weg, die Gäste der Kaffeehäuser erhoben sich von den Stühlen, ein Pope streckte segnend seine Hand aus. Im Hafen stand ein bewimpeltes Schiff, bevölkert mit singenden Soldaten. »Seht, da kommt Michalis, der für uns gewacht hat. Ihm verdanken wir unser Leben. Evoe! Bringt Wein, den Helden zu feiern.« Der Hauptmann wusste schon um seine Verdienste; es hatte sich überall herumgesprochen, dass Michalakis durch sein mutiges Ausharren auf der Passhöhe den Sieg von Koritza herbeigeführt. »Seht, er trägt den Rock der Evzonen. Lichtet den Anker zur Fahrt in die Heimat!«

O, diese Fahrt über die glitzernden Wellen! Tiefblau leuchtet der Himmel, kaum erträgt das Auge den Glanz des Mittags: es sucht nach einem Ruhepunkt, nach Grün. Aber die Sonne hat alles gebleicht, und die

Luft zittert über den Ufern, wo die letzten Bäume wie Silber verschimmern. Michalis kann es nicht erwarten – die Meerfahrt dauert ihm viel zu lang. Er überspringt die Zeit und sieht jetzt schon die blendend weissen Häuser seiner Vaterstadt, die alten Kloster- und Festungsmauern, die Nadeltürmchen der ehemaligen Moscheen. Er springt an Land, vergisst sogar Abschied zu nehmen von seinen Gefährten. Er atmet die schweren Düfte, spürt die Sonnenglut und taucht in den Schatten der Gasse. Er will nicht gesehen werden, nur heim. Aber da sitzt der Kaufmann Vatikiotis vor seinem Kramladen, hat Tücher, Hüte, Kleider und Teppiche bunt ausgebreitet, sieht ihn kommen, springt auf und will ihn beglückwünschen. »Ein ander Mal!« bittet Michalis und windet sich los. Er steigt zwischen den Gärten hinauf und atmet den Duft des Thymians; es ist Sommer, der Himmel abgründig blau, aber noch blauer das Meer in der Bucht. Blüten und Früchte der Pfefferbäume tropfen und perlen zur Erde, Kakteen und Disteln wuchern saftig und breit, ganze Büschel von Quendel sprossen aus den Mauerfugen des Weinbergs, und Eidechsen sonnen sich auf den Fliesen. Oben, am Rande seines Gartens, wartet Constantin, sein Sohn. »Die Siegesfeier beginnt«, hört er ihn jubeln, »Vater ist da, feuert eine Salve!«

Ein furchtbarer Knall schreckte den Träumer in die Wirklichkeit. Er fuhr zusammen. Mund und Augen entgeistert aufgerissen, starrte Michalis nach dem Wölklein Pulverdampf, das der Wind zerteilte. Der Widerhall des grellen Schusses grollte noch in den Klüften.

Als Michalis jedoch sein Herz pochen hörte, löste sich der Krampf seiner Glieder. Es war ihm jetzt klar, dass er selbst geschossen hatte; denn der Ring seines Gewehrs war entspannt, der gekrümmte Zeigfinger der rechten Hand zur Faust erstarrt. Das Fleisch war unempfindlich, fast abgestorben. Erst nach langem Reiben und Rütteln gewann Michalis die Herrschaft über seine Finger wieder. Er lud das Gewehr und hörte die Hülse der verschossenen Patrone gegen einen Stein prallen. Nachdem er sich überzeugt hatte, dass die Geräusche des Ladens nirgends einen verdächtigen Lärm hervorriefen und auch der abgefeuerte Schuss anscheinend ohne Folgen blieb, schritt er den ganzen Umkreis vorsichtig ab und nahm den früheren Standort wieder ein.

Gewitzigt, wagte Michalis vorerst nicht, den abgebrochenen Faden seines Traumes weiterzuspinnen. Er verzehrte fröstelnd das harte Brot und die fünf Oliven, die Nikos ihm zum Abschied geschenkt hatte, zog den linken Ärmel über die Faust und steckte sie wieder in die Manteltasche. Das aufgestützte Gewehr im Anschlag, vermied er diesmal, den Zeigfinger an den Abzugshahn zu legen, um den Druckpunkt zu fassen; er begnügte sich damit, das Gehäuse zu umklammern.

Will es denn nie tagen in diesen schwarzen Bergen?

Um sich die Langeweile zu vertreiben, ersann er abermals harmlose Spielereien: er verlangsamte seinen Atem, zählte den Puls, trommelte mit den Fussspitzen Marschweisen, knirschte mit den Zähnen und gähnte dazwischen. Die Geräusche tönten lange nicht mehr so hart und schreckhaft; seit dem Knall war sein Gehör wie verschleiert. Auch das körperliche Unbehagen wich immer mehr einer wohligen Schläfrigkeit.

Es mochte schon gegen den Morgen gehen, als Michalis, von der Kälte starr, aus seinem dumpfen, erschöpften Dämmerzustand nochmals zum vollen Bewusstsein erwachte. Er nahm sich vor, beim ersten Zeichen des Taganbruchs seinen Posten zu verlassen, erinnerte sich jedoch, dass dann der Zweck seiner Wache nicht erfüllt wäre; denn er musste vom Feind gesehen werden. »Im Lichte sollst du stehen, wie der Himmelswächter Orion«, sprach Michalis vor sich hin.

In Gedanken mass er den ganzen Lebensweg: durch mehr als vierzig Jahre stürmte sein Geist, und es fielen ihm Erlebnisse ein, die ihm längst entschwunden waren, Kindheitseindrücke, Spiele, der Hochzeitstag, ein Besuch in Athen, zuletzt ein Kirchgang an Ostern, wann mag es nur gewesen sein? Der Priester hielt dem Volk ein Heiligenbild zur Verehrung hin; es stellte Christus vor dem Hohepriester dar. Alle Leute küssten den Kaiphas, weil er Purpur und Gold trug. Da flüsterte Papa Trechas – so hiess er allgemein – »Dieser ist's, im weissen Gewand, gebt ihm allein die Ehre«.

Plötzlich schoss es Michalis durch den Kopf, der Mensch bestehe doch aus zwei Teilen: aus einem Leib und einer Seele. Eben dieser Papa Trechas lehrte, dass die Seele mit dem Geist nicht an den Körper gebunden sei, sondern nur in ihn hineinschlüpfe, wie das Licht in einen Draht. Die Seele sei das Unsterbliche, während der Leichnam verwese. Wenn nun die Seele hineinfahren konnte, so musste sie doch auch die Fähigkeit haben, herauszugehen aus ihrer Hülle, wie dies ja während des Schlafes und beim Tode des Leibes geschah.

Bin ich nicht vorhin, als ich in der Heimat weilte, mit meiner Seele fortgewandert? Wie wär es denn sonst möglich, dass ich Constantin sah? Natürlich hab ich mir das zuerst eingebildet: die Begegnung mit den Kameraden und auch noch die Fahrt übers Meer; aber dann wickelte sich alles ab ohne mein Zutun, und es war nicht mehr Frühling, sondern Sommer. Der Leib stand für mich Wache, feuerte sogar einen Schuss ab ... Michos, was willst du denn noch mehr? Der Leib schmerzt dich, er friert und ist ermattet. Was frägt der Feind darnach, ob eine Seele darin stecke? Wenn er nur deine Mütze sieht, deine Rüstung, den Lauf deines Gewehrs. Michos, grüble nicht weiter nach, wie das alles zugegangen ist, lass den

Wächter hier oben stehen im eisigen Wind, in der Einsamkeit, und zieh aus. Heim zu den Deinen ...

In Gedanken tat Michalakis etwa zehn Schritte gegen den Abhang. Er war wirklich gespannt, ob er es fertigbringe, sich dann selbst auf der Passhöhe zu sehen. Er wandte sich im Geiste zurück und sah tatsächlich Michalis, das Gewehr im Anschlag, den linken Arm in der Manteltasche, die Füsse gespreizt, leicht an die Brustwehr gelehnt, mit eingezogenem Kopf, spähend gegen den Feind. Seltsam: er fühlte die Kälte gar nicht mehr, spürte weder Hunger noch Schlaf. Er bewegte sich leicht und frei, gleichsam schwebend. Und obwohl er diese zehn Schritte nur gemacht hatte, um zu prüfen, ob es ihm gelänge, mit dem Geist herauszufliehen aus dem gequälten Leib, in der Absicht, wenn es nicht glückte, seinen Posten wieder einzunehmen, sprang er jetzt, ohne sich nochmals umzuwenden, talwärts mit einem niegekannten beseligenden Gefühl der Freiheit. Alle Schwere war von ihm genommen. Er berührte den Boden kaum. Wenn er die Hände hob und wieder auf der Brust kreuzte, flog er wie ein Engel.

Der Nebel schwand. In herrlicher Leuchtkraft glühten die Sterne. Der Gürtel des Orion funkelte wie drei Tautropfen im Sonnenstrahl. Nichts war Michalis fremd, was da hinter den goldenen Säumen der Hügel emporstieg – Heimat, Heimat wohin er grüsste. Er begriff Bild und Bahn, reckte die beiden Arme weit aus wie mächtige Schwingen und fuhr auf in den Morgenglanz.

Einige Tage nach dieser wunderbaren Begebenheit erreichten die Vorhuten einer feindlichen Abteilung den Engpass, den die Griechen nach dem Einfall der Barbaren ins Strumatal aufgegeben hatten. Etliche Schützen, die den Wächter erspähten, eröffneten aus dem Hinterhalt das Feuer, wunderten sich, dass der standhafte Krieger weder fiel noch floh, gingen nach langem Zögern von verschiedenen Seiten mit der blanken Waffe gegen ihn vor und forderten ihn auf, sich zu ergeben.

Beschämt mussten sie jetzt einsehen, dass sie mit einem Toten fochten.

Ein Student der Heilkunde, Federigo Avveduto mit Namen, erklärte seinen erstaunten Kameraden, der Mann sei stehend erfroren, das Eiweiss seines Blutes geronnen. Allem Anschein nach sei diese Todesart nicht schmerzvoll, denn die Züge des Verewigten seien ja so friedlich und schön wie diejenigen des Erzengels Michael auf Raphaels Bild.

Friedrich Dürrenmatt

Der Alte

So mächtig kamen die Schwärme der Panzer über die Hügel, dass jeder Widerstand unmöglich wurde. Trotzdem kämpften die Männer, vielleicht, dass sie an ein Wunder glaubten. In einzelne Gruppen aufgeteilt, gruben sie sich in die Erde. Einige ergaben sich, die meisten fielen und nur wenige entkamen in die Wälder. Dann hörte der Kampf so plötzlich auf, wie Gewitter bisweilen aufzuhören pflegen. Wer noch lebte, warf die Waffen weg und lief mit erhobenen Händen dem Feind entgegen. Das Entsetzten lähmte die Menschen. Die fremden Soldaten breiteten sich über das Land wie Heuschrecken. Sie zogen in die alten Städte ein. Sie gingen mit schweren Schritten durch die Gassen und trieben die Leute in die Häuser, wenn es Abend wurde. Durch die Dörfer rollten schwere Panzerwagen, oft mitten durch die Hütten, die über ihnen zusammenstürzten, denn in den Dörfern war der Widerstand noch nicht erloschen. Es war ein Widerstand, der im Geheimen glomm, in den Augenwinkeln der Knaben, in der bedächtigen Bewegung der alten Männer, im Schreiten der Frauen. Es war ein Widerstand, der die Luft verpestete, dass die Fremden wie in Ländern atmeten, in denen eine Seuche ausgebrochen ist. Aus den Wäldern tauchten Männer auf, bald einzeln, bald in Gruppen, und verschwanden wieder in den undurchdringlichen Forsten, wohin zu folgen kein Fremder wagte. Noch gab es mit dem Feind keine Zusammenstösse, aber Menschen, die mit ihm zusammengearbeitet hatten, wurden tot aufgefunden. Dann kam der Aufstand. Die Jünglinge und Greise warfen sich mit alten Gewehren auf den Feind, der wie vom Alpdruck befreit zuschlug; es wurden Weiber gesehen, die mit Heugabeln und Sensen angriffen. Eine Nacht und einen Tag dauerte der Kampf, dann brach der Aufstand zusammen. Die Dörfer wurden umzingelt, die Einwohner zusammengetrieben und mit Maschinengewehren niedergemacht. Die brennenden Wälder erhellten wochenlang die Nächte.

Dann wurde es still, wie es in Gräbern still wird, wenn die Erde den Sarg deckt. Die Menschen gingen einher, als wäre nichts geschehen. Sie begruben ihre Toten. Der Bauer kehrte zum Pflug zurück, der Handwerker zu seiner Werkstatt. Aber tief in ihnen war mächtig geworden, was sie nie zuvor gekannt hatten: es war der Hass. Er nahm sie ganz in Besitz, erfüllte sie mit glühender Kraft und bestimmte ihr Leben. Es war nicht ein wilder ungeduldiger Hass, der vorschnell handeln muss, um leben zu können, es war ein Hass, der warten konnte, jahrelang, der still in ihnen ruhte, nicht auf der Oberfläche, sondern ganz in der Tiefe, eins mit ihrem Wesen, der keinen Ausweg nach Aussen brauchte, sich vielmehr wie ein Schwert in die Seele bohrte, aber nicht um diese zu vernichten, sondern sie durch seine Glut zu stählen. Aber wie das Licht jener Sterne, die in ungeheuren Fernen sich bewegen, den Weg zu uns findet, so fand dieser Hass den Weg zu einer Gestalt, die ganz im Hintergrunde war, irgendwo im Unaufhellbaren, unsichtbar wie viele Gestalten des Abgrundes, von der sie nichts Bestimmtes wussten, als dass von ihr alle die Schrecken der Hölle ausgingen, die sie erdulden mussten, und so sehr richtete sich der Hass der Unterdrückten gegen diese Gestalt, die sie den Alten nannten, dass ihnen die fremden Soldaten gleichgültig wurden und oft lächerlich vorkamen. Sie witterten mit dem Instinkt des Hasses, dass diese Menschen, die alle gleich aussahen in ihren Uniformen und Stahlhelmen und ihren kurzen schweren Stiefeln, sie nicht aus Grausamkeit quälten, sondern weil sie ganz in der Gewalt des Alten waren. Diese Soldaten handelten als willenlose Instrumente, ohne Freiheit, ohne Hoffnung, ohne Sinn und ohne Leidenschaft, verloren in fremdem Lande, unter Menschen, die den Fremden, der in ihr Land eingedrungen war, verachteten, wie Folterwerkzeuge verachtet werden oder wie der Henker als ehrlos angesehen wird. Über alle war ein riesenhafter Zwang gelegt, Unterdrückte und Unterdrücker aneinanderkettend wie Galeerensklaven, und das Gesetz, das sie trieb, war die Macht des Alten. Die Menschen waren ineinander verbissen, jede Menschlichkeit zwischen ihnen gefallen, und je mehr das Volk hasste, desto grausamer wurden die fremden Soldaten. Sie marterten die Frauen und Kinder, um die Qualen nicht zu fühlen, die sie selber dulden mussten. Alles war notwendig, wie in den mathematischen Büchern alles notwendig ist. Die feindliche Armee war eine ungeheure, komplizierte Maschine, die auf dem Lande lastete und es zerdrückte, aber irgendwo musste das Hirn sein, das sie lenkte und seine Ziele mit ihr verfolgte, ein Mensch aus Fleisch und Blut, den man mit allen seinen Sinnen hassen konnte, und dies war der Alte, von dem sie nur flüsternd zu sprechen wagten, wenn sie ganz unter sich waren. Niemand hatte ihn je gesehen, sie hörten nie seine Stimme, sie wussten nicht einmal seinen Namen, die grausamen Massregeln, die sie erdulden mussten, trugen die Unterschriften gleichgültiger Generäle, die dem Alten gehorchten, ohne je von ihm gehört zu haben, und sich vielleicht einbildeten, aus eigenem Ermessen zu handeln.

Dass die Unterdrückten vom Alten wussten und dass sie ihn hassten, war ihre geheime Kraft, durch die sie den Feinden überlegen waren. Die fremden Soldaten hassten den Alten nicht, sie wussten nichts von ihm, wie die Maschinenteile nichts vom Menschen wissen, dem sie dienen müssen, sie hassten auch das Volk nicht, das sie unterdrückten, aber sie fühlten, dass es immer mächtiger wurde in seinem Hass, der sich gegen etwas richtete, das sie nicht kannten, mit dem sie aber geheimnisvoll verbunden sein mussten. Sie sahen sich vom Volk immer verächtlicher behandelt, und sie wurden immer grausamer und hilfloser. Sie wussten nicht, was sie taten und warum sie unter den fremden Menschen waren, die so tödlich und beharrlich hassten. Etwas war über ihnen, das mit ihnen verfuhr, wie man mit Tieren verfährt, die man zu diesem oder jenem abgerichtet hat. So lebten sie dahin wie Gespenster, die in den langen Winternächten umhergehen.

Über allen aber, den fremden Soldaten, den Bauern und den Menschen in den alten Städten, kreisten Tag und Nacht riesige Silbervögel, die unmittelbar dem Alten unterstellt waren, wie das Volk zu wissen glaubte. Ganz hoch kreisten sie, dass man nur selten das Brüllen ihrer Motoren vernahm. Hin und wieder stiessen sie von ihren Höhen wie Geier herab, ihre tödlichen Lasten auf die Dörfer zu werfen, die rot aufflammten unter ihnen, oder auf eigene Kolonnen, die den Befehlen nicht schnell genug nachgekommen waren.

Dann aber erreichte der Hass der Unterdrückten jene hohen Grade, wo selbst schwache Menschen fähig werden, das Höchste zu vollbringen, so dass es einem jungen Weibe bestimmt war, den zu finden, den sie mehr hasste als alles in der Welt. Wir wissen nicht, wie sie zu ihm gelangte. Wir können nur vermuten, dass der äusserste Hass eine Hellsichtigkeit verleiht und die Menschen unangreifbar macht. Sie kam zu ihm, ohne dass jemand sie zu hindern suchte. Sie fand ihn allein in einem kleinen altertümlichen Saal, dessen Fenster weit offen waren, durch die das Licht der Sonne flutete und das Gezwitscher der Vögel hereindrang, wo an den Wänden alte Bücher standen und Büsten der Denker. Nichts war aussergewöhnlich und deutete darauf hin, dass er in diesem Saal sein musste, und doch erkannte sie ihn. Er sass über eine grosse Karte gebeugt, riesig und ohne Bewegung. Er schaute ihr ruhig entgegen, die Hand auf einen grossen Hund gelegt, der zu seinen Füssen sass. Es war nichts in diesem Blick, das bedrohlich war, aber auch keine Frage, woher sie komme. Sie blieb stehen und begriff, dass ihr Spiel verloren war. Aber dennoch nahm sie den Revolver aus den Falten ihres Gewandes und richtete ihn auf den Alten. Dieser lächelte nicht einmal. Er schaute gleichgültig auf die Frau, und endlich, als er begriff, streckte er die Hand ein wenig vor, wie wir es Kindern gegenüber tun, die uns etwas schenken wollen. Sie näherte sich ihm und legte den Revolver in seine offene Hand, die ihn leise umschloss und langsam auf den Tisch legte. All diese Bewegungen hatten etwas Lautloses an sich, und dem ganzen Geschehen wohnte etwas Kindliches inne, aber gleichzeitig war alles erschreckend sinnlos und nebensächlich. Dann senkte er die Augen und schaute auf die Karte, als hätte er den ganzen Vorgang schon vergessen. Sie wollte fliehen, aber da begann der Alte zu sprechen.

»Sie sind gekommen, um mich zu töten«, sagte er. »Es ist ganz nutzlos, was Sie tun wollten. Es gibt nichts Unbedeutenderes als den Tod.« Er sprach langsam und seine Stimme war wohlklingend, aber er schien seinen Worten nicht die geringste Bedeutung beizumessen. »Von wo sind Sie?« fragte er dann, ohne den Blick von der Karte zu wenden, und als sie den Namen der Stadt nannte, bemerkte er nach einer langen Pause, während der er eifrig auf der Karte gesucht hatte, dass diese Stadt zerstört sein müsse, da sie mit einem roten Kreuz versehen sei. Dann schwieg er und fing an, grosse Linien über die Karte zu ziehen, kreuz und quer. Es waren schwere, phantastische Linien, die er zog, in merkwürdigen Kurven von einer eigenartigen Symmetrie, die das Auge zwingen, ihnen nachzuspüren, die aber den Sinn unfehlbar zu verwirren pflegen. Sie stand wenige Meter von ihm und schaute auf ihn, der wie eine ungeheure dunkle Masse über die Karte gebeugt war. Sie stand da in der Abendsonne, die weiches Gold über den Alten warf. Er beachtete die Sonne nicht und das Weib nicht, das ihn töten wollte und versagt hatte. Er war im Leeren, dort, wo es keine Beziehungen mehr gibt und keine Verantwortung anderen gegenüber. Er hasste die Menschen nicht, er verachtete sie nicht, er bemerkte sie nicht, und das Weib ahnte, dass hier der geheime Ursprung seiner Macht zu vermuten war. So stand sie wie eine Gerichtete vor ihm, unfähig, ihn zu hassen, und wartete auf den Tod, der ihr von seiner Hand zukam. Dann aber erkannte das Weib, dass er sie und ihre Tat vergessen hatte und dass sie gehen konnte, wohin sie wollte, aber auch, dass dies seine Rache war, die schrecklicher vernichtete als der Tod. Sie ging langsam gegen die Tür.

Da schlug der schwarze Hund zu seinen Füssen scharf an. Sie wandte sich zurück gegen den Alten, und er schaute auf. Seine Hand ergriff den Revolver, mit dem sie ihn hatte töten wollen. Dann sah sie die Waffe in seiner offenen Handfläche liegen, die sich ihr darbot. So überbrückte er mit einer unmenschlichen Geste, die unendlich demütigte, den Abgrund zwischen ihnen und deckte das innerste Wesen seiner Macht auf, die sich schliesslich zerstören musste, wie alle Dinge, deren Wesen im Absurden liegt. Sie schaute in seine Augen, die ihr ohne Spott und ohne Hass entgegengewandt waren, aber auch ohne Güte, und die nicht ahnten, dass er ihr alles wiedergegeben, was er ihr genommen, ihren Hass und die Kraft, ihn zu töten. Ruhig nahm sie die Waffe aus seiner Hand, und als sie schoss, fühlte sie jenen Hass, den Menschen bisweilen gegen Gott hegen. Er legte noch den Stift, mit dem er über die Karte gefahren, sorgfältig auf den Tisch, fiel dann aber langsam nieder, wie eine uralte Göttereiche, die gefällt wird, und der Hund leckte ruhig das Gesicht und die Hände des Toten, ohne sich im geringsten um das Weib zu kümmern.

8

Wir haben ein Gesetz gegen das Schlachten von Rindern nach jüdischem Ritus. Wir könnten ein Gesetz schaffen gegen das Schlachten von Menschen nach christlichem Ritus.
Pierre Ceresole

Ich bin gedrängt, Dinge zu sagen, die mich vereinsamen und die mir, in der Schweiz ganz besonders, Hass eintragen müssen.
Albin Zollinger

Walter Lesch (Cabaret Cornichon)

Choral der Rüstungsindustriellen

Unser Vertreter (Abteilung Kanonen)
Ist für den Frieden der grossen Nationen
Und nimmt nach der Sitzung die Aufträge mit.
Er ist für die Freiheit und bessere Löhnung,
Für Fortschritt, Kulturgeist und Völkerversöhnung
Und höheren Umsatz in Ekrasit.

Wir sind gegen Willkür und rohe Gewalt
Doch: Pulver ist Pulver und wenn es nicht knallt,
Dann muss der Betrieb geschlossen werden.
Und darum lebe der Friedensvertrag
Und der Umsatz in Pulver – 10 Zentner pro Tag –
Und der Friede, Friede, Friede auf Erden!

Unser Vertreter (Abteilung für Schiffe)
Ist müde der diplomatischen Kniffe
Und hat 70 Dreadnoughts auf Abruf notiert.
Er ist für den Ausgleich, ist Friedensbeschwörer,
Und unser Experte für Schlachtschiffzerstörer
Mit Flugzeugmaschinengewehren armiert.

Wir sind gegen alles, was roh und vertiert,
Doch Mine bleibt Mine. Wenn die nicht krepiert,
Gibt's Generalversammlungsbeschwerden!
Und darum lebe das Gleichheitsprinzip
Und auch das Torpedo von neuestem Typ
Und der Friede, Friede, Friede auf Erden!

Unser Vertreter (Abteilung für Gase)
Ist gegen Gewalttat und blutige Phrase
Und hat dreissig Tonnen Chlorsenfgas verkauft.
Er ist gegen Ungeist und Völkerverhetzung
Und hat das Spezialglas für Lungenzersetzung
Mit tränenden Augen »Pax 18« getauft.

Wir sind gegen jeden, der Kriegskarten mischt.
Doch: Giftgas ist Giftgas. Und wenn es nicht zischt,
Droht unser Direktor mit grimmen Gebärden.
Und darum lebe Locarno und Genf
Und Chlorgas und Blaukreuz, Levisithauch und Senf
Und der Friede, Friede, Friede auf Erden!

Werner Johannes Guggenheim

Bomber für Japan

Georgs Privatbüro in der Villa Wächter. Gegen Mittag. Georg sitzt an seinem Schreibtisch. Den Kopf in seinen Händen vergraben, liest er in einer Bibel. Nach einer Weile wird an die Türe geklopft, als keine Antwort erfolgt, wird die Türe langsam geöffnet und Frau Wächter tritt ein

FRAU WÄCHTER Entschuldige, Georg. – Ich muss mit dir sprechen.

GEORG Wozu noch, – ich möchte allein sein.

FRAU WÄCHTER *(tritt zu ihm, beugt sich sehr mütterlich über ihn und streichelt ihn)* Nimm's nicht zu schwer, mein Bub. Schau, es muss jeder seine Erfahrungen machen, das ist nun einmal nicht anders.

GEORG Lass gut sein, Mutter.

FRAU WÄCHTER Finde dich mit dieser schrecklichen Geschichte ab. Ich verstehe wohl, dass es dir schwer fällt. Denn mich selbst hat es eine sehr grosse Überwindung gekostet, nachzugeben. Ich sah aber, dass es sein musste. Karl und Perrin – Perrin vor allem – waren zum äussersten entschlossen. Und wenn du den Kampf weiterführst, so werden sie vor keinem Mittel zurückschrecken. Auch nicht vor dieser ... Entmündigung.

GEORG Davon hast du dich kopfscheu machen lassen.

FRAU WÄCHTER Perrin ist es bitter ernst. Du kannst dich dem nicht aussetzen, Georg. Überlege dir doch, was das für dich und für uns alle bedeuten würde.

GEORG *(kopfschüttelnd)* Und aus Angst davor hast du deine Einwilligung zu dem Japan-Auftrag gegeben.

FRAU WÄCHTER Ja. In erster Linie aus Rücksicht auf dich.

GEORG Merkwürdige Zusammenhänge, Mutter. Das ist eine verdrehte Welt. Und Grit, hat sie ihre Einwilligung auch gegeben?

FRAU WÄCHTER Ja, Grit auch.

GEORG Aus Angst um mich? Aus Rücksicht auf mich? Und du fühlst nicht, dass du mir die Atemluft nimmst?

FRAU WÄCHTER Ich begreife, dass es bitter für dich ist, Georg. Aber schliesslich hängt doch nicht alles Glück der Welt von unserer Entschliessung ab. Wir haben die ganze Sache vielleicht doch auch zu einseitig betrachtet.

GEORG Begreifst du denn nicht mehr, Mutter, auf was es mir ankommt? Hat dieser Schock genügt, um dir das ganze Bild zu verschleiern? Wir begehen einen offenen Verrat, an uns, und was schlimmer ist, am Ganzen. Unser Land ist klein, es hat keine andere Macht als eine geistige, eine sittliche, und keine stärkere Waffe als das Recht. Verzeih, wenn ich fast wieder ein wenig pathetisch werde. Schau von unsern Bergen gehen die grossen Ströme aus durch ganz Europa. Wir, an den Quellen, uns ist es aufgegeben, diese Quellen rein zu erhalten. Reinheit des Denkens, Sauberkeit des Handelns, das müssen wir von uns verlangen. Und wie viel haben wir davon schon eingebüsst; wie oft haben wir uns aus Schwäche, oder aus blosser Bequemlichkeit, oder aus Gewinnsucht vor dem Unrecht geduckt, nur weil es uns im Augenblick stark erschien. Wir dürfen auf diesem Wege nicht weiter gehen! In dem entsetzlichen Krieg zwischen Recht und Gewalt, der heute die ganze Welt durchtobt und in dem die nackte, gemeine Gewalt alle Bindungen des Rechts und der Sitte zu zertrümmern droht, da müssen wir immer und unverbrüchlich auf der Seite des Rechtes kämpfen.

Was wir aber jetzt tun, ist nicht nur falsch, es ist auch entsetzlich kurzsichtig. Denn der Staat, den wir beliefern wollen, ist, wenn er siegreich bleibt, unser aller Gegner von morgen. Und wenn wir noch so hoch oben in den Alpen wohnen, in diese Auseinandersetzung werden wir mit hineingezogen werden. Wenn wir dann zugrunde gehen und von den Gewalthabern zerquetscht werden, so wird uns nur geschehen, was wir verdienen; denn wir haben, ohne Not, unsere Seele zum voraus um Geld verraten.

FRAU WÄCHTER Gewiss, Georg, deshalb habe ich ja auch so schweren Herzens zugestimmt.

GEORG Du hast aber zugestimmt. Du hast mich im entscheidenden Augenblick im Stich gelassen. Du hast deine und meine Überzeugung preisgegeben – verraten.

FRAU WÄCHTER *(erschüttert ringend)* Es blieb mir doch schliesslich gar keine Wahl mehr. Sieh das doch ein. Was wir inzwischen alles erfahren haben, wussten wir vorher nicht. Wir können doch nicht unsere Fabrik, das Werk, das dein Vater geschaffen und zusammen mit Karl durch die Arbeit eines ganzen Lebens auf die Höhe gebracht hat, solchen Gefahren aussetzen.

GEORG Du durftest nicht um Vaters willen etwas tun, was Vater selber bestimmt nie getan und nie gebilligt hätte.

FRAU WÄCHTER Wie willst du denn das so sicher wissen, Georg?

GEORG Soll es überhaupt nichts Sicheres mehr geben? Du weisst ganz genau, dass ich recht habe.

FRAU WÄCHTER Wie könnte ich dir nur deutlich machen, was ich empfinde. – Es ist nicht alles so einfach, Georg. Es ist alles viel verstrickter, verwirrter, gegensätzlicher. Und auch viel geheimnisvoller. Schau, die Welt ist nun einmal nicht vollkommen.

GEORG *(schmerzlich)* Nein, die Welt ist nicht vollkommen. Wo sollte sie die Vollkommenheit auch herhaben, bei den Menschen, die sie bevölkern …

FRAU WÄCHTER Wenn die Welt so einfach nach Gut und Böse geschieden wäre, und wenn man immer mit untrüglicher Sicherheit wüsste, wo allein das Recht und wo das Unrecht ist, dann wäre es leicht, immer das Rechte zu tun. Aber können wir denn mit untrüglicher Sicherheit beurteilen, was im Fernen Osten vorgeht? Es ist auch dort ein Kampf um die Macht, nicht ums Recht. Gewiss ist Japan mit einer verdammenswerten Roheit vorgegangen, aber England, Amerika, Russland verteidigen in China ebenfalls machtpolitische Interessen. In einem solchen Kampf ist nie alles Recht auf der einen und alles Unrecht auf der andern Seite.

GEORG Nicht alles Recht? Aber vielleicht ein bisschen? – Oh Mutter, wohin kommen wir mit solchen Haarspaltereien.

FRAU WÄCHTER Versteh mich um Gottes willen nicht falsch! Ich verteidige nichts von dem, was dort geschieht, und was ich ebenso verurteile wie du!

GEORG Aber hübsch verpackt hast du dir die Sache inzwischen, nicht wahr, Mutter? Du hast dir schon ein ganz ansehnliches Häufchen von Gründen für deinen Stellungswechsel zusammengetragen. Auch mit der Kehrseite der Dinge lässt es sich ganz gut leben, wenn man sich daran gewöhnt, nicht wahr, Mutter?

FRAU WÄCHTER Du kannst furchtbar ungerecht sein, Georg.

GEORG *(mit schmerzlicher Ironie)* Eben, eben.

FRAU WÄCHTER Wie hast du dich in deinem Zorn gegen Perrin hinreissen lassen. Gewiss hat dich Perrin verletzt. Trotzdem durftest du nicht so ungerecht und masslos werden. Wenn du so aufgeregt wirst, so deutet das vielleicht darauf hin, dass du selber deiner Sache nicht ganz sicher bist.

GEORG Aha. Aber Perrin, nicht wahr, der ist seiner Sache sicher. Der bleibt ganz kühl. Für ihn ist alles eine klare Rechnung, eine klare Rechnung für einen kühlen Kopf. – Grauenhaft, Mutter. Wir sind ja keine Menschen mehr, wir sind nur noch Zahlen. Wir sitzen über den Kurszetteln, rechnen, zählen zusammen, vergleichen. Alles, was geschieht, verwandelt sich in Zahlen, Zahlen, Zahlen, nichts als Zahlen. Gewinn und Verlust, in Zahlen ausgedrückt, das ist unser Leben. – Ach! Mutter! Was haben wir Menschen aus Gottes schöner Erde gemacht.

FRAU WÄCHTER *(gequält):* Aber wir hängen doch in Wirklichkeit von diesen Zahlen ab.

GEORG Wenn das wahr wäre, so steckten wir in einem grauenhaften Gefängnis, ohne Licht, ohne Luft, und wären verdammt, zu ersticken.

FRAU WÄCHTER Du weisst doch so gut wie ich, Georg, dass wir, allein schon durch die Verantwortung, die wir für die Hunderte von Arbeitern und ihre Familien haben, in unserer Entschlussfreiheit sehr beschränkt und eingeengt sind.

GEORG Wenn wir wirklich in einem solchen zwangsläufigen Getriebe gefangen sind, wenn wir wirklich durch tausendfache Rücksichten, Bedenken, Verantwortungen gehemmt und gebunden sind, wenn wir nicht einmal mehr die Freiheit hätten, ein Unrecht nicht zu tun, wenn das alles wirklich so wäre, Mutter, wo hätte dann der Mensch Platz, der Mensch und seine Freiheit?

FRAU WÄCHTER Lieber Georg, wie oft ist man im Leben nicht frei, das Gute zu wählen, sondern hat höchstens die Wahl zwischen einem grösseren und einem kleineren Übel.

GEORG Und das nimmst du so hin? *(Schüttelt den Kopf)* Schau, Mutter ich bin Ingenieur. Für mich müssen die Teile eines Ganzen gesichert sein, die Verstrebungen haltbar, die Gewichte richtig verteilt. Wenn die Teile nicht fest verankert sind, die Kräfte auseinanderstreben, die Stützen nicht tragen, so taugt das Ganze nichts. Und wenn nur eine einzige Stütze nicht trägt, eine einzige Verstrebung nicht hält, so bricht das Ganze zusammen. Und wie es in der materiellen Welt ist, so verhält es sich auch in der sittlichen. Ihr habt aber die Stützen der sittlichen Welt herausgebrochen. Wo jedes Werk ein haltbares Gefüge sein muss, kann die Welt nicht ein haltlos schwankendes und verworrenes Durcheinander sein.

FRAU WÄCHTER Aber diesen absoluten Massstab, Georg, kannst du an das Leben mit seinen tausendfachen Bedingtheiten nicht anlegen. Man muss sich mit sehr vielem abfinden, das Leben zwingt einen dazu. Das ist noch lange kein Grund, den Kopf hängen zu lassen, und das war auch sonst nicht deine Art. Du brauchst doch deshalb nun nicht gleich alles Schwarz in Schwarz zu sehen. Sei wieder mein freier und fröhlicher Bub, Georg, wie früher.

GEORG Du verlangst etwas viel auf einmal, Mutter. Die Einsicht, dass nichts von dem hält, was ich für haltbar hielt, ist ein etwas ungeeigneter Anlass zur Fröhlichkeit.

FRAU WÄCHTER Du wirst es schon überstehen, Georg. Ich vertraue auf deine gesunde Natur.

(Es wird an die Türe geklopft)

GEORG Herein.

HEIDI *(mit den Korrespondenzen, unter der Tür)* Stör ich?

FRAU WÄCHTER Treten Sie nur ein, Fräulein Gerber. Ich muss ohnehin gehen.

HEIDI Ich bringe die Korrespondenz.

GEORG Ja, komm nur.

FRAU WÄCHTER *(gedämpft zu Heidi)* Ich bin sehr froh, dass Sie kommen, Heidi.

HEIDI *(ist über die unerwartete Anrede etwas verwundert)*

FRAU WÄCHTER Sprechen Sie ihm beruhigend zu, ich möchte Sie sehr darum bitten. Und bleiben Sie heute und die nächste Zeit bei ihm, ich möchte Sie sehr darum bitten.

HEIDE Gewiss, Frau Wächter.

FRAU WÄCHTER Bitte, bleiben Sie auch zum Mittagessen bei uns. Wollen Sie?

HEIDI Sehr gern, Frau Wächter.

FRAU WÄCHTER Ich danke Ihnen sehr. – Dann also auf Wiedersehen. *(Ab)*

GEORG Du machst Fortschritte. Nun bist du schon zum Kinderfräulein avanciert. Meinen Glückwunsch.

HEIDI Ist's dir nicht recht, dass ich die Einladung angenommen habe?

GEORG Doch, doch. Entschuldige nur, dass ich den raschen Wechsel etwas belustigend finde. Gestern hast du dich noch über Mutters kühle Zurückhaltung beklagt; heute bist du schon das »kleinere Übel«.

HEIDI Hier, *(die Mappe vor ihn auf den Tisch legend)* einiges konnte ich erledigen. – Diese Briefe musst du mit mir durchsprechen.

GEORG Danke. *(Blättert in der Mappe, klappt sie zu)* Ich habe jetzt den Kopf nicht frei dafür.

HEIDI Du hast Ärger gehabt.

GEORG Das ist ein etwas bescheidener Ausdruck.

HEIDI Ihr hattet eine Konferenz?

GEORG Ja.

HEIDI Und was ist dabei herausgekommen?

GEORG Mutter und Grit sind zu Perrin übergegangen.

HEIDI Und der Japan-Auftrag wird also ausgeführt?

GEORG Wird also ausgeführt.

HEIDI Es musste so kommen, das war mir von Anfang an klar. Und was wirst du tun?

GEORG Mutter hat mich inständig gebeten, mich dreinzuschicken.

HEIDI Ich soll dir beruhigend zureden, darum hat mich auch dein Onkel gebeten. Aber ich kann nicht. Wenn ich auch, viel mehr als du, von der Zwangsläufigkeit dieser Vorgänge überzeugt bin, das Ganze empört mich zu sehr!

GEORG Perrin hat mir gedroht, mich entmündigen zu lassen.

HEIDI Schändlich! Ist denn so etwas möglich?

GEORG *(achselzuckend)* Vielleicht. Ich glaube nicht daran. Aber sie können mich damit immerhin lahmlegen.

HEIDI Diese Leute haben wirklich jedes Schamgefühl verloren! Jetzt, Georg, jetzt musst du es darauf ankommen lassen. Jetzt erst recht! Jetzt zeig ihnen, dass du nicht kleinzukriegen bist. An dieser Drohung kannst du ermessen, wie diese Leute dich fürchten. Sie wissen, dass auch du über Gewalten verfügst, die sie nicht herauszufordern wagen. Du hast ja noch fast unerschöpfliche Mittel gegen sie. Gerade, weil es ein so offensichtlich unsauberes Geschäft ist. Sie fürchten die Öffentlichkeit. Die Lieferung darf im Vertrag ja nicht einmal offen als das bezeichnet werden, was sie ist. Du hast selber darauf hingewiesen. Sie haben also etwas davon zu befürchten, wenn es offenkundig wird, dass es sich um Kampfflugzeuge handelt. Geh vor die Öffentlichkeit. Verhindere die Ausfuhr der Bomber.

GEORG Nun gut. Nehmen wir an, es gelinge mir wirklich. Ist damit die Tatsache aus der Welt geschafft, dass meine Mutter und Grit gegen ihre Überzeugung gehandelt haben?

HEIDI Willst du wegen dieser Enttäuschung, die doch nicht ganz so unerwartet gekommen sein sollte, die Waffen strecken, bevor es auch nur zu einem richtigen Gefecht gekommen ist? Denn die Mittel, über die du verfügen kannst, sind noch bei weitem nicht erschöpft. Du wolltest mit den Arbeitern sprechen. Hast du diesen Plan schon aufgegeben? Glaubst du etwa nicht, du könntest die Arbeiterschaft dazu bringen, die Arbeit niederzulegen, um nicht für Japan arbeiten zu müssen? Hast du noch nie davon gehört, dass Hafenarbeiter sich geweigert haben, Schiffsladungen zu löschen, die für die internationalen Rechtsbrecher bestimmt waren? Und glaubst du, unsere Arbeiterschaft wäre weniger mutig, noch dazu, wenn du selber auf ihrer Seite stehst?

GEORG Was hätte sich dadurch an der unheilvollen Verstrickung der Welt geändert? An dem unentwirrbaren Geflecht, in dem Recht und Unrecht ineinander verwirkt sind? Sodass selbst die guten Menschen

das Gute nicht tun können? Müsste man nicht viel tiefer ansetzen, um das Leben von den furchtbaren Fesseln zu befreien? *(Er ist aufgestanden, er macht ein paar Gänge, nimmt dann die Bibel vom Tisch)* Vielleicht kann ich dir damit deutlich machen, was ich meine. Ich habe nach langer Zeit wieder einmal in den Evangelien gelesen. Erinnerst du dich an die Geschichte vom rei chen Jüngling? Er kam zu Jesus und fragte ihn »Was muss ich tun, damit ich das ewige Leben erlange?« Und Jesus antwortete ihm »Du kennst die Gebote du sollst nicht töten, nicht ehebrechen, nicht stehlen, nicht falsches Zeugnis ablegen, deinen Vater und deine Mutter ehren und deinen Nächsten lieben wie dich selbst.« Der Jüngling erwiderte »Dies alles habe ich von Jugend an gehalten.« Jesus blickte ihn an und sagte »Eins fehlt dir noch geh hin, verkaufe alles, was du hast und gib das Geld den Armen, dann komm und folge mir nach.« Der Jüngling aber wurde über das Wort traurig und ging betrübt hinweg, denn er hatte viele Güter. – *(Umblätternd)* Und hier, zu seinen Jüngern sagte Jesus »Es kann keiner mein Jünger sein, der sich nicht von allem lossagt, was er besitzt.« Das ist es, Heidi. Das ist die Wahrheit. – Ich hätte es von jeher wissen sollen. Mein Leben lief schon lange in einer falschen Richtung. Es brauchte diese starke Erschütterung, damit ich es erkannte.

HEIDI *(kopfschüttelnd)* Ich verstehe dich nicht ganz, Georg. Ist das nicht ein Seitenweg, den du jetzt suchst? Willst du, inmitten der heutigen Welt, das Leben eines Apostels führen?

GEORG Aber es sind doch die »vielen Güter« und die Gier danach und nach immer mehr, was uns in Kampf und Gewalt treibt und uns immer tiefer ins Unrecht verstrickt.

HEIDI Ich weiss nicht, ob du dir über die unerbittlichen Folgen eines solchen Schrittes klar bist. Aber nicht das meine ich.

GEORG Traust du mir nicht zu, dass ich auf alles verzichten könnte, was mir an Gütern gehört?

HEIDI Doch, eigentlich ja, denn ich traue dir noch etwas Schwereres zu, dass du nämlich frei davon sein kannst, ohne darauf zu verzichten.

GEORG Wenn ich jetzt von hier wegginge und nichts von allem mitnähme, was mir gehört, um ohne allen Ballast, der mir hier tausendfach anhängt, das Leben neu zu beginnen, würdest du mit mir gehen?

HEIDI Ich würde mit dir gehen, obwohl ich es für falsch halte, wenn du das tust

GEORG Ich danke dir, Heidi. Aber weshalb hältst du's für falsch?

HEIDI Du überlässt den andern das Feld und den Sieg.

GEORG Jeder Schritt, den ich tue, kann neue und unabsehbar unheilvolle Verstrickungen bewirken. Ich renne ringsum gegen eiserne Wände an. – Aber du hast recht ich bin kein Apostel. Vielleicht ist gerade deshalb für mich alles so unheilbar, weil ich diesen starken Glauben nicht habe ...

HEIDI Du wirst den Kampf nicht aufgeben, Georg?!

GEORG Auch wenn ich mich damit selbst tief ins Unrecht verstricke? Auch wenn ich mir damit jede Freiheit nehme?

(Es wird an die Türe geklopft)

GEORG Herein.

ZIMMERMÄDCHEN *(unter der Tür)* Der Herr Erb ist da. Er möchte mit Ihnen reden, hat er gesagt.

HEIDI Der Erb, das ist gut.

GEORG Lassen Sie ihn eintreten.

ZIMMERMÄDCHEN *(ab)*

ERB *(kommt. Er ist in seinem Werktagsanzug)* Guten Tag, Georg. Guten Tag, Fräulein Gerber.

HEIDI Guten Tag, Erb.

GEORG Tag, Köbi. Was führt dich her?

HEIDI Soll ich euch allein lassen?

ERB Meinetwegen nicht.

GEORG Bleib nur, Heidi. Sitz ab, Köbi.

ERB *(bleibt stehen)* Du hast mir gesagt, dass du mit den Arbeitern reden willst. Ja, und da habe ich nun bei den Genossen so herumgehört. Wir sind gestern abend noch in die »Bruggschmitte« gegangen. Das ist das Lokal, wo sie verkehren. Ich meine die Kommunisten. Da habe ich Verschiedenes gehört. Gutes und anderes; aber es wäre bestimmt etwas zu machen. – Der Platter, der hat zuerst das Wort geführt.

GEORG Was hat er gesagt?

ERB Wörtlich genau kann ich es nicht wiederholen, aber ungefähr das – du seist im besten Fall ein einzelner, und eine solche Einzelaktion habe nicht viel Wert. Das ganze System sei faul. Wenn man vor deiner Gesinnung auch alle Achtung haben müsse, so diene ein Fall wie deiner doch mehr dazu, vor dem verfaulten kapitalistischen System eine mit Moral lackierte Fassade aufzurichten. Und das sei etwa, – entschuldige, er hat es so gesagt – ungefähr so, wie wenn man einen Misthaufen parfümieren wollte. Dem Proletariat sei damit nicht gedient.

GEORG Auch da nichts als Schablonen und Scheuklappen. Kann man denn diese Kerle nicht dazu bringen, die Menschen zu sehen und nicht die Schachteln, in die sie künstlich verpackt worden sind? Sehen sie nicht weiter als bis zu ihrem parteipolitischen Kram?

ERB Das hab ich ihnen ungefähr auch gesagt, nur etwas handgreiflicher. Sie sollen endlich einmal mit ihrem alten Mist aufhören, hab ich gesagt, verstehst du. Ich habe eine rechte Wut bekommen. Dann sind sie vernünftiger geworden. Aber, haben sie gesagt, wie sollen sie zu dir Vertrauen haben? Mit deinem bürgerlichen Idealismus komme man nicht weit.

GEORG Vertrauen haben ...

HEIDI Sie sollen froh sein, einem Mann wie Georg überhaupt nur helfen zu dürfen!

ERB Sowieso. Ich bin ihnen auch kräftig übers Maul gefahren. Sie meinen eben, man könne schliesslich nicht wissen, was dahinter stecke. Es könne auch eine Provokation sein.

HEIDI Spüren diese Leute denn nicht, dass es um ihre ureigenste Sache geht?

ERB Sie sind im Prinzip schon zu haben. Das will ich eben berichten. Es sei gut, sagen sie, einmal die ganze bürgerliche Verlogenheit zu entlarven. Nur sollte man sicher sein, meinen sie eben, dass es auch ernst gemeint sei. Dann würde man die Sache gross aufziehen. Man würde die Fabrik besetzen, die Produktion lahm legen. Es käme ihnen nicht darauf an, was daraus wird. Man würd' es darauf ankommen lassen, ob sie es wagen, mit Gewalt gegen uns vorzugehen, wenn du dabei bist. Du müsstest jetzt selber mit den Leuten reden. Ich bin überzeugt, dass du sehr viel ausrichten kannst.

GEORG Ich danke dir, Köbi. Du hast dir viel Mühe gegeben. Ich glaube, ich sehe jetzt klar.

ERB Was kann ich weiter tun?

GEORG Ich berichte dir dann.

ERB Auf mich kannst du dich jederzeit verlassen, dass du's weisst.

GEORG Ich danke dir, Köbi.

ERB So leb wohl denn. – Auf Wiedersehen, Fräulein Gerber.

HEIDI Wiedersehen, Erb.

GEORG Leb wohl, Köbi.

ERB *(ab)*

HEIDI Nun siehst du es selber, dass etwas zu machen ist. Greif zu.

GEORG Ist das dein Ernst, Heidi? – Siehst du nicht, wie wenig das hilft, gegen das Grauenvolle, vor dem auch der Stärkste ohnmächtig ist. – Nicht nur, dass Völker und Menschen einander zerfleischen, ist schrecklich – unfassbar grauenvoll ist es, dass wir andern alle davon leben! – Ist aber gegen dieses Entsetzliche etwas erreicht, wenn ich mit allen Mitteln verhindere, dass diese eine Lieferung ausgeführt wird?

HEIDI Auch damit ist schon etwas erreicht.

GEORG Selbst um den Preis, dass Kampf und Krieg in unsere Fabrik hineingetragen werden? Selbst um den Preis einer Zerstörung?

HEIDI Dazu braucht es nicht zu kommen, Georg.

GEORG Wenn ein solcher Kampf einmal anfängt, ist er nicht mehr zu bremsen, und kein Mensch weiss, wohin er führt. Die mir helfen wollen, die haben ganz andere Ziele als ich. Was werden sie schliesslich alles verlangen, um zu dem »bürgerlichen Idealisten« Vertrauen haben zu können?

HEIDI Du kannst doch nicht auf das allein abstellen, was der Erb berichtet. Du musst schon mit den Leuten selber reden.

GEORG Merkst du nicht, dass sie mich einfach in eine Partei einspannen wollen? in ihre Partei? Und ist damit etwas gewonnen? Ist damit etwas besser geworden?

HEIDI Du kannst nicht auf Mitkämpfer verzichten. Schliesslich kannst du die Welt nicht ganz allein aus den Angeln heben.

GEORG Du meinst, ich soll ganz einfach von einer Seite auf die andere hinüberwechseln? Aus dem bürgerlichen Idealisten machen wir einen Salonkommunisten, und damit ist alles in Ordnung ...

HEIDI Dass die Welt heute in zwei Lager geteilt ist, das ist dir nicht neu. Du musst dich entscheiden. Das bleibt heute keinem erspart.

GEORG So muss ich mich also der einen Macht ausliefern, um die andere Macht zu bekämpfen, meinst du? Und eine Freiheit der Entscheidung gäbe es überhaupt nicht mehr? Wenn ich aus diesem Gefängnis zur Freiheit durchbrechen will, so kann es nicht dadurch geschehen, dass ich einen Zwang mit einem andern Zwang, eine Gefangenschaft mit einer anderen Gefangenschaft vertausche.

HEIDI Tätest du das denn? Du musst weit darüber hinauszielen, Georg. Viel höher hinauf. Du wärest stark genug, Georg, jeden Zwang zu überwinden.

GEORG *(hält inne)* Stark genug, den Zwang zu überwinden! Höher hinauf, das ist es, Heidi. Ausbrechen aus diesem Gefängnis, und sei es auch nur, damit offenbar wird, wie gefangen wir sind. Durchbrechen zur Freiheit. Weisst du den Weg? Er führt oben hinaus! *(Mit plötzlichem Entschluss geht er zum Telefon, stellt ein, ergreift den Hörer)* Bitte verbinden Sie mich mit der Flughalle 3.

HEIDI *(tritt gespannt näher)*

GEORG Blaser? sind Sie am Apparat? Ja. Hier Wächter. Guten Tag. Machen Sie bitten den »Kleinen Stern« startbereit. – Jawohl. – Jetzt gleich. Ich bin in etwa zehn Minuten in der Halle. Danke. *(Hängt ein)*

HEIDI Was hast du vor?

GEORG Du hast mich auf einen wundervollen Gedanken gebracht, Heidi. Ich will mir diese Welt wieder einmal von oben ansehen, aus ganz grosser Höhe. Dann wird all der Dreck so winzig klein und nichtig, wie er ist. Und alles, was du siehst, ist gross. Und alles um dich her ist Freiheit.

HEIDI Nimmst du mich mit?

GEORG Sei mir nicht böse, Heidi. Ich muss heute allein sein.

HEIDI *(sieht ihn forschend an)*

GEORG Was schaust du so?

HEIDI Georg, was hast du vor?

GEORG Ich möchte einmal wieder einen grossen Flug über die Alpen machen. Den letzten – bevor die Novemberstürme kommen und es Winter wird. Das Wetter ist heute ruhig und klar, wie seit langem nicht mehr, und auf den Bergen liegt Neuschnee. Sie werden wunderbar sein, die Berge, und rein, ganz rein.

HEIDI Wann wirst du zurück sein?

GEORG Warte nicht auf mich, es kann spät werden. Ich möchte in den Abend hineinfliegen, dann sind die Berge am schönsten, im letzten Sonnenlicht, wenn die Täler schon dunkeln.

HEIDI Ich käme so gern mit dir.

GEORG Nein, Heidi, nicht heute. *(Holt Manuskriptblätter aus einer Schublade)* Ich möchte dich bitten, mir heute diesen Bericht über die neuen Küpffermotore ins Reine zu schreiben. Da sind Diagramme und Tabellen dazu. Du findest dich in dem Manuskript wohl zurecht, die Einschübe sind deutlich gekennzeichnet. Wenn du fertig bist, legst du's drüben auf mein Pult. Sechs Exemplare. Die Zeichnungen und Diagramme gibst du Balzli, er soll sie wie üblich übertragen und lichtpausen.

HEIDI Ja. Ich will gleich damit anfangen.

GEORG Warum? Du hast am Nachmittag Zeit genug dazu. Der Bericht ist nicht sehr lang. Willst du nicht vorher essen?

HEIDI Ich habe keinen Hunger, wirklich nicht. Ich mache mich am liebsten gleich an die Arbeit.

GEORG Du bist mir doch nicht böse, Heidi?

HEIDI Warum?

GEORG Ach, nichts. Ich dachte, weil ich dich nicht mitfliegen lasse. Aber du begreifst doch. Ich muss mit mir selber fertig werden, und mit all diesen Gespenstern. Und dazu muss ich allein sein.

HEIDI Gewiss. Du musst selber wissen, was gut für dich ist.

GEORG Dann leb wohl. *(Geht zur Tür, kehrt nochmals um, umarmt und küsst sie)* Leb wohl, Heidi. *(Rasch ab)*

HEIDI *(sieht ihm nach, macht ein paar Schritte gegen die Tür zu. Bleibt stehen. Von unten kommt der Lärm des abfahrenden Autos. Heidi geht ans Fenster, blickt ihm nach. Fährt sich seufzend übers Haar)*

(...)

(Das Telefon schrillt)

NAST Endlich! *(Eilt hin, ergreift den Hörer)* Hallo! Hier Oberst Nast. Wächter & Nast, jawohl. – Herr Oberst Wolsinger? Guten Abend, Herr Kamerad. Woher? Ja ... *(hört lange, ohne zu reden)*

FRAU WÄCHTER Wer ist's denn? Was sagt er? Ist's etwas mit Georg?

NAST *(winkt ihr, stille zu sein)*
(Verhaltene Spannung)

NAST *(hängt den Hörer ein. Er zittert. Er hat Mühe, beherrscht zu bleiben)*
(Langes, gespanntes Schweigen)

NAST *(mit belegter Stimme)* Fasse dich, Anna. Georg ist abgestürzt.

FRAU WÄCHTER *(wird von Weinen geschüttelt)*

HEIDI *(tonlos):* Ich hab es gewusst.

NAST *(nach einer langen Stille)* Beim Piz Lucendro, unterhalb. Soldaten der Gotthardbesatzung haben ihn geborgen. Gegen fünf Uhr ist es geschehen.

PERRIN Tot?

NAST Tot.

FRAU WÄCHTER Georg, lieber Georg, lieber, lieber Georg. Lieber Bub.

PERRIN Diese Wendung konnte niemand voraussehen. Nehmen Sie mein herzlichstes, herzlichstes Beileid.

FRAU WÄCHTER *(mit einem abgründigen Blick)* Ja, Sie! Ich weiss, was Sie als Erstes gedacht haben. – Die Kurse steigen!

Albin Zollinger (Cabaret-Szene)

Die Rüstungsmagnaten

Die Szene ist die Vorhalle eines Hotels

AHASVER Meine Lieben, es gibt sie, die für Geschäfte,
Kaltschnäuzig von Gas und Kanonen fachsimpeln,
Und Lehrstühle gibt es, fachmännische Kräfte,
Die das Ganze mit Philosophie noch bewimpeln ...
Erschrickt vor dem Lautsprecher, der herabruft.

RUNDFUNK Achtung, Achtung! In seiner gestrigen Rede vor dem Untersuchungsausschuss über den amerikanischen Waffenexport äusserte der Präsident der Soley Armaments Company, Ball, zu seiner Verteidigung wörtlich: »Der Waffenhandel ist ein Geschäft wie ein anderes ...«

AHASVER Der Waffenhandel ist ein Geschäft wie ein anderes!

RUNDFUNK Es verlautet denn auch, dass aus Kreisen kompromittierter Regierungsmitglieder eine Sistierung des Verfahrens angestrebt wird ...

AHASVER ... dass aus Kreisen kompromittierter Regierungsmitglieder eine Sistierung des Verfahrens angestrebt wird!

RUNDFUNK Dem gegenüber stellt der ehemalige Direktor der Militärluftfahrt der USA, Mitchel, folgende Forderungen: Wir brauchen fünfzig grosse Bomben-Luftschiffe, um Japan angreifen zu können; mindestens fünfzig Militär-Luftschiffe sind nötig, um die japanische Hauptstadt und alle wichtigen Zentren des Inselreiches in Schutt und Asche legen zu können. Wir müssen immer daran denken, dass Japan unser gefährlichster Gegner ist; wenn wir Luftschiffe und Flugzeuge bauen, müssen wir berücksichtigen, dass wir im Falle eines Konfliktes mit Japan in der Lage sein sollten, das Inselreich innerhalb weniger Stunden mit Bomben zu belegen und die militärische Energie des Landes zu vernichten ...

AHASVER ... in der Lage sein sollten, das Inselreich innerhalb weniger Stunden mit Bomben zu belegen!

RUNDFUNK Oberst Smooth, Generalstabschef der Truppen von Hawaii, war gleichzeitig Agent der Maschinengewehrfabrik Thompson sowie einer Gasbombenfabrik.

AHASVER Sowie einer Gasbombenfabrik!

RUNDFUNK Die Untersuchungskommission für die Rüstungsindustrie brachte in Erfahrung, dass sich die Federal Laboratories Company und mehrere Flugzeugfabriken dahin geeinigt haben, das Verbot der Waffenlieferungen für den Chacokrieg durch Ausübung eines Drucks auf die Mitglieder des Kongresses möglichst zu verhindern. Der Präsident der Federal Laboratories Company, John Young, verkaufte nach Cuba im ersten Halbjahr 1934 Tränengas- und andere Bomben im Werte von 400 000 Dollars.

AHASVER Sowie einer Gasbombenfabrik!

Fährt zurück vor der Erscheinung zweier aalglatter Weltleute, die mit dem Seidenhut in erhobener Hand links und rechts aus den Kulissen hervortreten. Es sind die Rüstungsmagnaten, die sich mit einem Song vorstellen.

RÜSTUNGSMAGNATEN Hier sind wir. Gefällig?
Ihr seht uns gesellig,
Mit sanften Gesichtern
Und Augenlichtern,
Familienväter,
Mehrfache Wohltäter.
Wir stiften Denkmäler
Und Hospitäler,
Wir fördern die Jugend
Und jegliche Tugend.
Man kann uns nicht nehmen,
Man würde sich schämen.
Gut, noch so gern!
Meine Herrn:
Wir liquidieren.
Wir fabrizieren
Ohnehin mit Verlust.
Nicht gewusst?
Aber meine Herrschaften:
Wofür glauben Sie, dass wir alles haften!
Das ist heutzutage nicht mehr wie weiland.
Ausserdem sehnen wir uns nach dem Eiland
Privaten Behagens.
Auch sind wir ja leidend.
Wir sagen's
Indessen, dass wir jetzt, scheidend
Für alle Weiterungen nicht verantwortlich gemacht sein wollten:
Brotlosigkeit und Revolten.
Wir haben Sie darauf aufmerksam gemacht.
Für heute wünschen wir allerseits eine ruhsame Nacht.

AHASVER Und für heute wünschen wir allerseits eine ruhsame Nacht! *Lacht schrecklich.*

WIRT *stürzt heraus.* Ja, hören Sie, Sie da; was sind denn Sie für eine fröhliche Nummer? Was glauben Sie denn, was Sie hier für ein Dach über sich haben? Sie glauben wohl, Sie sind hier in einer Kroatenzentrale, wie? Sie machen mir ja meine Kundschaft noch schwermütig. (...) Bringen Sie Ihre Havasse in Oerlikon an, dort gibt es dem Vernehmen nach so ein Etablissement mit dem schönen Namen Werkzeugmaschinenfabrik. Im übrigen kennen wir in der Schweiz das nachgewiesenermassen und glücklicherweise nicht, es widerspricht unserem demokratischen, neutralen und auf allgemein humanistischer Grundlage geschulten Empfinden, und insofern als es vorkommt, dass Kriegsmaterial bei uns wirklich fabriziert wird, tun wir es nur, damit es die andern nicht tun und unter der ausdrücklichen Voraussetzung, dass es neutrales Kriegsmaterial zu sein hat, das Armbrüstlein garantiert dafür. So stehn die Sachen, wenn wir uns ausnahmsweise in meinem reputierlichen Hause mit Politik befassen sollen. Grundsätzlich vermeide ich es unter Gästen, von denen man ja nie sogleich wissen kann, welcher politischen Konfession sie anzugehören geruhen. Gewiss, auch ich, das darf ich getrost aussprechen, bin für den Frieden; allein, das heisst noch nicht, dass ich mit Pazifisten oder irgend einer Sorte Abstinenzlern etwas zu schaffen haben will, verstanden. Die wahren Kriegshetzer sind nicht die, welche Munition herstellen, sondern die, welche es ihnen ausbringen. Junger Mann, es ist um den Frieden Europas nicht halb so schlimm bestellt, wie Sie in Ihrer antiquarischen Lebensauffassung argwöhnen, und selbst wenn, so stünde es Ihnen besser an, sich einen arischen Rückenzwick zu geben; denn für Freiheit und Gleichheit zu sterben ist auch dann eine hehre Sache, wenn es gar nicht um Freiheit und Gleichheit geht.

(Aus der nie gespielten Szenenfolge »Opera buffa«)

Fritz Hochwälder

Der Ankauf

Als ich im Spätherbst 1942 durch Vermittlung einer gemeinsamen Freundin namens Giuditta den Bildhauer Fritz Wotruba und seine Frau Marian kennenlernte, lebte das Künstlerpaar in der Parterrewohnung eines oberhalb der Stadt Zug gelegenen Einfamilienhauses, unweit der Bahnlinie nach Ägeri. Die leerstehende Garage diente als Atelier, das Gärtchen hinter dem Haus war von Skulpturen nackter Männer und Frauen bevölkert, die allesamt, katholischer Kantonssitte entsprechend, irgendwelche Stoffreste um die Hüften geschlungen trugen – ein geradezu gegenreformatorischer Anblick. Sonst jedoch ging es im Hause Wotruba wenig gegenreformatorisch zu, wenngleich die finanzielle Situation mehr als angespannt war; ein in Winterthur beheimateter Gönner spendete allmonatlich 300 Franken, und davon zehrten nicht bloss die Begünstigten, sondern zuzeiten auch deren Logiergäste, wie noch darzutun sein wird. – Marian hielt vortrefflich Haus, kochte, flickte, bügelte, kümmerte sich um diverse Hilfsbedürftige und verstand es zudem, die abgelegene Behausung zum Treffpunkt interessanter Leute zu machen; man sah dort Jean de Salis, Manuel Gasser, Franz und Maria Fein, Wout van Wijk, François Bondy, Robert Jungk, René König, Herbert Lüthy, um nur einige Namen zu nennen. – Wahrhaftig, für diese Frau, der Robert Musil in seinen Tagebüchern ein schönes Denkmal setzte, konnte der Spruch auf Pestalozzis Grab im aargauischen Birr gelten: *Alles für andere, nichts für sich.*

Zu den andern zählte bald auch ich, der unbekannte Bühnenschreiber, und wie es dazu kam, soll der Anekdote vom Ankauf einer Wotrubaschen Plastik vorausgeschickt werden. Wenige Wochen vor diesem Ereignis wurde ich vom Arbeitslager für Emigranten dispensiert, unter der Bedingung, jemand müsse für meinen Lebensunterhalt sorgen. Die nötige Bürgschaft leistete ein Zürcher Arzt, der eine eher lockere Verbindung zum Mäzenatentum hatte, denn er forderte eine Gegenbescheinigung, dass die Garantie bloss formell aufzufassen sei und zu keinem materiellen Anspruch berechtige. Um der Freiheit eine Gasse zu bahnen, unterschrieb ich den fatalen Wisch und sass alsbald hungernd und frierend in einer spitzwegischen Mansarde des Zürcher Niederdorfes, als Inhaber einer fremdenpolizeilichen Toleranzbewilligung, in der mit roter Tinte vermerkt war: es sei mir jedwede bezahlte oder unbezahlte Arbeit sowohl im Inland als auch im Ausland streng untersagt. – Da fand unsere Giuditta den rettenden Ausweg: »Auf zu den Wotrubas!«

Am Zuger Bahnhof erwartete Marian den Wildfremden, der sich schüchtern präsentierte; doch rasch wich alle Scheu der herzerwärmenden Empfindung, von einem frohmütigen, gütigen Menschen aufgenommen zu werden. Der junge Meister in seinem Atelier gab sich zurückhaltender, die Staubmaske vor Nase und Mund, meisselte er schweigsam an einer Steinfigur. Beim Nachtmahl, nach einigen Gläschen Trester, dem Hausgetränk, das vom nahen Bauern stammte, lösten sich die Zungen, und der gemeinsame Wiener Dialekt beschleunigte das Aufkommen eines Gefühls der Brüderlichkeit, an der sich im Verlaufe eines Vierteljahrhunderts nichts geändert hat.

Anderntags erwies es sich, dass düsteres Gewölk materieller Sorge über dem gastfreundlichen Haus hing. Der Zins der verhältnismässig komfortablen Wohnung, die Marian, vor allem ob der idealen Werkstattmöglichkeit, in kühnem Alleinentschluss gemietet hatte, verschlang mehr als die Hälfte der monatlichen Subsistenzmittel. So konnte es nicht weitergehen, ein Käufer für eine der vorrätigen Skulpturen musste gefunden werden; die keineswegs selbstverständliche Voraussetzung hierfür schuf die vielbestaunte Tatsache, dass dem Bildhauer, der sonst den allgemeinen prekären Emigrationsvorschriften unterstand, der freie Verkauf seiner Arbeiten gestattet war. Schön und gut, aber wie und wo in der kriegsumtobten, kleinen und etwas kleinlichen Schweiz einen Kaufwilligen auftreiben? – In dieser Lage überredete Wotrubas Freund und Kollege, Altmeister Hermann Haller, einen Zürcher Grossindustriellen, der als Kunstsammler legendären Ruf genoss, eine Besichtigungsfahrt nach Zug zu unternehmen. Fürs Wochenende war der Mann angemeldet, und je näher dieses rückte, um so unruhiger wurde die Stimmung im Haus: Es ging um die Existenz, und das Schicksal wollte es, dass die meine inbegriffen war.

Die nächsten Abende verbrachten wir diskutierend, der Konsum des in Chiantiflaschen abgefüllten Tresters stieg beträchtlich, die Meinungen gingen auseinander: Wird der Erwartete angesichts der in Atelier und Garten ausgestellten Werke Bewunderung oder Abneigung empfinden? – und wenn, was anzunehmen war, ersteres zutraf: Wird er sich zu raschem Ankauf entschliessen oder nicht? – Marian, die einer Düsseldorfer Bankiersfamilie entstammte, ergriff unbesehen Partei für den Kapitalisten: ein letzter Grosser der freien Wirtschaft, ebenso verantwortungsbewusst wie kunstliebend, infolgedessen *eo ipso* schätzenswert. – Wir Arbeitersöhne meldeten Bedenken an: Was, wenn sich der mit Vorschusslorbeeren Bedachte der Ankaufsverpflichtung schnöde entziehen sollte? – Daraufhin bezeichnete uns Marian als böswillig und verhetzt, bis wir uns bereit erklärten, dem Visitator den Status eines Titanen zuzubilligen.

Der Besuchstag brach an, ein Freitag überdies, was von übler Vorbedeutung sein mochte. Das Protokoll war festgelegt: Ungezwungen, jedoch mit wohlgesetzten Worten würde der Hausherr den Eintreffenden begrüssen, entgegen legerer Alltagsgewohnheit im Sakko und selbstverständlich mit Krawatte. Ich hatte vorgeschlagen, dem Gast die verkaufshemmende Begegnung mit mir zu ersparen; ich würde in mein Zimmerchen verschwinden und abwarten, bis alles vorüber sei. – Marian heizte das um diese Jahreszeit sonst nicht mehr benützte Wohnzimmer, trug Mokkatässchen und leichtes Gebäck auf; zur Ankunftszeit wollte man dort den schwarzen Kaffee nehmen, bis der Kauflustige ungeduldig zur Werkbesichtigung drängen würde. Wie gewöhnlich assen wir in der Küche zu Mittag; im Nu wars vierzehn Uhr. Einige Minuten noch, und der sehnlich Erwartete, der im Ruf ausnehmender Pünktlichkeit stand, würde die Hausklingel drücken. Es wurde halb drei, und nichts rührte sich. Vorsichtshalber überprüften wir das Funktionieren der Klingel, allein daran lag es nicht. Jetzt bloss nicht ungeduldig werden: Auch der Pünktlichste kann sich um eine halbe Stunde verspäten, sogar um eine ganze. Als nach Ablauf dieser Frist noch immer niemand auftauchte, wurde die Sache allerdings bedenklich. – Sollte man sich telefonisch am Wohnort des Überfälligen erkundigen? Nein, dies käme dem Eingeständnis seiner Unentbehrlichkeit gleich, die zwar Tatsache war, aber nicht zugestanden werden durfte.

Mittlerweile ersetzte Marian die gesellschaftlich überholte Mokkagarnitur durch ein Schnäpse-Arrangement, und dieses wiederum, der vorgerückten Tageszeit entsprechend, durch eine Jause samt Guglhupf. – Während wir die vermutlichen Ursachen des Nichteintreffens zu ergründen trachteten, schellte es plötzlcih energisch. Wotruba fuhr ins Sakko, ich verschwand in mein Zimmer und legte mich aufatmend auf die Couch. Einige Sekunden später wurde ich herausgerufen. In der Annahme, dem Titanen vorgestellt zu werden, erschien ich, musste aber erkennen, dass der Ankömmling mit dem in der Nähe wohnhaften Maler Potthof identisch war. Diesem zum Zuger Freundeskreis gehörenden Künstler war die Arbeit heute verleidet gewesen, und da hatte er gedacht ... Ehe er sich erklären konnte, wurde ihm bedeutet, das Feld zu räumen und des Abends wieder vorzusprechen, jetzt erwarte man einen wichtigen Besuch. Verdutzt entfernte sich der Brave, und wir verharrten in zunehmender Resignation.

Als die Abenddämmerung hereinbrach, fiel die Stimmung vollends auf den Nullpunkt; bedrückt sahen wir in der Küche Marian zu, die das Nachtmahl vorbereitete: mit Kümmel bestreute, im Ofen gebackene

Schalenkartoffeln. Während wir das dennoch leckere Mahl verzehrten, ertönte sacht die Hausklingel. Wotruba erhob sich, brummte: »Das wird der Potthof sein«, begab sich hemdsärmelig und in Hausschuhen zur Tür, öffnete – draussen stand ein hünenhafter Fremdling, der sich durch Nennung des berühmten Familiennamens als längst Erwarteter zu erkennen gab. Vor Überraschung keiner wohlgesetzten Worte mächtig, begrüsst ihn Wotruba mit dem unwilligen Ausruf: »Was, jetzt kommen S' daher?«

Die weiteren Ereignisse des Abends trugen märchenhafte Züge. Es erwies sich, dass der Spätgast durch die *ad hoc* vorgenommene Inspektion einer kürzlich erworbenen Kirschwasserfabrik aufgehalten worden war. Vom ungespreizten, herzhaften Empfang angenehm berührt, schritt er bei künstlichem Licht zur Skulpturenbesichtigung, um sich auf den ersten Blick in einen Frauentorso zu verlieben; eine Wahl übrigens, die seinem aussergewöhnlichen Kunstverständnis alle Ehre machte. Die Erwerbung war beschlossene Sache, und bald zierte die Figur das Werkgelände des Gewaltigen in Zürich-Oerlikon.

Als die erste Rate der Kaufsumme eintraf, zweigte Marian sogleich für mich drei funkelnagelneue Hunderternoten ab, während Wotruba einen Tag lang nichts anderes tat, als im Sessel sitzen und die noblen schwarzen Lackpantoffel bewundern, die ihm Marian, einem längst gehegten Wunsch zufolge, im feinsten Zuger Schuhgeschäft gekauft hatte.

Im Lauf der nächsten Monate kamen Käufer und Verkäufer sich auch menschlich näher, und es geschah, dass der Industriekapitän den Künstler übers Wochenende nach St. Moritz einlud. Beide Herren legten die kurze Strecke vom Bahnhof zum Hotel zu Fuss zurück, der Eingeladene freilich in Begleitung eines Dienstmannes, dem er das Gepäck übergeben hatte, was der Titan, der seine Koffer selbst trug, missbilligend kommentierte: »Wotruba, Sie werden es nie zu etwas bringen.«

Vor einem Jahrdutzend starb der Industrielle, im besten Mannesalter noch, in einer Zürcher Föhnnacht, das Herz hielt nicht durch. Er hinterliess eine grosszügige Stiftung erlesener Kunstschätze, Hunderte von Meistergemälden, die er mit Liebe und Verständnis gesammelt hatte. – Wotruba, der Sechziger, ist unablässig in seinem Prateratelier am Werk, und ich behaupte: Er hat es doch zu etwas gebracht.

9

Gefängnis Berlin-Plötzensee, den 22. August 1940/Liebe Eltern, ich hoffe, dass Ihr alle meine Briefe bekommt, aus ihnen könnt Ihr den Zustand meiner Seele erkennen ... Es ist kalt in Brandenburg, ein immerwährender Winter. Und in der Schweiz? Schreibt mir, tröstet mich, erzählt mir von Euch. Ich küsse Euch zärtlich

Maurice (Bavaud)

Blaise Cendrars

Flugzeugwerft

Anfang 1940

Gestern haben wir Flugzeugwerke besucht. Wie die Geschützfabrik, die wir kürzlich sehen konnten, gehört auch diese Flugzeugwerft nicht zu den grössten ihrer Art in England. Man sagt uns, es gebe ein anderes Werk, das die gleichen Maschinen herstellt, aber viel grösser sei. Dabei nimmt auch das Werk, das wir besucht haben, zwei- oder dreimal soviel Gelände ein wie die Geschützfabrik. Man kann das Areal nicht überbicken, es verliert sich in der Weite. Und das Überraschende: man entdeckt diesen Koloss erst, wenn man schon da ist.

Man fährt durch eine weite winterliche Schneelandschaft. Der Autobus hält an unter Tannen. Man steigt aus im Gedanken, hier sei vielleicht ein günstiger Punkt, von wo aus man die Landschaft bewundern könne. Dabei befindet man sich in einem Werkhof.

Das ist wirklich ganz aussergewöhnlich. Und es ist überhaupt diese Tarnung der Produktionsstätten, was mich in England immer wieder überrascht. Eine enorme Masse von Gasometern, Werkhallen undsoweiter versinkt, ertrinkt, löscht sich aus wie ein Schifflein, eine Nussschale. Mein Staunen macht meinen Kollegen Spass; sie necken mich freundlich und versäumen nie während unserer Zehn-Tage-Tour, mich auf Gaskessel eigens hinzuweisen, etwa am Rand einer Stadt, damit ich meine Liste vervollständigen und – wer weiss, vielleicht habe ich Lust – mir ein solches Modell bauen lassen könne, um mich dahin zurückzuziehen nach dem Kriege. Unser Fotograf macht Bilder von den schönsten und grössten Gasometern. Aber – Koketterie unter Kollegen nun einmal beiseite – es bleibt festzuhalten, dass keiner dieser Kriegsbetriebe, die wir besucht haben, in einer Stadt angesiedelt ist, ja auch nicht nur in der Nähe einer Stadt, sondern immer weit weg, wie verloren in der Landschaft. Nichts, aber auch gar nichts springt einem in die Augen; kein Kamin, keine Strasse, keine Bahnlinie markiert das Gelände. So sorgfältig ist alles getarnt. Dieses grosse Flugzeugwerk liegt an einem Waldrand, es ist umgeben von kleinen Hügeln mit viel Gestrüpp. Sorgfältig ausgespannte Tarnnetze, mit Astwerk und kleinen Tannen bestückt, schirmen die Werkhallen ab. Und überhaupt ist das Terrain der Umgebung ganz minutiös bearbeitet. Man steht in einer Märchenlandschaft, aber wenn das Tor beiseitegeschoben wird, tritt man in die Irrealität ein.

Das Tor wird beiseitegeschoben, und man wird empfangen vom Kreischen von tausend und abertausend kleinen elektrischen Bohr- und Fräsmaschinen; tausend und abertausend Arbeiter, Männer und Frauen, bedienen sie. Sie bohren mit ihren Bohrköpfen Löcher in Platten von Leichtmetall. Die haben zwar schon Löcher, aber man muss – so hat der Betrachter den Eindruck – immer noch mehr und noch mehr Löcher oder auch Sichtöffnungen anbringen.

Diese tausend und abertausend und aberabertausend Platten von hellem Leichtmetall, in welche Löcher und Sichtöffnungen eingefräst werden, wandern von Hand zu Hand, von Arbeitsplatz zu Arbeitsplatz, von Halle zu Halle. Sie werden gestanzt, genietet, alles elektrisch; alle diese Maschinen werden von Hand bedient und haben alle diesen Kreischton, wie das Schreien von kleinen Kindern. Jeder Arbeitsvorgang dauert nur eine Sekunde.

Mir fällt wieder ein, was mir kürzlich in der Geschützfabrik ein Ingenieur gesagt hat, der die Arbeitsvorgänge in den verschiedenen Werkhallen möglichst perfekt synchronisieren muss: »Ja, ich habe oft meine Maschinen vor Hunger schreien gehört; sie verlangten nach Nahrung, ganz genau nach Nahrung!«

Hier in der Flugzeugwerft sind es nicht die Maschinen, die nach Nahrung schreien, aber die Metallstücke kreischen auf, als ob man sie kitzle, während sie bearbeitet werden, und es ist, als würden sie mit Ellbogen ausschlagen, wenn sie aneinander gefügt werden auf dem Weg von Hand zu Hand, von Arbeitsplatz zu Arbeitsplatz, von Halle zu Halle. Man erkennt beim groben Hinsehen, dass sie grösser werden, dass sie Form annehmen, mehr und mehr: immer durch den gleichen Prozess: durch Metallbolzen und weitere Metallbolzen und Nieten und Nieten und Nieten – und plötzlich erkennt man den Flügel eines Flugzeugs, und dann den zweiten Flügel, und nachher einen Rumpf, der sich abzeichnet wie der Rumpf eines Walfisches, und ein Schwanz – alle diese riesigen Stücke, die jetzt durch elektrische Winden weiterbefördert werden, vernietet und verschweisst, immer mit den gleichen Arbeitsvorgängen. Aus einem grossen wird ein grösseres und dann ein noch grösseres Werkstück und schliesslich ein Riesenvogel, genau wie wenn Buben mit ihrem Meccano spielen. Diese Flugzeugwerft ist tatsächlich nichts anderes als eine immense Meccano-Schachtel – nur nennt man das in der Fachwelt die »geodätische Konstruktion«, und sie soll der neueste Fortschritt in der Flugzeugkonstruktion sein.

Während der Führer unserer Gruppe, ein scheuer junger Mann, wissenschaftliche Erklärungen liefert, über die molekularen Eigenschaften der verwendeten Metalle und eben besonders über die geodätische Konstruktion, höre ich nur zerstreut zu und denke an die Buben überall auf der Welt, die ich kenne, und die sich damit unterhalten, kleine Flugzeuge zu konstruieren aus dem, was sie in ihrer Meccano-Schachtel haben; vielleicht würden sie gern mit mir diesem grössten Meccano der Welt zusehen – aus dem die Bomber hervorgehen, die jetzt regelmässig Ziele in Deutschland bombardieren.

(Aus der Reportage »Chez l'Armée anglaise«, aus dem Französischen von Hans Rudolf Hilty)

Bernard Barbey

Auf dem Kommandoposten des Generals

K. P. Gümligen, 11. Juni 1940

23 Uhr. Gestern abend hat mir Gonard in einem Hotelzimmer, in Bern, den Auftrag übergeben. Mit ein paar Worten. Die Ereignisse spielen sich so rasch ab, dass er auf jeden Kommentar verzichtete. Mir kam es ein wenig kurz vor. Im Grunde aber hat er wohl recht. Die Lage? Bekannt. Die Aufgabe der Armee, die Befugnisse des Oberbefehlshabers? Auch sie bekannt. Meine Aufgabe? Leicht zu erraten! Meine Mittel zur Durchführung? Ich werde in Gümligen einen Stab vorfinden, den Gonard gebildet hat. Ich werde die gleichen Befugnisse haben, diejenigen des Stabschefs einer Heereseinheit. Die Einzelheiten finden sich in einem vom November 1939 datierten Befehl des Generals, der den Dienst des Persönlichen Stabes ordnet, und daran wird nichts geändert.

So habe ich denn, kaum dass ich mich in Worb, wohin der Armeestab vor wenigen Tagen verlegt wurde, eingerichtet habe, Masson und meine Kameraden vom Nachrichtendienst verlassen; ich denke mit Bedauern an diese vielfältige, lebendige, zeitweise unruherfüllte Equipe, mit der ich in Langnau diesen ersten Kriegswinter verbracht habe.

Um 14 Uhr stelle ich mich dem General vor, im grossen Salon des ersten Stockwerkes, der ihm als Arbeitsraum dient. Zwischen dem alten Täfer klingt seine Stimme warm und gewichtig, eine Stimme, die mir aus ferner Zeit in Erinnerung geblieben ist, als er meine Rekrutenschwadron besichtigte. Seine Augen sind sehr klar; er hat ein jugendliches Lächeln im gebräunten Gesicht mit seinen Rostflecken.

»Ich heisse Sie willkommen ... Ich weiss, dass ich Vertrauen in Sie setzen kann ... die Zeit eilt. Wir werden uns also an die Arbeit machen.«

Zuerst habe ich einen Tagesbefehl zu redigieren, der die Armee darauf vorzubereiten hat, vielleicht bald die Feuertaufe zu empfangen!

»Seit einem Monat, Tag für Tag, seit der zweiten Generalmobilmachung ... Jedes Nachlassen von Pflichtbewusstsein und Disziplin muss vermieden werden. Es gibt Anzeichen, die mir missfallen. Da liegen Berichte und da meine Anerkennungen.

Dann ist der Entwurf zu Richtlinien vorzubereiten über die Panzerabwehr, gestützt auf die neuesten Lehren des Feldzugs in Frankreich. Ferner ist ein Entwurf zu prüfen, der zuerst von Gonard in der Operationssektion aufgestellt wurde, um am heikelsten Punkt, auf dem Gempen-Plateau eine Armeegruppe zu bilden. Da – bringen Sie mir das in Ordnung!«

Der General öffnet die Doppeltüre zu meinem Bureau:

»Wenn Sie etwas zu fragen haben, so kommen Sie jederzeit. Sie stören mich nie.«

Mein Bureau ist ein enger Raum mit Ausblick auf die Höhen von Zimmerwald. Im Vordergrund Terrasse und Springbrunnen, dann die Häuser, die Bahnlinie, ein tannenbestandener Hügel, das Aaretal, das Belpmoos. Mein Tisch steht am Fenster. Ich ändere nichts an Gonards Einrichtung, an der Karte 1:100 000, die ihm als Unterlage diente.

Aber wir sind so eng im Schloss, dass ich diesen Arbeitsraum mit meinem Gehilfen teilen muss, dem Hauptmann im Generalstab Brunner (Instruktionsoffizier der Infanterie, Gehilfe des Oberstleutnants Gonard seit dem Herbst 1939). Ich kenne ihn flüchtig, aber genug, um seinen Wert zu erahnen. Er ist Bündner, sehr braun, mit einem Zug von Fanatismus und Weichheit in seinem orientalischen Blick. Infanterist, Instruktor.

... Ich bin sofort nach dem Abendessen wieder hinaufgegangen, um zu arbeiten; nachdem ich das Eiligste erledigt hatte, setzte sich Brunner mir gegenüber. Unten vermittelt das Radio die schlechten Nachrichten, die ein Sektretär notiert und Blatt für Blatt überbringt.

Brunner zeigt mir, wie er sich mit Gonard zusammen bemühte, dem General sachlich die Elemente der Information und Entscheidung zu übermitteln. Er beschreibt mir die Gefahren und Hinterhalte; er ruft in Erinnerung, was Intrige oder Untreue bedeuten können. Er macht eine Anspielung auf diejenigen, die, statt dem General in seiner Aufgabe beizustehen, im Hinblick auf kommende Ereignisse die Stirne haben, sich von ihm abzuwenden oder ihm einen schlechten Dienst zu leisten.

»Wir müssen alles tun, um dem General zu helfen«, sagt Brunner. »Hier ist unaufhörliche Wachsamkeit vonnöten, ein ununterbrochener Dienst, Tag und Nacht ...«

Er drückt sich in einem ausgezeichneten Französisch aus, das »r« leicht rollend, kaum dass er ein Wort suchen muss. Ich verspüre Lust, ihn zu fragen: »Wen fürchten Sie jetzt am meisten?« Aber ein Bedenken hält mich zurück. Gerührt, dass er es für nötig erachtet, schon am ersten Abend so zu mir zu sprechen, der ich seit kurzem erst sein Vorgesetzter, der ich nicht Berufssoldat bin. Er hätte mich »schwimmen« lassen können. Aber nein, was er mir heute Abend überbringt, ist mehr als der Auftrag: es ist seine Besorgnis, sein Glaube.

Mitternacht. Die deutschen Spitzen erreichen Rouen, Vernon, Poissy, Chantilly, Genlis, La Ferté-Milon, Reims ... Kommentar überflüssig. Das

Herz zieht sich zusammen. – Noch einmal die Notizen durchlesen, die mein Sekretär aufgeschrieben hat. Und dann mein Zimmer aufgesucht, irgendwo oben im Dorf, im Dunklen tastend.

12. Juni
Genf, Renens und Daillens in der Nacht bombardiert. Heute Morgen an der Nordgrenze noch kein Drama. Man muss diese Frist nützen, um den linken Flügel unserer Armeestellung zu verstärken, die trotz der in Bildung begriffenen Division Gempen unter dem Befehl Claude Du Pasquiers noch sehr in der Luft hängt. Nicht nur das grosse Manöver einer Überflutung bedenken, gegen das wir uns mit dem Gros unserer 4., 3. und 2. A. K. auf der Limmatlinie und auf den Basler und Aargauer Jurahöhen schützen, sondern auch den Versuch eines weniger umfangreichen Einbruches auf der Juraachse bedenken, zwischen dem linken Flügel unserer Armeestellung und dem rechten Flügel der französischen Armeen, der von Stunde zu Stunde lockerer wird.

Den General nach Worb begleitet, in das Gebäude der Haushaltungsschule, wo die Gruppe Front des Generalstabes seit einigen Tagen untergebracht ist, im Schatten der Pappeln, zwischen dem Duft des Heus. Konferenz mit Strüby, Unterstabschef Front, und Gonard, Chef des Operativen, im Bureau des Chefs (Chef des Generalstabs der Armee war damals Oberstdivisionär Huber; er folgte am 1. Januar 1940 dem Oberstkorpskommandanten Labhart nach, der an die Spitze des 4. Armeekorps berufen wurde, indessen den Titel eines Chefs der Generalstabsabteilung beibehielt).

Die Grenzlinie gezogen, die vorgesehen ist zwischen dem 2. A. K. und einer Armeegruppe Birs, deren Bildung unter Borel in Aussicht genommen ist. Entschieden, dass der Division Gempen ihr armseliges Feld-Haubitzen-Regiment (zu zwei Abteilungen) belassen wird, statt es der 4. Division zu geben, und dass in der Klus von Balsthal, wo noch ein Loch gähnt, eine Tankabwehr errichtet wird. Die Blicke wenden sich dem 1. A. K. zu, dessen ausgedehnter Abschnitt sich links bis zum Wallis hin erstreckt und das so mit seinen schwachen Mitteln diese breite Öffnung deckt gegen ein Frankreich hin, das von Stunde zu Stunde stärker überflutet wird, und gegen Italien, das nun kriegführend geworden ist.

13. Juni
Immer noch in Worb, im Nachrichtendienst, um die Bewegung der deutschen Kolonnen zu verfolgen, deren eine bei Châlons die Marne überschreitet.

Dann bei Logoz, dem juristischen Sachverständigen beim Generalstabschef. – Es ist schon recht, meint er, die Ehre zu retten, aber man muss auch an die Zukunft denken.

Ein anderer Jurist, Germann – der im letzten Winter in der Operationssektion mit den wichtigsten strategischen Studien betraut wurde, die er mit bemerkenswerter Tüchtigkeit betrieb – Germann erläutert mir die letzte Fassung seines Entwurfs eines nationalen Réduit, das er »Festung Alpen« oder »Festung Gotthard« nennt. Zum ersten Mal werden systematisch die letzten Konsequenzen aus einer Lage gezogen, in die wir vielleicht von einem Tag zum anderen versetzt werden: die Umklammerung, die Notwendigkeit, uns allein auf allen Fronten zugleich zu schlagen. Mit eindringlichen militärischen und juristischen Argumenten vertritt Germann diese Sache.

Ich lege sie dem General vor. Ich stelle fest, wie sehr sie ihm schon vertraut ist. Seit wann? Ich weiss es nicht. Und dennoch, heute abend scheint er bei aller Würdigung des »Igels« mehr geneigt, das Gewicht und die Vielfalt der Opfer zu bedenken, die Preisgabe der wertvollsten Gebiete des Landes und des grössten Teiles der Bevölkerung.

Die Nacht bringt Rat. Darüber schlafen – wer es kann!

14. Juni

Paris besetzt! Nicht das Herz, mehr darüber zu schreiben.

15. Juni

Gefangen im Schloss Gümligen, wo ich auf dem Anstand nach Nachrichten bleiben muss, um Entscheidungen vorzubereiten, die sich von einer Stunde zur anderen aufdrängen können. Gefangen; der Geist aber entflieht zeitweise: ich sehe vor mir die Strassen meines Viertels, Passy, durch das die deutschen Kolonnen strömen. Gefangen in diesem Schloss mit seinen herrlichen Bäumen, umgeben von Springbrunnen, und zwischen zwei schriftlichen Arbeiten schnell die abgemessene Zeit finden, in der Allee auf und ab zu gehen. Aber gepackt von meiner Aufgabe. Erfüllt von Stolz und gesteigertem Bewusstsein.

Masson besucht mich gegen Abend. Glücklich über das Wiedersehen drücke ich ihm die Hand, seine kleine Hand, die so anders ist als sein holzgeschnitztes Gesicht und seine mächtige Stimme.

Masson ist bedrückt. Wir setzen uns auf eine Bank. Er ereifert sich gegen die Auswüchse der öffentlichen Meinung und in bestimmten Fällen gegen das, was er für Provokation hält. Ich wiederhole, was ich ihm schon im vergangenen Winter sagte:

»Wenn die Wehrmacht daran interessiert ist, uns anzugreifen, dann tut sie es nicht wegen unserer öffentlichen Meinung ... «

»Ja«, bemerkt Masson, »aber dieses Gekläff ist empörend.«

»Bis jetzt war dem vielleicht so. Aber jetzt, wo die Gefahr da ist ... «

»In diesem Falle ist es Ahnungslosigkeit ... wir sollten endlich aufhören, Belehrungen auszuteilen, und dann noch den Grossen ... «

Sonntag, 16. Juni

Nach der Rückkehr des Generals, gestern abend, habe ich ihm Bericht über die Tagesereignisse erstattet. Unser Nachrichtendienst beschreibt die deutschen Anordnungen im Schwarzwald; die Deutschen scheinen sprungbereit. Aber nach welcher Richtung hin? Um unterhalb Basels den Rhein zu überschreiten, gegen die Vogesen zu marschieren und gegen die Burgundische Pforte? Oder um uns selber anzugreifen? Das hängt zum guten Teil davon ab, was der schon so sehr geschwächte rechte Flügel von General Laure tun kann oder wird, und vom Armeekorps des Generals Daille, unseres Nachbarn. Der Armeestab unterbreitet einen Entwurf zu operativen Massnahmen, Nummer 10, von den Ereignissen bereits überholt. Heute morgen wurde entschieden, dass ohne Verzug unser linker Flügel entwickelt werden muss; die verstreuten Elemente des 1. A. K., das sich mit seiner Front gegen Westen von den Freibergen bis zur Rhone hinunterzieht, bedürfen der Zusammenschweissung.

Der Generalstabschef telephoniert dem General; soeben sind an die zehn deutsche Saboteure verhaftet worden, die anscheinend auf unseren Flugplätzen und in den Anlagen von Altdorf arbeiten sollten.

Nach dem Mittagessen erscheint überraschend Bundesrat Minger, in Begleitung von Departementssekretär Burgunder. Minger scheint ruhig, fast optimistisch. Er glaubt, die Deutschen hätten jetzt anderes zu tun, als Frankreich den Gnadenstoss zu versetzen. Er denkt an den Kanal. Er verlässt uns bald, um zur Truppe zu gehen.

Mit dem General nach Worb zurückgekehrt. Während er den Generalstabschef trifft, prüfe ich mit Gonard die Möglichkeiten, unsere Westfront zu verstärken: Verlegung der 7. Division in die Durchgänge im Solothurner Jura, der Leichten Brigade 1 in die Ajoie; Neugruppierung der 2. Division im Neuenburger Jura; vorläufig Zusammenfassung einer Gruppe von Bündner Bataillonen unter dem Befehl von Montfort im Gebiete des Jorat und der Paudèze. Alles zusammen bedeutet nur einen dünnen Gürtel, weit auseinandergezogen. Wir sind übereingekommen, dass es verfrüht wäre, ihn besser auszustatten, solange der Schwarzwald uns vorkommt wie ein wimmelndes Heerlager, in dem die Wehrmacht zum Ausbruch bereit ist.

Vor den versammelten Offizieren des Persönlichen Stabes diktiere ich eine Reihe von Sicherheitsmassnahmen. Nach der Affäre der Saboteure befürchtet man einen Handstreich auf das Hauptquartier. Im Schein der Lampe, die die Mücken anzieht, betrachte ich die Gesichter meiner Offiziere, die so verschieden aussehen: Brunner, mein Gehilfe, Mayer und Sandoz, 1. und 2. Adjutant, Armand von Ernst und Marguth, Ordonnanzoffiziere, Pasche, Kanzleichef. Wir haben das Alarmsystem und die Dienstablösungen geordnet, die Verlegung des Kommando-Postens und seine Verteidigung vorbereitet. Ich betrachte diese gespannten, aufmerksamen Gesichter, von denen einige der Müdigkeit erliegen. Und ich denke für mich: »Was denn, meine lieben Freunde, das ist doch alles nur eine kleine Anstrengung. Wir sind frei, diese Nacht, noch frei ... Wisst ihr auch, was das heisst?«

Auf mein Zimmer zurück, erschöpft, auf dem Hofpflaster stolpernd, den Geruch des Viehs, der aus den Stalltüren strömt, in der Nase.

Dienstag, 18. Juni

Heute nachmittag den General zu Bundespräsident Pilet-Golaz, Chef des Politischen Departements, begleitet. Er war umgeben von den Bundesräten Minger, Chef des Militärdepartements, Etter, Chef des Departements des Innern, Baumann, Chef des Justiz- und Polizeidepartements, von Minister Bonna, Chef der Abteilung für Auswärtiges, Oberst Logoz, juristischer Sachverständiger des Armeestabes. Die Rolladen sind des gleissenden Sommertages wegen heruntergelassen; es herrscht eine friedliche Landhaus-Atmosphäre. Im Dunst des Zigarrenrauches sind Gläser und Flaschen sichtbar. Gegensatz zwischen Personen und Räumen einerseits und den dramatischen Ereignissen andererseits, die sich an der Grenze überstürzen, mit dem Strom der Flüchtlinge, die nun die Ajoie erreichen. Diese Ruhe hier, diese etwas steife Würde erinnert an ein Gemälde von Buri.

Der Bundespräsident gibt dem Oberbefehlshaber das Wort zu einer Lagedarstellung, für die ich im Laufe des Vormittags die vorläufigen, sich ständig verändernden Grundlagen zusammengestellt habe. Der General vereinfacht so weit als nötig, um einen Gesamtüberblick zu geben. Die äussere Gefahr ist eine doppelte: einmal die grossen deutschen Truppenansammlungen im Schwarzwald, wobei nicht zu erkennen ist, ob sie dazu bestimmt sind, die 8. französische Armee anzugreifen, die noch den rechten Flügel der Maginotlinie bildet, oder unsere Armeestellung auf dem linken Flügel, um dann auf Schweizer Boden die rechte Flanke der französischen Streitkräfte zu umgehen. Das hängt vom allgemeinen Verlauf der Angriffsschlacht ab, die in allen Stellungen der Armeegruppe 2 in Elsass-Lothringen entbrennt. Die andere Seite der Gefahr sind im Westen die Panzermassen, die von Nord nach Süd Richtung Besançon, Pontarlier und Schweizer Grenze vorstossen. Zwischen beiden Klammern der Zange, deren eine vorrückt, die andere stillsteht, kann von einem Augenblick zum anderen die Gesamtheit oder ein Teil der Armee des Generals Laure an unsere Grenze zusammengedrängt werden und sich zur Internierung stellen. Marschall Pétain hat um Waffenstillstand nachgesucht. Wird er ihn bekommen, noch bevor die deutsche Offensivbewegung in ihrer Gesamtheit gelöst wird?

Unsere Lage? Eine »Armeestellung«, gegen Norden, deren Gerippe wir beibehalten müssen; und gleichzeitig eine Front, die sich unaufhörlich nach Westen ausdehnen, zusammenwachsen, sich bilden muss; im Vorfeld ein breiter Grenzschutz, dessen Einsatz zu sichern ist.

In der nachfolgenden Diskussion herrscht das Bestreben, die verschiedenen fremden Elemente, die wir zu internieren oder zurückzuweisen haben könnten, zu umschreiben. Welchen Empfang den berüchtigten »internationalen Brigaden« bereiten?

Herr Etter wirft sodann den besonderen Fall der Stadt Zürich auf. Ihre Evakuierungsmassnahmen, ihre Kunstschätze? Man muss, sagt er, mit Verständnis vorgehen.

Donnerstag, 20. Juni

Gestern abend, während der General noch an der Grenze weilte, um der Internierung der ersten Kolonnen des 45. französischen A. K. beizuwohnen, werde ich benachrichtigt, dass uns der Bundespräsident bei sich um 23 Uhr erwarte. Ich verständige den General und erreiche ihn im Augenblick, da er seinen Wagen verlässt. Bonna und Logoz empfangen ihn, mit Vogel, dem Verbindungsoffizier zwischen Oberbefehlshaber und Bundespräsident. Herr Pilet-Golaz zeigt dem General eine Note, die soeben vom deutschen Gesandten Köcher überreicht worden ist. Pilet verhehlt seine Besorgnis über diese Note nicht. Sie legt in tendenziöser Weise den Ablauf der Luftkämpfe anfangs Juni dar, an der Nordwestgrenze, als unsere Jagdpiloten deutsche Flugzeuge angriffen und einige davon abschossen, teils auf Schweizer, teils auf französischem Gebiet.

Über die anschliessende Unterhaltung ein geheimes, handschriftliches Protokoll aufgesetzt, das ich dem General übergebe.

Bei seiner Rückkehr auf den K. P. stellt Mayer einen von der Grenze mitgebrachten französischen Helm auf seinen Schreibtisch: der alte Burgunderhelm, der trotz allem den Sieg von 1918 in Erinnerung ruft.

Freitag, 21. Juni

Umschlossen! Wir sind es tatsächlich. Mit Ausnahme einer engen Pforte vielleicht im Westen, die sich gegen Savoyen hin öffnet. Überall sonst berühren die Panzer unsere Grenze, um dann ostentativ Streifzüge gegen unsere Juraübergänge zu unternehmen. Zwischen Worb und Gümligen hin- und hergefahren, um Nachrichten zu sammeln und zu übermitteln. Unaufhörliche Telephonanrufe: mehr oder weniger gutmeinende Zeugen rufen uns an, den General und mich, um Unzulänglichkeiten zu beschreiben, die in bestimmten Abschnitten des 1. A. K. herrschen. Das ist im Grunde genommen gar nicht verwunderlich. Es sollte in seinen Stellungen die Ströme der Internierten auffangen, die jetzt zu Zehntausenden hereinkommen, aber bald hunderttausend oder noch mehr sein könnten, wenn sich die ganze 8. Armee an unserer Grenze stauen sollte, und gleichzeitig eine Abwehrfront bilden, die noch auf der Suche nach ihrem Zusammenhang ist. Das geht nicht ohne Reibungen und Zusammenstösse ab. Ohne Zweifel braucht nicht unbedingt ein Wirrwarr zu entstehen; man muss eben Zeit finden, die Lage wieder zu meistern.

Neuer Besuch Massons, der heftig wird. Immer mit dem gleichen Refrain: die Zügellosigkeit unserer öffentlichen Meinung.

»Vielleicht«, sage ich ihm, »Aber wenn die Deutschen von uns dafür Rechenschaft fordern, so werden sie zugeben, dass das etwas weit geht. Ihre Auffassung, die Neutralität der kleinen Länder zu achten ...«

Armer Masson! Ich sehe, dass er mit seinem so wachen Gewissen unter dem leidet, was nach seinem Sinn unsere Zurückhaltung, unsere Würde sein sollte. Er leidet seelisch und offensichtlich körperlich.

Samstag, 22. Juni

Der General schickt mich heute in die Besammlungszone der Internierten. Ich soll beobachten und berichten. Ich nehme Sandoz mit. Die Dörfer im Seeland, feucht vom Gewitterregen. Regenbogen. In Ipsach wiehert leise ein grauer Hengst vor einem Bauernhaus, das an Anker-Bilder oder den »Abschied des Soldaten« von Freudenberg gemahnt. Ein Spahi zeigt mir eine Ansicht seines Dorfes, Géryville, in der Provinz Oran, eine alte Postkarte, Stil 1905. Er hat Heimweh; aber er werde den Empfang bei uns nicht vergessen. In Ipsach schnaubende, prächtige Hengste; schöne Männergestalten dösen, nach vier unruhevollen Tagen und Nächten.

Blonde Mädchen aus Biel und der Umgebung fangen an, die Spahis zu umkreisen. Aufmerksamkeiten, Annäherungen, Abwehr. Die dieses Treiben der Mädchen noch nicht entdeckt haben, verziehen sich unter die Obstbäume, um den verlorenen Schlaf zu suchen, wieder aufzuwachen, zu gähnen, sich zu strecken, endlos den kakhibraunen oder blutroten Burnus zu bürsten.

Ich stelle mich Oberst de Torcy vor, dem Kommandanten des 7. Spahiregimentes und richte im Namen General Guisans einige Worte verhaltener Sympathie an ihn. Er dankt mit gebrochener Stimme. Hinter dem Monokel wird sein Auge feucht.

Nach einem Abstecher nach Biel auf den Chaumont geklettert, wo eben General Daille, Kommandant des 45. A. K. ankommt. Während dieser Jahre eines ungewissen Friedens im Herzen des alten Europas, als meine Kameraden und ich uns in die Geschichtswerke über die Feldzüge von 1914–18 versenkten, hatte ich das treffliche Buch gelesen, das der General dem Grabenkrieg widmete. Ich war erschüttert, ihn so plötzlich vor mir zu sehen, nach einigen Tagen Bewegungskrieg in der unglücklichen Lage eines Internierten, der durch Hotelzimmer irrt.

Er bringt mich zunächst zu den Offizieren seines Stabes und stellt uns vor. Dann nimmt er mich auf die Seite und gesteht mir seine Bitterkeit darüber, gegen seinen Rat in die Ausweglosigkeit der letzten Kämpfe hineingezogen worden zu sein, seinen Groll gegen General Lauren, den Kommandanten der 8. Armee. Wäre er nicht so lange im Elsass belassen worden, so hätte er sich, wie er meint, rechtzeitig auf die Höhe von Pontarlier zurückgezogen, bevor seine rückwärtigen Linien abgeschnitten waren. Aber seine Rückzugsbewegung begann zu spät. Von allen Seiten angegriffen oder bedrängt, blieb ihm als einziger Ausweg die Internierung. Einige Infanterieeinheiten haben Märsche von vierzig bis sechzig Kilometer hinter sich, die Kavallerie solche von hundert bis hundertzwanzig, ständig verfolgt von motorisierten Maschinengewehren und Panzerwagen.

»Aber das liegt nun hinter uns«, sagt der General. »Wie sehen Sie denn die Zukunft?« Und er fügt sogleich hinzu:

»Ich sehe dunkel ... Und ich denke an Sie: was können Sie inskünftig noch tun? Was vermag Ihr Bundesrat? Ich für meinen Teil möchte nach Frankreich zurückkehren, um so rasch als möglich an dieser Erneuerung mitzuwirken, deren Notwendigkeit ich längst eingesehen habe.«

Wir gehen zwischen den grossen Tannen des Chaumont auf und ab. Dann begleitet mich General Daille bis zum Buick, auf den er einen wehmütigen Blick wirft. Ich bewundere seine Haltung: gross, ein wenig gebeugt, mit seinem feinen Profil eines arabischen Chefs, mit seiner braungebrannten Schläfe, über die die Baskenmütze des Alpin fällt. Vor wenigen Tagen noch war er der Chef des 45. A. K. Heute ist er interniert ...

»Sagen Sie Ihrem General, dass ich ihn in Gedanken begleite bei der Erfüllung seiner grossen Aufgabe, die jetzt erst beginnt ...«

So nehmen wir die kurvenreiche Strasse im Harzgeruch eines Juni-Nachmittages. Saint-Blaise, Biel, Nidau ... Da taucht vor mir, im langsamen Schritt, die lange Kolonne des 116. Artillerie-Regiments des Armee-Korps auf. Ausgemergelte grosse, knochige Zugpferde, das Rückgrat beinahe entblösst. Die lockeren Hufeisen klappern auf dem Asphalt. Die Fahrer schlummern in der heissen Sonne. Einer hat in seinem Kaput, der ihm eine merkwürdige Leibesfülle zu verschaffen scheint, einen Foxer, der mit kläglichen Augen in die Welt hinausblickt.

Am Dorfeingang von Ipsach steht Oberstdivisionär Borel, Kommandant der 2. Division. Er fährt mich mit einer gewissen Barschheit an: »Wenn man uns von oben nicht dreinredet, wird schon alles gut gehen!« Selbstverständlich. Aber sein Temperament kränkt mich nicht. Ich errate, was er leiden mag beim Anblick dieser zusammengebrochenen Armee, an die er so gut geglaubt hat wie so viele andere unter uns auch.

Eine Spahi-Schwadron, die wie ein verlorenes Kind zwei Tage lang im Jura herumirrte, erreicht ihr Regiment. Man findet sich wieder, vergiesst Tränen, umarmt sich. Hinter dem Monokel des Obersten de Torcy glimmt ein Hoffnungsschimmer auf.

Auf der Brücke von Brügge stosse ich auf meinen Kameraden Albert de Coulon, der das Artillerie-Regiment der 2. polnischen Division dirigieren soll. Der Oberst schliesst sich am Strassenrand an, um seine Batterien defilieren zu sehen. Die Pferde sind in einem ausgezeichneten Zustand: Anglo-Araber, Halbblut, ähnlich denjenigen der französischen Kavallerie. Gute Marschdisziplin, trotz der Müdigkeit. Der Oberst drückt mir die Hand. Man weiss nicht recht, was man sich sagen soll. Er hat Mühe mit dem Französischen: »Good luck to you!«

Zurück auf den K. P. Im Laufe des Abends treffen zahlreiche Briefe und Telephonanrufe von Kameraden ein. Leitmotiv: »Der Dienstwille geht zum Teufel ... Man weiss nicht mehr, woran man sich halten kann ... Was soll nun geschehen? Gott sei Dank haben wir noch den General ... Wir zählen auf ihn ... Sag' es ihm, mit Verlaub ...

Montag, 24. Juni

Heute abend Konferenz im Hauptquartier von Worb mit dem Generalstabschef, Strüby und Gonard. Der Generalstabschef entrollt eine kleine

Karte 1 : 100 000, auf der er in grossen Zügen den neuen Plan entworfen hat. Die Idee des »Réduit«, die bis jetzt im Verborgenen blieb, trat an das Tageslicht dieser sommerlichen Dämmerung. Ein Oval bezeichnet die Umgrenzung der Alpenstellung, mit der Nennung der Heereseinheiten: Gebirgsbrigade 12 und Sargans im Osten; 7., 8. und 3. Division im Norden; 1. Division, Gebirgsbrigade 10 im Westen und Südwesten; Gebirgsbrigade 11 und 9. Division im Süden, gedeckt von der Grenzbrigade 9 im Tessin. Das gut geschlossene Oval umschliesst die drei Festungen Sargans, Gotthard und Saint-Maurice. Im Norden wird es von einem Halbkreis gekrönt, der »vorgeschobenen Stellungen«, mit der 6., 5., 4. und 2. Division. Diese Stellung wird in den Freiburger Voralpen mit dem Réduit verbunden durch eine provisorische Division, bestehend aus den drei Leichten Brigaden.

Wir haben uns über dieses Schema geeinigt, das eine erste Arbeitsgrundlage bildet. Wir diskutieren noch darüber, ob man das befestigte Gebiet von Saint-Maurice in das Réduit einschliessen – Réduit ist wirklich das Wort, das sich aufdrängt – oder ob man dieses Gebiet sich selber überlassen soll, mit der Möglichkeit, dass es sich zwei Monate lang halten kann. Wir beschliessen, es einzubeziehen. Dann folgt die Würdigung des Geländes, auf das sich die »vorgeschobene Stellung« im Westen stützen soll. Und damit wieder einmal die ewige Frage: Saane oder Mentue. Aber in diesem Augenblick, da die Tankabwehr-Überlegungen voranstehen, findet die Schlucht der Saane die Zustimmung aller. Ihr schwacher Punkt wird begreiflicherweise der Übergang Murten-Saane sein, mit seinen den Tanks offenstehenden Ebenen.

Dienstag, 25. Juni

Heute morgen, 00.45, ist der Waffenstillstand im Westen in Kraft getreten. Minger und der General widerstehen dem Druck, der von allen Seiten für eine Demobilmachung einsetzt.

Mittwoch, 26. Juni

Nach den Notizen des Generals einen Tagesbefehl verfasst. Darin die Worte »Widerstandswille«; was taugen sie, inwieweit sind sie schon abgenützt?

Montag, 1. Juli

Henry Vogel, Verbindungsoffizier zwischen dem Armeestab und dem Bundespräsidenten, telephoniert mir, um mir zu melden, dass wir um vier Uhr erwartet werden.

Bei der Ankunft in der Wohnung des Bundespräsidenten empfängt uns Logoz etwas geheimnisvoll, um uns darzulegen, worum es sich handelt· immer diese Luftkämpfe von Anfang Juni ... Die deutsche Gesandtschaft verweigert Isler (Stabschef der Flieger und Flab) und Magron (Instruktionsoffizier, Kommandant des Flieger-Regimentes 2) die Visen; die beiden sollten dienstlich nach Berlin reisen.

Wir werden dann in den Salon geführt, den ein dichter Rauch erfüllt. Es ist die Zeit der Zigarren. Dann gehen wir auf den Balkon. Die Herren nehmen ein paar Züge frischer Luft zu sich. Der Bundesrat ist vollzählig, mit Ausnahme des erkrankten Herrn Obrecht.

Wieder ein geheimes, handschriftliches Protokoll verfasst, wie am 20. Juni, für das Archiv des Generals bestimmt.

Dienstag, 2. Juli

Mein vierzigster Geburtstag. Ich höre in der Ferne die Stimme Edouard Bourdets, in jenen sorglosen Jahren, gegen 1927, seine Stimme, die zu einer ganz jungen Frau sagt: »Vierzig Jahre, Abgesang meiner Jugend ...«

Keine Zeit zum Nachdenken. Die ersten operativen Pläne studiert, die uns der Armeestab geschickt hat auf der Grundlage unserer Unterhaltungen der letzten Woche. Es liegen ein Entwurf Strüby, ein Entwurf Gonard und ein Entwurf Germann vor. Auf den ersten Blick scheint es, dass Gonard das Réduit – die Sache selber und ihre Bezeichnung – am nüchternsten auffasst und die deutlichsten Konsequenzen daraus zieht.

Donnerstag, 4. Juli

Neue Besprechung in Worb: der General, der Generalstabschef, Strüby, Masson, Gonard und ich. Masson beschreibt die Lage jenseits unserer Westgrenze. (Etwas später unterbreitet er Nachrichten, die sich auf aufgefangene Befehle des Korps Guderian stützen, das sich nach Osten zu verschieben scheint.)

Neue Prüfung der Sofortmassnahmen. Es handelt sich im Grunde genommen darum, die Armee in einem Landesréduit als einem festen Standort aufzubauen und gleichzeitig dieses Réduit zu organisieren. Die Gefahr einer solchen Studie besteht darin, dass man bald einmal versucht ist, mit der Lupe zu arbeiten. Der Generalstabschef hatte vor einigen Tagen eine erste Planskizze vorgelegt, auf der nur die Heereseinheiten figurierten, das heisst die Divisionen und Gebirgsbrigaden. Der Begriff des Armeekorps war dabei unwesentlich. Von da bis zu den unteren Stufen hinuntersteigen und dann vom kombinierten Regiment aus denken, ist nur ein Schritt. Kann eine solche Division ihren Abschnitt verteidigen? Man wird sie, wenn nötig, verstärken; dafür kann man die Ordre de bataille abändern, indem man die Regimenter verschiebt.

Damit haben wir uns schon sehr weit von der Stufe entfernt, auf der wir unsere Entschlüsse treffen sollten. Logischerweise sollte man in der Tat sagen: dem oder jenem Armeekorps wird die Aufgabe übertragen, diese oder jene grosse strategische Richtung zu sperren; noch besser wäre, man würde zuerst entscheiden über die Aufgabe der Alpenstellung (Réduit) und diejenige der vorgeschobenen Stellung. Immerhin kommen wir langsam zum Ziel, aber in der falschen Richtung, indem wir vom Gelände, Kilometer für Kilometer, ausgehen, uns also von der taktischen zur strategischen Stufe bewegen, vom Tal aus aufsteigen, wie gebannt von den Erfordernissen der Tankabwehr, vom Begriff der umschlossenen Stützpunkte, die in die Tiefe gestaffelt sind. Und das alles wird von einer brennend aktuellen Erfahrung bestimmt: vom Feldzug in Frankreich. Die deutsche Taktik schien ja so gewandt, so leichtes Spiel zu haben, damit war der deutschen Strategie der Weg geebnet. Man wird daran herumnörgeln, doch kann das auf spätere Zeiten verschoben werden. Das Wesentliche ist jetzt, die Lehre daraus zu ziehen. Ohne den Sinn für unser schweizerisches Gelände zu verlieren; ganz im Gegenteil: man muss ihn noch besonders zur Geltung bringen. Zuerst sollte ein deutscher Angriff auf unserem Boden aufgehalten werden durch Schaffung zahlreicher taktischer Hindernisse. Nachher wird man weitersehen; unsere Taktik wird sich, mit etwelchen Abänderungen, darauf stützen.

»Reihenfolge der zu lösenden Probleme«, heute abend auf einem weissen Blatt notiert, das ich mir vor Augen halte:

Taktik, zuerst (Tank- und Fliegerabwehr);

Kampfwille, ungefähr gleichzeitig (die zu bringenden Opfer, die immateriellen Werte, die zu retten sind, mit entsprechender Betonung);

Strategie, schliesslich (wenn man sich diesen Luxus noch leisten kann).

Heute abend öffne ich den Antwortbrief des Bundespräsidenten an den General: Auftrag unverändert; die Richtlinien des 31. August 1939 bleiben dem Geiste und dem Buchstaben nach in Geltung. Absolut klar.

Der General hat sich schlafen gelegt. Er hat recht. Er hat den guten Schlaf Joffres, aber nicht die Dauer, sechs oder sieben statt acht oder zehn Stunden.

Ich werde ihm den Brief morgen zeigen; er ändert ja nichts, und im übrigen: es konnte und brauchte sich nichts zu ändern. Aber es war doch gut, ja nötig, dass das schwarz auf weiss festgehalten wurde.

In der Nacht wieder meine hundert Schritt in der Allee auf und ab gegangen. Ein Springbrunnen plätschert. Eine Stimmung für Boylesve oder Régnier.

Samstag, 6. Juli
Neue Besprechung in Worb, um die drei Entwürfe Strüby, Germann und Gonard zu prüfen. (Oberst Germann gehörte der Operations-Sektion an, wo er mit den wichtigsten Studien betraut war und die er stellvertretungsweise leitete.) Germann sieht ein eng begrenztes Réduit vor, das vorzüglich von hierzu geeigneten Gebirgstruppen besetzt wäre. Es ist gut, dass wir das bedenken, dass wir wissen, »bis wohin man zu weit gehen kann.«

Der Entwurf Gonard sieht ein ausgedehntes Réduit vor, unter Einschluss der drei Festungen. Der General neigt dazu, das Wallis einzubeziehen, um militärisch mehr Tiefe und wirtschaftlich mehr Lebensraum zu gewinnen. Die Verteidigung ist auf den Grenzgipfeln gegen Italien hin ebenso günstig wie auf der Linie der Alpenübergänge Bern-Wallis.

Dienstag, 9. Juli
Der General hat heute morgen Prisi empfangen, den Kommandanten des 2. A. K. Sie hatten ein langes Zwiegespräch. Der General hat mich dann zu sich gerufen, um mir zu sagen, wie er mit Prisi zufrieden ist, welches Vertrauen er in Prisi setzt, welche Sicherheit von diesem zähen, methodischen Willensvollstrecker ausgeht.

»Jetzt sollten Sie dem Generalstabschef schreiben. Sie haben alle nötigen Grundlagen; Sie wissen, was ich will. Sie können sich an die Arbeit machen. Dann werden wir dem Bundesrat schreiben, um ihn über die Massnahmen zu orientieren, die wir ergreifen werden.«

So bin ich denn in meinem Arbeitsraum eingeschlossen. Es gilt, methodisch vorzugehen: zuerst die Note an den Generalstabschef. Es handelt sich um die Festlegung des Gerippes der neuen Aufstellung der Armee, die Grundlage des neuen operativen Befehls. Ich suche die besten Ausdrücke, um die Aufgaben der Widerstandsstellung des Réduit und diejenige der vorgeschobenen Stellung zu umschreiben, die das Réduit abschirmen und ihm im Norden seine strategische Tiefe geben soll. Bei dieser Arbeit – der wichtigsten, die mir der General bisher anvertraut hat – liegt die Schwierigkeit darin, nicht darauf herumzureiten, was der eigentliche Befehl sein wird, der vom Armeestab mit aller notwendigen technischen Freiheit ausgearbeitet werden soll.

Erst nachher, bei der Abfassung der für den Bundesrat bestimmten Note über den neuen Verteidigungsplan, ermesse ich, wie weit die Richtlinien für den Generalstabschef gehen können und müssen. In diesem zweiten Schreiben müssen einige wesentliche Punkte herausgearbeitet werden: der Begriff der vollständigen oder teilweisen Preisgabe der Verteidigung breiter Zonen des Landes, um die Hauptanstrengung auf das Réduit zu richten; die seelisch-geistigen und materiellen Opfer, die diese Preisgabe einschliesst; der Begriff der Ausführungsfristen, die sich nach Schätzung des Armeestabes auf drei oder vier Wochen belaufen werden bis zum Zeitpunkt, da die Truppen in ihren neuen Stellungen konzentriert werden und sich auf elementare Hindernisse und Anlagen stützen können. Das muss der Bundesrat wissen. Während dieser ersten Wochen kann man unmöglich irgend etwas unternehmen, was nach »Réduitpolitik«, aussieht, das heisst, sich auf ein System verlassen, das der Lage gewachsen wäre. Man kann natürlich bluffen ...

Schliesslich – immer für den Bundesrat bestimmt – ein entscheidender Punkt: Man muss klarstellen, dass das Réduit unter anderen Trümpfen den für sich hat, dass es uns die Überwachung der grossen Alpenübergänge, die die beiden Achsenpartner im Süden und Norden miteinander verbindet und ihre vorbereitete Zerstörung gewährleistet. Sobald wir diese Kontrolle wirklich in der Hand haben, kann die »Réduitpolitik« ihren Anfang nehmen.

Noch ein Arbeitstag über beiden Entwürfen. Ich bringe sie dem General, der sie leicht abändert, dann unterzeichnet. Alea jacta est.

Ich bin auf die Terrasse hinausgetreten, empfinde tief den Sommerabend. Die Schnellzüge pfeilen im anbrechenden Dunkel durch die Station Gümligen, Richtung Thun oder Luzern. Noch ist das Land frei, aber im Schraubstock eingespannt, der es erdrücken könnte ... So sind also die Entscheidungen gefallen, die ein Motorfahrer in das A. H. Q. nach Worb bringt und in das Bundeshaus, aber vorläufig stehen sie nur auf dem Papier.

Die Operationssektion ist an der Arbeit. Gonard urteilt richtig, wenn er unaufhörlich dahin tendiert, die Widerstandsstellung im Réduit zu verstärken auf Kosten der vorgeschobenen Stellung. Die 3. Division, die den Thunersee abriegeln soll, wächst zusehends. Unsere Heereseinheiten werden sehr ungleich gross sein. Sie werden zwei bis sechs Regimenter aufweisen. Es gibt Kommandanten, die darob entsetzt sind.

Schliesslich das Problem der Stimmung. Der General will zu den Kommandanten sprechen, ihnen, den ausführenden Organen, den Sinn und Geist der beschlossenen Massnahmen erläutern. Bracher, in Friedenszeiten Sekretär der Landesverteidigungskommission und jetzt Verbindungsoffizier zwischen dem Vorsteher des Militärdepartemens und dem Armeestab, sucht mich auf. Er hat seinerseits die gleiche Absicht; diese Suche nach dem geeignetsten Ausdruck, um dem Willen des Generals Gestalt zu geben, wird vielleicht unsere Freundschaft einleiten. Wir gehen zusammen auf der Terrasse auf und ab. Den besten Ort, den »geheiligten Boden« für diese grosse Besammlung der hohen Kommandanten, haben uns die Natur und die Geschichte geschenkt: es ist das Rütli!

Armand von Ernst und Sandoz zur Rekognoszierung dorthin gesandt. (...)

Dienstag, 16. Juli

Der Operationsbefehl Nr. 12 ist eingetroffen; er ist der erste, der die Idee des Réduit formuliert. Gonard gibt der Auffassung der Verstärkung und der Zuteilung des Hauptbestandes an schwerer Artillerie das Übergewicht. Der General ist sehr zufrieden damit.

Aber ein Schatten liegt auf dem Bild, und das sind die Ausführungszeiten... Zwischenhinein telephoniert mir Masson, es stünden sechs deutsche Divisionen zwischen St. Louis und dem Pays de Gex, darunter zwei Gebirgsdivisionen und eine Menge Material für Flussüberquerungen. Man meldet Rekognoszierungen an unserer Grenze, die Anlage von Telephonleitungen, verstärkte Spionagetätigkeit, es sind Ausspähpläne aufgefangen worden, die deutschen Agenten an der Grenze ausgeteilt wurden. Diese Pläne haben vor allem die Enthüllung unserer Pläne im Westen im Auge. Bedrohliche Aussprüche, Andeutungen über wirtschaftlichen und finanziellen Druck, der auf uns ausgeübt wurde, Anspielungen auf die Aufteilung des Landes zwischen den Siegern Deutschland und Italien und einem Frankreich, das sich der Achse anschliesst. Werden wir die nötige Gnadenfrist finden, um uns in grossen Zügen einrichten zu können? Vielleicht, wenn Deutschland sich entschliesst, zuerst die britischen Inseln anzugreifen.

Der General ist der Meinung, es sei höchste Zeit, die Offiziere auf dem Rütli zu besammeln und zu ihnen zu sprechen. Aber er weiss, dass während dieser ersten Tage der Umgruppierung und des Marsches in die neuen Stellungen die Kommandanten bei der Truppe belassen werden sollten. Die Befehle sind abgeschickt: bis hinunter zum Bataillonskommandanten weiss ein jeder, dass er zu einem Armeerapport aufgeboten ist. (...)

Donnerstag, 25. Juli

Ein Salonwagen wird dem Schnellzug nach Luzern angehängt. Der Generalstabschef steigt in Gümligen ein. Wir treffen Lardelli, Kommandant des 1. A. K., Bandi, Kommandant der Flieger und Flab, Combe und Borel, die Kommandanten der 1. und 2. Division, Jordi, Kommandant der neuen Leichten Division. Borel erklärt mir seine Lagebeurteilung: er denkt nur an einen Fall, den des allgemeinen oder plötzlichen Angriffes; keine Rede davon, die Einheiten in die vom Befehl Nr. 12 bestimmte Aufstellung zu bringen; die entlassenen Wehrmännern sollen sich dem ersten erreichbaren Posten oder Truppenkörper anschliessen und als Partisanen kämpfen.

In Luzern besteigen wir das Schiff, das als Besammlungsort dient. Die Offiziere nehmen Stellung an beim Erscheinen des Generals. Das Volk bricht in Beifall aus. Andere wieder meinen: »Alle Eier im gleichen Korb ...« In der Tat ist die ganze Menge der Kommandanten kombattanter Waffen bis zu den Bataillonen und Abteilungen hinunter da. Die Stabschefs sind auf den K.P. geblieben, um den Dienst zu versehen. Der Chef der Spionageabwehr, Jaquillard, wurde beauftragt, die elementaren Sicherheitsmassnahmen zu ergreifen. Überfahrt auf Deck mit Claude du Pasquier, Kommandant der Grenzbrigade 3 und der Division Gempen (eine der ad hoc gebildeten Heereseinheiten, deren vorbereitete Aufstellung mit der Anwendung des Plans Nord wirksam werden sollte), den ich bewundere und liebe, nicht nur um seines überlegenen Geistes und vornehmen Herzens willen, sondern auch wegen seines sicheren Schweizergeistes und der Unmittelbarkeit seiner Empfindungen, die ihn so jung erhalten hat. Ausserhalb des Luzerner Sees, auf dem die leichten und glücklichen Boote schaukeln, kommt das Schiff in den gewaltigen Schatten der Rigihänge. Bei der Ländte bildet sich der Zug nach der Rütliwiese, auf der die Fahne des Urner Bataillons 87 flattert.

Die Offiziere stellen sich auf: vorn die vier Korpskommandanten Lardelli, Prisi, Miescher, Labhart und der Kommandant der Flieger und Flab, Bandi. Hinter ihnen die Divisionäre und ihre Untergebenen. Miescher, der Dienstälteste, tritt zum Oberbefehlshaber und meldet ihm das Korps der hohen Offiziere. Der General ergreift das Wort:

»... Ich habe Wert darauf gelegt, euch an diesem historischen Ort, auf dem für unsere Unabhängigkeit symbolischen Boden zu versammeln, um euch über die Lage zu orientieren und mit euch als Soldat zu Soldat zu reden.

Wir befinden uns an einem Wendepunkt unserer Geschichte. Es geht um die Existenz der Schweiz.

Hier werden wir als Soldaten von 1940 aus den Lehren und dem Geist der Vergangenheit Kraft schöpfen, um Gegenwart und Zukunft des Lan-

Alfred Bernegger *Die Soldaten*

des entschlossen ins Auge zu fassen und um den geheimnisvollen Ruf zu vernehmen, der von dieser Wiese ausgeht.

Indem wir klar in die Zukunft blicken, werden wir die immer gegenwärtigen Schwierigkeiten meistern, die schon der Bund von 1291 die Arglist der Zeiten nannte ...«

Der General spricht von den angsterfüllten Fragen, die ihm von allen Seiten zukommen, und enthüllt einige gefährliche Anzeichen für den Geist der Armee. Aber sein Leitmotiv ist der Widerstandsgeist gegen jeden Angriff, woher er auch kommen mag, gegen die innere Gefahr des Nachlassens, des Defaitismus, und auch das Vertrauen in den Wert dieses Widerstandes.

Der General hat seine Worte abgewogen. Man hat ihm eingewendet: »Widerstand – gegen wen? Gegen was? Solange wir ja nicht angegriffen sind?« Aber er hält an diesem Wort fest und zieht es allen anderen vor, wie etwa Unabhängigkeits- oder Verteidigungswille. Und dieses Wort nimmt er in den Tagesbefehl auf, den er heute allen zum Rapport befohlenen Offizieren übergibt und der der Truppe verlesen werden muss:

»... Am 29. August rief der Bundesrat die Grenztruppen unter die Waffen, wenige Tage darauf folgte die Generalmobilmachung. Er übertrug der Armee die Aufgabe, unsere jahrhundertealte Unabhängigkeit zu schützen. Diese Unabhängigkeit ist von unseren Nachbarn bis heute geachtet worden, und wir werden ihr bis zum Schluss Achtung zu verschaffen wissen ...

Solange in Europa Millionen von Bewaffneten stehen und solange bedeutende Kräfte jederzeit gegen uns zum Angriff schreiten können, hat die Armee auf ihrem Posten zu stehen. Komme, was wolle, die Befestigungen, die Ihr erstellt habt, behalten ihren Wert, unsere Opfer waren nicht vergeblich, denn noch halten wir das Schicksal in unserer Hand.

Leiht Euer Ohr nicht denjenigen, die aus Unwissenheit oder böser Absicht defaitistische Nachrichten verbreiten und Zweifel säen. Glaubt nicht nur an unser gutes Recht, sondern auch an unsere Kraft, mit der wir, wenn jeder von eisernem Willen erfüllt, erfolgreich *Widerstand* leisten werden.

Soldaten des 1. August 1940! Die neuen Stellungen, die ich euch anweise, sind die, in denen euer Mut und eure Waffen dem Lande am wirksamsten dienen werden unter den neuen Verhältnissen.«

Beim Anhören des Generals wenden sich unsere Blicke auf diese Berge, die im neuen Abschnitt des 4. A. K. um jeden Preis gehalten werden müssen: den Pass der Ibergeregg, der die Talsohle von Schwyz beherrscht, das Teilstück der Gotthardlinie, das der Axenstrasse entlang verläuft.

Der Appell ist beendet. Abtreten. Ich nähere mich dem General. Ich kenne ihn noch zu wenig, um zu wissen, wann er ergriffen ist, noch, wie sich seine Ergriffenheit äussert. Er marschiert an der Spitze des Zuges mit Lardelli zum Dampfschiff. Inzwischen gibt es bei vielen Kameraden ein Wiedersehen. Sie haben sich noch nie so zahlreich getroffen. Sie bilden die grosse Equipe der Kommandanten von 1940, und ich denke an alle die, die auf ihren K. P. festgehalten sind, an meine Kameraden vom Generalstab. Die Kommandanten gehen an Bord und stecken den Tagesbefehl des Generals in die Seitentasche. Das Stichwort »Widerstand« geht zur Truppe. Von nun an kann uns nichts mehr aufhalten; man atmet auf.

Morgen wird es eine Pressemitteilung dem ganzen Lande übermitteln. Und dem Ausland. Es war Zeit!

(Aus »Fünf Jahre auf dem Kommandoposten des Generals«, aus dem Französischen von Hermann Böschenstein)

Jean Paul Samson

Exodus nach Sachseln

Herrliberg bei Zürich, 17. Mai 1940
In der kleinen Mansarde, wo ich bei den F. schlief, hatte es an der Wand eine Sache, offensichtlich ein Souvenir ihrer Camarque-Reise, das mich nicht in Ruhe lässt. Eine Art Plakat, farbig. In der Mitte die Karte von Europa. Über dieser Karte Photos der Staatschefs, in der Mitte Lebrun, und der Rest der Galerie, auf der einen wie auf der andern Seite unseres Staatspräsidenten, setzte sich zusammen aus den Köpfen von Hitler, Georg VI. usw. usw. Mussolini? Nicht da, und das ist ja auch korrekt, ich habe Viktor-Emmanuel vergessen. Auch nicht da: die Tschechoslowaken, eine Auslassung aus Scham, ohne Zweifel, wenn man denkt, dass das Ganze, wie in dominierender Schrift auf diesem Plakat steht, »Das neue Mitteleuropa seit den Verträgen von München« darstellt. Das könnte noch eine blosse Redeweise sein. Aber nein. Das Bestürzendste, Absurdeste, Skandalöseste ist das, was sich unterhalb der Karte ausbreitet. Nämlich drei weitere Photos. In der Mitte – ich schwöre, dass ich nichts dazu erfinde – Tino Rossi, und links und rechts ich weiss nicht mehr welche Berühmtheiten der Unterhaltungsbranche ohne jegliche Bedeutung. Und unter jedem Photo der vollständige Text eines Chansons, und dazu hat der Drucker in Grossbuchstaben gesetzt: »Der grosse Erfolg von heute«, »Das erfolgreichste Lied«, »Der sensationelle Erfolg«.

Gewiss, man mag einwenden, dass die Sanguiniker, die dieses Dokument komponiert haben – und ein Dokument ist das freilich, und von welchem Kaliber! – dass sie einzig und allein ihr Gemüse verkaufen wollten. Man sieht's. Oder, genauer gesehen, wenn es tatsächlich nur darum gegangen ist, so ist das Ganze nur noch schlimmer. Da zeigt sich, sowohl von der Seite der Verkäufer wie von der Seite des Publikums, ohne dessen vorweggenommene Zustimmung die Händler nicht auf diese Schlüpfrigkeit verfallen wären, eine Absicht, die schlimmsten Dinge zu frivolisieren. Und das sagt viel über den Geisteszustand eines unglücklichen verratenen Volkes, verraten durch die eigene Energielosigkeit, angefangen von der fortschreitenden Verdummung durch die »Paris-Soir« jeglicher Färbung.

10 Uhr nachts
(...) Das erinnert mich wieder an unsern kürzlichen Miniatur-Exodus, der uns an einen kleinen Ort in der Zentralschweiz führte. Solange man nicht

in der Schweiz ein Refugium suchen muss, macht man sich kein rechtes Bild davon, wie klein das Land ist. In unserm motorisierten Zeitalter ist es eine Bewegung an Ort, von einem Kanton in den andern zu wechseln.

In Zürich hatten wir entschieden, zunächst nach Luzern zu fahren und dort weiterzusehen. Zur Abfahrt des Zuges waren Serena und Gritta gekommen, von uns Abschied zu nehmen. Gritta steckte mir im letzten Augenblick ein schönes Päckchen Schokolade zu – eine so liebevolle Geste, aber so verhaftet im Schoss des zertrümmerten Friedens, dass ich mich nicht hindern konnte, zu ihr zu sagen – wohl ganz zärtlich –, sie sei ein Engel, aber ein Engel, der einen manchmal, ein ganz klein wenig, verleiten könnte, zu schmunzeln. In Luzern, so war es die Vorstellung von Silone, wollten wir einen Arzt von dort anrufen; den kannte Silone nämlich von der Büchergilde, für die sich der Medizinmann, hingerissen von Giono und seinem »Contadou«, eifrig einsetzt. Gleich am Bahnhof telefonierte Silone, der Arzt werde kommen und uns am Buffet treffen, konnte er mir berichten. Ah! dieses Bahnhofbuffet! Zum Bersten voll von einer Menschenmenge, wie man sie hier wohl noch nie gesehen hat. Und ja doch, erkennbar an ihren Rucksäcken und Bergstöcken, ein paar unverbesserliche Alpinisten, von der Sorte, die sich auch durch einen drohenden Weltuntergang nicht abhalten liesse, ihren Gipfelkult zu zelebrieren. Allerdings nicht sehr zahlreich, man muss das anerkennen, und etwas verloren in der Masse der Soldaten und der vor Schweiss triefenden Familien. Die Hälfte der Bevölkerung musste sich in dieser Nacht, wie wir, der Illusion hingegeben haben, irgendwo Abstand zur erwarteten Frontlinie zu finden. (Unser Fall, ich muss uns Gerechtigkeit widerfahren lassen, war freilich weniger naiv; für uns ging es darum, nicht greifbar zu sein, falls die Gestapo uns suchen würde.) Viel später haben wir erfahren, dass in dieser Nacht in diesem gleichen Bahnhof Klaus Mann den Zug wechselte und sich krampfhaft fragte, in welcher Richtung er nun wohl noch fahren könne; dabei fiel er den Häschern der militärischen oder politischen Polizei auf, sodass er schliesslich keinen Entscheid über die Fahrrichtung zu treffen hatte, denn die Ordnungshüter waren überzeugt, einen deutschen Spion eingefangen zu haben, und sperrten ihn kurzerhand ein.

Nach einer Zeit, die uns unendlich vorkam, tauchte endlich der Luzerner Arzt auf; nicht ohne Mühe gelang es ihm, einen Stuhl zu finden, und ersetzte sich an den Tisch, den wir längst mit einer ganzen Traube von Unbekannten teilten. Silone stellte uns einander vor. Die ersten Sätze des Doktors – ein kleiner liebenswürdiger Mann mit ausdrucksloser Miene (doch das will nichts sagen in der Schweiz, wo man es, bis zur Camouflage hasst, sich preiszugeben) – machten klar, dass er unzweifelhaft davon ausging, wir würden uns auf einer Vergnügungsreise befinden. In diesem Gewühl kam es offensichtlich nicht in Frage, geradeheraus zu reden. Silone gab darum zur Antwort, dass wir einen stillen Ort suchten und angesichts seiner Kenntnis der Region ... Zuvor auf der Anreise im Zug hatten wir gedacht, dass der gute Mann uns vielleicht ein Kanapee oder einen Fauteuil bei sich zu Hause anbieten würde, und ohne Zweifel hätte er uns eingeladen, wenn ihm nur aufgegangen wäre, welche Stunde es auf der Welt geschlagen hat. Aber wie soll das ein anarchistischer provenzalischer Prophet erwarten vom Bürger der am authentischsten demokratischen Demokratie Europas (wie er schwärmerisch sagt) – ja doch, aber gleichzeitig der am wenigsten imaginativen, der am meisten eingeschläferten, mindestens auf der Ebene der privaten Existenz ihrer Bürger, eingeschläfert durch Sicherheit und durch die Überzeugung, dass das Leben vor allem eine völlige Abwesenheit von Geschichten und von Geschichte sei. Vollkommen ruhig und gewissenhaft erteilte unser Mann Auskünfte und Ratschläge, ganz im Stil, wie das auch irgend ein Angestellter eines Reisebüros hätte tun können. Silone und ich tauschten gelegentlich Blicke, während wir ihn reden liessen: nichts zu machen. Er hatte in einem gewissen Augenblick als besonders ruhig und abseits der grossen Routen den kleinen Ort Sachseln erwähnt, an dem niedlichen Sarner See. Warum nicht? Übrigens, dachte ich für mich, nicht ohne einen Anflug melancholischer Ironie, das ist doch der Ort, wo als Eremit der Mann lebte, der so etwa zugleich die Jeanne d'Arc und der heilige Franz von Assissi der Schweiz ist: der gute selige Niklaus von Flüe, dessen mystische Visionen und auch, wohlgemerkt, dessen Überredungskunst die Menschen seiner Zeit (die, entgegen allem Schein, weniger barbarisch war als die unsere) vor dem Cauchemar eines Bruderkriegs bewahrt hat. Nochmals, also Sachseln, und nachdem wir in unserm Fahrplan festgestellt hatten, dass demnächst ein Zug dahin abfahren würde, unterliessen wir es nicht, unserm Doktor um so mehr zu danken für einen so guten touristischen Tip. Ja, was für eine exzellente Idee war es doch gewesen, uns an jemanden zu wenden, der die natürlichen Realitäten aus so authentischer Nähe kennt. Das entschuldigte uns beinahe, ihn überhaupt bemüht zu haben: Danke. Herr Doktor, vielen Dank. Ohne Zweifel hat er uns ganz beim Wort genommen – was alle und immer tun, in diesem (wie sagte doch L. einmal) am wenigsten konspirativen Land der Welt. Und nachdem er uns bis zu unserm Wagen begleitet hatte, wünschte er uns einen guten Aufenthalt, mit einer so offenen, so harmlosen Zuversicht, ein kleinwenig scheu, aber mit leuchtenden Augen.

Aber Sachseln?

In der Tat eine ruhige Ecke – wie das lärmte von Soldaten, von Camions, von Pferden. Und in dem einzigen Hotel, in dem es, so sagte man uns, vielleicht noch Platz habe, hatte sich ein höherer Stab einquartiert. Der riesige bärtige Hotelier liess uns wissen, dass ihm nur noch ein einziges Zimmer übriggeblieben sei, allerdings mit zwei Betten. Bah, angesichts der fortgeschrittenen Stunde und der Gewissheit, anderswo nichts mehr zu finden, blieb uns gar nichts anderes übrig, als ja zu sagen. Kein Unglück, gewiss, für mich schon gar nicht, da ich mich selber nicht schnarchen höre, aber der arme Silone ... Ein eigenartiges Gefühl, unter dem wachsamen Auge dieses Bärtigen und zwischen all diesen Uniformen, die im Vestibül zirkulierten, den polizeilichen Meldeschein ausfüllen zu müssen, einzutragen unsere Namen von fremdrassigen Migranten, ah! und auch die Herkunftsorte (Heiliger Niklaus von Flüe, bitt für uns): Paris – Rom.

Ich habe gesagt, dass ich einen lauten Schlaf habe, aber ich sollte nicht lange meinen Zimmergenossen damit belästigen. Denn die Fremdheit des Ortes und die Angespanntheit unserer Nerven brachten es mit sich, dass wir den grössten Teil der Nacht verbrachten, ohne zu schlafen, miteinander redend von einem Bett zum andern. Silone, der wunderbar erzählen kann, hat während dieser weissen Nacht Episoden aus seinem früheren Leben in Italien berichtet.

(Aus »Journal insoumis«, aus dem Französischen von Hans Rudolf Hilty)

Werner Zemp

Zwei Briefe

An Clara Müller-Zemp

Mein liebstes Clara! Im Feld, den 26. Mai 1940

... von heut ab ist militärischerseits nur noch »Alarmbereitschaft 3« angeordnet – das ist der dritte, schwächste Grad! Auch »bauen« wir nun wieder ganz friedlich an einer Strasse, die zum Glück mitten durch den Wald führt, so dass wir nicht so arg heiss haben wie andere – aber immerhin noch warm genug! Bis jetzt war ich bei den »Holzfällern« – die Arbeit (wir fällen zum Teil haushohe Eichen, die »im Weg« stehen) ist zwar nicht ungefährlich, aber es sind zum Glück Leute vom »Fach« dabei, die jeweils genau wissen, nach welcher Richtung der Baum fallen wird (man darf, wenn er auf einen herabfällt, ja nicht etwa fortspringen, sondern muss ihn genau beobachten und sich, ganz zuletzt, wie vor einem wütenden Stier, durch einen Seitensprung retten). Vor allem aber ist diese Arbeit sehr unterhaltsam, ja im Augenblick, da der Riese ins Wanken kommt (wir ziehen, sechs Mann, an einem in halber Höhe um den Stamm geschlungenen Seil) und schliesslich dröhnend und splitternd um- und aufschlägt, geradezu sensationell. Dazu kommt, in benommenen Warte-Pausen, das quasi Eichendorffsche Element des maiengrünen, totenstillen Waldes, drin unaufhörlich der Kuckuck ruft, während es hoch in den Kronen leise und betäubend schwirrt und summt von tausend Insekten – (das »Nasenbärli« hätte gesagt: »Sekten«!). Du kannst Dir denken, wie mir solche Stunden gefallen, ja manchmal ertappe ich mich darauf, wie ich mit gelindem Schauder an meine »zivile« Beschäftigung zurückdenke, an die Scharen mir im Grunde höchst gleichgültiger »Höherer Töchter«, die ich mit fragwürdig-zwielichtigen literarischen Exkursen traktiere. Wie durchaus »anständig« ist daneben das Leben, das ich hier führe – wiewohl ich mit einem der Holzfäller, einem Bauern, der in der Kyburg (schreibt man sie so???) einen grossen Hof hat (ich freue mich jetzt schon darauf, ihn einmal im »Zivil« – ach, wann wird das sein? – zu besuchen), – sogar über C. F. Meyer mich unterhalten kann; er kann Stellen aus dem »Pescara« und dem »Heiligen« fast auswendig und weiss um die privatesten Geheimnisse des C. F. Meyerschen »Ästhetizismus« und »Heroismus« – während ihm, höchst bezeichnenderweise, der Keller der Seldwyler-Geschichten geradezu auf die Nerven geht. Ist das nicht ein Wunder von einem Bauern – und dabei hat er Frau und Kinder und dreissig Kühe im Stall! Anfangs der letzten Woche war ich »Telephonordonnanz« bei einer welschen Truppe – lauter Genfern –, das war auch sehr lustig, nur mitunter für mich etwas aufregend, denn ich kann ja leider nur schriftlich ein wenig Französisch. – Bis jetzt bin ich leidlich gesund; nur wurde mir letzthin beim Erklettern eines Camions der halbe Daumen abgetrampelt, und ich bin natürlich mit meinem Verband im Dienst sehr behindert. Doch scheint die Sache ohne Komplikationen ablaufen zu wollen.

Ich schreibe Dir diesen Brief in einem kleinen Beizlein in Bremgarten, wohin wir heute »Ausgang« hatten, – mutterseelenallein; denn die meisten haben Besuch bekommen von ihren Frauen, und da will ich natürlich niemand stören. Auch finde ich es höchst »geisterhaft«, als »Pilgrim und Wandersmann« von niemandem behelligt durch dieses reizende fremde Städtchen zu bummeln – ich komme mir dabei etwas unwahrscheinlich vor, aber alles andere als »verlassen«! Elisabeth schreibt mir fast täglich lange, liebe und treue Briefe – jetzt will ich ihr dann auch noch schreiben. – Gelt, Du schreibst mir auch wieder einmal! Vom Krieg habe ich, wie ich sehe, fast gar nichts geschrieben – aber was soll man schon darüber schreiben? Wenn nicht unmittelbar, so ist die Schweiz doch ganz sicher mittelbar, d. h. in der Folge des Krieges, in grosser Gefahr. Zum Glück hat Dein Werner einen Beruf, der in politischer und nationaler Hinsicht gewissermassen »neutral« ist! Meiner schon weniger! Mit nochmaligem herzlichstem Dank, und Dir alles Liebe und Gute wünschend, Dein getreuer W.

An Carl Helbling

Mein lieber Helbling! Im Feld, den 24. Juni 1940

Endlich komme ich dazu, Dir wieder einmal ein paar Zeilen zu schreiben – und zwar vom Krankenzimmer aus, in das ich vor ein paar Tagen mit ziemlich hohen Fiebern undefinierbarer Herkunft eingeliefert worden bin. Heut geht es mir nun wieder viel besser; ich sitze in der unwahrscheinlichen Rolle – weder »Zivilist« noch Soldat – eines »Rekonvaleszenten« an einem wahrhaft fürstlichen steinernen Tisch unter einer haushohen Kastanie direkt an der Limmat, die alle Farben der Perle trägt in der brütenden Stille des Nachmittags. Wie schön wäre es, Seite an Seite in diese einfache, schmerzlich-schöne Landschaft hinauszuschauen und dazu halblaute herzliche Gespräche »à la sourdine« zu führen, die nur bisweilen durch das Geräusch eines springenden Fisches, das Gefauch irgend eines Entleins im Schilf neckisch pointiert würden. Und wie schön wäre es, hier zu arbeiten, fernab einer zur Hölle gewordenen Welt, der man wohl immer entsetzt und verständnislos gegenüberstehen wird! Aber es sind vorläufig nur Stunden, da ich solchermassen aufatmen darf, und bezeichnenderweise sind es Rekonvaleszenten-Stunden! Wir haben einen grässlich anstrengenden Dienst hinter uns, Dislokationen bei Tag und bei Nacht, immer die Vollpackung auf dem Rücken, selten ein Dach überm Kopf. »Höchste Alarmbereitschaft« sollte geübt werden oder vielleicht nicht nur »geübt« – jetzt sind wir endlich hier gelandet, ganz in der Nähe von Killwangen-Spreitenbach, in einem verlassenen Fabrikareal. Und was ist in der »Welt« inzwischen alles geschehen! Seltsam, immer wieder musste ich an Hanno denken, an Thomas Manns früheste und echteste Motive, als ich mir »la douce France« vorstellte, das Land der Watteau, Corot, Verlaine, das fast kindlich-fassungslos vor dem Unbegreiflichen einer entfesselten Hölle kapitulierte. Nicht auszudenken, was dem folgt. Widerlich genug ist jetzt schon die Reaktion der Truppe: überall beginnt sich der »Suisse«, der Portier-Schweizer (der gestern noch ostentativ auf »Höhenwegen« promenierte) katzbuckelnd zu regen – wer schon von Haus aus in dieser Hinsicht misanthropisch war, sieht sich in seinen geheimsten Unduldsamkeiten bestätigt.

Doch genug! Über dem Schreiben ist mir das schöne Bild der Landschaft entglitten, das mich ursprünglich zu dieser Bleistift-Epistel überredete. Denn fällig war sie schon lange: damals schon, als ich in der Zeitung las, dass Dich die Schiller-Stiftung mit einer Ehrengabe ausgezeichnet hat. Aber auf einer offenen Karte wollte ich Dir nicht gratulieren, sondern den »Nobelpreisträger«, auf dessen Gewogenheit und Freundschaft ich vom ersten Augenblick an stolz war, dazu zwingen, mir nachdenklicher und inniger Gehör zu schenken! Lieber Helbling, wie freue ich mich darauf, bis ich, nach schweigsam und tapfer absolvierter Pflicht, mit Dir wieder in schöneren Sphären zusammensein kann! – Übrigens freut es Dich vielleicht zu hören, dass letzthin ein Wachtmeister, der viel Sinn für Literatur hat, mir schwärmend von Deinem Literaturbrief an einen Soldaten im Feld sprach – ich, meinerseits, war stolz, ihm darauf diesen Carl Helbling als meinen Freund vorstellen zu können!

Sei's und möge es so bleiben!

Herzlich, getreulich Dein Werner Zemp

Charles Ferdinand Ramuz

Geburt

Ende Mai 1940. – Ich bin verwöhnt worden. Ich bin schrecklich verwöhnt worden. Es ist mir gegangen wie einem Kinde, das seine Mutter strafen zu müssen glaubte, aber dann bereut sie es und versucht, das Geschehene durch alle möglichen Zärtlichkeiten wiedergutzumachen.

Ein durch nichts zu ersetzender Ausgleich für ein paar unangenehme Augenblicke, wie eine Belohnung, aber Belohnung wofür?

Ein Kind ist geboren: mein Enkel, zweimal mein Sohn. Anfang Mai kam das Kind mit seiner Mutter über den Kanal, kurze Zeit vor der grossen Schlacht hat ein Flugzeug ihn mir gebracht.

Durch die Lüfte kam er zu mir und entging so rechtzeitig einem London, das von der Zerstörung bedroht war. Noch nicht offenbar geworden, hat er doch im voraus schon seinen Platz in meinem Leben eingenommen. Hier folgte die Geburt der Auferstehung.

Am 28. Mai, in der Rosenzeit. Der Garten ist voll von blühenden Lupinen mit ihren schweren Dolden: malvenfarben, blau, weiss, und rosa. Die wilden Stiefmütterchen wachsen bis in die Wege.

Am 28. Mai, strahlender Sonnenschein.

Wieder eine Klinik, aber diesmal eine freundlich empfangsbereite. Das Zimmer lag nach Süden und ging auf eine Terrasse, die von hohen Mauern gestützt und von zwei breiten Wegen durchkreuzt wurde. Darüber stand ein klarer Himmel.

Der Blick vom Fenster aus fand, wohin er traf, nur schöne, in frischem Grün prangende Bäume, die miteinander verschmolzen; ihre Wipfel zeichneten auf halber Höhe der Savoyer Berge eine horizontale Linie.

Sie waren blau und weiss, diese Berge; sie hatten die Farbe des Himmels, und am Himmel standen kleine, weisse Wolken, die man für Schneeflokken hätte halten können, wenn sie sich nicht langsam verschoben hätten.

Im Raume ein grosses, graugestrichenes Bett; ganz an der Seite stehend ein ähnliches, aber kleines Bett, auch grau gestrichen, auch mit einer blauen Bettdecke ...

Diesmal hatten wir wirklich Krieg, vergesst es nicht. Am 28. Mai 1940 kapitulierte, glaube ich, die belgische Armee. Am 10. Mai drangen die Deutschen in Holland und Belgien ein. Ein paar hundert Kilometer von uns entfernt war der Himmel schwarz von Flugzeugen über den flandrischen Ebenen, zahlreicher, als wenn an einem schönen Sommertage die

Libellen über unseren Teichen schwirren. Ganze Städte standen in Brand, eben war Rotterdam zerstört worden. Die französische Grenze war von Sedan aus aufgerollt, schon wurde alles gegen Dünkirchen gedrängt, Militär und Zivil, Männer, Frauen und Kinder, Kanonen, Pferde, Vieh, alles durcheinander begann sich unter dem Feuer der Maschinengewehre in die Runde zu drehen, da es keinen Ausweg aus der bestürzten Flucht gab. Was bedeuten einige Hundert Kilometer den ungeheuren metallenen Insekten, die in der Höhe, wo sie sich aufhalten, die Grenzen nicht mehr unterscheiden, wohlgemerkt, ich spreche nicht von den abstrakten, denen der Landkarten, sondern von den sichtbaren, den natürlichen Grenzen, wie Flüssen und Bergen, die unser kleines Land begrenzen.

Bedrohungen, wohin man blickt, überall Unsicherheit: und hier in diesem kleinen Bett ein Etwas, kaum schon ein Etwas, ein Fast-gar-nichts von einem kleinen Körper, den man unter den Decken nur undeutlich erkennt, so wenig Platz nimmt er ein; ein rosiger Fleck: das Gesicht, zwei kleinere rosige Flecken: zwei Fäuste, die von beiden Seiten ans Kinn gepresst werden. Ein kaum wahrnehmbarer Körper ohne Eigenbewegungen, nicht fähig, zu sitzen, nicht fähig, sich zu bewegen, nur den Mund kann er halb öffnen, wenn ihm die Brust gereicht wird: allem Zerstörenden hilflos ausgeliefert.

Ach! wo wäre Sicherheit für ihn zu finden? Wem könnte man ihn anvertrauen, wem könnte man glauben? Wem in diesem Augenblick, wem vielleicht morgen? Wozu sehe ich, wozu stelle ich mir etwas vor? Wo ist eine Möglichkeit, wo eine Wahrscheinlichkeit? Die grosse Tragödie dieser Zeit ist, nichts zu wissen und deshalb unaufhörlich vom einen Extrem ins andere zu fallen, von Freude in Verzweiflung und umgekehrt. Unterdes betrachte ich, in Angst und Glück zugleich, ein armes, faltiges Säuglingsgesicht, bis zwei grosse Augen, blau wie die Nacht, sich öffnen, Augen, deren Blick der Tag schon zu zerstreuen beginnt.

Überall steht der Friede neben dem Krieg. Um uns ist noch Frieden, aber der Krieg quält unser Inneres. Bald lassen wir uns von der Welt der Erscheinungen, von der Wirklichkeit um uns überwältigen, bald, in uns selbst zurückgezogen, von jener anderen fernen Wirklichkeit und den Wagnissen, denen wir gegenübergestellt werden.

Eine Frau sät vor meinen Augen Gemüse in ihrem Garten, daneben trocknet Wäsche auf der Leine, schöne, weisse Wäsche, die im Winde flattert: das ist der Friede; – aber auf der Strasse läuft ein Mann in Uniform umher, oder der Aushang einer Zeitung, mit grossen, schwarzen Lettern bedeckt, taucht im Schaufenster eines Zigarrenladens auf; dann scheint die Glocke, welche die Stunde anzeigt, die alltägliche Glocke, plötzlich ihre

Stimme zu verändern, feierlich dröhnt sie über die Dächer hin, voller Drohungen; das Tageslicht ist fahl geworden, die Sonne verfinstert sich.

O du Unschuldiger, du Waffenloser!

Armes, kleines, nacktes Wesen, was willst du tun, wenn das Dach über dir einstürzt, wenn die festesten Bauwerke zu Kartenhäusern werden, die tiefsten Keller aus der Erde hochgehoben und plötzlich nach aussen gedrängt werden, wie die Wurzeln mit dem Zahn? Was tun, welche Arme werden stark genug, welche Brust wird breit genug sein, um dich zu schützen? Es ist so wohltuend hier im Raum; auf allen Tischen stehen Blumen, so schön anzusehen.

Ein Schmetterling fliegt ins Zimmer, durch die Blumen angelockt. Ein weisser Schmetterling mit ganz wenig Schwarz auf den Flügeln und mit zwei langen Fühlern, die im Raum hin und her suchen, um einen Platz zu finden, auf dem er sich niederlassen kann.

Juni. – Man hat ihn in seinem Wagen in den Garten gestellt. Um die Fliegen und die dicken Raupen fernzuhalten, die von der Zeder fallen und bei der geringsten Berührung eine gelbe Staubwolke verursachen, hat man über das Verdeck einen Musselinschleier gebreitet.

Man gewahrt deutlich den hellen, durchsichtig blassen Fleck seines Gesichts. Er liegt auf dem Rücken, den Kopf zur Seite gedreht, wie in einer grossen, dunklen Grotte, als sei er ganz von Dampf eingehüllt. Er schläft, er liegt ganz regungslos. Sein Schlaf ist wie ein Tod. Ich nähere mich auf Zehenspitzen, aber nichts weckt ihn aus dem Schlaf, nicht das laute Bienengesumm, nicht die Bewegung der Zweige, die der Wind leise hin und her bewegt, nicht die nahe Dorfuhr, die ganz in der Nähe mit grossem Lärm die Stunde schlägt, nicht das Teppichklopfen im Nachbargarten: er ist der Aussenwelt noch ganz verschlossen, gleichgültig gegen ihre Lockungen und Drohungen; nur gewissen inneren, gebieterischen Notwendigkeiten gehorchend, es sind zwei an der Zahl: essen und schlafen.

Er tritt erst ins Leben ein und ist doch wie ein Sterbender, der das Leben verlässt. Es ist eine umgekehrte Agonie.

Da ist nun diese Geburt, die den Menschen auf der Welt erscheinen lässt, das Kommen zum Licht, aber die wirkliche Geburt kommt erst später, weil du jetzt vielleicht noch blind und taub bist, nur ein Mund, der ein- und ausatmet, dann lässt die Müdigkeit dich wieder in die Nacht zurückfallen.

Man verlässt das Leben im Bedürfnis nach Schlaf; man betritt es im selben Zustand: Symmetrie. Man verliert langsam das Bewusstsein, aber noch langsamer erhebt man sich zum Bewusstsein, noch viel langsamer.

Nichts existiert am Anfang des Lebens; und ebenso existiert nichts am Ende des Lebens; nichts, was existiert, wird für uns nach dem Tode weiter dasein, wohl sind wir dann noch auf der Welt, aber doch schon von der Welt getrennt.

Auch er ist noch von der Welt getrennt. Ein Vogel kommt geflogen, der Vogel nähert sich, er setzt sich auf seine Wiege; Schnee fällt vom japanischen Pflaumenbaum auf die roten Blätter, auf dem grossen Lebensbaum sitzt eine schwarzweisse Elster; sie schreit auf der Spitze des Astes, schwarz hebt sie sich vom Blau des Himmels ab mit ihrem langen Schwanz, der sich aufrichtet und senkt wie eine Wippe; er hört und sieht nichts, er will weder sehen noch hören, er verschliesst sich den Herrlichkeiten der Welt, so wie sie uns allen eines Tages verweigert werden.

Es ist, als existierten in ihm nebeneinander die allererste Kindheit und das höchste Alter: beides ist der Region der grossen Finsternisse benachbart; bis in seinen physischen Körper hinein ist das Verbrauchteste, dem, was noch keine Funktionen ausübt, ganz nahe benachbart, das sehr Alte und das ganz Neue: diese über den Augapfel gebreiteten Augenlider sind wie ein rosiges Blumenblatt, das man sich auf den Finger legen möchte, diese runzligen, kleinen Hände und dieser dünne, kleine Hals, faltig wie der eines Greises: noch kann er nichts tragen, und eines Tages wird er wieder nichts mehr tragen können.

Ich hätte Histologe werden sollen. Mein Leben lang hätte ich über Gewebe gebeugt dastehen sollen; ich hätte bewundern können, wie die Gewebe entstehen, wie die Zelle Knospen treibt, sich vermehrt, sich teilt, sich verdoppelt, aus der sie umgebenden Nahrung Lebensimpulse zieht, diese Impulse nach ihren Gesetzen, ihren Willensregungen, ihren eigenen Zielen nutzt. Über das Mikroskop gebeugt, würde ich im unendlich Kleinen die Entwicklung des Lebens beobachten, wie es die Baustoffe aneinanderfügt, aus denen es sich ernährt, Anorganisches in Organisches wandelnd und durch die Wandlung seine eigene Natur um Eroberungen bereichernd, die es über eine Umwelt davonträgt.

Aber ich bin eben kein Histologe. Ich bin nur ein armer Mensch, der es jedoch nicht lassen kann, sich über die Anfänge des Seins zu beugen, die in umgekehrter Richtung dem Verfall so ähnlich sind. Da liegt nun dieser kleine menschenähnliche Körper, noch nicht geschlossen, noch ganz auseinandergefallen und unausgebildet, aber er strebt danach, zu aggregieren, mit allen seinen Kräften strebt er danach, deshalb ist er gegen alle Ablenkungen der Aussenwelt so unempfindlich. »Zuviel zu tun«, sagt er, er sträubt sich. Denn wo wäre eine grössere Katastrophe (etwas Verwirrenderes), als dass er zur Welt kam (er wird noch eine andere erleben: sie wieder zu verlassen). Er atmete nicht: jetzt atmet er. Er wurde durch den Einschuss des mütterlichen Blutes ernährt: aus diesem Kreislauf, aus seiner beständigen Wärme, aus dem glücklichen Dunkel ist er jetzt herausgerissen und plötzlich in seinen eigenen Kreislauf hineingeworfen. Diese Kälte, wenn er in unser Erdenklima herübergleitet, wo er zu allem andern auch noch die Wunden des Tages ertragen muss! Unsere windige, wechselnde, launische Witterung, in der es regnet, schneit und friert, bald steigt das Thermometer, bald fällt es; und wer weiss, welcher Kummer vielleicht sonst noch die einfache, so liebevoll verschlossene Wiege bewegt! Nach einem Dasein in vollkommener Ordnung nackt in die Unordnung, in eine wechselnde Welt geworfen, aus einer festgefügten, unwandelbaren in eine Welt voller Gegensätze, du armes, kleines Menschenkind; man schlägt dich, um den Bruch vollständig zu machen, um den Übergang zu beschleunigen, und nun schnell, man wäscht dich, man zieht dich an, man bedeckt dich und bemüht sich mit unseren armen Mitteln um dich, um den vollkommenen Schutz wiederherzustellen, in dem du in deiner Mutter Schoss lebtest, wo dich keine Krankheit befallen konnte, die nicht auch die ihrige war. Jetzt wirst du deine eigenen Krankheiten haben, jetzt bist du von der Mutter getrennt. Man hat die Frucht vom Baum abgeschnitten, damit sie ihrerseits ein Baum werde.

Alles in ihm ist noch in seinen Teilen vereinzelt, er wird es zusammenfügen müssen. Er kennt noch nichts, er wird alles kennenlernen müssen. Noch nimmt er an nichts teil, allmählich wird er an allem teilnehmen müssen.

Seine Augen dringen nicht in euch ein; ihr dringt in seine Augen ein. Noch sind sie passiv, ganz nach innen gerichtet. Jetzt eben öffnen sie sich. Und wenn schliesslich der Tag diese blaue Finsternis einfängt, dann bewegen sich plötzlich deine Hände, kleines Wesen, deine Stirn legt sich in Falten; du nimmst Eindrücke wahr, aber du nimmst sie nicht mit Bewusstsein auf, so dass deine Augenlider bald wieder zufallen und du in die Nacht zurückkehrst.

Er heisst Monsieur Paul. Ein kleiner Name, den ich ihm gegeben habe. Es ist nicht der Name, unter dem er im Geburtsregister des Standesamtes eingetragen steht, denn man hatte ihn gleich eintragen lassen müssen; und so begann er sofort legal zu existieren.

Er hat seine Papiere, er ist zum Rang eines Bürgers aufgerückt. Jede Geburt ist für die Gesellschaft nur ein ganz natürliches Phänomen: sie begnügt sich damit, die Geburt zu registrieren, und weil es für die gute Ordnung von Wichtigkeit ist, dass das zur Welt gekommene Individuum sich äusserlich von den anderen unterscheidet, versieht man es mit einem

Familiennamen und mit einem oder mehreren Vornamen, die von den Vornamen des Vaters und denen der Mutter begleitet werden, damit späterhin keine Verwirrung entsteht. Die Gesellschaft wundert sich nicht weiter darüber; wenn eine Sache zur Gewohnheit geworden ist, nimmt man sie als etwas »Natürliches« hin, und eine Geburt ist für sie eine Sache der Gewohnheit; aber gibt es trotzdem etwas Erstaunlicheres, etwas Unerklärlicheres, etwas, für das man sich ganz und nicht nur mit einem Teil seines Selbst einsetzt? In der Natur liegt etwas, das man Übernatur nennen könnte, nämlich der Punkt, von dem man sagen möchte, dass die Natur über sich hinausgeht, weil sie bildet, indem sie umbildet, und weil sie immer neu ist, obgleich sich alles zu wiederholen scheint. Und man sieht, dass der Zufall (wenn es denn Zufall ist), der den Menschen gemacht hat, nicht zwei Menschen miteinander identisch machen kann; der Zufall, der so allmächtig scheint und doch so ohnmächtig ist.

Viele Menschen haben den Sinn für das Heilige und die Achtung vor dem Sein verloren, weil sie zuviel sich selbst vertrauten. Das Wort »Der Mensch hatte einmal Furcht, aber wir haben keine Furcht mehr« schliesst Achtung und Verehrung ein. Der Mensch bewundert, aber wir verstehen nicht mehr zu bewundern. Wir fühlen uns an nichts mehr gebunden. Der Primitive hat nicht die rationale Begabung, um sich die Welt erklären zu können; er hat nur Affekte, die ihm aber wenigstens ermöglichen, dem, was er wahrnimmt, einen Sinn zu geben, deshalb ist er dem Sein so eng verbunden; denn alles belebt sich ihm mit Geistern: die Erde, das Feuer, das Wasser, die Luft, und wenn er selbst auch die Welt nicht kennt, so kennt die Welt doch wenigstens ihn. Der Primitive steht noch mit der Natur in Verbindung; wir tun es nicht mehr. Wir sind von der Natur getrennt, weil wir sie kennen oder doch zu kennen glauben durch die Kräfte, die wir aus ihr gezogen haben und die uns die Möglichkeit geben, über sie hinauszugehen. Je grösser unser Wissen von der Natur wurde, um so mehr sehen wir in ihr nur noch eine Quelle dieser neuen Kräfte. Sie ist uns nicht mehr feindlich, sie greift uns nicht an, sondern wir greifen sie an, – und sind überdies noch stolz auf das, was wir für unsere Allmacht halten, stolz darauf, dass wir keine anderen Beziehungen mehr zu ihr haben, als unsere mehr oder weniger wissenschaftlichen Begriffe und somit höchst eigennützigen Kenntnisse. Die Furcht hat uns verlassen, aber auch das Staunen hat uns verlassen, die Achtung und die Verehrung, die Anbetung haben uns verlassen; denn es gibt heute viele Menschen, für die das Heilige gar keinen Sinn mehr einschliesst, obgleich es das Prinzip aller Religionen ist, – aber noch mehr Menschen gibt es, die überhaupt nicht mehr wissen, was das Wort bedeutet: das sind die Menschen, die dem Poetischen feindlich gegenüberstehen. Denn es gibt nichts Poetisches ohne Religion. Das Poetische ist die Einführung in das Wesen des Heiligen. Das Poetische selbst ist auch eine Rückbindung. Das Poetische ist Resonanz, ist Widerhall, es lässt auch das Bescheidenste, das Geringste am universalen Kreislauf teilnehmen.

Ich nun, kleiner Junge, stehe vor dir und bewundere. Ich bewundere nicht das, was du bist, sondern das, was du sein möchtest. Ich stehe ehrfürchtig und bescheiden vor dir, betrachte deine grosse, kahle Stirn und in deiner unteren Gesichtspartie die sich von Zeit zu Zeit wiederholende Bewegung deiner unersättlichen Lippen (die einzige oder fast die einzige Bewegung, deren du fähig bist), die etwas suchen und, wenn auch ins Leere gerichtet, doch zu dem Bau, der sich in deinem Innern vollzieht, beitragen möchten. Du kannst noch nicht auf dem Daumen lutschen, was deiner Illusion nachhelfen würde. Fühlst du die Täuschung, wenn du den Mund vorstreckst und dabei nur ein wenig Luft schnappst? Aber gerade die Beharrlichkeit deiner Anstrengung, die nur der Schlaf unterbricht, ist schön, die Ausdauer, mit der du zu sein verlangst, so unendlich hilflos du auch sonst bist. Du bist da, das genügt mir, und ich verharre in einem Zustand der Versunkenheit, in dem es keine Gedanken mehr gibt, kein misstönendes Geräusch innerer Kämpfe, wo nichts mehr in uns erwägt, streitet, zerlegt und analysiert, wo vollkommene Ruhe herrscht, an der man befriedigt teilhat.

Juli. – Er reckt plötzlich die Arme, schliesst die Fäuste wie ein Boxer, dann zieht er sie wieder an sich, und man sieht, dass er seinen Mund sucht. Er verfehlt ihn. Er nimmt seine beiden Fäuste zurück und stösst damit an seine Wangen, während die Lippen sich unnötig halb öffnen.

Welche Mühe, nur um sich selbst zu finden!

Es gibt für ihn nur Entfernungen aus nächster Nähe, auch in seinem Innenleben. Mit grossen Gesten erreicht er nichts. Sie würden in keinem Verhältnis zu der Handlung stehen, die sie auszuführen suchen.

Er sieht nicht den Gegenstand, er nimmt nur die Bewegung des Gegenstandes auf (wie die Amsel, die hinter der Scheibe Brotkrumen aufpickt; ich stehe nur zwei Schritte von ihr entfernt, aber solange ich mich nicht bewege, bewegt sie sich auch nicht).

Er zählt noch nicht zusammen; er sieht nicht zwei, er sieht eins. Zum Beispiel sieht er nicht, dass drei Personen ihn umgeben. Er sieht nur eine, und wenn er dann die andere sieht, und gerade weil er sie sieht, existiert die erste nicht mehr. Die drei Personen bilden eine Einheit. Die Welt ist für ihn nur eine Aufeinanderfolge von Einheiten, eine unbewegliche Folge. Jede dieser Einheiten kann er nur durch das Verschwinden der vorangegangenen aufnehmen. Wir selbst haben kein Erinnerungsvermögen an diese Zeit, weil es eine Zeit ohne Gedächtnis ist. Wie wir uns auch mühen, sie uns ins Gedächtnis zurückzurufen, wir müssen einsehen, dass es vergeblich ist; es ist uns, wer wir auch sein mögen, nicht möglich, uns diese Lebenszeit, in der wir noch nicht wir selbst waren, vorzustellen und ganz weit in die Vergangenheit zurückzugehen. Wir stellen fest, das ist alles, man kann die Zeichen lesen, aber man kann sie nicht leben; man kann sie nur getrennt unterscheiden, aber nicht miteinander verbinden.

Was geht in diesem kahlen Schädel vor? Ah! wie weit wir voneinander getrennt sind! Er muss sich ganz allein entwickeln, obgleich man ihm hilft, die Hilfe ist nur etwas Äusserliches. Und doch hat er Vertrauen, zu was und zu wem? Man sieht es seinem Gesicht an, wenn er sich von neuem ganz dem Schlaf hingibt, so ausgeliefert, ohne sich verteidigen zu können, aber auch ohne sich um die Verteidigung zu sorgen, oder er verteidigt sich nur durch seine Unschuld, seine Reinheit, seine Naivität. Diese noch leicht ausgehöhlten Schläfen, auf denen ein blauer Hauch liegt, diese violetten Augenlider, die sich so straff über die Augäpfel spannen, dieser geschwollene Mund, der sich eben bewegt; tiefer Friede erhellt das kleine Gesicht ganz von innen her mit solchem Glanz, dass ich mich ihm endlich hingebe trotz dem Krieg: just in diesem Augenblick dröhnt ein Flugzeuggeschwader über das Haus.

Ende Juni. – Waffenstillstand. Zu unserer Rechten, auf der anderen Seite des Jura ist etwas zusammengebrochen. Man hört das Geräusch des Sturzes. Dann ein grosses Schweigen. Und von dort, wo wir sonst eine angenehme, wohltuende Wärme spürten, von dort kommt jetzt eine grosse Kälte zu uns herüber.

Betäubung. Wie ist es möglich, dass zwanzig Jahrhunderte geschichtlicher Entwicklung ein so plötzliches Ende nehmen? Es gab ein Frankreich, es gibt kein Frankreich mehr (für wie lange Zeit?).

Oder es gibt im Augenblick zwei; zwei ist die Negation von eins.

Montaigne, Racine, Rousseau: existierten sie nur dank dem französischen Militär? Was ist ein Land, wer macht es zu einer Nation? Gehören die Schriftsteller, die Dichter, die Maler dem Lande an oder der Nation? Wenn die Nation verschwindet, werden sie dann auch verschwinden? Und (ich begreife es) aufhören, miteinander zu existieren, eine Masse zu bilden, weil eine zentrifugale Bewegung sich ihrer bemächtigt, so dass man dann nur noch das sehen wird, was sie voneinander unterscheidet?

Welche Beziehungen bestehen zwischen Nation und Sprache?

Paul Klee *Das Spiel artet aus*

Können sich nicht innerhalb der Nation neue Grenzen bilden, geschieht die grosse Zerstreuung dort, wo die Werte, die zusammen existierten, nun einander entgegengesetzt werden? Montaigne würde Gascogner sein, Rousseau Genfer und Racine eigentlicher Franzose.

Fragen aller Arten ergeben sich, von denen man nicht gedacht hätte, dass sie jemals auftauchen würden. Man wartet. Keine Briefe, keine Zeitungen, keine Bücher mehr.

Gut, dass Monsieur Paul da ist! Etwas verschwand, etwas Ungeheures, aber etwas anderes kam, freilich etwas Winziges, aber die Qualität zählt nicht mehr, wenn es um das Leben geht, das dem Tode gegenübersteht, wenn etwas dort erscheint, wo alles versunken war.

Inmitten so vieler Ruinen ein erstes Lächeln. Im Westen ist Nacht, aber im Osten ist diese kleine Lampe angezündet, Symbol für ein anderes Neubeginnen, für andere neu heraufziehende Tage.

Ich will mich mit noch grösserer Aufmerksamkeit und Verehrung über das Leben neigen, das hier beginnt oder wieder beginnt. Hier ist die grosse Zuflucht (und die grosse Hilfe).

Das Keimen beginnt unter dem Schutt.

Ich unterstütze den Kampf des Lebens gegen den Tod, und ich sehe immer wieder: das Leben ist stärker, obgleich der Tod grosse, offenbar für immer unfruchtbare Räume bedeckt; und obgleich das Leben nur einen beinahe unsichtbaren Punkt besetzt hält. Aber seine Kraft liegt darin, dass es sich unaufhörlich aus sich selbst vermehrt, dass es wächst und Wurzeln hat, während der Tod wurzellos ist. Der Tod lastet von oben nach unten; das Leben wächst von unten nach oben. Es durchstösst den Tod und bedeckt ihn am Ende wieder.

Was hat es schon zu bedeuten, dass alles Leben so bescheiden beginnt? Liegt nicht gerade in der Bescheidenheit seine Kraft? Das dürre Gras ist angezündet, und nach kurzer Zeit ist nichts mehr übrig als eine schwarze Fläche, auf der ein leichter, grauer Aschenstaub im Winde verweht. Fallen aber plötzlich Regentropfen und beugt man sich nieder (man muss sich tief herabbeugen), dann ist die Erde mit tausend kleine Spitzen zarten Grüns bedeckt, so fein, dass sie unsichtbar werden, sobald das Auge sich wieder entfernt. Aber seht, wie sie wachsen! Schon dampft die Erde, schon spriesst es aus ihr hervor wie ein Schleier, der sie immer tiefer verhüllt, als sei ein Stück Musselin über die Verwüstung geworfen, die nun endgültig geleugnet wird, als sei sie nie gewesen.

(Aus »Tagebuch 1896 - 1942«, aus dem Französischen von Elisabeth Ihle und Ferdinand Hardekopf)

10

Durch diese Gänge hallt Gesang der Toten / Weht ihrer Trommeln hohler Geist und Schein. / Der Kalk, von Schwären nass verfaulter Zoten, Dämmert im Abend bläulich wie Gebein. Albin Zollinger

---

Max Werner Lenz

Fahrerin Scherrer

Die Rotkreuzkolonne 13 war seit zwei Wochen im Dienst. Die Fahrerinnen, etwa dreissig Mädchen und Frauen in den verschiedensten Altersstufen, von zwanzig bis zu fünfundvierzig Jahren, hatten zum Teil schon vor Monaten einen Einführungskurs mitgemacht, und die Chargierten, genau wie bei den männlichen Abteilungen »Wachtmeister« und »Korporal« genannt, waren in Spezialschulen weiter ausgebildet worden. Man hatte diese weiblichen Kolonnen zur Entlastung des männlichen Sanitätspersonals gegründet. Sie setzten sich aus Frauen aller Schichten zusammen. Darunter waren solche, die, wie Martha Hablützel, ihr eigenes Auto für den Dienst zur Verfügung gestellt hatten. Marthas alter Ford kam in gemischte Gesellschaft. Neben robusten Gebrauchswagen verschiedener Marken und Jahrgänge stand auch ein eleganter Achtzylinder in Stromlinienform. Im Ernstfall sollten diese Wagen für Verwundetentransporte an den Sammelstellen hinter der Front eingesetzt werden, nach dem Vorbild der englischen Kolonnen im letzten Krieg. Der Dienst stellte ausserordentliche Anforderungen an die Frauen, von denen die meisten gar nicht an schwere körperliche Arbeit gewöhnt waren. Trotzdem hielten sie, bis auf wenige Ausnahmen, durch. In normalen Zeiten hätten sie wohl die erforderliche Zähigkeit nicht aufgebracht. Aber die Kriegsdrohung und das Bewusstsein, den Soldaten in der Not helfen zu können, gaben den Frauen Kraft. Die gefühlsbetonten Fragen und Probleme verschwanden zwar sehr bald aus den Gesprächen der Fahrerinnen, und ihr Wortschatz zeigte erstaunlich rasch militärische Färbung. Das erste kräftige Wort kam von Hedy Fuchs, die auch bei der Kolonne 13 eingeteilt war. Nach Abschluss einer sehr anstrengenden Übung, während die meisten stöhnend ins Gras sanken, hatte sie, mehr erstaunt als empört, gesagt: »Das ist ja eine unheimliche Schinderei! Und alles freiwillig!«

Dieser Ausruf löste allgemeine Befriedigung bei den Fahrerinnen aus: man konnte ja schimpfen! – Von diesem Augenblick an schien alles erträglicher zu sein.

Hedy war gleich in den ersten Tagen des Dienstes zum Spassmacher gestempelt worden. Sie gefiel sich in dieser Rolle. Sie erleichterte damit sich und den andern manchen »Türgg«. Ein »Türgg« war der allgemeingültige Soldatenbegriff für jede schwere oder unangenehme Aufgabe. (...)

Die Kolonne hatte »Parkdienst«, also Wagenwaschen und Motorenreinigen, die verhassteste aller Tätigkeiten, von Hedy »Doppeltürgg« genannt. Das Schlimmste war das Reinigen der Unterseite, ohne Hebevorrichtung. Das stundenlange Liegen unter dem Wagen war besonders ermüdend.

Es war das typische Bild, welches die Umgebung einer ländlichen Garage mit angeschlossener Autowerkstatt bietet: ein einstöckiges, betoniertes Gebäude mit gläsernem Vordach, eine rote Benzinpumpe, eine Zufahrt, die von der Strasse bis zur Tanksäule mit gegossenen Platten ausgelegt war. Alles etwas vernachlässigt, mit Grasbüscheln, Ölflecken, wassergetränkter Erde. Der Inhaber der Garage war seit Monaten selbst im Dienst. Privatkundschaft gab es kaum noch. Die Frau mit ihren vier kleinen Kindern war froh, dass ihr durch das Militär eine Verdienstmöglichkeit blieb. (...)

Es ging nun, zivil gesprochen, gegen Feierabend. Die letzte Arbeitsstunde des Tagesbefehls war angebrochen und die Müdigkeit bei den Frauen so allgemein, dass das Erscheinen des Hauptmanns keinen Einfluss mehr hatte auf das Arbeitstempo. Der Leutnant meldete sich und die Kolonne. Hauptmann Sutter machte ihn darauf aufmerksam, dass im Laufe des Abends noch fünf Reserve-Fahrerinnen einrücken sollten, lauter solche, die noch keinen Vorkurs und keinen Dienst geleistet hatten. Es werde nicht leicht sein, sie einzufügen.

Die Frauen hörten mit halben Ohr hin, einzelne verzogen die Gesichter. Nun hatten sie sich einigermassen aneinander gewöhnt; diese »Neuen« waren unerwünscht.

Von der Strasse her kam plötzlich ein Hupensignal. Es war der harmonische Dreiklang von Lillys Wagen. Sie hatte dort, kaum zwanzig Meter vom Tankplatz entfernt, angehalten. Sie bog sich aus dem Fenster und rief herüber: »Pardon! Ich bin Rotkreuzfahrerin. Wo muss ich mich melden?«

Alle Frauen blickten gespannt nach der Strasse. Die Behauptung Lillys, dass sie Rotkreuzfahrerin sei, nahmen sie mit grosser Verblüffung auf.

Inzwischen war Lilly ausgestiegen und in ihrem tadellos sitzenden schwarzen Reitanzug mit Stiefeln und weichem Filzhut, die Orchidee im Knopfloch, nähergekommen.

Der Hauptmann erkannte sie. Er war bei verschiedenen gesellschaftlichen Anlässen mit Scherrer und Lilly zusammengetroffen. Zu Scherrer hatte er ausserdem berufliche Beziehungen. Auch Lilly besann sich auf Sutter, und diese unerwartete Begegnung in der sonst fremden Umgebung war ihr sehr angenehm. Sutter würde ihr sicher über vieles Bescheid sagen können. Die Begrüssung war herzlich, von Sutter aus etwas gehemmt. Wieder spürte er den Abgrund zwischen der persönlichen Bereitschaft zur Galanterie und den Schranken des dienstlichen Verhältnisses. Nach einigen höflichen privaten Fragen und Antworten deutete Sutter auf die Frauen und erklärte Lilly, dass sie sich mitten in der gesuchten Kolonne befinde. Lilly drehte sich gegen die Wagen und blickte etwas befremdet auf die schmutzigen Gesichter der Fahrerinnen, die in ihren öligen Überkleidern dastanden, teils neugierig, teils ablehnend, teils versteckt kichernd. Lilly fragte sich, ob das wirklich die Fahrerinnen selbst seien oder nur das Hilfspersonal, welches die Wagen reinigen musste. Lilly begriff nicht, warum man dazu nicht Männer nahm. Über ihre freudige Bereitschaft fiel der erste kleine Schatten. Um so mehr, als sie schliesslich ein Paar Augen bemerkte, deren Blicke böse und angriffslustig auf ihr hafteten. Es waren die Augen der Fahrerin Fisch. Einer grossen, knochigen Gestalt mit gelblichem Gesicht.

Zögernd wandte sich Lilly wieder dem Hauptmann zu. Dieser hatte inzwischen den Leutnant und den Wachtmeister herangerufen. Er stellte vor, und der Leutnant machte eine unnachahmlich korrekte Achtungstellung. Lilly war ihm als »Frau Doktor Scherrer« vorgestellt worden. Als Sutter beifügte: »Eine von unseren Reservefahrerinnen!« fiel die Achtungstellung von selbst auseinander, und Leutnant Zollinger trat verlegen zurück. Er hätte sich am liebsten geohrfeigt. Eine Achtungstellung vor einer Reservefahrerin!

Lilly fragte den Hauptmann, wo sie mit ihrem Wagen hinfahren solle, damit er vor der Übernahme in den Dienst eingeschätzt werden könne. Sutter riet ihr, den Wagen vor der Schätzung zu reinigen, da er dann besser aussehe. Lilly wollte wissen, wo sie eine Garage finden könne, was Hedy zu einem heimlichen Kommentar veranlasste: »Garage? Hier gibt's weit und breit keine! Das, was man hier sieht, das ist nämlich ein Zirkus, und in den passen Sie hinein!« Verstecktes Kichern wurde vernehmlich.

Der Leutnant presste seinen Ärger in einem verhaltenen »Gottfried Stutz!« aus sich heraus. Die Fahrerinnen duckten sich wieder zu ihrer Arbeit.

Hauptmann Sutter riet Lilly, den Wagen gleich hier zu reinigen. Die anderen würden ihr schon behilflich sein. Lilly brauchte einige Sekunden, bis sie begriff. Mit einem etwas unsicheren »Aha! Natürlich!« ging sie zu ihrem mit Koffern vollbepackten Auto und schwenkte es auf den Platz ein. Als sie wieder ausstieg, trat die Fahrerin Fisch auf sie zu und drückte ihr einen Schlauch in die Hand. Lilly versuchte zu lächeln und fragte: »Was muss ich damit?« Fahrerin Fisch nahm den Schlauch wieder, drehte an der Mündung und sagte: »Wenn Sie hier drehen, kommt Wasser heraus. Und mit Wasser kann man den Wagen waschen!« Lilly nahm den Schlauch, aus dem jetzt ein schwacher, dünner Strahl lief. Sie hielt den Schlauch gegen den Kühler und liess das Wasser durch die Wabe ins Innere laufen. Dabei nahm sie die Konversation mit dem Hauptmann wieder auf. Sie hatte bemerkt, das sein Blick auf ihre Orchidee gerichtet war. Sie begann von Rohner zu erzählen. Von seinem Garten, vom Treibhaus, von seinen Schrulligkeiten und von seiner wunderbaren Orchideenzucht.

Der Hauptmann hätte sehr gerne das Blumenthema aufgenommen, aber in dieser Umgebung war es ihm peinlich. Er versuchte schliesslich, Lilly auf den Ernst des bevorstehenden Dienstes aufmerksam zu machen: »Leider werden die Orchideen in nächster Zeit für Sie keine grosse Rolle spielen!« Dann verabschiedete er sich mit einer kleinen Verbeugung. Seine Einsilbigkeit fiel Lilly unangenehm auf.

Sutter nahm Leutnant und Wachtmeister beiseite, um mit ihnen noch einige Punkte des nächsten Tagesbefehls zu besprechen.

Die Fahrerinnen waren durch Lillys sensationell wirkende Ankunft wieder etwas aufgeheitert worden und benützten die Gelegenheit zu kleinen Sticheleien. Hedy brachte eine mit Wasser gefüllte Konservenbüchse und stellte sie auf Lillys Kühler: »Da haben Sie eine Vase für Ihr Knopflochblümchen.« Und die Fahrerin Fisch erkundigte sich scheinheilig: »Wo haben Sie diese Akelei gefunden?« Lilly war unfähig, auf den Ton der anderen einzugehen. Wo war ihre Sicherheit hin? Sie hatte das Gefühl, als ziehe man ihr den Boden ruckweise unter den Füssen fort. Sie versuchte umsonst zu lachen; sie wurde immer verlegener, und schliesslich errötete sie sogar. Dieses Erröten wurde sofort bemerkt und mit Geflüster aufgenommen. Unter den Fahrerinnen war eine Stimmung wie in einem Theaterpublikum, das aufatmet, wenn endlich, nach einer langweiligen, tragischen Szene, die komische Figur auftritt.

Da drängte sich Martha Hablützel zu Lilly durch und sagte zu den andern mit einer sanften Energie: »Seid doch nicht so hässig. Helft lieber!« Sie nahm den Schlauch aus Lillys Hand, drehte den Hahn richtig auf und begann den Wagen abzuspritzen.

Aus der Gruppe des Hauptmanns, die in einiger Distanz noch verhandelte, rief der Wachtmeister herüber: »Macht vorwärts mit dem Wagen der Fahrerin Scherrer!«

Fahrerin Scherrer! – Lilly hörte diese Bezeichnung zum erstenmal. Warum rebellierte ihr Selbstgefühl dagegen?

Die Fahrerin Rupf gab Lilly einen leichten Stoss und kommandierte: »Geh weg, dann geht es geschwinder!« Lilly empfand diese Berührung wie einen Schlag. Es war ein lähmender Schlag. Sie konnte sich kaum noch bewegen. Eine innere Kälte kam über sie, und sie notierte mit halbem Bewusstsein, dass sie jetzt die Fahrerin Scherrer in der Kolonne 13 sei. Rotkreuz-Transport-Kolonne 13! Lilly wurde plötzlich abergläubisch, wie ein Dienstmädchen. Sicher hatte sie heute ihren schwarzen Tag! Wie konnte man von sich selbst so getäuscht werden! Wo war ihr beglückendes Kraftgefühl, ihre Zuversicht von heute morgen? Was würde der Bärtige sagen, wenn er sie in dieser Situation sehen könnte? »Das ist Ihre Privatsache!« – Schlimm genug, dass es keine Privatsache mehr war. Sie hatte ihr privates Leben verlassen; sie hatte versucht, aus sich herauszutreten, und nun fühlte sie keinen andern Wunsch als: »Nur weg von hier und allein sein!« Die Frauen da bemühten sich zwar um ihren Wagen – aber widerwillig und mit verletzenden Seitenblicken. Das waren doch keine Kameradinnen! Es waren gleichgültige, wenn nicht sogar böswillige Geschöpfe. Trotzdem murmelte Lilly, nur um etwas zu sagen: »Das ist nett, dass ihr mir helft!« Hedy fand sofort die Antwort: »Wir sind halt überhaupt nett, von Haus aus!« und die Fahrerin Fisch fuhr mit bissiger Ironie fort: »Uns hat die Eidgenossenschaft extra engagiert, um Ihnen den Wagen zu putzen!« Es wäre gar nicht nötig gewesen, noch einen giftigen Blick nach Lilly zu schiessen. Diese fühlte sich ohnedies wie halb gestorben.

Der Wachtmeister trat neben sie. Das Schwatzen der Fahrerinnen verstummte. Lilly blickte sich nicht um, bis der Wachtmeister sie ansprach: »Wir wollen sehen, wo wir Sie unterbringen können. – Fahrerin Hablützel!« Auf diesen Anruf antwortete Martha mit einem harmlos fragenden »Ja?« Der Wachtmeister korrigierte, etwas verzweifelt: »Man sagt nicht ja, man sagt: Hier, Wachtmeister!« was Martha wieder mit einem leisen, beistimmenden »Ja!« entgegennahm. Der Wachtmeister fuhr, nach einem resignierten Achselzucken, fort: »In deinem Zimmer ist noch ein Bett frei. Nimm du die Fahrerin Scherrer zu dir!« Bei der Aussicht, nicht allein schlafen zu können, wurde es Lilly sofort übel. Sie fragte tonlos: »Bekommt man kein Einzelzimmer?« Der Wachtmeister erwiderte etwas erstaunt: »Nein! – die anderen sind zu acht in einem Saal. Wenn dir das lieber ist?« Lilly schüttelte den Kopf und sagte: »Machen Sie ganz, wie Sie wollen.« Der Wachtmeister erklärte Lilly, dass man sich in der Kolonne duze: »Das haben wir so abgemacht. Du kannst mir ruhig auch 'du' sagen.« Dann wandte sie sich wieder an Martha: »Zeig der Fahrerin Scherrer das Kantonnement und hilf ihr mit dem Gepäck.«

Martha und Lilly stiegen in das Auto ein. Die Fahrerinnen, die zum Teil noch am Abledern waren, traten zurück. Der Wachtmeister warf einen Blick ins Innere des Wagens und rief entsetzt: »Was hast du denn alles mitgenommen?« Lilly fiel sofort ein: »Ich weiss schon. Was zuviel ist, schicke ich dann zurück.« Da kam hell und frech aus dem Hintergrund die Stimme Hedys: »Aber das grosse Abendkleid musst du da behalten. Der General hat uns für übermorgen zu einem Ball eingeladen!« Der Wachtmeister runzelte, so gut es ging, die junge Stirne und dämpfte das Gelächter mit einem mahnenden »So, so. Jetzt langt's!«

Lilly sass wie gelähmt im Wagen. Sie war kaum fähig, das Auto in Gang zu bringen. Sie fuhr langsam gegen die Strasse. Sie überliess sich ganz ihrer dunklen Stimmung, und sie fand kaum die Kraft zu entscheiden, ob sie bleiben oder gleich wieder nach Hause fahren solle. Instinktiv wollte sie gegen den Heimweg einbiegen. Da rief Martha: »Halt, halt! Auf die andere Seite!«

Sie gehorchte willenlos. Sie bog in den Weg der Kolonne dreizehn ein.

Die andern Fahrerinnen schauten dem Wagen nach, und Hedy sammelte das allgemeine Gefühl in die halblauten Worte: »Die hat uns gerade noch gefehlt!«

Die Ortschaft, in der die Kolonne 13 Dienst tat, lag an einem See, im Innern der Schweiz, in einer schönen und berühmten Gegend. Aber für die Fahrerinnen hatte die Gegend keinen Glanz. Um so weniger, als die paar grossen Hotels nicht geöffnet waren. Die Fassaden mit den vielen Reihen geschlossener Fensterläden sahen aus wie erblindet.

In der Ortschaft selbst, mit ihrem halb ländlichen Charakter, lagen zwischen den Häusern, vom See entfernt, drei bis vier Gasthöfe und Wirtschaften verstreut, die, nach ihrem Aussehen zu schliessen, nicht darauf ausgingen, Fremde zum Bleiben zu verlocken. Sie rechneten mit der Kundschaft der Einheimischen, mit jenen in allen Landesteilen zahlreich vertretenen Schweizern, welche ohne ästhetische Ansprüche eine Gelegenheit suchten, bei einem Glas Bier oder Wein ihren Jass zu klopfen. Solche Gelegenheiten gab es Tausende, über das ganze Land verstreut, und ein unvoreingenommener Beobachter hätte nicht ohne Grund den Kopf schütteln können über die zahllosen Grüppchen von erwachsenen Männern, welche einen erheblichen Teil ihres Lebens mit dumpfem Ernst bei diesem nationalen Kartenspiel verbrachten. Die frauenlose Atmosphäre dieser Wirtsstuben war nicht sehr geeignet, die männliche Lebensart zu verfeinern. Der billige Witz und die platte Anzüglichkeit fanden hier ein gut gedüngtes Feld, und die Anwesenheit der einzigen weiblichen Person, der Kellnerin, verbreitete zusammen mit Alkohol und Stumpenrauch den Nebel eines untergründigen Behagens. In diesem Nebel entledigte sich auch mancher Familienvater auf erlaubte Weise seiner unerlaubten Nebengedanken.

Unter den Gasthäusern in jener Ortschaft am See hiess eines »Zum Wilhelm Tell«. Vor diesem »Wilhelm Tell« liess Lilly ihren Wagen, auf ein Zeichen von Martha, halten.

»So«, sagte Martha beim Aussteigen, »da haben wir unser Quartier.«

Lilly blieb noch einen Augenblick sitzen und starrte auf die graue Fassade dieses zweistöckigen Gebäudes, das nicht anders aussah als irgendein charakterloses Mietshaus in einer Vorstadt. Die Autostrasse führte dicht am Hause vorbei. Auf dem kleinen Vorplatz standen einige eiserne Tischchen. Das rostige Eisengerippe einer Pergola war spärlich von wildem Wein bewachsen.

Lilly stieg widerwillig aus, und als sie sah, dass Martha versuchte, die schweren Koffer aus den Rücksitzen zu heben, sagte sie: »Lassen Sie doch. Das kann doch der Portier machen.«

Martha erwiderte: »Da gibt's keinen Portier. Selber Portier!«

Es schien in diesem Hause überhaupt keine Menschen zu geben. Man sah niemand und hörte keine Stimmen. Um so gespenstischer wirkte die Radiomusik, die aus dem Innern kam.

Martha arbeitete weiter an den Koffern. Lilly fragte verzweifelt: »Können wir nicht einen Teil im Wagen lassen?«

Martha gab ihr zu bedenken, dass das Auto jetzt ein Dienstwagen sei. Sie konnte ihr Erstaunen über die Menge des Gepäcks nicht mehr zurückhalten: »Warum haben Sie auch so viel mitgenommen?« Lilly entschuldigte sich kleinlaut: »Eigentlich wollte ich damit in die Ferien.«

»Und statt in die Ferien sind Sie in den Militärdienst gefahren! Es kommt fast aufs gleiche heraus!« sagte Martha lachend; dann keuchte sie mit den beiden schwersten Koffern über die paar Stufen zur Wirtsstube hinauf. Als sie die altmodische, vergitterte Glastüre öffnete, gellte die Radiomusik auf die menschenleere Strasse. Lilly folgte, ebenfalls schwerbeladen, und trat hinter Martha in die Wirtsstube. Lilly schaute sich in der Wirtsstube um.

Dieser Raum stammte wohl aus den neunziger Jahren. Die Luft von damals schien noch immer zwischen den Wänden eingefangen zu sein, zusammen mit dem Bierdunst und Stumpenrauch der Jahrzehnte. Die leeren Tische mit den rotgewürfelten, geflickten Tüchern steigerten die Trostlosigkeit des Lokals. Aus dem Halbdunkel des Hintergrundes, vom Schanktisch her, glotzte ein ausgestopfter Iltis, und ein Bussard hing mit ausgebreiteten, zerfransten Flügeln schief auf einem Aststück. Und in diesen stehengebliebenen Rest des vergangenen Jahrhunderts schrie der Lautsprecher einen amerikanischen Schlager hinein: »I'm in heaven!«

Lilly war in einem Zustand, in dem sie alles, was sie sah und hörte, auf sich selbst bezog. Sie spürte Absicht und Hohn in dieser Radiostimme, die behauptete, im Himmel zu sein. Lilly fühlte sich immer eindeutiger in der Hölle. So wie ihre trügerische Zuversicht heute morgen alles ins Gute umgedeutet hatte, so war ihre Trostlosigkeit jetzt bereit, in allem das gegen sie gerichtete Widerwärtige und Böse zu sehen. Ihre Nerven waren den Anstürmen der letzten Tage nicht gewachsen. Die Kriegsdrohung, die überstürzte Fahrt nach Brienz, die Heimkehr in das verlassene Haus, und vor allem der Abschied von Fritz unterhöhlten ihre Widerstandskraft. Und hier, wo sie gehofft hatte, einen neuen Lebensinhalt zu finden, begegnete ihr als erstes die deutlich gezeigte Abneigung ihrer zukünftigen Kolleginnen.

Plötzlich schwieg der Lautsprecher. Lilly hörte Geklirr von Glas. Eine behäbige Frau, die Wirtin, trat aus einem Nebenraum, wo sie Gläser gespült hatte. Sie starrte auf Lilly, liess Bierglas und Tuch sinken und fragte unsicher: »Sie wünschen?«

In diesem Augenblick rief Martha von oben: »Kommen Sie doch! Unser Zimmer ist im ersten Stock.«

Lilly blieb stumm. Sie war zu keiner Antwort fähig, sie kam sich wie verhext vor.

Die Wirtin begriff, dass Lilly auch zur Kolonne gehörte. Um so erstaunter war sie über ihre Eleganz, und ganz besonders über die Orchidee. Mit einem leichten Kopfschütteln verschwand sie wieder in ihrem Verschlag.

Lilly nahm ihre Koffer auf und ging durch die Türe im Hintergrund. Sie kam in ein enges, halbdunkles Treppenhaus und stieg langsam nach oben. Die Koffer schlugen ans Geländer und erschwerten so das Tragen.

Im ersten Stock kam sie in einen länglichen Gang, mit einem Fenster am Ende. Links und rechts befanden sich numerierte Türen. Eine davon stand offen, und Martha rief: »Wir müssen pressieren!«

Lilly betrat das Zimmer und liess die Koffer achtlos fallen. Zwei Betten standen da an den Wänden – zwei Nachttischchen davor – ein kleiner Tisch in der Mitte des Zimmers – über dem Tisch eine nackte Glühbirne – beim Fenster ein Waschtisch aus Holz, mit Marmormaserierung.

Um etwas zu sagen, wiederholte Lilly tonlos: »Jaja – wir haben Glück – I'm in heaven!« Sie schaute fassungslos von einem Gegenstand zum andern. Ein dumpfes Geräusch von klirrendem Eisen machte sie aufhorchen. Sie wunderte sich nicht über dieses Geräusch. Es schien aus ihrer eigenen Stimmung herauszuwachsen. Das Haus begann wie von einem Erdbeben zu zittern; ein mehrmaliges, gellendes Pfeifen zerriss die Luft; unzählige Räder rollten mit zunehmendem Lärm auf das Haus zu und hämmerten mit abschwellendem Getöse vorbei – dicht unter dem Fussboden, wie es schien.

»Das sind die Kohlenzüge, die über den Gotthard fahren«, erklärte Martha gleichmütig.« Fast jede Viertelstunde kommt einer, Tag und Nacht. Die Schienen gehen direkt am Haus vorbei. Aber man gewöhnt sich daran.«

Vielleicht ist es so, dachte Lilly, vielleicht gewöhnt man sich daran. Wenn dieses Leben hier zu einem Zustand geworden ist, wird es gar nicht mehr schlimm sein. Auch in der Hölle muss man sich nur an den Zustand gewöhnen. Die Dauer macht alles erträglich. Der Höllenbetrieb ist sicher auch militarisiert. Aber das Reglement erfährt man nicht. Man wird zum Wohnen in einem solchen Zimmer und zum Schlafen in einem solchen Bett verdammt, und dann lassen die Teufel die Kohlenzüge unter dem Bett hindurchfahren.

Martha wusch sich in der kleinen Waschschüssel die Hände. Das Wasser färbte sich dunkel. »Wie findest du's?« fragte sie, indem sie Lilly zum erstenmal duzte. »Gell, es ist nett hier. Fast so gut wie zu Hause. Du hast gewiss einen Strohsack in einer Kaserne erwartet?« Als sie keine Antwort erhielt, drehte sie sich fragend um. Lilly hatte einen Koffer geöffnet und war am Auspacken. Sie breitete, was ihr gerade in die Hände kam, auf Bett, Stuhl und Nachttisch aus.

»Eh, was willst du auch mit dem allem?« rief Martha erstaunt aus.

Lilly, mit einem Paar Silberpantöffelchen in der Hand und einem rosaseidenen Nachthemd auf dem Arm, erwiderte rasch: »Was zu viel ist, werde ich nach Hause schicken.«

Martha trat etwas näher, bog sich betrachtend über das Nachthemd und sagte bewundern: »Schön – aber zu viel!« Ihre eigenen groben Barchenthemden waren reine Säcke im Vergleich mit diesem zarten Gespinst. Sie war beinahe daran, sich in der Betrachtung von Lilly Wäscheauslage zu verlieren. Aber plötzlich fiel ihr der Dienst ein. Sie warf das Handtuch auf den Waschtisch und rief erschrocken: »Du meine Güte! Wir kommen zu spät. In zehn Minuten ist Hauptverlesen!«

Mit einer leisen Hoffnung fragte Lilly: »Ich muss doch nicht dabei sein? Am ersten Abend?« Martha drängte: »Natürlich! Gerade die Neuen sind dabei die Wichtigsten! Komm!«

Lilly eilte zum Waschtisch: »Ich muss mir wenigstens die Hände waschen!« – Aber der Wasserkrug war leer. Sie wandte sich bittend an Martha: »Sei so gut und läute. Es ist kein Wasser mehr da.« Nun war sogar in Marthas guter und ruhiger Stimme ein Schatten von Ungeduld spürbar: »He, es gibt gar keine Glocke. Man muss das Wasser selber holen. Gib mir den Krug!«

Ein Hotelzimmer ohne Glocke! Aber natürlich, sie war ja kein Gast, sie war die »Fahrerin Scherrer«. Sie wollte nun das Wasser selbst holen. Aber Martha hatte schon den Krug genommen und war damit im Gang verschwunden. Lilly stand wartend am Waschtisch. Sie zog gewohnheitsgemäss die Ringe von den Fingern und blickte dabei in den kleinen, halb erblindeten Spiegel über der Kommode. Eine fremde Frau, mit blassen, gespannten Zügen, aus denen die Augen unnatürlich gross blickten, schaute sie an, und schaute durch sie hindurch ins Leere. Es war ein Blick, der nichts sah, der nach einem festen Punkt suchte und keinen fand. Schliesslich schloss Lilly vor dem Blick der fremden Frau die Augen. (...)

Die Fahrerin Scherrer lag seit zwei Stunden in ihrem Bett im Doppelzimmer des Gasthauses »Zum Wilhelm Tell«, bald mit offenen, bald mit geschlossenen Augen, einmal auf der linken, dann wieder auf der rechten Seite. Auch die Rückenlage half nichts gegen die ununterbrochen das Gehirn durchquälenden Bilder. Sie murmelte unverständliche Worte vor sich hin und war so unruhig, dass sogar Martha in ihrem schweren Soldatenschlaf gestört wurde. Lilly fand sich selbst plötzlich ausserhalb des Bettes stehend, und sie suchte in der dichten Schwärze des Zimmers nach ihrem gewohnten Lichtschalter. Aber alles, was sie ertastete, war völlig fremd und nicht an dem Platz, wo es sein sollte. Sie merkte nur, dass sie an einem Bett stand. Allmählich fand sie heraus, was oben und was unten war, und sie versuchte wieder hineinzusteigen. Dabei stiess sie an den Stuhl. Martha richtete sich halb auf und fragte: »Wohin willst du?« Aber Lilly wollte nirgendshin. Sie wollte überhaupt nichts und wusste nicht mehr, wo sie war. Sie war ausser sich und ausser der bekannten Welt, und immer wieder fielen ihr die Worte aus einem Kinderbuch ein: »In der Fremde!« Dieser Ausdruck hatte Lilly seinerzeit einen unauslöschlichen Eindruck gemacht. Jedesmal war sie von neuen Schauern überfallen worden, wenn sie als Kind den Satz gelesen hatte: »Und so musste Leni von zu Hause fort und in die Fremde!«

Nebelspalter

Rorschach, den 17. Februar 1939 — 65. Jahrgang — Nr. 7

Gregor Rabinovitch

Sie lag wieder im Bett und hörte von irgendwoher eine drängende Stimme: »Schlaf jetzt. In vier Stunden musst du schon wieder aufstehen.« Gleichzeitig vernahm sie ein Rascheln neben dem Bett, und jemand legte die heruntergefallene Decke wieder über sie. Sie flüsterte: »Danke, Pauline.« Worauf die Stimme sagte: »Nein, Martha heiss ich! – Du hast zu viel Kognak getrunken!« Dann entfernten sich tappende Schritte, und ein Bett krachte. Und unter dem Fussboden begann es wieder zu dröhnen. Die Teufel liessen wieder einen Kohlenzug vorbeirumpeln. Gleichzeitig schlugen sie mit vielen Hämmern auf die Schienen. (...)

Lilly wollte nichts mehr hören, sie riss die grauen Vorhänge über sich zusammen und warf sich auf die andere Seite.

Aus Marthas Bett kam ein aufgescheuchtes »Hee! Hee!« Aber Lilly hörte nichts mehr. Sie war endlich in eine dumpfe Bewusstlosigkeit hinabgesunken. –

Um halb sechs Uhr früh kamen harte, gestiefelte Schritte auf das Zimmer zu, die Türe wurde aufgerissen, und der Korporal rief ein lautes »Auf! Tagwache!« zu Martha und Lilly hinein. Er ging von Zimmer zu Zimmer, und erschreckte und verschlafene Stimmen antworteten, zum Teil gottergeben, zum Teil ärgerlich: »Ja, ja!«

Martha hatte sich wortlos erhoben. Sie stand auf und rief sofort zu Lilly hinüber: »Geschwind! Sonst kommst du zu spät!«

Lilly schlief weiter. Martha nahm sie behutsam beim Arm und sagte eindringlich: »Du musst aufstehen!«

Lilly fuhr auf und fragte: »Was ist? Wo ist die Emmy?« Martha verstand nicht: »Welche Emmy?« Dabei zog sie sich ihren Trainingsanzug über. »Du verwechselst immer alle Namen!«

Lilly starrte mit weitgeöffneten Augen ins Zimmer und auf ihre berghoch und unordentlich herumliegenden Sachen. Die Wirklichkeit stürzte beängstigend auf sie zu. Sie begriff, wo sie war, und ohne irgendeinen weiteren Gedanken stieg sie aus dem Bett und warf sich ihren zarten Morgenrock über. Sie sagte mechanisch: »Eigentlich wollte ich nach Hause fahren.«

»Dummes Zeug«, erwiderte Martha, »du bist doch schon eingeteilt.« Lilly zweifelte: »Bist du sicher?«

»Mach jetzt!« drängte Martha an Stelle einer Antwort. »Leg den Trainingsanzug an.«

Lilly tauchte das Gesicht in die kleine Waschschüssel.

»Nicht jetzt waschen!« rief Martha, »erst nachher!«

»Nach dem Morgenessen?« fragte Lilly.

»Nein, nach dem Frühturnen! Dann kommt innerer Dienst und dann der Kaffee. Komm jetzt!«

Martha stürzte aus der Tür. Das eilige Hinunterlaufen der anderen Fahrerinnen war auf der Treppe zu hören. (...)

Sie kamen ausser Atem als die Letzten auf dem Schulhof an, wo die anderen schon wieder in Reih und Glied warteten. Der Wachtmeister blickte ihnen ruhig entgegen, verzog keine Miene und sagte kein Wort, und das empfand Lilly als besonders beleidigend.

Aber sie war viel zu matt, um zu irgendeiner Gegenäusserung fähig zu sein. Sie lief sozusagen blindlings in die Kommandos hinein. Es war alles gleichgültig. Sie war jetzt wie ein eingespanntes Pferd, und sie würde willenlos auf Hüst und Hott reagieren und sonst einfach stehenbleiben bis zum nächsten Befehl. Durchhalten würde sie doch nicht. Das war ganz ausgeschlossen nach diesen zwei Folternächten, in denen sie keine vier Stunden richtig geschlafen hatte. Gelegentlich würde sie einfach umfallen, und dann käme Hauptmann Sutter, und ihre sofortige Dienstentlassung wegen körperlicher Überanstrengung wäre nur noch eine Formsache.

Die Kühle war übrigens jetzt, nach dem Laufschritt, schon angenehmer. Lilly zog die Luft tief ein. Sie nahm die anderen um sie herum nur mit halbem Bewusstsein wahr. Der Wachtmeister rief: »Fühlung nehmen!« Sie standen jetzt in einer Reihe, und durch die Berührung mit den Ellbogen der andern fühlte sich Lilly nach links und rechts hin verlängert. Sie war selbst eine Art Reihe geworden. Sie war kein Punkt, keine Verdichtung, keine Besonderheit mehr – auf alle Fälle kein Mittelpunkt. Sie machte mit und hatte sich selbst aufgegeben. Ob sie je wieder zu einer selbstbestimmenden Person werden würde, erschien ihr zweifelhaft. (...)

Laufschritt! – Das Leben in der Kolonne schien sich hauptsächlich im Laufschritt abzuwickeln. Nun trabten sie, während Lilly ihre Gedanken wie Fäden hinter sich her zog, bereits auf einem Wiesenweg, an einem Bach entlang. Hier wäre es wunderbar zu reiten, dachte Lilly. Was diese Sommersprossige für eine schlechte Haltung hatte! Und was für eine miserable Atemtechnik! Die hätte Gymnastikstunden nehmen sollen bei dem schwedischen Spezialisten, bei dem sie, zusammen mit Melanie, zweimal wöchentlich Stunde hatte. Sie sah den athletischen Thorax des Lehrers anschwellen und hörte den Atem langsam ausströmen, wie aus dem Blasbalg einer Riesenorgel. Er übertrieb natürlich. Er verstärkte das Geräusch künstlich, um bei den Damen Eindruck zu machen. Aber trotzdem – die Methode war gut. Die Praxis zeigte es jetzt. Lilly atmete viel leichter als die Sommersprossige, die den Laufschritt mit heiligem Eifer absolvierte, während Lilly mit Widerwillen lief. Wenn sie kein Training gehabt hätte, wäre sie längst umgesunken. Im Laufe des Tages würde der Zusammenbruch zwar doch kommen. Sie wartete darauf. Sie hoffte darauf. Es war die einzige Möglichkeit, um mit Anstand aus diesem fürchterlichen Abenteuer herauszukommen. Zwar – ohne weiteres nachgeben würde sie auch wieder nicht. Schon um den anderen den Triumph nicht so leicht zu machen. Diese Frauenzimmer, die da nun sachlich-gleichgültig ihre Turnübungen machten und sich benahmen, als seien sie schon bei Marignano dabei gewesen! Sie wollte ihnen zeigen, dass eine Frau, die sich pflegt und auf ihre äussere Form hält, deshalb noch kein Jammerlappen zu sein braucht. Im Turnen jedenfalls würde sie es, wenn sie ausgeruht wäre, mit jeder anderen aufnehmen. Die anderen hatten wohl Kraft und Ausdauer, aber keine Grazie.

Was das wohl heissen sollte, »innerer Dienst«? Übrigens war es hygienisch sicher ein Unsinn, das Morgenessen erst nach dem inneren Dienst einzunehmen. Doch Lilly wollte lieber gar nicht ans Essen denken. Aber der leere Magen liess sich nicht zum Schweigen bringen. Er grollte in kullernden Tönen und blähte sich auf zu einem grossen, hohlen Sack.

Auch die anderen Fahrerinnen schienen keinen anderen Gedanken zu haben als das Frühstück. In einer Ruhepause, als alle schwer atmend im Gras lagen, hörte man unter allgemeinem Stöhnen immer wieder das Wort »Kohldampf«. Lilly fand diese forcierte Soldatensprache bei den Frauen lächerlich.

Überhaupt spürte sie immer deutlicher, dass sich bei der Kolonne ein bestimmter Jargon und eine bestimmte Form des Gehabens herausgebildet hatte. Die Neuen, die Reservefahrerinnen, waren vorläufig aus dem Kreis der Eingeweihten ausgeschlossen. Lilly hatte keinen Ehrgeiz, in diesen Kreis aufgenommen zu werden, während die anderen vier keinen sehnlicheren Wunsch zu haben schienen. Sie sassen oder lagen wortlos da und stellten eifrig die Ohren nach allem, was gesprochen wurde. Besonders die Sommersprossige schien die Kolonne für einen geheimen Orden zu halten und schlürfte jeden ihr fremden Ausdruck entzückt in ihr Gedächtnis ein. Sie war sogar so unvorsichtig, laut zu fragen: »Haben wir heute nachmittag einen schweren Türgg?« Sie fuhr wie vom Blitz getroffen zusammen, als ihr ein allgemeines Hohngelächter entgegenschlug. Die »Alten« fanden diesen Ausdruck im Munde des Neulings affektiert und komisch. Die Sommersprossige sollte doch wenigstens einige Tage warten, bevor sie so tat, als sei sie seit der Gründung der Kolonne dabei.

Wieder Laufschritt! Zurück zu diesem rätselhaften »inneren Dienst«.

Im Grunde war es nichts anderes als Zimmermachen und sich waschen. Dafür brauchte man die militärische Bezeichnung »innerer Dienst«. Es klang natürlich pompöser. (...)

Lilly wartete nach dem »Rechtsum!« wieder auf das Kommando »Laufschritt!« und war sehr erstaunt, dass der Weg zum Frühstück im normalen Marschtempo eingeschlagen wurde.

Im Saal angekommen, wollte Martha der eintretenden Fassmannschaft wieder helfen, die Tassen zu füllen. Aber der Wachtmeister rief: »Jetzt bleib doch einmal sitzen!«

Martha setzte sich mit tiefem Unbehagen. Die Studentin rief: »Lass sie doch! Du machst sie sonst unglücklich. Sie hat den Servierkomplex!«

Lilly schaute mit Grauen auf die bräunliche Brühe, welche ihr als »Kaffee«, bereits mit Milch gemischt, in eine grosse Ohrentasse gegossen wurde. Es war weniger die Qualität des Getränks, worüber sie sich entsetzte, als die darin schwimmenden Hautfetzen. An ein Sieb war natürlich nicht zu denken. Anderseits verwandelten die weisslichen Fische das in Lillys Innerem vorhandene Elend in ein körperliches Übelsein, welches ihr in die Kehle stieg. Sie versuchte die Fetzen einzeln herauszuholen. Martha hatte das alles beobachtet und rief nun über den Tisch: »Du musst Brocken machen, dann merkst du's nicht!«

Lilly nahm das unförmliche Stück Brot, das neben dem Teller lag, und zerriss es ungeschickt. Zucker schien es auch keinen zu geben. Lilly hatte Saccharin in der Tasche. Aber sie getraute sich nicht, es herauszunehmen. Sie wollte nicht damit auch noch auffallen. Aber ungesüssten Kaffee zu trinken, das war auch wieder schrecklich. Sie blickte verstohlen um sich, und da sah sie, wie der Wachtmeister hemmungslos ein Döschen mit Süssstoff herauszog, davon in den Kaffe gab und dann fragte: »Wer will noch?« Lilly begriff das nicht. Das passte doch nicht zur soldatischen Enthaltsamkeit. – Aber sie war erlöst und konnte ihren Kaffe nun auch süssen. Dann warf sie einen Berg von Brotbrocken hinein und drückte ihn in die Flüssigkeit. Plötzlich wurde sie von einer solchen Fressgier überfallen, dass sie die triefenden Brocken wild in sich hineinlöffelte.

Meinrad Inglin

Fiebertraum eines Leutnants

In der engen Offizierskammer einer Hochgebirgsbaracke lag der Leutnant bei Tagesanbruch noch fröstelnd auf seinem Lager und überlegte, ob er aufstehen oder liegenbleiben sollte. »Ich habe Fieber, ich muss mich erkältet haben«, dachte er. »Gefährlich ist es nicht, aber wenn ich liegenbleibe, wäre ich es bald wieder los.« Er hörte, dass sein Zug unter dem Befehl des Wachtmeisters vor der Baracke turnte, und versuchte noch einmal zu schlafen, fand aber keinen rechten Schlaf mehr und begann sich wieder zu fragen: »Soll ich liegenbleiben oder aufstehen, was ist richtiger?« Er wollte unbedingt das Richtige tun, und während er es zu erkennen suchte, nahm die vordem so einfache Frage eine quälende Dringlichkeit an. Da klopfte der Wachtmeister an die Tür, trat ein und meldete: »Herr Leutnant, der Herr Major ist da.«

»Gut!«, rief der Leutnant, entschlossen auffahrend. »Ich komme.« Er zog sich eilig an und ging hinaus. Ein kalter, scharfer Nordwind fuhr ihm ins Gesicht, und der Schnee blendete ihn.

Der Major stand abseits allein auf dem festgestampften Passweg, ein unauffälliger, mittelgrosser Mann, im zivilen Leben Bürochef, ein unbeliebter Mann, der seinen Untergebenen gegenüber nur schwer den rechten Ton fand, von seinen Vorgesetzten aber als pflichteifriger und zuverlässiger Bataillonskommandant geschätzt wurde. Er stand ruhig dort, die Hände auf dem Rücken, und sah durch die Brille mit einem Ausdruck trockenen Ernstes zu, was bei der Baracke geschah. Als der Leutnant sich bei ihm meldete, grüsste er flüchtig und fragte kühl: »Was treiben Ihre Leute jetzt?«

Der Leutnant wusste es nicht so ganz genau und sah sich um.

»Jaso, das wissen Sie selber nicht?«

»Sie hatten eine Stunde Frühturnen, Herr Major, dann das Morgenessen. Jetzt erstellen sie die Kantonnementsordnung und machen sich zum Ausrücken bereit.«

»Wann haben Sie mit dem Frühturnen begonnen?«

»Um sechs Uhr dreissig.«

»Und wann hatten Sie Tagwacht?«

»Um sechs Uhr.«

»Wieso kommen Sie dazu, erst um sechs Uhr Tagwacht zu machen? Die Tagwacht ist für das ganze Bataillon auf fünf Uhr dreissig angesetzt.«

Der Leutnant schwieg.

»Ja wenn ich mich in so selbstverständlichen Dingen nicht auf Sie verlassen kann«, fuhr der Major fort, »wie soll ich es dann in wichtigen Dingen können? Von sechs Uhr dreissig bis sieben Uhr dreissig hatten Sie Frühturnen. Jetzt haben wir neun Uhr acht. Sie brauchen also für das Morgenessen und das Erstellen der Kantonnementsordnung mehr als anderthalb Stunden?«

»Das ist eine Ausnahme, Herr Major. Dafür ist sonst eine Stunde festgesetzt. Aber ich bin heute morgen im Bette geblieben, weil ich mich erkältet habe, und konnte den Befehl zum Ausrücken nicht selber geben.«

»So? Und darum lungern also Ihre Leute immer noch da herum? Das ist natürlich keine Entschuldigung. Entweder sind Sie krank, dann melden Sie das dem Bataillonsarzt, oder Sie sind nicht krank, und dann stehen Sie auf Ihrem Posten. Etwas anderes gibt es nicht. – Was haben Sie jetzt vor?«

»Eine Stunde Ausbildung am Lmg«, antwortete der Leutnant, mit der üblichen Abkürzung, die das Leichte Maschinengewehr bezeichnete.

»Und dann?«

»Dann ... dann wollte ich da oben in den Stellungen noch Verschiedenes ausbessern.«

»Haben Sie keinen Tagesbefehl?«

»Nein, Herr Major. Die Hälfte der Mannschaft hat ja Wachdienst, ausserdem müssen wir drei Patrouillen machen, wir müssen Holz aus dem Walde herauftragen ...«

»Herr Leutnant, ich verlange von Ihnen einen klaren schriftlichen Tagesbefehl, an den Sie sich genau zu halten haben. Ein Exemplar schicken Sie täglich durch das Kompagniebüro an das Bataillon. Ich will wissen, was Sie treiben und wie Sie Ihre Zeit einteilen. Das ist ja kein Dienstbetrieb da oben, das ist eine Schlamperei. – So, und jetzt möchte ich eine Einsatzübung sehen. Die Ausbildung am Lmg können Sie nachher machen.«

»Zu Befehl, Herr Major.«

Der Leutnant alarmierte den Zug und rannte mit der Pikettmannschaft, die als erste aus der Baracke stürmte, zur Passhöhe hinauf, wo er sich erhitzt in die vorbereitete Deckung warf. Die Leute vom Rest des Zuges folgten mit ihren Waffen und stiegen auf verschiedenen, in den Schnee getretenen Pfaden zum Sattel hinauf, als letzter ein Füsilier, der noch einmal zurückgerannt war, um einen vergessenen Wechsellauf zu holen.

Der Major, der den Sattel ebenfalls erstiegen hatte, rief den Leutnant zu sich und sagte mit einem Blick auf die Stoppuhr: »Elf Minuten und vierzig Sekunden hat es gedauert, bis der ganze Zug in der Stellung war. Das ist zu lange. Ausserdem haben offenbar einzelne Leute nicht mehr gewusst, wohin sie gehören. Wir werden das jetzt wiederholen, und dann muss alles viel schneller gehen.«

Die Übung wurde wiederholt, und weil nun jedermann darauf gefasst war, dauerte sie nur neun Minuten.

»Da sehen Sie, man muss es eben verlangen«, sagte der Major. »Man könnte es aber auch in acht Minuten machen; ich erwarte, dass Sie das noch herausbringen. Jetzt zeigen Sie mir, wie der Zug hier eingesetzt ist!«

Der Sattel lag zweitausendfünfhundert Meter hoch zwischen steilen Berghängen. Der Passweg schlängelte sich auf der anderen Seite über ein weites Schneefeld zum langgestreckten Kamm hinab, der die Landesgrenze bildete. Hinter dem Kamm sah man in der fernen Tiefe undeutlich ein schwarzgrünes Tal. Hier oben lag der Schnee noch meterhoch; die Maisonne schien matt, ohne zu wärmen, durch das dunstige dünne Gewölk, und der Wind blies bissig aus Norden.

»Warum stellt der Mann da am Lmg den Sicherungshebel auf F statt auf M?« fragte der Major.

»Das habe ich so befohlen«, erklärte der Leutnant. »Ich möchte so lange wie möglich Einzelfeuer schiessen.«

»So? Dazu hat man Ihnen aber die automatischen Gewehre nicht gegeben. Wenn der Mann 'zum Schuss fertig' macht, stellt er den Sicherungshebel auf M; das steht ausdrücklich so im Reglement.«

»Herr Major«, widersprach der Leutnant, während sie beide langsam weitergingen, »beim unlaffetierten Lmg ist das Magazinfeuer Munitionsverschwendung, und dafür hätten wir hier zu wenig Munition. Nach meiner Erfahrung sitzt auch bei kurzen Serien jeweilen nur der erste Schuss wirklich im Ziel . . .«

»Ihre Erfahrung ist mir nicht massgebend. Sie haben die Lmg als Automaten zu verwenden; zu diesem Zweck sind sie eingeführt worden. Es mag Fälle geben, wo man Einzelfeuer schiesst, aber im allgemeinen wird auf einen angreifenden Gegner Magazinfeuer geschossen. Wenn jeder nach seiner eigenen Erfahrung handeln wollte, brauchten wir ja keine Reglemente; dafür hätten wir bald die ärgste Sauordnung.«

Der Major blieb wieder stehen. »Der Mann da trägt die Hosenstösse weitgeknöpft«, sagte er. »Andere tragen sie enggeknöpft. Was haben Sie befohlen?«

»Das befiehlt jeder Gruppenführer selber, je nachdem, ob er mit seiner Gruppe auf Wache, auf Patrouille oder auf Pikett ist.«

»Das befehlen Sie, Herr Leutnant, und dann wird es im ganzen Zug einheitlich durchgeführt, sonst haben Sie keine Ordnung. – Wo ist Ihr drittes Lmg?«

Der Leutnant führte ihn zum linken Berghang hinüber, wo das dritte leichte Maschinengewehr mit gutem Schussfeld versteckt zwischen Felsblöcken lag.

»Das gefällt mir nicht«, sagte der Major. »Das Gewehr ist zu weit weg von Ihrer Hauptstellung. Sie müssen Ihre Feuerkraft beisammenhalten.«

Der Leutnant erklärte ihm ohne Erfolg die taktischen Gründe, die ihn zur Wahl dieser Stellung bewogen hatten, und verzichtete dann darauf, überhaupt noch eine eigene Meinung zu äussern. Ihn fror, er wurde schwach und bewahrte seine Haltung nur noch mit Mühe; diesem Vorgesetzten gegenüber aber bewahrte er sie. Er war kein geborener Kämpfer, er besass mehr Geist und Phantasie als Muskelkraft und Rauflust, aber er zwang sich zu jeder geforderten Leistung, hatte seinen Zug in der Hand und war ein ausgezeichneter Schütze.

»Ich bin nicht zufrieden mit Ihnen, Herr Leutnant«, schloss der Major. »Es ist Ihnen offenbar zu wohl da oben. Ich werde mit Ihrem Kompagniekommandanten noch darüber reden, ob Sie da bleiben oder nicht. Für einen so selbständigen Posten brauche ich einen Offizier, auf den ich mich verlassen kann. Wir sind nicht in einem friedlichen Wiederholungskurs, wir sind im Aktivdienst an der Grenze eines kriegführenden Landes und haben Grund, aufzupassen.« Mit einem knappen, frostigen Gruss wandte er sich ab und ging den Pass hinunter.

Der Leutnant liess den Zug gruppenweise einrücken. Unteroffiziere und einzelne Leute gaben in seiner Nähe mehr oder weniger deutlich zu verstehen, dass sie ihrerseits mit der Unzufriedenheit des Majors nicht zufrieden waren. Der Leutnant ging mit keinem Wort darauf ein; er schimpfte vor Untergebenen nie über Vorgesetzte. Die scharfe Rüge ärgerte ihn aber doch, da er immer bestrebt gewesen war, seine Sache recht zu machen. Indessen dachte er schlotternd, dass sich nun wenigstens die Frage entscheiden werde, ob er krank oder nicht krank sei. Er warf einen letzten Blick auf den Sattel, der die »Kleine Weisslücke« hiess und den er im Ernstfall zu verteidigen hätte, während die Kompagnie mit den übrigen Zügen die »Grosse Weisslücke« verteidigte, einen dreihundert Meter tiefer gelegenen Passübergang. Er hatte sich da oben gründlich vorbereitet und die Verteidigung bis in jede Einzelheit hinein geübt, er hatte mit seinen Leuten jeden möglichen Angriff selber unternommen, um sie mit der Lage des Angreifers in diesem Gelände vertraut zu machen, und er war überzeugt, dass er die Lücke auch gegen eine Übermacht mindestens so lange halten könnte, wie man es von ihm erwartete.

Kurz vor der Baracke nahm er alle Willenskraft zusammen, um nicht zu taumeln, und noch im Bett trat ihm kalter Schweiss auf die Stirn. Er bekam heissen Tee mit Rum und liess sich beim Bataillonsarzt telephonisch krank melden. Sein Puls flog, seine Augen brannten. Er sah das weisse Vorfeld seiner Stellung und den zackigen Grenzkamm unter einer stechenden Sonne gleissen und zittern wie vor einem Gewitter. Am Grenzkamm tauchten verdächtige Leute auf, sprangen von den Felsen auf das Schneefeld hinab und begannen vorzurücken, eine Gruppe von acht Mann, eine Patrouille des Feindes. Der Patrouille folgten Schützenschwärme in der Stärke einer Kompagnie. Noch fiel kein Schuss. Der Leutnant wusste, was er wollte, und sein Zug, der bereitlag, wusste es auch. Die Patrouille durfte erst unmittelbar vor der Stellung abgeschossen werden. Sie kam über das Schneefeld herauf, jetzt war sie dreihundert, jetzt nur noch zweihundert Meter entfernt. Die Distanzen liessen sich an den Steinmännchen ablesen, die der Verteidiger als Merkzeichen ins Vorfeld gesetzt hatte. Die Leute der Patrouille waren, wie die ganze Truppe, der sie angehörten, scheckig getarnt und wurden vom Verteidiger darum Schecken genannt. Hundert Meter vor dem Sattel begannen sie misstrauisch zu zögern.

In diesem Augenblick sah der Leutnant den Major durch die Stellungen gehen und duckte sich, wurde aber entdeckt und gefragt: »Wird hier eigentlich auf Befehl geschossen oder nicht?«

»Auf Befehl«, flüsterte er.

»Also! Auf was warten Sie noch?«

Er wartete, weil die gefechtsmässig anrückende Kompagnie noch nicht nahe genug war und nicht vorzeitig gewarnt werden durfte. Sobald aber die Patrouille vor der Stellung auftauchte, gab er das verabredete Zeichen. Acht Gewehrschüsse krachten, acht Schecken fielen getroffen in den Schnee.

Die ausgeschwärmte Kompagnie begann eilig Deckungen aufzuwerfen und wurde von schweren Maschinengewehren unterstützt, die am Grenzkamm in Stellung gegangen waren und über sie hinweg auf den Sattel feuerten. Im Schutze dieses Feuers ging sie wieder vor, und hinter ihr tauchten vom Grenzkamm her neue Schützenschwärme auf. Es war eine der verschiedenen Arten, wie man die Kleine Weisslücke angreifen konnte, eine der wahrscheinlichsten, die der Leutnant dutzendmal bedacht, berechnet, vorausgesehen hatte, und die sich in den Grundzügen nun ungefähr so abspielte, wenn auch mit seltsamen Einzelheiten in der Fieberhitze des Ernstfalls.

Die Vorhutkompagnie hielt auf breiter Front vor dem Sattel an und machte sich zum Sturm bereit. Die Maschinengewehre vom Grenzkamm schossen noch immer über sie hinweg, stellten aber plötzlich das Feuer ein.

Clément Moreau

In diesem ersehnten, hochgespannten Augenblick befahl der Leutnant seinen Zug aus der Deckung in Stellung und gab den Feuerbefehl. Das Feuer setzte ein, kein wildes Geknatter, sondern ein beherrschtes, gleichmässiges Schiessen, wie man es nur an Schützenfesten hören kann, wo nicht mit Blei gespritzt, sondern gezielt und getroffen wird. Jeder Schuss warf einen Schecken um, der Angriff stockte, und die Vorhutkompagnie verlor ihren ganzen Bestand. Die Maschinengewehre vom Grenzkamm aber begannen wieder auf den Sattel zu feuern, und unter ihrem Schutze rückten neue Schützenschwärme vor.

Dem Leutnant drang ein Geschoss durch die linke Achselhöhle, das ihn in die Deckung zurückwarf, und eine Glut erhitzte sein Gesicht, die ihm fast die Besinnung raubte. Er kroch wieder vor und strengte beharrlich seinen Willen an, um die Lage zu erkennen.

Das weite Schneefeld wimmelte von Schecken, die sich scheinbar unaufhaltsam näher und näher an die Sattelstellung heranarbeiteten. Die Verteidiger schossen, sie schossen noch immer bewundernswert ruhig, aber sie zählten nur vierzig Mann, auch waren schon einige verwundet, und von zwei Gruppen wurden die ersten Gefallenen gemeldet. Die Geschosse pfiffen den tapferen Schützen um die Helme und zischten als Querschläger nach allen Seiten, die Gewehre rauchten, und die Luft darüber glühte wie von Bränden.

Der Leutnant sah den Major wieder durch die Stellung gehen. Der unbegreifliche Mann kam aufrecht, als ob ihm nichts geschehen könnte, mitten im Geschosshagel daher und sagte frostig: »Ihre Lmg schiessen mit dem Sicherungshebel auf F wieder Einzelfeuer. Dabei werden Sie angegriffen und haben für Magazinfeuer Ziele vor sich wie noch nie.«

»Ich habe dafür zu wenig Munition«, flüsterte der Leutnant.

»Das geht mich nichts an. Sie haben im Gefecht die Lmg reglementarisch mit dem Sicherungshebel auf M als Automaten zu verwenden.«

Der Leutnant wollte antworten, aber da begann ein Schütze, der den Kopf verlor, auf einen anrückenden Scheckenschwarm Magazinfeuer zu schiessen und Blei zu verspritzen, als ob er den Schwarm schon dicht vor der Mündung hätte. »Halt!« schrie ihm der Leutnant zu, sprang auf und legte sich selber hinter das Gewehr. Er schob den Hebel wieder auf F, schoss den vordersten Schecken nieder, dann rasch zielend den nächsten, einen nach dem anderen, wie sie den Hang heraufkamen.

»Herr Leutnant«, rief der Major drohend, »wenn Sie nicht augenblicklich den Sicherungshebel auf M stellen, lasse ich Sie einsperren. Haben Sie gehört? Schiessen Sie Magazinfeuer, oder Sie werden sich wegen Insubordination vor Divisionsgericht zu verantworten haben!«

»Jetzt nur nicht den Kopf verlieren, nur nicht den Kopf verlieren!« dachte der Leutnant, während er ein neues, volles Magazin einsetzte. Er schoss weiter, schoss mit demselben gut gezielten, schnellen Einzelfeuer wieder einen Schecken nach dem anderen nieder und gab sich gesammelt ganz der Leidenschaft des Treffens hin. Nach dem letzten Schuss hörte er seinen Wachtmeister rufen, dass man keine einzige Patrone zuviel gehabt und auch die letzte gebraucht habe. Er sah das Schneefeld mit den gefallenen und verwundeten Schecken nur noch undeutlich; vom heissgeschossenen Laufe dampften Nebelschwaden auf, und vor seinen Augen jagten sich Tag und Nacht mit blutigen Morgen- und Abendröten.

Eine Stimme sagte: »Stehen Sie auf, das Gericht hat begonnen!« Von schwerer Schuld bedrückt, stand er mühsam auf und suchte zu erklären, warum er so viele Menschen getötet habe, aber niemand schien ihn zu verstehen, obwohl viele Augen auf ihn gerichtet waren wie auf einen Angeklagten. Seine Beine trugen ihn kaum mehr, und zu allem anderen fürchtete er nun auch noch, die Haltung zu verlieren. Jemand sagte zu ihm: »Nehmen Sie sich zusammen, Sie stehen vor Divisionsgericht.« Er sah den Major, der ihm durch die Brille einen stechenden Blick zuwarf, und wollte Stellung annehmen, brachte es aber nicht fertig.

»Machen Sie sich auf alles gefasst, auch auf Degradation und Ausschluss aus der Armee!« sagte der Major leise, wandte sich den Richtern zu und erhob die Anklage. Er schilderte den Leutnant als den eigensinnigsten Zugführer des Bataillons, zählte seine Verstösse gegen die Disziplin auf und beschuldigte ihn am Ende der Gehorsamsverweigerung vor dem Feinde.

Der Leutnant wurde bei jedem Punkt gefragt, ob er das gestehe, und er gestand es. Mit gewürgter Kehle wollte er erklären, warum er dem Major den Gehorsam verweigert habe, doch der Grossrichter befahl ihm, zu schweigen. Stöhnend gehorchte er.

Aber der Hauptmann stand auf, sein Hauptmann, der ihn am besten kennen musste, und sagte alles, was zu seinen Gunsten gesagt werden konnte. Auch der Herr Oberst erhob sich zu seiner Verteidigung, sein Regimentskommandant. »Meine Herren«, begann dieser gerechte, tüchtige Mann, »uns ist der Bericht eines gegnerischen Offiziers bekannt, der vor der Kleinen Weisslücke verwundet wurde. In diesem Bericht an den feindlichen Generalstab heisst es: 'Wir machen im Krieg mit den Schweizern ganz neue Erfahrungen. In anderen Feldzügen haben wir uns durch noch so wild knatterndes Infanteriefeuer nie abhalten lassen, den Angriff vorzutragen und unter mehr oder weniger grossen Verlusten den Feind zu werfen. Dieser neue Gegner empfängt uns mit keinem wilden Geknatter, sondern mit einem so unglaublich beherrschten Feuer, als ob wir wandelnde Scheiben vor einem seiner berühmten Schiessstände wären. Diese Schweizer schiessen nur, wenn sie treffen können, das ist das Unheimliche in diesem ohnehin unheimlichen Feldzug. Ohne grossen Materialeinsatz ist ihnen kaum beizukommen, aber das ist im Gebirgskrieg ein schwieriges Problem; wo es nicht gelöst werden kann, braucht man sich künftig nicht mehr zu wundern, wenn ein ganzes Regiment im Feuer eines einzigen feindlichen Zuges hilflos liegenbleibt.' – Meine Herren«, schloss der Oberst, »ich habe diesem Bericht eines gegnerischen Offiziers, der den Angriff auf die Kleine Weisslücke mitgemacht hat, nichts beizufügen.«

Langsam, drohend, mit finsterer Miene, stand ein Brigadekommandant auf und erklärte: »Wie man mit unserem Leichten Maschinengewehr schiessen soll, das hängt in jedem Fall von der taktischen Lage ab. Ich gebe zu, dass über die Feuerart jeweilen geteilte Meinungen herrschen können, aber der Leutnant war für die Verteidigung der Passhöhe verantwortlich und hat seine Gewehre bis zur letzten Patrone vorbildlich ausgenützt. Dieser Herr Major jedoch, gegen den ich hiemit Anklage erhebe, hat ihn daran zu hindern gesucht; der Versuch ist zum Glück misslungen, aber er ist das Symptom einer Erscheinung, die an diesem Beispiel endlich in ihrer ganzen Kläglichkeit erkannt werden sollte.«

Der Major wurde totenbleich und begann sich stotternd zu verteidigen.

Der Leutnant spürte Mitleid mit ihm; er wollte etwas zu seinen Gunsten sagen, aber die Richter waren verschwunden und kehrten erst zurück, als die Fensterscheiben des Gerichtsgebäudes unter Trommelschlägen und Schritten marschierender Kolonnen erklirrten.

Der Grossrichter, ein grauhaariger Justizoberst, musterte den angeklagten Major mit kühler Strenge und verkündete: »Es gibt in unserer Armee immer wieder Offiziere, die ihre Untergebenen ähnlich schulmeistern, wie dieser Herr Major es seit langem getan hat. Ein solcher Vorgesetzter traut seinen Untergebenen nur selten die Selbständigkeit zu, die sie ihrem Range nach besitzen müssen. Er ist ein engherziger, kleinmütiger Nörgler. Er kann kein Vertrauen schenken. Der Gerechtigkeit zuliebe wollen wir ihm zwar die löblichsten Absichten zugestehen; um ihn zu strafen, stellen wir aber hiemit öffentlich fest, dass er gegen den guten Geist der Armee verstösst und jedem wirklichen Erzieher ein Ärgernis ist. Der Leutnant hat sich dieser Schulmeisterei mutig widersetzt und nach seiner eigenen Überzeugung gehandelt. Man darf ein solches Verhalten zwar nicht empfehlen, der Gehorsam ist wichtiger, aber man muss es im vorliegenden Fall ausnahmsweise loben, weil ein bedeutsamer Erfolg es rechtfertigt. Der Leutnant wird daher von aller Schuld freigesprochen. Die Sitzung ist aufgehoben. Ich bitte die Herren, unverzüglich zur Truppe zurückzukehren. Der Herr General kann jeden Augenblick eintreffen.«

Der Leutnant ging freudig bewegt hinaus und marschierte mit seinem zusammengeschmolzenen Zug an der Spitze des Regiments, verlegen und stolz zugleich, zwischen beflaggten Häusern und jubelnden Menschen durch die Stadt. Aus offenen Fenstern regneten Blumen auf ihn herab. Er betrat den grossen Stadtplatz und hielt in der Mitte an, fühlte sich aber durch die ringsum entstehende Bewegung bedrängt und wusste nicht recht, wie er sich jetzt verhalten sollte. Truppen marschierten auf, nahmen Stellung an und wurden immer höheren Vorgesetzten gemeldet, Befehle ertönten, der Fahnenmarsch erklang, und höchste zivile Beamte, Herren der Regierung, entblössten das Haupt. Plötzlich wurde es still. Dem Leutnant pochte das Blut an die Schläfen. Er stand mit seinem Zug dem General gegenüber.

Der General aber sprach mit klarer, kräftiger Stimme: »Bei seinem Angriff auf die Weisslücke versuchte der Feind, über die Kleine Lücke den Verteidiger der Grossen Lücke zu umgehen. Wäre ihm das gelungen, so hätten sich für unsere dortige Gebirgsfront katastrophale Folgen ergeben. Es gelang ihm aber nicht, dank der Tapferkeit und Ausdauer eines einzigen Infanteriezuges, der unter der Führung dieses Leutnants den stark überlegenen Angreifer in hartem Kampf siegreich abwies und vernichtete. Die Landesregierung hat beschlossen, hervorragende Leistungen im Kriege auszuzeichnen. Ich verleihe den Füsilieren und Unteroffizieren dieses Zuges das silberne, dem Zugführer das goldene Schweizerkreuz.«

Der General heftete dem Leutnant mit eigener Hand das funkelnde Ehrenzeichen an die Brust.

Der Leutnant musste sich jetzt sehr zusammennehmen. Jubel erfüllte sein Herz, aber seine Beine wurden schwer, und ein Schwindelgefühl machte ihn taumelig. Er spürte das harte Geschoss, das ihm in die Achselhöhle eingedrungen war; jemand presste ihm den linken Arm an den Körper, und eine ihm merkwürdig bekannte Stimme rief: »Es ist Zeit.« Man zog ihm das Geschoss heraus; er empfand keinen Schmerz dabei und schlug die Augen auf. Er lag auf seinem Lager, erkannte den Sanitätsgefreiten, der einen Fiebermesser schräg hielt, und sah die Wände seiner engen Barackenkammer; aber noch ehe er sich ganz in seine wirkliche Lage zurückgefunden hatte, schloss er die Augen noch einmal, wehrte die nüchterne Aussenwelt ab und jagte den schon verwehenden Bildern seines Fiebertraumes nach. Er prägte sich alles ungefähr so ein, wie es hier berichtet wurde und wie er es später, nach der Genesung von einer schweren Lungenentzündung, seinen Kameraden erzählte.

Alexander Xaver Gwerder

Im Raum jenseits des Lebens

Wir standen
im kahlen Vorhof der legitimen Schinderhütte, im Raum
jenseits des Lebens – vor dem ledernen Roulette
der Militärs.
Wer begriff je, dass in der Welt 'ewiger Werte',
wo von Kultur gespuckt, von Freiheit gefaselt und
von den süssen Giften des Herzens knien dieselben, die hier,
die höllische Geissel zu schwingen 'ins Auge uns fassten' – ?
Abgeschätzt, sichere Zweihufer, geschoren auf zéro
millimètre, wie der oberste Wanst sich auszudrücken beliebte,
so
standen wir da, vor der Guillotine des Geistes,
den Koffer links in der Hand, um später
den Zivilisten nach Hause zu schicken – später,
wenn man eingestaucht wäre in beissende
Futterale des Vaterlandes ... Oh die Gesetze
des Unsinns
zeigten an jenem Tag sich im vollen Wichs. Aber viele
glaubten, es sei eine Sache des Spiels: so viel Zucker
und Zauber war diesen im Alltag; andre hingegen
bekamen Heimweh nach einem Verbrechen, nach einem
blauen gedunsenen Bauch
ohne Uniform.

(Aus »Land über Dächer«)

Hans Albrecht Moser

Der Mord

Er war ein Bauer und schon ein älterer Mann. Infolge eines zu kurzen Beines hinkte er, und auf seine junge Frau war er ungeheuer eifersüchtig. Hatte er Grund zur Eifersucht? Die einen sagten ja, die andern sagten nein; ich sage, ein älterer Mann, der hinkt und eine junge hübsche Frau geheiratet hat, hat unter allen Umständen Grund zur Eifersucht. Was macht es aus, ob sie ihm die Treue hält! Junge Männer, die nicht hinken, werden ihr ganz bestimmt besser gefallen.

Besonders den Gottlieb hatte er im Verdacht, dass er seinem Weibe gefiele. Nicht nur, weil er ein hübscher und tüchtiger Bursch war, nicht nur, weil er beim Militär war und die Uniform ihm ausgezeichnet stand, sondern weil er ein Verwandter von der Emma war. Verwandte seien die gefährlichsten, soll der sonst so verschlossene Bauer zu vorgerückter Stunde in der Wirtschaft einmal gesagt haben, denn Verwandte können unter dem Vorwand, die Verwandtschaft zu pflegen, immer ein- und ausgehen, wann es ihnen beliebt. Unser Bauer mag darin wohl nicht so Unrecht gehabt haben, und wie herzlich durfte sie bei Gottliebs Besuchen tun! Er ist doch mein Vetter, konnte sie immer lustig antworten.

Schliesslich wurde dem Bauern das Ein- und Ausgehen des Vetters zu dumm, er wollte der Sache auf den Grund kommen. Er begann den Vetter zu hassen.

Ich muss heute in die Stadt, sagte er eines Tages zu seiner jungen Frau, und bleibe in der Nacht in der »Krone«. Sonst müsste ich morgen noch einmal in die Stadt. So gehts in einem.

Die Emma wusste um sein Geschäft in der Stadt, das ihn schon lange plagte, und sie wusste auch, dass er morgen ohnedies auf den Markt gefahren wäre. Also dachte sie sich nicht viel dabei, dass das einzige Mal, wo er im Jahr über Nacht in der Stadt blieb, gerade auf den heutigen Tag fiel.

Sie nickte ihm freundlich zu und tat dann gar herzlich, als der Abschied kam. Er ging und winkte ihr sogar noch einmal zurück. Vor dem Bahnhof, auf der andern Seite des Dorfes, blieb er stehen und schaute sich um. Dann schwenkte er ab in ein Strässchen, das bald in den nahen Wald führte. Habe etwas verloren, würde er sagen, wenn er einen Bekannten träfe, und dann tun, als suchte er etwas. Bis in den späten Abend trieb er sich so in den umliegenden Wäldern herum.

Es leuchtete kein Mond, es flimmerten keine Sterne, und als es stockfinster war, schlich er sich an seinen Hof heran. Einsam stand sein Heim vor dem Wald. Als er aus dem Wald hinaustrat, ging er zuerst in einem weiten Bogen um das Haus herum. Dunkel und schweigend stand es da, nur hie und da hörte er ein dumpfes Stampfen aus dem Stall, oder rasselte der Hund in seinen Träumen mit der Kette.

Endlich kam der Bauer auf seinem Rundgang auf das der Vorderseite des Hauses vorgelagerte Land. Er sah die Umrisse der hohen Wölbung des Giebels, die, je weiter er sich vortastete, die helle Vorderseite allmählich freilegte. Er machte noch einige Schritte, dann sah er im rechten Eckfenster Licht. Dort war sein und Emmas Schlafzimmer. Er musste stehen bleiben, das Herz pochte so sehr, und er keuchte wie nach einem langen schnellen Gang.

Selten brennt um diese Zeit in unserm Schlafzimmer Licht, bedachte er, und nie sind die Gardinen zugezogen. Er redete sichs noch einmal aus und stieg dann von Furche zu Furche über die Stauden eines Kartoffelfeldes, bis er den hinteren Zaun des Blumen- und Gemüsegartens gerade der Hausfassade gegenüber erreichte. Hier blieb er wieder stehen, seine Fäuste umklammerten die Zaunspitzen, und starr blickte er nach dem erleuchteten Fenster.

Nach einer Weile erlosch das Licht, seine Muskeln entspannten sich, unschlüssig, hilflos blickte er umher. Dann ging das Licht wieder an, er zuckte, und wieder war es dunkel.

Sie spielen, dachte er, sie prüfen, wie es schöner ist. Und seine Hände krallten sich ineinander, als wollten sie sich würgend um einen Hals legen.

Vorsichtig, aber zu allem entschlossen, ging er nun dem Zaun entlang, überdacht vom Geäst der früchtetragenden Bäume, ging um die Ecke des Zaunes und dann geradewegs dem Hause zu. Am Ende des Zaunes blieb er stehen. Nur wenige Schritte über den Vorplatz zwischen Haus und Garten trennten ihn von der Haustür. Werden ihn seine Schritte auf den Steinfliesen verraten? Und was macht er, wenn der Hund auf der andern Seite angibt? Die Hütte steht nicht weit von der Hausecke. Er schüttelte den Kopf. Er hat sich alles zu wenig überlegt. Also überlegte er es sich jetzt. Er kam zum Schluss, dass er leise machen müsse, nur bis er im Hausgang stünde, nicht länger. Ist sie schuldig, dann könne es vom Augenblick an, da er sich im Hause befände, nicht mehr verborgen bleiben; ist sie aber unschuldig, dann wolle er sie nicht durch sein plötzliches Erscheinen erschrecken.

Mit unendlicher Vorsicht trat er nun mit seinen schweren Schuhen auf die Steinfliesen und blieb dabei oft wankend stehen; mit unendlicher Vorsicht und zitternder Hand steckte er, bei der Haustür endlich angelangt, den Schlüssel ins Schlüsselloch. Unhörbar drehte er das Schloss, dann drückte er die Türe auf und machte Licht so wie gewöhnlich, wenn er am späten Abend von der Gemeinde oder aus der Wirtschaft heimkam.

Aber ein furchtbarer Anblick lähmte ihm einen Augenblick die Glieder: am Kleiderhaken an der Wand hing Gottliebs Militärdolch und darüber seine Mütze. Dann war es ihm, als hörte er oben Schritte und als ginge ein Fenster auf. Da packte ihn eine rasende Wut, er griff nach dem Dolch, riss ihn aus der Scheide und stürmte die Treppe hinauf. Auf der obersten Stufe hörte er noch eine Tür, dann schwanden ihm die Sinne, er stürzte die Treppe hinab und tief drang ihm der Dolch in den Leib.

Als Gottlieb und die Emma vor den Schranken des Gerichtes standen, zeigte es sich, dass Gottliebs unbegreifliche Unvorsichtigkeit, Mütze und Dolch unten im Hausgang gelassen zu haben, ihm zum Verhängnis wurde. Beide, Gottlieb und die Emma, gestanden, schon längere Zeit vor des Bauern Tod in Liebe verbunden gewesen zu sein, aber sie leugneten hartnäckig, ja verzweifelt, mit dem Mord etwas zu tun gehabt zu haben.

Wie hätte ich den Bauern ermorden können, schrie Gottlieb, wo der Dolch unten im Hausgang aufgehängt war, ich mich aber im Schlafzimmer der Emma befand!

Es wird wohl kein heimlicher Liebhaber die Unvorsichtigkeit begehen, entgegnete der Vorsitzende ironisch, seine Garderobe im Hausgang aufzuhängen. Gurt und Mütze haben Sie nachträglich dorthin gehängt.

Als dann der Staatsanwalt das Wort ergriff, gab er zu, dass manche Punkte unabgeklärt seien und es auch bleiben werden. Da der Bauer nach der Aussage des Schalterbeamten im Bahnhof keine Fahrkarte nach der Stadt gelöst hätte und unfähig gewesen wäre, den weiten Weg zu Fuss zurückzulegen, so stelle sich die Frage: Wie ist der Bauer in die Stadt gekommen? Mit einem Automobil? Wer war der fremde Automobilist? Es stelle sich weiter die Frage: Wo hat sich der Bauer in der Stadt aufgehalten? Und schliesslich: Warum ist er vorzeitig zurückgekehrt? Aber dass er in die Stadt gefahren sei, scheine gewiss. Warum hätte er sich sonst städtisch gekleidet? Warum hätte er sonst nicht nur seiner Frau, sondern auch einem Knecht erklärt, sich in die Stadt begeben zu wollen? Und wo hätte er sich aufgehalten, wenn er nicht in der Stadt gewesen wäre? Niemand sei ihm tagsüber im Dorf oder auf dem Feld begegnet, nur am Morgen hätten ihn einige Zeugen auf dem Wege zum Bahnhof gesehen.

Darauf versuchte der Staatsanwalt den Hergang des Verbrechens zu rekonstruieren. Er zeigte, wie der Bauer aus unbekannten Gründen spät am Abend heimgekehrt sei. Er zeigte, wie sich Gottlieb in der Meinung, der

Bauer sei abwesend, bald nachher ins Haus geschlichen hätte. Er zeigte schliesslich, wie oben an der Treppe der Bauer dem Gottlieb entgegengetreten sei. Es sei zum Kampf gekommen, in dessen Verlauf Gottlieb den Bauern erstochen und dann, um einen Unfall vorzutäuschen, die Treppe hinabgestossen hätte. Es spiele übrigens keine entscheidende Rolle, meinte der Staatsanwalt gegen die Verteidigung, wer früher im Hause gewesen sei, der Bauer oder Gottlieb. Im einen Fall sei oben an der Treppe der Bauer dem Gottlieb, im andern, unwahrscheinlicheren Fall Gottlieb dem Bauern entgegengetreten. Wie dem auch sei, schloss der Staatsanwalt mit erhobener Stimme die Anklagerede, eines sei gewiss: Der Dolch im Leibe des Bauern war Gottliebs Dolch. Diese harte Tatsache widerlege alle Behauptungen der Verteidigung, widerlege insbesondere die Annahme eines Unfalles.

Die Anklagerede des Staatsanwaltes wurde von beifälligem Nicken des Gerichtssaales begleitet und war ein Musterbeispiel dafür, wie mit logischer Klarheit auch Falsches bewiesen werden kann. Und da die Menschen von zwei Erklärungen einer Sache immer die klare und einfache der verworrenen und komplizierten vorziehen, so wurde Gottlieb für schuldig befunden. Er hatte es allein seinem ausgezeichneten Leumund zu verdanken, dass das Gericht auf Totschlag und nicht auf Mord erkannte. Das hinderte aber nicht, dass sich die Pforten des Zuchthauses auf Jahre hinter ihm schlossen.

11

Ich mag die Schweizer gerne, weil sie im ganzen genommen humaner sind als die Menschen, unter denen ich sonst gelebt habe. Ausserdem habe ich Achtung vor der Schweiz als Staat, weil sie es fertig gebracht hat, in Zeiten allgemeiner Hysterie stets leidlich vernünftige Regierungen zu haben ... Andererseits habe ich aber leider erfahren müssen, dass die Schweiz gegenüber politischen Flüchtlingen als Staat oft eine durch nichts gerechtfertigte brutale Haltung eingenommen hat, sogar gegenüber solchen, die sie in ihr Gebiet zugelassen hat. Die einzelnen nicht-beamteten Leute haben sich aber auch in dieser Zeit gut benommen und vielfach grosse materielle Opfer gebracht.
Albert Einstein

Die Zwangsarbeitslager für Emigranten, die nicht reich sind: es ist nichts spezifisch Schweizerisches. Schweizerisch aber ist, dass der Initiator dieser Lager (Rothmund) von der Presse gepriesen wird als besonderer Freund der Künstler und Intellektuellen.
Robert Musil

Hier stimmt etwas nicht. Kann uns die Enttäuschung, ja Verbitterung so vieler ehrenwerter Gäste gleichgültig sein, die in hoffnungsvollem Vertrauen auf die freie Schweiz zu uns gekommen waren und die sich nun gerade in der Schweiz mehr oder weniger ausdrücklich dafür bestraft fanden, dass sie Gegner und Opfer eines Systems sind, dessen Sieg die Schweiz in Verteidigung ihrer Neutralität bis zuletzt ihren Widerstand entgegensetzen müsste?
Karl Barth

Robert Musil

Der Mensch im Exil

Stellen Sie sich einen Büffel vor, dem an der Stelle seiner gewaltigen Hörner ein anderes Hautgebilde, nämlich zwei lächerlich empfindliche »Hühneraugen«, entstanden ist. Dieses Wesen mit der gewaltigen Stirn, die einst Waffen getragen hat und jetzt Hühneraugen trägt, ist der Mann im Exil. War er ein König, so redet er von der Krone, die er einst besessen hat, und fühlt, dass die Menschen schon zweifeln, ob es auch nur ein Hut war, ja er selbst zweifelt am Ende, ob überhaupt noch ein Kopf auf seinen Schultern sitzt. Es ist eine traurige, aber fast ebenso sehr eine lächerliche, und darum doch doppelt traurige Situation.

Raymond Pittet

Der verirrte Jude

Die Soldaten hatten das Dorf überschwemmt. Ein gutes Dutzend war damit beschäftigt, im Brunnen die Gamelle zu spülen. Die fahrbare Feldküche dampfte im Hof eines Bauernhauses in der Nähe; es roch nach Kohl und auch ein bisschen nach Speck. Ein grosser Korporal verschwand im Lebensmittelgeschäft; als er wieder auf die Strasse trat, biss er noch unter der Tür herzhaft in ein riesiges Stück Zwetschgenkuchen. Die Offiziere kratzten in der Beiz die Platten leer; sie fühlten sich offensichtlich wohl und unterhielten sich lärmig, in der Mitte ein Hauptmann im Kampfanzug. Unter den Obstbäumen bewachte eine behelmte Ordonnanz drei Kanonen Kaliber 75, zugedeckt von feldgrauen Zeltplanen.

Der Dienst an der Grenze, die Langweile, die Sorgen, ein hastiger Telefonanruf an die Frau zu Hause um 13 Uhr, bevor das Immergleiche wieder abgespult wurde: Schiessübungen im Gelände bei Punkt 214, dann Retablieren, um 18 Uhr Hauptverlesen, nachher einige Partien Jass und einige Flaschen Bier, Schlafen im Stroh. Ein ziemlich dicker Mann kotzte um Mitternacht auf der Dorfstrasse, während gerade die Kellnerin zum Zimmer eines Leutnants huschte; sie nahm den Weg durch den Garten.

An einem solchen Tag am Jura-Nordfuss bestimmte der Feldweibel die Wachmannschaft. Es handle sich um eine ganz besondere Wache: vier Mann sollten die Grenze überwachen. Der Feldweibel hatte sie in der Gemeindekanzlei versammelt: »Pittet, Carrard, Henchoz, Petitmermet ... Ist es Ihnen klar, dass man in der Deutschschweiz vor kurzem Landesverräter erschossen hat?«

Die vier blickten einander mit offenem Mund an und fragten sich, ob sie wohl ein Verbrechen begangen hätten, auf dem im Militär die Todesstrafe stehe. Der Feldweibel redete weiter: »Ich sage das, weil Sie eine aussergewöhnliche Mission zu erfüllen haben, eine Geheimmission, und wenn Sie etwas davon zu irgend jemand sagen, kommen Sie vor Divisionsgericht.«

Diese Bemerkung hatte zur Folge, dass die vier Soldaten wieder strammer standen. Man hielt sie für vertrauenswürdig genug, um ihnen eine Geheimmission anzuvertrauen, das bedeutete doch etwas, Gopfriedstutz. Ihre Augen begannen zu strahlen. Sie sahen sich schon als Kriegshelden, von einem Hauptmann vor versammeltem Bataillon aufgerufen, und der würde zischend in die Kälte des Abends rufen: »Sool-daten Pii-tet, Caarrard, Hiin-choz, Pöö-tit-mermet, Aach-tung stehtt!« Zwar keine Orden, weil es das nicht gibt in der Schweiz, also nicht den Grossen Condor, das Eiserne Kreuz oder den Kleinen Wesir, die gibt's bei uns nicht. Aber trotzdem Kriegshelden ... und die Alten würden sich noch lange ihre Geschichte erzählen, über Generationen. Die vier pressten die Lippen zu, die Zähne aufeinander und antworteten dann: »Zu Befehl, Feldweibel!« Dazu schlugen sie die Hacken zusammen.

Der Feldweibel prüfte nach, ob die Tür gut geschlossen sei; dazu warf er einen Blick hinaus. Er verriegelte die Tür, zeichnete mit der Hand einen Halbkreis in die Luft und forderte die vier Musketiere auf, näher heranzukommen. Dann redete er mit gesenkter Stimme, an den Kachelofen gelehnt, in dem es rumorte.

»Wie Sie wissen ...«

Die vier Waadtländer wussten nichts.

»Wie Sie wissen, treiben die Deutschen ihre Juden gegen unsere Grenzen. Tausende begehren Einlass, überall, über den Rhein, über die Berge an der Grenze zu Österreich, und hier im Jura. Unser Generalstab, übrigens in voller Übereinstimmung mit dem Bundesrat (der Feldweibel betonte jede einzelne Silbe), unser Generalstab hat beschlossen, diese Infiltration zu unterbinden. Wir haben ja genug eigene Sorgen. Sie verstehen?«

Die vier verstanden nichts.

»Sie verstehen doch? Oder was?«

Die vier waren verstimmt und schockiert. Pittet kannte einen Bloch, der war Viehhändler, Carrard einen Lévy, von dem hatte er einen Traktor gekauft, Henchoz einen Blumstein, der war im Grand Hôtel in Château-d'Oex aufgetreten, und Petitmermet einen Straumann, mit dem zusammen hatte er im Orchester der Kantonsschule Flöte gespielt: alles gute Typen. Der Feldweibel ahnte ihren Widerstand und insistierte: »Der Bundesrat ist dabei, den Plan zur Sicherung der nationalen Nahrungsmittelversorgung – den Plan Wahlen, Sie wissen doch? – zu verwirklichen. Wenn da unvermutet zweihunderttausend Juden ankommen, nicht wahr, das wären Mäuler, die gestopft werden müssten. Man ist nicht unmenschlich bei uns, natürlich nicht, aber man muss auch an unsere Kinder denken.«

Pittet hatte sieben Kinder, Carrard drei, Henchoz vier und Petitmermet zwei (zwei Mädchen). Unwillkürlich wanderten ihre Hände von der Hosennaht nach hinten, wo die Porte-monnaies mit dürftigem Inhalt steckten. »Verstanden, Feldweibel.«

»Die Kon-se-quenz da-von ist«, sagte der Feldweibel (und er betonte wieder jede Silbe einzeln, »dass man höhernorts Ihnen, gerade Ihnen vier, weil Sie waschechte Schweizer sind (er blickte einem nach dem andern in die Augen), die Aufgabe zugeteilt hat, jedes fremde Element vom Betreten des Schweizerbodens abzuhalten. Ich unterstreiche: jedes fremde Element, das sich da infiltrieren möchte.«

Ein wahrer Schauder überkam die Grossen Vier.

»Man muss sie anhalten?« fragte Pittet.

»Und mehr«, sagte der Feldweibel, »man schiesst.«

»Was heisst: man schiesst?«

»Man schiesst.«

Der Feldweibel liess eine kleine Pause eintreten, dann zog er aus der rechten obern Tasche seiner Uniform ein Blatt Papier, gefaltet wie ein Brief, setzte sich feierlich in Szene und begann zu lesen: »Befehl des Generalstabs an die Division III, Bat. car. 1, MG-Schützen, im Felde.«

Er liess fünf Sekunden Stille verstreichen. »Durch Befehl des Generalstabs und in Übereinstimmung mit den Beschlüssen des Bundesrats stellt unsere Einheit vier zuverlässige Männer zur Verfügung der Bundespolizei.«

Er blickte jedem der vier in die Augen. Carrard hatte den Blick gesenkt.

»Carrard, sehen Sie mich an!«

Und er fügte bei: »Ich weiss ja schon, kleiner Carrard, ich bin nur ein Feldweibel. Doch wenn der Hauptmann mir diese Aufgabe, diese überaus wichtige Aufgabe übertragen hat, so wird er wissen, warum . . .«

»Zu Befehl, Feldweibel.«

Ein Hauch kalten Schweigens breitete sich in dem Zimmer aus, und die vier kontrollierten ihre Uniform: die Uniform von Helden, die zu einem heiklen und geheimen Dienst kommandiert waren.

»Also«, sagte der Feldweibel, »Sie beziehen Stellung an der Grenze zu Frankreich, von Punkt 113 bis zu Punkt 2768, einer vom andern 1500 Meter Abstand. Sehen Sie hier auf der Karte.«

Er entfaltete die Karte über den Tisch, der braun gebeizt war, doch unzählige schwarze Spuren aufwies: Zigaretten, die man da einfach auf der Tischplatte ausgedrückt oder brennend abgelegt hatte.

»Sie, Carrard, hier! Sie, Pittet, da! Sie, Henchoz, hinter diesem Chalet, und Sie, Petitmermet, hier am Rand des grossen Waldes. Tenue: Kaput, Helm, das Gewehr geladen, zwar gesichert, aber mit vollem Magazin, das Bajonnett aufgesteckt, als Verpflegungsreserve Rosinen, mit Tee gefüllte Feldflasche, Briquettes.« (Briquettes: das waren trockene, harte Schnitten Komissbrot.)

»Carrard, wiederholen Sie!«

»Helm, das Gewehr gesichert, das Magazin voll von Briquettes, Rosinen und Tee, das Bajonnett aufgepflanzt.«

Der Feldweibel wand sich, Wut im Bauch. »Carrard, Sie sind ein Arschloch!«

»Ja, Feldweibel... nein, Feldweibel, ich bin nur etwas verstört.«

»Wenn Sie verstört sind, ersetze ich Sie durch einen andern.«

»Ich bin nicht verstört, Feldweibel.«

Dieser Zwischenfall war kaum erledigt, da breitete sich ein schwerer Seufzer im Zimmer aus. Es war Pittet. Er wollte etwas sagen. Der Feldweibel, der rundum blickte und an alles dachte, warf ihm einen schrägen Blick zu: »Haben Sie etwas zu sagen, Pittet?«

»Ja... weil... eben, Sie haben gesagt, wenn ein Jude...«

»Ich habe nicht gesagt: Jude. Ich habe gesagt: jedes fremde Element.«

»... wenn ein fremdes Element die Grenze überschreitet, muss man auf ihn schiessen.«

»Nach zweimaliger Warnung, wohlverstanden. Sie rufen zuerst: Halt, wer da? und Sie entsichern das Gewehr. Wenn der Unbekannte näherkommt, schiessen Sie in die Luft und wiederholen: Halt! Wenn er noch immer nicht stehen bleibt, schiessen Sie, aber auf die Beine. Wenn er zurückschiesst – das kann vorkommen – so ist der Krieg. Verstanden?«

»Verstanden!« antworteten die vier, alle gleichzeitig, eine Spur von Kosakenchor.

Sie verliessen die Gemeindekanzlei mit dem Feldweibel, der vorausging, einer hinter dem andern, an der Dorfbeiz vorbei. Andere Soldaten drehten sich um, einer fragte: »Was ist denn das? Wohin gehen die?« – »Keine Ahnung.« – »Sie schauen nicht gerade vergnügt drein.« – »Hast du gesehen, was für Gesichter sie machen?« – »Die führen einen ins Kittchen, glaub mir.« Die vier blickten tatsächlich grimmig gradaus. Man hätte schwören können, dass sie zu einem Exekutionspeleton befohlen worden seien. Sie gingen um die Beiz herum und hinauf gegen den Waldrand. Dort wartete ein Camion. Sie stiegen hinten ein. Der Feldweibel setzte sich neben den Fahrer, einen zwanzigjährigen, blonden Mann.

»Punkt 113!«

Der Camion verschwand im Wald, in der Steigung drehten die Räder manchmal durch. Die andern, im Dorf, redeten noch eine Zeitlang über den ungewohnten Vorgang. Doch die Diskussion verstummte, als der Hauptmann erklärte, die Patrouille habe die Aufstellung der Scheiben für das Übungsschiessen vom nächsten Tag zu inspizieren.

Am Ziel, Punkt 113, sprang der Feldweibel aus der Fahrerkabine, zog einen Feldstecher hervor, beobachtete den Horizont und befahl: »Sie, Henchoz, überwachen den Abschnitt vom Chalet bis zu der grossen Tanne. Sie, Carrard, von der grossen Tanne bis zur Strasse. Sie, Petitmermet, von der Strasse bis zu jener kleinen Anhöhe. Und Sie, Pittet, von der Anhöhe bis zum grossen Wald, den Sie dort hinten sehen können.« Er reichte ihm den Feldstecher.

Die vier schlugen die Hacken zusammen.

Der Feldweibel: »Ich wiederhole: Halt, wer da? – Entsichern. – Halt! – Schuss in die Luft. – Halt! – Schuss auf die Beine, der den Infiltranten so wenig wie möglich verwundet. Es darf nur auf Sicht geschossen werden. Verstanden?«

»Verstanden, Feldweibel«, sagte Pittet.

»Der Wachdienst dauert für Sie von Mitternacht bis Mittag.«

Der Feldweibel fügte noch bei, die vier könnten sich am Mittag beim Chalet treffen und dort essen, nachher ins Dorf herunter kommen bis zum Hauptverlesen und schlafen. Dann war er mit dem Camion auch schon wieder verschwunden.

Die vier setzten sich beim Chalet, gegenüber einem grossen Miststock. Es war immerhin schon September, und man begann die Kälte zu spüren. Aber es war vor allem der aufkommende Nebel, der sie störte. Schon konnte man die grosse Tanne kaum mehr erkennen; ihre bläuliche Spitze verschwand in einer Nebelschwade. Henchoz sagte: »Im Stall hätten wir's besser.« Sie machten die Stalltür auf. Etwa fünfzehn Kälber drehten die Grinder, ein paar muhten. Die vier packten ihren Notvorrat aus, ihre Feldflaschen. Sie sassen schweigend, und Carrard schlug vor, sich auf einem Strohballen auszuruhen. Das war die beste Lösung. »Wir nehmen die Wache am Morgen um sieben auf. Oder hast du etwa keinen Wekker?« – »Tatsächlich nicht!« – »Und wenn wir uns alle verschlafen?« – »Keine Angst«, sagte Petitmermet, »ich schlafe nicht, und ich habe eine Uhr. Ich werde euch um halb zwölf wecken.«

Petitmermet installierte sich auf der Bank, die drei andern verkrochen sich ins Stroh und schnarchten bald. Petitmermet betrachtete sie schmunzelnd und zog aus seinem Waffenrock ein kleines blaues Buch: »Croc-Blanc« von Jack London, das er in den Lichtkegel der einzigen schwachen Glühbirne hielt. Petitmermet, der immer und überall las, galt in der Kompanie als Intellektueller. Beizufügen wäre, dass er auch nicht trank.

Um Mitternacht waren die vier auf ihren Posten, das Gewehr um die Schulter gehängt, den Helm auf. Sie schickten sich an, die eineinhalb Kilometer abzuschreiten, die jeder zu überwachen hatte. Ruhig, in Nebel und Kälte, aber aufmerksam. Sie durchforschten die Dunkelheit und achteten auf den geringsten Lärm. Sie gingen den Mäuerchen entlang, die hier die Weideparzellen abgrenzten.

Sie sahen einander nicht mehr und wagten nicht zu rufen. Henchoz blieb länger beim Chalet, wegen der vertrauten Geräusche, des spärlichen Lichts und der Wärme, die vom Stall ausgingen. Carrard fragte sich, als er auf die Strasse kam, ob wohl Petitmermet von der andern Seite her schon dagewesen sei, und wartete; er hätte gern etwas geschwatzt. Aber das Gehen und Kommen liess sich nicht regeln. Jeder war allein und durchfroren, als es morgens um sechs zu tagen begann. Pittet, auf der Anhöhe, hatte plötzlich beschlossen, dass es nun genug sei.

Er hängte sein Gewehr über einen riesigen alten Baumstrunk, vergewisserte sich, dass es da nicht herunterfallen könne, und setzte seinen Gang auf die andere Seite fort, schneller, mit den Armen schlagend, um sich aufzuwärmen, schliesslich fast laufend. Seine Atemstösse zeichneten sich im Morgennebel ab. So lief er etwa zweihundert Meter und wieder zurück.

Was er nun sah, liess ihn vor Schreck erstarren. Gewissermassen an den Hang gekauert, bewegte sich ein Mann schräg von oben nach unten, also zwischen dem Soldaten und seinem Gewehr, das dort unten am Baumstrunk hing. Ein bizarrer Mann, schien ihm, eine Phantasmagorie im Frühlicht. Der Mann trug einen überlangen gefütterten Mantel und eine Mütze wie eine Narrenkappe. Der Mann setzte vorsichtig Schritt vor Schritt, die Augenbrauen hochgezogen, die Stirn gerunzelt; er wirkte heimtükkisch, wie er so jedes Detail des Bodens betrachtete und grössere Steine umwendete, mit den Füssen nachhelfend, wenn es so besser ging. Pittet klapperten die Zähne. Mein Gewehr! Wenn er mein Gewehr entdeckt!

Und plötzlich drohte Pittet vor Schrecken ohnmächtig zu werden. Denn der Mann hielt in seiner Hand ein grosses Messer, so ein Pfadfindermesser, die Schneide blinkte auf im Morgenlicht. Pittets Augen hefteten sich an dieses Messer, an diesen verkniffenen Blick, und er verhielt sich ganz still. Was tun in einer solchen Situation? Der Mann befand sich zwischen seinem Gewehr und ihm. Er war gross, schien stark und entschlossen. Seine ganze Haltung war provozierend. Pittet war kein Feigling, aber plötzlich überfiel ihn die Versuchung zu desertieren. Er spuckte aus beim Gedanken, dass man ihn in der Deutschschweiz erschiessen würde.

Ich muss, dachte er, eine ganz unbeteiligte Haltung einnehmen. Ich muss an ihm vorbei und mein Gewehr holen. Wenn ich das Gewehr dann in Händen habe, geladen und auf ihn gerichtet, wird er nicht aufmucken.

Aber wie das? Der Mann bewegte sich genau auf den Baumstrunk zu, an dem das Gewehr gehängt war, dieses lächerliche bräunliche Ding. Der Mann hatte Pittet noch immer nicht wahrgenommen, der sich in seinen grossen Militärschuhen wie ein Bär fortbewegte und sich hinter dem Mäuerchen verborgen zu halten trachtete, kauernd, wenn der Mann von seiner Linie abkam, bis er wieder auf dem vorgezeichneten Weg war.

Unausweichlich, unerbittlich aber würde er im Weitergehen das Gewehr entdecken. Und wie sich Pittet das Militärstrafgesetz, das Divisionsgericht, die Schande, die Entehrung vor Augen hielt, fühlte er in sich das Herz eines Kriegshelden klopfen. Wenn auch, entschied er, ich muss ihn anreden, und wenn er sich bewegt, tue ich so, als würde ich eine Handgranate bei mir haben, und ich werde nach Petitmermet rufen.

Etwa dreissig Meter vor dem Unbekannten, der seinen heimtückischen Zickzackgang weiterging, wandte sich Pittet plötzlich zu ihm und rief: »Halt!« Der Mann blieb stehen, wie eine Säule, und drehte sich um, das Messer in der Hand. Er blickte durch den leichten Morgennebel, verkniff die Augen und rief zurück: »Wer ist da?«

Pittet fiel es sofort auf, dass der Mann keinen fremdsprachigen Akzent hatte und nicht auf deutsch oder in einer andern Sprache redete, also wohl auch kein Jude sei. Doch der Mann stand gewissermassen sprungbereit da, das Messer in der Hand. Pittet näherte sich ihm bis auf zehn Meter und hatte seinen Feind scharf in den Augen. Eine scheussliche Situation. Dieser lange Mantel, diese komische schmutzige Mütze, bis über die Ohren gezogen, und das Messer, das auf ihn gerichtet war. Der Mann redete und sagte: »Es hat nicht viele in dieser Zeit.« Pittet dachte an die fremden Elemente, die durch die Grenze drangen. Er wusste nicht, was antworten, und gab mit einer Stimme, die sich selber Mut machte, zurück: »Was nicht?« Der Mann fuhr fort: »Seit einer Stunde habe ich keinen einzigen gefunden. Jaja, eine schlechte Zeit für Pilze!«

Beim Hauptverlesen liess der Feldweibel die vier zum Rapport vortreten. »Petitmermet?« – »Nichts zu melden.« – »Henchoz?« – »Nichts, Feldweibel.« – »Carrard?« – »Ein Reh.« – »Maul halten! – Pittet?« – »Nichts besonderes.« Pittet zitterte noch immer.

(Aus dem Französischen von Hans Rudolf Hilty)

Ulrich Becher

In der Alpenkatakombe

Im Herbst des Jahres 1940 besuchte ich eine Versammlung in dem – im Zürcher Arbeiterviertel »Industriequartier« gelegenen – Haus des sozialistischen Pfarrers Leonhard Ragaz, der Jahrzehnte hindurch »Das Gewissen der Schweiz« genannt wurde. Einer der Redner, ein mir befreundeter Redakteur einer sozialdemokratischen Tageszeitung der Ostschweiz, sprach es aus: »Wir Schweizer müssen uns mit Jahren der Knechtschaft abfinden ...«

Dies war ein Wort harter Offenheit, ausgesprochen im Bereich der ältesten Demokratie der Welt; in dem Land, das, obzwar »heute von der Weltgeschichte pensioniert, dazu berufen, das letzte Wort in der Geschichte Europas zu sprechen« (Jacob Burckhardt); in dem Land, darin die »Ordnung in der Freiheit« als Mythos lebt, zu dessen Bewahrung und Lebendigerhaltung jeder Bürger, auch zur Friedenszeit, sein geladenes Gewehr im Schrank stehen hat. Mit dem Zusammenbruch Frankreichs, der eine voraussehbare, durchaus logische, wenn auch grauenhafte Folge war des empörenden Mangels an europäischer Solidarität, der die zwei Jahrzehnte eines verpestend faulen Friedens kennzeichnete, hob für die Schweiz die Zeit der schleichenden Knechtschaft an. Auch wenn es stumpfsinnsfrohe, selbstgefallsüchtige Eidgenossen, die »Füdlibürger«, deren Wappenbild einen gigantischen, mit Blei beschwerten Hintern vorstellt, nicht wahrhaben wollten: Geist und Freiheit stiegen zweieinig in die Katakomben hinab.

Eine steinalte Geschichte: Wo immer Tyrannis, Willkür und Unterdrückung um des Machtrausches willen also, fett wurden – die Wehrlosen werden zunächst geschunden, die Kahlen zuest geschoren, die nur mit einem zerrrissenen Hemd Bekleideten als erste ausgezogen: waschechtes Merkmal, daran sich Tyrannis und Revolution unterscheiden! Die ersten, die in der Schweiz die Knechtschaft zu spüren, die »Früchte des Zorns« zu kosten bekamen – die sie andernorts bereits zur Übergenüge gekostet –, hiessen: Die Emigranten. Es wäre falsch und ungerecht, wollte man das Los, das den Réfugiés in der Schweiz seit Sommer 1940 beschieden war, der Entwürdigung, Erniedrigung, dem Hohn und den Untaten gleichsetzen, die ihren Leidensgenossen in Frankreich widerfuhren. Doch ist diese glimpflichere Behandlung den Schweizer Behörden nicht zugute zu halten, weil Frankreich ja immerhin besiegt, zerstückelt, entmutigt war, indes die Schweiz allein in latente Abhängigkeit geriet. Für die bis zu Verbrechen – die klipp und klar Beihilfe zum Mord zu nennen sind – ausschweifenden Vergehen gegen das uralte Schweizergebot, das »Gastlich schützendes Obdach für die Verfolgten« heisst, ist in erster Linie der ehemalige Chef der eidgenössischen Fremdenpolizei Rothmund nebst seiner in Bern nistenden Fremdenpolizeikamarilla verantwortlich, einer faschistelnden Regierungsclique, wie wir sie aus andern Beispielen – Ungarn, Rumänien usw. – kennen und hassen, einer machtbewaffneten Clique, die sich im Bemühn, des Menschheitsfeindes Gunst oder Gnade zu erringen, pseudofaschistisch gebärdet. Sie ist um so widerlicher, als sie ihre Schandtaten scheinheilig mit »demokratischen Notwendigkeiten« tarnt. Ihr eintöniges Rezept bleibt, an gewissen Versuchskaninchen, seien es Juden, Arbeiter, Emigranten, den Missbrauch der Macht zu erproben. Mit Hilfe dieses Tests hofft sie zu erkunden, wieweit dem Volk gegenüber sich ungestört Machtmissbrauch treiben lässt.

Solch einer »Notwendigkeit« zu genügen, wurde, flugs nach dem Zusammenbruch Frankreichs, ein Grossteil der in die Schweiz geflüchteten Emigranten zusammengefangen, das heisst mit Polizeigewalt sei es in Zuchthäuser – sei es in sogenannte Arbeitslager überführt.

Ich kannte einen jungen tschechischen Arbeiter, der sich nach der Okkupation seiner Heimat scheinbar lammfromm zum Arbeitsdienst in Süddeutschland meldete, mit dem eisernen Entschluss, von dort über die nahe Grenze zu entweichen und in die französische Armee einzutreten.

Seine nächtliche Flucht glückte; nur fand er sich des Morgens nicht auf französischem, wie er erhofft hatte, sondern auf Schweizer Boden. Dieser blutjunge engelsanfte Mann, dessen einziges Verbrechen sein unerschütterlicher Wille war, für die Freiheit und Würde Europas zu kämpfen, sah bis März 1941, da es ihm über Portugal zu entschlüpfen gelang, von der Freien Schweiz buchstäblich nichts andres denn Zuchthauszellen, Lagerbaracken, Steinbrüche, in die er zur Zwangsarbeit verschickt war. Als er zwecks Regelung seiner Ausreise für ein paar Tage aus der Haft entlassen, nach dem Grenzort fuhr, wo er erstmals verhaftet worden, um sich einige zur Ausreise erforderliche Papiere zu beschaffen, wurde er dort für alle Fälle erst einmal wieder verhaftet und über Weihnacht und Neujahr in Polizeigewahrsam gehalten; noch am letzten Tag vor seiner Ausreise wurde er in Genf arretiert und auf die Wache geschleppt. Einer von vielen Namenlosen.

Zur »Beurteilung« jedes einzelnen Falles bediente sich die Schwanengasse (die Berner Fremdenpolizeizentrale) der Nürnberger Judengesetze, ohne dies der Öffentlichkeit bekannzugeben.

Nr. 3 UEBER DIE GRENZEN Seite 5

Werner Saul *Wie unsere Zeitung entsteht*

Rothmund wies die Fremdenpolizeistellen der Kantone an, den Emigranten zuvörderst zu befragen, ob er Jude sei. Die »Fälle« wurden in zwei Kategorien geteilt: die Akten der nach den Nürnberger Gesetzen als Juden Geltenden tragen, in Nachäffung des reichsdeutschen Judenpases, ein mächtiges »J« aufgestempelt. Zaugg und Gödi vollstreckten die von Rothmund angeordneten »polizeilichen Massnahmen zur Erfassung landesfremder Elemente und ihrer Umschulung auf Berufe, die ihnen in Übersee ein Fortkommen bieten«. Diese Berufe hiessen Im-Steinbruch-Schuften und Strassenbau. Männer bis zu sechzig Jahren, unter ihnen Intellektuelle, Chirurgen und Pianisten, denen die Unversehrtheit ihrer Hände als einziges Hab und Gut verblieben war, wurden in Lagerbaracken gepfercht und morgens um 5 Uhr zur Schwerarbeit abkommandiert. Gödi war ein ausgemachter Leuteschinder, ein eifriger Judenhasser zudem. Seine Ausbildung für den Posten eines Lagerkommandanten hatte er in – Nazideutschland erhalten! Beim Appell pflegte er vor die in Reih und Glied Ausgerichteten – grösstenteils Juden – hinzutreten und zu sagen: »Wenn man euch so sieht, möchte man sich einen Hitler herwünschen!« Geringste Unpünktlichkeit, Nichtbefolgung eines Befehls Gödis wurde im Lager Geisshof bei Bremgarten mit mehrtägigem Dunkelarrest im feuchten Kellerloch eines ehemaligen Klosters bestraft, sei es im härtesten Winter (ein Sohn Jacob Wassermanns etwa landete mit 39 Grad Fieber in solch einem Loch). Beschwerden an den Kommandanten der Pioniertruppe, der die Militärgewalt übte, bewirkten lediglich, dass Zaugg herbeigereist kam und den angetretenen Zwangsarbeitern zuschnarrte: »Wem es hier nicht passt, soll vortreten: er wird unverzüglich an sein Ursprungsland zurückgestellt!« Niemand trat vor.

Doch muss hier auch von dem Mangel an Solidarität unter den Lagerinsassen die Rede sein. Dem Nazismus, dessen Wahlspruch »Als Ordnung getarntes Chaos« lautet; dem Nazismus, der ja ein Gesichtloses, Gestaltloses, Amorphes ist, das sich unter Maskenfratzen des Schreckens, der Sturheit und Bosheit verbirgt, an denen kein Gemeinsames auffällt als ihrer aller Blutbeflecktheit; dem Nazismus, von dem, da er zergeht, nichts sichtbar bleibt denn Trümmer, gehüllt in Blut- und Tränendunst: greulichster Alptraum der Geschichte, von dem die Welt, hätte sie die Mahner beizeiten gehört, längst, längst befreit wäre – dem Nazismus gelang's, eine Emigration zu schaffen, ihm aequivalent an Chaotischem, Gesichtslosem, Amorphem, ja Unwirklichem. Eine jüdische Hofratswitwe als Schicksalsgenossin eines revolutionären Dichters, ein deutschnationaler Bankier mit einem »Webfehler« im Blut als Leidkumpan eines kommunistischen Arbeiters – welch Spuk! In Schweizer Emigrantenlagern war es nicht

Selbstverständlichkeit, Liebesgaben mit Kameraden zu teilen. Da waren solche, die in der kargen Freizeit ausgezeichnete Zigaretten schmauchten, und andre, die zusahen. Arbeiter, unzerbrechliche, mit allen Hunden gehetzte Männer, denen Unwahrscheinliches geglückt war: aus deutschen Konzentrationslagern zu entfliehen, um in jene der Schweiz hinüberzuwechseln, beklagten sich bitter: In Nazideutschland hätten die Gefangenen, aus welcher Schicht immer sie in die Hölle des Lagers geschleudert wurden, wie Ein Mann zusammengehalten; dies Bewusstsein hätte manchen am Leben erhalten; umlauert vom allgegenwärtigen Martertod, auf ihre Geschlossenheit bauend, hätten die Gefangenen oft Bewunderungswürdigstes vollbracht an Hilfsbereitschaft, Unerschrockenheit; in der Emigration aber sei nichts davon zu finden. Erwähnt muss sein, dass der Lagerspitzel, den der Lagerleiter und approbierte Judenfresser Gödi anstellte – ein Männchen, das sich fleissig alle abfälligen Bemerkungen, Versäumnisse, Lässigkeiten notierte und stracks anzeigte –, ein deutsch-jüdischer Emigrant war, ein ehemaliger Staatsanwaltsanwärter aus Preussen. Sein Lohn: Ein Vorzugsposten im Lagerbüro.

Eines Tages wurde der zwanzigjährige deutsche Flieger Hess in Geisshof eingeliefert. Er hatte den polnischen Feldzug, die Zerstörung Warschaus mitgemacht. Doch als es im Frühjahr 1940 »wieder losging, hielt ich es nicht mehr aus«. Im Bremserhäuschen eines Güterwaggons versteckt, war er bei St. Margarethen in die Schweiz desertiert und, nach dem Umweg über verschiedene Zuchthäuser, im Lager gelandet. Er hatte sein bares Leben gerettet, nebst seiner Uniform. In dieser Uniform erschien er im Lager; ansonsten verfügte er weder über Kleidung noch Geld noch etwelche Habseligkeiten. Er kannte niemanden, niemand wollte ihn kennen, niemand half ihm. Das dem seinen benachbarte Barackenbett war einem Berliner Emigranten zugeteilt, der mit der Tochter eines Basler Grossindustriellen verlobt war. Hess entwendete ihm ein Paar alte Schuhe nebst zehn Franken. Statt die Sache mit Hess unter vier Augen abzumachen, zeigte der Emigrant ihn Gödi an. Hess wurde des Diebstahls überführt. Gödi schlug ihm ins Gesicht. Nächstentags verschwand Hess unter polizeilicher Bedeckung aus dem Lager. Über kurzem trafen Beamte aus Bern im Lager ein. Zaugg liess die Lagermannschaft antreten und hielt folgende kurze Ansprache: »In diesem Augenblick ist Hess bereits an die Grenze gestellt und den deutschen Behörden übergeben! Dasselbe hat jeder zu gewärtigen, der sich seines Verbleibens im Gastlande unwürdig erweist! Hat jemand etwas dazu zu sagen?« Niemand, niemand hatte etwas dazu zu sagen.

Ein Paar alter Schuhe wegen wurde ein junges, gehetztes, verwirrtes, wehrloses Leben seinen Mördern vorgeworfen. Das heisst Beihilfe zum Mord, daran ist nicht zu rütteln. Doch Hess blieb nicht einziges Opfer der Berner Fremdenpolizei. Derlei Greuel wiederholten sich. Ein andrer junger deutscher Flüchtling hatte sich hie und da aus dem Lager gestohlen und mit einem Schweizer Mädchen aus der Nachbarschaft eine Liebschaft angefangen. Kaum dass er verpfiffen ward, verschwand auch er unter Bedeckung. In Geisshof wurde bekannt, er sei im Zuchthaus Sonnenburg interniert, kurz darauf indes: er habe vorgezogen, »freiwillig nach Deutschland zurückzugehen«.

Nachdem ich Berichte aus den verschiedensten Lagern, Zuchthäusern, Gefängnissen angehört und miteinander verglichen, nachdem ich glaubwürdige Lagerinsassen zur Zeit ihres Sonntagsurlaubs ausgeforscht hatte und gewiss war, die Wahrheit zu kennen, ging ich zu meinem Onkel – einem katholisch-konservativen Obersten, öffentlichen Ankläger eines Kantons – und erbat seine Hilfe. Nicht allein, dass er mich freundlich abwies, er – wusste von nichts, und ich musste es ihm gar glauben. Da ich mich hier hinauskomplimentiert sah, ging ich zu den mir befreundeten sozialdemokratischen Redakteuren. Sie verfügten über genau das gleiche Material wie ich. Sie durften es nicht veröffentlichen. Die Zeit der schleichenden Knechtschaft hatte begonnen.

Lajzer Ajchenrand

Der Mensch

ich bin die einsamkeit vun schtet,
die liebe, der wein und broit,
dos nitdersogte gebet
vun lebn un vun toit,
der gefroirener glanz vun schtern
naket in seier wandern,
mein gelechter ken men hern
in gewein vun dem andern.

ich bin die varloirene schlachtn und siegn,
die nacht arum arum der erd,
die bereischislegendes, der nign,
der tron blut oif der schwerd;
ich bin der bagin in mitn
vun alzding wos vargeit,
fil on die welt mit minuntn,
in umendlechn – ich bin die zeit.

ich bin der turem un der boign,
der kreis un dos licht,
die brik zwischn undsere oign,
der varmischpeter un dos gericht,
der odler nit die faierfligl,
an oisgeloschener fakel,
vun mein urvoter der schpigl
oif der doiroisdiker schwel.

ich bin die welder oif der lewone,
der blik vun mir zu dir –
un die tunkele sakone
var jeder baloichtener tir,
ich bin die sun oif main schtern
der schotn vun main trot
un in eibikn vargein un wern
der otem vun gott.

Arum rund um / *der varmischpeter* / der Vorgeladene, Angeklagte / *oif der doiroisdiker schwel* auf der Schwelle von Geschlecht zu Geschlecht / *lewone* Mond / *sakone* Vorhof, Gefahr

Max Brusto

Arbeitslager

Unter den etwa dreissig Menschen, die auf dem Wege zum Arbeitslager sind, befinden sich Deutsche, Österreicher, Polen, Tschechoslowaken, Belgier, Holländer, Ungarn, Staatenlose. Im Lager selbst werden wir Sowjetangehörigen, Luxemburgern, Franzosen, deutschen Deserteuren begegnen; nachher werden Italiener und Jugoslawen hinzukommen.

Alle Berufe sind vertreten. Ärzte, Anwälte und Notare, Schriftsteller und Journalisten, Musiker, Kaufleute, Bäcker, Coiffeure, Schneider, Diamantenschleifer, Schauspieler und Opernsänger, ein Mathematiker, ein Optiker und sogar ein Eierdurchleuchter.

Wir haben uns am Bahnhof einzufinden, und dort sollen wir vom Lagerleiter abgeholt werden. Da wir noch etwas Zeit haben, begeben wir uns in eine Wirtschaft. Wir sind alle etwas betreten. Anscheinend haben wir es schon verlernt, uns frei zu bewegen. Man serviert uns Kaffee und weil die geschäftstüchtige Wirtin von unserer Ankunft unterrichtet war, bietet sie uns Apfelwähen an. Märkli haben wir nicht, aber das weiss sie auch. Wir sind ihr sehr dankbar. Wir werden später ihr Lokal bevorzugen. Erst als es durchsickern wird, dass sie alles, was wir untereinander sprechen, dem Lagerleiter zuträgt, stellen wir unsere Besuche ein.

Der Lagerleiter sitzt auch in diesem Café. Ihm scheint es nicht wohler als uns zu sein. Er hatte schon verschiedene Berufe ausgeübt, war einmal sogar Betriebsleiter, aber Chef eines Internierungslagers ...

Nachdem wir uns gestärkt haben, ziehen wir in das Arbeitslager ein. Wir versammeln uns in der Essbaracke und der Lagerleiter hält eine kleine Ansprache. Seine rechte Hand, ein »Edelemigrant« (Bezeichnung für Emigranten, die seit 1938 in der Schweiz leben) sekundiert. Er wisse, was wir durchgemacht haben, meint der Lagerleiter, und er verstehe unsere Situation. Wir mögen nun unseren guten Willen zeigen, dann werde es schon gehen. Jeder solle nur so viel arbeiten, als er kann. Goldene Worte.

Wir geben unsere Schuhgrösse, Hals- und Kopfweite an, dann wird uns eine Pritsche zum Schlafen angewiesen, gefüllter Strohsack, dazu drei Decken und ein Leinensack. Welch ein Fortschritt gegenüber dem Auffanglager!

Das Lager besteht aus acht Baracken. Eine für die Küche, eine für das Büro, das Magazin, das Ärztezimmer und die Infirmerie. Eine andere Baracke dient als Waschraum, die grösste als Essraum; es folgt eine Baracke als Leseraum, in der sich die Schlafräume für die Lagerleitung befinden, die restlichen drei dienen als Schlafbaracken für die Belegschaft. Eine Latrine ist noch nicht vorhanden. Man hat ein Loch gegraben und darüber ein Brett gelegt. Das genügt vorläufig. Unser »Indianerdorf« liegt mitten im Wald. Der freie Raum zwischen den Baracken ist ein Meer von Schlamm. Als uns hoher Besuch angekündigt wird, beginnen wir aus Holz Laufstege zu machen. Der Eingang zum Lager wird mit Kies und Steinen zugeschüttet, so dass man nicht mehr Gefahr läuft, sich das Genick zu brechen oder bestenfalls sich die Kleider zu beschmutzen.

Nach einigen Tagen trifft die Latrine und unsere Arbeitskleidung ein. Jeder hat einen blauen Arbeitsanzug, Schuhe, Wäsche und eine Mütze erhalten. Sechs Uhr dreissig Tagwache, sieben Uhr Frühstück, Appell. Bestandaufnahme. Schriller Pfiff. Abmarsch in den Wald.

Oben im Wald ist ein Schneegestöber. Der Wind pfeift wie in einer schaurigen Szene in einem schaurigen Drama. Jeder erhält eine Arbeit zugewiesen. Man gräbt die Wurzeln frei, zieht mit einem Seil den Baum heraus. Die grossen Bäume werden mit Ketten von einem Motor zu Boden gerissen. Viele stürzen sich voller Eifer auf die jungen Bäume. Von allen Seiten hört man Äste knacken, hört man Rufe: »Vorsicht!« und schon fallen die gefällten Bäume, so dass man manchmal Mühe hat, rechtzeitig auszuweichen. In einem Nachbarlager wurde einer von einem Baum erschlagen, doch die meisten Unfälle sind geringer Natur.

Ob man will oder nicht, man muss Hand anlegen. Wer still steht, friert. Wir entwickeln uns mit der Zeit zu Holzfällern. Man rühmt sogar unseren Gang, der den Schritt eines Waldarbeiters angenommen hat. Wir schälen die Bäume, zersägen und stapeln sie auf. Die Wurzeln werden ausgegraben, der Boden gereinigt, planiert und zum Kartoffelnstecken vorbereitet. Und bald wird der Boden Früchte tragen und vielleicht wird der eingefleischteste Antisemit gerade die Kartoffeln essen, die jüdische Flüchtlinge gepflanzt und geerntet haben.

Nicht mehr der Militärbehörde unterstehen wir jetzt, sondern der Polizeiabteilung des Eidg. Justiz- und Polizeidepartements. Die von ihr gezeugte Tochter ist die Zentralleitung der Arbeitslager (ZL). Sie ist es, die unser Lager und alle anderen Lager und Heime verwaltet. Zu solch einer Verwaltung braucht es sehr viel Papier. Da muss jeden Tag ein Rapport abgeschickt werden, wie viel Mann oben im Wald arbeiten, wie viel Arbeit geleistet, wie viele im Hausdienst beschäftigt, wie viele krank, wie viel beim Postdienst, wie viel in der Küche arbeiten und dergleichen Dinge mehr.

Es gibt also genug Arbeit. Vier Leute sind im Büro beschäftigt. Das

Schweizer Personal besteht aus dem Lagerleiter, dem Rechnungsführer und dem technischen Leiter. Manchmal taucht ein Aspirant auf, der bei uns eine kurze Lehrzeit durchmacht, bevor er die Betreuung der Flüchtlinge übernimmt.

Über die Lagerleiter ist viel geschrieben worden. Man hat einfach Inserate in den Zeitungen aufgegeben und so das Personal gefunden. Als man später, viel später, feststellen musste, dass diese Methode schlecht sei, versuchte man es anders. Man unterzog die Kandidaten einem psychotechnischen Verfahren. Aber auch das half nicht. Juden kamen als Lagerleiter nicht in Frage. Als sich einmal eine Schweizer Jüdin um einen Posten bewarb, wurde sie glatt abgewiesen. Wohl und wehe eines Lagers hing vom Leiter ab. Nun muss man sich aber vor Augen halten, dass er seine Direktiven von der ZL bezog. Welch ein Geist da eine Zeitlang herrschte, bezeugt wohl am besten, dass man einen höheren Angestellten, der Mitgefühl mit den Flüchtlingen hatte, von Posten zu Posten versetzte, bis er angewidert durch die Schikanierungen erkrankte und die ZL verliess.

Eine Szene in einem Arbeitslager wird mir unvergesslich bleiben. Wir waren an einem heissen Sommertag um halbfünf aufgestanden, hatten bis zwölf Uhr gearbeitet und nach dem Mittagessen hatte jeder die Pause benutzt, um sich ein wenig auszuruhen. Selbst in den Baracken war die Hitze unerträglich. Um halbzwei ertönte die Pfeife. Aufbruch zur Arbeit. Einige waren eingeschlafen und kamen nicht so schnell aus ihrer Baracke hervor. Endlich waren alle vor dem Lagerleiter versammelt. Verschlafen wie wir waren, machten wir sicherlich keinen guten Eindruck. Der Lagerleiter prüfte uns mit einem geringschätzigen Blick und sagte: »Und diese Leute wollen nach dem Krieg die Welt regieren.« Unser Lagerarzt, der neben ihm stand, erwiderte: »Viele sind dazu berufen, wenige auserwählt.« Er fand in seiner Verlegenheit keine andere Antwort. Die beste Antwort wären ein paar Ohrfeigen gewesen. Aber wer wollte sich an einen solchen Menschen vergreifen? Und sicher hätte er die Polizei geholt und man wäre in Witzwil gelandet. Man schluckte und ging zur Arbeit.

Das Schicksal ereilte diesen Lagerleiter schneller als er es gedacht hatte, obgleich er bei der ZL sehr gut angeschrieben war. Sein Lager galt nämlich als Musterlager. Für die kulturelle Betätigung seiner Insassen hatte er kein Verständnis, er pflegte an Arbeit herauszuholen, was nur möglich war. Darum stand er in hoher Gunst. Eines Tages machte er einen Griff in die Lagerkasse. Man entdeckte, dass einige tausend Franken fehlten. Er verschwand aus dem Verband der ZL. Andere Lagerleiter liessen sich bestechen, ein Kapitel für sich bildeten die Leiter und Leiterinnen von Frauenheimen. Da glaubte sich manche als Erzieherin aufspielen zu müssen, da wurde durch die Schlüssellöcher geschnüffelt, da wurde bei dem geringsten Anlass Post- und Ausgehsperre verfügt. Es dauerte lange, manchmal ein Jahr, bis man einen solchen Leiter entfernte. Macht in falschen Händen, um ein Wort eines Schweizers zu variieren, birgt schon Missbrauch in sich. Die Lagerleiter haben sie reichlich missbraucht.

Schliesslich gab es auch anständige Lagerleiter, die sich menschlich benahmen, obwohl man ihnen eingeschärft hatte, dass die Flüchtlinge undankbar seien. Mit solchen und ähnlichen Argumenten hielt man sie bei der Stange, als sogenannte »Statthalter von Bern«.

Es gab auch Inspektoren, die die Lager bereisten und Beschwerden entgegennahmen. Meistens wurden die Beschwerden abgelehnt und der Wortführer bei der ersten Gelegenheit in ein anderes Lager versetzt.

Unser Lagerleiter ist ein anständiger Mensch. Er hat zwar seine Mucken und Launen und ist ein Dickschädel, aber er versteht gar manches. Er trinkt gern und manchmal viel. Und als man in der »Aera des Verständnisses für Flüchtlinge« war, das heisst, als es schon für jedes Kind feststand, dass die Alliierten den Krieg gewinnen würden (manche Staatsmänner schweizerischer und anderer Nationalität wollten das immer noch nicht wahrhaben), ihn wegen des Trinkens entlassen wollte und es nur eines Wortes bedurft hätte, da trat die gesamte Belegschaft für ihn ein: sie leugnete, dass er trinke bzw. dass er ab und zu betrunken ins Lager käme. Besser einen Menschen, der trinkt, als einen Antisemiten, der die Kasse bestiehlt.

(Aus »Im Schweizer Rettungsboot«, Dokumentation)

Eugenio Montale

Der Hitler-Frühling

Noch sie, die beim Anblick der Sonne sich dreht ...
Dante (?) an Giovanni Querini

Wolke verrückt gewordener Falter weiss dicht
umwirbelt die blassen Laternen die Brüstung,
spreitet ein Laken über die Erde, unter dem Fuss
knirscht es wie Zucker; nahend entkettet der Sommer
jetzt das nächtliche Eis, zurückgehalten
in den verborgenen Steinbrüchen der toten Jahrzeit,
in den Gärten die sich herabziehn gestuft
von Maiano bis zu den Sandbänken hier.

Soeben auf seinem Zug ist vorübergekommen
fliegend ein höllischer Bote
mitten im Sieg-Heil der Mörder, ein Golf gespenstisch gerötet
mit Hakenkreuzen beflaggt hat ihn gepackt und verschluckt,
zugesperrt sind die Schaufenster arm und
harmlos obwohl bewaffnet auch sie
mit Kriegsspielzeug kleinen Kanonen,
verrammelt hat seine Tür der Metzger der mit Brombeerzweigen
schmückte die Mäuler der getöteten Böckchen,
die Kirmess der milden Scharfrichter die noch nichts wissen von Blut
hat sich verkehrt in einen dreckigen Tanz von geknickten Flügeln und
Larven über Schlammtümpeln Wasser das heranspült
die Ufer zu nagen und niemand ist schuldlos.

Alles für nichts als Nichts? – und die Kerzen zu San Giovanni
geweiht in Rom die mählich ein bisschen Licht verhiessen
am Horizont, und die Liebespfänder und die langen Lebewohls
stark wie eine Taufe in der beklemmenden Erwartung
der Horde (doch eine Gemme durchschnitt die Luft besprengend
die Eisspiegel und die Ufer deines Landes am Meer,
die Engel des Tobias, die sieben, Aussaat
der Zukunft) und die Heliotrope entsprungen
aus deinen Händen – alles versengt und ausgetrocknet

von einem Pollen der knistert wie Feuer
und schneidet wie Schneesturm ...
Oh dieser Frühling
voll Wunden ist dennoch ein Fest wenn er einfriert
zu Tod diesen Tod! Noch einmal heb auf deinen Blick
zur Höhe, Clizia, dies ist dein Los, du
die du unwandelbare Liebe gewandelt bewahrst,
bis die stumpfe Sonne die du in dir trägst
erblindet im Andern und sich auslöscht
in Ihm für alle. Vielleicht dass die Sirenen,
Klangsignale künden die Ungeheuer am Abend
ihrer wilden Jagd, sich schon mischen dem Ton
der sich vom Himmel löst, niedersteigt, siegt –
im Atem des Frühlichts das morgen für alle
dicht weiss doch ohne die Flügel schauernden Schreckens
neu ersteht dieser verbrannten Kiesgrube des Südens ...

(Aus dem Französischen von Hans Rudolf Hilty)

Paul Eluard

Zuviel Untat

Ein einziger Strick eine einzige Fackel ein Mann allein
Hat zehn Männer erwürgt
Hat ein Dorf verbrannt
Hat ein Volk erniedrigt

Die sanfte Katze die im Leben nistet
Wie eine Perle in ihrer Muschel
Die sanfte Katze frass ihre Jungen auf.

(Aus dem Französischen von Friedrich Hagen)

Tullio Righi

Fünf Partisanen

Es war die letzte Mahlzeit, die uns alle vereint sah. Ich erinnere mich, dass wir in Butter gebackene Eier mit Weissbrot hatten in einer einzigen grossen Schüssel mitten auf dem Tische. Auch für diese Nacht wurde ich von der Wache dispensiert. Ich schlief jedoch unruhig und bemühte mich vergebens, einzuschlafen. Baldi und der Genosse schnarchten, ohne Pause einander begleitend: Der eine atmete ohne Unterlass in tiefen Zügen, der andere stossweise wie ein Motorrad beim Anfahren.

Gegen Morgen hin stürzte Marion, der gerade die Wache hatte, in die Hütte hinein. Er stürmte von einem Ruhebett zum anderen und riss die Decken herunter. Wir schliefen halb entkleidet, und in einer Minute waren wir bereit. Gruppen von Schatten kletterten den Abhang vor der Alphütte herauf.

»Sie bekommen das Blei zwischen die Rippen, wie sie es verdienen«, erklärte Baldi mit fester Stimme.

Durch diese Worte angefeuert, kontrollierten wir schweigend unsere Waffen, sprangen aus dem Fenster auf der Bergseite hinaus und rannten in den Wald. Wir lehnten uns an Bäume und legten die Gewehre an. Kaum war der Schrecken des Erwachens und die Angst vor der Gefahr, umzingelt und gleich Tieren auf einer Treibjagd niedergemacht zu werden, verflogen, da krachten Handgranaten auf die Türe, die Mauern und das Dach des Hauses.

Diese Reihe von Explosionen wirkte ganz seltesam in dem zauberhaften Schweigen des lichtlosen Morgengrauens, des feuchten, kalten Grases, des grauen, blinden Himmels, der das bleiche, verstörte Aussehen eines aus dem Schlaf geschreckten Greises hatte. Der Nebel umgab mit langen, weissen Schleiern die gegenüberliegenden Berge, und schrecklich erschien uns der bevorstehende Kampf, stumm, verbissen, leidenschaftslos inmitten einer urtümlichen Natur, die ihr Geheimnis kaum verhüllte und in einer wilden, jugendlichen Wollust des Blutes erschauerte.

Dreissig Meter von uns entfernt liess uns der Lichtschein der platzenden Wurfgeschosse rund um das Haus die schwarzen Silhouetten der Milizsoldaten unterscheiden, und wir vernahmen die abgehackten Silben der Befehle der Offiziere. Baldi wollte nicht, dass wir antworteten, bevor wir sicher waren, ein Blutbad anzurichten. Mit funkelnden Augen wiederholte er:

»Wenn ihr feuert, bevor sie merken, dass wir nicht im Hause sind, warnt ihr sie nur. Nachher können wir ein Blutbad anrichten!«

Mit grosser Vorsicht drangen sie in die Hütte ein, und nach fünf Minuten – wir starrten auf unsere gebräunten Gewehrläufe, und unsere Hände zitterten vor Spannung – trieb der Wind einen Qualm bitteren Rauches auf uns zu. Aus der Türe begannen die Flammen zu schlagen, und kurz darauf hob sich das Dach und entfesselte Feuergarben gleich einer mächtigen, geschwungenen Fackel. Der Umkreis wurde durch ein Gewirbel brennender Späne erhellt, und in seinem flackernden Lichte erblickten wir die Schar der Milizen vor dem Hause. Auf der Seite beeilten sich andere erschreckt, mit Wasser die Gebüsche am Waldrand vor einem Brande zu bewahren.

Wir eröffneten gleichzeitig das Feuer auf die schwarze Gruppe. Dann befahl Baldi, wie das letzte Mal, mit dem Parabellum und dem zweiten Gewehr Brunos zu schiessen, um in ihrer Vorstellung unsere Zahl zu erhöhen.

Die Schiesserei musste mörderisch gewirkt haben. Denn ein Teil der Leute stürzte zu Boden, ein anderer Teil warf sich hin, und zwei oder drei Mann flohen auf dem Wege abwärts, um sich unserem Feuer zu entziehen. Ich glaube, dass wir wenigstens vier Mann zur Hölle schickten und eine Reihe anderer verwundeten. Diese Annahme wurde uns etwa eine Woche später bestätigt. Das Ziel war so leicht gewesen, diese dunklen Silhouetten gegen die leuchtende Glut des Brandes, dass auch ich mit meinen sechs Schüssen einige getroffen haben muss.

Zur Antwort zerschmetterten einige SIPE's die vordersten Kiefern des Waldes. Aber die Leute hatten keine Lust, in einem so heimtückischen Gelände, wie es dieses war, zu verweilen und nach ihren Verlusten hier sich weiter mit uns einzulassen. Und wir flüchteten inzwischen eilends im Schutze des Kiefernwaldes bergauf.

Mario benützte absichtlich den unteren Weg, der da und dort an den Rand der Weiden hinausführt. Nach seinen Beobachtungen schickten sich die Milizen, die vielleicht dreissig Mann stark waren, an, uns von dieser Seite her zu umzingeln. Wir rannten aufwärts, in der Hoffnung, dass in der Gegend von L. keine lebende Seele sich aufhalte. Und in der Tat konnten wir fast bis zur Mittagszeit in der Nähe des am Tage zuvor ausfindig gemachten Ortes ungestört verbleiben.

Ich könnte nicht behaupten, dass wir in heiterer Stimmung waren. Die neue Behausung war uns schon lieb geworden, wie es uns wahrscheinlich auch eine andere Unterkunft geworden wäre, und die Aussicht, im günstigsten Falle einige Nächte herumirren zu müssen, bereitete uns keine

Freude. Die Schwarzhemden hatten gezeigt, dass sie keineswegs geneigt waren, das Feld zu räumen, und die Geschichte wurde immer bedenklicher. Je mehr wir von ihnen töteten, desto mehr würden, gleich den Schwabenkäfern, wiederkommen, um die Stille der Hochweiden zu verheeren, von ihrem Hass und durch die unvermeidlichen Trankopfer angefeuert. Unter ihnen befanden sich auf hundert Unglückliche, die durch Drohungen ihrem Heim entrissen worden waren, eine nicht zu verachtende Anzahl von Verbrechern, die der Blutgeruch aufregte und noch mehr als der Alkohol berauschte. Wir hielten die Position ohne Maschinengewehre für unhaltbar. Das hätten wir auch gewusst, wenn Baldi nicht darauf bestanden hätte, es uns zu wiederholen.(. . .)

Das Wetter hatte umgeschlagen, der Wald und die Weiden hatten ihren Duft verloren, und über die Hochebene, auf die der Kiefernwald mündete, blies, über den Boden fegend, ein kalter Wind. Der Himmel blieb grau, die Gipfel versteckten sich in tiefhängenden, schwarzen Wolken.

Auf dem Kamm des Plateaus sahen wir zwei braune Gestalten erscheinen. Offenbar hatten sie uns nicht bemerkt, denn sie kamen ruhig des Weges, plauderten miteinander und deuteten mit den Armen nach dem Monte Generoso hinauf.

Baldi befahl uns, Deckung zu suchen, und beobachtete sie durch das Fernrohr. »Deutsche«, sagte er, ohne sich zu bewegen.

Es war wie im Zirkus, wenn, nachdem die Diener die Arena mit den Rechen geebnet haben, brüllend der Löwe hereinschreitet, und die Kinder sich hinter dem Rücken der Mütter verstecken. Ich schwöre, dass uns nicht weniger als ihnen das Blut in den Adern erstarrt war. Vielleicht war dies der einzige Augenblick, in dem in uns allen die Angst den Hass, die Verachtung und jedes andere Gefühl besiegte.

»Verfluchte Hunde!« zischte Bruno.

»Tuderi der Hölle!« schleuderte Mario heraus.

Aber so schnell die Angst gekommen war, so schnell verflog sie vor der Kraft der Verwünschungen. Der Schweigsame und ich blickten uns in die Augen. Mario grinste, nachdem er geflucht hatte, Bruno kroch zu Baldi hin.

»Wollen sie uns umzingeln?« fragte ich Baldi.

»Es scheint so«, antwortete der Genosse trocken.

»Dazu braucht man kein Fernrohr.«

»Es sind SS«, sagte ich, nachdem ich durch das Glas geblickt hatte.«

»Wenn ihr ruhig bleibt, versuche ich, sie mit dem 'Walter' abzuschiessen. Denkt daran: Wenn ich sie nicht umlege, werden andere kommen.«

»Sie kommen auf jeden Fall, wenn sie die Schüsse hören.«

Alexandre Mairet *Sozialer Friede*

»Und wenn wir nicht schiessen, werden sie uns suchen, und es werden dann zwei mehr sein.«

»Ich versuche es«, sagte Baldi.

»Einen nach dem andern!« sagte Bruno.

Sie legten sich ins Gras, die Waffe an der Schulter. Nunmehr waren die Deutschen in Schussweite. Ich fragte mich, ob auch ich Lust hätte, zu feuern: Ich sah ein, dass sich in mir etwas dagegen sträubte. Die Stille der Hochebene und die Ahnungslosigkeit der Feinde verlieh ihnen etwas merkwürdig Menschliches. Der Mensch, dachte ich, ist das ungeschickteste und das hässlichste der Raubtiere.(...)

So ging der Sommer zu Ende. Dieser Sommer des Todes und des Frohlockens, in dem Mailand von Bomben zertrümmert worden und wie ein riesiger Scheiterhaufen verbrannt war, mit seinen Staatspalästen aus Eisen und Zement, die mit dem Blute seiner geknechteten Bewohner erstellt worden waren, und mit seinen schönen Privatbauten, seinen stillen Strassen, seinen heiteren Kirchen. Im Herzen unserer Ebene war die Stadt des dutftenden, herben Nebels, die Stadt des kochenden Asphalts eingestürzt und hatte unsere Jugend unter sich begraben. In einer Julinacht war die Menge auf die Strasse geeilt, und ein in rote Seide gekleidetes Mädchen erschien am Morgen auf dem Domplatz an der Spitze eines Zuges von Arbeitern mit glühenden, verklärten Gesichtern ...

Jetzt schlug der Krieg auch den Dörfern Wunden, nachdem die Eintagsillusion des Friedens sie in unaufhörliche Festmärkte verwandelt hatte, und seine Feuer stiegen auf die Berge. Hoffnung und Angst, Frohlocken und Schmerz hatten uns aus den Häusern gejagt und uns auf uns allein gestellt, damit wir in einem allzu rasch beendeten Abenteuer Kameraden suchen sollten. Der Sommer war zu Ende, über die bläulichen Weiden senkte sich der dunkle Schleier des Regens, im Walde brachte die kalte Luft die Glieder zum Erstarren, und auf den rötlichen Schlamm fielen von den Kiefern Zapfen herab ...

Der Frühnachmittag verlief schweigsam. Später verdüsterte sich der Himmel, und es hörte beinahe auf zu regnen. Mario und Bruno gingen bis zum Kamm der Hochebene auskundschaften, die nach der Seite abfiel, von wo die beiden Deutschen gekommen waren. Langsam verstrich eine halbe Stunde. Der Wind blies stossweise durch den Wald.

Plötzlich hörten wir weit drunten, wo die niedergebrannte Alphütte lag, am Rande des Gehölzes Hunde bellen. Das Gebell stieg aufgeregt den steilen Fussweg herauf, weckte ein Echo in der tönenden Mulde des Tales, brach mit gebrochenen Lauten aus den beklemmenden Schluchten hervor. Binnen kurzem würden sich die Tiere auf den Anstieg stürzen.

»Sie sind noch weit von hier«, sagte der schweigsame Kamerad, als einziger, der es wagte, die Stille zu unterbrechen, die uns gewissermassen überfallen zu haben schien, um allein den abgehackten Stimmen der Tiere Geltung zu verschaffen. Und zu Baldi sagte er lächelnd im Mailänder Dialekt: »Sie haben von den 'Crapott' die Technik erlernt, diese 'Neger'!«

Die Deutschen haben die Milizen in der Technik unterrichtet. Der Krieg fördert die Zivilisation der Völker, indem er die Technik vervollkommnet! Baldi sprach das Mailändische ausgezeichnet und hatte den Satz verstanden. Ich rauchte und rauchte, sog aus der Zigarette den bitteren, scharfen, trockenen Rauch und suchte auf der vor Nässe glänzenden Erde nach einem der weissen Schneckenhäuschen.

Die Hunde durchstreiften drunten jeden Waldwinkel und würden lange brauchen, bis sie heraufkämen. Wenn die beiden Kameraden mit der Meldung, dass der Weg frei sei, wieder einträfen, würden wir versuchen, uns gegen den Monte Generoso hin zurückzuziehen. Aber kurze Zeit darauf vernahmen wir ein neues Geräusch, das wir rasch erkannten. Es kam aus der Gegend jenseits des Kammes des kleinen Plateaus, und in der Stille der Nacht klang es wie der Auspuff eines Motorrades auf einer ruhigen, ebenen Strasse. »Rum, rum, rum!« Und vier Gewehrschüsse. Und das Tacken eines Maschinengewehrs. Und dann wieder: »Rum, rum!« Wir rannten aus dem Walde hinaus, mit den Waffen in der Hand, erblickten aber niemanden. Im Laufschritt rannten wir zum Kamm hinauf. Dort fanden wir Mario: Er kroch über den Rasen, bäuchlings auf der Erde.

Wir warteten auf ihn und wussten schon, was er sagen würde: »Noch zwei SS ... Mit einem Maschinengewehr.« Und: »Bruno ist tot.«

Wir sahen einander an, dann richteten wir den Blick zum Tal hinab. Das Schicksal hatte auch uns ereilt und Bruno am Genick gepackt. Das Hundegebell war nicht mehr hörbar, aber die Meldung war auf andere Weise aufgenommen und ausgemünzt worden. Mario war nicht imstande zu gehen, da er am Bein verwundet war. Seine Hose war vollgesogen mit Blut. Er selbst war blass wie der Himmel, der sich grau über die Hochebene wölbte. Baldi verband ihn. Wir trugen ihn in den Wald.

»Er ist augenblicklich tot gewesen. Die ganze Ladung in den Bauch!«

Der schweigsame Genosse dachte sicherlich an Brunos Schwester, das schwarze Mädchen mit dem roten Schurz ...

»Ich habe geschossen«, berichtete Mario, »sie haben gestoppt. Ich stand zehn Meter hinter Bruno und habe mich ins Gras geworfen.«

Im Kiefernwald angekommen, schwieg er und lauschte. Ich bemerkte, dass er den Hut des Alpino in der Hand hatte. Mir war zum Weinen.

Aber es war lächerlich: Auch uns würden sie kriegen. Ich sah Bruno auf der Piazza von San F. bis unter die Haarwurzeln erröten und mir die Hand mit den Worten drücken: »Ich gehöre zu euch!«

Baldi rundete meinen Gedanken ab: »Er hat nicht gerochen, dass wir wie Leichen stinken«, bemerkte er.

»Vielleicht dachte er nicht daran, ans Sterben. Er war so gross, so lang und stark!«

»Und der Spiegel!« sagte Baldi, »der zerbrochene Spiegel.«

»Altweibermärchen«, sagte der Genosse hart, mit tonloser Stimme.

Mario lauschte immer noch. Dann schaute er mich an. Auf seinem bleichen Gesicht waren die Augen schwarze Punkte, mit glühenden Eisen eingebrannte Male. »Die Hunde!« sagte er.

Ich wusste, dass seine Wunde schlimm war und ihm verflucht weh tun musste. Nach zehn Minuten Schweigen – wer hatte noch Worte in den Wind zu streuen? – sahen wir ihn ohnmächtig zu Boden gleiten.

Baldi liess ihm Schnaps einflössen und rollte seinen Verband auf, um die Wunde zu reinigen und desinfizieren, solange er noch bewusstlos war. Schliesslich legten wir ihn auf eine zusammengefaltete Decke.

Die Hunde fuhren auf ihrer Suche fort. Das Gebell klang trocken, deutlich, immer aufgeregter. Sie irrten durch den Wald. Es begann schon wieder in Strömen zu regnen; der Wind brauste durch die Kiefern.

Mit einem Arm an einen Baum gelehnt, schnitt der Genosse »Ferrari« mit seinem Messer grosse Buchstaben in die Rinde. Ich entzifferte: »DIE GENOSSEN DER ALFA ROMEO DEM ALPINO B.C.« Und darunter Hammer und Sichel gekreuzt, mit den Initialen seiner Partei. Dann hobelte er mit drei heftigen Messerhieben das Ganze weg und lächelte kaum merklich, in der Meinung, ich hätte nichts gesehen.

Mario, der inzwischen die Besinnung wieder erlangt hatte, flüstere mir zu: »Hast du jetzt verstanden, wer er ist? Er ist der beste Genosse, den es je gegeben hat.« Mario lächelte mit bleichen Lippen, als er dies sagte. Und ich fragte mich, wie es möglich war, dass auch sie sentimental wurden.

Der Regen strömte herab, und ausser auf die zwei Leichen der Deutschen goss er auch auf den warmen frischen Leichnam Brunos und wusch ihn für das Begräbnis besser, als es die aus Verzweiflung heulende Schwester hätte tun können. Baldi verstand, was wir sagen wollten.

»Nicht möglich«, sagte er, »nicht möglich. Wir würden dabei allesamt das Leben riskieren.«

Die Wahrheit bahnte sich einen Weg in unseren Geist. Mit einem

Maschinengewehr hält man fünfzig mit Gewehren bewaffneten Männern stand, und von uns konnten sich nur drei schlagen. Die Hunde hatten die Partie vorläufig aufgegeben, aber wir wussten, dass wir verurteilt waren. Wir standen um Mario herum und versuchten, seine Schmerzen durch Umschläge zu lindern. Der Gedanke an Bruno drückte uns nieder. Immer wieder hatte einer von uns das Bedürfnis, sich Luft zu machen, und schoss in den Wald. Wir hörten die Zweige zersplittern und die Schritte auf dem durchnässten Boden. Der Regen goss dicht und unaufhörlich herunter.

Mit den Zelttüchern und den Decken, die wir über die unteren Zweige einer Tanne ausbreiteten, stellten wir ein Zelt für den Verwundeten her. Die Arbeit tröstete uns. Vielleicht blieben wir noch einige Tage am Leben, in der freien Luft ...

Ich betrachtete den Wald, als ob er der letzte schöne Gegenstand sei, der uns noch übrig blieb. Es war gleichgültig, ob unsere Schuhe voll Wasser und unsere Stirnen nass waren. Die Kiefern erhoben sich dunkel und feierlich aus dem Morast, ihre Rinde schimmerte auf den Harzflecken und an den Auswüchsen. Das Geräusch des Wassers lullte uns ein, eintönig, dumpf, ohne Unterlass. Es würde nicht lange dauern, bis der Friede wieder in das Tal einzöge ...

Der Einbruch der Nacht besiegelte die Waffenruhe. Am Leben würden wir bis morgen bleiben. Wir beschlossen, während wir ein wenig von dem von Bruno mitgebrachten Salami kauten, uns nicht von den Hunden zerfleischen zu lassen, sondern auch dem Maschinengewehr entgegenzutreten.

»Es ist rasch vorbei.«

»Bruno hat zum Sterben nur den Augenblick gebraucht, den sein Griff nach dem Bauche währte. Eine Sekunde. Ich bin gerettet worden, weil die beiden nicht den Mut hatten, über den Kamm herüberzukommen.«

»Sie glauben, wir seien zahlreicher.«

»Aber morgen werden sie uns zählen«, sagte der Schweigsame.

Während der Nacht würden wir nicht schlafen können, weil die Erde durchtränkt war, und überall gurgelnde Bächlein im Zickzack über den roten Boden liefen, die langen, verzweigten Wurzelknorren beleckend und überspringend. Es hatte allerdings keine Bedeutung mehr, wenn wir uns erkälteten. Rauchen war gut unter Freunden, auch im Regen, vielleicht noch besser als sonst, und der Kopf war unter den Tüchern und dem dichten Nadeldach im Trockenen.

»Ich für meinen Teil«, sagte Baldi, als der schweigsame Kamerad schon der Länge nach neben Mario im Schlafe lag, »würde versuchen, hinüberzugehen. Aber Mario?«

»Wo hinüber?« fragte ich zerstreut, weil ich es nicht wusste und mir auch nicht viel daran lag.

»In die Schweiz. Von hier sind es zwei Kilometer Luftlinie. Geradeaus der Flanke des Monte Generoso entlang. Man muss um den Berghang herumgehen.«

»Wie denn?« sagte ich, »mit Mario? Dann bei dem Regen und der Dunkelheit! Wer kann da ans Ziel kommen?«

»Wenn wir nicht während des Regens und der Dunkelheit hinübergehen, wird es uns nicht mehr gelingen, denn später werden sie auf uns schiessen wie auf Zielscheiben.«

»Es gibt keine Deckung auf der Hochebene. Glatte Weide!«

Ich fuhr fort zu rauchen, ohne etwas zu sagen, da es mir nicht gelang, eine vernünftige Entgegnung zustandezubringen. Ich sah auf die Asche meiner Zigarette, die bei jedem Zuge aufglimmte.

Wir waren der Meinung, dass der schweigsame Kamerad schlafe. Er stand jedoch auf. »Wir haben getan, was menschenmöglich war«, sagte er leise. »Jetzt wollen wir hinübergehen.«

»Und Mario?« fragte ich. Man konnte ihn nicht im Stiche lassen, und ich weiss nicht, wie ich es angestellt hätte, ihn zu tragen.

»Mario kann man tragen!«

»Einer nach dem anderen.«

»Zu zweien«, fiel mir ein, »wie es die Sanitäter machen.«

Gewiss, fliehen war keine Schande, es bedeutete jedoch, das Abenteuer aufgeben. Und überdies bedeutete es, dass wir uns besiegt gaben und in uns das Land, das in jedem von uns lebte, sich an jeden von uns anklammerte. Ich liess meine Frau und Andrea allein, an die ich bis jetzt nicht den Mut gehabt hatte, zu denken. Ich liess Mailand und mein Vaterland im Stiche. Alle dachten wir an dieselben Dinge, während der Regen fiel, aber unser Entschluss war gefasst. Wir erleichterten unsere Rucksäcke, indem wir die Lebensmittel und die Munition herausnahmen und wegwarfen. Wir liessen auch die Gewehre zurück und wickelten Mario in Zelttücher und Decken ein.

Baldi verstand es, uns zu führen. Draussen stürmte der Wind eiskalt durch den Regen, über den durchweichten Boden der Weide. Vereinzelte Blitze aus der Ferne halfen uns, den Fussweg zu finden, als wir die Hochebene zur Hälfte durchquert hatten. Das war ein unverhofftes Glück. Ein Gewitter begann sich zu entladen, wie ein himmlisches Feuerwerk, während der Regen auf die Berge herabströmte und uns ins Gesicht peitschte.

Zuerst trugen Baldi und ich den Verwundeten; dann Baldi und der

Schweigsame; dann ich und er. So ging es auf dem ganzen Wege. Wir stützten Mario mit den Armen. Er gab keinen Laut von sich.

Dann und wann war es mir, als ob ich weinte. Aber ich wusste nicht, ob es Tränen des Schmerzes, Tränen der Müdigkeit oder Regenwasser in den Augen war. Die Arme taten mir weh, mein Herz krampfte sich zusammen, die Beine zogen mich zur Erde, bis an die Knöchel im Schlamm versunken. Keiner sprach ein Wort, und zweimal verirrten wir uns.

Um jene zwei Kilometer im Dunkel und im Gewittersturm zurückzulegen, brauchten wir mehr als vier Stunden. Schliesslich erreichten wir einen steilen, mit Felsbrocken und Büschen bedeckten Steilhang, von dem Bruno gesagt hatte, dass er sich jenseits der Grenze befand. Mit Gottes Hilfe fanden wir ein Obdach unter einem kurzen Felsvorsprung, der waagrecht aus der Bergwand herausragte. Hier betrachteten wir uns im Scheine eines Zündholzes. Mario schlief und war vielleicht schon lange in einen Schlaf versunken, der einer Ohnmacht glich. Wir kamen uns vor, wie wenn wir bekleidet geschwommen wären. Mario hingegen war nicht sehr durchnässt. Wir entkleideten ihn und hüllten ihn in Wolleibchen, die in Baldis Rucksack trocken geblieben waren, und in seinen Ledermantel.

So verbrachten wir den Rest der Nacht, wach, steif vor Kälte, unsere Schultern mit den Fäusten schlagend und feuchte Zigaretten rauchend, die nach jedem Zuge ausgingen.

Um Morgengrauen hörte es auf zu regenen, und um Morgengrauen entdeckten wir bei der ersten Helligkeit einige Schritte unter uns die Holzhütte der Schweizer Zollwache. Es waren keine Wächter da. Hundert Meter darunter stand das steinerne Zollhaus mit dem weissen Kreuz auf dem roten Wappenschildchen und den weiss und schwarz gestreiften Barrieren.

Wir hoben Mario wieder auf unsere Hände und trugen ihn hinab. Mein Körper war zu einem Stück Eis erstarrt. Ich musste niessen und sah die untersten Hänge der mit Wolkenbinden umhüllten Berge unheildrohend und schwarz aus dem Nebel heraustreten. Schon war es nicht mehr *mein* Tal, es war enger und eingeschlossener geworden und verschwand jeden Augenblick hinter einem Felssporn. Schliesslich erblickten sie uns und schlugen Alarm. Nach den Helmen zu urteilen schienen es Deutsche zu sein, aber mit den schmucken langen Hosen machten sie einen anderen Eindruck. Sie sahen aus wie Gebirgsmenschen, und Gebirgsmenschen waren sie mit ihren viereckig gemeisselten Gesichtern, blonden Haaren, roten Wangen und dem gutmütigen, fremdländischen Lächeln.

Baldi sprach mit dem Offizier, der einige Minuten später, den Gurt umschnallend, herauskam. Er sah aus wie ein Kavallerieoffizier, gross und mager, elegant. Sie salutierten beide straff wie bei einer Parade. Sie wechselten wenige Worte, der Schweizer mit deutscher Aussprache. Der schweigsame Kamerad starrte zu Boden. Mario weinte still vor sich hin, die Lippen weiss vor Schmerz, und ich zitterte vor Kälte und Traurigkeit, weil ich in der Brust nicht mehr das Herz mich erwärmen fühlte. Hinter dem Stacheldrahtzaun auf halber Höhe hing an den letzten Kiefern unser Herz, wie auf den frommen Bildchen, ein glühendes Herz, aufgehängt an den Bäumen meines Landes.

Ich fühlte mich als einen Stofflumpen, einen abgebrochenen und vom Sturm hierhergewehten Zweig und klapperte mit den Zähnen. Ich warf einen Blick auf den stillen Kameraden: sein Rücken war wie von Stössen geschüttelt, und er erbrach sich in einer Ecke der Barriere. Baldi stand aufrecht, in strammer Haltung, um das Gesicht zu wahren.

Während wir darauf warteten, dass sie die Türe aufmachten, zog hoch über uns ein Flugzeug durch die Wolken, und ihm folgte die bleiche Sonne und löste den Nebel in diesem engen Tale auf, das eine einsame Runzel einer anderen Welt zu sein schien.

Schliesslich betraten wir die Wachtkaserne. Man fragte uns nach Namen und Vornamen und gab uns Handtücher. Ein Sanitätswagen würde kommen, um Mario abzuholen. Baldi sass mit dem Offizier abseits beim Frühstück. Ich verschlang die heisse Schokolade, in die ich das schwarzgraue Brot einbrockte, schwarzgrau wie mein Gemüt, wie der Himmel im Fensterrahmen, wie die Wände des Wachtlokals.

Die Soldaten standen um uns herum und redeten leise miteinander. Sie boten uns Zigaretten und Schokolade an. Ihre Rindlederstiefel schlugen auf ihren eigenen Boden, fett und nass von dem Wasser und der Scholle ihrer eigenen Weiden ...

In einer Ecke sass auf einer Bank, die Augen in den Boden gebohrt und die Ellbogen auf den Schenkeln, wie entzweigebrochen, der schweigsame Kamerad.

(Aus dem Italienischen von Adolf Saager)

12

Sind die Menschen Traum-Fabrikanten, während die Flugzeuge Wolken reiten?
Werner Renfer

Man liess uns nicht zuviel Zeit zum Träumen S. Corinna Bille

Wovon geträumt wird, dessen Fehlen tut nicht weniger weh, sondern mehr.
Ernst Bloch

Kurt Tucholsky

Der fromme Angler

Bei Ascona im Tessinischen lebt ein Mann, der hat es mit der Frömmigkeit und liebt Lebewesen und alles, was da kreucht und fleucht. Nun angelt der Mann aber sehr gern. Und da sitzt er denn so manchmal am Lago Maggiore und lässt die Beine baumeln, hält die Angelrute fest und sieht ins Wasser. Und dabei betet er.

Er betet nämlich: es möge kein Fisch anbeissen. Weil sich doch Fische immer so quälen müssen, wenn sie am Angelhaken zappeln, und das möchte der Mann nicht, und da sendet er denn ein heisses Gebet nach dem andern zum lieben Gott, Abteilung Lago-Maggiore-Fische: es solle auch gewiss keiner bei ihm anbeissen. Und dann angelt er weiter.

O meine Lieben! Ist dieser Mann nicht so recht eine Allegorie, ja, ein Symbol? Das ist er.

Da sitzen sie am Ufer des Lebenes ... oder am Meere des Lebens, das ist eigentlich noch schöner ... da sitzen sie am Meere des Lebens und baumeln mit den Beinen und halten die Angelrute ins Wasser, um den Erfolg zu fischen. Aber wenn sie schlau sind, dann beten sie dazu und sind: Fromme Huren; soziale Bankdirektoren; demokratische Militärs und privatest die Wahrheit liebende Journalisten. Sie angeln und sie beten.

Piero Bianconi

Schneefall

Ein tüchtiger Schneefall mag etwas Schönes sein – ja, er ist es sogar ganz sicher – jedoch im Hochgebirge, nicht bei uns zulande. Was es für uns braucht, das ist ein bisschen Schneegeriesel, so ein bisschen Schneestäuben, sagen wir: ein Schneespritzer, ein Schneehauch.

Das ist dann etwas Feines! Es wirkt belebend auf die Landschaft, auf die Dinge, auf die Natur. Es spornt an, so etwa, wie wenn man ein edles Pferd mit der Peitsche streichelt, ihm etwas zuruft. Alles gewinnt frische Kraft, erneuert sich; am Morgen ist einem, man sehe die Welt zum erstenmal. Als seien Formen und Farben soeben aus den Händen des Schöpfers hervorgegangen, erfüllt von starkem Leben.

Das Gewohnheitsmässige des hier fast immer schönen Winterwetters breitet über alles so etwas wie einen aschfarbenen Schleier, einen reglosen Belag. Die Welt wird platt und farblos, ein mit der Zeit verblasstes Bild, flach, ohne Tiefe, dumpf, stumpf. Und dann kommt ein leichter Schneefall, und man nimmt wieder Besitz von der Welt. Sehr körperhaften, dreidimensionalen Besitz.

Alles wird nun wieder plastisch, weil der Raum von neuem seinen körperhaften Hintergrund erlangt hat; Häuser, Täler und Berge erscheinen bis in die Tiefe in klarer Perspektive, so ein bisschen wie bei den aus Karton ausgeschnittenen Weihnachtskrippen, die in unserer Bubenzeit zum Christfest gehörten: kolorierte Figürchen mit zerstossenem, wie Diamantstaub glitzerndem Glas überstreut; links und rechts Kulissen mit Bäumen und ländlichen Gebäuden, die Figürchen nach dem Hintergrund – dem Stall von Bethlehem zu – aufgestellt; das Ganze unter Zuhilfenahme höchst einfacher Mittel fabriziert, einer Schachtel ohne Boden zum Beispiel. Ein Theaterchen, in dem nichts sich bewegt, flach gedrückt wie ein Klapphut, sich ausweitend wie eine Ziehharmonika. Die erste Weide für unsere im Zügel gehaltene kindliche Phantasie.

Und so wird auch die platte Welt nach einem leichten Schneefall wiederum weit und erhält Farbe. Die Berge zum Beispiel, im Winter so kahl und fahl, ganz nur Oberfläche – bekleidet sie mit ein wenig Schnee, und ihr werdet sehen, wie sie sich neu beleben, mit welcher Energie sie ihre Struktur betonen, ihre dritte Dimension zurückgewinnen! Ein Saum aus Gesträuch oben an einem Tobel, abwechselnd eine schwarze Halde und eine weisse, je nach der Sonne; jeder Wechsel in der Bodenbeschaffenheit, jede Gebirgsfalte, jede Verschiedenheit der Hänge, all das tritt klar und lebendig hervor.

Im untern, bewohnten Teil des Tales gewinnen Dörfer, Ställe, Bäume und Kapellen neues, äusserst farbiges Leben. Es ist, als habe eine Schar Maler jede Fassade aufgefrischt. Die Farben triefen und trillern. Jetzt, inmitten all der neuen Weisse, überfliesst das Dorf, das einem so grau vorkam, von Rosa und Gelb, von Saffrangelb und Rot. Das Gelbgrün der Wiesen bekommt unter der leichten Flockendecke köstliche Farbtöne, die das Auge entzücken: falbes Rötlichbraun und verwelktes Grün, darauf die klar sich abhebenden Arabesken der ineinander veschlungenen nackten Rebengewinde und der wie mit glitzernden Kristallen überstäubten Silhouetten der Bäume. Die Weiden scheinen flammende Blüten; ihre geschmeidigen Zweige zeichnen sich am Himmel ab und überziehen ihn mit purpurnem, unwirklichem Schein. Auch die grauen Ställe – sonst einer wie der andere – kleiden sich in Farben; jeder Stein erhält farbige Kraft; die Dächer aus Felsplatten erfinden, wenn die Sonne die dünne Schneeschicht zu lichten beginnt, kühle Farbenakkorde – Schwarz-weiss und muffiges Grün – und auch diese reizvoll abgestuft. Wo auf grauen Mauern eine alte, abbröckelnde Freske zu sehen ist, möchte man glauben, es öffne sich eine Wunde, aus der Farben quellen. Im Hühnerhof, auf der mit dichten schwarzen Pfotenspuren übersäten Weisse, spaziert – gleich einem Strauss tropischer Blumen – der Hahn; die prächtigen Schwanzfedern machen ihn zum entfernten Vetter des Paradiesvogels, zum Märchenwesen. Und fast fällt es einem schwer, zu glauben, dass die Hennen weisse Eier legen, wie ehedem.

Neulich war ich im obern Tal inmitten der gleich Wolkenkratzern steil aufragenden Berge, zwischen denen Dunstgewölk und Nebel brodelten. Dann und wann ein paar Schneeflocken und ein graues Licht wie in einem Schattenreich. Die Welt schien endgültig erloschen, umschlossen von Dünsten und schmutzigem Eis. Lebendig nur dieses düstere Nebelwallen zwischen verdrossenen Bergen und das leichte Wehen in der Höhe.

Dieser Windhauch obsiegte: plötzlich wurde die Welt zum Märchenland. Unter dem blauen Himmel, den rosa Wolken überwölbten, waren die mit Schnee bekleideten Berge wie verklärt. Nein, nicht bekleidet mit Schnee waren sie, sondern bloss leicht verschleiert, so dass die schwarzen glänzenden Felsen, die wuchtigen Umrisse des Gesteins hervortraten. Allein jeder belaubte Ast, jedes Gebüsch, jeder Baum sah aus wie feinstes durchscheinendes Silberfiligran, wie die Arbeit eines zyklopischen Silberschmieds – ein Riesenfiligran, das aber keineswegs auf den Bergen lastete, sondern sie jeder Schwere enthob, sie emportrug und eins werden liess mit dem zartfarbenen Firmament, das goldenes Licht über die Welt ergoss. Nicht zu sagen, mit welch himmlischer Zartheit die Bergrücken, blendend weiss und wie aufgelockert – ein helles Silbergekräusel, ein feiner Silberhauch – mit dem Blau der rosa überhauchten Wölkchen verschmolzen. Welcher Glanz ging da von ihnen aus, welch seltsames, flüchtiges Leben verlieh er der Landschaft, einer Landschaft, die in einem paradiesischen Lichte schwamm. Sie schwebte in Silber mit ihren Häusern und Kirchen, den rostfarben und grünlich verwitterten Felsen, mit den schwarzen Ställen von streng stereometrischen Formen. Auf dem blendend weissen Schneelaken trat alles scharf und deutlich hervor: die in eigenwilligen, fast geometrischen Linien sich abzeichnenden nackten Mäuerchen, die knorrigen dunkelsamtenen Kastanien und das bläulichgrüne, durchsichtige Band des Flusses, dessen gelbe, rose und grünliche Kiesel wie mit flüssig gewordenem Aquamarin überspült waren. Eine Landschaft, die etwas Überirdisches an sich hatte und in ihrer unendlichen Weite dennoch geradezu greifbar war. Fast beängstigend unwirklich.

Kurzum, ein bisschen Schnee hilft uns, Formen und Farben zu sehen und stark zu empfinden; er schenkt uns auf einen Augenblick, einen Augenblick der Gnade, den holden Wahn – wenigstens das! – mit den Wunderaugen des Künstlers zu sehen; denn Künstler ist eben der, der die Welt mit neuen Augen in ihrer Frische, in ihrer Jungfräulichkeit zu sehen vermag, eine sozusagen eben aus dem Ei geschlüpfte Welt. Ein Hochmütchen für einen Augenblick; es geht vorüber, und wir finden uns wieder als arme Sterbliche mit müden, spinnwebverhangenen Augen. Allein, dieser Augenblick genügt, damit wir voller Dankbarkeit für den Winter und seinen Zauber erfüllt sind. Diesen Zauber empfindet man immer wieder von neuem draussen in der Nacht, wenn dank der wohlwollenden Mithelferschaft der Verdunkelung das einzige Licht vom Monde kommt. Welchen Anblick dann die schneebedeckten Berge im winterlichen Mondlicht gewähren, wahrlich, besser ist's, man mache nicht einmal den Versuch, es mit Worten auszudrücken! Es ist eine gespenstige Welt, geschaffen aus Frost und Kristall, die das Mondlicht wie durch Zauber jeder Wirklichkeit zu entheben und in weite Ferne, in eine Art Astralwelt zu entrücken vermag. Nicht so, als ob uns der Mond sein Silberlicht zutrüge, sondern als versetzte uns dieses Licht in die toten Landschaften des Mondes. Die Farben ersterben in diesem reglosen Licht; dagegen treten die Formen entschiedener hervor, die Weiträumigkeit der Welt erreicht ihren höchsten Grad. Alles – der Stein auf der Strasse, die Berge, der hinter einer

Heinrich Danioth *Föhnwächter*

Gartenmauer hervorragende Baum, das einzelne Häuschen dort auf der weissen Wiese mit seinem scharfen Schatten neben sich – all das steht da wie aus einem Lehrbuch der Stereometrie herausgetreten. Die Welt scheint versteinert, eine leere Hülle, durch Sternenzauber verwandelt, eine tote, harte, hohltönende Hülle, die, bewohnt von Wesen, welche die nordische Mythologie ersonnen, im Weltenraum umherirrt.

Wir glauben es ohne weiteres, dass auch unsere arme, unglückliche Erde ein Planet, ein blankes Gestirn ist, das mitklingt im Gesang der Sphären; jetzt endlich fühlt man, wie sie sich im Kreislauf dreht; man möchte ihren Klang erlauschen, ähnlich dem der Blechkreisel, die ihren Tanz mit feinem Orgelsummen begleiten.

Auch dies ist nur ein flüchtiger Augenblick gnadenvollen Vergessens. Ihr senkt den Blick zur Erde und schaut wieder ihr wahres Antlitz: bombardierte Städte, Häuser, alle auf gleicher Höhe abgedeckt, Trümmer, Häuserskelette mit Fensteröffnungen, die den Eindruck leerer Augenhöhlen in grinsenden Schädeln auf einem mit Totengebein übersäten Felde machen. Tote Hüllen auch sie, die von der blutbeschmierten, tränennassen Erde noch einen matten Schrei des Grauens zum Himmel senden.

Elisabeth Gerter

Der Frühling und ein Zusammenbruch

Der Frühling ist das Beständige, das ewig gleich sich Bleibende, das immer sich Wiederholende. Zusammenbrüche aber kann es sehr verschiedene geben. Gegenwärtig brechen Tausende von Leben zusammen, wenn eine Offensive zusammenbricht. Und einmal wird auch der totale Krieg zusammenbrechen. Doch an diesem schönen Frühlingstag, mild und gut, brach die Gesundheit einer Mutter zusammen.

Frau Holdingers Tag begann noch in der Nacht. In ihren Schlaf hinein schrillte der Wecker. Vorposten eines neuen Beginnens, standen ihre Pflichten als erste da. Kalt und finster hielt der Morgen seinen Mantel hin. Stand sie aber drin und hatte das Licht angedreht, war schon ein gut Teil gewonnen. Sie hatte dem Tag mutig die Hand gereicht.

In der Küche stand Frau Holdinger einen Augenblick vor dem offenen Fenster. Zwar war aus der Finsternis kaum die Mauer und darüber hinaus die Umrisse einiger Dächer zu sehen. Blickte man weiter hinauf, flimmerte und funkelte es von hoch oben in wunderbar verschwenderischer Pracht, und eine tiefe, unendliche Stille lag darin. Dieser Augenblick erfüllte Frau Holdinger mit Schönheit und Frieden und machte sie reich für den ganzen Tag. Und jetzt begann sich in dem noch blätterlosen Rebwerk der Mauer eine Amsel zu regen. Sie schwang sich auf das erste Dach und zwitscherte ganz fein. Bald wird sie den Tag mit einem Jubellied beginnen.

Frau Holdingers Tag begann damit, dass sie dem Manne das Frühstück reichte. Dann packte sie sein Mittagessen ein. Er arbeitete auf einem Bauplatz weit ausserhalb der Stadt, so musste ihm der grösste und der besondere Teil der eingeteilten Tagesration mitgegeben werden. Gemächlich ass er die ihm vorgesetzte Rösti und trank den dünnen Kaffee dazu, und er sagte: »Setz dich her, Mutter, und iss mit.« Sie aber war mit dem Einteilen und Verpacken noch nicht fertig. Stehend trank sie eine Tasse Kaffee und zweimal holte sie aus der Platte des Mannes einen Löffel voll Kartoffeln. Und sie erwiderte: »Ich ess' dann mit den Kindern richtig.« Da diese ihre tägliche Antwort war, gab sich der Mann zufrieden. Er ass alles auf, denn der Tag war lang, und die schwere Arbeit zehrte an den Kräften. Dafür brachte er am Freitag den Zahltag heim. Er gab ihn der Frau. Sie teilte ihn ein. In viele kleine Posten teilte sie ihn ein, und diese mussten dann in Ware umgewandelt werden: So viel für Brot, so viel für Mehl, für Vaters Fleisch, für Gemüse usw. Sie war eine geschickte Rechnerin. Niemand konnte so gut wie sie das Quantum der Kartoffeln pro Tag berechnen, jede Woche einen Korb voll, so dass sie reichten bis in den tiefen Sommer hinein. Auch die Kinder wussten, dass die Mutter eine gute Rechnerin war: So viel gibt es am Frühstückstisch, nicht mehr und nicht weniger. »Nicht mehr?« fragte der kleine Fritz, und er sah die Ernährerin mit hungrigen Augen an. Da stach sie in ihren Teller, ach sie hätte gewünscht, es wäre ein Fass, und sie schenkte dem Knaben von ihrem Teil. Aber da sahen noch vier andere hungrige Augenpaare auf sie. Walter biss beinahe den Löffel entzwei. Nein, ein Fass war ihr Teller nicht. Die bescheidene Portion, durch fünf geteilt, wurde winzig klein. Vielleicht hätte sie doch aus Vaters grossem Teller etwas öfters schöpfen sollen; aber das hätte ihn auf ihren Hunger aufmerksam gemacht, und dann hätte er den seinen nicht richtig gestillt, und das musste er doch, da er an frischer Luft die schwerste Arbeit verrichtete. Sie aber blieb daheim, bei einer Heimarbeit. Sie sass in der Stube, da war die Luft nicht dünn, sondern dick, so dick, dass man eigentlich satt werden sollte davon.

Die Kinder räumten den Tisch ab. Sie besorgten die Hausgeschäfte. Dann gingen sie zur Schule. Frau Holdinger setzte sich an die Arbeit. Sie sass am Fenster. Zu sehen aber gab es da nichts als den Giebel eines schwarzen Daches. Das Stückchen Himmel darüber war wie ein graublaues Tuch, das keinerlei Phantasie erzeugte. So beachtete sie es nicht; sie hatte weit anderes zu beachten. Sie klebte Tüten. Zuerst strich sie die Papiere auseinander, dann bestrich sie die freigewordenen Ränder mit Kleister. Nun erhielten die Papiere Falze, so dass sie Säcke wurden; Hunderte, Tausende von Säcken, tagelang, wochenlang, seit Jahren schon. Eine gute Übung besass sie, alle gerieten ihr gleich schön, gleich regelmässig. Zwiebacktüten waren es und Tüten für Süssigkeiten. Sehr still war es in der Stube, so still, dass sie sich auf geheimnisvolle Weise umzuwandeln begann. Es wurde ein Bäckerladen aus ihr. Herrlich duftete es von Brötchen und Schnitten und Kuchen, und die ganze Stadt kehrte bei ihr ein. Zuerst kam das Dienstmädchen; frisch waren die Weggli nicht mehr, aber weiss waren sie noch. Es kam das hübsche Fräulein vom Amt, das sich das Frühstück selber bereitete. Dann kamen zwei Kinder. Sie hatten es eilig, um den Schulanfang nicht zu versäumen. Es trat der junge Bankbeamte ein. Zeit zum Frühstücken hatte er nie, dafür hatte er Geld und Zeit zum Znüni. Allgemach erschienen die Hausfrauen. Zuerst kamen die Arbeitsbienen; ihr Brot war rasch verpackt, und sie gingen wieder. Dann kamen die gepflegten Damen, die schon wählerischer waren. Und zuletzt erschienen die Gattinnen von Direktoren und Professoren. Diese kauften die besten Sachen für den Nachtisch und den Teetisch. Frau Holdingers Hände begannen zu zittern, nun sie die Tüten beigte und eine neue Schicht Papier zu falzen begann. Sie sagte zu den Damen: »Geht jetzt, da ihr mit dem Besten bedient seid.« Ihr schwindelte, und es war gut, dass es nun Zeit wurde, in die Küche zu gehen. Das Brot, das da lag, war genau für den Tag eingeteilt. Schnitt sie ein Stückchen davon, weil ihr so sonderbar um die Herzgegend war, so schmälerte sie die für später bestimmte Ration.

Es kamen die Kinder aus der Schule. Die Suppe dampfte vor ihnen. Sie dampfte bald nicht mehr. Berge von Gemüse und Kartoffeln stellte die Mutter auf. Die Berge wurden abgegraben, sie bildeten nun Hügel auf 6 Tellern. Aber wie Schneehäufchen auf heissem Ofen schmolzen sie im Nu dahin. Jetzt sah jedes auf den Teller des andern. Bald sahen sie nur noch auf den Teller der Mutter. Frau Holdinger sah ihren Mann. Er ass unter freiem Himmel und ass sein kaltes Mittagsbrot. Er biss in die Wurst. Alle Fleischmarken gingen für seine Mittagswürste auf. Herrlich musste es sein, in eine solche Wurst zu beissen. Sonntags gab es etwas Lunge oder Herz für alle. Durch sieben geteilt, wurden es kleine Teile. Ihr Hügel im Teller hatte sich nochmals geteilt durch fünf. Nun war auch er leer. Aber die Kinder stellten zufrieden ihre Bäuche hin wie Trommeln und schlugen darauf. Daran sättigte sich die Mutter.

Die zweite Hälfte des Tages verging wie die erste. Die Kinder weilten in der Schule, und Frau Holdinger klebte Tüten. Sie falzte die Säcke, und sie rechnete aus, wie viele Tausende sie zu falzen habe, bis die Schuhe von Gritli geflickt werden konnten. Wie wenn ein Ruf erfolgt wäre, ging die Korridortüre auf und eine Reihe von Schuhen spazierte herein. Allen voran gingen Vaters Sonntagsschuhe. Wie sie glänzten und stolzierten. Sie hatten gut glänzen, sie waren noch neu. Die Kinderschuhe waren alle beschlagen, das Eisen hielt sie länger am Leben. Sie benahmen sich wie Mannequins und zeigten sich von allen Seiten. Hansens Schuhe zeigten die Sohlen. Die Flecken darauf klafften, und sie begannen zu klagen, dass der Klebstoff zuwenig halte, ein Nagel durchgestossen sei, auch beginne es nebenan blöd zu werden, es wäre Zeit, die ganze Sohle zu erneuern. Sie wurden von Fritzens und Idas Schuhen weggestossen. Flicke grinsten auf diesen, vom Oberleder her, und sie sagten satirisch: »Schön sind wir nicht, aber wasserdicht, allerdings nur solange das Wetter trocken ist.« Sie rutschten weiter, von einem nachbarlichen Puff getrieben. Gretlis Schuhe rückten vor. Da gab es nicht nur Flicke, sondern auch Löcher. Sie bliesen der Mutter Sandkörner ins Gesicht, und sie seufzten: »Einmal geht jedes Leben zu Ende.« Dies schien ein Anruf für ein anderes Leben zu sein. Es öffnete sich die Kommodenschublade, und in blauen, unberührten Gewanden stolzierten sechs Schuhkarten heran. Alle Schuhe verneigten sich vor dieser staatlichen Hoheit. Die Mutter aber wurde unwirsch, und sie hiess sie gehen. »Marsch, zurück von wo ihr kommt, eine Rebellion im Haushalt ist nicht erwünscht. Ihr seid nur Schein und nicht Sein. Mit hochmütigem Staatspapier kaufe ich noch lange keine Schuhe.« Ihre Stimme senkte sich. »Hingegen mit diesem geklebten Sackpapier da, mit dreistelligen Zahlen multipliziert, wird am Ende der Woche der Schuhmacher Gretlis Schuhe in Arbeit bekommen, ein Leben hält mehr aus als man glaubt, das sag' ich euch, so schnell geht es damit nicht zu Ende.« Von draussen wurden Schritte vernehmbar. Die Schuhe klopften ihre Sohlen, sie rutschten über die Schwelle in den Korridor hinaus und hinter den Vorhang. Die Kommodenschublade schloss sich mit einem quietschenden, hohen Ton.

Nun stürmten die Kinder herein. Das Brot war da, ehe sich's die Mutter versah. Fünf Schnitten nach dem Bedürfnis abgemessen, gefährdete die Existenz des Brotes; sein totales Ende sollte sich erst mit dem Ende des Tages erfüllen. Daher musste mit anderm Masse durch den Leib des Brotes geschnitten werden. Frau Holdinger war eine gute Rechnerin. Für sich schnitt sie sich die kleinste Schnitte ab, dafür trank sie am meisten von dem saccharingesüssten Brombeertee. War sie auch betreffs ihrer Ernährung eine gute Rechnerin?

Sie arbeitete weiter an ihren Tüten. Die Kinder arbeiteten an Haushaltungs- und Schulaufgaben. Dann kam der Vater heim. Auch seinen Hunger, von schwerer Erdarbeit und zehrender Luft gesteigert, hatte die kluge Frau einberechnet. Er bekam nicht Übriggelassenes, sondern Zurückgestelltes vom Mittag her aufgewärmt. Seine Schüssel stand seit Mittag, allen erreichbar, auf dem Gestell, aber sie blieb unangetastet. Keine noch so grosse Lust vergriff sich daran. Nein, von blossen Blicken allein hatte noch nie etwas Materielles abgenommen. Ein Schmerz kann von hungrigen Blicken grösser, ein bitteres Herz kleiner werden. Aber eine Platte voll Kraut blieb sich in Quantum und Ansehen gleich. Für die Kinder waren geschwellte Kartoffeln da. Und nun ging auch der Rest des Brotes zuerst in kleine Stückchen, dann im Nichts auf.

Da es noch früh im Frühling war, gab es auf dem Pflanzlande noch nichts zu tun. Die Mutter klebte weiter Tüten, der Vater las die Zeitung, manchmal las er etwas vor. Die Kinder gingen zeitig ins Bett. Um Licht zu sparen, verlängerten auch die Eltern den Abend nicht unnütz, und der Morgen kam immer zu früh für sie. Wie sie dann beieinanderlagen, sagte der Mann: »Deine Knie, Mutter, sind spitz wie der Stiel meiner Schaufel, und an deinen Rippen könnte man die erdigen Schuhe abkratzen. Bist du denn mit den Rationierungskarten so knapp, Mutter?« Sie erwiderte: »Die Rationierungskarten, diese aufgeblähten Dinger, diese Modedämchen, die jeden Monat einen neuen Rock anhaben, die brauche ich nicht alle. Übrigens, mit einem Schmerbauch kannst du auch nicht aufwarten. Auch mit Soyawürstchen setzt man kein Fett an. Früher hatte der Zahltag besser ausgegeben; jetzt ist er mehr geworden und ist doch weniger. So bleiben halt eben die Marken liegen und bleiben Papier.« Während die Frau dies sagte, war der Mann schon eingeschlafen.

Der Tag, der dann kam, war ein Monatsanfang. Frau Holdinger ging in den Laden und legte die nicht eingelösten Rationierungsmarken auf den Tisch. Das Fräulein machte ein schwarzes Kreuz auf jede Marke, und somit verfielen sie dem Roten Kreuz. Den Frauen aber, die dabeistanden, wuchsen die Augen aus dem Gesicht, und ihre wässerigen Münder machten aus den Marken Ware. Sie sagten: »Wie, 5 Kilo Brot nicht eingelöst, 20 Liter Milch nicht, 10mal 100 Gramm Butter nicht, 1 Kilo guter Kaffee nicht!« Frau Holdinger schwindelte es von den Kreuzen, die das Fräulein machte, und von den guten Dingen, die sich da, von den Frauen hergezaubert, vor ihr häuften. Und auf einmal, sie wusste nicht wie, griff sie in den Haufen der guten Dinge und schob alles auf einmal in ihren Mund: 5 Kilo Brot, 20 Liter Milch, 10mal 100 Gramm Butter, 1 Kilo Kaffee. Und nun wurde sie satt, für lange, lange Zeit wurde sie satt, und ihre Rationen konnte sie nun, ohne eigenen Hunger zu spüren, den Kindern überlassen.

Die Frauen aber, die um Frau Holdinger standen, sahen den Vorgang etwas anders. Ihre Münder wurden trocken, und die Augen wurden klein vor Schreck. Die ohnmächtige Frau trugen sie auf die Bank, und das Fräulein läutete dem Doktor an. Da dieser im gleichen Hause wohnte, war er gleich zur Stelle. Er sagte: »Wärmen Sie der Frau ein wenig Milch und geben Sie ihr ein wenig Brot, dann wird sie gleich wieder munter. Ein Leben hält mehr aus, als man glaubt, so schnell ist es damit nicht zu Ende.« Und weiter sagte er: »Hier haben wir eine typische Kriegsernährungserscheinung. Auch beim letzten Krieg gab es solche. Statistiken aus jener Zeit zeugen davon, dass meistens die Mütter die Unterernährtesten sind. Dem Familienverdiener und den Kindern, meint sie, gehöre mehr als ihr. So gute Rechnerinnen sie sonst in allen Dingen sind, in dieser Rechnung verrechnen sie sich, und dann kommt halt eben der Zusammenbruch.«

Frau Holdinger hatte die Milch getrunken und das Brot gegessen. Es kam wieder etwas Blut in ihre Wangen, und sie sagte: »Ein Leben hält mehr aus, als man glaubt, und ein kleiner Zusammenbruch ist noch lange kein totaler Zusammenbruch.« Die Frau erhob sich, etwas schwankend zwar. Da sagte der Arzt: »Ihr Mann sollte sehen, dass sein Lohn weiter erhöht wird, und ihr Frauen solltet am richtigen Ort ein Gesuch einreichen, dass die Preise nicht weiter steigen.« Da sagte eine Frau: »Zwei Rappen mehr machen die magere Kasse noch lange nicht voll. Erst wenn einmal auf den Schlachtfeldern keine Männer mehr zusammenbrechen und unter Bomben keine Städte mehr, dann werden auch keine Mütter mehr an Unterernährung zusammenbrechen, vorausgesetzt, dass dann die Ungerechtigkeit zusammenbricht und die menschliche Nahrung für die Menschen da ist und nicht für die Preise.«

Dann gingen die Frauen fort. Frau Holdinger aber, da es ihr wieder so sonderbar um die Herzgegend wurde, wurde in ein Sanatorium auf das Land gebracht. Da hatte sie den Frühling in seiner vollen Pracht um sich. Es grünten die Bäume, die Wiesen fingen zu blühen an, und aus dem nahen Walde zwitscherten die Vögel.

Helene Ziegler

Unsichtbares

Unsichtbare Bürden tragen
Auf den Schultern manche Menschen;
Dumpf und tief drückt es sie nieder,
Dass sie ernst das Antlitz neigen,
Suchend ihren Weg in Sorgen.

Unsichtbare Hände tragen
Mit uns still die schweren Bürden.
Hände von Verlorenen, Toten,
Hände von umsonst Gesuchten
Helfen unserm Leben leben.

Angelo Casè

Am-Salam* der einsamen Kinder

Es wird ein Betrunkener kommen, um wie in alten Zeiten
zuzuhören und vom warmen Stein zu sprechen,
bei dem er die Reben vor einem neuen Zugriff versteckte.
Der Mann hörte den Hagel 1919, und 1924 hörte er die Überschwemmung
– auf einer Bank, mitten im Fluss sass eine tote Mutter,
in den Händen den Kochtopf und den gesalzenen Quark; und in einem Weidenkorb
lag der geplatzte Granatapfel. Es war das Nachtessen. Ein Betrunkener
wird zum schweigenden Fluss kommen. Und das Kind
zeichnet den einäugigen Fuchs an die Mauer (die Versuchung
eines Himmels, der anders ist als der unsere).

Und doch ist der Gasmann da, mit seinem
verstümmelten Gesicht und nur einem Auge, das schaut, aber
nichts sieht. Was braucht man zu sehen, um den grauen Himmel
immer um sich zu spüren? Besser ist es, dem Am-Salam
einsamer Kinder zu lauschen, ihrer Seeräubergeschichte,
sie zieht anderen Tagen entgegen, als wäre sie eine Wolke.

* Am-Salam = Hüpfspiel der Kinder

(Aus dem Italienischen von Rita Gilli)

J. R. von Salis

Betrachtungen zur Kriegsweihnacht 24. Dezember 1943

Der Kalender fügte es, dass die gewohnte Orientierung über das Weltgeschehen in diesem fünften Kriegsjahr auf den Heiligen Abend fällt. Sie soll heute nicht den blutigen Schlachten im Osten und im Süden unseres Erdteils, nicht den Bombardementen aus der Luft, nicht den Kämpfen zur See gewidmet sein. Der Chronist, dessen Pflicht es ist, in möglichst objektiver Weise wöchentlich den Ablauf der Ereignisse zu kommentieren, möchte an diesem besonderen Abend innehalten dürfen, um seine Betrachtungen auf die menschliche Seite unserer Zeitenwende auszudehnen.

Wer immer heute das ausserordentliche Glück hat, das Weihnachtsfest beim Christbaum in friedlicher Geborgenheit zu verbringen, wird nicht verfehlen, der aber Tausende und aber Millionen Mitmenschen zu gedenken, denen dieser Krieg unsägliche Mühen, Leiden und Kümmernisse gebracht hat. Denn niemand ist so abgestumpft, dass er nicht mit Beklemmung den unüberbrückbaren Gegensatz zwischen der christlichen Weihnachtsbotschaft und dem erbarmungslosesten aller Kriege feststellen würde. Das Wort »erbarmungslos« ist ja zur Charakterisierung des Kampfwillens schon mehr als einmal von den Staatsmännern der kriegführenden Völker im Munde geführt worden. Wenn man bedenkt, dass heute zum 1943stenmal die Botschaft sich jährt: »Friede auf Erden und den Menschen ein Wohlgefallen«, und wenn man dann auf jeder Seite der Zeitungen liest, dass Hass, Gewalttätigkeit und Mord die Stunde regieren, dann kann man sich eines Gefühls der Beschämung und der Trauer nicht erwehren. Sollten die geistigen Mächte in der Menschheitsgeschichte so wenig Kraft besitzen, sollten die Mächte des Bösen und die Kräfte der Zerstörung in der Menschennatur so sehr überwiegen, dass die abendländische wie auch die orientalische Kultur sich in einem weltumspannenden Krieg zerstören müssen?

Wenn an irgendeinem Tag des Jahres, dann darf an Weihnachten der Mensch wieder ganz Mensch sein, als Mensch fühlen und denken, im Mitmenschen den Bruder sehen, auf einen Augenblick Hass und Vorurteil vergessen, Mitleid mit der leidenden Menschheit haben und darüber nachdenken, ob und wie die aus tausend Wunden blutenden Völker wieder zu einem menschenwürdigen Dasein zurückgeführt werden können. Wohl sieht es aus, als ob die Alte Welt immer tiefer ins Verhängnis hineingeführt werden sollte und als ob der Krieg, eigenen Gesetzen gehorchend, sich zu einem Verhängnis entwickeln werde, aus dem der Wille, die Vernunft und die bessere Einsicht des Einzelnen sie auf lange Zeit nicht mehr herausführen kann. Doch sträubt sich alles in uns bei dem Gedanken, dass alles, was das Abendland in mehr als zweitausend Jahren an Religion, an Philosophie, an Kultur und an Wissenschaft hervorgebracht hat, vergeblich gewesen sein und nun im verzehrenden Feuer eines totalen Krieges untergehen soll. Hier gilt es nun vielleicht zu unterscheiden zwischen dem äusseren Rahmen des früheren Staats- und Völkerlebens, der bereits durch den Ersten Weltkrieg stark verändert worden war und nun im Lauf des Zweiten Weltkrieges zerbrochen ist, und dem Glauben an das Überleben der guten, heilenden, aufbauenden Kräfte, die der Menschheit eine neue Gestalt geben werden.

Vor nicht langer Zeit hat ein erfahrener und betagter Staatsmann aus Südafrika durch eine Rede Aufsehen erregt, in der er *das* in Worte fasste, was ja tatsächlich teilweise schon eingetroffen ist, indem er den Europäern die ungeheuren Veränderungen vor Augen führte, die dieser Krieg im Völkerleben mit sich bringen werde. Er sagte unter anderem: »Wir sind in eine merkwürdige Welt hineingeraten, in eine Welt, wie sie seit Hunderten von Jahren, vielleicht sogar seit einem Jahrtausend, nicht bestanden hat. Europa wandelt sich vollständig. Das alte Europa, das wir gekannt haben, in dem wir geboren sind, unser Mutterkontinent ist dahin. Die alte Karte wird zusammengerollt, und eine neue Karte wird vor uns aufgerollt. Wir werden über viel Grundsätzliches nachdenken und alte Betrachtungsweisen fallenlassen müssen, bevor wir unseren Weg durch den neuen Kontinent, der sich jetzt vor uns öffnet, finden werden.«

Es hat Anstoss erregt, dass der alte Afrikaner so unverblümt davon sprach, dass ganz veränderte Machtverhältnisse in Europa eintreten werden. Und doch haben wir es in den bisherigen Kriegsjahren bereits erlebt, dass zwei frühere Grossmächte unter der zu grossen Last des totalen Krieges zusammengebrochen sind. Es waren zwei Kulturnationen, die der Menschheit unendlich viel geschenkt haben im Lauf der Jahrhunderte, die eine Blüte der Kunst, der Wissenschaft und der Zivilisation hervorgebracht hatten, über die nun ein furchtbarer Frost hereingebrochen ist. Kein Staat und kein Volk hatte so sehr wie gerade Frankreich gelehrt, wie weit die Achtung vor den Menschen- und Bürgerrechten vom Staat geschützt zu werden verdienen, ein wie grosser Raum der Freiheit der Persönlichkeit, des Gedankens und der Initiative gelassen werden müssen, wie wenig der Staat in die private Sphäre eingreifen und wie peinlich genau das Gesetz geachtet werden soll. Und gerade dieses Volk, bei dem ein Übermass an Kultur die Staatsautorität und die Wehrkraft geschwächt hatten, ist im Lauf dieses Krieges in kürzester Zeit vor dem Ansturm einer gegenteiligen Auffassung von Politik und Volkstum zusammengebrochen. Es ist daher nicht zuviel gesagt, wenn man Frankreich als das Schulbeispiel dafür betrachtet, wie durch ein Übermass von Zivilisation, das zum Zweifel an sich selbst führt, das alte Europa in Gefahr stand, schwach und ungläubig zu werden und vor dem blossen Recht des Stärkeren, vor Gewalt und Drohung zu kapitulieren. Man versteht es durchaus, wenn der greise Smuts vom Zusammenbruch Frankreichs sagte: »Wir stehen vor einer der grössten und weitestreichenden Katastrophen der Geschichte, wie ich von ähnlichen nicht gelesen habe. Der Aufstieg wird bitter und langsam sein.«

Der Aufstieg wird bitter und langsam sein. Auch das gilt für ganz Europa. Bereits Spanien war durch einen langen Bürgerkrieg furchtbar verwüstet worden und muss mit einer langsamen Erholung, mit einem schwierigen Aufstieg rechnen. Dann kam Frankreich. Dann Italien, um nur von drei früheren europäischen und kolonialen Grossmächten zu sprechen. Denn auch für die mittleren und kleinen Völker des europäischen Ostens, Nordens und Westens gelten diese bitteren Wahrheiten. Und doch: wer könnte ernstlich leugnen, dass dieser Krieg, diese Niederlagen und Katastrophen zu einer unerhörten Bewährungsprobe für Völker und Menschen geworden sind, wie es ebenfalls in der Geschichte kein Beispiel dafür geben dürfte? Wohl lag Europa nach dem ersten, furchtbar plötzlichen Schlag wie betäubt am Boden. Wohl hat damals mancher Kleinmütige versucht, seine Rechnung mit den neuen Mächten zu begleichen, und begann der Verrat durch Städte und Länder zu streichen und hier und dort frech sein Haupt zu erheben. Dann aber kamen die einfachen, in ihrer Einfachheit grossen Beispiele menschlichen Mutes, menschlicher Treue und Unbeirrbarkeit. Es gab ein Bollwerk, an dem die Bedrängnis, die Drohung, der Bombenregen, die Gewalt abprallten, und dieses Bollwerk war nicht ein einzelnes Volk, nicht ein Festungswall, nicht die militärische Macht – sondern es war die wieder zum Vorschein kommende Stärke und Treue der menschlichen Seele. Es war der Glaube an die Menschenwürde, an die Gedanken- und Glaubensfreiheit, an die Freiheitsrechte des Vaterlandes und der Einzelpersönlichkeit.

Vielleicht war es so, dass diese Güter neu verdient werden mussten. Denn war nicht weitgehend der Glaube den europäischen Menschen verlorengegangen? War das Christentum noch so lebendig, als es nirgends mehr verfolgt und noch durch keine neuen Götzenreligionen in Frage gestellt wurde? War nicht der tiefere Sinn christlicher Verhaltensweise, nämlich die Achtung vor der Persönlichkeit des Nächsten, die Anerkennung der Gleichheit aller Menschen, die Güte und Barmherzigkeit gegen alle Schwachen und Benachteiligten, in der egoistischen Lebensweise unserer Zeit fast in Vergessenheit geraten? Und auf staatlichem Gebiet: haben die europäischen Menschen die Segnungen der politischen Freiheit geschätzt und zu ihnen Sorge getragen, wie sie es verdienten? Und in sozialer Hinsicht: wurde das Maximum dessen geleistet, was angesichts der wirtschaftlichen Strukturveränderungen geleistet werden musste, um nicht die politischen Gleichheitsrechte durch wirtschaftliche Ungleichheit wieder in Frage zu stellen? War überhaupt die Opferbereitschaft noch da, die nötig gewesen wäre, um jeden Angriff – ob von innen oder von aussen – gegen die höhere Entwicklungsstufe der europäischen Rechtsstaaten und Demokratien von vornherein abzuwehren? Hatte die abendländische Menschheit noch die innere Verbundenheit mit ihrem kulturellen Erbe, und hat sie es treu verwaltet und gemehrt? Oder waren nicht längst auf allen Gebieten Verfallserscheinungen, Schwächezeichen, Gleichgültigkeit eingetreten, die nur von zu allem entschlossenen Gruppen ausgenützt zu werden brauchten, um dem Schicksal des Abendlandes eine neue, tragische Wendung zu geben? Es ist vielleicht in der Tat so, dass im Leben der Nationen, Kulturen und Religionen Rückschläge, Umwälzungen und Kriege eintreten, in denen sie vor die unausweichliche Wahl gestellt werden, sich zu bewähren oder unterzugehen. Wer dann an diesen wie von einer höheren Macht herbeigeführten Gerichtstagen versagt, wird entweder verschwinden oder muss den harten Weg von vorne anfangen, der allmählich und nach langen Mühen wieder zum Aufstieg führt. Das, was noch fest verwurzelt war, was noch echt und unverfälscht lebte, was noch Festigkeit und tieferen Sinn hatte, wird nach solchen Stürmen überleben. Das Morsche, Faule, endgültig Überlebte, das sich nicht mehr bewähren konnte oder wollte, sinkt dahin für immer.

In einer Zeit wie der unseren lebten das Fürchterlichste und das Erhabenste in merkwürdiger Nachbarschaft beieinander; Kräfte der Zerstörung riefen neuen Aufbaukräften, Ungerechtigkeiten weckten Gerechtigkeitssinn, Unterdrückung erzeugte Freiheitskämpfe, der Jammer der leidenden Menschheit hat uns bisher schlummernde Schätze des Mitleids und der Hilfsbereitschaft entdecken lassen. Man spricht und streitet auch viel über die kommenden Machtverhältnisse in Europa und in der Welt; ganze Völker reagieren mit begreiflicher Empfindlichkeit, wenn an ihrer Zukunft als politische Grossmacht gezweifelt wird; die kleinen Völker denken mit einem Gemisch von Sorge und Hoffnung an die Möglichkeit selbständiger und freier Existenz, die ihnen eine von wenigen Mächtigen gelenkte Welt lassen wird. Vielleicht ist es aber nicht der richtige Weg, die Zukunft der europäischen Völkerfamilie vor allem als ein Machtproblem aufzufassen. Macht allein kann – das sollte gerade der jetzige Krieg bewiesen haben – nichts ausrichten, wenn sie nicht die gutwillige Zustimmung der Völker auf ihrer Seite hat. Ausserdem werden die ersten und dringenden, vielleicht auf Jahrzehnte ausschlaggebenden Probleme nicht Probleme des Machtwettstreits unter den darniederliegenden Völkern des europäischen Festlandes sein, sondern Fragen der Hilfeleistung und des Wiederaufbaus, der Wiedergutmachung und der Erholung von den erlittenen Wunden. Für solche Aufgaben aber, die die Aufgaben des guten Samariters und des gerechten Baumeisters sind, werden geistige, menschliche, kulturelle, religiöse Kräfte vonnöten sein. Den Menschen geschieht nur ein Wohlgefallen, wenn sie im Herzen den Frieden haben und nicht auf neue Kriege sinnen. Auch das am tiefsten gesunkene, auch das kleinste Land kann, wenn es an den Wiederaufbau einer zerstörten Welt geht, sich als eine geistige Grossmacht bewähren.

(Aus »Weltchronik. Radiokommentare 1939-45«)

Max Rychner

Palaver mit Marie

DER ALLGEMEINE BASS:

Keine grosse Stimme mehr wirkt durch die Welt
Leo Tolstoj, Rolland und Nansen: sie sind dahin!
Wohin? Bei den Schatten, den Engeln, im lauteren Nichts.
Wo ist die Stimme, aus grossem Herzen geboren,
Tausenden Herzen wiedergeboren als Herzmelodie?
Ach, kein Mund vermag mehr Bruder zu sagen.

MARIE PLAUDERT:

Paul ist beständig unerquickt,
Weil man, sagt er, den Menschen derlei antut,
Ist er unleidig mit mir.
Ich blieb doch immer die gleiche,
Der Spiegel nicht, die Freunde sagen es.
Tagtäglich steh ich an der Falzmaschine,
Die Jahre kommen und gehn,
Manch eine wäre schon verbittert.
Man rät mir zu Geduld,
Die ist ein langsamer Autobus,
Er werde mich trotzdem heiraten,
Die Verhältnisse seien an allem schuld.
Die haben gut reden von Reseden –
Mir blüht keine Rose ohne Dorn,
Das Wochenende bringt mir etwas Liebe
Und seinen Zorn
Und manchmal Hiebe.

DER ALLGEMEINE BASS:

Grosse Gelehrte opferten Nacht um Nacht und das letzte Hemd
Und erfanden die schwere Todesnacht von Bomben,

Blitzbeschämenden, völkertötenden, friedebringenden ...
Wo ist die Stimme, aus grossem Herzen geboren,
Tausenden Herzen wiedergeboren als Herzmelodie?
Wo ein zuckendes Licht in selbstgeschaffener Nacht?
Unser Donner, er überrollt den Donner des Herrn,
Walkt ihn zuschanden, den massvollen Hochgebornen:
Seine erschütternde Stimme – sie ist dahin,
Seine erschütterten Herzen – sie sind dahin ...

MARIE PLAUDERT:

»Es muss nun alles anders werden«:
Diese Hoffnung macht ihn mürrisch,
Ich wäre gern vergnügt dabei.
Wer minder zornig hofft,
Dem ist er feind, auch seinem Freund,
Ist das nicht heillos rätselhaft?

Dann muss ich, ihn nicht zu reizen, schweigen,
Muss mich von der harmlosen Seite zeigen,
Darf nicht mit meinen Reizen geizen ...

DER ALLGEMEINE BASS:

Die Bomben wären demnach sozusagen vollkommen.
Bleiben die Gase: da ist noch manches zu tun.
Dem Frieden zulieb darf man mit dem Tode nicht knausern.
O Tod, du grosser Friede ohne Gift,
Wie sankst du tief in die Gewalt der Menschen,
Du, der Gerechte, du der Alten Furcht,
Inwendig höhlend, selbst in ihrem Lachen,
Du, der den Jungen fremder Fremdling bleibt
Und ohne Botschaft in der Todesluft –
Spürt ihr die Taube liebevoll im Flug
Durchs Spiel des Windes, den ihr tödlich färbt?

Das Schöpfungswort, in Gottes Hauch behütet,
Erstarb im Gift, sank zu den Schädelstätten.
Wohin? Zu den Schatten, den Engeln, ins lautere Nichts.

MARIE PLAUDERT:

Wir sitzen am Tisch, kaum sieht er mich,
Ich dachte an ihn beim Kochen,
Er übersieht die Primeln im Glas,
Das Silbersalzfass, das ich doch
Seit Weihnachten knausernd abgespart,
Verweinte Augen übersieht er stets,
Ich weiss es, dass er heimlich weiss, warum.
Er liest im Blatt und sucht nach Morgenrot,
Ich schmiere Tag um Tag sein Mettwurstbrot
Und bin noch jung und wär oft lieber tot.

DER ALLGEMEINE BASS:

Was gilt der Mensch noch? Er ist ihnen ja verleidet.
Sie sehen ihn nicht, sie lieben ihn nicht, sie zählen ihn bloss,
Sie reihen ihn ein in irgendwelche Reihen,
Und diese werden wieder eingereiht.
Sie lieben die harten geheimnislosen Motoren
Und denken: der Mensch ist endlich bekannt,
Durchmessen, durchforscht wie die endliche Erde,
Sie wuchern mit Ländern, sie wuchern mit Völkern,
Mit Hunger, Angst und Hochmut und mit Roheit
Und mit dem leicht verfügbaren Wucherer Tod,
Sie wuchern salbungsvoll und tröstlich redend –
Denn was gilt der Mensch? Er ist ihnen ja verleidet.
Ach, kein Mund versteht mehr Bruder zu sagen.

MARIE PLAUDERT:

Das Nächste will ich austragen und haben,
Egal, was die Leute sagen,
Was heisst schon Leute, wer ist das schon!
Er will nicht, wegen der Schererei,
»Sei nicht so eigensinnig«, meint er,
»Die Umstände sind einmal nicht danach.«
Ewig nebeneinander die leeren Hände –

Woran mich halten, wenn das Dunkle kommt?
Und ich nicht weiss in der kalten Angst,
Ob ich noch beten kann und ob ich soll?
So ein Geschöpf, das wäre gut,

Man wüsste, wozu man da ist,
Es wäre doch Blut von seinem Blut
Und eine Seele, die mir nah ist.

DER ALLGEMEINE BASS:

Sieh, das Dunkel wird schwer, die Kühle rührt sich,
Eine dringliche bittende Glocke ruft. Umsonst.
Wo lebt die Stimme, die zum Himmel schriee
Um den Tod der anmassend Lebendigen,
Um den unwissend der Seele verhängten Tod,
Der sie noch eine Weile reden lässt. Wie lang?
Wo ist sie, die noch warme Tränen schlüge
Aus dem Trotzgestein der trockenen Herzen,
Aus den Gletschern der eisigen Augen?

Wo ist die Stimme? Ich höre sie nicht.
Ich vernehme die vielen, Geschrei und Gewirr,
Ich höre sie nicht, ich höre den Tod in der Luft,
Das Ewige im Schweigen der Toten,
Das erkaltende Schweigen im sterbenden Wort,
Im gesprengten, vergifteten Wort der Menschen,
Ich vernehme das Ende bis ans Ende der Welt . . .

Was drückt dich noch, Marie? Sprich! Lass mich lauschen!
Sprich leise, denn mein Herz ist aufgetan.

Charles Ferdinand Ramuz

Die Rückkehr des Toten

Sie brauchen oft lange Zeit, um wiederzukehren. Sie haben ihre Launen.

Ein Mann in einem Boot macht Zumlauf, der in seinem eigenen Boot vor der Badeanstalt sitzt, von weitem Zeichen. Offenbar hat Zumlauf gleich verstanden, was man von ihm wollte, nachdem er den anderen angesehen hatte, der ihm mit dem Arm winkte und mit der Hand deutete, zu kommen, indem er sie mehrmals an das Gesicht führte.

Zumlauf hat nichts gefragt.

Sie haben es nie eilig. Das Wasser schleppt und verschleppt sie. Sie geben sich ihm hin, wie das Wasser selbst sich den Winden hingibt, die mehr oder minder stark und beharrlich bald von Norden, bald von Süden wehen: die Bise, der Föhn und andere lokale Winde, die jeder einen bestimmten Namen haben und regellos aufeinander folgen. So werden die Armen bis in die Mitte des Sees gegen Savoyen getrieben, machen kehrt, werden wieder zu uns zurückgeführt und treiben dann lange träumend dem Ufer entlang.

Sie versinken und steigen wieder auf. Sie werden von der Tiefe aufgesaugt und verschlungen. Sie werden lange durch die nicht enden wollenden, durchsichtigen und undurchsichtigen Schichten des Wassers hinabgezogen. Dort unten ist es zart blau, dann grünlich, und nach und nach wird es tiefe Nacht mit einem Rest von Licht über sich, das verlischt, wie wenn sich am Ende eines langen Ganges eine Tür schliesst.

Sie versinken immer tiefer, die Arme, die Haare in der Luft, und suchen den Grund, den sie nie erreichen. Ihre Kleider kleben ihnen am Körper, sie verfangen sich in den Algen, die Fische sehen sie an, sie nähern sich neugierig, und wegen der flachen Köpfe kommen sie von der Seite heran, um sie aus der Nähe zu betrachten, und stossen mit dem Schwanz wieder ab.

Sie versinken tiefer und tiefer dorthin, wo es keine Algen mehr gibt, wo selbst die Fische nicht mehr hinkommen, in die Region des absoluten Schweigens, wo das Licht unvorstellbar wird. Dort schaukeln sie hin und her, die Füsse nach oben, die Arme nach unten.

Zumlauf hatte die Ruder ergriffen. Sein Boot war ebenso breit wie lang und glich mit seinem grünen Anstrich der Hälfte eines auseinander geschnittenen Kürbis.

Zumlauf steuerte mit weit ausladenden Ruderschlägen auf den anderen Schiffer zu, der ihn, über die Schiffsplanke gebeugt, erwartete und mit seinem Ruder etwas Schwarzes an seinem Fahrzeug festhielt. Sie kommen zu guter Letzt immer ans Tageslicht. Sie finden die Sonne wieder, die ihnen mit lauer Hand über das verklärte Antlitz streicht. Mit ihren weitgeöffneten Augen erdulden sie ihren Glanz ohne Staunen, ohne Müdigkeit. Sie bieten dem Strahlengefunkel die Stirne gleich Wellenkämmen, gleich entflammten Holzspänen. Sie trotzen dem Gestirn, sie wenden sich nicht ab, sie treten voll Gleichmut wieder ihre Irrfahrt an, bald auf dem Rücken liegend, bald bäuchlings. Bei Tag und bei Nacht, bei schönem Wetter, bei Sturm, auf und ab im Takt der Wellen, und sie gehen gefügig, wohin immer sie müssen, und endlich kehren sie wieder.

Darum hat Zumlauf gefragt: »Wer ist es?«

»Ich weiss nicht«, sagt der andere, »ein Städter.«

Dieser andere war ein gewisser Rochat, Uhrmacher seines Zeichens, der gelegentlich fischen ging, weil er nicht viel zu tun hatte.

Zumlauf sagte zu ihm: »Halt ihn fest!«

Dann packt er seinen Bootshaken. Er verfing sich in etwas Klebrigem, Verfaultem; Kleiderfetzen kamen an die Oberfläche. Aber Zumlauf warf seinen Bootshaken noch einmal hinein, und nun hat er angebissen. Die dünne Wasserschicht zwischen uns und dem Toten war wie eine Glasscheibe, die man zerbricht; der Tote kam und zeigte sein Gesicht der Luft.

Er hatte kein Gesicht mehr.

Er hatte nur mehr eine Gesichtshälfte, die andere war ganz zerfressen und abgenagt, der Kopf skalpiert, die Augenhöhlen leer, auf der einen Seite ohne Bart und Schnurrbart. Zumlauf hatte seinen Haken rückwärts am Boot befestigt und ruderte mühsam hinter Rochat zum Ufer. In der Bewegung zeigte der Tote sich fast zur Gänze, mit Hosen, die flach um die wie fehlenden Beine schlotterten, unter der schönen Abendsonne, inmitten des Geschreies, das von der Badeanstalt herüberdrang. Es kam gerade ein Dampfschiff, und die Dampfschiffe kommen bei ihrer Rundfahrt an dieser Stelle ganz nahe am Ufer vorbei, so nahe, dass sie mit ihren zwei bis drei Stockwerken riesig erscheinen und einen erdrücken. Der Steuermann steht auf dem Steg, wo er sein Rad dreht, die Schaufelräder machen ein Getöse wie ein Wasserfall, der Rauchfang spuckt eine riesige Wolke schwarzen Rauches aus, wie einen Rosshaarzopf, den man aufdreht.

Zumlauf hatte das Boot auf das abfallende Ufer heraufgezogen; der Tote kam hintennach.

Man wagte nicht, ihn zu berühren, denn nun, da er an der Luft war und in dem Mass, als das Wasser von ihm abfloss, scheint er sich aufzulösen und gleichzeitig zu verflachen; er war zu einer formlosen, gallertartigen Masse geworden.

René Auberjonois *Ufer*

Er lag auf dem abfallenden Ufer, das Gesicht nach oben mit einem halben Bart, einem halben Schnurrbart und einer einzigen Schnurrbartspitze, die vom Wasser an die eine Seite seines offenen Mundes geklebt worden war – unkenntlich.

Und doch schon erkannt. Zumlauf ist da, er macht Rochat unter seiner Mütze ein Zeichen. Er zwinkert ihm zu. Zumlauf nimmt seine schöne Seemannsmütze mit dem Lacklederschild ab, beugt sich über den Toten und drückt ihm die Mütze auf den zerfressenen Teil des Gesichts.

Da erscheint der Tote mit dem Gesicht des Lebendigen.

»Errätst du schon?« sagt Zumlauf.

»Natürlich!« sagte Rochat.

»Der alte Lambelet ...« Er hat sich mit seinen Kindern nicht mehr vertragen. Da taucht am Ufer ein Polizeimann auf. Zumlauf rief ihn. Es bleibt nur mehr ein kurzer Augenblick, den zu betrachten, der hier ausgestreckt liegt, den Kopf höher als die Füsse; er hatte sich zu seinen Kindern zurückgezogen, weil er nicht mehr arbeiten konnte, und nun hat er sich mit den Kindern nicht mehr vertragen.

Er war im Arbeitsanzug, denn nun erkannte man an den Resten seiner Hose, dass es eine braune Barchenthose gewesen war, dass sein Hemd blaugestreift war und dass er darüber eine Ärmelweste aus Zwillich getragen hatte, von der nur mehr ein Ärmel übrig blieb.

Dann sah man nichts mehr, denn der Polizeimann hatte den Leichnam mit einer Decke bedeckt. Der Leichnam machte kaum einen Buckel unter der Decke, von wo aus das Wasser noch immer abfloss und im kurzen, gelben Moos, das zwischen den Steinplatten wuchs, zwei Bäche bildete.

Es ist ein Bett, ein letztes Bett sogar mit einem Bettuch. Aber der auf ihm schläft, muss furchtbar fest schlafen, weil man zur Linken weiter ein grosses Geschrei und Gelächter hört und Zumlauf mit grossen Ruderschlägen zur Badeanstalt zurückkehrt.

Man war daran, zu schliessen. Larpin schritt die Kabinen ab und rief: »Wir schliessen jetzt!«

Die Badenden gingen fort, manche mit einem Sonnenbrand am Nakken oder an den Beinen, die Kinder mit eingerollten Badehosen, die sie an einer Schnur mit Leibeskräften durch die Luft schwangen. Ein grosses Mädchen mit gebräuntem Nacken und nackten Armen und Beinen in einem kurzen, dünnen Sommerkleidchen ging vorbei, und während Larpin das Tor der Badeanstalt schloss, legte Zumlauf an.

Indessen schnitt Madame Larpin in einem kleinen Raum neben der Kasse Makkaroni in einen Topf auf dem Gasrechaud, und zur gleichen

Zeit liessen sich Larpin und Zumlauf auf der kleinen, seewärts gelegenen Galerie nieder. Sie setzten sich an einen kleinen Tisch aus Fichtenholz, auf den Madame Larpin gerade eine versiegelte Flasche Weisswein gestellt hatte.

Larpin goss aus Höflichkeit einige Tropfen in sein Glas und füllte dann Zumlaufs Glas, der das seine erhebt, um anzustossen: »Zur Gesundheit!« Sie sitzen einander gegenüber und sehen sich an. Sie nehmen so allabendlich gemeinsam ihr Abendessen ein. Die beiden und Madame Larpin. Sie rauchen ihre Pfeifen und sehen sich an. Die Hitze liegt nur mehr im Sand des Strandes, wo die Fussspuren viele runde Löcher gebildet haben. Sie ist nur mehr an einem Flimmern der Luft erkennbar, wodurch die Dinge sich scheinbar verflüchtigen, sich entmaterialisieren, und wodurch ihre Konturen in kleine Stücke zerfallen, die das Auge nur mühsam wieder zusammenfügen kann. Die beiden Männer sitzen in einem Luftzug, der Larpins Haare bewegt; Larpin ist barhaupt, Zumlauf hat noch seine Kappe auf, und unter dieser Kappe sagt er plötzlich: »Noch einer.«

Larpin zuckt mit den Schultern.

»Wieviele macht das in dieser Saison?«

»Vier! Der Deutsche macht eins, eine Kellnerin aus Lausanne zwei; der Arbeitslose neulich drei, und dann heute Lambelet.«

Larpin sagte: »Armer Lambelet!«

»Warum arm?« sagte Zumlauf.

Er blickte Larpin durch den Rauch seiner Pfeife an. Larpin ist mager, knochig, ausgetrocknet mit seinem blauweiss quergestreiften Trikot, seinen sonnverbrannten Armen, um die die dunklen Venen sich winden wie Efeu um einen Ast, und seinen kleinen halbgeschlossenen Augen; würde man einen Blick unter den Tisch werfen, würde man seinen roten Gürtel sehen, seine blossen Füsse mit Nägeln wie abgeschlagene Hornknöpfe, und eine grosse Uhrkette aus Nickel mit Anhängseln, die über seinen Bauch läuft und in seiner Tasche mündet.

»Er hat sich nicht mehr mit seiner Tochter vertragen.«

Das sagt wieder Larpin, und Zumlauf erwidert:

»Jetzt hat er seine Ruhe!«

»Ja«, sagt Larpin, »aber all das ...« und zeigt auf all das um ihn herum. Der Abend senkt sich auf den spiegelglatten See mit den rosa Wolken, die auch am Himmel sind, und die Pappeln sind auch zweimal da, einmal in der Luft und einmal im Wasser. Winzige Wellen kommen ans Ufer, sie strecken im Sand ihre Krallen aus, die sich spreizen wie bei den Katzen und weiss werden, wenn sie sich öffnen. »All das«, sagte Larpin, »all das bedeutet auch, dass es wohl tut, mit der Pfeife bei einem Glas frischen Weissweines zu sitzen; es bedeutet auch das Vergügen, nichts mehr zu tun zu haben, wenn alles getan ist.«

»Das ist ihm jetzt alles herzlich gleichgültig«, sagt Zumlauf. »Ich für meinen Teil bin der Ansicht, dass man unter ihm ebenso gut dran ist wie auf ihm«, sagt er und meint den See.

Madame Larpin bringt eine Schüssel mit Makkaroni und Käse und einen Rest Schinken. Sie bedient die beiden Männer. Larpin sagt: »Er hat sein ganzes Leben brav gearbeitet und hat nichts zurücklegen können.«

Larpin sagt zu seiner Frau: »Wir sprechen von Lambelet, man hat ihn gerade aus dem Wasser gezogen.«

»Du lieber Gott!« sagt Madame Larpin, »wo denn?«

»Hier, ganz in der Nähe«, sagt Larpin. »Zumlauf hat die Plackerei gehabt. Man hat wegen der Leute getan, als ob nichts wäre. Die Ambulanz wird ihn holen kommen!«

»Du lieber Gott!« sagt Madame Larpin, »was für eine Geschichte!«

»Es ist nämlich mit seiner Tochter, die ihn aufgenommen hat, nicht mehr gegangen. Du weisst doch, sie hat einen Bahnbeamten geheiratet, sie wohnen unter der Kirche.«

Zumlauf hört schweigend zu. Er weiss, dass Larpin besser unterrichtet ist als er. Zumlauf kennt nur den See und ist Junggeselle.

Larpin spricht weiter. Er schneidet den Schinken in Scheiben und führt seine Gabel mit einem Happen Makkaroni zum Mund. Er steckt zuerst die Enden hinein, und sie machen ihm eine Art Bart, den er nach und nach einzieht, während er ab und zu mit vollem Mund einen Schluck Wein trinkt.

»Oh! die Leute, die es mit angesehen haben, sprechen schon lange darüber. Man gab dem Alten nichts als Suppenreste, und er musste in einer Rumpelkammer schlafen. Da hat er es nicht mehr ausgehalten.«

»Wie lange ist es her, seit er verschwunden ist?«

»Warte!« sagt Zumlauf, »wir haben Ende August, Juni, Juli, August, es wird an die drei Monate sein.«

»Er hat sich Zeit gelassen, wiederzukommen.«

»Sie kommen zurück oder sie kommen nicht zurück; sie lassen sich nicht drängen. Manche brauchen zehn Jahre und manche so lange, dass sie niemals wiederkommen. Lambelet wird gegen Genf zu gegangen sein. Die Strömung in der Mitte des Sees trägt sie fort. Andere Male werfen die Wellen sie gegen die Dämme, und sie werden weich wie Zigarrenstummel und haben keinen ganzen Knochen mehr im Leib. Lambelet war nicht zu arg zugerichtet und auch nicht zu sehr entkleidet. Manche kommen so nackt zurück, dass man sich schämen muss. Er hatte noch seine halbe Hose, einen Ärmel seiner Weste und sein Hemd.«

»Das macht nichts«, sagt Madame Larpin. »Es bleibt eine abscheuliche Geschichte. Wird das Gericht nicht ein Wort mitzureden haben?«

»Was hat das Gericht damit zu tun?« antwortet ihr Mann. »Lambelet hat sich freiwillig ins Wasser gestürzt.«

»Doch«, sagt Madame Larpin, »die, die ihn durch ihre schlechte Behandlung gezwungen haben, sich umzubringen.«

»Man müsste zuerst beweisen können, dass er misshandelt wurde, und das ist nicht so leicht. Es wäre leichter gewesen, ihn daran zu hindern, sich zu ertränken, weil man ihn doch gesehen hat. Du kennst doch Monsieur Perret? Er ist Bankbeamter in Lausanne. Er hat ihn gesehen und hat mir gesagt: 'Ich habe geglaubt, dass er baden wolle. Ich war etwas erstaunt. Ein so alter Mann, und ausserdem war das Wasser noch kalt, aber ich habe nicht weiter nachgedacht. Er hatte sich gerade ausgezogen, aber er hatte Hemd und Hose anbehalten. Er trug rosa Socken. Ich habe mir noch gedacht: Komischer Anzug! Aber das ging mich nichts an. Aber als ich sah, dass er über den Hafendamm hinausging, konnte ich mich doch nicht zurückhalten, mich umzusehen. Da habe ich gesehen, wie er tief gebeugt über den Felsgrund schreitet, sein Bein ausgesteckt, und sich an den Felsblöcken festhält, weil es dort rutschig ist. Dann habe ich nichts mehr gesehen. Er war auf der entgegengesetzen Seite des Dammes ins Wasser gestiegen und war vom Damm verdeckt. Man hat das Plätschern gehört, als er im Wasser vorwärtsschritt. Er musste ausgeglitten sein und hielt sich fest, er machte einen Lärm, wie wenn ein Schwan mit den Flügeln schlägt, dann hörte man ein Gurgeln und dann einen Schrei – da bin ich zurückgegangen. Man sah noch seinen Kopf auftauchen und sah, wie er mit den Händen auf das Wasser schlug, als wollte er sich festhalten, aber das Wasser gab nach und hat sich über ihm geschlossen. Was wollen Sie? Er war im tiefen Wasser, es ist eine der Stellen, wo der Berg hart am Ufer beginnt. Fünfzehn bis zwanzig Meter weit reicht einem das Wasser bis an die Hüften, und dann hat man nichts mehr unter den Füssen als einen unendlichen Abgrund. Ich bin um Hilfe gegangen, aber es ist eine Weile verflossen, ehe sie kommen konnten. Es war bereits nirgends mehr eine Spur von ihm.'«

»Wie tief reicht der Berg dort hinunter?«

»Das weiss man nicht«, sagt Larpin, »hundert, zweihundert Meter, und wenn sie einmal fort sind, bleibt nichts übrig, als sie ziehen zu lassen. Sie gehen auf die grosse Reise, sie werden von ihren Kleidern hinabgezogen, sie verfangen sich mit den Füssen in den Algen. Man muss warten, bis sie aufgedunsen sind, um sie eines Tages an der Oberfläche auftauchen zu sehen. Aber da kommen die Wellen, und weil sie leicht geworden sind, werden sie schnell fortgetragen. Sie sind wie Bojen, die man zu verankern vergass. Ein Windstoss von Norden, und schon sind sie in Savoyen, ein Windstoss aus dem Waadtländischen, und sie kommen zu uns. Nicht wahr, Zumlauf?«

»Gewiss«, sagt Zumlauf, der sich wieder am Gespräch beteiligt, weil man von Dingen spricht, wo er zu Hause ist, »und manchmal schwimmen sie tagelang ganz nah am Ufer herum, ohne dass man sie bemerkt.«

»Ohne Rochat hätten wir ihn nicht herausgefischt.«

In diesem Augenblick hört man auf der Strasse die Hupe der Ambulanz. Madame Larpin ist aufgestanden und versucht, durchs Fenster zu sehen, was vorgeht.

»Du wirst nichts sehen«, sagt Larpin.

Die Ambulanz fährt in entgegengesetzter Richtung an der Anstalt vorbei und entfernt sich.

Die beiden Männer sind voller Behagen. Sie haben fertig gegessen. In der Flasche ist noch ein Rest Wein. Larpin hat die Gläser gefüllt.

Zumlauf erhebt das seine: »Zur Gesundheit!«

Larpin erwidert: »Zur Gesundheit!«

(Aus dem Französischen von Hedwig Wurzian)

13

Ihr Menschenbrüder, die ihr nach uns lebt, / Lasst euer Herz in Härte nicht vereisen! François Villon in der Nachdichtung von Richard B. Matzig

Es gilt nicht, gefährlich zu leben. Dieser Satz ist Angeberei. Für die Stierkämpfer habe ich gar nichts übrig. Nicht die Gefahr liebe ich. Ich weiss, was ich liebe: ich liebe das Leben. Antoine de Saint-Exupéry

---

Peider Lansel

Beim Radiohören

Der Krieg, jetzt Massenkrieg, er wird nicht mehr geführt
durch schrille Reden voller Gift und Galle.
Kein Augenblick, da nicht zu Land und Wasser
und aus dem Himmel Mord und Grauen fallen.

Gerechtigkeit? Noch bleiben wohlbehütet
an sichern Orten, die den Völkertod entfesselt,
während, statt jener Fratzen, Menschen ohne Schuld
die Rechnung zahlen und in Massen sterben müssen.

(Aus dem Rätoromanischen von Andri Peer und Hans Rudolf Hilty)

Traugott Vogel

Trauriges Glück

Mit kranker Fracht im Sanitätszug unterwegs

Blau nannten sie den Zug, weil sich seine Sanitätsmannschaft durch blauen Kragenspiegel und blauen Ärmelaufschlag von den andern den bewehrten Waffengattungen unterschied. Blau auch deshalb, weil die Fenster der elf C3-Wagen unseres Zuges mit blauer Farbe bestrichen waren. Warum bestrichen? Weshalb C3? Die SBB unterschied damals, gegen Ende des Zweiten Weltkrieges, noch drei Wagenklassen: A erste, B zweite und C dritte Klasse; die Ziffer hinter dem Buchstaben gab die Zahl der Achsen an. C4 war somit ein Drittklasswagen mit vier Achsen; ein AB-Wagen wies Abteile sowohl der ersten als der zweiten Klasse auf. Von allen diesen Klassen befanden sich Wagen in unserem Sanitätszuge; auch ein K-Wagen rollte mit, das war ein Güterwagen, nur seitlich zu öffnen; er führte Strohballen, Wäsche, Tragbahren und Brennholz mit. Dazu kamen zwei Gepäckwagen, sogenannte Fourgons, einer kam gleich hinter der Lokomotive und enthielt Postsachen, Zelte, Gepäck, Wolldecken, Särge, und den andern hatte man mitten in die lange Reihe der Personenwagen geschoben. Er diente als Küche und war angefüllt mit Vorräten an Lebensmitteln, Medikamenten, Instrumenten und versehen mit einem Herdchen, auf dem heisses Wasser, Tee und Diätkost bereitet wurde.

Aber wozu die blaugestrichenen Fenster? Nur die C3-Wagen wiesen diesen blauen Sonnenschutz auf; denn hinter ihren Scheiben hingen an federnden Gurten die Bahren als Betten, je zwei übereinander, in jedem Wagen sechzehn; der blaue Anstrich bewirkte eine Art freundlicher Verdunkelung, war Vorhangersatz.

Als unser Zug zweimal die Strecke Konstanz–Genf–Marseille durchklopft hatte, war eine unterhaltsame Rindenschrift aus dem blauen Anstrich abzulesen: die deutschen Heimkehrer hatten ihre Namen oder ein Hoch auf die Kreuze, das rote und unser weisses, aber auch aufs Hakenkreuz in diesen ihnen erreichbaren blauen Himmel eingekratzt; die alliierten Verwundeten aber begnügten sich, Guckfenster auszuschaben, um eine kleine optische Zwischenverpflegung hereinzuholen, wenn sie liegend durchs Land des William Tell fuhren. Wir selbst, die Schwestern, Samariterinnen, Sanitätssoldaten und Unteroffiziere, die Ärzte, der Zugskommandant, der Kommissär und Rotkreuzvertreter fanden Unterkunft in jenen beiden AB-Wagen, und es war das erste Mal in meinem Leben und musste bei dieser einmaligen sozialen Überhobenheit bleiben, dass ich – als Fourier – wie ein Generaldirektor im eigenen Erstklassabteil durch halb Europa reiste, vierzehn wehmutsvolle Tage lang.

Nach sechseinhalbstündiger Fahrt von Konstanz nach Genf quer durch die Schweiz blieben wir beinahe vierundzwanzig Stunden unterwegs durchs schneesturmgepeitschte Savoyen, an ausgebrannten Dörfern und Bahnhöfen der Dauphiné und Provence vorbei, vorsichtig über notdürftig geflickte Brücken hinweggleitend, vor denen die Tafel warnte »Slow!«, kilometerweit begleitet von umgekippten Lastwagen, rostenden Langrohrgeschützen, Wagengerippen und Flugzeugtrümmern, und trafen andern Tags im Hafen St-Julien von Marseille ein.

In unseren elf C3-Wagen hatten wir 176 Liegende geladen, zumeist Tuberkulöse, alles Angehörige von Staaten der UNO; dazu führten wir an die zweihundert Sitzende mit, stille Krüppel, mit vernarbten Wunden abgerissener Gliedmassen, davon einen B-Wagen voll Offiziere, die sich gelassen in die Plüschpolster legten, rauchten, spielten, lasen oder bald wie Kletterbuben oben in den Gepäckträgern sich räkelten. In Genf hatte man fünfundzwanzig gefährlich Erkrankte ausgeladen, um sie in Spitälern abzusondern, und von der uns verbliebenen Mehrheit ist ein einziger kurz vor Marseille im Frührot gestorben. Ich kniete an seinem Lager im fünfzehnten Wagen, las den deutschen »Begleitzettel für innerlich Kranke«, der an seinem abgelegten, armen Soldatenrock hing, und schrieb davon ab, dass »Oberstabsarzt und Chefarzt des Res. Laz. (Kgf) Elsternhorst« die Heimkehrberechtigung des Uffz 275'321 IV B Oflag IV D bejahten und die »gemischte Ärzte-Kommission« als Krankheit offene Lungen-Tbc erkannt habe. Den Namen des Sterbenden erfragte ich bei seinen Kameraden; Mardsen Frederick hiess er, war Korporal, gebürtig aus England, wohnhaft gewesen in Craswell, 20 Dukestreet, siebenundzwanzigjährig. Ein schmales, leeres Zigaretten-Etui fand sich in seiner Brusttasche; ins Silber hatte er mit einem stumpfen Nagel eingepunzt: »W C S Captured Tobruk June 21 1942«. Somit war er in Afrika gefangen genommen worden und von den Deutschen übers Mittelländische Meer, durch das sommerliche Italien und über die Alpen zum Kgf (Kriegsgefangenenlager) Elsternhorst entführt worden. Er röchelte ohne Unterbruch ins Klopfen der südwärts eilenden Räder, und man liess ihn der besänftigenden Spritzen teilhaftig werden. Aus seinem fahlen, ausgezehrten Gesicht wuchs die hohe Kante der scharfen, magern Nase. Daheim in England, sagte einer seiner Kameraden sich selbst zum Troste, werden wir »good food« haben und unsere Lungen und Knochen sich erholen lassen. An gutem Essen war freilich schon jetzt wahrlich kein Mangel. Die Amerikaner, von denen wir in Frankreich mehr als Franzosen zu Gesicht bekamen, erwarteten unsern Zug auf den Bahnhöfen, und in Aix-les Bains und in Valence kamen sie mit munter klappernden Karren auf die Bahnsteige gefahren und fütterten Verwundete und Pflegepersonal auf ihre kurzweilig spielerisch ritualisierte Weise reichlich ab. Es gab natürlich ham and eggs, dazu viel Butter, gesalzene, und zu jeder Mahlzeit eine Tasse gesüssten Kaffees, auch zuweilen Mais, Pudding, allerart Marmelade, dazu stets schneeweisse Brotschnitten, alles amerikanischer Herkunft, und oft Truthahn mit Teigwaren, und da die meisten Speisen aus Büchsen aufgekocht worden waren, hob man uns als Zugabe einige Kartons V2 in den Küchenwagen und schob ganze Stangen ineinandergestülpter Papierbecher nach. Welche Überraschung: V2 gab Weissblechbüchsen her. Sie enthielten Säfte, gepresst aus Tomaten, Grapefruits oder Pineapples (Ananas). »Fancy Quality« stand auf der bunten Packung, und diese lockenden flüssigen Vitamine kamen aus Honolulu, Hawaii.

»Good food« und »fine drinks« gab's somit schon unterwegs; indessen dem Sterbenden genügte es, endlich auf der Heimreise zu sein. Er entschlief und hörte nicht mehr die grauen Transporter im Hafen hupen, sah nicht mehr die weissen, tröstlichen Spitalschiffe im Meeresdunste schweben, mit festlich lockenden roten Kreuzen am Kamin: US Army Hospital Ship. »Ernest Hinds« hiess das eine und das andere daneben »Charles A Stafford«. Sie warteten auf ihn und seinesgleichen. Und wenn man vom Schiff sprach, hiess es »she« (sie) und nicht »it« (es) oder »he« (er).

Langsam schob sich unser blauer Zug ins dunkle Gedränge der zerbrechenden Nacht zwischen Lampen, Kräne, Schiffe, Traktoren, Hallen, Hütten, Fahnenmaste und Gruppen von dunklen Soldaten, ans Meer. Schon brachten sie den Sarg; Neger trugen ihn wie ein Spielzeug. Good by, Mardsen.

Der Tag ging überm zerstörten und in planvoller Eile instand gestellten Hafen auf, in dem die »Repatriation Unit« (Heereseinheit für Austausch und Heimschaffung) sich eingerichtet hatte.

Wir werden auf drei Camions zum Frühstück in die Messe geführt. Die Messe ist eine der braunen Hütten, die in langer Reihe am Quai aufgestellt worden sind. Neger waschen unterm Vordach Essplatten und Besteck ab; automatische Tauchkocher bereiten ihnen heisses Wasser; aus Tankwagen, die man den Deutschen abgenommen hat (»vor der Zapfung … nach der

Zapfung« steht als Anleitung deutsch aufgemalt), sprudelt Trinkwasser. Alles ist hoch und blendend weiss überragt von Schiffswänden. Die Schiffe atmen über uns wie grosse, gezähmte Tiere, und aus ihren pulsenden Flanken und Bäuchen rinnt Abwasser wie Urin und Geifer ins geduldige Meer. Der gefesselte Riese hier, auch ein Spitalschiff, hört auf den Namen »Protected« und trägt die englischen Farben; jenes dort ist die »Gripsholm«, eine Schwedin.

Auf rüttelndem Camion stehend habe ich zum bleichen Himmel aufgeschaut, den Polarstern gesucht und gefunden und auch den Arktur entdeckt. Norden liegt jedoch anderswo, als es mein Gefühl haben will. Ich hatte Mühe, den Sternen zu glauben, und sprach mir zu: Wir sind eben verschoben, innen und aussen. Der angriffige Wind, der dich durchbläst, heisst Mistral. – Es fruchtete nichts, dass ich mir derart den Kopf zurechtsetzte. Wir waren nicht in Frankreich, wir waren in einer amerikanischen Weltgegend. Scheinwerfer blenden, Lautsprecher rufen, Neger treiben mit schwimmenden Bewegungen vorüber und winken unsern Schwestern zu; sie boxen sich, trällern, grinsen; es zischt, dampft, hämmert, läutet, trompetet, hupt. Motoren knattern, Sprengschüsse widerhallen. Der Krieg gebärdet sich beinahe festlich. Fürs Auge und fürs Ohr gleicht dieses Treiben dem Betrieb in einem Lunapark. Erst wenn du hineinspringst und dich beteiligst, wirst du vom Kriegsernst erfasst, fällt die täuschende, harmlose Maske des Rummelplatzes. Denn pass auf: hier werden Hunderttausende von Munitionskisten und Ölkannen gestapelt, dort heben die Stahlarme der Raupenkrane die hölzernen Wände von einer unabsehbar langen Reihe mächtiger Kisten, und daraus fahren Panzerwagen und Automobile. Sogar die Salzsäure für ihre Batterien führen sie in saubern Flaschen vorsorglich mit. Und keine sehe ich, die beschädigt wäre.

Draussen aus dem dunklen, plätschernden Wasser taucht ein rostender Schiffsrumpf.

Wir haben unsere kranke Fracht abgegeben; baumstarke amerikanische Negersoldaten in ihrer olivgrünen Uniform, fast jeder gewinkelt am Oberärmel, damit keiner lange ein gemeiner Wehrmann bleibe, haben unsere wunden Fahrgäste aufs wartende Spitalschiff getragen. Zum Abschied beschenken die Kranken ihre schweizerischen Pfleger und Pflegerinnen aus dem Überflusse, mit dem das American Red Cross sie empfangen hat: jeder und jede von uns muss ein paar Konserven annehmen, und noch liegen die Wagen voll des verschmähten Gutes: Spielkarten, bunte Zeitschriften, Rauchwaren, Bibeln, Rasierapparate, Seifen, Schleckwaren und Büchsen, Büchsen. Ich hebe ein Schächtelchen auf, von dem Dutzende derselben Art auf Bahren und Bänken liegengeblieben sind. »Checkers«

steht in Goldschrift aufgeprägt; es enthält ein Spielchen, das bei den Amerikanern beliebt sein soll, eine Art Halma. Für mein Kind will ich es als Ammonshorn heimbringen.

Als der Tag strahlend aufgegangen ist, gesellen sich geschwärzte, zerlumpte Gestalten uns bei und betrachten scheu den Plunder, den wir vor dem Zug auf dem Quai zu Haufen geworfen haben. Die grauen Männer geben sich als Franzosen zu erkennen, die sich hier bei den Amerikanern zu verdingen suchen. Sie stochern in den verlockenden Abfallhaufen, zuerst mit den Füssen, dann bücken sie sich und blicken fragend zu uns auf. Greift zu, ermuntert einer unserer Ärzte, und dann berichten sie von ihrer Verlassenheit. Wir bieten ihnen das Begehrteste an: Zigaretten, und nun tun sie ihr Herz auf. Die Unterkleider zerfallen ihnen am Leib; die Schuhe platzen in den Nähten; die Hosen zerfransen. Der eine hat seine Frau im Bombenhagel verloren, daheim darben sechs Kinder. Und mit dem schwarzen Kinn auf die englischen, französischen und amerikanischen Fahnen weisend, die hochgemastet über einem hölzernen Musikpodium klatschen, sagt einer, der als Heizer auf einer der französischen Lokomotiven mitzufahren hofft: »Manque la Russie!«

Sie stopfen die Taschen voll Büchsen und Döschen und machen sich davon. Der Morgen tagt. Die Steilküste der Hafenstadt steht im klärenden, gelben Licht der frühen Sonne, ein Bild wie von einem Impressionisten erfunden. Hinter den Molen und Lagerhäusern wirft die herrische Brandung turmhohe weisse Gischtfahnen in den Wind. Die Krane schwenken. Der Lautsprecher auf dem Dach trällert näselnd vor sich hin. Mars ist vergnügt.

Es kam Befehl, alle Betten aus den Wagen zu tragen, die Bahren zu sonnen, Böden und Wände der Wagen mit desinfizierender Lösung zu waschen, alle Strohsäcke und Kopfkissen sogleich zu leeren, die Anzüge, Decken und Leintücher zur Desinfektion zu bündeln, das gebrauchte Stroh zu verbrennen und neue Säcke und Kissen mit frischem Stroh aus dem Vorrat aufzufüllen. Am Zugsende war der Feldweibel schon dabei, zweitausend Kilo Press-Stroh aus dem Fourgon auszuladen, die Drähte von den Ballen zu lösen und mit der Sanitätsmannschaft unter Mitwirkung eines Trupps von Negern im Windschatten einer Baracke in die Säcke und Überzüge abzufüllen. Es waren einhundertsechsundsiebzig Strohsäcke, die als Matratzen dienten, und ebensoviele Kopfkissen. Die Mannschaft werkte den ganzen Vormittag, und ein wendiger, flinker Jeep mit Anhänger, bedient von einem gelassen-freundlichen jungen amerikanischen Driver, jagte munter, beladen mit den neugefüllten, prallen Säkken, an unserem Zuge auf und ab. Die Neger indessen betrieben die Arbeit als Spiel, scherzten, hüpften, tänzelten, sonnten sich und bleckten lachend ihre weissen Zahnreihen, verschwanden unauffällig, und unversehens blieb es unsern Leuten überlassen, sich mit dem Stroh abzumühen, und die black gentlemen spielten Karten am Ofen irgend einer Hütte im Hinterhalt des Hafens. Man holte sie herbei und nötigte sie wieder an die Arbeit; aber sie fanden bald wieder ihre Schleichwege über offenes Gelände und entzogen sich lächelnd der Fron dieses närrischen Kriegshandwerks.

Immer noch lagen verunreinigte Strohsäcke vor unsern Wagen in Sonne und Mistral. Wer leerte sie, wer verbrannte ihren verdächtigen Inhalt, wo durfte man Stroh verbrennen? Wir versuchten, eines der Kopfkissen und einen Sack zu öffnen und den zerknitterten Inhalt auf einen Haufen zu schütten. Der Wind fuhr darein und trug die Halme hoch über Wagendächer, Krane, Hütten, Schiffskamine und Kohlenberge in den französisch-amerikanischen Himmel hinauf. Unser guter Hauptmann hiess mich mein Englisch aufbürsten und etwas zur Förderung der Retablierungsarbeiten beizutragen. So sprang ich ins Abenteuer und brachte es zustande, mittels Gebärdensprache, mühsam zusammengerafftem Wortschatz aus versunkenen Maturandentagen und einer Art frei erfundenem Basic-International einem amerikanischen Mejtscher (Major) und Supplied-Officer unser Anliegen begreiflich zu machen. Ein kleines privates Pfingstwunder löste meine sonst so schwere Zunge zu einiger Beredsamkeit: es wurden mir Ausdrücke eingegeben, denen ich mich seit Jahrzehnten entfremdet hatte. Mein verehrter, längst verstorbener Englischlehrer, der grundgütige, kluge Bücherverfasser Andreas Baumgartner aus dem Glarnerlande, ein Armeleutebub aus Schwändi, stand mir bei und liess eine alte Liebe neu erblühen. Zu meinem eigenen Verblüffen vermochte ich zu sagen, der Wind drohe, Strohstaub samt Bazillen über das geprüfte Marseille hinwegzublasen, falls man uns nicht umgehend ein Halbdutzend Camions zur Verfügung stelle, um die Säcke und Kissen darein zu entleeren und das Stroh an einen Ort zu befördern, wo es ohne Feuersgefahr für Stadt und Hafen den Flammen übergeben werden könne.

Und wahrhaftig, es liess sich machen! Auf einen einzigen telephonischen Anruf hin, sozusagen im Handumdrehen des Majors, kamen die amerikanisch besternten schweren, gedeckten Lastwagen vor unsern Zug gerattert, die Negerbesatzung gleich dabei, und man brauchte nur zu jedem Wagen einen von unsern unermüdlichen Leuten zu stellen, damit die lustigen schwarzen Männer sich die Mühe nicht kürzten und ihnen verwehrt wurde, so nebenbei und weil es sie vergnügte, unterm Stroh auch gleich die Bettanzüge zum Verbrennen mitfahren zu lassen.

Am Abend, als es getan war und beim Eindunkeln die langen Trägerkolonnen der Neger über den hohen Schiffssteg wie von einer Arche herabstiegen und unsern saubern blauen Zug mit deutschen Kriegsverletzten anfüllten, stand ich mit der Taschenlampe dabei, leuchtete das deutsche, rührend lächerliche Elend ab und las von den Anhängerkarten die Art der Verwundung und den Stand der Genesung ab. Wenn sie unsere Mundart hörten, hoben sie den Kopf vom knisternden weissen Kopfkissen und tasteten mit bleichen Händen nach dem eingewobenen roten Kreuz.

Nach acht Uhr abends zog sich unser neubefrachteter Zug aus dem Hafen in Richtung Arenc zurück. Man fuhr ganz langsam, da es über notdürftig geflickte Brücken und Dämme ging. Am Hafen arbeiteten beim Schein starker Lampen die Heerscharen deutscher Kriegsgefangener. Die Strecke war bewacht von weissbehelmten amerikanischen Heerespolizisten. Dennoch gelang es den arbeitenden Gefangenen, über die Geleise an unsern Zug heranzustürmen, heftig heraufzuschreien »Grüss die Heimat!«, Zettel und Karten hereinzuwerfen oder ihren verwundeten Landsleuten, die als sitzende Fahrgäste die Fenster geöffnet hatten, aufzunötigen. Eine Welle jubelnder Wehschreie brandete an unsere Wagenwände; es gab Gefangene, die streckenweit mitliefen gleich Kindern, die einem Hochzeitszug folgen und Zückerchen betteln. Dann fuhr der Zug schneller, die Menge tauchte in Nacht und Dampf und Rauch, die Hochrufe blieben zurück.

Durch unsere vielen Wagen bewegte sich eine geisterhafte Unruhe. Man war ein verkrüppelter Soldat, man kroch auf Stummeln, schaute nur noch aus einem heilen Auge, musste ohne Nase schnaufen; viele litten an bösen Bauchschüssen, Splitter hatten das Rückenmark verletzt und einen erbärmlich gelähmt, man war blind, und viele der Helden kamen geistesgestört zurück, hockten stumpf, mit greisenhaft ausgelaufenem Gemüt in ihrer versengten Jugend. Und dennoch war man jetzt beinahe zufrieden, ja fast froh und sogar nahe am Glück; denn man befand sich auf der Fahrt »zu Muttern« und wurde nicht zurückgelassen in der Gefangenschaft. Man fühlte sich getragen und auserwählt zu besonderem Schicksal: das Leid füllt sich mit Sinn; Krankheit und Verstümmelung zeichneten einen aus.

Die Räder begannen die Schienen in ermuntertem Schrittwechselgang zu schlagen, der Ventilator sang, Rauch der lustvoll ziehenden Lokomotive wehte vorbei, vom Hafen herüber leuchteten die roten Kreuze der Spitalschiffe; Gegenzüge rauschten vorbei.

Plötzlich ein tierischer Aufschrei, ein andauernder, heiserpfeifender, hoher, warnender Ton! Unser Zug stoppt mit heftigem Ruck. Die Schwestern rennen durch die Wagen. Herr Hauptmann, Herr Doktor, in unserem Wagen sind blinde Passagiere! Deutsche Gefangene sind vorhin aufgesprungen. Sie sind unter die Betten geschlüpft, man hat sie unter Decken und Leintücher versteckt, sie haben sich zwischen die Heizkörper geschoben! Einer hat versucht, auf ein Wagendach zu klettern, um ungesehen mitzufahren; aber er hat im Dunkel wider Willen den Griff der Notbremse erwischt und derart sich und die andern Ausreisser verraten.

Die Geleise beleben sich. Lampen leuchten auf. Französisches und amerikanisches Militär und Heerespolizei rückt an. Man holt die zwölf getürmten Deutschen aus unsern Wagen, sie müssen zurück ins Lager. Sie dürfen nicht mit in die Schweiz, in die Freiheit, als Internierte. Sie weinen wie Kinder. Es sind junge Leute; die meisten sind im vergangenen Sommer vor Belfort oder Metz in Gefangenschaft geraten. – Ein Dreizehnter hält es bis vor Valence auf der siedend heissen Heizröhre im dunklen Wagenversteck aus; halb verbrüht kriecht er endlich hervor. Sie füttern ihn mit Kuchen, schenken ihm Schokolade und Zigaretten. Aber auch er muss ins Gefangenenlager zurück; sein Wunsch ist, dort bei den Amerikanern bleiben zu dürfen und nicht zur Strafe für den Fluchtversuch den Franzosen überliefert zu werden. Ein rosiger Achtzehnjähriger umarmt ihn zum Abschied. Ein eigener Tigerpanzer hat ihm beide Füsse abgekarrt, er hat das Ungeheure geschehen lassen müssen,weil er sich nicht aufzurichten gewagt hat, da die Luft des Schlachtfeldes von schwirrenden Granatsplittern und pfeifenden Geschossen gespickt gewesen ist. Aber die Arme sind ihm geblieben, und mit ihnen umarmt er den ärmern, der zwar gesund ist, aber in der Gefangenschaft zurückbleiben muss. Der Verstümmelte lacht jetzt übers rosige junge Gesicht und ist seines arm-seligen bisschen geretteten Lebens froh; denn ihn schickt man nicht in ein Lager zurück, ihn nicht. Er geniesst das traurige Glück, ein Krüppel zu sein.

Domenic Gaudenz

Ein verzweifelter Hilferuf

Der Zusammenbruch Deutschlands stand offensichtlich bevor. Dafür hatten sogar wir Hinweise genug bekommen. Schon die Flucht Mussolinis und seine Ermordung, aber auch der Zustrom vieler Flüchtlinge in die Schweiz und die Befreiung der Insassen der Konzentrationslager durch die Alliierten bewiesen deutlich, dass die alles beherrschende nationalsozialistische Staatsmacht am Zusammenstürzen war. Es krachte in allen Fugen. Nichtsdestoweniger glaubten Hitler und seine Trabanten noch immer an einen möglichen Sieg oder taten wenigstens dergleichen. Mit Staunen lasen wir eines Tages in der Zeitung den Aufruf der Nationalsozialisten an das deutsche Volk zur Bildung der »Werwolf-Organisation«, einer unterirdischen Partisanenbewegung, die das ganze Volk umfassen sollte, Männer, Frauen, Jugendliche, Greise und sogar Kinder. Es seien nur einige Zeilen aus diesem Aufruf zitiert: »... es soll keine Rücksicht mehr genommen werden auf eine veraltete, bürgerliche Kampfführung. Hass ist unser Gebet, Rache unser Feldgeschrei. Es mag dem Feind gelingen, Deutschland zu besetzen, aber unsere Antwort darauf ist das Geheul der Werwölfe« usw. Auch im Tirol draussen war, als der Zusammenbruch der Achsenmächte offensichtlich geworden war, ein grosses Durcheinander entstanden.

Wir waren in Scuol durch den anhaltenden Flüchtlingsstrom mit Arbeit überhäuft. Eines Tages meldete sich ein Mann am Telephon, der seinen Namen nicht angeben wollte. Er schien ganz ausser sich, in arger Verzweiflung zu sein und redete französisch, aber sehr schlecht: »Venez tout de suite, aussi vite que possible, cher docteur, je vous prie, ma femme est gravement blessée, j'ai peur pour sa vie« usw. »Warum reden Sie französisch, wenn sie es doch nicht können, das gefällt mir nicht! Ich kann nicht kommen«, sagte ich ihm. Nun begann er deutsch, und zwar wienerisch zu sprechen. Er habe gedacht, dass ich nicht kommen werde, wenn er deutsch spreche, erklärte er mir. Er befinde sich mit seiner Familie in Spiss in Österreich und sei ins Samnaun hinuntergestiegen, um mir anzuläuten, mich um Hilfe zu rufen. Er befinde sich nämlich auf der Flucht und habe versucht, an einen abgelegenen Ort hinzugelangen, möglichst hoch oben in den Bergen. Auf dem für Autos nicht geeigneten Weg nach Spiss sei er offensichtlich zu weit hinausgefahren, so dass der Wagen umgekippt und die Halde hinuntergeglitten sei. Zum Glück seien die Kinder und er selbst unverletzt geblieben, um so schlimmer aber stehe es mit seiner Frau. Sie habe, besonders beim Atmen, furchtbare Schmerzen und sei völlig unbeweglich. Man dürfe sie kaum anrühren. Er sei ratlos, das Unglück sei gar nicht auszudenken, wenn die Kinder ihre Mutter verlieren sollten. »Rufen Sie doch den Arzt von Pfunds oder Nauders oder sonst einen Arzt in Österreich, meinetwegen einen Militärarzt«, sagte ich, »dass ich komme, ist völlig ausgeschlossen. Ich darf nicht in Österreich praktizieren. Man lässt mich gar nicht hinein.«

Nun begann eine neue Jeremiade, er habe schon gestern und seit Tagesanbruch versucht, einen Arzt zu finden, aber erfolglos. Der Arzt in Pfunds sei zu alt und sonst sei überhaupt keiner aufzutreiben. Ich sei doch der Arzt vom Samnaun. Von der Spissermühle weg sei es gar nicht so weit, ich hätte an der Grenze bestimmt keine Schwierigkeiten. Der Grenzposten sei aufgehoben. Ich sagte ihm aber kurz und bündig, ich könne nicht kommen, und hängte auf. Da ich auf der schwarzen Liste der SS als Feind Nr. 1 figuriert haben soll, empfand ich selbstverständlich keine besondere Lust, mich in die Höhle des Löwen zu begeben, dies um so weniger, als man in der Schweiz hatte flüstern hören, dass einige Feinde des Regimes unter allen möglichen Vorwänden aus der Schweiz nach Deutschland gelockt, dort verhaftet worden oder auf Nimmerwiedersehen verschwunden seien.

Aber der gute Mann liess sich nicht so schnell entmutigen. Er hörte nicht auf, mir anzuläuten und mich zu bitten und mich zu beschwören, ihm doch in seiner grossen Not beizustehen. Allmählich wurde ich weich. Die Macht der Nazi und auch der SS ist wohl erloschen und ist kaum noch zu fürchten, dachte ich mir. Wer könnte wohl noch Interesse daran haben, wegen eines Arztes Komplikationen mit der Schweiz heraufzubeschwören? Immerhin: der Werwolf-Aufruf!

Ich begann mir Gedanken zu machen, ob die Verweigerung meiner ärztlichen Hilfe in einem solchen Notfall sich mit unserer Berufsethik vereinbaren lasse. Nach seinem fünften Telephonanruf, es war allerdings unterdessen spät geworden, beschloss ich nachzugeben und hinzufahren. Meine Frau geriet ausser Rand und Band, als sie dies erfuhr und wollte mich unter gar keinen Umständen über die Grenze fahren lassen. Sie wusste aber, dass ihr Widerstand aussichtslos war und dass ich, wenn ich es versprochen hatte, fahren würde, und wenn es »Schuhnägel regnen« würde. Allein lasse sie mich unter keinen Umständen fahren, erklärte sie. Dann komme sie einfach mit. Wir machten uns also gemeinsam auf den Weg.

Bis zur Spissermühle fuhren wir mit dem Auto und parkierten es gut versteckt auf Schweizerseite. Die Zollhäuser auf der anderen Seite des

Tschêrabaches, also auf der österreichischen Seite, schienen tatsächlich verlassen worden zu sein. Die Fensterläden waren zu, und weit und breit herum war kein Mensch zu erblicken. Kaum hatten wir uns aber den Häusern genähert, als uns ein lautes Knallen, dem Knallen von Maschinengewehrsalven ähnlich, nicht wenig erschreckte. Wie angewurzelt blieben wir stehen und lauschten. »Warte hier«, sagte ich zu meiner Frau, »ich schleiche mich vorsichtig hinter diese Häuser und schaue nach, was hier los ist.« Was war denn los? – Ein, wie mir schien, wahrscheinlich verrückt gewordener, zerlumpter und merkwürdig aussehender junger Mann rannte wie besessen an einem Steckenzaun hin und her, wobei er mit einem Besenstiel diesen den Maschinengewehrsalven ähnlichen Lärm hervorrief. Es muss dort ein Echo bestanden haben; denn der knatternde Ton widerhallte von den gegenüberliegenden Felsen her. Ich fragte den Mann, ob ich da auf dem richtigen Weg nach Spiss sei. Er wandte sich um, und nun erkannte ich sofort, dass wir es mit einem Vollidioten zu tun hatten. Er lachte vergnügt, liess einige unartikulierte Töne hören und begann wieder mit seinem Spiel, wohl in der Meinung, auch mir Vergnügen zu bereiten. – Die Angst ist ein armseliger Begleiter auf Unternehmungen wie der unsrigen. Die aus Angst erregte Phantasie sieht Gespenster, wo keine sind.

Dann setzten wir unseren Weg fort. Es geht dort steil hinauf. Später ist eine schöne Autostrasse gebaut worden, damals war es nur ein Feldweg. Kaum eine halbe Stunde nach dem ersten Schrecken liess uns ein zweiter fast erzittern. Wir erblickten weiter oben auf der Halde einen uniformierten, bewaffneten Mann, der in wilden Sprüngen die Halde heruntergerannt kam, und zwar auf uns zu. O je! – o je! – was hat das wohl zu bedeuten? Wir hatten eben noch Zeit, uns zu fassen, und schon stand er neben uns und fuhr uns in schroffem, militärischem Ton an: »Wohin des Weges? Ausweise bitte!« Ich sagte mit einem leichten Lächeln: »Kennen Sie mich nicht? Ich bin doch hier Landarzt und muss oben in Spiss einen Krankenbesuch machen.« Dass ich Schweizer sei, sagte ich nicht, und gab mich ganz natürlich, als müsste das doch jeder wissen. »Ja so!« sagte der Soldat, »geht in Ordnung!« Und mit diesen Worten rannte er weiter die Halde hinunter. Meiner Frau genügten die bis jetzt ausgestandenen Ängste. Sie wollte unbedingt umkehren. »Wer weiss, was uns noch alles bevorsteht«, meinte sie. »Deine Patienten sind in der Schweiz, was hast du denn im Ausland noch verloren? Du suchst direkt die Komplikationen.« »Vielleicht können wir einer armen Person helfen, vielleicht eine Mutter retten. Du brauchst keine Angst zu haben, ich habe meine Pistole mit, 12 Schuss, im Notfall weiss ich mich schon zu wehren«, versuchte ich sie zu beschwichtigen. Sie hielt mich für einen ausgezeichneten Pistolenschützen, weil ich im Winter die dicken Eiszapfen am Dachkännel mit einem einzigen Schuss herunterschoss. Ich war selbstverständlich unbewaffnet.

Ziemlich erschöpft und ausser Atem infolge der starken Steigung und des beschleunigten Tempos erreichten wir die ersten Häuser des kleinen, auf dem steilen Abhang wie angeklebten Weilers. Am Dorfeingang warteten zwei Männer auf uns. Einer der beiden, in Stadtkleidung, machte einen guten Eindruck, jedoch liess mich eine gewisse Ähnlichkeit mit dem Parteibonzen Ribbentrop erschauern. Man hatte bei uns in letzter Zeit munkeln hören, dass wichtige deutsche Parteifunktionäre sich in das an die Schweiz angrenzende Reduit zurückgezogen hätten. Ich schaute ihn mir gut an. Nein, dieser Mann war zu gross gewachsen und zu schmal, der konnte bestimmt nicht Ribbentrop sein. Der Mann neben ihm war ein kleiner untersetzter Kerl mit krummen Beinen. Er machte den Eindruck einer Bulldogge und flösste uns mit seinen hervorstehenden, roten Augen und dem gedunsenen bläulichen Gesicht Angst ein und erweckte Verdacht, weil irgend etwas an ihm uns an einen italienischen »Bravo« (gedungener Mörder) denken liess.

Der gut gekleidete Mann kam uns sofort entgegen, als er uns erblickte, und fragte, ob ich Dr. Gaudenz sei. Dann begrüsste er mich erfreut, aber mit ernster Miene. Meiner Frau warf er nur ein kurzes Grüssgott zu und schenkte ihr darnach keine weitere Beachtung. Dann eröffnete er mir, dass seine Frau, die schwer verletzte Patientin, nicht im Dorf sei, sondern in einem Haus weiter oben, im Wald unter der Hügelkuppe, es sei aber nicht sehr weit bis dorthin. Mir gefiel das nicht. Der Weg dorthin führte an einem tiefen Abgrund vorbei und war im Felsen eingehauen. Als ich diese gefährliche Passage sah, gab ich an, an solchen Stellen schwindelig zu werden und das Gleichgewicht zu verlieren. Ich äusserte den Wunsch, der »Killer«, wie ich den kleinen Krummbeinigen nannte, möge auf der Seite des Abgrundes neben mir gehen und die »Stange« bergseits, angeblich damit er mich, falls er merke, dass ich das Gleichgewicht verliere, halten könne. In Tat und Wahrheit hatte ich mir, so gross war mein Misstrauen, einen Verteidigungsplan zurecht gedacht. Sollte die »Stange« an einer gefährlichen Stelle dem »Killer« irgendein Zeichen geben oder sollte der »Killer« irgendeine verdächtige Bewegung machen, dachte ich mir, so versetzest du mit deiner Schulter dem »Killer« einen so heftigen Stoss, dass er das Gleichgewicht verlieren und in die Tiefe stürzen muss. Zugleich gehst du auf die Knie, packst beide Beine der »Stange« möglichst tief und gibst einen so starken Ruck, dass er nach hinten umfallen muss. Meine Frau hatte ich gebeten, uns in einiger Entfernung zu folgen. Ihr hatte ich mein

Köfferchen übergeben, mit der Bitte, es zu tragen. Der kleine Dicke behielt während des ganzen Marsches seine Hände in den Hosentaschen, und die »Stange« gab ihm keine verdächtigen Zeichen. Wahrscheinlich war der »Killer« ein armer, dort ansässiger Kleinbauer.

Wir kamen zu den Befestigungen, deren Bau ich schon oft von der anderen Seite des Tals her beobachtet hatte. Sie waren aber keineswegs grossartig, wenigstens insoweit ich jetzt sehen konnte, einige Wehrmauern und einige Schützengräben, sonst nichts. Jedoch lagen dort Gewehre, Helme, Patronengürtel und ähnliches Kriegsmaterial überall hingeworfen herum. Als die Nachricht gekommen sei, der Krieg sei aus und verloren, hätten die Soldaten zum Teil, so erklärte mir der vermeintliche Ribbentrop, ihre Sachen einfach liegen lassen oder hingeschmissen und seien auf und davon. Dort, bei diesen Befestigungen befand sich, zwischen Bäumen gut versteckt, ein Haus. Das betraten wir. Meine Frau wurde veranlasst, in das Wohnzimmer, das sich im Erdgeschoss des Hauses befand, einzutreten und dort auf mich zu warten. Ich selber musste zwei Treppen hoch zur Patientin hinaufsteigen. Wir betraten einen grösseren, holzgetäferten Raum, den sie »Schlafzimmer« nannten. Der Raum glich aber mehr einer Rumpelkammer oder einem Abstellmagazin. Auf Tischen und am Boden, hingeworfen oder angehäuft, war ein Durcheinander von verschiedenen zur militärischen Ausrüstung gehörenden Dingen, darunter auch Gewehre, Bajonette und dergleichen. Dies alles machte einen recht unguten Eindruck auf mich, und bevor ich mich der Patientin zuwandte, sah ich mich in diesem merkwürdigen Zimmer etwas um. In einer Ecke bemerkte ich eine grosse, breite und hohe Strohpuppe. Ein fast krankhafter Argwohn schien sich meiner bemächtigt zu haben; denn nun beschlich mich die Angst, jemand könnte sich in dieser Puppe versteckt halten. Man versicherte mir zwar, es seien nur Maschinengewehre und andere Waffen dort in der Puppe eingepackt worden, damit nicht jeder sie sofort sehe und sich eventuell bedienen könne. Trotzdem ging ich zur Puppe und prüfte, indem ich sie an verschiedenen Orten mit meinen schweren, mit Kappennägeln versehenen Bergschuhen bearbeitete. Es klang wirklich überall nach harten Gegenständen, so dass ich mich wieder einmal beruhigen konnte, um beschämt festzustellen, dass alle meine dummen Verdächtigungen unbegründet, ja reinste Hirngespinste waren. Nun wandte ich mich der Patientin zu, entschlossen, ihr meine ganze Aufmerksamkeit zu schenken und mein Bestes für sie zu tun. Mit Ausnahme der Wangen, an denen rote Fieberflecken aufgetreten waren, sah das Gesicht aschgrau aus. Sie musste grosse Schmerzen haben; denn sie wimmerte fortgesetzt. In ihren weit aufgerissenen Augen waren Schrecken und Entsetzen zu lesen,

Clément Moreau

kaum verwunderlich, wenn man ausser den Schmerzen und Verletzungen auch an die Situation denkt, in der sie sich befand. Sie lag in einem alten, schlechten Bett mitten in diesem Gerümpel und war nur mit einer Militärdecke zugedeckt. Als ich diese Decke zurückschob, um die Patientin zu untersuchen, stellte ich fest, dass ihr ganzer Thorax (Oberkörper) in absolut fachmännischer, ganz sorgfältiger Art mit einem Heftpflasterverband, wie ihn die Mediziner bei Rippenfrakturen anlegen, eingebunden war. Ich wollte sie untersuchen, wozu ich natürlich die besonders schmerzhaften Stellen herausfinden musste. Sie erhob aber bei der leisesten Berührung ein Gezeter und stiess markerschütternde Schreie aus. Eine Untersuchung war aber unerlässlich, und um diese doch durchführen zu können, bereitete ich eine Morphiumspritze vor. Sie wollte aber keine Injektionen zulassen, und auch der Mann verwehrte sich ganz entschieden dagegen. Nun wurde ich böse. »Warum haben Sie mich dann überhaupt kommen lassen«, sagte ich ganz entrüstet, »ich finde das eine Frechheit, ich habe bestimmt daheim Arbeit genug, lasse alles liegen und komme unter schwierigsten und für mich sogar gefährlichen und zu allem noch ungesetzlichen Voraussetzungen bis hierher zu Ihnen, und hier kann ich die Patientin nicht einmal untersuchen. Wie soll ich sie denn be ... handeln?« Mitten in diesem Satz erschrak ich zutiefst. Es war – und zwar bestimmt nicht weit von uns weg – ein Schuss gefallen. »Ja, was ist denn das?« fragte ich, »wird hier herum noch geschossen?« »Das war gar kein Schuss«, sagte der Mann, »es ist nur ein Schrank oben umgefallen oder so etwas.« Nun stiegen in mir wieder neue unangenehme Empfindungen und Misstrauen auf; denn erstens kann ich und kann jeder gewiss einen Schuss von einem anderen Lärm unterscheiden, und wieso sollte er wissen, dass ein Schrank umgefallen sei, da er mit mir zusammen im gleichen Zimmer war, und wieso sollte ein Schrank überhaupt umfallen? Die ganze Sache gefiel mir nicht, und ich sagte: »Zahlen Sie bitte, ich fahre heim. Das hat doch alles gar keinen Sinn. Hundert Franken, bitte. Diese Frau, wenn ich mich überhaupt äussern soll, gehört unbedingt in Spitalpflege. Sie ist schwer verletzt, das sieht man ihr an.« »Eben, eben, das ist es ja«, warf ihr Mann ein, »und nun muss ich Ihnen klaren Wein einschenken. Das ist richtig, hier kann sie nicht behandelt werden, kein Arzt zur Stelle, keine Medikamente, keine Pflege, ja nicht einmal ein rechtes Bett. Sollten jetzt Komplikationen auftreten, eine Lungenentzündung zum Beispiel, was kann ich da tun? Seit gestern habe ich überallhin telephoniert, um sie irgendwo in einem Spital unterbringen zu können, rein unmöglich. Alle Spitäler sind mit Kranken und verletzten Soldaten überfüllt. Mein Auto ist kaputt, ich kann nicht wegfahren. Versetzen Sie sich doch bitte in meine Lage. In unserer Verzweiflung sind wir auf den Gedanken gekommen, dass es Ihnen vielleicht möglich wäre, die Patientin in die Schweiz zu bringen. In Scuol befindet sich, wie ich mich erkundigt habe, ein Spital. Helfen Sie uns bitte, bitte. Sie retten, wenn Sie das tun, eine Mutter von zwei kleinen Kindern vor dem fast sicheren Tod.«

»Unmöglich«, sagte ich, »man lässt keine Ausländer in die Schweiz hinein, geschweige denn spitalbedürftige Kranke – das ist ausgeschlossen, tut mir leid.«

Mein Blick traf das entsetzte Gesicht der schwerkranken Frau, die mich während der Ausführungen ihres Mannes angestarrt hatte, und der Mann schien einem Zusammenbruch nahe, so blass war er geworden, wie geistesabwesend starrte er ins Leere. Ist es mir wirklich nicht möglich, diesen armen Teufeln zu helfen, überlegte ich mir. Du bist gekommen, um zu helfen, oder nicht? Endlich entschloss ich mich für folgenden Plan: »Es ist für mich ein grosses Risiko, ich übernehme eine grosse Verantwortung, aber wir machen es so: Ich fahre jetzt sofort nach Scuol zurück und spreche mit dem Spitalarzt. Sie läuten mir morgen früh genau um acht Uhr an. Falls die Einweisung möglich ist, wird das Spitalauto mit einer Krankenschwester als Begleitung zu einer Zeit, die ich Ihnen am Telephon angebe, in Spissermühle sein. Die Patientin, die wohl am besten mit einer Tragbahre hinuntergebracht werden kann, muss dann dort sein. Das sollte gehen; denn der Chauffeur des Spitalautos ist ein an der Grenze sehr bekannter Garagist, und wenn er mit dem Spitalauto und einer Krankenschwester erscheint, um eine schwerkranke Frau aus Samnaun ins Spital zu bringen, so lässt man ihn bestimmt ohne weiteres durch. Grössere Schwierigkeiten wird allerdings das Verlassen der Schweiz bereiten, wenn sie geheilt ist; denn da wird sie als Ausländerin ohne Pass über die Grenze hinausgeschoben werden und in die Hände der Amerikaner geraten. Noch eines: sie muss ganz allein transportiert werden. Es darf sie niemand begleiten.« Beide waren hocherfreut, sogar das Gesicht der Kranken strahlte auf. »Danke Ihnen viel, vielmals«, sagte der Mann, stand auf und verliess das Zimmer. Kurz darauf erschien er mit einer Kartonschachtel. »Bezahlen kann ich Ihnen leider nichts«, sagte er. »Ich habe kein Geld. Sie verstehen es wohl. Hingegen übergebe ich Ihnen in dieser Schachtel unser ganzes Vermögen. Es sind gute Aktien und Obligationen von bekannten Chemie-, Zement- und anderen Konzernen. Das muss, trotz Krieg und Niederlage, noch immer wertvoll sein. Nehmen Sie bitte die Schachtel mit und bewahren Sie sie für mich gut auf. Ich werde sie dann eines Tages bei Ihnen abholen.«

»Das ist allerhand!« dachte ich mir. »Nun bin ich auch noch als Devisenschmuggler für diesen feinen Mann vorgesehen! Hoffentlich ist nicht alles zusammen nur eine zu diesem Zweck einstudierte Komödie. – Nein, das ist unmöglich, die Frau ist wirklich miserabel dran.«

Nachdem ich mir die ganze Sachlage durch den Kopf hatte gehen lassen, nahm ich das ganze Paket und steckte es in das Arztköfferchen, indem ich mir sagte, dass die Patientin ganz ohne Geld im Spital nicht aufgenommen werden könnte. »Also gut«, sagte ich, »ich will das machen, aber wohlverstanden, ich übernehme gar keine Verantwortung, wenn eventuell alles an der Grenze beschlagnahmt wird.« »Das Risiko übernehme selbstverständlich ich«, sagte der Mann, »bei einem Arzt untersucht man doch nicht das Köfferchen.«

Im Erdgeschoss rief ich meine Frau, welche die ganze Zeit in Gesellschaft einer alten Bäuerin gewartet hatte. Sie hatte furchtbare Ängste ausgestanden und sah totenblass aus. Insbesondere hatte sie der Schuss, den die beiden Frauen selbstverständlich auch gehört hatten, erschreckt. Sie fürchtete, man könnte mich umgebracht haben, oder ich hätte geschossen. Die Bäuerin lachte aber herzlich darüber, was sie einigermassen beruhigt hatte.

Im übrigen verlief alles nach Programm. Als ich hörte, dass die Frau im Spital sei, ging ich auf die Bank, um mich zu erkundigen, ob die erhaltenen Papiere wirklich so wertvoll seien. Viele Menschen freuen sich, wenn einem ihrer Mitmenschen etwas schief geht. So sah man dem Bankbeamten ohne weiteres die offensichtliche Schadenfreude an, als er mir sagte: »Diese Papiere haben den Wert der Hitze, die sie beim Verbrennen hervorbringen, nicht mehr.«

Bei der verletzten Frau waren wirklich Komplikationen aufgetreten, zuerst eine Lungenentzündung und dann auch eine nasse Brustfellentzündung, weil von den vielen Rippen, die gebrochen waren, einige in die Lunge hineingestochen hatten. Es dauerte sehr lange, bis sie als geheilt entlassen werden konnte. Unterdessen hatte sich auch die politische Lage verändert. Am Tage, an dem die Patientin entlassen werden sollte, erschien die »Stange«, mein vermeintlicher Ribbentrop, bei mir, um seine Wertpapiere abzuholen. Ich hatte sie zum Glück, trotz der Bemerkungen des Bankagenten, sorgfältig aufbewahrt. Sie waren inzwischen im Kurswert gestiegen und stellten ein grösseres Vermögen dar. Mir bezahlte er die hundert Franken, keinen Rappen mehr, und sagte, wobei er mir seine Visitenkarte entgegenstreckte: »Es ist wohl nicht zu früh, wenn ich mich Ihnen, lieber Herr Kollege, vorstelle: Dr. med. XY aus Baden bei Wien.«

(Aus »Landarzt in Uniform«, aufgrund romanischer Notizen später auf deutsch ausgeschrieben.)

Edwin Arnet

Der gerechte Hauptmann

Der Himmel rötete sich über dem See, aber es konnte unmöglich der Mond sein. »Es sind die Soldaten, die die Dörfer der Partisanen zerstören«, sagte der Kutscher. Sie begegneten auch wirklich einigen Männern, die von einem Aufflackern der Kämpfe jenseits der Sümpfe erzählten. Die fremden Soldaten, die seit drei Jahren die Dörfer hart an der Grenze besetzt hielten, wurden von den Partisanen, die aus den Wäldern ausschwärmten, in ihren Dörfern langsam eingekreist. Wenn ein Soldat von Einwohnern nachts erschossen wurde und am Morgen, mit den Füssen nach oben, im Kanal schwamm, führte ein Hauptmann drei oder vier Geiseln auf den Dorfplatz, wo später das Blut der Füsilierten zwischen den Pflastersteinen dahinrieselte. Aber wenn ein Dorfbewohner in der Nacht einen Offizier erstach, dann liess der Oberst das ganze Dorf abbrennen. Immer wieder war der Himmel gerötet, einmal über dem Hügel, dann wieder über der Ebene.

Im Grenzwald hielt der Kutscher das Pferd an, stieg aus dem Schlitten und führte Elgele durch niedere Gebüsche in eine Lichtung, wo in der Mitte, wie eine offene Erdwunde, sich eine Zisterne öffnete. Gerade als sie in das dunkle, kalt atmende Loch hinabblickten, waren sie Zeuge einer merkwürdigen Szene. Auf dem Grunde der Zisterne öffnete sich in der Wand eine kleine Türe, und eine Gestalt, mit einer Laterne in der Hand, sprang drei Tritt auf den Grund hinunter, wo sie sich an einem Bündel zu schaffen machte. Da die Laterne einiges Licht verbreitete, sah Elgele, wie die Gestalt sich ihres Rockes entledigte, bis sie bis zum Gürtel nackt dastand. Dann zog sie ein anderes Kleidungsstück an; es schien ein gewöhnlicher Kittel zu sein, während das abgelegte Kleidungsstück, den blitzenden Knöpfen nach zu schliessen, eine Uniform gewesen war. Der Mann stieg schliesslich die Strickleiter an den Rand der Zisterne hinauf, wo er vor den beiden Zuschauern keinerlei Zeichen der Überraschung zeigte, sondern den Kutscher ernst aber freundlich grüsste. Während er seinen Säbel umschnallte, sagte er, als ob er den Rest eines eben abgebrochenen Gesprächs nachholen wollte: »Die Partisanen haben sich im Schlachthaus, in der Präfektur und im alten Stadtviertel verbarrikadiert, während die Soldaten sämtliche Aussenquartiere beherrschen.«

Der Kutscher fragte den Hauptmann, ob sein Doppelspiel nicht gefährlich sei.

Der Hauptmann: »Nein! Es sei denn, das Gefährliche liege darin, dass das Verständnis für zwei Parteien den Menschen, der dazwischen steht, krank macht.«

Elgele begriff den Sinn dieses Satzes nicht, auch nicht, dass der Hauptmann mit einem prüfenden Blick auf ihre Gestalt sagte: »Mir fehlt immer noch ein Adjutant; gerade gestern sahen mir die Soldaten misstrauisch nach, als ob sie sagen wollten: Wie, ein Hauptmann ohne Adjutant!« Der Kutscher nahm Elgele auf die Seite und sagte: »Ich muss euch den Fall rasch und deshalb etwas plump erzählen: Hauptmann K. ist im Grunde ein junger Dichter, der selbst im Kriege gerecht sein möchte und deshalb auf den Einfall gekommen ist, bei beiden feindlichen Parteien zu dienen, sowohl bei den Partisanen als auch bei den Soldaten, ohne freilich das, was er bei den einen sieht, durch Verrat den andern preiszugeben. Durch einen Geheimgang verlässt er das Lager der Partisanen, bei denen er einfacher Mitkämpfer ohne irgendwelchen militärischen Grad ist, um auf einem geheimen Pfade in die von den Soldaten besetzten Aussenquartiere zurückzukehren. Er kämpft also auf beiden Seiten, weniger, um beiden Parteien zum Siege zu verhelfen als vielmehr, um mit beiden eins zu sein und so zu ergründen, welche das Recht habe, zu sagen, sie kämpfe für die Wahrheit. Da er mit den Kämpfenden kämpft, leidet und schläft, lernt er beide Seiten besser kennen, als wenn er bloss das Glied einer Partei wäre. Leider haben die Soldaten Verdacht geschöpft, und Hauptmann K. meint, es sei Zeit, sich in Begleitung eines Adjutanten zu zeigen. Gerade heraus: Wollt ihr für ein paar Tage sein Adjutant sein?«

Erst als sich Elgele überzeugt hatte, dass es sich nur um eine Episode von ein paar wenigen Tagen handle und dass nach dieser Zeit der Kutscher mit seinem Gefährt zur Weiterfahrt wieder bereitstehe, willigte sie ein. Sie musste nun selber in die Zisterne hinabsteigen, wo in einer Kiste eine Adjutantenuniform bereit lag, in der sie, als sie wieder zum Rande der Zisterne hinaufstieg, sehr schmuck aussah, was aber mehr die Folge ihrer strengen Anmut als ihrer Weiblichkeit war. Sie folgte dem Hauptmann durch den Buchenwald, dann über eine grosse Lichtung, wieder durch wirres Gehölz und schliesslich auf eine Landstrasse, die an zerstreuten Meiereien vorüberführte und von der man bald über Riedland hinweg auf die ersten Häuser der Stadt hinüberblicken konnte. Die Belagerungstruppen warteten auf eine Entscheidung. Regungslos standen sie neben den Schilderhäuschen, wortlos nahmen sie die Befehle entgegen, tonlos gaben sie diese weiter. Sie waren in den Aussenquartieren noch etwas fremd, sie setzten sich nicht auf die Stühle, die vor den Häusern standen, und manche warfen einen spähenden Blick durch die Strassen, bevor sie um eine Ecke bogen. Die Einwohner hatten ihre Rouleaux herabgelassen, man spürte aber ihre Blicke zwischen den Spalten.

Elgele und der Hauptmann hatten eine Strassenkreuzung vor einer Kirche mit einem feierlichen Portal erreicht, als ein Leutnant auf den Hauptmann zutrat und ihm eine Depesche übergab. »Ich habe in einer Stunde auf der Präfektur zu sein«, sagte der Hauptmann.

Der Saal lag im ersten Stock des Präfekturgebäudes, es war ein kahler Raum mit grossen Spiegeln. Etwas erhöht sassen die Militärrichter am Tisch, ihnen zu Füssen die Beisitzer, und in der Mitte des Saales stand, nur in Hemd und Hose, ein Partisane, ein Jüngling von zwanzig Jahren, halb herrisch, halb linkisch, ein bleiches Gesicht mit kanbenhaften Pickeln und vereinzelten Barthärchen. Die Verhandlungen hatten schon begonnen, der Hauptmann nahm am Tisch der Beisitzer Platz.

Mit einer monotonen Stimme stellte der Oberst einige Fragen: »Haben Sie den Schuss auf den Soldaten abgegeben? War das der Befehl eines Vorgesetzten? Welche Rolle spielte ihre Mutter bei dem Verbrechen gegen einen unserer Soldaten? Haben Sie ihr die Gewehre laden helfen?« Das Merkwürdige war, dass der junge Partisane keine direkte Antwort gab, sondern wie im Selbstgespräch seine Sätze tropfen liess.

»Warum haben Sie gerade auf diesen Soldaten geschossen?«

»Er ist in unser Haus gekommen, ohne den Gruss meiner Mutter zu erwidern.«

»Ist das seine ganze Schuld?«

»Das Haus gehört uns. Wir haben eure Soldaten nicht zu Gast geladen.«

Der Oberst lächelte. »Unsere Soldaten vertreten eine Idee. Euer Land weigert sich, ihre Grösse zu erkennen.«

»Meine Mutter betete gerade, als euer Soldat die Türe aufriss.«

»Eure Armee ist geschlagen. Die heimtückischen Schüsse von Leuten, die keine Uniform tragen, bedeuten nicht Kampf, sondern Mord.«

»Die Kirche war geschlossen, Sie haben mit ihren Stiefeln das Portal aufgestossen. Im Gemüsegarten meiner Mutter warfen Sie ihre Munitionskisten auf die Kräuter.«

»Unsere Idee, die neue Zeit ... sie fragen nicht mehr nach euren Kräutern. Eigentlich bin ich nicht verpflichtet, auf so private Bagatellen einzugehen.«

»Der Bäcker Pinger ist in Bium von seiner Lahmheit geheilt worden. Er konnte am Stock gehen, und wie gut konnte er das. Beim Einfall eurer Soldaten ist er wieder gelähmt worden und auf den Boden hingefallen.«

Der Partisane schien seine Umgebung immer mehr zu vergessen, er sprach inniger und heisser, als schilderte er Visionen. »Über die Wiese, auf der unsere Schafe weideten, marschierten Sie mit ihren Stiefeln. Sie setzten sich an die Tische unter den Kastanien, an denen sonst unsere Gemeindeältesten am Abend ihren Wein trinken. Sie brachen in die Ställe ein, in denen der Grossvater, der Vater und der Sohn noch nie einen Fremden geduldet haben. Sie waren fremd, das war es, Sie gehörten nicht in unsere Wiese, nicht auf unsere Wege, nicht in unsere Stuben. Sie gingen anders als wir, Sie hatten andere Blicke; die Bäume, die Wiesen, alles sträubte sich gegen Sie . . .«

Der Oberst erhob sich und gab bekannt: »Wir schalten eine Pause von zehn Minuten ein, nachher hat der Verteidiger, Hauptmann K., das Wort. Das Urteil wird sofort vollstreckt.« Die Richter gingen hinaus, der Partisane setzte sich auf den Stuhl, und der Hauptmann liess sich auf ein Fenstergesims nieder. Elgele sah, dass er tiefe melancholische Augen hatte. Er sagte nachdenklich: »Wie soll ich ihn verteidigen, ihn, der vor Gott unschuldig ist. Alle Argumente, die man für diesen braven Jüngling vorbringen kann, würden von den Richtern nicht verstanden. Jene reden eine ganz andere Sprache, mit ihren Worten lässt sich das, was diesen Jüngling bewegt, nicht ausdrücken. Ich muss in meinem Plädoyer die Beweggründe meines Klienten in die Sprache der Richter übersetzen; das wird mir aber niemals gelingen, Wasser lässt sich nicht in Stein und Stein nicht in Wasser verwandeln. Sie müssen nun draussen warten, Elgele, denn zum zweiten Teil der Verhandlungen wird mein Adjutant nicht zugelassen. Aber seien sie froh, dem traurigen Spiel fernbleiben zu können.«

Die Richter betraten auf ein Glockensignal wieder den Saal, in dem die Gaslampen angezündet worden waren, dass er jetzt fast einem Landbahnhof glich.

Elgele wartete unter den Kastanienbäumen, bis jemand die Türe öffnete, durch die der Partisane von vier Soldaten herausbegleitet wurde. Niemand folgte ihnen, und die Türöffnung starrte wie ein gefährliches Loch ins Freie. Es vergingen drei Minuten, und dann hörte man hinter dem Hause eine Salve, die einige Tauben zum Auffliegen brachte, welche scharf über die Dächer wegschossen. Dann kam der Hauptmann, bleich, verschlossen, streng. Es sah aus, als ob er die Augen geschlossen hätte. Elgele folgte ihm. Sie nahmen den Weg zurück, so wie sie ihn gekommen waren. Es war jetzt aber sehr dunkel geworden. Im Wäldchen wartete der Schlitten, auf dem sich der Jäger mit den Pelzdecken ein Lager bereitet hatte, und zwar unter dem Verdeck, das über den ganzen Schlitten gezogen worden war. Der Hauptmann stieg wieder in die Zisterne hinunter und kleidete sich dort um. Jetzt, da er die Uniform abgelegt hatte, glich er in seiner faltenreichen Hose, dem breiten Gurt und dem oben geöffneten

Hemd jenem Partisanen, der vor einer halben Stunde füsiliert worden war. Er wandte sich an Elgele, ohne dass sie in der Dunkelheit sein Gesicht sehen konnte: »Wir gehen jetzt durch den Geheimgang in die Stadt zurück. Es ist die Stadt, die von jenen Soldaten belagert wird, deren Uniform ich soeben abgelegt habe. Ich muss dort um Mitternacht zur Gerichtssitzung erscheinen, an der ich als Verteidiger eines Soldaten zu amtieren habe, der von den Partisanen gestern gefangen genommen worden ist und dem die Anklage einige an Partisanen verübte Greueltaten vorwirft. Als Elgele die Uniform abgelegt und nach den Anweisungen des Hauptmanns sich durch das Umbinden eines Kopfschals und durch das Umkrempeln der Blousenärmel in eine Frau aus dem Volke verwandelt hatte, stieg man in die Zisterne hinab, von der der Geheimgang wegführte. Er war feucht und eisigkalt, und da man darin nicht aufrecht stehen konnte, mussten sie sich in gebückter Stellung eine halbe Stunde lang mühsam vorwärtsarbeiten. Der Gang endigte im Keller eines Hauses, das unbewohnt war und nur als Lagerhaus für Holz und Säcke benutzt wurde. Der Hauptmann öffnete mit einem Schlüssel leise eine Nebentüre, von hier gelangte man in einen engen Vorraum, aus dem eine Holzstiege ohne Geländer zur Decke emporführte, wo man einen Deckel wegschieben musste, ehe man in dem obern Verliess stand, das ein zu ebener Erde liegender leerer Raum ohne Türe war. Der Hauptmann stieg über ein Fenstergesims und half dann Elgele ebenfalls über die Mauer. Man stand in einer Gasse mit hohen Häusern, zwischen denen Seile hin- und herliefen, an denen Wäsche hing. Durch offene Fenster sah man in Küchen und Stuben hinein, wo bei abgedämpften Lampen gegessen und gekocht wurde. Die Gasse,in der es, obgleich die Zimmer meistens von kinderreichen Familien bewohnt wurden, keinen Lärm gab, führte auf einen Platz hinaus, der ein ungewohntes Bild zeigte. Eine Menschenmenge füllte ihn, aber nicht als dichter Volkshaufe: auf Bänken, auf dem Rand eines Brunnens, auf Steinhaufen sassen die Gruppen, die auf etwas zu warten schienen. In der Platzmitte hatte man Raum für ein Podium freigelassen, auf dem auf drei Bänken einige alte Männer sassen, die verschiedene Binden mit geheimnisvollen Zeichen um den Arm trugen. Als der Hauptmann auf das Podium zuschritt, legte sich das Redegewirr, und Elgele konnte darin deutlich das Zeichen des Respektes erkennen. Es ging nicht lange, so erschienen drei junge Partisanen, die einen Soldaten mitführten, der in der Mitte des Podiums stehen blieb. Das Gemurmel erwachte wieder, diesmal aber drohend, und Elgele konnte sehen, wie einige ihre Fäuste erhoben. Es lag dem Mädchen nahe, einen Vergleich zwischen dieser Szene und jener andern vor der Stadt draussen zu ziehen. Bei den Belagerern hatten die Richter in strengen, engen Uniformen an einem Tisch mit Aktenbündeln und Tintenfässern gesessen, in scharfem Kontrast zu dem wilden Partisanen, durch dessen Hemdschlitz die behaarte Brust sah und der heiss und doch abwesend von seinen Visionen redete, während hier die Richter einfache, nicht uniformierte Männer waren, die um einen Soldaten herumsassen, der eine Uniform mit enger Taille und hohen Stiefeln trug und auf die Fragen mit scharfer Stimme antwortete. Die Ältesten brachten ihre Anklage der Reihe nach vor, der eine rauh, der andere leidenschaftlich, wieder einer etwas spöttisch: »Er hat bei der Besetzung des Dorfes den Präfekten gefangen genommen, ihn abgeführt und auf besonderen Befehl erschossen. Er hat ihm die Armbinde vom Arm gerissen und so aus ihm einen Franktireur gemacht, der nach Kriegsbrauch erschossen werden darf. Er hat den Befehl seines Vorgesetzten ausgeführt, obgleich er wissen musste, dass dieser Vorgesetzte ein Verbrecher war. Ich sage, so einer ist ein Mörder und kein Soldat.«

Der Soldat liess sich durch keine Frage beirren, er war ohne Angst, und das Bewusstsein, im Recht zu sein, gab ihm etwas Herausforderndes, das die Partisanen reizte. Die Männer auf dem Podium stellten verfängliche Fragen, aber der Soldat beachtete die Verfänglichkeit nicht und gab sich keine Mühe, sich zu verteidigen oder sich Vorteile zu verschaffen. Er gab stolz zu, den Präfekten festgenommen, ihm die Armbinde vom Arm gerissen und ihn im Hofe des Schulhauses erschossen zu haben. Er gab das alles mit einer herausfordernden Bestimmtheit zu, die das Zeichen des Menschen ist, der sich für den ausführenden Arm einer höheren Gerechtigkeit hält.

»Wer hat den Befehl zum Erschiessen gegeben?« fragte der Älteste, der von den andern offenbar sehr geachtet wurde, denn sie liessen seinen Fragen immer den Vortritt.

Der Soldat sagte: »Ein Oberst.«

»Wie heisst er?«

»Bei uns pflegt man die Vorgesetzten nicht zu verraten, noch die Schuld auf sie abzuschieben. Der Einzelne hat übrigens nichts zu sagen, wir alle sind die Vertreter einer neuen Ordnung. Schuldig sind die, die zu klein sind, die Grösse dieser neuen Idee zu erkennen.«

»Wenn ihr den Namen eures Obersten nicht nennt, wird man euch füsilieren.«

Der Soldat zuckte die Achseln, etwas verächtlich, etwas nachdenklich.

Jetzt trat der Hauptmann sehr nahe auf den Angeklagten zu und sagte mit warmer Stimme, die jenen aufhorchen liess: »Ihr habt eine Mutter. Man wird ihr die Nachricht von eurer Erschiessung bringen. Sie wird erschütterter sein als ihr jetzt.«

Der Soldat, erstaunt über den völlig neuen Ton in diesem Kreise der Feinde, sah den Hauptmann misstrauisch an: »Auch das nützt euch nichts. Ich sehe die alte Frau, wie sie an einem goldenen Herbstmorgen aus dem Stall tritt und ihr der alte Briefträger mit dem Holzfuss den Brief bringt. Sie wird sich, noch ehe sie das amtliche Kuvert geöffnet hat, am Türrahmen festhalten, dort, wo das Brettchen für die Milchkanne steckt. Ich sehe das alles, und doch ... auch ihr Schmerz ist nichts vor der Grösse unserer Idee.« An dieser Stelle wendete der Soldat den Kopf ab, Elgele sah, wie die Hand sich nach dem Gesichte heben wollte, aber dann wieder schlaff herunterfiel. Das Licht der brennenden Fackeln traf sein Gesicht nur in leiser Berührung, aber man sah, dass eine Träne an seinem Auge hing.

»Macht Schluss!« brüllte er.

Die Ältesten beschlossen nach den Worten des Verteidigers, den Soldaten zu füsilieren, das Peloton stand bereits bereit. Man fragte ihn nach dem letzten Wunsch. Er verlangte eine letzte Unterredung mit dem Hauptmann, seinem Verteidiger.

»Ihr habt mich an meine Mutter erinnert. Dafür wollte ich euch danken. So ihr sie einmal trefft, und ihr werdet es, ich fühle es, sagt nichts davon, dass ich ihren Schmerz als ein Nichts vor der Grösse unserer Idee bezeichnet habe. Sie würde das nicht begreifen, denn unsere Mütter ...« Er drückte dem Hauptmann die Hand. Dann zog er sie zurück, hob seinen Kopf, und während sie ihn abführten, sang er mit voller Männerstimme die Hymne seines Landes. Alle hörten das Lied, hörten es noch, als er hinter den Häusern verschwunden war. Es brach erst ab, als die Schüsse fielen. Die Männer verliessen das Podium, der Platz wurde leer. Elgele war mit dem Hauptmann allein. »Ich bringe Sie nach dem Wald zurück«, sagte er, blickte sich um, und dann ging er zum Hause ohne Tür hinüber. Er ging aufrecht, aber man sah, dass sein Gang ein sehr müder war. Man schwang sich wieder über das Fenstergesims, stieg die Holztreppe hinab, öffnete die Türe und ging gebückt den unterirdischen Gang zurück, bis zur Zisterne, in der es jetzt zu mitternächtlicher Stunde noch kälter war. Der Kutscher sass bereits auf dem Bock, zur Weiterfahrt bereit. Elgele stieg ein, der Hauptmann gab ihr die Hand und sagte mit müdem Lächeln: »Leben Sie wohl. Denken Sie an den armen Hauptmann zurück, der sich das schwerste Martyrium auf Erden aufgeladen hat: gerecht zu sein. Er ist auf beiden Seiten zu Hause und doch nirgends daheim. Wer gerecht ist, hat keine Heimat.«

Er wandte sich ab, und der Kutscher knallte mit der Peitsche.

Carl J. Burckhardt

R.W. Ein Bericht

Wir nannten ihn R.W. – Er sagte, als wir ihn nach längerer Reisebekanntschaft endlich nach seinem Namen fragten: »Ich habe keinen Namen mehr. Ich will meinen Namen nicht mehr hören.«

Seine Initialen standen in seinem Hut, einem alten grünen Lodenhut, der schlecht in die Tropen passte: – R.W. – Deirdre hatte diese Entdekkung gemacht und fand sie – wie alles, was mit ihrer eigenen Person zusammenhing – wichtig und ungeheuer lustig. Somit nannten wir ihn nie anders.

»Er ist sentenzös«, pflegte sie von R.W. zu sagen, und auch auf diese Entdeckung war sie stolz; er war es – wenn man so will –, er bemühte sich, immer etwas Rechtes zu sagen, und er zitierte viel.

Zuallererst trat er Deirdre seinen Liegestuhl ab; 1934 auf einem weissen Dampfer der Empress-Linie im Chinesischen Meer. Sie sagte ihm in ihrem lustigen Deutsch: »Wie höflich Sie sind!«

Er antwortete: »Die wahre Höflichkeit ist Schuldigkeit, die falsche ist Betrug. Sie ist nicht Sache des Anstandes, sondern ein Mittel, um andere in die Hand zu bekommen. Sie gilt nicht der Person und nicht etwa den erkannten Trefflichkeiten, sondern den erhofften Vorteilen.«

Es war eine richtige Rede, die er an uns richtete, überraschend, aber nicht befremdend, und von diesem Augenblicke an waren wir mit seinem Klima vertraut. Deirdre natürlich musste das Lachen verbeissen. Sie legte sich hin, dort, wo eben noch R.W. gelegen hatte – unnachahmlich gelöst in ihrer Schlankheit, Kraft und Schönheit. Dann schloss sie die Augen und wartete auf das Weitere, was kommen würde. R.W. stand am Fussende des Liegestuhles wie ein Gnom. Seine linke Schulter hing ein wenig hinunter, und sein Kopf neigte sich immer nach der linken Seite. Seine Lider waren schwer; aber es schien, das linke sei noch schwerer als das rechte. Sein Mund war traurig, leidenschaftlich und ergeben. Er lächelte immer nur so kurz, dass man nicht sicher sein konnte, ob er wirklich gelächelt habe. So stand er da wie eine Zeichnung von Daumier. Er musste aus irgendwelchen unterirdischen Gegenden des Schiffes heraufgestiegen sein. Deshalb hatte er wohl auch das Gefühl, kein Recht auf seinen Platz zu haben. Natürlich war er ein Flüchtling, das hatten wir sofort erkannt. Der Umriss seines Schattens an der Wand der Kabinen des Promenadendecks, des übertriebenen Schattens eines schmächtigen, wie entzweigebrochenen

Körpers, die gewölbte Stirn, die tiefabgebogene Nase schrieben diese Tatsache an die Wand.

An den nächsten Tagen erschien er hin und wieder; aber er ging im weiten Bogen um uns herum, und wenn wir ihn ansprachen, war er kurz angebunden. Auch ich versuchte ein Gespräch anzuknüpfen: »Das, was Sie uns da neulich über die Höflichkeit sagten ...«, doch er antwortete abweisend:

»Das ist nicht von mir – das steht in Gracians 'Handorakel'.«

Sich über Gracian zu äussern, schien er jedoch nicht geneigt. Er benutzte die Gelegenheit des Vorüberfahrens einer chinesischen Dschunke, um sich an die andere Schiffsseite zu begeben. Über die Aufnahme unserer Beziehungen ist somit wenig zu sagen. Wir verloren ihn fast ganz aus den Augen, und als wir uns in Peking auf der Strasse wieder trafen, war er in Gesellschaft eines aufdringlichen Journalisten, der ohne jede Veranlassung einen Redestrom über uns ergoss, so dass wir die Flucht ergriffen. Es war mir jedoch nicht entgangen, dass R.W. bei unserem plötzlichen Zusammentreffen in der gleichen flüchtigen und ungeheuer raschen, gleitenden Weise erschrak, in welcher er, wie ich schon sagte, zu lächeln pflegte. Deirdre bemerkte zwei Tage später, als wir zu den Ming-Gräbern fuhren und gerade durch das Spalier der versteinerten, grossen, zum Begräbnis des Kaisers versammelten Tiere zogen: »R.W. ist ein prächtiger Mensch.«

Gerade dieses Urteil schien mir nicht völlig zuzutreffen, prächtig, nein, es gibt so viel Eigenschaftswörter.

Ich fragte deshalb, ob sie ihn wiedergesehen habe – sie antwortete: nur einen Augenblick, im Lift des Hotels, und er habe gerade Zeit gehabt, sich zu erkundigen, ob sie Apuleius kenne oder etwas ähnliches.

Das letztemal auf dieser Reise trafen wir ihn in Ceylon. Er stand an der Landungsbrücke, als ob er uns erwarte. Da unser Wagen schon bereitstand, um uns nach Kandy zu bringen, redete er plötzlich sehr heftig auf uns ein, dass es unumgänglich sei, mit ihm in ein Eingeborenenquartier zu fahren, wo er uns etwas Einzigartiges zeigen wolle. Er schien völlig verändert – in keiner Weise mehr »sentenziös«. Die Wandlung war so überraschend, er erschien so tatendurstig, dass man sich von seinem Vorschlag ohne weiteres etwas versprechen musste. So fuhren wir denn in zwei Rikschas davon. Er sass neben Deirdre, und ich folgte. Die Luft war wie flüssiges Gas. Es roch nach Magnolien, Moschus, Muskat und Mist. Wir hielten vor einer runden Hütte. Im Innern hockte auf dem Lehmboden ein Eingeborener. Er verneigte sich tief, ohne aufzustehen. Zu unserer Überraschung sagte R.W. etwas zu ihm in einer unverständlichen Sprache. Mit den schönen Fingern der schmalen, dunklen Hände begann der Angeredete im Lehmboden zu scharren, und bald zog er einen Fetzen Stoff hervor. Diesen zusammengeknoteten Fetzen breitete er auf seinen Knien auseinander, und da erblickten wir einen roten Saphir. Ich dachte mir, der Eingeborene halte unseren seltsamen Bekannten zum besten. Aber Deirdre wusste es besser. Sie verstand etwas von Steinen. Lange betrachtete sie den Saphir, und dann sagte sie zu R.W.: »Nun, das ist ein herrliches Stück.«

R.W. schien mit dem Kauernden zu handeln, und plötzlich nannte er Deirdre einen für Steine dieser Qualität lächerlich niedrigen Preis. Sie bezahlte sofort, und wir fuhren zurück zum Hafen, wo wir uns trennten. Unser Flüchtling wollte, trotz meiner Aufforderung, den Ausflug ins Innere nicht mitmachen.

Deirdre war den ganzen Tag in gehobener Stimmung. Sie freute sich unendlich an dem Stein. Sie legte ihn auf weisse Marmorplatten in den Tempeln und auf das leuchtende Chlorophyll grosser, saftiger Blätter, auch in das funkelnde Mineralwasser ihres Glases, das sie bei Tisch in die Sonne hob. Sie hielt ihn immer wieder über ihre hellen Augen, auf die Stirn oder auf den Handrücken, und sie war überzeugt, das grösste Geschäft ihres Lebens gemacht zu haben. Schon begann sie sich wegen des Schleifens und der Fassung zu beunruhigen. Die Personen, welche ihr neuerworbener Schatz in London überraschen würde, gaben Anlass zu Vorfreude. Sie hatte einen kleinen Lederbeutel gefunden; den trug sie tagsüber an einem weissseidenen Bande zwischen den Brüsten. Abends gab es Komplikationen. Es mussten immer wieder neue Verstecke für den Stein gefunden werden.

Was aber R.W. anbetrifft, so war er spurlos verschwunden. Augenscheinlich war er in Ceylon zurückgeblieben. Bei späterer Gelegenheit erzählte er mir einmal, bevor er die gelehrte Laufbahn habe einschlagen können, sei er lange bei einem Juwelenhändler in Amsterdam tätig gewesen und haben viele Reisen für ihn gemacht.

Deirdre jedoch hatte er während der Rikschafahrt etwas ganz anderes anvertraut, als tiefes Geheimnis. Sie behielt es lange für sich, deutete nur hin und wieder an, sie wisse etwas ungeheuer Wichtiges. Schliesslich, bei der Ankunft in Marseille und vor dem Abschied, nachdem sie mich hatte schwören lassen, keinem Menschen jemals etwas davon anzudeuten, verriet sie mir: R.W. habe aus Deutschland etwas ungeheuer Wichtiges gerettet, etwas Einzigartiges. Nichts weniger als das.

Diese Begegnung mit R.W. auf der nun schon so fernen Reise hatte ich schon fast vergessen, obwohl ich von R.W. zweimal eine Postkarte erhalten hatte – einmal aus Paris, zwei Jahre später aus Nizza. Die zweite Karte enthielt nur den einen Satz: »Wissen ohne Mut ist sinnlos.«

Von Deirdre hörte ich hin und wieder. Sie füllte mit ihrer grossen, lustigen und immer wie erbosten Handschrift ganze Seiten dünnen Papiers in einer Art von Telegrammstil: Beschreibungen von Festen, lustigen Streichen, Verzweiflungsanfällen; auch eine mir unbekannte, augenscheinlich herrschsüchtige Tante wurde immer wieder erwähnt. Einmal berichtete sie von einer bevorstehenden Scheidung, aus der dann aber später nichts wurde. Anscheinend befreundete sie sich in London mit einem leider talentlosen Dichter; denn ich erhielt die Abschrift von langen Poems, die keinerlei Einfälle enthielten.

Inzwischen war der Zweite Weltkrieg ausgebrochen, und schon lagen ganze Völker zerschmettert darnieder.

Es war Anfang Februar 1941. In Lyon regnete es kalten, dünnen, schwarzgewordenen Schnee. Heizmaterial war keines vorhanden, und die französische Kochkunst stand vor ihrer Aufgabe wie ein Maler ohne Hände. Abends um sieben Uhr herrschte völlige Dunkelheit. Ich war in einem dem Bahnhof nahegelegenen Hotel abgestiegen und hatte mich, in meinen Mantel gehüllt, auf mein breites französisches Bett gesetzt, nachdem ich den dünnen Türschlüssel, mit der schweren Holzkugel daran, abgezogen und auf den Tisch gelegt hatte. Ich nahm einen gelben Romanband aus der Tasche. Zum Schlafen war es noch zu früh. Ich entdeckte am Boden unter dem Nachttisch eine von meinem Vorgänger im Zimmer vergessene Zeitung. Da ich mein Buch zum Einschlafen aufbewahren wollte, durchblätterte ich die schon veralteten Kriegsnachrichten und stiess dann auf eine halbzerrissene Literaturbeilage. Ein Aufsatz begann mit den Worten: »Die Bestrebungen der Catalanen, sich von der spanischen Monarchie zu lösen und mit französischer Hilfe ihre Sonderrechte durchzusetzen, empörten sein königstreues Herz. Im November nahm er an dem Kampfe gegen die Franzosen tätigen Anteil. Als Feldgeistlicher eilte er von Truppe zu Truppe, entflammte den Mut der Soldaten zum ...«

– Hier fehlte die Fortsetzung. – Wer entflammte den Mut der Truppen? Und wozu entflammte er ihn? Diese Fragen wirkten einschläfernd und führten dazu, dass man gähnen konnte. Doch als ich das Zeitungsblatt wegwerfen wollte, sah ich Fortsetzung und Ende des Artikels, zu denen der Übergang fehlte, und er war »R.W.« gezeichnet. Es konnte gewiss ein Zufall sein, erregte jedoch meine Neugier. Ich las also weiter. Das erste zusammenhängende Stück begann mit den Worten: »Dabei war er von schmächtigem Körperbau, gebeugt und krumm vom vielen Studieren, magenleidend, blass, kurzsichtig. Mit seiner belegten Stimme pflegte er rasch und undeutlich zu sprechen. Gewiss, keine hinreissende Erscheinung, dem schönen Geschlecht, das er gering schätzte, nicht verführerisch. Seine letzten Lebensjahre wurden getrübt und, wie es scheint, verkürzt durch Anfeindungen, Verleumdungen und Massregelungen.«

Von wem war die Rede? Im weiteren Verlauf des Artikels kam kein Name vor. Es handelte sich um einen Meister des beziehungsreichen Stiles, des sogenannten »Conceptismo«. Man sagte, dass das Wunder sich bei ihm vollzogen habe, eine stilistische Manier zur Natur werden zu lassen, und dann folgte irgendein Zitat: »Man wendet die menschlichen Mittel an, als ob es keine göttlichen, und die göttlichen, als ob es keine menschlichen gäbe«, und es folgte die Erläuterung: »Das ist, wie er in seinem Handorakel sagt, 'die grosse Meisterregel, die keines Kommentars bedarf'.« Nun bestand kein Zweifel mehr! R.W. war der wirkliche R.W., und sein Aufsatz handelte von Balthasar Gratianus. Ich überlegte rasch. Welch ein Wunder wäre es, wenn ich für eine Stunde den kleinen Vermittler des roten Saphirs ausfindig machen könnte! Wenn er für französische Zeitungen schrieb, so musste er noch in Frankreich sein. Diese Zeitung erschien im unbesetzten Teil des Landes – sie erschien in Lyon. Am nächsten Morgen hatte ich das Flugzeug nach Lissabon zu nehmen. Es galt somit, sofort einen Redaktor des Blattes ausfindig zu machen und ihn nach R.W.s Adresse zu fragen. Kein leichtes Unterfangen, denn ich kannte ja seinen wirklichen Namen nicht. Kurz und gut, ich schloss meine Türe wieder auf und gelangte, über falsche Pantherteppiche und eine schmale Wendeltreppe hinabsteigend, zum Pult, an welchem eine blasse, schwarzgekleidete Dame, mit einer Perücke und einer Feder hinter dem Ohr, häkelte, gleichgültig aufschaute und den Kopf schüttelte, als ich sie nach einem in Lyon lebenden Redaktor der oben gefundenen Zeitung fragte. Sie war nicht in der Lage, mir eine Antwort zu geben, entschloss sich aber auf mein Beharren hin doch, den Concierge, ein Faktotum, zu holen, und dieser gab mir den vernünftigen Rat, den Redaktor der Zeitung, den er dem Namen nach kannte, am nächsten Morgen auf der Redaktion aufzusuchen. Es war mittlerweile halb neun Uhr geworden. Ich erinnerte ihn daran, dass ich am nächsten Tag früh auf dem Flugplatz sein müsse, und daraufhin entschloss er sich, den betreffenden Journalisten in seiner Privatwohnung anzurufen. Als ich den höchst Missmutigen endlich am Apparat hatte und ihn nach R.W. fragte, verweigerte er mit augenscheinlicher Nervosität jede Auskunft. Ich verstand sehr wohl, dass ihn die Frage, wie der Herr heisse, der so ausgezeichnete Artikel schreibe und sie mit R.W. signiere, höchst verdächtig erschien. Ich begab mich also unverrichteter Dinge zurück in mein Zimmer und legte mich hin, las zehn Seiten des Romans, auf denen ein Hochzeitsessen in der Normandie geschildert war, und dann schlief ich bis zum nächsten Morgen.

Als ich um halb acht hinunterkam, um mich beim Portier nach den Transportmöglichkeiten zum Flugplatz zu erkundigen, sass wahrhaftig R.W. auf einem Sessel neben dem Postschalter der Empfangshalle, so, als habe er die ganze Nacht dort auf mich gewartet.

»Ich war«, sagte er mir, »wegen des Anrufs bei meinem Chef sehr beunruhigt; er hat mich sofort verständigt. Man kann nicht vorsichtig genug sein. Ich schickte einen Mitarbeiter in diesen Gasthof, um Erkundigungen einzuziehen, und erfuhr dann zu meiner grossen Freude, dass Sie es seien, der nach mir gefragt hatte. – Sie sehen«, setzte er hinzu, »wie schwer es ist, jemanden zu finden, der keinen Namen hat.«

Wir wurden unterbrochen, weil man uns mitteilte, es liege noch keine Nachricht vom Flugplatze vor, und man wisse nicht, ob das Berliner Flugzeug bei dem schlechten Wetter überhaupt in Lyon landen werde. Im übrigen werde die Flugdirektion mir einen Wagen schicken, falls die Landung vorgesehen sei. Da wir noch nicht gefrühstückt hatten, gingen wir zusammen in die »Salle à manger«, wo ein alter Kellner Staub und Zigarettenstummel zusammenkehrte. Draussen herrschte Schneetreiben mit Regen vermischt, und der Nordwind pfiff ums Haus.

R.W. war sehr verändert, gab sich ganz anders als auf dem Schiff. Er gebrauchte keinerlei Sentenzen, sondern sprach rasch und eindringlich auf mich ein. Er hatte anscheinend ein Anliegen, doch kam er nicht dazu, mit seinem eigentlichen Wunsche herauszurücken. Er war gespannt und gehemmt. Zuerst erzählte er wie beiläufig einige Tatsachen aus der Zeit seit unserer letzten Begegnung auf Ceylon. Aus irgendeinem Grunde war er einmal in Port Said ausgeschifft worden. Er erwähnte eine Quarantäne, Umstände, die ihn verhindert hatten, seinem Wunsche gemäss sich in Ägypten niederzulassen; er erzählte von zwei Jahren, die er in Griechenland verbracht hatte, und von dem Tode eines deutschen Professors, der sich dort seiner angenommen habe.

»Davon muss ich Ihnen einmal ausführlicher berichten«, meinte er. »Alles, was ich tat«, sagte er unvermittelt, »hatte immer nur das eine Ziel« – oder er sprach Sätze wie: »Das, was ich leisten musste, habe ich jetz geleistet. Früher war ich unter dem Allzuvielen wie begraben; dann habe ich meinen Fixpunkt gefunden; auf ihn liefen seither alle meine Anstrengungen hin. Heute kann ich ruhig sterben, vorausgesetzt, dass ich mit Sicherheit wüsste ...«, und dann brach es endlich aus ihm heraus: »dass, dass meinem Manuskript nichts passiert!«

Es drehte sich somit um ein Manuskript; aber er sprang immer wieder ab. Ich verstand schliesslich, dass er mit dem Ergebnis seiner innerlichen Zusammenfassung um jeden Preis nach England oder gar in die Vereinigten Staaten strebte, dass er sich aber nicht regen könne, sich unter schwersten materiellen Voraussetzungen verborgen halten müsse und dass er dabei das Manuskript nochmals umgearbeitet habe – »in der Sprache, die ich hassen müsste und immer noch liebe, täglich tiefer«, sagte er, indem er hinzufügte, er habe jetzt erkannt, dass auch diese neueste Fassung vielleicht noch nicht die letzte, vollkommene sei, er sei gerade jetzt wieder darangegangen, das Werk aufzureissen, es neu zu versammeln und ineinanderzufügen.

Nach Lyon, mit falschen Ausweispapieren, sei er durch Freunde aus kirchlichen Kreisen gelangt, mit dem Gefühl, nur noch eines zu sein: der Betreuer seines Werkes – eines sehr umfangreichen Werkes, etwas über tausend maschinengeschriebene Seiten umfassend. Die Möglichkeit, eine Kopie herstellen zu lassen, fehle – er besitze keinen Durchschlag; Zeit Geld, Hilfe, alles mangle. Er habe unter Pseudonymen in Zeitungen und Zeitschriften schreiben dürfen; dank diesem Umstand sei er schliesslich jetzt mit mir zusammengetroffen.

Ich merkte, dass er von mir erhoffte, ich könnte das Manuskript zu treuen Händen übernehmen und es über die Grenze bringen. Ich überlegte es mir und sagte ihm dann: »Ich wäre bereit, Ihre Arbeit nach Lissabon mitzunehmen und sie dort auf einer Bank zu deponieren, bis dann weiteres überdacht und Ihrem Wunsche gemäss durchgeführt werden könnte.«

»Wann müssen Sie am Flugplatz sein?« fragte er hastig. »Ich wohne recht weit von hier«, rief er, »ob ich wohl Zeit haben werde, hin- und zurückzulaufen, bis Ihr Autobus geht?«

»Ist es möglich, dass man jemanden schickt, um es zu holen?« erkundigte ich mich. »Denn, nicht wahr«, setzt ich hinzu, »ich muss einen Blick in die Arbeit werfen, um die Verantwortung für den Inhalt übernehmen zu können.«

»Niemals!« schrie er beinahe, »Jemanden schicken, wo denken Sie hin?«, und dann, mit einem veränderten, seltsamen, schiefen Blick: »Vom Inhalt Kenntnis nehmen, ausgeschlossen, kein Mensch wird Einblick nehmen, bevor das Werk erscheint, es enthält mein Geheimnis!«

Der dienstfertige »Concierge« erschien in dem Augenblick, in welchem mein Befremden über diese heftige Äusserung des misstrauischen Flüchtlings einsetzen wollte, und bevor ich R.W. antwortete, wurde mir mitgeteilt, das Flugzeug treffe – wenn überhaupt – auf dem Flugplatz erst gegen zwei oder drei Uhr nachmittags ein. Ich hatte somit mehrere leere Stunden vor mir.

R.W. hatte aufmerksam zugehört: »In diesem Falle«, sagte er nun plötzlich sehr verbindlich, »wollen Sie nicht, dass wir den Vormittag bei mir verbringen?«, und nachdem er sich rasch nach allen Seiten umgeschaut hatte: »Ich glaube, man wäre viel besser dort als hier.«

Ich nahm seine Aufforderung an, und wir begaben uns, französisch redend, unter dem Schutze meines Regenschirmes, auf die Strasse und erreichten nach knappen zehn Minuten das Haus, in welchem R.W. sein Zimmer hatte.

Er wohnte in einem geräumigen Zimmer, in welchem ein ungemachtes Bett stand und etwa dreissig Bücher am Boden neben dem Tisch herumlagen. Auf dem Tisch stand in einem silbernen Rahmen das aus dem »Tatler« ausgeschnittene Bild Deirdres. R.W. erschrak sichtlich, als ich flüchtig hinschaute; aber er gab keine Erklärungen ab. – Das war nun eben geschehen. –

»Wegen des Manuskriptes müssen Sie mich verstehen«, begann R.W. »Nein«, antwortete ich, »ich verstehe Sie nicht; wenn man bereit ist, jemandem ein so wichtiges Dokument anzuvertrauen, setzt das voraus, dass man nicht annimmt, er könnte sich am geistigen Eigentum vergreifen.«

R.W. schüttelte den Kopf: »Ach, wie Sie das sagen, Sie tun mir weh, Sie rücken dies in ein völlig falsches Licht; es handelt sich um etwas Mysteriöses, um den unheimlichen Vorgang einer Defloration.« Dann, aufspringend und mit erhobener Stimme: »Dasjenige, was dort in jenem Schranke eingeschlossen ist, besitzt Sprengwirkung.« Und, mein fast gelangweiltes Lächeln wahrnehmend: »Nein, nein, nicht so, es handelt sich nicht um Überheblichkeit, ich versuche einen Begriff, ein Mass zu vermitteln, ich bin ja kein Verfasser, kein Autor, ich bin ein Gefäss, in welchem ein entscheidender, ein ungeheurer unheimlicher Prozess, ein tausendjähriger Prozess zur Reife gelangte. Ach, wenn man so einsam ist, so gehetzt, spricht man nicht mehr die harmlose Sprache des Alltags; wenn einem all dies widerfahren ist, was mir geschah, kennt man keine Konventionen mehr. Ich bin auch nicht krank; was ich Ihnen da sage, ist nüchtern wie Brunnenwasser«, und dann heftig, fast drohend: »So ist es!«

»Nun gut«, antwortete ich, »aber innerhalb der Gegebenheiten, in denen ich mich befinde, bestimmt einzig der Umstand, dass ich mit diesen Papieren jetzt, mitten im Krieg, nicht durch drei Zollschranken durchkomme, ohne dass selbstverständlich diese Papiere geöffnet, wahrscheinlich sogar zurückgehalten werden, vor allem, wenn ich nicht in der Lage bin, genau anzugeben, was sie enthalten. Sie werden somit einen andern Weg finden müssen, um sie ins Ausland zu bringen.«

R.W. aber ging auf meine Äusserung gar nicht ein. Ganz ohne Zusammenhang, so vor sich hinsprechend, erklärte er völlig unvermittelt: »Sie werden sich wundern, aber selbst mir fällt es gar nicht schwer, an Heilige zu glauben und zu ihnen zu beten. Nur haben sie für mich keinen Namen; ich bin nicht fähig, anzunehmen, dass man die richtigen Heiligen gewählt habe. Ich glaube, Paulus hat irgendwo von Christus gesagt, er habe den inneren Menschen gekannt, aber von wem, ausser von ihm, könnte man das behaupten? – Ich fühle mich sehr erleichtert jetzt«, erklärte er dann und berührte den Ärmel meines Mantels, »mein letztes Leid wird nicht sein, dass ich eine Füllfeder vermisse, um aufzuschreiben, was ich in der Todesstunde denke. Hier, in diesem Schrank, in meinem Manuskript, steht alles verzeichnet. Früher hatte ich mir die Einsichten nur zugeflüstert wie ein Geheimnis; das übrige, was ich zu den andern sagte, war nur dazu da, um sie von mir fernzuhalten. Ehrlichkeit vor uns selbst ist keine Sünde, aber das Werk ist eine Sünde und eine Gnade. Ich vertraue, es kann nichts mehr geschehen.«

Dann fuhr er fort: »Die Geistlichen haben mir aus dem französischen Lager hinausgeholfen. Im Lager habe ich einen gekannt; seine Krankheit bestand darin, dass er dem Abrollen seiner Lebenstage nur noch beiwohnte und den Lagerarzt fragte: 'Nun, können Sie mir mein verlorenes Gefühl zurückerstatten, können Sie das?' – Mir aber kann nichts mehr geschehen, auch meinem Lebensgefühl nicht«, sagte er, »und so war es wohl der Mühe wert, jawohl der Mühe wert! Natürlich«, setzte er hinzu, und dies mit einer gewissen Besorgnis im Ausdruck, »steht vieles in meinem Buche, was Todesgefahren enthält; aber das muss man riskieren, es kommt immer auf den Leser an. Wenn die Menschen nicht alles so einseitig ansprechen und immer aus einem Ganzen nur einzelne Positionen herausgreifen würden, dann wären alle Philosophen unschuldig.«

Er sass vorgebeugt in seinem dünnen, geflickten Mantel. Seine grossen, blassen Hände lagen auf seinen Knien und zitterten leise. An diesem trostlosen Morgen im Regenlicht waren sie anzusehen wie seltsame Tiere aus Meerestiefen.

Ich brach auf. Er begleitete mich zurück; er war in einer seltsamen Weise heiter.

Im Hotel angelangt, verabschiedeten wir uns. Er schien mich davon überzeugen zu wollen, dass ich einen Glücklichen zurücklasse. Die meisten verbringen ihr Leben damit, beständig zu sterben, und endlich sterben sie ganz. Dieser seltsame kleine Mann aber hatte sich augenscheinlich die Fiktion geschaffen, sein Leben sei in jene maschinengeschriebenen Seiten übergegangen, und es sei dort unzerstörbar geworden.

Nach dem Händedruck und dem Abschied lief er noch einmal zurück und sagte schnell und gedrückt, aber gleich wieder aufleuchtend: »Sie wissen es jetzt – Ihnen blieb es nicht verborgen; Sie haben das Bild gesehen. Das einzige, was mich die ganze Zeit quälte und immer noch quält, ist, dass ihr etwas zustossen könnte während des Sommers bei den Luftangriffen.«

Dann liess er mich stehen und verschwand. Mir fiel unwillkürlich einer der lapidaren Aussprüche Deirdres ein. Ich fragte sie einmal in der Mandschurei, ob sie sich nicht um ihren kleinen dreijährigen Sohn bisweilen sorge, den sie zurückgelassen hatte. Damals antwortete sie: »Mein Vater pflegte zu sagen: 'Es müsste eine Welt voll von zitternden Kaninchen geben, wenn alle sich beständig vorstellen würden, dass die Leute, die sie lieben, im Begriff stehen, überfahren zu werden oder von einem Berge abzustürzen.'«

Aber Deirdres Vater war ein englischer Herzog der viktorianischen Epoche, und seine Sentenzen gehörten nicht in R.W.s Kategorie; auch machte Deirdre sich wenig aus »Angehörigen«. – »Mein Missverständnis« pflegte sie ihren Mann zu nennen. Was war in Wirklichkeit R.W.s Kategorie? Spielte er mir etwas vor? Die Welt war eine Maskenverleihanstalt geworden in jenen Jahren. – Ich dachte darüber nach, als wir nachmittags in der heftig schwankenden und stürzenden Maschine in tiefem, undurchdringlichem Nebel über dem Rhonetal und dem Lauf des Flusses entlang flogen. Wir näherten uns Barcelona, wo ich zu übernachten hatte; am nächsten Morgen flogen wir weiter.

Weit in der Runde wölbte sich nun der Himmel in durchsichtiger Klarheit, und unter uns lag schon ausgedörrtes Land. Jetzt stiegen wir in Spiralen höher über das portugiesische Grenzgebirge in die Luftströmungen, die uns entgegenschlugen, hinein, gefolgt von unserem Schatten; wir zogen über die Bäche und Flüsse, die von den Flanken der Berge zum Tajo und zum Atlantischen Ozean liefen; schöne, kühne Brücken spannten sich und verbanden geduckte, weisse, maurische Häuser, an deren Wänden der Oleander blühte.

Im Jahre 1940 landete man noch auf dem Flugplatz von Cintra. Sobald man den Fuss auf den vulkanischen Boden gesetzt hatte, fühlte man sich umweht von Blumenduft; er drang durch Nüstern und Haut, er war im Lichte gelöst und legte sich auf das Gesicht wie eine unsichtbare, unendlich leichte Hülle. Und er begleitete einen während der Fahrt zwischen den hohen weissen Mauern endloser Gärten, in denen die immergrünen Bäume im Gespräch sich zueinander bewegten, an Gittertoren vorbei, durch die der Blick über Taxushecken, über den Glanz von Teichen, breite Freitreppen, säulenreiche Vorhallen schweifte; dann zog man durch die Strassen: rundes Pflaster, Schmutz, Lärm, das mühseligheitere Gedränge der Mittelmeerhäfen, Hiebe von hohen, zweirädrigen Karren herab auf schreiende Esel – zwischendurch Limousinen mit goldstrotzenden Machthabern, vielleicht waren es Admirale; die Damen trugen wahrhaftig Federhüte. Und dann die Plätze mit ihren Denkmälern, engumschlungenen Marmorhelden, die wie helle Zirruswolken über das Gewucher von sterbenden Kriegern, von gebäumten Raubtieren aufstiegen, zu unbekannten Höhen emporblickten oder auch hinab zu ihren Füssen, wo Sterbende zerfetzte Fahnen aus Zement an ihre Lippen drückten.

Im Hotel: Orchester, weisse Hemdenbrüste und Schultern, Weissbrot, dunkelfarbener Wein in Kristall, Austern und Ananas – und all das zwölf Stunden nachdem ich im verhungerten Lyon, in Regen und Schnee, von der Jammergestalt des ewigen, durch alle Zeiten wandernden R.W. Abschied genommen hatte. Hier konnte man endlich wieder einmal telegraphieren – nach Herzenslust und nach allen Richtungen. – Das war Portugal 1941.

Und so telegraphierte ich an Deirdre, noch erfüllt von der strahlenden Luft in 4000 m Höhe und dem berauschenden Abstieg zur Meerestiefe, und ich berichtete: »In Lyon R.W. gesehen.« Schon am nächsten Tag erhielt ich ihre Antwort: »Bitte um jeden Preis R.W. nach Portugal kommen lassen. Werde selbst in vier Tagen mit Ralph in Lissabon eintreffen.«

Ralph war eine neue Figur in ihrem Spiel – mir unbekannt, und was die Reise R.W.s anbetraf, so war dies leichter gesagt als getan; diese unbedingte Unkenntnis aller durch den Krieg geschaffenen Schwierigkeiten, die Deirdre auszeichnete und auszeichnen musste, wirkte aber anregend auf meinen guten Willen, etwas zu unternehmen. Es kam jedoch nicht dazu, sondern bevor der angekündigte Besuch aus London eingetroffen war, musste ich selbst Lissabon wieder verlassen.

Erst ein halbes Jahr später, im Frühjahr, brachte mir der diplomatische Kurier eines kleinen neutralen Landes einen Brief von meiner einstigen Reisebegleiterin. Sie schrieb mir, dass sie sich in Estoril mit R.W. und einem Freund befinde, der diesmal Oliver hiess. Die Reise R.W.s sei entsetzlich gewesen; als Klosterfrau verkleidet sei er über die Pyrenäen gestiegen, und ein Brigant habe ihn bei schwierigen Stellen auf dem Rücken getragen. Genau in der Weise wie Deirdre sich derartige Abenteuer seit ihrer Kindheit immer vorgestellt hatte. Nun würde ich also beide wiedersehen; denn gerade wieder stand auch ich im Begriff, nach Portugal abzureisen. Am zweiten Tage nach meiner Ankunft in Lissabon – ich hatte noch keine Zeit gehabt, mich nach Deirdres Hotel zu erkundigen, führte ein portugiesischer Freund mich – denn es war Sonntag – zu einem Stierkampfe.

Wir kamen früh in die Arena und sahen, wie die in der Runde ansteigenden Sitzreihen sich langsam mit Menschen füllten; wir betrachteten die weissen Maultiere, die mit Wasserfässern beladene Wagen über den Kampfplatz zogen, um den staubigen Grund zu besprengen. Es war im Monat Mai; der Tag war heiss, und der leichte Luftzug, den die schlagenden Fächer der Zuschauerinnen bewirkten, traf in die Höhe der Augenbrauen, in kurzen leichten Stössen, wie ein Rhythmus.

Dann kam das erste Pferd ... Es war wie mit der Schere aus einem der grossen Bilder von Velasques ausgeschnitten. Ein Zauberer hatte es mit seinem Stabe berührt, so dass es sich für eine Stunde unseres Maschinenzeitalters mit Leben prall gefüllt hatte. Nun bewegte sich das Zauberpferd, ein Goldfuchs; es atmete aus weiten Nüstern, kam näher, von der Hand eines rotgekleideten Stallburschen geführt. Es war rund und wellenförmig wie das Zeitalter, dem es entstammte; sein Fell glänzte rings um die leuchtende Schabracke aus Helios' Sattelkammer. Jetzt erschien auch der Reiter, ein junger Herr, der schon vom dritten Lebensjahre an – angeleitet vom Grossvater und Oheim – auf kleinen Pferden, die aus der Zucht eines Infanten stammten, Tag für Tag gegen junge Stiere geritten war, Stiere als Spielkameraden. Jetzt, zum Jüngling herangereift, trug er schwarzseidene Kniehosen, ein Wams aus schwarzem Atlas, einen Dreispitz mit schwarzen Straussenfedern. – Ein Knappe brachte ihm seinen Degen, der im Jahre 1820 zu Toledo geschmiedet worden war. Als der junge Matador zu Pferde stieg und ihn prüfend zog, zwei Hiebe durch die Luft führte, ihn wieder in die Scheide senkte, in den Gürtel steckte und so leicht in dem mit Goldbrokat geschmückten Sattel sass, dass man glauben konnte, er sei aus dem Rücken des Pferdes hervorgewachsen, erschien alles wie das Weiterwirken des unfasslichen Zaubers, jetzt, im Jahre 1941, während die Bomberstaffeln über den Ärmelkanal brausten und sich ihrer erbärmlichen Last erledigten. In der Zauberzelle aber des geretteten Barock sassen wir in unserer geschlossenen Arena. Schon ging das Tor wieder auf, und ein zweiter Stierkämpfer erschien auf einem Rappen mit rotseidenem Zaum- und Sattelzeug. Die beiden Reiter ritten einander nach der Mitte zu entgegen, grüssten sich schweigend mit dem Degen, setzten die Pferde auf die Hinterhand, vollzogen die Levade, drehten in der Pirouette und setzten sich in einen Galopp, der so versammelt war, dass man meinte, fast auf dem Platze schlügen die Pferdehufe den Takt zum Versmass der Lusiaden. So ritten sie vier Runden, immer wieder den Galopp wechselnd und durch die Mitte der Bahn kreuzend, und jedesmal, wenn sie einander begegneten, zogen sie die Hüte und schwenkten sie.

In diesem Augenblick aber betrat Deirdre mit einem jungen Mann, der zwei Kopf grösser war als sie und an Krücken ging, die Treppe zu der grossen leerstehenden Loge des verbannten Königs. An der Logenbrüstung hingen purpurne Decken, und alle Zuschauer wandten sich vom Schauspiel der Arena ab und blickten nach ihr hin, wie sie so die Stufen hinaufstieg, gleich den Halbgöttinnen, die einst an blauen Abenden aus dem Meer zu stillgewordenen Tempeln hinaufstiegen. So sah ich sie wieder zum erstenmal seit dem Jahre 1934, und hinter ihr, neben dem auf seine Krücken gelehnten, hünenhaften RAF-Offizier, ging klein, schief und trotz der Hitze in seinen Regenmantel gehüllt, R.W. Den Lodenhut trug er in der Hand. Es war sichtbar, dass er seit dem Indischen Ozean seine Haare verloren hatte; das war mir in Lyon, wo es zu allem übrigen passte, nicht aufgefallen.

Am Abend desselben Tages sass Deirdre auf einem der hohen Schemel und trank einen Gin-Fizz. Oliver stand hinter ihr; die eine Krücke hatte er an die Wand gelehnt, die andere unter den linken Arm geklemmt. Auch so, obwohl er dauernd etwas vornübergeneigt stand, schien er überlebensgross. Deirdres Scheitel befand sich in gleicher Höhe mit seiner Krawatte, als sie sich umwandte, ihr Lächeln zu ihm aufleuchten liess und sagte: »Da kommt mein grosser Mann.«

Wir hissten R.W. auf den Barschemel, der freigeblieben war und von welchem Deirdre ihre Tasche wegnahm. Der Mixer aus Macao fragte nach seinen Wünschen, und R.W. antwortete mit starkem Akzent auf spanisch: »Wenn ich durchaus etwas trinken soll, dann einen Wein aus Xerez – Sonne und Rost vergangener Herbstmonate – weit gereist – und vom seltenen Holz der Fässer gewürzt.«

Weder der Engländer noch der Mixer verstanden ihn. Letzterer wiederholte nur »Xerez« und schenkte ein. Es entstand eine Stille, wie immer, wenn jemand etwas vorbeigetan oder vorbeigesagt hatte, und Deirdre, wie jedesmal, wenn eine solche Leere entstand, verlieh ihrer Furcht über die zerrinnende Zeit Ausdruck, indem sie zur Tätigkeit aufrief: »Also, was machen wir heute abend?«

»Wir sollten«, antwortete R.W., »in das Konzert gehen im grossen Pflanzensaal; man sitzt in einem blühenden Urwald, unter Lianen und Orchideen, an leise fliessendem Wasser. Das Orchester sieht man nicht. Pablo Casals dirigiert und spielt. Er hat eine Stimme wie kein anderer. Ich weiss nicht, ob Ihnen das aufgefallen ist bei sehr grossen, ausübenden Musikern – nicht so sehr das, was sie ihren Instrumenten entlocken, als ihre eigene Stimme strömt wie eine magnetische Kraft von ihnen aus.«

Deirdre schaute ihn an. »Alle Menschen, die in Betracht kommen«, sagte sie, »haben das, glauben Sie nicht? Eine Stimme, sie klingt aus allem, was sie tun, aus der Art, wie sie die Hand geben oder Abschied nehmen oder nachdenklich werden, wenn sie plötzlich allein sind. – Das verstehst du nicht, Oliver, nein, das verstehst du nicht!« und sie drückte ihre rechte Schulter leicht gegen die Brust des Riesen.

»Sollen wir spanische Musik hören?« fragte dieser höflich.

R.W. antwortete ihm: »Ich glaube, er spielt das Konzert von Quarelli; das war der Hofmusiker jenes Gonzaga, der zur Zeit Ludwigs XIII. einen Kreuzzug unternehmen wollte, dem Sohn der Tochter des letzten Paleologen. Quarelli war sein Schüler«, und R.W. setzte hinzu: »denn Gonzaga war selbst Komponist.«

»Siehst du, Oliver«, sagte Deirdre, »des letzten Paleologen, das ist etwas für dich. Er war ein grosser Rennstallbesitzer, der letzte Paleologe. Er hatte auch eine Zucht von weissen Affen, die er als Jockeys ausgebildet hatte. Sie waren angezogen wie Posaunenengel. Sie ritten in flatternden, veilchenblauen und silbernen Talaren, die vorne offen standen und die sich hinter ihnen, bei schneller Fahrt, wie Segel bauschten.«

»Ist es eigentlich lustig, so viel zu wissen wie Sie, R.W.?« fragte sie unsern Flüchtling.

Quarelli? Auch ich hatte nie von Quarelli gehört. Ich war in dem Augenblick nicht sehr sicher, dass es einen Komponisten Quarelli als Hofmusiker des Gonzaga jemals gegeben habe.

»Aber ich weiss doch fast gar nichts«, antwortete R.W. »Früher spazierte ich so in den Zeiten herum – vielleicht, weil mir die eigene Zeit verschlossen war und weil ich dort, wo ich lebte, neben der Zeit, ausserhalb von mir, meine Tage fristen musste.«

»Sie meinen in Deutschland?« fragte Deirdre laut.

In diesem Augenblick trat ein Herr, der am Ende des Bartisches gestanden hatte, näher heran, nahm den Lederbecher und begann zu würfeln. Oliver berührte leise mit dem Finger den Oberarm Deirdres; aber diese machte plötzlich ein trotziges Gesicht und fuhr fort: »Sie haben Ihnen viel angetan in Deutschland – vorher und später, nicht wahr? Was hatten sie dort gegen Sie und Ihresgleichen?«

»Das wäre sehr lang auseinanderzusetzen«, erwiderte R.W., »da brauchte ich Tage, um es Ihnen zu sagen, und ich war noch nicht einmal in der Lage, es mir selbst ganz aufzuschliessen. In vielem hatten sie unrecht, in vielem recht – wie eben Fünfzehnjährige recht und unrecht zu haben vermögen.«

Oliver streckte den Arm aus und liess sich von einem der Kellner seine zweite Krücke reichen. Er neigte sich noch weiter vor: »Wenn wir jetzt auf der Terrasse essen würden? Um wieviel Uhr ist das Konzert?«

»Um zehn«, antwortete R.W., »und jetzt ist es halb neun.«

»Dann gehen wir!«

Oliver zahlte, rief einen Pagen und liess die Plätze im Pflanzensaal bestellen. Wir assen auf der Terrasse. Der offene, zögernde Abend des Westens lag über den flachen Dächern und strich durch die leise metallisch wetzenden Palmen. Der Duft der Blumen strömte zwischen den Tischen hindurch, und die Gedecke glänzten in einem milden Licht, das sich aus der Röte des Widerscheins in das erste Blau der Nacht löste. Das Orchester spielte Bizets »Arlésienne«. Am Nebentisch sass Mrs. Torr aus Minnesota; auf den Sesseln neben ihr standen ihre beiden Pekinesen, bettelten mit winkenden Pfötchen und schauten wie böse, uralte Spiesser mit ihren kreisrunden schwarzen Augen auf die Bissen, die ihre Herrin ihnen mit ihren diamantblitzenden, langen und welkenden Händen darbot.

Oliver neigte sich zu Deirdre hinüber: »Das ist die Person, nach der Sie fragten«, sagt er, »die auf den Balearen so viel Terrain gekauft hat.«

»Möchten Sie auch gern solch eine Insel besitzen?« fragte Deirdre R.W.

»Diese Frage habe ich mir nie gestellt«, antwortete er, »aber der Wunsch ist mir in der Literatur schon wiederholt begegnet.«

Deirdre sagte: »Oh, es war eine ganz einfache Frage. – Als ich klein war, hätte ich fürs Leben gern eine eigene Insel besessen mit lauter weissen Tieren drauf. Später wünschte ich sie mir in den Farben der Fasanen des Capurtala. Wer das wohl erfunden haben mag innerhalb der Welt, all die herrlichen Geschöpfe und Gebilde? Manchmal denke ich mir, die Vögel, Muscheln, Blumen müssten einmal plötzlich verschwinden von unserer Erde, so wie sie heute ist. Es ist gar kein Einverständnis mehr vorhanden.«

»Dieses Wort werde ich nicht vergessen«, rief R.W. »Wer das Einverständnis besitzt, schafft am Schönen mit, und ich könnte mir wohl denken, dass plötzlich eine ganze Welt von herrlichen Dingen entstehen würde, wenn dieses Einverständnis zwischen unserem Planeten und den Menschen sich wieder ergeben würde. Um Einverständnis handelt es sich in allen grossen Epochen; bei der Architektur wird dies am deutlichsten. Aber es macht bei den Werken der Menschen nicht halt, es geht weit über sie hinaus. Alles ist Wechselwirkung; nicht nur unsere eigenen Werke können völlig verschwinden, bestimmt – auch Gebilde der Natur können wir lieben. Innerhalb der schönen, vertrauten Erscheinungen, die uns umgeben, ist jetzt alles verdächtigt worden. So vieles auch wurde zu Tode gedichtet.«

Oliver betrachtete Deirdre. Der kleine Fremde, der eifrig dabei war, über alles zu reden, als könne man allem eine seltsame, tiefe Seite abgewinnen, sagte ihm nicht zu. Er hatte versucht, Deirdre zuliebe auf den Gast, den er an jenem Abend eingeladen hatte, einzugehen; aber jetzt hatte er genug.

»Fühlen Sie sich wohl?« fragte ihn Deirdre und blickte ihm in die Augen, »keine Schmerzen heute?«

Er lächelte kraftvoll: »Nie in Ihrer Gegenwart.«

Sie strich mit dem Rücken von zwei Fingern über seine breite, starke Hand.

R.W., der nie wahrzunehmen schien, was um ihn herum vorging, aber dann einiges plötzlich mit doppelter Schärfe erkannte, verschloss sich. Er gab sich einen Ruck, nahm eine gravitätische Haltung an und schien an den Speisen zu würgen. Das Orchester spielte aus »Figaros Hochzeit«, und gleichzeitig trat ein spanischer Diplomat an unsern Tisch. Er küsste Deirdre die Hand und erinnerte sie daran, dass sie bei Doña Inés in Cintra erwartet werde und dass sie versprochen habe, rechtzeitig zu erscheinen. In der Tat, ihr war das völlig entfallen. Der Wagen stehe bereit, sagte er.

»Das hatte ich vergessen.« Sie wandte sich an R.W.: »Unser Freund wird mit Ihnen ins Konzert gehen. Wir gehen dann ein anderes Mal.«

An jenem Abend begab ich mich somit allein mit R.W. in das grosse, gläserne Pflanzenhaus, in dem dreihundert Menschen unter Hibiskus und Tamarisken Casals zuhörten, der leise am schimmernden Spiegel eines dunklen Teiches seine Weisen spielte, die von der wuchernden, feuchten Vegetation aufgesogen wurden.

»Sie ist so nahe an allem Geistigen«, sagte R.W. plötzlich zu mir, »wie die Kinder. Ich denke im Augenblick an den einzigen Weg der Übermittlung, der mir gegeben ist: Durch die Sprache meines Denkens kann ich doch zu ihr gelangen. Sonst wünsche ich gar nichts. Im Augenblick bin ich dort, wo kein anderer mit ihr kommunizieren kann. Ich allein verstehe ihren Traum und löse seine Rätsel; das hat noch keiner unternommen. Sie hat eine hohe Meinung von ihrer Berufung als Beschützerin; alles, was ihr klein erscheint, wirft sie weg, verbrennt sie; sie hat ein Kind gehabt, ohne Mutter zu werden. Sie möchte eine Antigone sein und zugleich die Miturheberin grosser Dinge. Morgen ist sie nicht mehr dieselbe wie heute. Mit solchen Wesen gibt es nur einmalige Begegnungen, wie mit Sternen.«

Dann setzte er, scheinbar zusammenhanglos, hinzu: »Den Verstand dazu zu gebrauchen, mit allen Mitteln etwas zu wollen. Das treibt dahin und dorthin und immer im Kreise. Höhere Wesen haben ihre bestimmte Bahn; nur darin kann die Freiheit liegen. – Als ich ein Kind war, erschreckte mich überall, wo ich mich hinwandte, die Absicht.«

»Und doch ist sie nötig, nicht wahr?« fragte ich. »Sie hatten die Absicht, hierher zu kommen, und es ist Ihnen gelungen.«

»Das war der Magnet«, erwiderte er, »nicht meine Absicht, und auch ich selbst bin ein Magnet. So fügt es sich, dass sie auch hier ist. Unsere Bahnen haben sich jetzt gekreuzt, und das ist das Herrliche.«

Am nächsten Morgen, auf der Terrasse der Confiserie, fragte ihn Deirdre: »Sagen Sie mir nun einmal im Ernst, ob Sie mit mir nach England wollen. Ich habe an viele Freunde von Ihnen berichtet. Sie könnten dort etwas anfangen. Sie sprechen unsere Sprache völlig fehlerfrei. Sie könnten Vorträge halten und würden sicher viele Menschen finden, die Sie gern haben.«

Das war dieses Abgleiten ins Kindliche: »viele Leute finden, die Sie gern haben«, was ihn scheinbar ihr gegenüber hilflos werden liess.

Aber er sagte, gleichsam vor sich hin: »Wenn ich an Laufbahn oder Ruhm denke, stelle ich höchste Ansprüche.«

Er dachte wieder an sein Manuskript. »Einmal«, erklärte er plötzlich, »kommt doch der Abend, an dem ich Ihnen vielleicht daraus vorlesen werde, ganz allein, bei mir.«

Wir hatten ihm nämlich im alten maurischen Stadtteil eine Wohnung gefunden. Man stieg eine enge Wendeltreppe hinauf und hielt sich dabei an einem Strick fest, der das Geländer ersetzte. Aus dem Zimmer sah man über Hunderte von flachen Dächern, auf denen ganze Wälder von Oleandern blühten. Nachts tönten überall trostlose Fados; leise klangen die spitzen Akkorde der begleitenden Mandolinen.

In R.W.s Zimmer standen drei Armsessel, ein grosser Tisch war ans Fenster gerückt, ein schmales Bett stand ihm gegenüber. Dort hauste er, ohne zu arbeiten; denn er behauptete, seine Aufgabe sei vollendet.

Aber Deirdre wiederholte immer wieder ihre Frage wegen seines Asyls in England.

»Werden Sie einer der Unsrigen«, setzte sie ihm zu, »das ist doch kein ehrenrühriger Vorschlag!«

Er machte eine leichte Handbewegung, welche hiess: »Wie einfach Sie sich das vorstellen.«

Sie jedoch rechnete damit, dass ein konservatives Kabinett am Ruder sei; drei Worte von ihr, in guter Stunde gesprochen, so dachte sie, würden genügen.

Aber sie hatte noch andere Pläne. Sie verliess das Hotel mehrere Tage hintereinander schon am frühen Morgen. Sie schien fieberhaft etwas vorzubereiten; einmal erschien sie sorgenvoll, ein anderes Mal wieder wirkte sie freudig gespannt; ich traf sie in einem Geschäft, wo sie Einkäufe machte. Sie sagte mir ins Ohr: »Er hat mir vorgelesen aus seinen Notizen zum Buch! Gestern Abend. Übersetzt und erklärt, Satz für Satz; es war herrlich.«

Aber sie vermochte den Inhalt nicht wiederzugeben; etwas von Umwandlung von Affekten erzählte sie, aber es war unklar. Immer stand ihr die äusserste Anspannung des Willens auf der schönen Stirne.

Eines Abends um halb zehn rief sie mich an: »Man erstickt in unserem Hotel«, sagte sie, »man atmet geschmolzenes Linoleum. Ich komme eben von der Botschaft. Wenn Sie wüssten, wie ärgerlich ich bin, wie alles kompliziert ist. Hätten Sie nicht Lust, noch ein paar Schritte zu gehen oder offen zu fahren, den Strand entlang?«

Kaum sassen wir in dem Kabriolett, das ihr der amerikanische Militärattaché geliehen hatte und das sie mit zwei Fingern steuerte, ohne auf Kreuzungen zu achten, kaum waren wir auf der Chaussee und spürten wir den Wind, begann sie: »Er muss mit mir kommen! Verstehen Sie mich denn gar nicht? Ich will R.W. für mein Land gewinnen; im Herbst ist der grosse Luftangriff auf England vorbei; helfen Sie mir, reden Sie ihm zu! Dieser Mensch ist grossartig, ist faszinierend in seinem Geheimnis.«

Sie hielt plötzlich an, zog die Handbremse: »Wissen Sie«, fuhr sie fort, »ich weiss nicht recht, wofür ich auf der Welt bin; ich habe einen kleinen Sohn, er ist dem Mann ähnlich, den ich nie geliebt habe, den ich aus Zerstreutheit heiratete – mein Mann ist nämlich ein Streber, er ist dasjenige, was mir am allertiefsten widerspricht; er gehört zu dem Typus, der es sich immer leicht macht, er ist wie ein präziser Markensammler. In seiner Präzision hält er sich für einen Asketen, weil er auf alles verzichtet, was Mühe macht und gefährlich ist, zum Beispiel auf das Denken. Er ist ein Ameisenmensch, ja, ein Ameisenmensch! Leute wie er richten Beamtenstaaten auf oder grosse Geldmaschinen; sie erfinden Sprengkörper und verfassen Wörterbücher, indem sie Dichtungen zu Staub zernagen; sie schauen auf alle Geschöpfe herunter, die keine Ameisen sind. So einer ist mein Mann, und mein Sohn gleicht ihm – ich habe nichts mit ihnen gemein, weder mit dem einen noch mit dem andern –, jetzt ist er im Krieg, weil die Ameisen Krieg führen.

Ich habe immer auf etwas ganz Grosses gehofft; aber stets fand ich nur Wesen, die nach dem Besitz strebten und die nicht begreifen wollten, dass Liebe zwischen zwei Menschen weit über sich selbst hinausführen sollte. Was meinen Sie davon?«

Was ich meinte? Schwer zu beantworten; nichts schlägt mich so sehr mit Stummheit als solche gewaltige Postulate, die alles von unwahrscheinlichen Entsprechungen erwarten.

So hatte sie noch nie gesprochen. Sie durchbrach völlig die Diskretion, die sonst in ihrem scherzhaft herausfordernden Geplauder lag.

»Nun, was soll ich?« fuhr sie fort, »damals, auf jenem Schiff im Chinesischen Meer, habe ich einen wunderlichen, einsamen Menschen gefunden, einen Menschen von einer mir bisher unbekannten Grösse, einen Verfolgten, Erniedrigten. Ihm darf ich endlich helfen mit all meinen Kräften; dazu wurde mir gegeben, was mein ist, und sehen Sie« – nun bekam ihr Ausdruck etwas Gesteigertes –, »ich fühle mit Gewissheit, dass ich jetzt, zum erstenmal, eine wirkliche Verantwortung angetreten habe gegenüber dem Werk, für welches dieser Mann alles andere hingegeben hat. Noch spüre ich die Kraft seines Denkens, seit er mir Einblick gegeben hat. Ich möchte ihn, ich will ihn retten und damit vielleicht uns alle, unsere ganz unglückselige Generation; ich möchte mich einsetzen dafür mit allem, was ich bin und habe; er muss mir Vertrauen schenken, wissen Sie. Ich wollte seine Arbeit hier schon vervielfältigen lassen in vielen Exemplaren, sie da und dort deponieren zur Sicherheit; ich verstehe seine Sprache nicht, ich kann nicht deutsch oder kaum; aber es müssen sich doch mit Leichtigkeit sichere Personen finden, Refugianten wie er, welche es übernehmen, diese Arbeit für uns zu tun. Sagen Sie doch etwas, was denken Sie davon?«

»Sicher«, begann ich möglichst behutsam, »ist R.W. ein seltsamer Mensch; R.W., ich kenne übrigens immer noch nicht einmal seinen wirklichen Namen, nein, tatsächlich immer noch nicht, und keine Zeile, keinen Gedanken seines Werkes kenne ich. Er scheint verfemt und verfolgt zu sein; das setzt alle Ihre ritterlichen und auch Ihre mütterlichen Antriebe in Bewegung; etwas von Grösse, etwas Ungewohntes tritt Ihnen aus seinen Aussprüchen entgegen, geht auch aus seinem Verhalten, bisweilen seinem Ton hervor; aber ich möchte sagen: was Sie bewegt, ist etwas Allgemeines, wissen Sie, was es ist – etwas Deutsches, etwas, was Ihnen fremd ist, vielleicht etwas Gefährliches, weil – warten Sie!« – Sie war zornig, ich spürte es – sie fasste mich am Arm, als wollte sie mich schütteln. Ich fuhr fort: »Etwas, was ich natürlich anders höre als Sie, etwas, was bei R.W. in der Tat beständig mitklingt – aber, lassen Sie mich einen ganz leisen Zweifel andeuten, bisweilen, in Augenblicken, etwas Parodistisches; ich kann mich dieses Eindruckes nicht ganz erwehren.«

»Nein, nein«, rief sie heftig, »wie ungerecht Sie sind; ich verstehe gar nicht, was Sie sagen wollen; alles ist im Gegenteil so ursprünglich bei ihm, es hat auch nicht das Geringste von Parodie an sich – Parodie –«, sie spie dieses Wort aus. »Sie enttäuschen mich«. Dann überlegte sie kurz: »Gefährlich, gefährlich ja«, fuhr sie fort, »natürlich, Gott sei Dank gefährlich, ah, wie ich solche Gefahren liebe, nein, ich warne Sie, enttäuschen Sie mich

Fritz Bucher *Der Verfolgte*

nicht, ich will mich einsetzen, er muss mir sein Manuskript anvertrauen – und im übrigen weiss ich längst, was ich tue; ich bringe es in die Vereinigten Staaten, ich persönlich, und dort setze ich mich ein, dort vertrete ich dieses Buch. Ich weiss, dass ich mich nicht irre, das Buch des Jahrhunderts; es gibt doch keine so erbärmlichen, irreführenden, sinnlosen Zufälle; darüber habe ich Gewissheit, alles hat einen Sinn – es stand geschrieben, dass er mir begegnen würde, damals, zwischen Kobé und Schanghai; es ist klar, dass mir damals eine Pflicht zufiel, der ich mich nicht entziehen darf. Wäre das anders, so wäre das ganze Leben eine sinnlose, trostlose Angelegenheit. Nun, helfen Sie mir doch, ihn zu überzeugen. Sie sehen doch ein, wie völlig ehrgeizlos er ist, wie souverän; jeder andere würde sich stürzen auf Gelegenheiten wie jene, die ich ihm anbiete. Nicht einmal die Anfertigung einer Abschrift will er gestatten, solange als ihm das sofortige Erscheinen des Werkes nicht gewährleistet ist; jedes Anrühren seiner Schöpfung erscheint ihm wie ein Sakrileg. Wie ich das verstehen kann, wie nobel das ist, diese Gleichgültigkeit allen praktischen Lösungen gegenüber, dieses Vertrauen in die Unzerstörbarkeit des von ihm Geschaffenen, in das sichtbare Zeichen des Providentiellen, das in allem mitspielt!« Und nach einer Pause: »Ist es nicht providentiell, dass er aus Frankreich hinaus und durch meine Hilfe heil hierher gelangte und vor allem, dass er seine Arbeit durch alle Fährnisse hindurch brachte?«

So redete sie auf mich ein, und sie empfand wenig Freundschaft für mich, als wir zurückfuhren.

Und dann, eines Tages, gab es plötzlich grosse Neuigkeiten. »Unter dem Siegel tiefster Verschwiegenheit«, wie immer, so auch jetzt wieder, teilte Deirdre mir mit: »Ich begebe mich mit Oliver nach den Staaten; ich soll dort Vorträge halten, Propagandavorträge; gestern hat es sich entschieden, am Abendessen auf der Botschaft hab' ich's erfahren.«

Wir hatten auf sie gewartet am Teetisch auf der Terrasse, R.W. und ich, wir sollten sie ins Museum der Staatskarossen führen. Sie liebte Staatskarossen über alles. Jedoch: »Keine Staatskarossen«, erklärte sie, und sie legte den Finger auf die Lippen, »aber hören Sie, R.W., ein Wort nur, kommen Sie einen Augenblick mit mir!«

Sie zog ihn am Arm ans andere Ende der Terrasse. Dort redete sie leise und aufs heftigste, mit stählernen Augen, auf ihn ein; dann rief sie nach einem Auto, sprang in den Wagen und fuhr fort. R.W., schleppenden Ganges, kam wieder zurück; er setzte sich wieder an den Tisch, legte den Kopf auf die Arme; dann, von unten aus dem Augenwinkel mich anschauend, stöhnte er:

»Das kann ich nicht, das ist unmöglich, das wäre frevelhaft, masslos unbesonnen, ausserhalb von jeder Proportion.« Er schlang seine braunen, langfingrigen, schmalen Hände ineinander und riss daran, als zerreisse er eine Kette.

»Was können Sie nicht?«

»Nun hören Sie: so mir nichts dir nichts erklärt sie mir, sie wolle mein Manuskript mitnehmen, mein Buch, mein Lebenswerk, tausend Seiten beschrieben mit allem was ich war, was ich bin und was ich habe, in deutscher Sprache. Ein einziges Exemplar, das auf der Bank El Spirito Santo liegt, das ich unter – Gott allein weiss – unter welchen Gefahren aus Deutschland heraus brachte, in Lyon endlich beendete, und jetzt, mitten im Kriege, wie durch ein Wunder hierher brachte. Ja, wenn ich Kopien hätte, ja dann, aber so?« – Er starrte minutenlang vor sich hin. »Sie sagte«, murmelte er, »nur in den Vereinigten Staaten sei mein geistiges Eigentum sicher; in England, in der Schweiz, wo immer, und sogar wenn überall, auf dem ganzen Kontinent, Kopien lägen, könnte es jetzt nicht herausgegeben werden und zur Wirkung gelangen; überall in Europa könnte es auch verbrennen, untergehen, kurz verschwinden; einzig drüben sei es sicher, drüben werde es vervielfältigt, gedruckt und dann berühmt; alle Intelligenz Europas sei jetzt drüben, dort, dort nur werde die Saat aufgehen, sonst nirgends. Aber ausser dem einen Exemplar besitze ich nur Notizen und Fragmente; daraus habe ich ihr kürzlich vorgelesen.« Dann lachte er ein seltsames, schluchzendes Lachen. »Sie können sich das nicht vorstellen, wenn man dreissig Jahre lang immer auf ein Ziel hin gedacht hat, zwölf Jahre lang, unter den furchtbarsten Voraussetzungen an einem einzigen Werk gearbeitet hat; was bin denn ich?« – und dann laut: »Ich bin nichts mehr, eine leere Schale.« Und dann, fast böse: »Warum kann sie nicht ihre Abreise um eine Woche verschieben?« Er berührte meinen Arm: »Nicht wahr, wir würden für die Abschrift schon jemand finden? Es gibt doch massenhaft deutsche Refugianten hier, zwei, drei, die Tag und Nacht beim Schreiben sich ablösen. Sie würden doch helfen, nicht wahr? Geld spielt keine Rolle bei derartigen Voraussetzungen. Lieber Herr und Freund, ich bin bei Gott kein indiskreter Mensch; nie hätte ich um etwas gebeten; aber reden Sie ihr zu, sie solle doch warten, es gehen bestimmt auch andere Flugzeuge. Ach, wenn sie doch ein Schiff nehmen würde; trotz der Unterseeboote ist das doch sicherer als solch ein Flugzeug. – Was soll denn das bedeuten – wegen dieses blödsinnigen Weltkrieges soll meine ganze Leistung aufs Spiel gesetzt werden? Was bedeuten alle diese Kriegsepisoden einmal in hundert Jahren? Stellen Sie sich vor, man wäre mit Platons Dialogen, mit einem einzigen Manuskript dieser Dialoge, solcherart umgesprungen, wie man es jetzt mit meiner Arbeit tun will.« Und dann, mit dem Kopf zwischen den Händen: »Und ich kann ihr, ich kann ihr nichts abschlagen; es ist das einzige Mal im Leben, dass ein Wesen mir so teuer geworden ist, dass ich jedes Opfer bringen würde – ausser, ja ausser diesem einen, ja diesem einen.«

Er erhob sich, sein Gesicht war hart, in einem Ausdruck von pathetischem Ernst, über welchem eine irre Selbstbezogenheit und eine Masslosigkeit sondergleichen in der Einschätzung des eigenen Denkens unheimlich aufleuchtete. Keine Gegenrede hörte er mehr an.

»Sie sind ein Zuschauer, ein Neutraler, solch ein Reisender mit Passepartouts in jeder Hand«, meinte er nun wegwerfend.

Aber auch der Rat, Deirdre, welche drüben über einzigartige Beziehungen verfüge und sogar mit dem Präsidenten befreundet sei, das Werk später durch einen diplomatischen Kurier, nach Herstellung der Abschrift nachschicken zu lassen, leuchtete ihm nicht ein, und klagend erklärte er nun vorerst in entgegengesetztem Sinne: »Ach, ich weiss schon, das ist ja das Furchtbare, wenn es diesmal nicht geht, dann bringt es mir und der Sache Unglück; es ist die entsetzliche, die berühmte 'einzige Chance', die jetzt eingetreten ist; ein Zögern, ein Zaudern zerstört alles endgültig«, und grollend: »Sie bilden sich doch nicht ein, dass irgendein amerikanischer oder englischer Diplomat es wagen würde, diese tausend Seiten deutscher Prosa ungelesen mitzunehmen und sie dort einer Frau auzuhändigen. Sie würden darauf bestehen – Sie können sich denken, wie –, oberflächliche Einsicht zu nehmen. Verstehen würden sie nichts; aber es wäre ihnen ein leichtes, zu erkennen, dass die in diesem Bande enthaltenen Erkenntnisse allem Gedankengut, allen geistigen Bewegungen des Zeitalters diametral entgegenlaufen. Man würde nach augenblicklicher Hexenverbrennung schreien. Gerade meine Leidensgenossen, die Refugianten, würden es zuallererst tun; ich käme auf die Schwarze Liste, ich würde am Ende noch der Schwarzen Künste geziehen, dabei, dabei ...«, er schüttelte die linke Faust anklagend, »wenn es etwas gibt, was diese närrischen, verbrecherischen Theorien der Jetztzeit endlich, endgültig, ex radice, ausmerzen würde! Aber ich weiss es, ich muss vorher ans Kreuz, ja ans Kreuz, auf den Scheiterhaufen, bevor man entspannt und befreit von Wahn und Hass erkennt, was ich gewollt habe und was diese Leistung bedeutet.«

Der scheinbar stets so Stille, Bedächtige war atemlos.

»Wenn dem wirklich so ist, so sagen Sie ihr doch, der Zeitpunkt scheine Ihnen jetzt während des Krieges für die Publikation nicht richtig gewählt: es sei besser, das Kriegsende abzuwarten, vielleicht einige Zeit nach dem Kriegsende.«

»Ach«, rief er, plötzlich umschlagend, zurück, »das ist die trivialste aller

Ebenen«, und er parodierte: »Nicht der richtige Zeitpunkt, allzu delikat, abwarten, Konjunktur abpassen; das wäre gerade noch das Richtige! Nein, jetzt, jetzt, jetzt oder nie«, schrie er plötzlich, »das ist klar, da ist die Hellsicht Lady Deirdres vollkommen, da hat diese Halbgöttin völlig recht, nur« – er hielt inne, starrte wieder auf den Tisch, die leere Kaffeetasse, die Asche auf dem Unterteller – »bloss, wenn etwas geschieht, wenn ja, stellen Sie sich vor, falls Sie das überhaupt können, falls Sie dazu imstande sind« – und dann ganz leise, drohend – »wenn dieser herrlichen Frau und meinem Werke gleichzeitig etwas zustossen sollte – nicht auszudenken!«

»Also Deirdre werden Sie am Fliegen nicht hindern«, sagte ich ihm etwas trockener, »aber was das Wek anbetrifft, müssen Sie schon selbst einen Entschluss fassen; wie gesagt, ich bin überzeugt, dass, wenn unsere Freundin sich dafür einsetzt, sie ohne weiteres die Möglichkeit der späteren Nachsendung Ihres Manuskriptes erreicht. Die Aufnahme bei Prüfungsstellen, der Zensur oder beim Publikum ist dann eine andere Sache.«

»Können Sie mir behilflich sein bei diesem neuerlichen Unternehmen?« fragte er nun matt und entmutigt, »bei diesem neuen Versuch, diese tausend Kerkerwände zu durchstossen, diese Wände aus Papier, das härter ist als Asbest, zu zerschlagen? Versuchen wir wenigstens das praktische Problem abzuklären, wenn Sie wirklich eine Möglichkeit sehen, dann reden wir nochmals mit ihr in diesem Sinne heute abend.«

»Heute abend? Sehen wir sie denn noch?«

»Sie versprach es mir, ja, sie wird uns rufen lassen.«

»Wann?«

»Wann immer, ich bin da, im Hotel, allein unter Spitzeln, ich gehe nicht weg«, sagte er und lachte leise, dann kopfschüttelnd, wie über sich selbst: »Verzeihen Sie, dass ich Ihnen gegenüber so unfreundlich, nun ja, dass ich so verletzend war; jedoch, das müssen Sie einsehen, mir ist zumute wie einem Angeklagten in einem Hochverratsprozess, drei Stunden vor dem Urteilsspruch.«

Wir trennten uns. Ich hatte in der Stadt Geschäfte, konnte mich auch, trotz des bevorstehenden Abschiedes, vor zehn Uhr abends nicht frei machen, musste mit meinem Generalkonsul zu Abend essen und kam erst gegen halb elf ins Hotel Aviz, wo ich Deirdre mit R.W. an einem der äusseren Tische im Schein der weinroten Lampe erblickte. Sie winkten mich beide lebhaft herbei: »Der Rat, den Sie ihm gaben, das Manuskript zurückzuhalten und später nachzusenden, ist idiotisch«, rief sie mir entgegen, »idiotisch«, und sie fasste mich am Arm, »kein Mensch ausser mir wird es jemals mitnehmen; ich habe tausend Dokumente, Reden, Anweisungen, die werden alle mit meinen eigenen Notizen versiegelt in ein einziges

Paket; ich habe einen Kurierbrief; der Botschafter in Washington ist mein Vetter; glauben Sie etwa, er würde meine Papiere untersuchen lassen?«

»Es ist von R.W.s Buch nur ein Exemplar vorhanden«, sagte ich, »wenn man das nur früher gewusst hätte – aber so wird Ihre Verantwortung recht gross sein!«

Sie bekam den stahlharten Blick: »Ich fliege mit R.W.s Buch und meinem Glück nach Amerika«, erklärte Deirdre trotzig.

R.W. horchte auf.

»Herrlich«, rief er, »herrlich!«

Er rief es überlaut, auf deutsch, mit ekstatischer Übertreibung.

Drei Köpfe dreier Herren im Smoking wandten sich um, kurz, belustigt, und gleich waren die drei Köpfe mit ihren Mündern wieder alle drei an den Rand ihrer Weingläser angeschlossen, und als sie sich von dem Getränke lösten, wurden die Gläser hochgehoben bis zum Augenrande, und die drei Augenpaare trafen sich stumm und vielsagend.

Aber nach seinem Ausbruch unendlicher Bewunderung angesichts des cäsarischen Ausspruchs Deirdres schienen die Bedenken R.W.s rasch wieder überhandzunehmen. Er seufzte, fuhr sich mit den Händen in die Haare, rollte die Augen – dann, wie immer, plötzlich, änderte sich etwas in seinem Ausdruck: etwas Belustigtes, ja Listiges glitt kurz über seine Mundwinkel; darauf wurde sein Gesicht fest und heiter; »Gut«, sagte er, »ich vertraue auf Ihr Glück. Morgen früh hole ich das Manuskript auf der Bank und händige es Ihnen aus.«

»Jetzt dürfen Sie mich küssen«, sagte Deirdre, »ja, ja hier, angesichts von allen Spionen der Welt, und wenn es morgen in sämtlichen Zeitungen steht, zum erstenmal und auf die Lippen.«

Aber R.W., aufs äusserste erschreckt, wehrte ab: »Nicht hier, nicht dies.«

Und Deirdre lachte ihr helles Lachen: »Nur hier, nur hier, sonst erst wieder, wenn Sie für Ihr Buch den Nobelpreis erhalten.«

Angeblich durfte niemand vom Termin des Abfluges etwas wissen. Deirdre verschwand wie ihre Vorfahren, die Halbgötter.

Eines Vormittags um elf Uhr war R.W. im Hotel mit einer Mappe unter dem Arm erschienen. Das internationale Polizeigesindel lungerte schon in der Bar des Aviz herum. Oliver ging R.W. entgegen: »Wir gehen direkt ins Museum«, sagte er

»Direkt ins Museum?« fragte R.W. schwerfällig.

»Ja, direkt!«

Oliver stiess ihn zum Ausgang der Halle; drei der Barbewohner waren von ihren Stühlen heruntergestiegen; als Oliver und der noch immer erstaunte, die schwere Mappe ängstlich an sich pressende R.W. zu Fuss in die

Stadt gingen, folgten sie in einiger Entfernung. Aber Oliver hatte Gelegenheit gehabt, R.W. zu sagen: »Tun Sie alles, was ich Ihnen sage. Jetzt gehen wir ins Museum; dort bleiben wir eine Zeitlang und reden über Kunst.«

»Es ist mir unheimlich«, antwortete R.W., »mit dem Inhalt dieser Mappe so frei durch die Strassen zu gehen. Und wenn Sie wüssten, wie schwer sie ist!«

»Halten Sie sie recht fest; am hellen, heitern Tage wird sie Ihnen niemand wegnehmen.«

Oliver ging rasch und energisch an seinen Krücken. So betraten sie das Museum.

R.W. hatte die schwere Tasche auf einen Tisch gelegt; er wischte sich den Schweiss von der Stirne. Oliver setzte sich neben ihn, scheinbar in die Betrachtung des berühmten französischen Tafelaufsatzes aus Silber versunken.

»Warten wir wenigstens zehn Minuten; erzählen Sie etwas, erklären Sie mir, was wir da vor Augen haben. Nun, erzählen Sie, eifrig, es ist äusserst wichtig, reden Sie!«

Und R.W. begann beflissen.

Oliver liess ihn eine Viertelstunde lang reden. Dann bat er ihn, einen Augenblick auf ihn zu warten, ging durch die Wand gedeckt, auf die Strasse hinaus, nach rechts, dann nach links, und kehrte zu dem Flüchtling zurück.

»Wir können gehen.«

Draussen nahmen sie einen Wagen und fuhren an die Calle del Adro 87.

»Von hier aus wird Deirdres ganzes Gepäck weggeschafft«, sagte Oliver, »jetzt müssen Sie den wertvollen Gegenstand hergeben und mir vertrauen, anders geht es nicht.«

»Entsetzlich«, sagte R.W., »verzeihen Sie, aber mein ganzes Leben hängt davon ab.«

»Gut, dann bringen Sie's wieder auf die Bank zurück!«

R.W. öffnete mit zitternden Händen die prallgefüllte Mappe und entnahm ihr ein schweres, vielfach versiegeltes Paket. Er schloss die Augen: »Also«, sagte er tonlos.

Oliver entriss ihm mit seinem linken Arm den unersetzlichen Gegenstand und lief mit erstaunlicher Behendigkeit, nur auf eine Krücke gestützt, ins Haus, die Treppe hinan, ohne jemand zu begegnen; er pochte dreimal an die linke Wohnungstür: »Hallo! Hier die letzten Papiere Lady Deirdres.«

»In Ordnung, wird noch offiziell versiegelt.«

Der Mann, der geantwortet hatte, griff neben der Wohnungstüre nach einem ebenso grossen Paket, in ebensolches gelbes Papier gehüllt, und übergab es Oliver. Dieser kehrte damit zum Automobil zurück.

»Was ist das um Gottes willen?« fragte R.W., »Sie bringen es zurück?«

»Pst, es enthält Kunstbroschüren«, antwortete Oliver, »deponieren Sie die Mappe beim Hotelportier, während wir frühstücken. Machen Sie sich keine Sorgen, alles klappt.«

So fuhren sie zum Aviz zurück.

R.W. übergab seine Mappe dem Concierge. Sie gingen zur Bar und tranken einen Sherrycobler; dann frühstückten sie auf der Terrasse, wo ich sie traf.

»Wann?« fragte R.W. leise.

»Keine leisen Fragen, bitte«, sagte Oliver, »ich habe keine Ahnung, heute, morgen, niemand weiss es, übermorgen vielleicht oder erst in acht Tagen. Wir wissen überhaupt nichts. Sie ist im Automobil zu Freunden aufs Land verreist. Sie sehen sie wieder, wenn sie aus Amerika zurückkommt.«

R.W. war in sich versunken, wortkarg, bedrückt. Er ging gleich nach Tisch, holte seine Mappe beim Portier und ging nach Hause.

Ich selbst verliess Portugal am nächsten Tage. Sieben Tage später, als ich eine Zeitung überflog, las ich, der Bomber, in welchem die bekannte englische Schönheit, Lady Deirdre P., nach den Vereinigten Staaten zu Propagandazwecken geflogen sei, sei von einem feindlichen Jäger abgeschossen worden und brennend durch eine tiefe Wolkenschicht auf See verschwunden.

Hoffnung und Schmerz sind eng verbunden. Die Hoffnung behielt recht. Das Wrack des Flugzeuges hatte sich kurz über Wasser halten können; es war windstill, und die Besatzung des Flugzeuges, hiess es zuerst, sei von einem paraguayanischen Schiff aufgenommen worden.

Bald wurde diese Nachricht wieder dementiert. Dann tauchten viele andere Versionen auf. In den Tageszeitungen, der Wochenschau, den Illustrierten, überall erschien Deirdres Bild. Bald wurde sie totgesagt, bald auch hiess es, sie sei gerettet, man wollte sie in irgendeiner südamerikanischen Stadt gesehen haben; es wurde sogar berichtet, das Flugzeug sei wohlbehalten angekommen, die ganze Nachricht sei zum Zwecke der Irreführung ausgestreut worden. Und dann verdrängten andere Ereignisse rasch auch diesen Vorfall.

Aber die Sorge war tief und die Hoffnung am Verlöschen; der Schmerz trug den Stachel der Auflehung in sich: Warum dieses herrliche, dieses kühne, seltene Wesen, eine der letzten Gestalten einer längst aussterbenden Art; grossherzig kindhaft frei und offen, gleichgültig gegen Zahl und Gewicht, mit diesem letzten Anhauch des Souveränen in einer Zeit, in welcher selbst Dynastien sie in photogene Musterbeamte verwandeln?

Und R.W.?

Ich telegraphierte und schrieb sofort an ihn. Da ich keine Antwort erhielt, zog ich Erkundigungen ein: Er hatte seine letzten kleinen Schulden bezahlt, war nach Eintreffen der Katastrophe still und regelmässig, seinen Gewohnheiten entsprechend, ein- und ausgegangen, hatte seinen Wohnungsvermietern gesagt, er gebe das Zimmer auf und er verreise. Seine paar Habseligkeiten hatte er verpackt, hatte sie in eine Zimmerecke gestellt, hatte einen Zettel daraufgelegt, des Inhalts: »Wird abgeholt«. Er war an einem Dienstag um sechs Uhr abends ausgegangen, um nicht mehr zurückzukehren. Niemand hatte Anzeige erstattet und niemand hatte nach ihm gesucht. Die Polizei wusste nichts von seinem Verbleib; eine Grenzstelle hatte er nicht überschritten. Ich sagte mir: eigentlich konnte er nur sterben. Aber wie sich zeigen sollte, war er am Leben geblieben.

Vorerst verging ein Jahr. 1943 sodann wurde mir der Besuch eines jungen Deutschen gemeldet, welcher zu einer im neutralen Ausland verhandelnden Wirtschaftsgruppe gehöre und mir etwas mitzuteilen habe.

Als er vor mir stand, sagte er mir gleich, es handle sich um Lady Deirdre P. Das Flugzeug, so erzählte er, sei durch zwei Jäger, zwanzig Seemeilen von Dakar entfernt, abgeschossen worden. Die Maschine habe schwer getroffen aufs Wasser niedergehen müssen, sie sei nicht brennend abgestürzt. Durch den Aufprall auf der bewegten See dagegen sei sie gleich stark vollgelaufen, habe noch eine Zeitlang auf den Flügeln getrieben, mit einer starken Schlagseite nach Backbord. Die Sendevorrichtungen seien zerstört gewesen und der erste Pilot schwer verwundet – dieser sei, etwa sechs Minuten nach dem Niedergehen, seinen Verletzungen erlegen. Auch alle andern Insassen hätten mehr oder weniger schwere Verletzungen erlitten. Es sei trotzdem der Versuch unternommen worden, ein Gummiboot flottzumachen. Nun sei aber eine mit den Fliegern in Verbindung stehende Einheit der deutschen U-Bootswaffe aufgetaucht, habe das treibende Flugzeug geentert, und die Überlebenden seien als Gefangene an Bord genommen worden. An Bord hätte sich auch eine Dame, eben die von der Presse vielfach erwähnte Lady Deirdre P., befunden. Sie habe augenscheinlich wegen eines Oberschenkel- und Beckenbruches nicht aufstehen können, habe aber bereits mit äusserster Energie durchsetzen können, dass während der zehn Minuten des Treibens, vor der Versenkung der Kuriersäcke durch die Engländer, diesen Säcken ein schweres Couvert entnommen werde; dieses habe sie bei der Enterung des Flugzeuges an sich gepresst festgehalten und habe nach ihrer eigenen Überführung auf das Kriegsschiff verlangt, mit dem U-Bootskommandanten unter vier Augen zu reden. Das sei ihr gewährt worden. Der Kommandant, ein Gegner des derzeitigen deutschen Regimes, habe ihrem letzten Wunsche entsprochen, welcher lautete, er möge das Paket, welches ein hervorragendes, unersetzliches literarisches Manuskript in deutscher Sprache enthalte, bis zum Kriegsende an sicherem Orte aufzubewahren suchen, und er möge auch mir in meinem neutralen Lande von diesem Vorgang berichten. Die Dame sei dann im Laufe der Nacht inneren Verletzungen erlegen.

Und so lasse der Kommandant mich wissen, die Papiere befänden sich in einem Landhause bei Z. in Mitteldeutschland, und er werde, falls er das Kriegsende erlebe, sich mit mir in Verbindung setzen. Bis dahin möchte ich es auf jeden Fall unterlassen, irgendeinen Kontakt aufzunehmen oder irgendwelche Erkundigungen einzuziehen. Soweit der Mittelsmann, der nicht mehr wusste als das eben Gesagte, dem er nur noch hinzufügte: »Falls dem Kommandanten etwas zustossen sollte, seien zwei vertrauenswerte Personen durch geschlossene, nach Kriegsende zu öffnende Briefe verständigt.«

Der Überbringer der Nachricht schien, soweit sich damals überhaupt noch beurteilen liess, vertrauenswürdig.

Ich verständigte nun vorsichtig die Familie der jungen Engländerin, vor allem ihren Bruder, indem ich mitteilte, einer privaten, schwer nachzuprüfenden Nachricht zufolge habe sie die Flugzeugkatastrophe nicht überlebt. Dem Bruder gegenüber erwähnte ich den Seeoffizier, jedoch ohne einen Namen zu nennen.

Was aber R.W. anbetraf, so blieb er verschollen.

Jedoch auch von ihm sollte ich wieder hören. Zwei widersprechende Mitteilungen über seine Person und sein weiteres Ergehen gelangten noch zu mir.

Die eine wurde mir von einem angeblichen ostgalizischen Juden überbracht, der behauptete, er sei mit R.W. in Mauthausen interniert gewesen. Ihm selbst sei es gelungen, während eines Transportes zu fliehen und so das Vernichtungslager zu vermeiden und schliesslich über einen Gebirgsübergang in die Schweiz zu gelangen, während nach seiner Aussage dem Kenner des Paters Gracian dieses Schicksal nicht erspart geblieben sei.

Wie wäre R.W. aus Lissabon nach dem Lager Mauthausen gelangt? R.W., behauptete der Pole, habe eigentlich Rudolf Weis geheissen (in Lyon nannte er sich Roger Wavre; auf diesen Decknamen lautete auch ein französisches Ausweispapier, das er mir gezeigt hatte); er sei aus Breslau gebürtig gewesen und sei als Sohn eines bekannten Rechtsanwaltes zur Welt gekommen. Nach dem Eintreffen der Nachricht von Lady Deirdres Verschwinden sei er, wie von einem schwarzen Wirbel erfasst, in alle Abgründe der Pein und ins Bodenlose gesogen worden, dann aber plötzlich, die Gewalten der Verzweiflung nützend, zu eisernem Entschluss gelangt. Auf denselben Wegen, auf denen er früher nach Portugal gelangt war, eine Kette von Helfern benützend, sei er nach Lyon zurückgekehrt. Er habe nämlich am dritten Tage, nach dem er den furchtbaren Schlag erlitten hatte, von einer wohlinformierten Person die bestimmte Nachricht erhalten, Deirdre lebe und befinde sich in Deutschland in politischer Haft. Auf diese Kunde hin habe R.W. nur noch eine einzige Willensrichtung gekannt, in der alle Affekte, die auf ihn einstürmten, zusammengeballt gewirkt hätten. Er musste die Engländerin, koste es was es wolle, in irgendeiner Weise erreichen, um von ihr Nachricht zu erhalten! Ja, so habe er immer wieder gesagt: Nachricht um jeden Preis; »einmal, ein einziges Mal, bin ich schwach geworden«, habe er erklärt, »dieses einzige Mal habe ich mich verführen, überreden lassen, bin ich Vorspiegelungen erlegen. Sie hat mir«, so habe er sich ausgedrückt, »den Preis des Daseins, die Krone meines Lebens abgelistet. Was ist der Krieg«, habe er immerzu gerufen, »dieses Toben, der Lärm dieser Generation, gemessen an diesem unwiederbringlichen Verlust meines Werkes?« – Er sei vorerst unbehelligt bis nach Berlin gelangt; dort aber sei er von einem Verbindungsmann verraten worden. Im Lager habe er den Eindruck eines Irrsinnigen gemacht. Tagelang habe er völlig vor sich hingeschwiegen und sei dann bisweilen in Gelächter ausgebrochen; einmal jedoch habe er, nach harter Arbeit am Strassenbau, auf einem versengten Bahndamm sitzend, abends, bei kurzer Rast vor dem Rückmarsch ins Lager, ihm, dem nun glücklich Entflohenen, die ganze Geschichte berichtet und diese Mitteilungen gemacht. –

Das war nun wieder eine andere Version. Unwahrscheinlich erschien der Weg des »unbeschädigten« R.W. von Lissabon bis Berlin, unwahrscheinlich auch die Flucht des Polen aus Mauthausen, mitten im Kriege und durch ganz Deutschland. Was sich aber feststellen liess, war der Grenzübertritt des letzteren auf Schweizer Gebiet in einer finsteren, stürmischen Nacht, über einen Gebirgsübergang im Vorarlberg. Beim Polizeiverhör des Flüchtlings habe sich wenig ergeben. Der angebliche Pole war einige Zeit in der Schweiz im Flüchtlingslager geblieben, war dann von Verwandten, welche im Besitz eines kleinen Warenhauses in einer Mittelstadt lebten, aufgenommen worden, hatte mich aufgesucht und hatte mir seinen Bericht erstattet, aus welchem einzig mit Sicherheit hervorging, dass er von R.W. und von der Engländerin, sodann, dass er von mir wusste, und zwar im Zusammenhang mit dem Ergehen dieser beiden, durch so schmerzliche, missverständliche Beziehungen verbundenen Gestalten. Mehr als die wiedergegebenen Mitteilungen war aus den Aussagen des Polen nicht zu gewinnen. Er beharrte auf seinen Angaben. Über den Internierungsort Deirdres wusste er nichts. Jedenfalls wiedersprachen seine Nachrichten vollkommen denjenigen, welche der angebliche Freund des U-Bootskommandanten gemacht hatte, und von denen, aus begreiflichen Gründen, keinerlei Gebrauch zu machen war, da dieser Seeoffizier seinen Kopf riskierte. Anfragen über Lady Deirdre P. durch internationale Organisationen blieben von seiten der deutschen Behörden unbeantwortet. Die zweite, die andere Nachricht über R.W. erhielt ich erst viel später, erst am Schluss dieser Episode.

Der selbstmörderische Kampf der Europäer, den man Weltkrieg nannte, weil die ganze Welt an seinem Wahne teilhatte, nahm seinen Verlauf, nicht nur in den Lüften, zu Wasser und zu Lande, sondern auch auf allen den unzähligen Ebenen, in Schluchten und Winkeln, an Kreuzwegen und in Sackgassen des menschlichen Vorstellungsvermögens, fern von den puppenhaften Machthabern, den Schergen, den Kampftruppen. Jedoch innerhalb der sogenannten Wirklichkeit, neben den leidend Erduldenden, den bald in Wut, bald in irrsinnige Angst, bald in dumpfes »nur noch ertragen« versetzten, wie Flüssigkeit in geschwenkten Becken schwankenden Völkern, gab es eine zweite Welt: die Welt der Gefangenen, hinter stromgeladenem Stacheldraht, in Baracken, in Lastzügen oder irgendwo auf den Strassen dahinziehend, und auch in dieser andern Welt wurde erbittert gekämpft, geleistet, gesiegt und verraten. Der Unterschied zwischen den oberen und den in Schächten Versenkten war nicht gross – Gefangene waren sie alle –, aber da und dort erhoben sich Einzelne, die unter dem unvorstellbaren Druck von Zwang und Gegenzwang, von lastender Untat und Lüge und vergeblicher äusserster Leistung, in sich selbst völlig frei wurden, von einer nie gekannten Freiheit des menschlichen Handelns am äussersten Rande, einzelne, die zur Erfüllung und unverwechselbar zu ihrem Selbst gelangten; ja, diese war wie wiedergeboren zum Seltensten, zum wirklichen Sein, und damit hatten sie die Angst überwunden. Ihre Wahrheit wurde unaussprechlich, weil sie nichts mehr mit dem gewohnten Vorrat der aussagbaren und der für Worte geeigneten vermeintlichen Wahrheit gemein hatte. Und so gingen Namenlose, Unbekannte unter uns um, welche das, worauf es ankommt, in jenen Jahren vollbracht hatten: die zweite Geburt, die Verwirklichung, und durch sie wurde der sie tragende unsichtbare Geist in immer neuen Wogen bewegt, und sein

Wehen schauerte nach seinem eigenen Wollen dort, wo durch die Gewohnheit Gebannte es am wenigsten vermuten.

Alles andere erschien zufällig, ja gleichgültig. Die vom Sturm in die Brandung geworfenen Gestalten, die Gescheiterten, die Toten, verblassten fast augenblicklich, wurden vergessen; da und dort bewahrte ein Mutterherz ihr Bild und starb ihnen nach – aber der grosse allgemeine Vorgang war der des Preisgebens. Die Tugend war entwertet; denn sie hatte sich im Dienst von toten, verdorrten Vorbildern verbraucht; der Mut war vergeudet worden; trotzige Wehrtürme der Treue waren im Sumpfboden versunken. Wo waren jetzt die Treue, die Tugend, der Mut von einst, was bezeichneten diese Worte noch, was hatte man einst gefühlt, wenn der Mund sie formte? Untergang von Millionen von Menschen, wofür? Untergang, Übergang, wohin? Und schon drängten neue Millionen nach, und kaum dass eine Scheinwelt in Trümmer geschlagen war, begannen sie nach alten Formeln des Irrtums neue Scheinwelten aufzurichten.

Aber das Bild jenes kühnen Wesens aus Albion in all dem dämmernden Gewoge dieser Toten, inmitten dieser sinnlosen Opfer und des alltäglichen Wiederbeginns auf den alten Irrwegen, dieses Bild behielt für mich eine starke Leuchtkraft, und ich befragte mich oft in grosser Unruhe: ist sie noch da, irgendwo gepeinigt und stolz, oder ist sie hinüber, ist auch sie zuletzt, die sich an eine so seltsame Hoffnung geklammert hatte, in einem Augenblick frei geworden und dem wahren Vollbringen nahe gewesen, weil sie doch so furchtlos war?

Mitte 1944 war es mir gelungen, mit dem »Wirtschaftsvertreter« und Vertrauensmann des Seeoffiziers wieder in Verbindung zu kommen. Er war verängstigt, seinen Freund hatte er gänzlich aus den Augen verloren; ihm war so viel geschehen inzwischen, dass er sich an seine eigenen präzisen Mitteilungen aus dem Jahre 1943 nicht mehr erinnerte.

»Habe ich gesagt, diese Dame sei damals nach der Übergabe des Manuskriptes gestorben?« fragte er unsicher, als ich erwähnte, ganz anders lautende Nachrichten seien zu mir gelangt. »Habe ich das gesagt? Nein, ich glaube mich nur zu erinnern, dass sie schwer verletzt war, dass sie das Manuskript – denn darum handelt es sich doch, nicht wahr, um ein Manuskript, wenn ich nicht irre? –, ja, dass sie dieses Manuskript dem Kapitän zur See N. übergab, weil man es ihr sonst ja sofort abgenommen hätte, und dass N. ihr versprochen hatte, es wie ein Kleinod zu hüten bis zum Kriegsende. Aber ich beschwöre Sie, nur bitte keine Verbindung zu N. aufzunehmen, bis alles vorüber ist«, bat er, »es könnte ihm den Hals kosten.«

Aber dann war es schliesslich vorüber.

Am Ostertage 1945 sodann fand sich in meinem Briefeinlauf ein längliches blaues Couvert mit dem Poststempel London, und – kein Zweifel war möglich – es trug die wohlbekannten, schon fernen Züge der Handschrift einer Toten, einer von den Toten erweckten, Deirdres, und sie schrieb:

»Ich bin seit vierzehn Tagen wieder zu Hause. Es war unangenehm; ich hatte etwas abbekommen damals bei der verunglückten Amerikareise. Im Lazarett wurde ich gut gepflegt. Nachher versuchte man, mich in Berlin auszufragen. Später kam ich in ein Frauenlager. Ich war dort immer allein, zu besonderer Verwendung, und konnte niemandem ein Lebenszeichen geben. Wollen Sie mit mir diesen Kapitän suchen, von dem Sie meinem Bruder schrieben, wollen wir zusammen R.W. und sein Werk wiederfinden? Ich treffe am 24sten um Mittag mit dem Wagen ein.«

Am 24sten um Mittag fuhr sie vor. Sie war in Uniform, hatte graue Haare, das Gesicht war scharf geworden, noch edler; der Glanz der Jugend war verschwunden. Sie war im Gehen leicht behindert. Aber sie war schöner als in der Zeit ihrer Blüte, weil ein milder Ernst, etwas Gefasstes, hoheitsvoll Stilles über ihr Wesen gebreitet war. »Ich denke, wir gehen gleich an die Arbeit«, sagte sie, »wir müssen ihn finden und vor allem sein Werk. Dieses Werk war eine Kraftquelle für mich, ich dachte immer daran, ich war dafür verantwortlich. Nun, was wissen Sie?«

Was ich in Erfahrung gebracht hatte, war bald erzählt. Sie schien unzufrieden zu sein, dass ich meine Nachforschungen nicht eifriger betrieben hatte. Aber sie sprach es nicht aus. »Machen wir uns gleich nach Tisch auf den Weg. Sie haben die Adresse in Z.; Z. liegt zwischen F. und K. in unserer Zone.« Und so fuhren wir gleich weiter. Sie blieb am Steuer und fuhr ihr altes, flüssiges Tempo.

Sie erzählte kein Wort, und ich fragte sie nicht. Nur von früher, von der ostasiatischen Reise wollte sie reden; aber die munteren Verzierungen, die glücklichen Variationen ihres verwöhnten, zutraulichen, einst so märchenhaften Wesens blieben aus.

Abends waren wir in F., am nächsten Morgen schon um halb zehn im Orte Z.

Das erste, was wir feststellen mussten: das Gutshaus war abgebrannt. Von der Frau eines Verwalters erfuhren wir, dass der Kapitän zur See N. gefallen sei und dass seine Familie, eine junge Frau und zwei kleine Kinder, bei Verwandten in Westfalen Unterkunft gefunden hätten. Sofort machten wir uns auf den Weg.

Die junge Frau wusste nichts von einem Manuskript und überhaupt nichts von der Sache.

Wie mir erinnerlich war, hatte mir mein Gewährsmann seinerzeit gesagt, für den Fall, dass dem Kapitän etwas zustossen sollte, seien zwei Personen durch geschlossene, erst nach dem Kriege zu öffnende Briefe orientiert. Aber wer waren diese Personen? Die junge Witwe wusste es nicht. Sie war still, abweisend, halb abwesend und äusserst ängstlich. Aber ihre Mutter, eine energische Person, stellte allerlei Vermutungen an, und sie meinte schliesslich, es könne nur ein Kamerad, der beste Freund des Verstorbenen, in Betracht kommen, ein Frontoffizier, der später bei der »Abwehr» gearbeitet habe, der aus dem Krieg lebend zurückgekommen sei und sich zuletzt in Stuttgart aufgehalten habe. Den damaligen Verhältnissen entsprechend, mit einigen Schwierigkeiten, gelangten wir am nächsten Tage in die amerikanische Zone und in die württembergische Hauptstadt, wo wir denn auch durch die Besetzungs- und die deutschen Behörden den Betreffenden ausfindig machten. Da er selbst, wie wir hörten, in der überfüllten Wohnung von Bekannten nur zur Not untergebracht war, baten wir ihn brieflich, uns in einem für englische Offiziere requirierten Hause zu treffen. Auf meinen Brief hin, den ich ihm überbringen liess und den er, wie mir versichert wurde, persönlich in Empfang genommen hatte, erschien er nicht. Er gab auch keine Antwort. Wir mussten ihn somit suchen lassen, und durch amtliches Eingreifen der Besatzungsbehörde erhielt die erste Unterredung einen sehr gezwungenen Charakter. Wir standen einem durch die Kriegsstrapazen sehr mitgenommenen Vertreter der Wehrmacht gegenüber.

Er gab nur knappe Auskunft, bestätigte, dass er mit N. nahe befreundet gewesen sei, erklärte aber, von einer derartigen Hinterlassenschaft des Gefallenen nichts zu wissen. Ich hatte den Eindruck, und einige seiner kurzen Bemerkungen schienen es zu bestätigen, dass er die politische Einstellung seines Freundes nicht teilte.

Nach diesem Gespräch sah ich Deirdre zum ersten Male sichtlich entmutigt. Der Gedanke an dieses Werk, welcher sie während der ganzen Zeit ihrer Gefangenschaft aufrecht erhalten hatte, schlug jetzt gewissermassen zurück; die Enttäuschung löste eine rückläufige Entwicklung ihres gesamten Vorstellungsvermögens aus, und all die durch Hoffnung zurückgedrängten Mühsale, Gefahren, Entbehrungen und Härten drangen zum erstenmal mit aller Macht auf sie ein. Bisher war Deirdre durch Ziel und gerichteten Willen gefeit gewesen.

Ich konnte nichts anderes tun als dort anzuknüpfen, wo sie vor der Enttäuschung gestanden hatte, indem ich ihr mit einer recht künstlichen Frische zuredete, weiter und unverdrossen auf ihrem Bestreben zu verharren; auch sagte ich ihr, wir würden zusammenhalten und auf keinen Fall nachgeben, bevor wir das Werk nicht in Händen hätten.

Am nächsten Tag suchte ich den jungen Frontoffizier selber auf. Ich traf ihn dort, wo er seine Unterkunft gefunden hatte, und bat ihn, mit mir einen Gang vor die Tore der stark zerstörten Stadt zu machen. Zuerst war er abweisend, schweigsam und verschlossen. Ich musste weit ausholen, ihm zeigen, dass ich seine innere Verfassung zu verstehen, das von ihm Geleistete zu ermessen, den Untergang seiner zerschlagenen Hoffnungen zu kennen glaubte. Und schliesslich blieb er mit einem Ruck stehen und sagte mir:

»Gut, das verdammte Paket, nach dem Sie fahnden, ist in meinem Besitz. Mein Freund ist meiner Ansicht nach einen falschen Weg gegangen. Von dem Augenblick seiner Begegnung mit dieser Engländerin an war er verloren. Er konnte sie keinen Augenblick vergessen; sie hat seine oppositionelle Haltung durch das Erinnerungsbild, das er von ihr besass und verallgemeinerte, masslos verstärkt. Dieser Vorgang hat nicht nur auf seine innersten Voraussetzungen und auf seine private Sphäre einen zerstörenden Einfluss ausgeübt, sondern er hat ihn auch dazu getrieben, in seinem dienstlichen Verhalten jede Vorsicht ausser acht zu lassen, sich tollkühn in Lagen zu begeben, die er bei ernsthafter dienstlicher Pflichtauffassung hätte vermeiden müssen, und so fand er den Soldatentod. Was aber dieses Paket anbetrifft, dieses Manuskript, so«, er sagte es drohend, »so warne ich Sie!« Nachdem dies ausgesprochen war, war er keiner Frage mehr zugänglich; er erteilte keinerlei Erläuterungen zu dieser überraschenden Warnung; er zeigte, dass er das Gespräch und das Zusammensein beenden möchte, und verliess mich, nachdem er zugesagt hatte, das gesuchte, nun endlich gefundene Objekt am nächsten Tage um elf Uhr in das requirierte Haus zu bringen, in dem wir abgestiegen waren.

Deirdre teilte ich nichts anderes mit als das praktische Ergebnis meiner Intervention. Ich wagte nicht, sie von dem Verhalten des Offiziers zu unterrichten. Ich vermochte es nicht, den beängstigenden Zustand der tiefen, gesteigerten, ja gefährlichen Freude, in den nun ihre qualvolle Verfassung wieder umschlug, zu dämpfen. Sie aber konnte die festgesetzte Stunde nicht erwarten.

Um neun Uhr morgens erschien der Offizier. Er brachte einen deutschen Beamten mit, einen Referendar, der ein Dokument zur Unterzeichnung der Übergabe des Manuskriptes ausgefertigt hatte, während wir auf unserer Seite einen der englischen Offiziere, einen technischen Spezialisten des Nachrichtendienstes baten, mit uns gegenzuzeichnen.

Ich sehe Deirdre vor mir, wie sie in ihrer Uniform, aufgerichtet in äusserster Spannung, auf den Tisch starrte, auf welchem das in graues Packpapier eingeschlagene Paket lag. Nun entfernte der Deutsche die erste

Hülle, und es kam das grosse gelbe, vielfach versiegelte Couvert zum Vorschein, das Deirdre augenblicklich erkannte. Sie streckte nicht die Hand darnach aus. Ein leichtes Zittern ging durch ihren ganzen Körper, und – was bei ihr fast unvorstellbar war – sie schien den Tränen nahe zu sein.

Der englische Offizier fragte sie: »Wollen Sie in Gegenwart dieser Herren das Couvert öffnen?«

Sie zögerte; dann antwortete sie leise: »Wir wissen nichts vom gegenwärtigen Aufenthalt des Verfassers; wir haben nicht das Recht, es ausserhalb seiner Gegenwart aufzumachen.«

Als stürze ein Fallbeil, sagte der Vertreter der Wehrmacht in militärischer Schärfe: »Er ist nachweislich tot! Und der Kapitän zur See, N., hat mir ausdrücklich seinen Willen mitgeteilt, das verschlossene Couvert Ihnen zu übergeben.«

Ein merkwürdiger Schauer lief über Deirdres gespannten, aufrechten Körper. Aber sie sagte mit fester Stimme: »Wenn Sie es nachweisen können, haben wir das Recht, zu öffnen.«

»Der Nachweis ist hier«, antwortete der Referendar, indem er eine Ledermappe hochhob.

Deirdre wandte sich nach ihrem Landsmanne um: »Hat jemand ein Messer?« fragte sie.

Das Messer wurde gebracht.

»Wollen Sie es tun?« fragte sie mich.

»Das ist Ihr Recht«, antwortete ich.

Der deutsche Offizier betrachtete sie ruhig, fest, und wie mir schien, mit Achtung, ohne Sympathie. Ihre Hand zitterte, als sie das Messer ansetzte.

»Einen Augenblick«, sagte der deutsche Offizier, »bevor Sie es öffnen. Sind Sie in der Lage, festzustellen, dass es sich um dasjenige Couvert handelt, das Sie dem Kapitän zur See, N., übergeben haben und dass die Siegel intakt sind?«

Sie legte das geöffnete Messer wieder vor sich auf den Tisch. Behutsam nahm sie den grossen gelben Umschlag, und wie mit einer ungeheuren Hochachtung, in die Hände. Sie betrachtete ihn aufs genaueste, bat dann den Engländer, seinerseits die Prüfung der Siegel durchzuführen. Dann sagte sie: »Es ist das Couvert, das ich mitgenommen hatte, die Siegel sind unverletzt.«

Der Engländer nickte. Jetzt zog sie einen Sessel an den Tisch, setzte sich, schnitt das Couvert auf, bat mich, es an seiner untern Seite festzuhalten, und dann zog sie die tausend Seiten dünnes Schreibmaschinenpapier heraus.

Die erste Seite war leer. Mit ungeheurer Behutsamkeit hob sie sie weg; aber auch auf der zweiten Seite stand kein Wort. Nun legte sie beide Hände auf das Tischtuch und schaute dem deutschen Offizier scharf in die Augen. Er erhob sich und legte die geschichteten Blätter in vier Paketen auseinander und alle vor uns hin.

Alle Blätter waren unbeschrieben. Dann trat er wieder zurück. Mit äusserster Stärke versuchte sie nochmals seinen Blick zu fassen.

»Das ist unmöglich«, sagte sie, »ich kannte einen Teil des Inhalts!« und dann, scharf: »Sie erwähnten, R.W. sei tot. Was berechtigt Sie zu dieser Behauptung?«

Mit leiser Stimme sagte der Angeredete: »Bitte«, er machte dem Referendar ein Zeichen. Dieser entnahm der Mappe ein amtliches Dokument.

»Hier: Reinhold Wehn, ein in Memel geborener Sohn eines Deutschen und einer Armenierin. Er arbeitete für unseren Nachrichtendienst. Seine Berichte aus Lissabon sind alle vorhanden. Vom Jahre 1941 an galt er als unzuverlässig, er wurde überwacht und 1943 überführt. Er ist am 12. Februar 1944 wegen seiner Tätigkeit als doppelter Agent standrechtlich erschossen worden.«

»Auch er, wie mein Freund,« sagte der Offizier, »wurde seiner dienstlichen Pflicht untreu, unter demselben Einfluss – allerdings spät –«, setzte er hinzu.

Jetzt stand Deirdre auf, indem sie sich mit beiden Händen auf den Tisch stützte; dann aber, frei stehend, wandte sie ihr Gesicht mir zu. Sie war sehr blass; jedoch ein ganz leichtes Lächeln ging auf ihren Zügen, und sie sagte nachdenklich: »Nein, kein Zufall; er hat mich gerettet, er hat mir Kraft gegeben, während der ganzen Zeit; ich habe ihm viel zu danken!«

Da poltert auf dem Tier der Automat heran. / Jetzt Notgezeter; dann erreicht, zermalmt; ein Schrei, / Ein Brei, ein Räuchlein Stank und Stickstoff – hui, vorbei!
Carl Spitteler

Traum: Ich finde mein Haus: leer, ausgetrunken den Wein, / abgegraben den Strom, entwendet mein Nacktes, gelöscht die Grabschrift. Weiss in Weiss.
Paul Klee

Werner Renfer

Kommen wird die Zeit

Die ihr vorübergeht die ihr leidet
habt lieb eure Frauen eure Kinder!

Kommen wird die Zeit der Stromzähler der Liebe
Sehen wird man wie die Katastrophen-Schwimmer
von der Armee der Dummheiten verführerisch blitzend
sich anschicken die Gestirne abzugrasen
Kommen wird die Zeit da die Natur
sich erkühnen wird unsre Texte zu übersetzen
dem Flachland und dem Hügelland wird sie
die genaue Farbe unserer Fieber geben
unsere Erkenntnisse wird sie über den Erdenplan säen
Keine andern Flüsse wird es geben
die Welt zu tränken
keine andern Lieder
die Wolken in Schlaf zu wiegen
als unsern Schmerz

O ihr künftigen Jahrhunderte ihr Familien!
O ihr kleinen ganz kleinen Lichter!

(Aus dem Französischen von Hans Rudolf Hilty)

Denis de Rougemont
Utopien

New York, 13. Oktober 1945
Man stelle sich das einmal vor! Da haben wir die wissenschaftliche und offizielle Basis einiger verrückter Ideen, mit denen ich spielen möchte.

Die Bombe von Hiroshima, transportiert von einer B-29, die mit einer Geschwindigkeit von 550 km in der Stunde fliegt, wog nicht viel im Vergleich mit den Bombenladungen, die Berlin zerstörten. Ein Flugzeug könnte also zehn davon mitnehmen. Die amerikanische Regierung kündigt mit «Sicherheit» die Fabrikation von Maschinen an, die schneller als der Schall fliegen – man hört sie also erst, nachdem sie vorbei sind – d.h. im Falle der Bombe, nie – und die «jeden Punkt auf dem Planeten angreifen können», wenn sie von den Vereinigten Staaten aus starten. Man kündigt ferner an, diese Art des Transports würde bald durch das stratosphärische Katapultieren verdrängt. Paris von New York aus in zwei Stunden zerstört, von Bern, Brüssel oder London in fünf Minuten, vom Beginn des Krieges an.

Der Fortschritt, sagte Baudelaire, besteht in der Verminderung der Spuren der Erbsünde. Die moderne Technik zieht es vor, ihn nach der Dauer der Agonie einer Bevölkerung zu bemessen. Das Ideal unserer Zeitgenossen scheint wohl zu sein, zu sterben, ohne es zu wissen und ohne auch nur Zeit zum Luftholen zu haben. Dem könnte man das antike Ideal des Todes bei vollem Bewusstsein – Socrates, Seneca – entgegensetzen. Aber genug des unnützen Bedauerns. Wir sind dem Wahnsinn verfallen. Und ich beschliesse, mich ihm für die Zeit dieses Briefes preiszugeben.

Was mich betroffen macht, ist die Faulheit und Trägheit der Phantasie in unserem Jahrhundert. Eine Emily Brontë, die nichts von der Welt wusste und die nie eine wirklich gegenseitige Leidenschaft der Art erleben konnte, in der sich der Mensch verzehrt und sich im Engagement zum anderen aufbraucht, schenkt uns die *Sturmhöhe.* Aber wir, die wir die Verfolgung durch Hitler und Stalin, das Exil und den Krieg erlebt haben, und falls wir nicht in den Lagern gelandet sind, uns im Kino informieren konnten, wir stehen an der Schwelle der Zeitalter des exakten Wunders, blöder als der Ochs am Berg. Das zwanzigste Jahrhundert ist in drei Bereichen abgestumpft: in der Empfindung, im Geist und in der Vorstellungskraft. Es hat sich auf zwei eher manische Spezialitäten beschränkt: den Umgang mit seinen Maschinen und mit seinem Geld (obwohl es im letzteren Bereich nicht allzu erfolgreich ist).

Die einzige Idee, die unseren Städteplanern gekommen ist, zumindest die einzige, die sie mitzuteilen gewagt haben, ist es, die Städte unter den Boden zu verlegen (Reflex der Scham, wenn ich dem Ausdruck trauen will). Einer unter ihnen stellt sich vor, er wolle einen grossen Schacht graben unter dem Wolkenkratzer, den man Empire State Building nennt, der vierhundert Meter hoch ist und hundert Stockwerke umfasst. Man würde ihn in den Keller versenken, bis der Luftangriff vorüber wäre. Eine ebenso teure wie absurde Lösung, denn ziemlich sicher wäre die erste Bombe für New York bestimmt und würde in einer Sekunde den Versenkungsmechanismus ausser Kraft setzen. Ich bleibe bei dem Vorschlag, der mir in einem früheren Brief in den Sinn kam: die einzige Verteidigung einer Stadt ist ihre Mobilität. Darunter verstehe ich: ihre *ständige* Mobilität. So weiss der Feind nie, wohin er zielen soll. Damit sind wir zum Nomadentum verbannt. Aber immerhin, wenn Sie die Statistiken der Transportunternehmen dieses Landes betrachten, werden Sie sehen, dass ein beträchtlicher Teil der Bevölkerung ständig unterwegs ist. Das Verteidigungssystem, welches ich vorschlage, würde diesen Zustand kaum verändern. Es wären einfach nur die Häuser, die verlagert würden anstatt ihrer Bewohner. Das ist eine Frage der Schienen oder der Propeller.

Denn ich zweifle nicht daran, dass unsere Flugzeugkonstrukteure mit Hilfe der Atomkraft schliesslich ganze Häuser transportieren könnten, vertikal und horizontal, hoch über den Wolken und Stürmen. Man beschafft ein Netz aus Stahldraht, setzt einen Hubschrauber in Gang, und schon fliegt das Haus weg, während die Dienstboten das Essen servieren, ohne das Gleichgewicht zu verlieren und während das Radio pausenlos weiterläuft. Am nächsten Tag lässt man sich in Florida nieder, auf einem vorher gemieteten Terrain (Streit in der Luft zwischen zwei Häusern, die sich an demselben Ort niederlassen wollen).

Sie werden mir sagen: Aber das ist furchtbar, wir werden nirgends mehr verwurzelt sein! Haben Sie bemerkt, dass die ganze Entwicklung seit Beginn des zwanzigsten Jahrhunderts ein einziges riesiges Komplott ist, uns von unserer bäuerlichen Verwurzelung abzuschneiden? Die Dampfmaschine, die Konzentration der Bevölkerung in den Städten, das Flugzeug, die «Verteidigung» gegen die Bombe, all das zielt in die gleiche Richtung. Man hat uns zuerst aufgefordert oder gezwungen, unsere Dörfer zu verlassen und in die Städte zu ziehen. Diese Städte, deren Bauern wir zu werden gedachten, werden die ersten Ziele der Bombe sein. Wir sind nicht so ohne weiteres bereit, sie aufzugeben. Wir werden sie auf das Land verlegen. Es wird weder ländliche Gebiete noch städtische Ballungszentren mehr geben, nur noch eine ständige Zirkulation dem »Blut und Boden« der Andern.

Sie sehen, dass sich die menschlichen Beziehungen auf seelischer, sozialer und politischer Ebene ganz radikal verändern werden, wenn überhaupt die Geschichte fortdauert (aber damit sie fortdauern kann, müssten wir unsere Regierenden auswechseln).

Wenn meine Argumente bis hierher nicht ausreichten, Sie von den unbegrenzten Möglichkeiten zu überzeugen, die sich dem Atomzeitalter öffnen, schreibe ich speziell für Sie einige anschauliche kleine Nachrichten ab: «Alamogordo (New Mexico). Die Bevölkerung ist sehr aufgebracht über die Nachricht, dass die roten Kühe in der Gegend nach dem ersten Versuch einer atomaren Zündung im Juli weiss geworden sind.» – «Carrizozo (New Mexico). Eine schwarze Katze ist zur Hälfte weiss geworden. Ein Cowboy aus dem Dorf Brigham macht das Atom dafür verantwortlich, dass sein Bart grau geworden ist.» – «Boston (Mass.). Ein Gelehrter ist überzeugt, er könne eine Stadt mit seinem Klavierspiel in die Luft jagen.» – «Washington (D.C.). Mehr als fünftausend Produkte und industrielle Verfahren wurden im Laufe der Arbeiten an der Atombombe in der Fabrik von Oak Ridge, Tenn., erfunden.» – «San Francisco (Kalifornien). Unter den Überlebenden von Hiroshima befinden sich einige Frauen, die man früher als steril betrachtete und die heute schwanger sind. Die amerikanischen Ärzte glauben, dies liege eher an der Einstellung der Kampfhandlungen als an der Bombe.» – «Alamogordo (New Mexico). Hühner, die während drei Monaten keine Eier mehr gelegt hatten, haben nach dem Ereignis im Juli wieder zu legen begonnen.»

Aber hier handelt es sich nur um «Tatsachen», wie die Wissenschaft und zynische Politiker sagen. Tatsachen sind die Abfälle der Vorstellungskraft. Und jene, die wir heute sehen und die wir untersuchen und messen, sind in Wirklichkeit durch den stumpfen Winkel bestimmt, unter dem wir uns dem Realen nähern. Verändern wir den Winkel, wird sich die Welt verändern. Wir werden andere «Tatsachen» erkennen, wir werden andere «Gesetze» finden.

Zu diesem Thema sende ich Ihnen eine kleine Parabel, die ich für ein Buch in Vorbereitung gerade geschrieben habe:

Feengleichnis

All das ist sehr hübsch, sagte der Doktor, aber wie dem auch sei, die Wissenschaft bleibt Wissenschaft, die einzige, ehrliche, unwiderlegbare, erprobte Methode der Analyse oder der Konstruktion; die einzige nützliche,

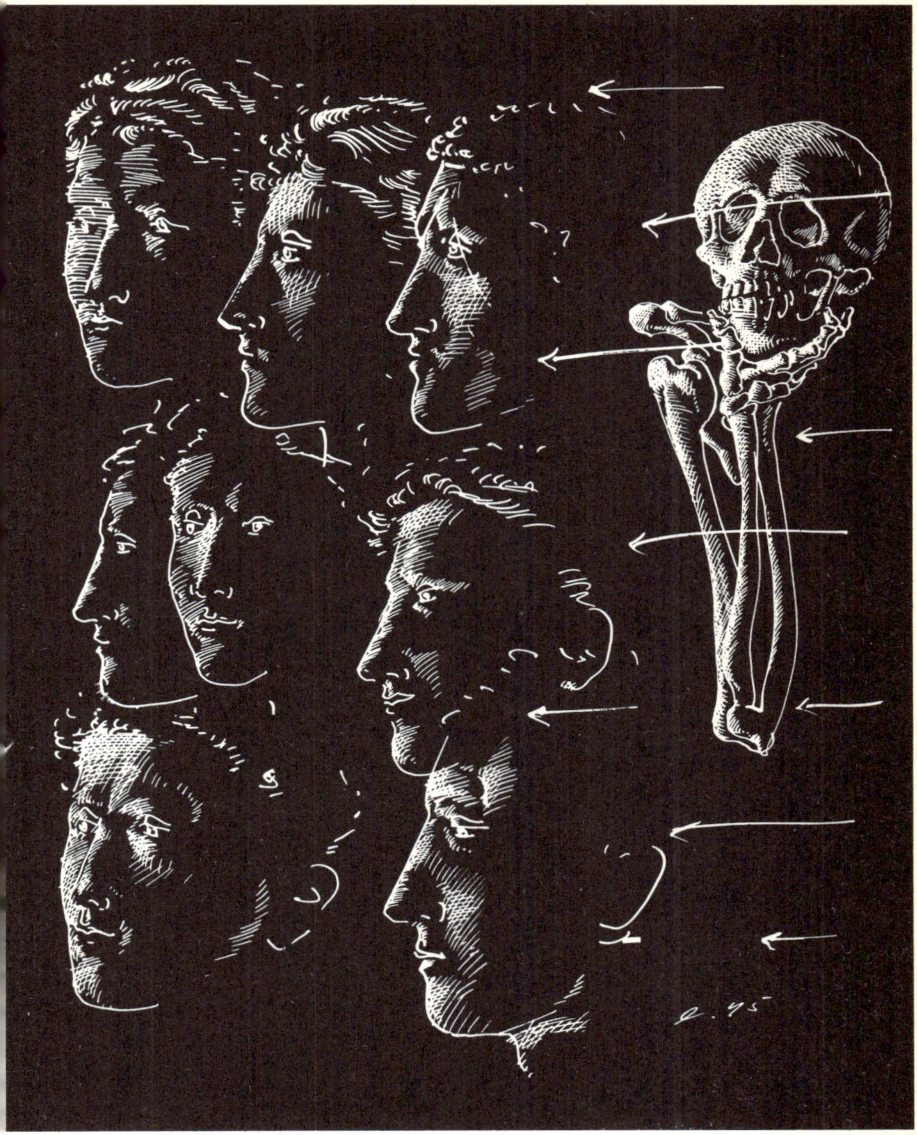

Hans Erni

die einzige, die Erfolg haben und sich weiterentwickeln wird. Sie scheinen zu glauben, wir könnten uns, nach Heisenberg und der Bombe, künftig irgend etwas ausdenken, und dies würde alles verändern. Entschuldigen Sie! Die Wissenschaft liefert Beweise, die Ihr Aberglaube schwerlich widerlegen oder aufwiegen kann. Sie heilt von Tag zu Tag ! Sie erfindet Motoren, die schon mehr als 1000 Kilometer in der Stunde machen! Sie bestätigt durch glänzende Taten in der Art der Atombombe die »verrücktesten« Spekulationen. Es steht Ihnen frei, sich mit der Erscheinung der Feen im Mittelalter zu beschäftigen. Aber niemals hat eine Fee irgend einen Motor zum Laufen gebracht. Wir überlassen sie Ihren Kindereien.

– Nun gut, sage ich, der Beweis, dass die Wissenschaft nicht verrückt ist, zeigt sich darin, dass sie uns heute erlaubt, uns viel schneller fortzubewegen als vor hundert Jahren. Das ist erwiesen, sagen Sie mir. Und das ist auch nützlich. Da niemand in meiner Nähe dem zu widersprechen wagt, finde ich es vorsichtiger, ihm zuzustimmen. Ich räume auch ein, dass die Erscheinung der Feen nichts nützt und nirgendwo hinführt ... im Augenblick.

Aber stellen Sie sich jetzt einmal vor, die Menschen fänden es in einigen Jahrhunderten nicht mehr lustig, sich immer schneller fortzubewegen, und würden sich dann fragen, wozu das dient. Stellen Sie sich vor, ihr neues und wichtigstes Vergnügen bestünde darin, etwas wie die Feen zu beschwören, und sie erreichten dies, nachdem sie zwei oder drei Jahrhunderte lang die besten Geister darum bemüht haben. Das wäre das ernsthaft Neue, die dringende Notwendigkeit. Diese Feen verleihen den Frieden des Herzens im Leiden, erfinden tausend für unsere Barbarei ungeahnte Möglichkeit, deren Unterprodukt mit dem Namen Langsamkeit von einigen populären Sekten verehrt wird, machen den Tod zum Spass eines auserlesenen Geschmacks, der seine Würze mit der Wiederholung verliert, unterdrücken mit einem einzigen Gedanken die kosmischen Explosionen usw. Es steht Ihnen frei, sich mit dem Bau eines atombetriebenen Motors zu beschäftigen. Aber niemals hat ein atombetriebener Motor auch nur eine Fee heraufbeschworen. Wir überlassen Sie Ihren Kindereien.

(Aus »Lettres sur la bombe atomique«, aus dem Französischen von Elisabeth Steiner-Rüdinger)

Max Frisch

Die Chinesische Mauer

Die Bühne bleibt Bühne: rechts eine Freitreppe in chinesischer Manier, links im Vordergrund eine Sesselgruppe in moderner Manier. Man hört festliche Musik und Stimmen einer unsichtbaren Gesellschaft. (. . .)

Auftritt der Polonaise mit Kostümen aller Art: Napoleon, Cleopatra, Don Juan, die Jungfrau von Orleans, Friedrich der Grosse, Helena, Wallenstein, Maria Stuart, Lohengrin und so weiter.

JEMAND Hier sind sie ja: Romeo und Julia, das klassische Paar!

Romeo und Julia werden von der munteren Polonaise entführt. Es bleiben Napoleon Bonaparte (im halben Profil, die Hand in der weissen Weste) und der Heutige, der ihm nicht ohne Respekt in den Weg getreten ist.

DER HEUTIGE Exzellenz! – kann ich Sie einen Augenblick sprechen? Vielleicht freut es Sie zu hören, Exzellenz, dass Ihr Ruhm die ersten hundertfünfzig Jahre überstanden hat.

NAPOLEON Was sagt Ihr?

DER HEUTIGE Was meine Wenigkeit betrifft, Exzellenz, so gehöre ich zu den Menschen, die heute gerade auf der Erde sind und leben möchten.

NAPOLEON Hundertfünfzig Jahre? Und was (meldet mir!) ist seither geschehen?

DER HEUTIGE Ich will es Ihnen melden, Exzellenz, dazu bin ich gekommen ... Sie starben, wenn ich nicht irre, im Frühjahr 1821. Aber noch heutigen Tags, Exzellenz, sind Sie ein Inbegriff. Ihre Persönlichkeit, Ihr Profil, das innere wie das äussere, Ihre gloriosen Feldzüge und die Vorliebe Ihrer Hand, sich in die weisse Weste zu bergen, kennt jeder Gebildete, jeder Halbgebildete, und das ist heutzutage die grosse Menge. Man bewundert Sie, Exzellenz, und nicht nur in Frankreich. Ihre Briefe sind in jeder Bibliothek zu lesen, auch die intimen, in Faksimile. Wenn ich mich so ausdrücken darf, Exzellenz: Sie sind uns vertraut. Sie gehören zu den Figuren, die unser Hirn bevölkern, und insofern, als Figur unseres Denkens, sind Sie durchaus noch lebendig – wie könnte ich sonst mit Ihnen sprechen, Empereur de la France! – lebendig und gefährlich.

NAPOLEON Ich frage, was geschehen ist? Was machen die Franzosen? Und die Briten, die Russen? Darf ich hören, dass sie geschlagen sind?

DER HEUTIGE Exzellenz –

NAPOLEON Russland kann geschlagen werden; es war ein ungewöhnlich harter Winter, als wir gen Russland zogen.

DER HEUTIGE Das ist uns sehr bekannt.

NAPOLEON Russland muss geschlagen werden!

DER HEUTIGE Exzellenz –

NAPOLEON Europa ist die Welt –

DER HEUTIGE Nicht mehr, Exzellenz, nicht mehr!

NAPOLEON – wer ist Herr von Europa?

DER HEUTIGE Exzellenz! . . .

NAPOLEON Warum sprecht Ihr nicht, Bürger?

DER HEUTIGE Exzellenz – das Atom ist teilbar.

NAPOLEON Was heisst das?

DER HEUTIGE Die Sintflut ist herstellbar. Sie brauchen nur noch den Befehl zu geben, Exzellenz. Das heisst: Wir stehen vor der Wahl, ob es eine Menschheit geben soll oder nicht. Wer aber, Exzellenz, hat diese Wahl zu treffen? die Menschheit selbst oder – Sie?

NAPOLEON Ihr seid Demokrat?

DER HEUTIGE Ich bin besorgt, ja. Wir können uns das Abenteuer der Alleinherrschaft nicht mehr leisten, Exzellenz, und zwar nirgends auf dieser Erde; das Risiko ist zu gross. Wer heutzutag auf einem Thron sitzt, hat die Menschheit in der Hand, ihre ganze Geschichte, angefangen bei Moses oder Buddha, inbegriffen die Akropolis, die Tempel der Maya, die Dome der Gotik, inbegriffen die ganze abendländische Philosophie, die Malerei der Spanier und Franzosen, die Musik der Deutschen, Shakespeare, inbegriffen dieses jugendliche Paar: Romeo und Julia. Und inbegriffen uns alle, unsere Kinder, unsere Kindeskinder. Eine einzige Laune von Ihm, der heutzutag auf einem Thron sitzt, ein Nervenzusammenbruch, eine Neurose, eine Stichflamme seines Grössenwahns, eine Ungeduld wegen schlechter Verdauung: Und alles ist hin.

NAPOLEON Warum sagt man das uns: Napoleon Bonaparte, der auf Sankt Helena verbannt ist?

DER HEUTIGE Ganz offenheraus: Sie dürfen nicht wiederkehren, Exzellenz, auch keine hundert Tage. Die Epoche der Feldherrn (und wäre einer noch so vortrefflich) ist vorbei.

NAPOLEON Und wenn die Völker mich rufen?

DER HEUTIGE Das tun sie nicht. Die Völker wollen leben.

NAPOLEON Und wenn ich Euch sage, Monsieur, dass Ihr Euch irrt? Dass ich die Rufe höre, Monsieur, Tag für Tag?

Gelächter im Hintergrund. Der Heutige wendet sich an die Zuschauer.

DER HEUTIGE Sie sehen schon, meine Damen und Herren, wie heikel es ist, mit diesen Herrschaften zu sprechen, die unser Hirn bevölkern und nicht begreifen wollen, was ihnen ein Heutiger meldet, mit diesen Lemuren einer Geschichte, die nicht zu wiederholen ist.

(...)

Kirchenmusik, ein schwarzer Monarch erscheint.

DER HEUTIGE Sire!

MONARCH Weiss Er, mit wem Er spricht?

DER HEUTIGE Philipp von Spanien vermutlich.

MONARCH Warum kniet Er nicht?

DER HEUTIGE Sire – es ist dringend.

MONARCH Warum kniet Er nicht?

Der Heutige kniet nieder.

Mich schon gesprochen also?

DER HEUTIGE Sire – ich bin – ich muss gestehen, Sire – sogleich nicht vorbereitet, was ich als Bürger dieser Welt gedacht, in Worte eines Untertans zu kleiden, zumal – Ich weiss nicht, Sire, ob Sie schon unterrichtet sind? Wir haben (um mich kurz zu fassen, Sire) den Zweiten Weltkrieg hinter uns, und was das stolze Spanien anbelangt – Sie gestatten, Sire, dass ich mich erhebe?

MONARCH Redet aus!

DER HEUTIGE Wir verehren Picasso, Lorca, Casals.

MONARCH Ihr hattet mir noch mehr zu sagen.

DER HEUTIGE Das wissen Sie, hoffe ich: Die Niederlande sind frei. Gibraltar ist britisch. Spanien ist zwar keine Demokratie geworden, jedoch ein Stützpunkt von Amerika. Und so weiter!... Ich will Sie nicht stören, Sire, wenn Sie wirklich beten.

MONARCH Die Niederlande – Ihr wagt es, zu sagen –

DER HEUTIGE Was Tatsache ist.

MONARCH Gibt es denn keine Inquisition mehr?

DER HEUTIGE Und ob.

MONARCH Ich habe das Meinige getan –

DER HEUTIGE Dafür, Sire, sei Gott Ihnen gnädig.

MONARCH Ich kenne die Ketzer. Ich habe sie verbrannt, Tausende und Zehntausende. Es gibt kein anderes Mittel.

DER HEUTIGE Sie irren, Sire. Es gibt ein anderes Mittel. Wir haben neuerdings die Wasserstoffbombe.

MONARCH Was heisst das?

DER HEUTIGE – das heisst, die andern haben sie auch. Und das ist das Gute dran. Mit Verlaub gesagt; denn wer den andern verbrennen will, weil er etwas andres glaubt, verbrennt sich selbst. Es ist so einfach nicht mehr, Sire, so einfach nicht, die Christenheit zu retten! Es bleibt uns, in der Tat, nur noch das christliche Verfahren.

MONARCH Sonderbarer Schwärmer!

DER HEUTIGE Sire –

Der Monarch steht immerzu mit gefalteten Händen.

Mit einem Wort: Sie sollten nicht wiederkehren, Sire. Verbleiben Sie im Escorial! Dort steht Ihr Bett: mit Guckloch auf den Hochaltar.

MONARCH Ihr wart in meinem Schlafgemach?

DER HEUTIGE Als Tourist ...

Er wendet sich an die Umstehenden: Sie alle, meine Herrschaften, Sie sollten nicht wiederkehren. Es ist zu gefährlich. Eure Siege, eure Reiche, eure Throne von Gottesgnaden, eure Kreuzzüge hin und Kreuzzüge her, es kommt nicht mehr in Frage. Wir wollen leben. Eure Art, Geschichte zu machen, können wir uns nicht mehr leisten.

Kellner sind erschienen, Aperitif anbietend.

KELLNER Mit oder ohne Gin? Mit oder ohne Gin?

DER HEUTIGE Ich bitte Sie, meine Herrschaften, mich anzuhören –

KELLNER Mit oder ohne Gin?

DON JUAN Mit.

DER HEUTIGE Sire! – *Er wirft sich auf die Knie.*

Geben Sie die vier Freiheiten!

MONARCH Vier –?!

DER HEUTIGE Erstens die Gedankenfreiheit –

KELLNER Mit oder ohne Gin?

Der Heutige, vom Kellner unterbrochen, kann nicht weitersprechen; er kniet, für einen Augenblick durchaus sprachlos vor der zudringlichen Höflichkeit des Kellners, der das Tablettchen mit den Aperitifs etwas senkt.

Mit oder ohne Gin?

Fanfaren ertönen, und man hört fernen Volksjubel.

DA HING YEN Einzug unseres Ersten Erhabenen Kaisers, genannt der Himmelssohn, in Nanking ... Versäumen Sie nicht, Herrschaften, Augenzeuge dieses unbeschreiblichen Schauspiels zu sein. Eine Farbenpracht sondergleichen, Herrschaften, eine niedagewesene Menschenmenge, die sich soeben auf die Knie geworfen hat, vierzigtausend Fahnen erfüllen die Strassen von Nanking. Eine ohrenbetäubende Woge der Freude, Herrschaften, geht unserem Kaiser voraus, der noch nicht zu sehen ist. *Fanfaren ertönen.*

Versäumen Sie nicht, Herrschaften, Augenzeuge dieses historischen Schauspiels zu sein: Einzug von Tsin Sche Hwang Ti, genannt der Himmelssohn, in Nanking, das aber heisst: in der Mitte der Welt.

Da Hing Yen weist nach rechts, und die Masken, ihren Aperitif in der Hand, begeben sich nach rechts, um sich die Sache höflich anzusehen. Nur der Heutige, der sich erhoben hat und seine Hose abwischt, bleibt zurück.

Wer bist du? Wo kommst du her? Wer hat dich eingeladen? Bist du eine historische Figur?

DER HEUTIGE Lassen Sie sich nicht stören.

DA HING YEN Jeden Augenblick erscheint der Erste Erhabene Kaiser –

DER HEUTIGE – Tsin Sche Hwang Ti, oder wie man das ausspricht, Erbauer der Chinesischen Mauer; ich weiss. Ich möchte ihn sprechen.

Er steckt sich eine Zigarette an.

Denken Sie, Herr, heute noch stehen die Reste eurer Mauer, die jedes Kind von Bildern kennt. Und wenn die Menschheit zugrunde geht – was immer wahrscheinlicher wird: mit all diesen Lemuren, die da promenieren und lauern auf ihre historische Wiederkunft, taub für jede Entwicklung unseres Bewusstseins! – von allen Menschenwerken wird sie, eure Mauer, das einzige sein, was man beispielsweise vom Mars herüber sehen kann: diese Schlange aus Stein, dieses Unding, dieses Denkmal des Wahns, man kann es verblasen wie die Asche einer Zigarette: – so . . .

DA HING YEN Ich heisse Da Hing Yen, Zeremonienmeister des Herbstes. Wenn ich nicht weiss, wer einer ist, so heisst das: Vor die mongolischen Hunde mit ihm! Wenn ich nicht verstehe, was einer spricht, so heisst das: Vor die mongolischen Hunde mit ihm.

Wenn ich verstehe, was unserem Ohr nicht gefällt, so heisst das: –

DER HEUTIGE Wer ist das?

DA HING YEN Scht!

Da Hing Yen macht Kotou, und der Heutige versteckt sich.

Aufttritt Mee Lan, die junge Prinzessin, gefolgt von ihrer Dienerin.

DA HING YEN Prinzessin, genannt Mee Lan, das aber heisst: Die Schöne Orchidee! Selig preist sich dein billiger Diener, der die unverdiente Ehre geniesst auszusprechen, was süsse Freude bringt in das Herz unserer Prinzessin: Zerschmettert sind die hündischen Barbaren der Steppe, der Sieg ist unser, die Welt ist unser!

MEE LAN Was gibt es Neues sonst?

DA HING YEN Heil. Heil. Heil.

Da Hing Yen zieht sich mit Kotou zurück.

MEE LAN Was gibt es Neues sonst?

SIU Gestern, sagen sie, ist unser Hofnarr gestorben.

MEE LAN Wer, meinst du, wird seine Rolle übernehmen? ...

Mee Lan setzt sich.

Bring uns den Tee!

Mee Lan fächelt sich.

Was für eine Welt! Ich verstehe sie nicht, Siu, immer reden sie von Sieg. Ich finde die Männer so langweilig. Und so dumm.

Mein Papa zum Beispiel! Nun schickt er seine Trommler durchs ganze Reich und will die Stimme des Volkes verhaften. Wie stellt er sich das vor?

SIU Nicht die Stimme des Volkes, Prinzessin. Du hast mich missverstanden. Sie suchen einen Mann, der sich so nennt, Min Ko, die Stimme des Volkes.

MEE LAN Was ist das für ein Mann?

SIU Ein böser Mann, sagen sie, ein spöttischer, ein ungläubiger, ein zersetzender, ein böser Mann.

MEE LAN Wie sieht er aus?

SIU Das. Prinzessin, weiss man nicht. Man kennt nur seine Rede. Es ist eine böse Rede, sagen sie, eine spöttische, eine ungläubige, eine zersetzende, eine böse Rede.

MEE LAN Und drum will Papa ihn töten lassen?

SIU Nichts ist ihm heilig, sagen sie, nicht einmal der Krieg.

MEE LAN Ach.

SIU Drum sagen sie: Sein Kopf auf die Lanze!

MEE LAN Ich möchte ihn sehen!

Mee Lan hat sich erhoben und fächelt sich.

Was gibt es Neues sonst?

SIU Vielleicht, Mee Lan, kehrt auch der Prinz zurück, der jugendliche Held, der um dich freit, der dir zuliebe die Schlacht von Liautung gewann. Noch hat man nichts von seinem Tod gehört –

MEE LAN Noch immer nicht?

SIU Mee Lan –

MEE LAN Ich liebe ihn nicht.

SIU Das ist der achte Prinz, Mee Lan, der achte!

MEE LAN Ich zähle sie nicht.

SIU Einen nach dem andern schickst du in die Schlacht, Prinzessin, weil du nicht lieben kannst –

MEE LAN Lieben!

Mee Lan setzt sich.

Bring uns den Tee! Und frage, ob es wahr ist, dass man vom Tod des Prinzen noch immer nichts gehört hat.
Siu macht Kotou und geht.

MEE LAN Der achte Prinz! Er kämpfe und sterbe für mich, das sagt jeder, der dieses Reich zu erben hofft. Sollen sie sterben! Ich bin ja nicht blöd –
Sie gewahrt die Zuschauer:
Wer seid Ihr?
Sie fächelt sich.
Eine Prinzessin in Seide und Jade, ja, gafft mich bloss an, Ihr werdet ihn ja kennenlernen, meinen Papa, genannt der Himmelssohn, der immer im Recht ist –
Sie parodiert:
»Die Welt ist unser, es ist erreicht, die Welt ist frei. Es gibt auf dieser Welt nur noch eine einzige Ordnung, unsere Ordnung, das aber ist die Grosse Ordnung und die Wahre Ordnung und die Ewige Ordnung.«
Sie fächelt wieder.
Ihr aber schweigt, Ihr alle, die Ihr erwachsen seid und wisst, was los ist, Ihr hört euch seine Reden an, Ihr alle, Ihr sitzt in der Reihe und schweigt –
Der Heutige ist aus seinem Versteck getreten.

DER HEUTIGE Fräulein –

MEE LAN Hilfe!

DER HEUTIGE Erschrecken Sie nicht.

MEE LAN Siu! Hilfe! Siu!

DER HEUTIGE Ich habe Sie nicht belauschen wollen, Prinzessin, es tut mir leid, wenn ich sie erschreckt habe.
Er nimmt sich eine Zigarette.

DER HEUTIGE Ich habe mit dem Kaiser von China zu sprechen. Es ist dringlich. Warum starren Sie mich an? Ich bin kein Prinz. Ich trage das Kostüm unsrer Zeit: Konfektion.

MEE LAN Bist du Min Ko?

DER HEUTIGE Ich –?

MEE LAN Bist du die Stimme des Volkes?
Er hat sein Feuerzeug angeknipst, jetzt hält er inne, das Feuerzeug in der Hand, ohne die Zigarette anzuzünden.

MEE LAN Und du wagst dich in den kaiserlichen Park?
Sie weist auf den anderen Sessel.

DER HEUTIGE Danke, Prinzessin, danke.
Sie setzen sich.

DER HEUTIGE Wer hätte gedacht, dass es dies alles noch gibt: 283 Jahre nach dem Sturm auf die Bastille, 124 Jahre nach Marx und Engels, 45 Jahre nach dem Langen Marsch – ein zierlicher Park! ... Der Erste Erhabene Kaiser, genannt der Himmelssohn, wird jeden Augenblick erwartet, ich weiss.

MEE LAN Ich bewundere deinen Mut.

DER HEUTIGE Offen gesprochen: Ihr Papa kommt 2000 Jahre zu spät. Wir müssen es ihm begreiflich machen, Prinzessin, es wird nicht einfach sein.

MEE LAN 2000 Jahre?

DER HEUTIGE Ungefähr.

MEE LAN Wie ist das möglich?

DER HEUTIGE Das frage ich mich auch ... Wir leben in einer andern Zeit, Prinzessin, ich lebe 2000 Jahre später: heute.

MEE LAN So weisst du unsere Zukunft schon?

DER HEUTIGE In einem gewissen Sinn, o ja, was beispielsweise die Zukunft dieses Reiches betrifft –

MEE LAN Und meine?

Er betrachtet sie als Mädchen.

MEE LAN Ich bin jung. Wen werde ich lieben? Ich sitze und warte, du siehst es, mit offenen Augen und dennoch blind: nicht eine Stunde kann ich vorwärts sehen, ach, nicht eine Minute! – und du weisst die Zukunft über 2000 Jahre?

Er zündet sich die Zigarette an.

MEE LAN O sagt mir, was Ihr wisst!

Siu, die Dienerin, bringt den Tee, Schweigen, bis sie Kotou gemacht hat und verschwindet.

DER HEUTIGE Was wir wissen ... Zum Beispiel: Energie gleich Masse mal Lichtgeschwindigkeit im Quadrat. Wobei die Lichtgeschwindigkeit (300'000 Kilometer in der Sekunde) die einzige absolute Grösse ist, die wir kennen. Alles übrige ist relativ, die Zeit eine Funktion des Raumes. Tempus absolutum, eine Zeit, die überall gilt im ganzen All, eine Weltzeit gibt es nicht.

MEE LAN Ach.

DER HEUTIGE Ferner wissen wir, dass der Raum nicht endlos ist, jedoch unbegrenzt, nämlich der Raum krümmt sich in sich selbst zurück.

MEE LAN Das kann ich mir nicht vorstellen.

DER HEUTIGE Ich auch nicht, Prinzessin, trotzdem ist es so.

MEE LAN Sprich weiter!

DER HEUTIGE Energie gleich Masse mal Lichtgeschwindigkeit im Quadrat, das heisst: Masse ist Energie, eine ungeheuerliche Ballung von Energie, und wehe, wenn sie losgeht! Und sie geht los. Schätzungsweise seit zwei Milliarden Jahren. Was ist unsere Sonne? Eine Explosion. Das ganze All: eine Explosion. Es stiebt auseinander. Sozusagen. Und was wird bleiben? Die Wahrscheinlichkeit (so lehrt die moderne Physik) spricht für das Chaos, für den Zerfall der Masse. Die Schöpfung (so lehrt die moderne Physik) war ein Ereignis der Unwahrscheinlichkeit. Und bleiben wird Energie, die kein Gefälle mehr hat, die nichts vermag. Wärme-Tod der Welt, so nennt man das: das Endlose ohne Veränderung, das Ereignislose.

MEE LAN Das ist es, was Ihr wisst?

DER HEUTIGE Unter anderem.

MEE LAN Und was wisst Ihr vom Menschen?

Da Hing Yen, der Zeremonienmeister, kommt mit drei Soldaten.

DA HING YEN Vor die Hunde mit ihm, dort sitzt er, vor die mongolischen Hunde mit ihm!

Die Soldaten legen eine Schlinge um den Heutigen, aber Mee Lan ist aufgestanden und nimmt die Schlinge weg, legt sie dem Zeremonienmeister selbst um den Hals.

MEE LAN Vor die mongolischen Hunde mit ihm.

Die Soldaten gehorchen, und Da Hing Yen, der hinausgeschleift wird, heult fürchterlich.

DER HEUTIGE Danke.

Mee Lan giesst den Tee ein und reicht die Tasse.

MEE LAN Was wisst Ihr vom Menschen?

DER HEUTIGE Zum Beispiel: dass er in einem Zustand der Entfremdung lebt ... Ein köstlicher Tee! – einige wissen auch, was zu diesem Zustand der Entfremdung geführt hat und was verändert werden müsste, damit der Mensch nicht in einem Zustand der Entfremdung lebt ...

Er horcht.

MEE LAN Das sind die mongolischen Hunde.

Gebell, dann Stille.

MEE LAN Sprich weiter!

DER HEUTIGE Du bist eine liebe Prinzessin.

MEE LAN Sprich weiter!

DER HEUTIGE Was wir wissen ... Einiges hat auch Kung Fu Tse schon gewusst, euer Meister, aber es hat die Herrscher noch nie überzeugt.

MEE LAN Zum Beispiel?

DER HEUTIGE »Jedermann im Volk führe seinen Titel nach dem, was er leistet. Er geniesse die Früchte seiner Arbeit zu seiner Zeit. Er bekomme seine Stellung nach seiner Arbeit. Auf diese Weise wird erreicht, dass das Volk brüderlich ist. Wenn das Volk brüderlich ist, so wird Unzufriedenheit selten, und Unruhen erheben sich nicht.«

MEE LAN Das sagte Kung Fu Tse?

DER HEUTIGE Das sagte Kung Fu Tse.

MEE LAN Warum überzeugt es die Herrscher nicht?

Da Hing Yen, der Nachfolger des ersten, kommt mit drei Soldaten.

DA HING YEN Mein Name ist Da Hing Yen, Zeremonienmeister des Herbstes, Da Hing Yen der Zweite. Wenn ich nicht weiss, wer einer ist, so heisst das: Vor die mongolischen Hunde mit ihm. Wenn ich nicht verstehe, was einer spricht, so heisst das: Vor die mongolischen Hunde mit ihm. Wenn ich verstehe, was unserem Ohr nicht gefällt, so heisst das: Vor die mongolischen Hunde mit ihm. Wenn ich verstehe, was unserem Ohr nicht gefällt, so heisst das: Vor die mongolischen Hunde mit ihm.

Die Soldaten legen die Schlinge um den Heutigen, aber Mee Lan ist aufgestanden und nimmt die Schlinge weg, legt sie dem Zeremonienmeister selbt um den Hals.

MEE LAN Vor die mongolischen Hunde mit ihm.

Die Soldaten gehorchen, und Da Hing Yen der Zweite, der hinausgeschleift wird, heult anders als sein Vorgänger, aber ebenso fürchterlich.

DER HEUTIGE Habt Ihr noch viel von dieser Sorte?

MEE LAN Es ist ein begehrter Posten.

Sie nehmen wieder ihre Teetassen zur Hand.

DER HEUTIGE Wie gesagt, ich bin gekommen, um mit dem Kaiser von China zu sprechen. Denn nach allem was wir heutzutage wissen, kommt seine Herrschaft nicht mehr in Frage.

MEE LAN Darüber willst du mit Papa sprechen?

DER HEUTIGE Ich will es versuchen.

MEE LAN Papa ist aber ziemlich dumm.

DER HEUTIGE Andere sind der Meinung, man soll mit seinesgleichen nicht sprechen, sondern sie aufhängen. Das ist leichter gesagt als getan –

Gebell der mongolischen Hunde.

DER HEUTIGE Heute machen sie's nicht mehr mit Hunden.

MEE LAN Sprich weiter!

DER HEUTIGE Die Rechnung unsrer Wissenschaft nämlich hat sich als richtig erwiesen: eines der Ergebnisse ist die Wasserstoffbombe. Zwar haben wir uns daran gewöhnt, dass es sie gibt, aber es gibt sie trotzdem – ich habe auch bereits mit Bonaparte gesprochen und mit andern, die keinesfalls wiederkehren dürfen ... Die Wasserstoffbombe, das gebe ich zu, verhindert zwar nicht den Krieg ohne Wasserstoffbombe; sie treiben es wie Tsin Sche Hwang Ti, nur haben wir dafür noch eine Maschine, die das menschliche Hirn übertrifft, sie errechnet im Nu, was den Herrschern nützt, ein Druck auf den Schalter, und sie weiss.

MEE LAN Ach.

DER HEUTIGE Ohne sie wären wir nicht auf den Mond gekommen.

MEE LAN Wer ist auf den Mond gekommen?

DER HEUTIGE Der Mensch.

MEE LAN Und was tut er da?

DER HEUTIGE Er hüpft. Er steckt eine Flagge in den Mond. Das kann man fernsehen, Prinzessin, ziemlich klar. Er sieht nicht ohne weiteres wie ein Mensch aus, sondern wie eine Puppe, aber man hört seine menschliche Stimme. Er steckt eine Flagge in den Mond und salutiert, dann hüpft er weiter und sammelt Gestein.

MEE LAN Und dann?

DER HEUTIGE Für die Wissenschaft.

MEE LAN Und dann?

DER HEUTIGE Dann kehrt er auf diese Erde zurück –

Da Hing Yen, der Nachfolger des zweiten, kommt ohne Soldaten und macht Kotou.

DA HING YEN Mein Name ist Da Hing Yen, Zeremonienmeister des Herbstes, Da Hing Yen der Dritte.

DER HEUTIGE Und so weiter.

DA HING YEN Selig preist sich dein billiger Diener, der die unverdiente Ehre geniesst, Freude zu bringen in das Herz unserer Prinzessin: Dein Vater, Tsin Sche Hwang Ti, genannt der Himmelssohn, ist da!

Trommeln.

DA HING YEN Heil, Heil, Heil.

Da Hing Yen macht Kotou und verschwindet.

DER HEUTIGE Tja.

MEE LAN Was sagst du?

DER HEUTIGE Die Farce geht weiter.

Trommeln.

MEE LAN Verstecke dich!

(...)

HWANG TI Was gibt's?

DER HEUTIGE Die Herren Eures Hofes, Majestät, versammeln sich, wie befohlen, zum Schau-Prozess, Der Angeklagte ist unterrichtet, dass Beweise von Unschuld ihm nichts nützen und dass es schneller geht, wenn er sich selbst des Hochverrats beschuldigt. Das Urteil, das auf Tod lautet, wird eben abgefasst.

HWANG TI Gut.

DER HEUTIGE Das ist kein Witz.

HWANG TI Sie sehn, mein Prinz, wie alles sich erfüllt an diesem Tag: Min Ko, mein letzter Widersacher, ist verhaftet –

PRINZ Das habe ich gehört, Majestät, deutlich genug.

HWANG TI Wo?

PRINZ Ich freue mich, sie in solcher Ruhe zu treffen, Majestät, trotz des Aufruhrs vor den Toren. Ohne mein treues Gefolge wäre ich nicht durchgekommen! Sie spien nach uns. Und als ich rief: Im Namen des Kaisers! da pfiff es und hagelte von Steinen. Gebt ihn heraus! brüllen sie. Gebt ihn heraus!

HWANG TI Vor meinen Toren – ?

PRINZ Neun meiner Treuen sind tot, ganz zu schweigen von meinem Pferd. Mit blankem Säbel mussten wir uns eine Gasse hauen. Sie sehen, Majestät, das Blut an meinen Stiefeln!

HWANG TI Aufruhr –?

PRINZ Das wussten Sie nicht?

Cleopatra reicht ein Glas.

CLEOPATRA Das ist für Sie, mein Fürst.

HWANG TI Kein Alkohol?

CLEOPATRA Ehrenwort!

Hwang Ti nimmt das Glas.

PRINZ Also Gesundheit!

HWANG TI Wieso Aufruhr?

PRINZ Sie wollen ihn befreien –

HWANG TI Min Ko?

PRINZ Damit er nicht gerichtet wird.

HWANG TI Er wird gerichtet.

PRINZ Alles andere wäre ein Zeichen von Schwäche.

HWANG TI Sein Kopf auf die Lanze!

Hwang Ti trinkt und hat Milch an den Lippen.

DER HEUTIGE Und wenn's nicht der Richtige ist?

HWANG TI Schweig.

DER HEUTIGE Ich schweige.

HWANG TI Was hast du sagen wollen?

DER HEUTIGE Nichts.

HWANG TI Wir brauchen einen Kopf, Doktorjur, es kann auch der deine sein. Was hast du sagen wollen?

DER HEUTIGE Ich wollte sagen: – Heutzutage … Es kommt sehr selten vor, dass das Volk auf die Strasse geht. Heutzutage. Denn die Waffen, die das Volk nicht hat, werden immer besser. Trotzdem kommt es vor. Aber heutzutage – wir regen uns nicht darüber auf, Majestät, wir wissen von vornherein: Das ist nicht das wahre Volk, was auf die Strasse geht, das ist nicht unser Volk.

PRINZ Sondern?

DER HEUTIGE Agitatoren. Spione. Terroristen. Elemente.

PRINZ Was heisst das?

DER HEUTIGE Das heisst: Wer das Volk ist, bestimmen die Herrscher. Und wer heutzutage auf die Strasse geht, kann nicht erwarten, als Volk behandelt zu werden; denn das Volk, das wahre, ist mit seinen Herrschern stets zufrieden.

HWANG TI Gut.

PRINZ Sehr gut.

DER HEUTIGE Nicht wahr? Das Blut an Ihren wackeren Stiefeln, Prinz, wie könnte es das Blut unseres Volkes sein? Es wäre peinlich.

HWANG TI Wie heissen diese Worte?

DER HEUTIGE Terroristen, Elemente, Agitatoren. Sehr nützliche Worte, Majestät; sie ersticken die Wahrheit im Keime.

HWANG TI Doktorjur, du bleibst in unserem Dienst.

DER HEUTIGE Auch dies, Majestät, ist kein Witz.

Hwang Ti erhebt sich und wiederholt die Zeremonie des Saluts.

HWANG TI Held von Liautung!

Der Prinz erhebt sich und zieht wieder seinen Helm an.

Ich begrüsse Sie, Held von Liautung, als Schwiegersohn und Erbe meines Reiches: sofern Sie auch die letzte Probe noch bestehn.

PRINZ Zu Befehl.

HWANG TI Vor unseren Toren stehn die Elemente –

PRINZ Verstanden.

HWANG TI Sie wissen, Prinz, was auf dem Spiele steht.

PRINZ Ich werde sie behandeln, wie sie es verdienen, als Agitatoren, Spione, Terroristen.

HWANG TI Ich verlasse mich auf Sie, mein Prinz. Sie sind die Treue in Person. Sie kämpfen für ein Reich, das Ihnen heilig ist, mein Prinz, Sie kämpfen für Ihre eigene Erbschaft!

Der Prinz wiederholt die Geste des Saluts.

Wir sehen uns später, ich hoffe bald, bei Fest und Feuerwerk!

Hwang Ti begibt sich zum Fest, Arm in Arm mit Cleopatra. (…)

DER HEUTIGE Du verachtest mich? ... Du bist enttäuscht ... Was hast du erwartet?

MEE LAN Du weisst, dass er stumm ist.

DER HEUTIGE Ja.

MEE LAN Und du hast es zugelassen, dass ein Stummer gefoltert wird, du, der alles weiss?

DER HEUTIGE Zugelassen?

MEE LAN Du zuckst die Achsel. Das ist alles! Die Achsel zucken und eine nächste Zigarette anzünden, während sie einen Stummen foltern und zum Schreien bringen, weil du, der Sprache hat, daneben stehst und schweigst – das ist alles!

DER HEUTIGE Was konnte ich tun?

MEE LAN Ihr mit eurem Wissen! Zeit und Raum sind eins; wie tröstlich! Wärme-Tod der Welt; wie aufregend! Und die Lichtgeschwindigkeit ist unübertrefflich; wie interessant! Energie gleich Masse mal Lichtgeschwindigkeit!

DER HEUTIGE (Im Quadrat).

MEE LAN Und was kommt dabei heraus? Ihr mit euren grossen Formeln! Die Achseln zucken, wenn ein Mensch geschunden wird, und eine nächste Zigarette anzünden ...

DER HEUTIGE *schweigt eine Weile, dann schreit er plötzlich:* Was kann ich denn tun?!

Er nimmt sich unwillkürlich eine Zigarette; sehr ruhig: Er wird gefoltert. Ich weiss. Wie schon einige Tausend gefoltert worden sind. Zuerst die Fingerschrauben, dann die Nagelpeitsche, dann die Sache mit dem Flaschenzug (der ihm die Sehnen reisst, so dass er später die Arme nicht mehr heben kann), dann der glühende Draht, zuletzt die Knochenmühle, Wiederholung nach Bedarf – das alles, ich weiss, gibt es bis zum heutigen Tag. Und ob wir weinen oder lachen, ob wir tanzen, schlafen, lesen: Es gibt (vermutlich) keine einzige Stunde, da nicht ein Mensch gefoltert, geschunden, gemartert, geschändet, gemordet wird zu unserer Zeit.

Er steckt sich die Zigarette in den Mund und schnappt das Feuerzeug an.

Du hast recht Mee Lan: die Achsel zucken und eine nächste Zigarette anzünden, das ist alles, was unsereiner zuzeiten vermag ...

Er zündet die Zigarette an.

MEE LAN Ich hasse dich!

Sie wirft sich in einen Sessel.

DER HEUTIGE Und du – was hast denn du getan? Ich sehe, du hast dich umgekleidet. Du willst eine heutige Frau sein, ich sehe, und doch erwartet ihr noch immer das Wunder vom Mann? Du warst dabei genau wie ich. Warum hast nicht du ihn gerettet? Gelitten hast du, ja, geweint, gehofft. Worauf? Auf die andern, auf mich, auf einen Mann. Du findest: Ein Mann, der nicht imstande ist, die Welt zu ändern –

MEE LAN Du bist kein Mann!

DER HEUTIGE Sonst hätte ich mich umbringen lassen, meinst du, auf der Stelle. Das ist es, was du erwartet hast? Es hätte die Welt nicht verändert (denn an Toten fehlt es ihr nicht!), aber du hättest gefunden, ich sei ein Mann – tot, aber ein Mann.

Sie lächelt spöttisch.

Also doch eine chinesische Prinzessin?

Sie wendet sich ab.

(...)

Es kommen Hwang Ti, Cleopatra am Arm, ein Glas in der Hand, und sein Gefolge in Stimmung.

HWANG TI ... Immerhin, mein süsses Kind, immerhin – eine Mauer ist eine Mauer, und darum sage ich: – uff! sage ich: Wir bauen sie! Morgen schon, heute schon, gestern schon ... Warum lacht ihr? Eine Mauer, die uns vor jeder Zukunft schützen wird, sage ich – uff! Ich spüre das Getränk, aber die Lage ist ernst, meine Getreuen, ausgesprochen ernst, und darum sage ich – Cleopatra, wo bist du? Stossen wir an! Wanlitschang-tscheng, sage ich, und was drinnen wohnt, das ist die Republik, die Freiheit, die Kultur – uff! das sind wir, und was draussen wohnt ... Meine Getreuen! Wir trinken auf die Grosse Mauer, wie sie in den Büchern steht, meine Getreuen, später einmal – heisst das, für Augenblicke ist mir, als würden wir eine Sache beschliessen, die schon seit Jahrtausenden – gewissermassen – als bauten wir eine Sache, uff! die schon verbröckelt ist – heisst das, als liege unsere Zukunft – gewissermassen – uff! hinter uns ...

Hwang Ti setzt sich in den Thron.

– stossen wir an ...

Sie stossen an, auf das Gelächter folgt plötzliche Stille.

Was ist das?

Maschinengewehre in der Ferne.

Ich glaube, meine Getreuen, mir ist nicht wohl, Ein Leben lang habe ich Milch getrunken, Fruchtsäfte, um klar zu sehen wie ein Himmelssohn, nie geraucht – um zu sehen, was wir nennen die Grosse Ordnung und die Endgültige Ordnung ...

Er fängt selber zu lachen an.

Eigentlich ist mir sehr wohl!

Maschinengewehre in der Ferne.

Was ist das?

Der Heutige tritt vor.

DER HEUTIGE Das ist der Aufstand.

HWANG TI Aufstand – wieso? . . .

DER HEUTIGE Das Volk, meine Herrschaften, ist unberechenbar. Wer ist das Volk? Wir alle: wir stehen hinter dem Vorhang, wenn der Nachbar verhaftet wird und abgeführt. Und man wird vorsichtig im Umgang mit Nachbarn. Aber vergeblich. Eines Morgens (so gegen vier Uhr) holen sie den eigenen Vater; die nächste Welle nimmt den eignen Bruder weg. Und jedesmal, wenn die Sonne wieder aufgeht über diesem Land, ist nichts geschehn; im Gegenteil: die Zeitungen berichten von einer niedagewesenen Reis-Ernte. Und die Freunde wissen nicht, ob der Freund noch lebt, aber sie erkundigen sich nicht, damit sie nicht selbst geholt werden. Und wer noch lebt, lebt harmlos, und so, in der Tat, wird es friedlich im Lande . . . Jetzt noch einen Aufstand? Wieso – plötzlich genügt eine Bagatelle: ein harmloser, irgendeiner, den wir doch alle nicht kennen, ein Stummer wird gefoltert –

HWANG TI Ein Harmloser?

DER HEUTIGE – und das Volk, Jahrzehnte lang erschrocken, geht auf die Strasse, unerschrocken im Gedächtnis an seine Toten: aber das Volk, meine Herrschaften, hat keine Stimme: wenn wir sie ihm nicht leihen, irgendeiner von uns!

HWANG TI Was redet er? . . .

DER HEUTIGE Nehmen Sie mich, meine Herrschaften, als die Stimme des Volkes!

HWANG TI Uff.

DER HEUTIGE Ja.

HWANG TI Du bist Min Ko? – Du?

DER HEUTIGE So gut wie irgendeiner.

HWANG TI Meint er, ich sei betrunken . . .

DER HEUTIGE Um zu vernehmen, was das Volk denkt, foltern Sie nicht länger einen Stummen! Ich will es Ihnen sagen. Hören Sie mich an!

Hwang Ti sieht sich um.

HWANG TI Wo ist Fu Tschu?

FU TSCHU Hier.

Der Scharfrichter tritt zwei Schritte neben den Heutigen.

HWANG TI Wir hören dich an – Sprich!

Kurt Wiemken *Niemandsland*

Der Heutige steht vor einem grossen Halbkreis, dem sich mittlerweile auch die Masken zugesellt haben, und hat die typische Vortragsart eines Intellektuellen: nicht laut, durchaus unfeierlich, etwas verlegen, aber nicht verwirrt, vor Nervosität zuweilen lächelnd oder mit einer Zigarette spielend, während sein Ernst sich in der Sachlichkeit bezeugt.

DER HEUTIGE Was ich zu sagen habe, ist banal, Sie lesen es in jeder Tageszeitung ... Wir befinden uns, meine Herrschaften, im Zeitalter der Wasserstoffbombe, beziehungsweise Kobaltbombe, das bedeutet (ohne in die Erkenntnisse der heutigen Physik näher einzutreten): Wer heutzutag ein Tyrann ist, gleichgültig wo auf diesem Planeten, ist ein Tyrann über die gesamte Menschheit. Er hat (was in der Geschichte der Menschheit erstmalig ist) ein Mittel in der Hand, um sämtlichem Leben auf dieser Erde – aus einem Bedürfnis heraus, das absurd erscheint, jedoch bei schweren Neurotikern nicht selten ist – den Garaus zu machen.

Lachen einiger Ungläubiger.

Zum ersten Mal in der Geschichte der Menschheit (denn bisher war der Tyrann, der sein Rom in Flammen aufgehen liess, immer bloss eine temporäre und durchaus lokale Katastrophe) – zum ersten Mal (und darum, meine Herrschaften, hilft uns keine historische Routine mehr!) stehen wir vor der Wahl, ob es die Menschheit geben soll oder nicht. Die Sintflut ist herstellbar. Technisch kein Problem. Je mehr wir (dank der Technik) können, was wir wollen, um so nackter stehen wir da, wo Adam und Eva gestanden haben, vor der Frage nämlich: Was wollen wir? vor der sittlichen Entscheidung ... Entscheiden wir uns aber: Es soll die Menschheit geben! so heisst das: Eure Art, Geschichte zu machen, kommt nicht mehr in Betracht. Eine Gesellschaft, die den Krieg als unvermeidlich erachtet, können wir uns nicht mehr leisten, das ist klar –

HWANG TI Was sagt er? – ich komme nicht mehr in Betracht ...

DER HEUTIGE Denn Krieg bedeutet Sintflut.

HWANG TI Uff! ...

DER HEUTIGE Wobei ich Sie aufmerksam machen darf, meine Herrschaften: Es gibt keine Arche gegen Radioaktivität.

HWANG TI Er meint, ich sei betrunken? ... Ich komme in Betracht! Was heisst Radioaktivität? Wieso darf ich nicht auch Radioaktivität haben? – heisst das: Man vertraut mir nicht?

Der Heutige sieht sich unterbrochen und schweigt.

Bin ich ein Tyrann?

Fu Tschu ordnet sachlich-gelassen die Schlinge, um bereit zu sein.

Warum antwortest du nicht?

DER HEUTIGE Soviel ich weiss, hat noch keiner, der es war, sich selbst als Tyrann bezeichnen lassen; der Posten ist begehrter als der Titel.

HWANG TI Antworte: Ja oder Nein!

DER HEUTIGE Was soll dieser Henker?

HWANG TI Bin ich ein Tyrann?

Der Heutige steckt sich unwillkürlich eine Zigarette an.

DER HEUTIGE – ja.

Fu Tschu legt die Schlinge um den Heutigen.

HWANG TI Lass ihn!...

Fu Tschu nimmt die Schlinge wieder weg.

Sprich weiter! Ich werde dir das Gegenteil beweisen. Sprich weiter! Ich schätze sehr deine Geisteskräfte.

DER HEUTIGE Es ist gesagt, was ich zu sagen habe.

HWANG TI Wir hören dich mit Freude an.

Der Heutige, unsicher durch dieses Verhalten des Hwang Ti, der lächelt, sieht sich um wie jemand, der sich verhöhnt fühlt, und wird plötzlich unmittelbar.

DER HEUTIGE ... ich sehe unsere Erde, die keine mehr ist, Planet ohne Leben, kreisend in der sturen Finsternis des Alls; ja: von der Sonne beschienen, aber kein Wesen fühlt die Wärme ihrer Strahlen, und tot ist die Grelle ihres Tages, ich sehe die streifenden Schatten ihrer Gebirge, das Violett ihrer Meere, die tot sind, Wolken wie silberner Schimmel, und tot sind die Länder, bleich wie der Mond und fruchtlos und kahl, ein taubes Gestirn, kreisend wie Milliarden von Gestirnen; ich sehe die Stätten der Menschheit, die es einmal gab, die verlorenen Oasen der Zeit: Griechenland, Italien, Europa! wie der wandernde Morgen sie erreicht, aber niemand erlebt diesen Morgen, kein Vogel, kein Kind, keine Stimme begrüsst ihn, nicht einmal eine Stimme, die klagt. Nichts. Es tosen die Wasser, Brandung und Wind, aber lautlos, denn kein Ohr vernimmt sie, und das Licht – das gleiche Licht wie hier: bläulich in der Luft, braun oder grün auf der Erde, weiss oder purpur auf eurem Gewand oder gelb oder karmin – ist farblos! denn kein Auge sieht es; taub und blind wie die Dinge ist Gott, blind und leer und ohne Schöpfung: ohne Spiegel im Glanz eines sterblichen Menschenauges, ohne unser Bewusstsein von Zeit, zeitlos – Kontinente, die einmal aus der Unzeit aufleuchteten durch Bewusstsein: Asien, Europa, Amerika – bewusstlos! sinnlos! geistlos! menschlos! gottlos!

Allgemeines Schweigen.

R. J. Humm

Wenn die Nacht taghell wird

»Du!« Es klang verwundert, ein wenig ängstlich. Die Frau stand an der Schwelle des Schlafzimmers, ein Handtuch in der Hand. Sie trat an das Bett ihres Mannes.

»Du!« wiederholte sie. Schläfrig antwortete der Mann: »Was gibt's?«

Doch gleich richtete er sich auf.

»Habe ich mich verschlafen? Nachmittags (dies ging ihm durch den Kopf) pflege ich mich doch nicht hinzulegen. Ich war der Meinung (sagte er laut), ich hätte keine Viertelstunde geschlafen ... «

»Ich war im Badezimmer, da wurde es mit einem Mal taghell.«

Sie waren spät nach Hause gekommen. Die Frau hatte noch ihr Kind versorgt. Der Mann hatte sich schlafen gelegt.

»Das ist ein Nordlicht«, sagte der Mann. Er sprang aus dem Bett, trat ans Fenster und riss neugierig die Vorhänge zurück, konnte aber vor Helligkeit nur blinzeln. Mit der Hand vor den Augen drehte sich der Mann um.

»Da braucht man ja eine Schneebrille!«

Er holte sie und trat ans Fenster. Der Himmel sah aus wie ein blendendes Schneefeld, wie ein riesiger ansteigender Gletscher. In der Strasse war es taghell, ohne Schatten; nur unter den Bäumen lag ein fahles Dämmern. Die Vögel zwitscherten. Neben einem Auto, das angehalten hatte, stand ein Mann, der, beide Hände vor den Augen, versuchte in den Himmel zu sehen. Wandte er sich gegen Westen, so liess er die Hände sinken. Die Haupthelligkeit kam aus dem Osten; über dem Hügelsaum, den man zwischen zwei Häusern sah, lag ein grell glänzender Silberstreifen. Ausser den Vögeln war nichts zu hören; alles war still, als ob tiefste Nacht wäre. Schräg gegenüber trat ein Herr im Pyjama auf seinen Balkon und versuchte ebenfalls in den Himmel zu sehen. Dann sah man in einem Dachfenster einen Frauenkopf erregt erscheinen und wieder verschwinden, mehrere Male. Der Autofahrer auf der Strasse fragte den Herrn auf dem Balkon, was diese Helligkeit wohl zu bedeuten habe. »Das soll der Teufel wissen!« sagte der Herr ungnädig, besorgt. »Ein Nordlicht!« sagte unser Mann dem Autofahrer; er brauchte die Stimme dazu gar nicht zu erheben. Der Autofahrer bestieg bald darauf seinen Wagen und fuhr ab. Aus einer der Wohnungen klingelte ein Telephon. Man vernahm in der Ferne einen Nachtzug sich wieder in Bewegung setzen. Die Vögel zwitscherten fröhlich wie bei Sonnenaufgang.

Das Ehepaar hatte sich wieder ins Bett gelegt. Mehr als dass taghell war, war nicht zu sehen. Man würde es morgen aus der Zeitung erfahren. Doch war kein Schlaf zu finden, obschon man recht müde war. Man war eingeladen worden, hatte geraucht, getrunken; es war spät geworden. Die Helligkeit nahm merklich zu; es war aber kühl; es war ein kaltes, blendend weisses Licht. Man hörte jetzt ziemlich viele Stimmen von Leuten, die sich über die Erscheinung unterhielten. Als aus der Nachbarschaft ein Radio ertönte, erhob sich der Mann wieder.

An den Fenstern und auf den Balkonen zeigten sich überall Leute. Alle hielten die Hand vor den Augen, viele trugen dunkle Brillen. Es war eine afrikanische Lichtfülle um sie, wie irgendwo in Marokko, nur ohne Schatten. Alle sprachen laut, lachend oder besorgt, während das Radio dröhnte, als ob eine Artillerieschlacht im Gange wäre; es mussten gewaltige Störungen im Äther vorhanden sein. Es hatte sich herumgesprochen, dass man es mit einem Nordlicht zu tun habe. Freilich war unter diesen Breiten ein Nordlicht selten zu sehen. Und das letzte, warnte der Herr im Pyjama auf dem Balkon, sei rot gewesen. So helle Nordlichter gebe es ja gar nicht. Das sei ein Komet! Und man merkte deutlich, dass er mittelalterliche Vorstellungen von Weltuntergang und göttlicher Vergeltung damit verband. Ein Franzose sprach ein befreiendes Wort; er nannte es eine »clarté zodiacale«.

Das Radio wurde abgestellt; mehr als Trommelfeuer gab es nicht von sich. Nun versuchte es ein anderer. Aber auch dieses Radio dröhnte auf allen Wellenlängen, als ob Krieg im Äther wäre.

Der Mann fand seine Frau im Kinderzimmer. Das Kleine schlief; sie schloss die Läden der Fenster und zog die Vorhänge der Wiege zu. Sie wollte nicht zeigen, dass ihr bange war. Diese Tageshelligkeit mitten in der Nacht verwirrte. Die Stadt glich einer gestorbenen Stadt, einer Art Herkulaneum, in dem einige Tote erwacht wären. Kein Mensch mehr auf der Strasse, kein Geräusch ausser Menschenstimmen von Fenster zu Fenster und Vogelgezwitscher. Man hörte deutlich auch das Brüllen der Löwen aus dem Zoologischen Garten und den Nachtzug.

»Ich rufe mal X an!« sagte der Mann.

X war Nachtredaktor bei einer Zeitung. Vielleicht waren Nachrichten eingegangen. Das Unbehagliche war nämlich das Durchdringende dieser Helligkeit; und sie nahm merklich zu. Mehr wusste aber auch der Nachtredaktor nicht. Er hatte die Sternwarte angerufen; die Frau des Direktors hatte gesagt, dass ihr Mann seine Assistenten zu sich beschieden habe und jetzt in der Kuppel sitze. Sie koche ihnen Kaffee.

Einige Leute hatten sich zurückgezogen und die Rolladen heruntergelassen. Eine blendend weisse Möwe flog kreischend vorbei.

»Ich will mal Y fragen«, sagte der Mann.

Y war ein befreundeter Physiker. Er schlief fest, denn er gab keine Antwort. Aber fünf Minuten später kam er an den Apparat. Der Anruf von vorhin hatte ihn geweckt; jetzt zog er sich an, um ins Institut zu gehen. Nein, ein Nordlicht sei das nicht; auch kein Komet. Er fürchte Schlimmeres. Er werde bald Bescheid geben.

Kaum abgehängt, klingelte X an, der Nachtredaktor. Die Depeschenagentur habe ein Telegramm aus London durchgegeben: die telegraphischen Verbindungen zwischen Moskau und Wladiwostock seien unterbrochen. Irkutsk sei von einem Erdbeben zerstört. Die Protuberanz werde auch in Kapstadt wahrgenommen; hingegen mit Ländern östlich vom Gelben Meer habe jede Vebindung aufgehört. In New York nehme man die aurora aequatorialis ebenfalls wahr. An der ganzen Pazifischen Küste herrschten Erdbeben von ungeahnter Stärke.

Der Mann berichtete dies sofort seinem Freund, dem Physiker. Dieser hatte bereits die Erdbebenwarte angerufen. Die Seismographen seien ausser Rand und Band; der Herd liege im Stillen Ozean: es sei eine Katastrophe von nie gekannten Ausmassen. Der Physiker war der Ansicht, die er übrigens mit der Gattin des Astronomen teilte (er hatte sie ebenfalls angerufen), dass die Welt zu Ende sei. Es sei etwas völlig Eindeutiges: eine Sonnenexplosion. Das komme in der Milchstrasse öfters vor; nun habe es uns erwischt. Die Sonne verwandle sich jetzt in eine sogenannte Nova. Habe sich schon verwandelt. Noch habe uns nämlich erst die Lichtstrahlung des Ereignisses erreicht; aber in wenigen Stunden werde uns die Explosionswelle selber erfassen, die Elektronen, Protonen, Neutronen ... und dann Gutenacht.

Wahrscheinlicher sei freilich, dass die Strahlungshitze des sich ausdehnenden Sonnenballes vollkommen ausreiche, unsere Erde bis auf den letzten Tropfen auszuschmelzen, längst bevor die Sonnenmaterie herangebrandet sei. Die Hitze sei enorm!

»Es ist aber ziemlich kühl«, sagte der Mann.

Ja, bei uns, aber an den Antipoden lebe keine Maus mehr; der Stille Ozean sei ein einziger Brandherd, darauf könne sich der Mann verlassen; deshalb die Erdbeben. Interessant sei, dass sie bei uns vorerst noch seismographische Werte hätten; doch würden sie bald näher kommen und auch unsere Stadt in Mitleidenschaft ziehen. Es werde sich auch sehr bald ein riesiger Sturm erheben; die Luft werde von der ganzen Erde einfach weggesogen, und man würde aus Luftmangel ersticken. Es komme jetzt sehr darauf an, was geschwinder sei, der Wind, das Erdbeben oder der anschwellende Sonnenball.

»Der letzte Fall wäre vorzuziehen«, meinte der Physiker. Aber jetzt müsse er ins Institut.

»Was machen?«

»Beobachten, messen ...«

Der Physiker lachte und wünschte ein frohes Wiedersehen im Jenseits. Er war ein lieber Mensch; bis zuletzt bewahrte er seine nette, unerschrockene, mitteilsame Art.

Der Mann fuhr sich mit der Hand über die Stirn. Er wandte sich seiner Frau zu.

»Er sagt, in einer Stunde würden wir uns alle in Wasserstoff verwandeln.«

»Sprich keinen Unsinn«, sagte die Frau.

»Es scheint wirklich fertig zu sein.«

Die Vorstellung, die Welt sei zu Ende, ihre Welt; alles würde sich auflösen, alles gemeinsam verdunsten, stimmte ihn fröhlich. Aus der Strasse drang lautes Singen und Predigen. Es war ein Zug von ernsten Bibelforschern, denen voran einer mit einem langen Bart ging. Ihnen folgte ein Zug von Strolchen aus der Altstadt, die gröhlend Weinflaschen schwangen, tanzten und einander umarmten. Aus allen Fenstern hörte man beten, singen, lachen, weinen, kreischen.

Der Mann betrachtete seine Frau, lächelte und zog sie an sich.

»Es ist alles fertig, Kummer und Freude. Es wird rasch vorübergehen.«

Es war in ihm eine grosse, heitere Liebe. Alles in ihm war hell, seine Gedanken und sein Herz, durchsichtig hell.

»Der Tod kommt mit dem Licht«, dachte der Mann. Und er sagte sich, dass jene wahr sprachen, die sagten, Gott sei das Licht. Es war eine verwirrende Fülle des Lichtes um sie. Der Mann und die Frau hielten sich fest umschlungen und horchten zitternd in die Welt. Manchmal sprachen sie ein Wort über das, was sie noch hätten leben können; aber sie hatten keine Angst; es war zu unfassbar. Traurig stimmte sie ein wenig, dass ihr Kind nichts ahnte. Wäre es erwachsen gewesen, sie hätten es vielleicht geweckt. Sie liessen es schlafen.

Dann blickten sie einander an.

Die Erde bebte ganz leise, immer merklicher, es klang wie ein grosses Summen. Der Mann schloss die Frau fester in seine Arme. Sie wollte rufen, fliehen, sich wehren, sich empören. Er zwang sie zur Ruhe. Bald begannen die Wände zu ächzen, der Fussboden zu wanken und zu knirschen. Die Vögel verstummten. Doch die Löwen brüllten unaufhörlich. Auf den Strassen war alles still geworden. Dann wurde die Türe zum Kinderzimmer heftig zugeschlagen; Scheiben klirrten auf die Strasse hinunter; die

Menschen rannten aufschreiend in die Häuser; ganze Familien stürzten sich aus den Fenstern. Und gleich heulte ein neuer Windstoss heran; er wirbelte Staub auf, schmetterte Läden zu, warf Bäume und Kamine um, erfasste das Haus, rüttelte an Fenstern und Türen. Papierfetzen, Zweige, ganze Äste, Bäume, Menschen wirbelten in die Höhe; dann verdunkelte sich der Himmel. Die Frau lag in den Armen ihres Mannes; aus ihren geschlossenen Augen tropften Tränen. Über den fernen Hügelsaum erhob sich eine riesige braune Wand, deren oberste Fetzen weit nach hinten, nach Osten, der Sonne entgegenwehten, und die mit rasender Geschwindigkeit heraneilte. Sie überragte die Stadt, wuchs mit Donnergetöse bis zum Himmel, und sie war finster von Erde, Felsen, Bäumen, von ganzen Wäldern. Ungeheure Blitze zuckten von ihr ins Land hinaus. Sie erfasste die Häuser und brach sie ab in einem Wirbel von Balken, Ziegeln, Dächern und davonfliegenden Glocken; und während die riesige Wand, nach rückwärts gebogen über die Erde raste, brannte die emporsteigende, ungeheure, von Pol zu Pol reichende Sonnenscheibe die Erde zu Lava, Dampf und Gasen. Als Mittag wurde, reichte die Sonne über den ganzen Himmel und darüber hinaus. Der Himmel war eine einzige, weissglühende Sonnenscheibe. Doch, da gab es längst keinen Himmel, keine Erde mehr. Als der immer weiter anschwellende Sonnenball den Umfang der Erdbahn erreichte, raste das verwirrte, winzige Tröpfchen Erde, zu Nebel aufgelöst, als ein langfädiger Gaswirbel in eine ihrer riesigen Protuberanzen.

15

Befreiung Frankreichs: nie war das Gefühl so stark, dass wir abgeschnitten, isoliert sind.
Charles Ferdinand Ramuz

Nun wird uns eine – vielleicht kurze – Zeit beschieden sein, in der wir versuchen können, die notwendige Isolierung der vergangenen Jahre zu durchbrechen.
Werner Kaegi

Gilles

Tausend Jahre – wie die Zeit verrinnt!

Tausend Jahre schon, Freunde, wie die Zeit
– das darf ich doch sagen – wie die Zeit verrinnt!
Wir haben die Stirn geboten, wir alle, die wir
im Juni vierzig noch in Paris gesessen sind.
Wir wollten rasch wieder dort sein; das
werden wir bald. Der Spuk ist aus,
a-u-s, aus, a-u-s, aus.
Hélas! hélas! dreimal hélas!

Tausend Jahre vorbei – wie die Zeit verrinnt!

Was geht nicht vorbei! Wer zu viel verschlingt
der kann's nicht behalten. Noch mögen wir's kaum
fassen, so schnell ist's gegangen. Doch
spüren wir's: für uns wächst der Raum.
Adieu Moskau, London, El-Alamein,
Athen, Rom, Paris – adieu! Bald
ist's nur noch Barlin, das widerhallt
von ihrem Tritt, die Wilhelmsstrasse allein.

Tausend Jahre vorbei – wie die Zeit verrinnt!

(Aus dem Französischen von Hans Rudolf Hilty)

Hans Mayer

Zürcher Schauspielhaus – eine Stimme aus dem Zuschauerraum

Ein Abschnitt ist zu Ende. Man blickt zurück. »Um uns die Fremde« – so hiess der Gedichtband, den Max Herrmann-Neisse in Zürich reifen liess. Es war Fremde um uns. Auf den Strassen, in den Stuben der Behörden, in den Sälen, wo man uns aufnahm, klang es alemannisch oder französisch oder tessinerisch. Wir waren bei den andern.

Aber wenn sich der Vorhang hob, im Roten Saale am Heimplatz in Zürich, dann waren wir wieder zu Hause. Stimmen klangen auf, Gebärden wiederholten sich, die uns vertraut waren: das ergab, neben dem unmittelbaren Kunstgeschehen, für uns Emigranten aus Deutschland und Österreich, so etwas wie kristallisierte Erinnerung. Wir kannten Leopold Lindtbergs Kunst der Szenenführung von Düsseldorf her oder von Berlin. Damals bereits hatten wir den so exakt gemeisterten Spuk des Grabbe-Lustspiels »Scherz, Satire, Ironie und tiefere Bedeutung« erleben können; und damals bereits, in Düsseldorf, erschien Wolfgang Langhoff als literarisch interessierter Teufel in eigener Person. Ja, wir kannten auch Wolfgang Langhoff von jener Zeit her, da er noch nicht mit den Moorsoldaten hatte ausziehen müssen. Wir kannten Kurt Horwitz und Therese Giehse aus unvergesslichen Aufführungen in München. Da dämmerte die Erinnerung auf an die Dreigroschenoper oder an Bruno Franks kleine Komödie der Menschlichkeit: »Sturm im Wasserglas«. Das alles war nun verbannte und verbotene Literatur. Und diese wunderbaren Schauspieler waren hier in Zürich im Exil, und neben ihnen standen Ernst Ginsberg, Erwin Kalser und Leonard Steckel, die uns zugleich den ganzen Aufbruch des fortschrittlichen grossen Berliner Theaters aus den letzten Jahren vor Hitler zurückriefen. Dann kamen, nach 1938, die Österreicher – und nun gesellten sich die vertrauten Namen des Wiener Theaterlebens zu ihren deutschen Kameraden im Exil. Daneben standen die »génies invisibles« dieser Bühne: Teo Otto, der Zauberer so vieler Schauplätze imaginären Geschehens, bald Maler, bald beinahe Plastiker, bald Architekt. Und ähnlich vielgestaltig, in allen Stilen und dramatischen Formen beheimatet, Kurt Hirschfeld, der Dramaturg und Gestalter dieses ebenso eklektischen wie einheitlichen Spielplans. Beide ergänzten sich; beide stellten den Typ des modernen Künstlers dar. Früher hatte es unter Otto Brahm die ausschliessliche Hinwendung zu den grossen Naturalisten gegeben; Max Reinhardt war vor allem der Zauberer erfüllter Genüsse, Piscator der Ankläger unvollkommener Zustände gewesen. Jeder bedeutsam, aber doch irgendwie nur einer einzigen Gattung verschworen. Dieses Theater hier wollte mehr sein und anders. Vor allem wollte es mehr sein als ein Theater zusammengewürfelter Emigranten, irgendwelcher »vormaliger« Grössen.

Trotzdem hätte das alles einen traurigen Rest einstiger Grösse abgeben können. Es hat viele Theatertruppen emigrierter Schauspieler gegeben: in Paris und in Brüssel, in London und in New York. Sie alle hatten etwas hilflos Entwurzeltes. Um sie war die Fremde, die nicht immer freundlich war. Erschütternd misslang eine Wiederholung der Shakespeare-Inszenierung Barnowskys bei ihrer Transponierung von Berlin nach Paris. Unecht wirkte, sogar mit der grossen Yvette Guilbert, eine französische Fassung der Dreigroschenoper. Das alles war Inzucht und hatte aufgehört, lebendiges Theater zu sein. Nur hier in Zürich entstand aus dem Zusammenschluss dieser emigrierten Künstler und der besten Kräfte der schweizerischen Bühne ein lebendiges Theater.

Es war zunächst damit zu erklären, dass hier der unschätzbare Vorzug eines Landes bestand, dessen Zeitungen, Literatur und Kunstleben auf der deutschen Sprache aufgebaut sind. Die deutsche Schweiz – denn um sie vor allem musste es sich handeln – besitzt den gewaltigen Vorzug einer doppelten Literatur: sie hat die alemannische Dichtung von Johann Peter Hebel bis zu Rudolf von Tavel, und sie gliedert sich ein in den grossen geistigen Raum deutscher Literatur mit Albrecht von Haller und Johannes von Müller, mit Keller, Gotthelf und Meyer, mit Spitteler und Robert Walser; und ihre Bühnen spielten und verlangten die grossen Dramen deutscher Sprache und in deutscher Sprache, die man auch »drüben« als grosse und würdige Dramatik empfunden hatte. Damals ...

Aber nicht nur dieser Zufall oder dieses Glück der sprachlichen geistigen Gleichstimmigkeit hätte genügt, solch lebendiges Theater zu schaffen, das hier in Zürich am Heimplatz entstand, und das uns im Kriege so viel Trost und Klarheit bringen sollte. Wir haben zahllose Aufführungen gesehen: auch im vollkommenen Dunkel des Zuschauerraums stets als beteiligte Betrachter, die beteiligt waren durch ihre geistige Beziehung zu dem, was dort gesprochen wurde und durch ihre Verbundenheit mit diesem besonderen Theater, das gleichzeitig Erinnerung für uns bedeutete und höchste geistige Kraft unseres Gastlandes.

Worin bestand für uns, für die Menschen vor der Rampe, für die Flüchtlinge, die besondere Eigenart gerade dieses Theaters im Vergleich zu dem, was wir früher an Theaterspiel erlebt hatten?

Es war bürgerliches Theater, das war nicht zu bezweifeln. Hier wurde der zwiespältige Versuch nicht noch einmal gemacht, an dem Erwin Piscator in Berlin gescheitert war: scheinbar revolutionäres Theater in eine gesellschaftlich weitgehend unerschütterte Umwelt zu stellen. Der Stabilität der sozialen Verhältnisse und der politischen Demokratie in der Schweiz entsprach nur ein Theater, in dem sich die konkreten Menschen wieder zu erkennen vermochten – und das musste eben ein bürgerliches Theater in dem Sinne sein, dass es Diskussionsfreiheit bot. Es stellte dramatische Werke nebeneinander, die einer lebendigen Weltanschauung dienten, ohne selbst Stellung zu ihnen zu nehmen, es sei denn in jenem liberalen Sinne, dass es sie gleichberechtigt nebeneinander auftreten und lebendig werden liess. So spielte man Claudels katholische Dramatik (der »Bürge« und »Der seidene Schuh«), ohne dadurch selbst zur katholischen Bühne zu werden. So gestaltete man Bert Brechts Drama von der Ohnmacht der Götter (»Der gute Mensch von Sezuan«) und Sartres im Tiefsten gottloses Schauspiel von Tyrannentöter Orest, ohne sich damit der marxistischen Welt Brechts und Sartres Philosophie des Nichts und der sinngebenden Aktion gleichzustellen. Man bot solche extremen Möglichkeiten moderner Dramatik nebeneinander. Aufgabe des Betrachters war es, für sich zu wählen – oder auch nicht zu wählen und bloss zu geniessen. Auch in dieser Nichtentscheidung zwischen einem Theater, das verpflichtet und einem Theater, das spielt und geniessen lässt, spürte man wieder eine Form des bürgerlichen Theaters in einer Gesellschaft mit weitgehend unerschütterten liberalen, demokratischen Traditionen.

Bürgerliches Theater also, das zur Diskussion stellt, ohne sich selber in jedem Falle zu entscheiden. Dennoch gab es hier eine deutliche Grenze. Nirgends wurde die geistige Freiheit der Wahl zur skeptischen Resignation. Auch in der lebendigen politischen Demokratie gibt es Fragen nach den Grenzen der Freiheit. Soll man die Spielregeln der Demokratie auch jenen zubilligen, die nur danach streben, alle geistige Freiheit, alle demokratischen Rechte und alle Menschenrechte in einer totalitären Führergläubigkeit untergehen zu lassen? Für dieses Theater in Zürich war es nicht einen Augenblick zweifelhaft, dass hier die Grenze der »Diskussion« erreicht sei. Man gab Diskussionen, aber man diskutierte niemals mit den Faschisten! Vielleicht war diese Entscheidung nicht sehr schwer, denn es ist weder dem Dritten Reich, noch dem Impero jemals gelungen, etwas anderes als leblose Deklamatoren auf die Bühnen zu bringen. Nicht dadurch wurde die Entscheidung dieses Theaters in Zürich bemerkenswert, dass es keine Stücke von Hanns Johst spielte. In einem viel tieferen Sinne wurde hier *antifaschistisches Theater* gespielt. Bei allen Diskussionen, die der Spielplan ermöglichte, schwang doch stets die grosse freiheitliche und humani-

Teo Otto *Thornton Wilder, Wir sind noch einmal davon gekommen*

stische Melodie mit. So konnte auch das Wort der Klassiker eine neue, unerhörte Aktualität gewinnen und Menschen reif machen zum Kampf für die Bewahrung der Freiheit. In nichts anderem hatte die Botschaft der Klassiker bestanden. Hier wurde sie verstanden und weitergegeben. Das antifaschistische Theater im »Pfauen« in Zürich war für uns Zuschauer eine politsche, und das heisst: eine moralische Anstalt in den schweren Jahren des Krieges und der Krise. Wir erlebten dieses Theater als Flüchtlinge, und wir hatten insgeheim auch das Gefühl, als ob dieses Theater nicht bloss für die schweizerische Umwelt spielte, sondern besonders auch noch für uns. Nicht bloss dank der Tatsache, dass es uns weit seine Pforten öffnete: es war rührend zu sehen, wie Abend für Abend die Flüchtlinge mit ihren »Urlaubsscheinen« an der Kasse erschienen, um ein paar Stunden einer anderen Welt teilhaftig zu werden, bevor sie in ihre Arbeitslager zurückkehren mussten. Es ist schön, heute sagen zu dürfen, dass keiner jemals vergeblich an der Kasse erschien. Immer gab es für ihn entweder freien Eintritt oder wenigstens sehr billige Preise – und dann konnten sie jene Stücke sehen, die sehr häufig eigens für sie selber geschrieben schienen: »Leuchtfeuer« oder »Mutter Courage«, »Der Mond ging unter« oder Tolstois in der Finsternis leuchtendes Licht. Es waren Stücke der Hoffnung für viele Hoffnungslose – und es traf sich, dass gerade diese Stücke auch bei den schweizerischen Besuchern stärksten Wiederhall fanden. Nun gab es plötzlich im Zuschauerraum nicht mehr die Gäste und die Gastgeber, sondern eine erschütterte Anzahl von Menschen im Angesicht des Geistes. Die unteilbare Welt war die Welt des Geistes.

Das war möglich auch durch jenen besonderen Stil, der hier gepflegt wurde. Wir hatten in Deutschland die expressionistische Dramatik erlebt und ihre Fortführung, das Theater Piscators. Es war ein Theater des Schreies und der gesprengten Formen. Ein Theater der zertretenen Individualitäten zudem: das Stück Bert Brechts »Mann ist Mann« konnte gleichsam als Symbol dieser Richtung dienen. Der Einzelne war nur noch Glied einer Masse, unpersönlich, sogar ohne Namen. Das Theater hatte geglaubt, fortschrittlich zu sein und war in vielem unmenschlich geworden. Es hatte, vielleicht ohne es zu ahnen, den totalitären Mächten Vorschub geleistet. Dort wurde nicht mehr gesprochen, nur noch geschrien und gebrüllt. Ganz folgerichtig ging auch das Theater des Dritten Reiches auf diesem Wege weiter. Auch hier wurde das übermenschliche, also unmenschliche Theater gespielt: mit schwingendem Pathos, übergreifender und daher hohler Geste, einem sinnlosen Prunk der Dekorationen.

Das alles war in Zürich nicht mehr zu finden. Man konnte dieses Spiel in wesentlichen Punkten *als Rückkehr zum Menschen* bezeichnen. Es wurde weder geflüstert, noch geschrien, sondern gesprochen. Verse wurden nicht zelebriert, sondern vom Inhalt und vom Geiste her verstanden und neu geordnet, ohne doch in Prosa zu verfallen. Die Dekorationen waren sachgemäss, vom Sinn her aufgebaut. Man gab die richtigen Bühnenbilder zum Faust, aber man gab nicht nur Bühnenbilder in einer Faustaufführung. Hinter diesem Stil, der durchaus nicht naturalistisch oder eintönig war, sondern die ausgelassenste Heiterkeit und Grazie Goldonis, der spanischen Komödie oder der österreichischen Volkskomödie in sich einschloss, stand im Grunde ein deutliches Bekenntnis zur Humanität und zum Menschen als dem Mass einer neuen Gesellschaft. Nach den grossen Worten Kants wurde auch hier der Mensch nicht als Mittel geheimnisvoller, überpersönlicher und unmenschlicher Zwecke betrachtet, sondern um seiner selbst willen: um seiner Seele, seines Geistes und seines Herzens willen und wegen seiner Möglichkeit, als Einzelner in einer Gemeinschaft freier Menschen sich einzuordnen und dadurch eine neue Welt von morgen zu schaffen. Diese Welt aber, die nicht mehr bürgerlich sein wird, mag wahrscheinlich auch andere Formen des Theaters kennen, andere Beziehungen zwischen Volk und Kunst. Aber es sieht danach aus, als gebe diese geistig freie und demokratische Form der Bühnengestaltung, wie wir sie hier erleben durften, in wesentlichen Zügen das Mass ab auch für das Theaterspiel in einem befreiten Deutschland und Österreich, und in diesem Sinne will es uns scheinen, als habe dieses Theater nicht bloss Unzähligen Trost und Selbstbestätigung gegeben in schweren Jahren, sondern als habe es sich gleichzeitig wohl verdient gemacht um das freie deutsche Drama und Theater.

Stephan Hermlin

Ballade von den alten und den neuen Worten

Ich weiss dass sie nicht mehr genügen
Da das Licht nicht die Landschaft mehr trägt
Da die Kinder im Mutterleib lügen
Angehalten die Uhr nicht mehr schlägt
Ich weiss dass sie nicht mehr genügen

Genügen können nicht mehr die Worte
Die mir eine Nacht verrät
Die beflügelte Magierkohorte
Wie vom Rauch der Dämonen umdreht
Genügen können nicht mehr die Worte

Denn die Süsse war nicht die Süsse
Die ins Bittere sich nicht kehrt
Und auf steinigem Weg unsre Füsse
Blieben beinahe unversehrt
Ungenügend war ihre Süsse

Wenn die Worte genügend wären
Wären wie Sand sie oder Granit
Bittre Mandeln und süsse Beeren
Wie der Stahl der im Wasser verglüht
Wenn die Worte genügend wären

Dass an meinen Worten ich leide!
Und die Worte waren schön
Meine Worte waren wie beide:
Tag und Nacht wenn sie beide vergehn
Dass ich an meinen Worten leide!

Darum gebt mir eine neue Sprache!
Ich geb euch die meine her
Sie sei Gewitter Verheissung Rache
Wie ein Fluss ein Pflug ein Gewehr
Darum gebt mir eine neue Sprache!

Über die Sprache will ich verfügen
Wie über mein Hemd meine Hand
Über Wasser in vollen Zügen
Wie über das Herz mein Land
Über die Sprache will ich verfügen

Eine neue Sprache sollt ihr mir geben
Wie Wetter im Stollen kracht
Wie die Dünen in mein Auge sich heben
Schwarzes Blut an den Flanken der Nacht
Eine neue Sprache sollt ihr mir geben

Ich will eine neue Sprache
Wie einer der sein Werkzeug wählt
Eine neue Sprache für meine Sache
Die euch tröstet und euch quält
Ich will eine neue Sprache

Wenn die Kreide blutet auf Rügen
Wenn die Messer rot betaut
Können die Worte nicht mehr genügen
Wird die Mahnung der Städte laut
Wenn die Kreide blutet auf Rügen

Wie die Schneide des Beils am Nacken
Wie Lächeln das ein Messer schnitt
In blutigen Mund wie Hacken
Unter denen der Acker litt
Wie die Schneide des Beils am Nacken

Enorm wie die Morgenröten
Wie Blicke verheissend fatal
Wie Verzückungen die uns töten
Wie die Schiffe auf dem Kanal
Enorm wie die Morgenröten

Wir lernten den Tod betrügen
Mit Frau Wahnsinn teilen wir das Brot
Und die Worte können nicht mehr genügen
Sage ich: davon kommt uns Not
Wir lernten den Tod betrügen

Sie sind froh dass sie ohne Gepäck sind
Da sie unsere Habe verzehrt
Gehe du über uns hinweg Wind
Und lass uns mit Rache beschwert
Sie sind froh dass sie ohne Gepäck sind

Ich will euch neue Worte sagen
Sagt nicht sie seien euch bekannt
Man muss mit seinen Worten wagen
Falschem Lächeln zerstörender Hand
Ich will euch neue Worte sagen

Wie Alleen wie ein Kind am Raine
Wie die Stimme der Nacht in dir
Wie das Reden erhabener Steine
Wie der Blick von dir zu mir
Wie Alleen wie ein Kind am Raine

Wie Weissagung von Vogelzügen
Wie die Leere die einst erfüllt
(Denn die Worte können nicht genügen
Aus denen nur Fülle quillt)
Wie Weissagung von Vogelzügen

Worte die wie Städte klingen
Obwohl man die vergessen muss
Worte wie Astern Syringen
Wie in den Staub ein Kuss
Worte die wie Städte klingen

Wie ein Land ohne Kathedralen
Karavelle da die Toten vom Heck
Uns winken Verborgene Qualen
Wer nimmt von mir Maidanek
Wie ein Land ohne Kathedralen

Die Schmiede erbleichen beim Schmieden
Die Schäfer vergehn bei der Schur
Die Sonne liegt schwarz auf den Rieden
Wer nimmt von mir Oradour
Die Schmiede erbleichen beim Schmieden

Der Bauer redet im Pflügen
Zum Wind und der antwortet nicht
Alte Worte können nicht genügen
Sie erlöschen wie in Kellern ein Licht
Der Bauer redet beim Pflügen

Ich will euch Worte sagen
Wie ein Lied bei Carabanchel
Worte die stossen Worte die tragen
Worte: hart sanft langsam schnell
Ich will euch Worte sagen

Worte Wegbereiter
Sie können wie Namen sein
André oder Lechleiter
Sie schmecken wie Brot und Wein
Worte Wegbereiter

Unser Brot würzig von Qualen
Unser Wein berauschend wie Hass
Wer soll unser Brot bezahlen
In Scherben liegt das Glas
Unser Brot würzig von Qualen

Hermann Hesse

Rigi-Tagebuch

Aus dem vertrockneten und verbrannten Tessin, aus unsrem vertrockneten und verbrannten Garten sind wir für eine kleine Weile nach Rigi-Kaltbad geflohen, wo uns noch einige Tage warmen Sommers mit hellster Fernsicht gegönnt waren. Es ist sehr schön hier oben, ich muss mich bei dem Berge entschuldigen, den ich einst, vor fünfundvierzig Jahren, in Lauschers Tagebuch langweilig genannt habe. Ich hatte damals die Berge noch nicht entdeckt, und ich war mit jugendlicher Besessenheit in den See verliebt, in das Wasser und seine Farben, die ich Tag um Tag vom Ufer und vom Ruderboot aus belauerte. Ein einziges Mal fuhr ich damals nach Rigi-Kulm hinauf, fühlte mich fremd dort und abgestossen von der Fremdenindustrie, und lief schleunigst zu Fuss wieder hinab, um mich wieder in meinen Seekult zu versenken. Die Beschwerden eines raschen Höhenwechsels, die mir heute ziemlich lästig sind, spürte ich damals noch nicht. Dafür aber fehlte mir die Ruhe und Geduld, mich wirklich um den Berg zu kümmern und mich gegen die Fremdenscharen, Hotels, Bahnen und Ansichtskarten gleichgültig zu machen. Ich tat, für damals, recht daran; Lauschers See war ein echtes und grosses Erlebnis, und das damals Versäumte kann ich nun heute nachholen.

In den ersten, noch trocknen und warmen und ganz hellen Tagen zeigte der Berg sich von seiner prächtigen Seite, man konnte sorglos schlendern, bequem auf jeder Matte im kurzen Grase lagern, und hatte die ungeheure Aussicht von früh bis spät beinahe ohne jede Trübung vor sich, konnte nach Belieben entweder sich am Feststellen oder Wiedererkennen der vielen Gipfel vergnügen oder, ausruhend, sich nur dem Wechsel von Farbe, Licht und Schatten, der bizarren Geometrie des riesigen Panoramas überlassen. Die Abwechslung von Fels und Schnee, besonnten Kanten und dunklen Schlünden an einer Gipfelkette, der launische Weg, den ein kleiner Wolkenschatten über diese zackige und zerklüftete Vielfalt hin beschreibt, können einen fesseln und entzücken wie die Rhythmen und Zäsuren eines Gedichtes.

Aus dieser grossen, gleissenden Ferne kehrt der Blick wieder in die Nähe zurück, zu der die Beziehung sich rascher und leichter einstellt, und die an Reizen und Zaubern nicht ärmer ist. Da gibt es märchenhafte Felsengruppen und Felsenkessel, manche pathetisch und tempelhaft, manche klein, putzig, ideale Räume für Kinderspiele, abgeschlossene grüne

Stuben, Kammern und Höhlen, mit engen Felsentoren, gnomenhaften Krüppeltannen, Farnen und schlangenhaft gewundenem Wurzelwerk. Feucht, grün, moosig und streng duftend, erinnern mich diese vielen kleinen Landschäftchen sehr an meine Kindheit und den Schwarzwald. Kommt man dann aus einem dieser nach Tanne, Moos und Storchschnabel duftenden Verstecke heraus, so liegt alsbald die unendliche blaue, von den zahllosen fernen Bergen begrenzte Weite wieder da, der See, die Vorberge mit hell smaragdenen Matten, blinkenden Flussläufen, dunklen Waldungen, winzigen Siedlungen.

Wenn ich da irgendwo liege oder sitze, zwischen Gras, Tannen, Fels und spärlichen Blumen, sehe ich beinahe senkrecht unter mir, tausend Meter tief, eine halbrunde, blaugrüne Seebucht, ein Spielzeugdorf und eine gewundene Strasse liegen. Das ist Vitznau, da habe ich vor fünfundvierzig Jahren am Tagebuch Lauschers geschrieben und die ersten Studien zum Peter Camenzind gemacht. Ich kann mich nicht mehr hineinversetzen, die Zeit und der junge Mann von damals liegen so fern, fremd und unwirklich wie dort drunten das winzige Dorf und die blaue Bucht, sie scheinen mich nichts anzugehen. Damals war es der Rigi, der mich nichts anging und abstiess; ich war dem Sommer, der Hitze, dem Wasser und Ruderboot verhaftet, dem träumerischen Rudern an stillen Ufern hin und um kleine felsige Halbinseln und Vorgebirge herum, dem Studium der Farbenspiele im Wasser, dem Baden in versteckten Buchten, dem Hindämmern in praller Sommersonne mit geschlossenen Augen. Ich war allein, bekam nur selten einen Brief, las keine Zeitung, betrachtete die Gäste der grossen Hotels und der Dampfer von weitem mit einer Mischung von Misstrauen und Neugierde, und suchte ein Leben ohne Menschen, ohne Gegenwart, ohne Gesellschaft zu führen, suchte einen Weg vom Anschauen der Natur zum wirklichen Leben in ihr. Man hätte mir damals nicht sagen dürfen, ich werde einmal, ein alter Mann, dort droben auf dem Rigi in einem Grand-Hotel absteigen, Tee bei Unterhaltungsmusik trinken und kleine, langsame Spaziergänge machen, ein Viertel-, eine halbe Stunde weit, um dann lang auf einem Bänkchen auszuruhen oder im Hotelzimmer mich mit der Nachmittagspost zu plagen.

Ich habe sehr wenig Lektüre mitgenommen, darunter den Hesperus von Jean Paul, der auch zu Ninons Lieblingsbüchern gehört; es schien mir Zeit, ihn wieder einmal zu lesen. Jetzt, wo es unnütz und bequem geworden ist, die Deutschen zu hassen, jetzt, wo man das den Zurückgebliebenen und Dummen überlassen darf, kommt man erst allmählich zum Bewusstsein der Verluste, die Deutschland und die Welt erlitten hat, der Verluste an Heimat, an Schönheit, an Erinnerungsgut, an Quellen für die Phantasie, und inmitten dieser beinah unerträglichen Verarmung sucht man jene Quellen mit neuem Bedürfnis auf, die noch fliessen, aus denen je und je zu trinken uns noch erlaubt ist: die deutschen Dichter der guten Zeit. Wir lagen in der Nähe eines Absturzes, dessen Rand sorgfältig umzäunt war und aus dem die Spitzen der Tannen eben noch bis zu uns herauf ragten, und Ninon las vor. Wir lasen die sämtlichen Vorreden des Hesperus, ein Genuss und ein Spass hohen Ranges. Was sind wir, solang wir dem Werk dienen, für geduldige, zähe und unermüdliche Schwerarbeiter, wir Literaten, wie plagen wir uns, und am meisten und geduldigsten grade um das, was die Leser gar nicht merken und was dem Erfolg unsrer Bücher mehr schadet als nützt, um das, was im Grunde nur für ein paar Kollegen und für die paar Jahrzehnte »Ewigkeit« vorhanden ist! Es ist, als sei die Sprache eine Mutter oder Ahnherrin und wir Dichter ihre treuen und beflissenen Diener, Bewahrer, Erneuerer, ihr Leben mitlebend, ihre Sorgen teilend, ihr Wohlsein und Kranksein beobachtend und betreuend, sie zu immer neuen Versuchen und Spielen ermunternd. Sie, die Sprache, die unser Werkzeug und Gehilfe zu sein scheint, ist in Wahrheit unsre Herrin; einer Laune, eines kleinen Versuches wegen, den sie vielleicht morgen wieder vergisst, beschäftigt sie hundert Geister und Hände, und wir alle haben den Ehrgeiz, ihren Regungen und Anregungen zu folgen, ihr zu dienen und zur Verfügung zu stehen, sie vielleicht einen Augenblick lächeln oder lachen zu machen.

Zwischen dem Ehrgeiz des Künstlers, der es den Besten unter den Kollegen aller Zeiten gleichtun möchte, und dem Ehrgeiz des nach Erfolg, nach Erobern der Menge Zielenden ist der Unterschied nicht sehr gross. Aber der Unterschied zwischen einem schönen und einem gemeinen Mund, einer edlen und einer Alltagsnase ist ja auch nicht gross, es geht um Millimeter und weniger. Nehmen wir ruhig den winzig kleinen Unterschied weiterhin ernst!

Das Wetter will sich ändern, der Himmel hat Wolken, die auch Teile der Fernsicht zudecken, die Luft ist weich und feucht. Zauberhaft, bei weithin bedecktem Himmel und etwas Wind, spielen unten auf dem See die kühlen, flüchtigen Farbenschauer, alles ist farbiger, plastischer und heimlich belebter als an den prall sonnigen letzten Tagen. Aber von der Vergangenheit da unten, von Vitznau und Brunnen, von Lauscher und Camenzind steigt nichts mit herauf, es hat keine Stimme mehr und ich kein Ohr, und das ist beruhigend und gut, sonst risse es mir das Herz auf, und ich würde hier oben in meinem Hotel mit Verzweiflung dessen gedenken, was ich einst war oder doch sein wollte. Das Alter hat viele Beschwerden; aber es hat auch seine Gnadengaben, und eine von ihnen ist diese Schutzschicht von Vergessen, von Müdigkeit, von Ergebenheit, die es zwischen uns und unseren Problemen und Leiden wachsen lässt. Es kann Trägheit, Verkalkung, hässliche Gleichgültigkeit sein, aber es kann, ein klein wenig anders vom Moment beleuchtet, auch Gelassenheit, Geduld, Humor, hohe Weisheit und Tao sein. Da unten an der hübschen Seebucht lebt etwas fort, was mich angeht, was Forderungen an mich stellt und mir Leid bereiten will, was ich vielleicht doch noch irgend einmal ungemildert und bitter durchleben und klären muss; aber heute ist nicht die Stunde dafür, das da unten ist nicht Forderung noch Reue noch Vorwurf, es ist nicht mehr als ein Bild, eine Erinnerung unter andern. Sogar an die viel spätere Zeit, 1916, wo nochmals eine Weile die Luzerner Gegend Schauplatz meiner Krisen und Kämpfe war, kommen mir nur wenige und oberflächliche Erinnerungen, es ist, als habe ich keine Vergangenheit gehabt.

Wir sind in Wolken, es ist sehr kühl geworden. Die Bilder, die wir heute immer wieder sehen, erinnern oft sehr an chinesische und japanische: aus gewundenen Wolkenschlangen hervorragende Fels- oder Waldgipfel – eine einzelne bärtige und knorrige Fichte von Wolkenfetzen umflattert. Sogar die dünnen, stangenhaften, spielerisch altmodischen Architekturen der eisernen Pavillons und spitzen Hoteltürmchen passen dazu. Von Mittag an starke Regengüsse. Ninon erkältet. Das Frieren, vor dem ich mich bei der Fahrt in die Berge etwas gefürchtet hatte, fängt an.

Wir steigen nach Kulm hinauf, ich erinnere mich an die vor Jahrzehnten irgendwo gelesene Szene, wie Friedrich Rückert hier oben auftritt, und wir gedenken auch der schönen Frau, die Stifter hier erscheinen lässt. Unter einem dramatischen, stürmisch bewegten Himmel liegt das Land bald fahl und unwirklich, bald grell mit scharfen Umrissen unten, auf halber Höhe unsres Berges steht ein Wäldchen, in einer weiten Mulde halbrund und spitz zulaufend hingezeichnet wie ein Fuchsschweif oder Hahnenschwanz, und es fällt mir ein, dass dies einst zu den hübschesten Eindrücken auf meinen wenigen Luftreisen gehörte: ein Bachtal etwa mit vielen kleinen, launischen Krümmungen, mit Pappeln oder Erlen in kleinen Abständen bestanden; das Ganze dieses Bachlaufes oder dieses im Halbrund hingeschmiegten Waldes gleichzeitig zu sehen, ist eben nur aus der Vogelschau möglich. Wenn der Blick von den fernen Schneebergen zum flachern Lande wandert, wo die Farben wärmer und mannigfaltiger sind und wo aus dem Grün, Braun und Ocker helle Städtchen blicken und ferne kleinere Seen spiegeln, dann spüre ich an einem leicht beklemmenden Gefühl, dass dort hinten, wo Land und Wolken einander berühren, Deutschland liegt.

Nach kalten Regentagen kam ein Sonntag mit freundlichem Himmel, da wird unser ohnehin nicht eben einsamer Berg sehr gesellig. Es begegnen uns überall Fusswanderer, Einzelne und Familien, Gruppen von Kindern, Bauern aus der Gegend in Sennentracht, freundliche langbärtige Kapuzinermönche, kleine Gruppen von schwarzen, langröckigen Schwestern mit strengen Hauben, denn unser Berg ist auch sehr katholisch, und alle diese Wanderer und Spaziergänger haben gute, heitere Sonntagsgesichter, eine Blume im Knopfloch, im Munde oder auf dem Hut, alle grüssen und lächeln und loben den schönen Tag. Schliesslich zeigt sich, dass es sogar ein besonderer Sonntag ist, ein Fest, es kommt ein Bähnchen voll Leute aus einem der Dörfer am See, sie tragen Fahnen, und eine der Fahnen ist neu und noch in eine Hülle gewickelt, sie soll heute geweiht werden. Das geschieht auf einem Plätzchen beim Kaltbad, vor einer andächtigen Menge mit entblössten Häuptern, viele der Männer, Burschen und Mädchen tragen Trachten. Es wird uns auf den Nachmittag ein Umzug mit Fahnenschwingen und Wettspielen versprochen, und wir lassen ihn uns nicht entgehen. Ich verzichtete auf meine Mittagsruhe, Ninon auf ihre griechische Lektüre, und mit schallender Musik zog die Festgemeinde auf. Das Schönste und Eigenartigste daran waren die drei Fahnenschwinger. Im langsamen Marsch, wie Tamboure, schwangen sie ihre rotweissen Fahnen am kurzen Stiel, einmal in der rechten, einmal in der linken Hand, warfen die Fahne hoch in die Luft und fingen sie einhändig wieder auf, senkten sie im langsamen Schwung bis zur Erde und stiegen über sie hinweg. Für den der Kunst nicht Kundigen sah es in den ersten Minuten etwas einförmig und schwerfällig aus, man konnte jedoch bald die Mehrzahl der Spielregeln erkennen, und erkannte vor allem, welche gewaltige Kraft und welch grosse Übung diese Kunst verlangte. Die drei schönen jungen Männer vollzogen die schwierige rituelle Zeremonie mit dem Ernst und der Akkuratesse japanischer Schwerttänzer, es war nicht nur ein virtuoses Sichzeigen von Kraft und Geschicklichkeit, es war auch ein geweihter symbolischer Akt, voll Würde, Ernst und Feierlichkeit. Zu unsrem Ergötzen folgte nun eine besondere Augenweide: die Nachahmung eines Alpaufzuges. Es wurde, Stück um Stück hintereinander, schönes Vieh mit blumenbekränzten Stirnen getrieben oder am Strick geführt, zuvorderst ein schöner junger Stier, der seinen Führer tüchtig in Atem hielt. Es folgten Kühe und Rinder, eine hübsche kleine Herde, und zuletzt ein Maulesel, der auf dem Rücken eine altmodische hölzerne Bettstatt trug.

In diesen Tagen war beständig grosses Wolkentheater. Zuweilen freilich waren wir in die Wolken eingehüllt und sahen gar nichts, es wurde manchmal so dunkel, als wäre es Dezember. Aber es dauerte selten länger als eine Stunde, dann riss irgendwo ein Luftstrom ein Loch in den dicken Nebel, jagte die zerstiebende Wolke in Fetzen nach oben, öffnete ein Tor, ein Fenster, einen Ausblick, und plötzlich sah man die unwahrscheinlichsten und erregendsten Bilder: Landschaften, wie sie seit Altdorfer und Grünewald kaum wieder gemalt worden sind, paradiesische sowohl wie apokalyptische Landschaften: durch riesig aufgebaute schwarze Höllentore Blick in eine sonnig goldengrüne Ferne, oder umgekehrt: eine für kurze Zeit warm und leuchtend bestrahlte Nähe mit blitzenden Tropfen an Gras und Stein hob sich grell von einer blauschwarz geballten Ferne ab, in der zuweilen Donner hörbar wurde oder ein einzelner Blitz aufzuckte.

Die einzige Pflichtarbeit, die ich hierher mitgenommen habe, geht ihrer Vollendung entgegen, einer zweifelhaften Vollendung freilich; denn es ist eine Arbeit, für die es keine Regeln gibt, eine kleine volkstümliche Auswahl aus meinen Gedichten nämlich, die mein Zürcher Verleger wünscht. Meine Frau und ich hatten je ein Exemplar der Gesamtausgabe, und wir notierten, ohne darüber zu reden, jedes für sich die paar Dutzend Gedichte, die ihm für eine solche Auswahl unentbehrlich schienen. Das Ergebnis war erstaunlich: die Zahl von Gedichten, die jedes von uns beiden für aufnahmewürdig hielt, war überraschend klein; von diesen paar Gedichten abgesehen, hatte jedes von uns ein Buch zusammengestellt, das seine eigenen Wege ging und mit dem Buch des andern nichts zu tun hatte. Es bestätigte mir die Gedanken des Essays »Über Gedichte«, den ich vor einigen Monaten wieder vorgenommen, neu bearbeitet und für Freunde als Privatdruck herausgegeben hatte. Aber etwas Bedrückendes hatte es doch, zu sehen, wie schon für uns beide, die wir uns in diesen Gedichten doch wirklich auszukennen meinen, sich eine so sehr verschiedene Auswahl ergab. Und es war mir geradezu ein Trost, dass wenigstens die vier, fünf Gedichte, die seit Jahrzehnten in den Anthologien und Lesebüchern standen, sich wieder bewährt hatten.

Die Post bringt jetzt zuweilen seltene Überraschungen, auch gestern gab es eine: Briefe aus Deutschland! Irgend jemand war aus Stuttgart in die Schweiz gelangt und hatte Briefe für mich von ein paar schwäbischen Freunden mitgebracht, die sandte er mir und bot mir auch an, meine Antworten weiterzuleiten. Es waren nicht zufällige Briefe von Unbekannten, sondern erwartete von Freunden, und wenn ich auch über die grössten meiner deutschen Sorgen nichts Neues erfuhr, so bekam ich doch zum erstenmal von einigen deutschen Intellektuellen, die weit über dem Durchschnitt stehen, direkte Mitteilungen über ihre Erlebnisse und Gedanken seit dem Zusammenbruch. Es sind unter diesen meinen Freunden natürlich keine Gläubigen des Dritten Reiches oder gar Nutzniesser der Hitlerherrschaft; sie alle sind vom ersten Tage an wache und tief beunruhigte Zeugen seines Grosswerdens und seiner Herrschaft gewesen, viele von ihnen haben sich in Leiden und Opfern treu bewährt, haben Amt und Brot verloren, sind in Gefängnissen gesessen, haben jahrelang wissend und ohnmächtig dem anwachsenden Unheil und der immer greller aufschiessenden Teufelei zusehen müssen, haben seit dem Beginn des Krieges mit blutendem Herzen ihrem eigenen Volk die Niederlage und sich selber oftmals den Tod gewünscht. Die Geschichte dieser Schicht des deutschen Volkes ist noch nicht geschrieben, ihre Existenz im Auslande noch kaum erkannt. Ein Teil dieser Leute war früher liberal und süddeutsch-demokratisch gesinnt, ein Teil katholisch, ein grosser Teil sozialistisch.

Diese Menschen nun, von denen ich glaube, dass sie zur Zeit die leidgeprüftesten, reifsten und weisesten in Europa sind, haben teils bewusst und willentlich, teils unbewusst und instinktiv versucht, sich völlig von allem Nationalismus zu befreien. Der kämpfende Franzose, Italiener, der hungernde und leidende Holländer oder Grieche, der schwergeprüfte Pole, ja selbst der verfolgte, zu Herden in Folter und Tod getriebene Jude – sie hatten alle in ihrem für uns unausdenklichen Leide noch das eine: Gemeinsamkeit, Schicksalsgenossen, Kameraden, ein Volk, eine Zugehörigkeit. Das hatten die Hitlergegner und Hitleropfer innerhalb Deutschlands nicht, oder nur soweit sie schon vor 1933 organisiert waren, und diese, soweit sie nicht schon umgebracht waren, verschwanden fast alle in die Höllen der Gefängnisse und Straflager. Übrig blieben die nicht organisierten Gutgesinnten und Vernünftigen, und sie fanden sich von Spionage, Spitzeltum, Denunziation immer mehr ins Enge getrieben, lebten in einer zuletzt kaum mehr atembaren Atmosphäre von Gift und Lüge, sahen die Mehrheit ihres Volkes von einem scheusslichen, ihnen unverständlichen und bösartigen Rausch ergriffen. Ich glaube, dass die Mehrzahl derer, welche diesen zwölf Jahre dauernden Angsttraum überlebt haben, gebrochen und zur aktiven Teilnahme an einem Wiederaufbau nicht mehr fähig ist. Wohl aber können sie unendlich viel beitragen zur geistigen und moralischen Erweckung ihres Volkes, das vorläufig noch gar nicht begonnen hat, das Geschehene und von ihm zu Verantwortende ins Bewusstsein einzulassen. Der müden Stumpfheit des Volkes steht bei jedem Wachgebliebenen eine ungeheuer empfindliche Bereitschaft für die Bewältigung der Schuldfrage, ein höchst zart und wund gewordenes Gewissen gegenüber.

Eines nun ist allen Äusserungen dieser wahrhaft guten Deutschen gemeinsam; die höchste Sensibilität für den Ton jener Aufklärungs- und Strafpredigten, welche jetzt, etwas spät, von den demokratischen Völkern an das deutsche gerichtet werden. Zum Teil werden diese Aufsätze und Broschüren, wirkungsvoll gekürzt, von den Besetzungsmächten propagiert.

Ich kann jene Aufsätze, die ich Predigten nenne, meinen schwäbischen Freunden gegenüber nicht in Schutz nehmen, ich gebe sie preis. Ich habe diesen Freunden überhaupt nichts zu sagen. Wie sollte ein Mensch, der in einem unzerstörten Hause sitzt und täglich zu essen hat, der in den letzten zehn Jahren zwar Ärger und Sorgen, aber keine unmittelbare Bedrohung oder gar Vergewaltigung erfahren hat, diesen in jedem Leid Geprüften etwas zu sagen haben! Aber wenigstens in einem Punkt kann ich den Freunden drüben einen Rat und Zuspruch geben. Mögen sie mir in allem andern weit überlegen sein, in einem Punkt habe ich ältere Erfahrungen als sie, nämlich in der Loslösung vom Nationalismus. Die habe ich nicht unter Hitler oder unter den alliierten Bomben, sondern in den Jahren 1914 bis 1918 vollzogen, und sie wieder und wieder revidiert. Und so kann ich meinen Freunden in Schwaben schreiben: »Das einzige in euren Briefen, was ich nicht ganz verstehe, ist eure Empörung über gewisse Artikel, die euer Volk über seine Schuld aufklären wollen. Ich möchte euch recht laut zurufen: versäumet nicht wieder das wenige Gute, was der Zusammenbruch euch anbietet! Damals, im Jahre 1918, konntet ihr eine Republik statt einer Monarchie mit schlechter Verfassung haben. Und jetzt könntet ihr, mitten im Elend, wieder etwas haben und erleben, ein neues Stück Entfaltung und Menschwerdung, das ihr vor den Siegern und den Neutralen voraus habet: ihr könnt den Wahn jedes Nationalismus, den ihr ja im Grunde längst schon hasset, durchschauen und euch von ihm befreien. Ihr habet das schon weitgehend getan, aber doch noch nicht weitgehend, nicht gründlich genug. Denn wenn ihr diese Entwicklung in euch vollends vollzogen habet, dann werdet ihr über das deutsche Volk und die Kollektivschuld noch ganz andere Worte, dann werdet ihr jede Beleidigung oder Provokation ganzer Völker lesen oder anhören können, ohne euch im mindesten mitbetroffen zu fühlen. Tut diesen Schritt vollends zu Ende, und ihr werdet, ihr wenigen, eurem eigenen und jedem andern Volk an Menschenwert überlegen und einen Schritt näher bei Tao sein.«

Maurice Chappaz

Die schönste Liebesgeschichte

Beinahe hätte ich vergessen, euch die schönste Liebesgeschichte zu erzählen.

In einem Dorf war ein junges Mädchen. Etwas Ausserordentliches schien sie gerade nicht. Ich habe ihre Freunde gefragt: niemand bewunderte sie zu sehr. Sie machte nicht den Eindruck einer Rubens-Frau. Was man von ihr behielt, waren die grauen Augen, weniger scheu, verlockender, verführerischer als die der andern. Vielleicht kennt man in den Dörfern das Gefühl nicht, von solchen Augen geschmeichelt zu werden. Unsere Frauen haben Statuenaugen. Sie aber, sie wirkte beinahe als Bestürzung oder Scheinheiligkeit.

Zwei harte Männer, Brüder, machten ihr den Hof. Der ältere heiratete sie. Aber es war Krieg, Weltkrieg Zwei. Da wurde unser Wallis noch mehr zu einer Insel. Mir hat er gefallen, dieser letzte Akt der Abgeschlossenheit vor dem Fortschritt, vor der Bewusstseinsänderung. Joseph also, der Gatte, begab sich ins Gommertal, um von dort ins Pomatt zu schmuggeln. Pomatt ist eine kleine Walserpfarrei in Italien, ennet dem Griespass. Die Deutschen, die damals Meister waren, nahmen ihn mit. Joseph zog in den Krieg ... nach Russland. Und es kam denn zu seinen Eltern die Kunde von seinem Tod. Die Witwe wurde des jüngern Schatz. Bis sie ihn heiratete, auch ihm durchaus gefiel. Sie behielt jenen unbeschreiblichen Hauch von Süsse, der uns so bewegt. Jahre darauf, als wir immer noch unsere Andenken pflegten, die kleinen, ungefährlichen Geschichten aus dem Dienst, Jahre darauf erfuhr sie die grosse Nachricht: der ältere Bruder war davongekommen. Es stimmte nicht, dass er gefallen wäre; er lebte. Fast ohne sich zu rühren, wartete sie ab. Und es kam der Tag des Wiedersehens. Sie war noch nicht getrennt. Niemand konnte wissen, was sie sich hin und her überlegt, was alles sie sich vorgestellt hatte. Niemand auch hätte ihr raten können. Zwei Stunden zur Stadt hinunter. Am Morgen machte sie sich auf zum Bahnhof, durch herzförmige Ausschnitte hindurch verfolgt von den Augen hinter Stubenvorhängen. Ich habe es erfahren: auf dem Bahnsteig, inmitten der Reisenden hatte sie ihren ersten Mann erkannt. Der konnte noch hauchen: Barbara! – dann sank er um. Zu schwaches Herz, wie der Arzt konstatierte. Oder die Liebe zu stark!

Die Frau brachte die sterbliche Hülle in die Totenkapelle und ging heim. Ihr nehmt ja an, einer der beiden Männer sei zuviel gewesen. Joseph hatte immer ein Lächeln auf dem Gesicht gehabt; er steckte sich eins auf, als er starb. Der andere aber war einer jener stillen Bergler, die einen kalten Eindruck machen – einer jener grossen schweigsamen Organisatoren. Sicher, die Eifersucht hatte ihn zerfressen; er hatte seiner Frau in Andeutungen, in zarten und zänkischen Sprüchen davon erzählt. Alles war zu, als diese heim wollte. Ein paarmal lief sie im Garten um das Haus herum und schaute nach den Fenstern. Such, such! Sie fand! An einem grossen Kirschbaum, der mitten im Mai in seiner Blüte stand, hing er. Er hatte sein bestes Kleid an.

So bringen Verlobte sich um.

Sieben Jahre Abwesenheit, Gefängnis oder Leidenschaft.

Die Frau versuchte zu weinen, das Dorf sie zu beruhigen.

Der Pfarrer entschied, gerade heraus:

– Sie sind für dich in den Himmel und in die Hölle gegangen.

Ordnung ergab sich von selbst. Ich war dabei, als sie begraben wurden. Zusammen. Der Sarg, der nicht hinein durfte, wartete vor der Kirchtür auf den andern. Der Tod hatte reinen Tisch gemacht. Wir neigen uns vor Dir, Herr Tod, wir neigen uns vor Dir, Herr Meister! Die Frau ging ins Kloster. Schön oder nicht schön, dies ist unsere schönste Geschichte.

(Aus dem Französischen von Pierre Imhasly)

HANS RUDOLF HILTY

Geb. 1925 in St. Gallen. Dort – nach Studium – Schriftsteller, Herausgeber (Zeitschrift »Hortulus«, Reihe »Die Quadrat-Bücher« u.a.) und Journalist. 1965-1973 Redaktor in Zürich. Lebt heute als freier Publizist in Benglen bei Zürich. Die neuesten Bücher des Schriftstellers: »Risse« (Erzählerische Recherchen), Bubenberg, Bern 1977; »Bruder Klaus oder Zwei Männer im Wald« (Eine erzählerische Recherche), Orell-Füssli, Zürich 1981.

GUIDO MAGNAGUAGNO

Geb. 1946 in St. Gallen. Studium der Kunstgeschichte in Zürich. Wissenschaftlicher Mitarbeiter am Kunsthaus Zürich. Publikationen: »Paul Senn, Fotoreporter«, Benteli, Bern 1981. Ausstellung und Katalog »Dreissiger Jahre Schweiz – Ein Jahrzehnt im Widerspruch«, Kunsthaus Zürich 1981.

Nachwort des Herausgebers

Im Winter 1939/1940, in der Phase des Zweiten Weltkriegs also, dem Schreibtischstrategen den Namen »Drôle de guerre« verpasst haben, fand es die britische Regierung angebracht, eine Gruppe französischer Journalisten zum Augenschein in der Rüstungsindustrie einzuladen: um defätistischen Gefühlen entgegenzusteuern. Zu denen, die dieser Einladung folgten (und von den Briten zugelassen wurden) gehörte auch Blaise Cendrars, eine schon damals legendäre Gestalt der Literatur der ersten Jahrhunderthälfte, schweizerischer Staatsbürger mit dem zivilen Namen Frédéric Sauser, geboren in La Chaux-de-Fonds, heimatberechtigt Sigriswil.

Cendrars zählt zu den Schweizer Schriftstellern mit abenteuerlichem Lebenslauf; »fliehendes Urgestein« nennt ihn Pierre Imhasly. Und weiter: »Cendrars, das war: zwischen Wein und Traum eine unerschöpfliche Fabel im Hirn tragen und alles miteinander spazieren führen.« Cendrars hatte eine Fahrt mit dem Transsibirienexpress in eine poetische Ballade gehoben; viele seiner Texte waren »Feuilles de route«, aus Afrika, Südamerika, China. In der Fremdenlegion war er gewesen, und sein Freundeskreis waren avantgardistische Künstler.

Dieser Unbügerliche also schreibt Zeitungsreportagen über die britischen Rüstungsanstrenungen, er besucht Geschützfabriken und Flugzeugwerften. Die Reportagen werden noch in einem kleinen Buch zusammengefasst: »Chez l'armée anglaise«; es trägt den Vermerk »Achevé d'imprimer du 18 mai 1940«. Das Buch ist gedruckt, aber noch nicht ausgeliefert, als die Franzosen Paris besetzen. »Gestohlen und vernichtet« hätten es die Besatzer, sagt ein Chronist. Wenige Exemplare haben sich bei Freunden des Autors erhalten, und es sind bisher nur Auszüge wieder gedruckt worden. Cendrars selber übrigens suchte nicht das »Rettungsboot« Schweiz auf, was der Bürger von Sigriswil – im Gegensatz zu vielen anderen – ohne den Mantel der »Illegalität« hätte tun können, sondern versteckte sich in Südfrankreich. Als er viel später in der Kirche von Sigriswil seine Lebensgefährtin heiratete, sagte er ins Mikrofon des Westschweizer Radios, er könnte ohne Sigriswil nicht mehr leben, und ihm schwebe ein Buch vor mit dem Titel »La conquète de Sigriswil«. Das Buch ist nicht entstanden, und Cendrars starb in Paris. Aber hatte er da nicht etwas vorweghalluziniert, was in der Schweizer Literatur des jüngsten Jahrzehnts Etiketten wie »Truebschachen«, »Schilten«, »Urwil« bekommen hat?

Ich zweifelte lange, ob es richtig sei, Cendrars Reportage von einer britischen Flugzeugwerft »auszugraben«, einen journalistischen Text, mit aktuellem Zweck geschrieben, der nicht die weltgreifende Vitalität des Dichters belegt. Doch was er sehr wohl belegt, das schien mir wichtig genug: eine eigene Mischung von knapper, kühler Sachlichkeit und poetischer Phantasie, die den Reporter zum Beispiel an die vielen Buben denken lässt, die er in allen Kontinenten der Erde kennengelernt hat; würden sie, die so gern mit ihrem Meccano Flugzeuge bauen, wohl gern an seiner Seite sein, um »dem grössten Meccano der Welt zuzuschauen«? 1940: das war doch eine Zeit, wo Phrasen und Emphasen Hochkonjunktur hatten, in Durchhalteparolen wie in Unterwerfungsgesten, ein Jahr der Wortattrappen. Auch »Réduit« oder »Plan Wahlen« waren – in der Schweiz – ja zunächst Wortattrappen; die Alpenfestung musste erst noch gebaut werden (mit Stahl und Zement, der von Schweden durch Deutschland hindurch anzuliefern war), und welchen Ertrag die in Äcker umgepflügten Weiden, Pärke und Gärten einbringen würden, stand noch offen. Auf dem Gebiet der Flüchtlings- und Asylpolitik aber begannen die Behörden eben selber, Dinge wie »Humanität« und »Hilfe für Verfolgte« zu blossen Wortattrappen verkommen zu lassen.

1940 als Beispiel.

Wenn Herausgeber von Anthologien oder Lesenbüchern ihre Auswahl begründen, haben sie dem Leser sonst zu erklären, was in dem nach Geburtsjahrgängen oder nach dem Alphabet bereitgestellten Lesestoff ein Anreiz zur nähern Beschäftigung sein könnte. Jede Auswahl hat ihre Zufälligkeiten und ihre subjektiven Züge. Das gilt selbstverständlich auch für die Auswahl des Lesebuchs »Grenzgänge«. Und doch ist hier die Situation anders. Das Lesebuch ist zum vorneherein so gestaltet, die Texte sind – einmal mit einem musikalischen Werk verglichen – so zu »Sätzen« komponiert, dass daraus, so hoffe ich, dem Leser die Gesichtspunkte, Fragestellungen, Überraschungen und Irritationen mitgeteilt werden, die bei der Arbeit an diesem Buch meine Gesichtspunkte, Fragestellungen, Irritationen waren. Der Leser würde dem Buch einen grossen Gefallen tun, wenn er mit den einzelnen Texten auch diese offenen Strukturen auf sich wirken liesse.

Könnte ich mich darauf verlassen, dass sich nur Leser über das Ganze ein – wie auch immer geartetes – Urteil bilden, wenn sie das Buch bis zu dieser Seite gelesen und sich von seiner Struktur haben anstecken lassen, so schiene mir ein Nachwort überflüssig. Aber ich weiss natürlich, wie gern Leser zunächst einmal blättern, dies und jenes herausgreifen, das Inhaltsverzeichnis begutachten – und wie nahe liegen dann Vorurteile und Missverständnisse. Der eine vermisst bestimmte Namen, der andere erklärt es zum Grössenwahn, dass sich die Schweizer Literatur nun auch noch mit den Namen von Emigranten und Gästen schmücke.

Doch ist ja nicht von »Schweizer Literatur« die Rede, sondern von »Literatur aus der Schweiz« und (in dem als programmatisch plazierten Aufsatz von Max Frisch) von »Literatur und Zeitereignis«. Die Jahrzahlen 1933 und 1945 markieren den Zeitabschnitt, die Hitlerzeit also, aber sie sind keine Kreidestriche; literarische Texte unterliegen andern Produktionsfristen als Machtergreifung und Zusammenbruch. Zudem ist 1933 allzusehr ein deutsches Jahr, in Italien las man's anders. Indessen hoffe ich, dass der Umriss der Recherche schon vom Titel her getroffen ist. Etwa so: Wie zeigt sich, wie dokumentiert sich in Literatur aus der Schweiz das Miterleben der Hitlerzeit, in Zeitstimmung, Zeitreflexion? Und Hitlerzeit, das ist natürlich eine zu spezifische Etikettierung, ihr abstossendstes, aber nicht ihr einziges Gesicht. Es war, zum Beispiel, ja auch die Zeitspanne von der grossen Wirtschaftskrise bis zur Atombombe. Das ist ineinander verwoben. Und die Textzusammenstellung dieses Lesebuchs will eines sicher nicht: das Ineinander-Verwobene künstlich auseinanderfädeln. Das wäre dem Geist von Literatur zuwider.

Wenn ich Literatur sage und nicht, was bescheidener klingen würde, einfach von Texten rede, so nicht aus der Absicht, das geschriebene Wort in eine Sphäre »überzeitlichen« Kunstanspruchs hochzustemmen. Es ging mir jedoch bei der Textauswahl darum, Beispiele zu finden, die einen heutigen Leser ohne viel Wenn und Aber zu fesseln vermögen. (Die Wenn und Aber und die Fragezeichen und die Gedankenstriche kommen dann vielleicht noch früh genug.) Es sollte nicht zum vorneherein ein spezifisches Interesse an Zeitgeschichte vorausgesetzt werden. Eine Dokumentation ist das Buch gleichwohl, sehr bewusst.

Als Leser denke ich mir gern jene jüngern Menschen, die kein Bild der Zeit mehr haben, eine vage Erinnerung vielleicht, und die Erinnerung verengt sich immer mehr auf jene Wortattrappen, die aus bestimmten staatsbürgerlichen und wirtschaftlichen Interessen immer wieder neu angemalt werden: Friedensabkommen, Wehrbereitschaft, Burgfrieden, Neutralität, Réduit. Ich verstehe die jungen Menschen, die fragen: Was ist denn das für eine Welt gewesen? Eine Welt der Worthülsen und des Schweigens (»Wer nicht schweigen kann, schadet der Heimat«)? Ist das Leben gewesen? Dazu möchte dieses Buch anstiften: Leben wahrzunehmen in jener Zeit, unter den Bedingungen jener Zeit.

Wenn ich mit jüngern Kollgen darüber plaudere, wie ich als Heranwachsender jene Zeit, die Bedinungen und Verwerfungen der Zeit erlebt habe, erzähle ich manchmal eine (authentische) Episode. Da war eine Jugendfreundin meiner Mutter in Deutschland verheiratet (verheiratet mit einem Deutschen, der Ende des Ersten Weltkrieges als Internierter bei uns gewesen war). Zwei Söhne, nicht viel älter al ich, fielen in Russland, und doch musste es in den Briefen, die ja von der Zensur geöffnet werden konnten, heissen: »Wir sind stolz«, »wir leben in einer grossen Zeit« – und wie eben die NS-Wortattrappen lauteten. Aber einmal stand da der Nachsatz: »Sammelt Ihr auch Briefmarken? Wir haben jetzt die schöne neue Serie des Winterhilfswerks.« Die Markenserie haben wir abgelöst, und unter den Marken stand dann das, was die Zensur nicht lesen durfte: Schmerz, Verzweiflung. An diese Episode musste ich zuweilen denken, als ich dieses Lesebuch zusammenstellte. Ich kam mir dann als einer vor, der nach Worten des Lebens sucht, wo so viel Wortattrappen im Weg stehen.

Dass bei einem solchen Prozess der Annäherung und Vergegenwärtigung die »Menschen ohne Pass« nicht geringere Zeugen der Zeit sein konnten als die Menschen mit Schweizer Pass, war schlicht realistisch (darum also nicht »Schweizer Literatur«, sondern »Literatur aus der Schweiz«). Nur dieses Ineinandergespiegelte kann ein Bild der Zeit vermitteln. Die Schweizer waren bevorzugt, »polizeilich« (und wie!); aber was könnte schon eine polizeiliche Bevorzugung mit einem realistischen literarischen Zeitbild zu tun haben? Wenn man's etwas verkürzt und überhöht sagen will, mag man formulieren, mir habe ein Literatur-Ensemble vorgeschwebt, das dem damaligen Schauspieler-Ensemble am Zürcher Schauspielhaus nachempfunden sei. Mit Einschränkungen übrigens: Damit das Unternehmen nicht uferlos werde, mussten Texte, die nicht die Situation und die Möglichkeiten gelebten Lebens in der Schweiz betrafen, unberücksichtigt bleiben, zum Beispiel Wolfgang Langhoffs »Moorsoldaten«, die er in Zürich geschrieben hat.

Und was Grenzgänge über staatliche Grenzen anbelangt: es ist wohl nicht ein Zufall, dass von den Schweizer Schriftstellern, die uns heute noch betroffen machen, manche ihre Grenzgänge taten; Cendrars ist der äusserst denkbare Fall. Und wenn ich Glauser erwähne, den andern Fremdenlegionär unter den Autoren des Lesebuchs, wird schlaglichtartig klar, wie das ineinandergreifen kann: Staatsgrenzen, Anstaltsmauern, Grenzen gesellschaftlicher Existenzformen, Entgrenzungen.

Was eine Selbstverständlichkeit sein sollte, aber, wie man in den letzten Jahren immer wieder sah, nicht selbstverständlich ist: Literatur aus der Schweiz heisst: Literatur in allen Landessprachen, jedenfalls der Intention nach. Dass man einerseits die Mehrsprachigkeit des Landes fördert und rühmt, aber andererseits frischfrommfrohfrei »Schweizer Erzähler zwischen Keller und Frisch« titelt, als hätte nicht der überragende Erzähler dieser »Zwischen«-Zeit Ramuz geheissen, dass man nur gerade Schweizer Autoren deutscher Sprache befragt, wie sie »im Traum die Schweiz gesehen«, das streift das Sozio-Schizophrene. Im neuern Schweizer Film ist es überhaupt kein Gegenstand von Fragen, dass alle Sprachregionen gemeint sind und konkret zusammenarbeiten. In der Literatur aber lässt man auch – und darauf kommt es an – bei Bestandesaufnahmen vom Sprachkästchenprinzip nicht ab (die Anthologie »Schweizer Lyrik des 20. Jahrhunderts«, die alle vier Sprachregionen umfasst, hat bezeichnenderweise einer gemacht, der von aussen kam: Bernd Jentzsch). Und dabei geht nicht einfach der Lack der Mehrsprachigkeit ab, der vielleicht wirklich nicht mehr als Lack ist; verloren gehen die Erfahrungen – und was Schriftsteller für die Erfahrungen bezahlt haben. Alle die »Diskurse in der Enge«, die wir in deutscher Sprache in den jüngsten Jahrzehnten erlebt haben, die repetierten fast nur Erfahrungen, die man unter Schweizer Schriftstellern französischer Sprache in der ersten Jahrhunderthälfte machte. Was das Befragen des Verhältnisses eines Schriftstellers zur Heimat Schweiz betrifft: gerade auch in diesem Punkt heisst der Prototyp des Schweizer Schriftstellers des 20. Jahrhunderts Charles Ferdinand Ramuz. Die Konzeption dieses Lesebuchs war hierin von Anfang an grundsätzlich.

Ich wusste indessen nicht von Anfang an so klar, wie sehr diese konzeptionelle Entscheidung der Lebendigkeit und dem Reichtum der (möglichen) Auswahl zugute kommen sollte. Was für ein Glücksfall ist das Tagebuch Barbeys, um den Unterschied zwischen einer reflektierenden Sprache und der Sprache offizieller Verlautbarungen zu erkennen. Barbey zu lesen, ist gerade darum noch heute spannend, weil es bei ihm niemals jene instrumentale Berufung auf die Leistungen der Ahnen und die Vorsehung Gottes gibt, welche die meisten offiziellen Verlautbarungen der Zeit für den heutigen Leser so museal macht.

Die zeitlich frühesten Texte (von Kurzbeiträgen abgesehen) stammen von Gustave Roud und Charles Albert Cingria; vielleicht überlegt sich der eine und andere Leser hinterher, wie sehr diese beiden Beiträge das Ensemble des Lesebuchs beleben. Das war gerade noch Ende der zwanziger Jahre, dass Roud in seiner impressionistischen Sensiblität diese faulige Atmosphäre im faschistischen Italien wahrnahm. Und das war Anfang der dreissiger Jahre, dass Cingria diese kafkaeske Traumflucht (»Die rote Ameise«) niederschrieb, in der so viel vorweggenommen ist. Wie steht daneben doch Zollingers Novelle »Labyrinth der Vergangenheit« in einem sehr viel erhellenderen Kontext als neben allem, was Schweizer Kollegen deutscher Sprache in jenen Jahren geschrieben haben.

Das Problem der Symbiose mit Exil und Widerstand stellt sich im Französischen und Italienischen anders als im Deutschen. Die Gedichte von Montale und Eluard signalisieren, wie schweizerische Verlage zur Plattform für Autoren wurden, die in ihrem Land versteckt lebten, politisch im Widerstand arbeiteten und nicht publizieren konnten; doch das in der Schweiz Publizierte fand Wege zurück nach Italien und Frankreich, wie die politischen Chansons von Gilles ihren Weg nach Frankreich fanden. »Tausend Jahre schon – wie die Zeit verrinnt!« sang er in Lausanne im Mai 1944, als man täglich auf die Invasion der Alliierten in Frankreich wartete. Und als Paris befreit war, schrieb Ramuz ins Tagebuch: »Befreiung Frankreichs: nie war mein Gefühl so stark, dass wir abgeschnitten, isoliert sind.«

Da muss noch von einem Auswahlprinzip die Rede sein, das vielleicht ein paar Leser irritiert. Nicht zuletzt diese im Rückblick so spürbare Solidarität mit der Résistance verbot mir die Aufnahme von Autoren, die Sympathisanten des Faschismus waren. Aus diesem Grund findet man keinen Text von Francesco Chiesa – aber ich glaube, die italienischsprachige Schweiz ist in dem Lesebuch auf eine Art vorhanden, die sich vertreten lässt, ja – so empfinde ich es – auf eine spannende Art. Und was das Rätoromanische anbelangt, ist ein Sachverhalt zu erklären: Domenic Gaudenz spricht und schreibt romanisch; auch die Notizen, auf denen seine Landarzt-Erinnerungen fussen, sind romanisch – aber als es dann um das Buch ging, gab er dem Text selber das deutsche Sprachgewand. Was noch zu sagen wäre? Natürlich, es fehlen Namen, unter Schweizern und unter Emigranten. Da das Buch nicht von den Namen, sondern von den Zeitereignissen her (so wie sie sich in Literatur reflektieren) angelegt ist und das Unternehmen ohnehin die Grenzen eines Buches zu sprengen drohte, war das unvermeidbar.

Sprechen würde ich gerne noch von so und so viel Episodischem, was bei dieser Arbeit zu Tage gekommen ist. Einiges davon wird im Buch sichtbar. Ein Beispiel sei nachgetragen. Albert Ehrismann hat im Gespräch die Geschichte mit seinem Anzug ergänzt. Ein Freund bat ihn um Geld, um nach Spanien zu fahren. Geld hatte Ehrismann nicht. Der Freund bat ihn um einen Anzug. Ehrismann hatte zwei Anzüge. Es sei nicht für lang, in Spanien sei es ja wärmer, sagte der Freund, er brauche den Anzug also nur für die Reise und werde ihn gleich zurücksenden. So ist das Gedicht entstanden, das im Angedeuteten so viel mitgefühlte Zeitgenossenschaft transportiert.

Benglen bei Zürich, 1. August 1981 H. R. H.

Register

In jüngster Zeit sind mehrere Werke erschienen, Anthologien, Darstellungen, Dokumentationen, einerseits über Schweizer Literatur, andererseits über Exilliteratur, die ausführliche bio-bibliographische Angaben enthalten. Die folgenden Hinweise beschränken sich deshalb auf die »Grenzgänger«, also auf die äussern Lebensstationen. Ferner werden zu den Texten, die abgedruckt sind, die üblichen bibliographischen Angaben gemacht. Dabei bedeutet Ü Übersetzung oder Übersetzer; Ü weist darauf hin, dass die Übersetzung für dieses Lesebuch geschaffen worden ist.*

LAJZER AJCHENRAND (geb. 1912)
Lebte bis 1935 in Polen, dann in Frankreich; 1940-42 Lager in Frankreich, 1942 »illegal« in die Schweiz, Zürich, 1943-45 Lager Zürichhorn, seit 1945 Küsnacht bei Zürich, 1947 von Ausweisung bedroht. Mitarbeit »Über die Grenzen«, gemeinsam mit Jo Mihaly und Stefan Hermlin Gedichtband »Wir verstummen nicht« (Posen-Verlag Zürich 1945).

341 *Der Mensch* (jiddisch, bisher unveröffentlicht).

EDWIN ARNET (1901-1962)
Lokalredaktor an der NZZ in Zürich und Schriftsteller.

407 *Der gerechte Hauptmann.* Aus: »Elgele«, Artemis, Zürich 1948.

HANS ARP (1887-1966)
Bis 1905 Strassburg, 1905-1907 Weimar, 1909-1919 in der Schweiz. Als Maler und Lyriker Mitbegründer des Dadaismus. 1919 Deutschland, 1926 Meudon bei Paris, 1940 Südfrankreich, 1942 Schweiz, 1946 wieder Meudon bei Paris, letzte Lebensjahre in Locarno-Solduno.

187 *Die Dunkelheit der Erde* ... (Stichwort). Aus: »Unsern täglichen Traum«, Arche, Zürich 1955.

202 *Ins Bodenlose.* Aus: Gesammelte Gedichte, Bd I, Arche, Zürich 1963 (Erstdruck: »Muscheln und Schirme«, 1939.

BERNARD BARBEY (1914-1970)
Genf, Bern und vor allem Paris (als Schriftsteller und Diplomat), 1939 Nachrichtendienst der Armee (vgl. »Allez et retour. Mon Journal pendant la drôle de guerre 1939-1940«, La Baconnière, Boudry 1967). Ab 1940 Chef des Persönlichen Stabs von General Henri Guisan. Das persönliche Tagebuch aus dieser Zeit erschien (in Auszügen) unter dem Titel »P. C. du Général«, La Baconnière, Boudry 1948; dt. »Fünf Jahre auf dem Kommandoposten des Generals«, Herbert Lang, Bern 1948. 1945 diplomatischer Verbindungsoffizier zum französischen Besatzungskommando in Deutschland, dann wieder Paris.

257 *Auf dem Kommandoposten des Generals,* Aus: »Fünf Jahre auf dem Kommandoposten des Generals« (s. oben).

KARL BARTH (1886-1968)
Geb. in Basel. Ab 1921 Theologieprofessor in Göttingen, ab 1925 in Münster, ab 1930 in Bonn. 1935 wegen Widerstand gegen den Nationalsozialismus entlassen und ausgewiesen; darnach Professor in Basel

327 *Hier stimmt etwas nicht* ... (Stichwort). Aus: »Im Namen Gottes, des Allmächtigen«, EVZ, Zürich 1945.

MAURICE BAVAUD (1916-1941)
Geb. in Neuchâtel. Über den Hitler-Attentäter Bavaud sind in den letzten Jahren drei Bücher (von Rolf Hochhut, Niklaus Meienberg, Klaus Urner) und ein Film (von Niklaus Meienberg, Villi Hermann und Hans Stürm) herausgekommen.

257 *Berlin-Plötzensee* ... (Stichwort). Zitiert nach: »Es ist kalt in Brandenburg (Hitler töten)«, Texte zum Schweizer Film, Schweiz. Filmzentrum, Zürich 1980 (Ü*).

JOHANNES R. BECHER (1891-1958)
Geb. in München. 1933 ausgebürgert; Exil: Tschechoslowakei, Österreich, Schweiz,

Frankreich; ab 1935 in Moskau; 1945 Rückkehr nach Deutschland (Ostberlin). Kulturminister der DDR.

94 *Zürich/Das Lenin-Haus/Zu sehr Süden.* Aus: »Ein Lied vom Köpferollen und von den 'nützlichen' Gliedern«, Ring-Verlag, Zürich 1934. (Das Gedicht wurde nicht in die »Gesammelten Werke«, Aufbau-Verlag, Berlin DDR 1967 ff., aufgenommen.)

ULRICH BECHER (geb. 1910)

Als österreichischer Staatsbürger und Sohn einer Schweizer Mutter in Berlin geboren. Exil 1933: Wien, Schweiz, Frankreich, Spanien. 1938-1941 Genf; 1941-1948 Brasilien. Lebt seit 1948 in Basel.

335 *In der Alpenkatakombe.* Aus: »SIFF«, Benziger, Zürich/Köln 1978.

WALTER BENJAMIN (1892-1940)

Geb. in Berlin. 1916-1919 Bern. 1920-1933 Berlin, 1933 Zürich, dann bis 1940 Paris. Freitod in Port-Bou (Spanien).

120 *Die Warnung.* Erstdrucke: »Prager Tagblatt« 1934, »Basler Nachrichten« 1935. Jetzt in: »Gesammelte Schriften« IV/2, Suhrkamp, Frankfurt am Main 1972.

PIERO BIANCONI (geb. 1899)

Geb. in Locarno-Minusio, lebt dort.

360 *Schneefall.* Aus: »Croci e rascane«, Prose, Mazzuconi, Lugano 1943; (Ü*) »Kreuze und Kornleitern im Tessin«, Büchergilde Gutenberg, Zürich 1946. Der Text trägt das Datum 1941.

ERNST BLOCH (1885-1977)

Geb. in Ludwigshafen. Philosoph und Schriftsteller. Exil: 1933 Schweiz (von der Schweiz ausgewiesen), 1936 Tschechoslowakei, 1938 über Paris in die USA, ab 1942 Professor in Cambridge. 1949 Rückkehr; Philosophieprofessor in Leipzig. 1957 zwangsemeritiert, ab 1961 in der Bundesrepublik, Lehrstuhl in Tübingen.

359 *Wovon geträumt wird...* (Stichwort): Aus: »Erbschaft dieser Zeit«, Oprecht, Zürich 1935. Jetzt in: »Gesamtausgabe in 16 Bänden«, Suhrkamp, Frankfurt am Main, 1962 ff.

BERTOLT BRECHT (1898-1956)

Geb. in Augsburg, ab 1917 vorwiegend München, ab 1922 Berlin. Exil 1933: über Österreich, die Schweiz, Frankreich nach Dänemark, 1939 über Schweden, Finnland und die Sowjetunion nach den USA. Ab 1943 Uraufführungen in Zürich. 1947/48 in Zürich, darnach Ostberlin.

71 *Ich habe beinah überall...* (Stichwort): Brief an Johannes R. Becher, 28. Juni 1933.

WALTHER BRINGOLF (1894-1980)

Politiker der schweizerischen Linken. Stadtpräsident von Schaffhausen.

121 *Im Laufe des Jahres...* (Stichwort). Nach: »Mein Leben«, Scherz-Verlag, Bern/München 1965.

LISEL BRUGGMANN (1900-1973)

Geb. in Zürich. 1924-1928 Bern, Winterthur, dann wieder Zürich. 1930 Kontakt mit dem »Bund Proletarisch-Revolutionärer Schriftsteller«, Berlin. Gest. in Zürich.

129 *Wohltätigkeit* (geschrieben 1934). Aus: »Not macht erfinderisch«.Unionsverlag, Zürich 1980.

MAX BRUSTO (Geb.1906)

Geb. in Köln. Vor 1933 in Hamburg. Exil: 1933 Frankreich (Paris und Nizza), 1942 »illegal« in die Schweiz; 1942-1945 Arbeitslager. 1946 wieder nach Frankreich.

342 *Arbeitslager.* Aus: »Im Schweizer Rettungsboot«, Verlag Starczewski, München 1967. (Der Text war vorher in Fortsetzungen in der »Jüdischen Rundschau/Maccabi«, Basel, erschienen).

JAKOB BÜHRER (1882-1975)

Geb. in Zürich. Arbeitete an verschiedenen Orten in verschiedenen Berufen. Lebte als Schriftsteller in Verscio.

154 *Die Versammlung.* Aus: »Sturm über Stifflis«, Büchergilde Gutenberg, Zürich 1934. Neuausgabe beim Z-Verlag Basel.

CARL J. BURCKHARDT (1891-1974)
Geb. in Basel. Kulturhistoriker und Diplomat. 1937-1939 Hoher Kommissar des Völkerbunds in Danzig; Präsident des IKRK; 1945-1950 Schweizerischer Gesandter in Paris. Lebte darnach in Vinzel (Waadt).
414 *R. W. Ein Bericht.* Aus:»Drei Erzählungen«, Manesse-Verlag, Zürich 1952. Auch in: »Gesammelte Werke«, Scherz-Verlag, Bern/München 1971.

ALBERT CAMUS (1913-1960)
Geb. in Constantine (Algerien). Im spanischen Bürgerkrieg und in der Résistance. Ab 1944 Wohnsitz Paris, aber zahlreiche Auslandaufenthalte. Gest. nach Verkehrsunfall.
9 *Wir Schriftsteller...* (Stichwort). Aus der Nobel-Preis-Rede 1957. Die Werke von Camus erscheinen bei Gallimard, Paris; dt. bei Rowohlt, Reinbek bei Hamburg.

ANGELO CASÉ (geb. 1936)
Lebt in Minusio bei Locarno.
371 *Am-Salam der einsamen Kinder.* Aus: »Die rote Piazza«, it. mit Ü, orte-Verlag, Zürich 1976. (It. Text zuerst in: »I compagni del cribbio«, Verlag Mondadori, Mailand 1965).

BLAISE CENDRARS (Frédéric Sauser) (1887-1961)
Geb. in La Chaux-de-Fonds. Abenteuerliche Reisen durch Deutschland, Südasien, China; Zwischenspiel in Bern und Zürich; dann nach Russland und Kanada. Seit 1912 hauptsächlich in Frankreich. Reisen nach Afrika. Nach 1950 gelegentlich in der Schweiz, Wohnsitz Paris.
9 Zitiert nach: Louis Parrot, »Blaise Cendrars« (Poètes d'aujourd'hui), Seghers, Paris 1948.
257 *Die Flugzeugwerft.* Ebd. Die Reportage stammt aus: »Chez l'armée anglaise«, Verlag Corréa, Paris 1940; diese Schrift – mit dem Fertigstellungsdatum 18. Mai 1940 – wurde von den deutschen Besatzern zerstört, ehe sie ausgeliefert war; sie ist nicht enthalten in den »Oeuvres complètes«, Denoël, Paris 1960 ff. (Ü*)

PIERRE CERESOLE (1879-1945)
Geb. in Montreux. Arbeitete als Ingenieur in Japan und Indien (Bekanntschaft mit Gandhi) und widmete sich darnach ganz dem Pazifismus. Lebte in La Chaux-de-Fonds.
235 *Wir haben...* (Stichwort). Zitiert nach einer Würdigung von Daniel Anet in: »Welt im Wort«, Zürich 1975.

MAURICE CHAPPAZ (geb. 1916)
Geb. in Martigny. Schriftsteller und Weinbauer in Veyras (Wallis).
500 *Die schönste Liebesgeschichte.* Aus: »Die Walliser«, Kandelaber-Verlag, Bern 1968 (dt. Rechte bei Egon Ammann, Zürich). Frz.: »Portrait des Valaisans«, Cahiers de la Renaissance Vaudoise, Lausanne 1965.

CHARLES ALBERT CINGRIA (1883-1954)
Geb. in Genf. Veloreisen durch die Schweiz, durch Europa und Nordafrika; zeitweise Paris; 1939-1945 vorwiegend Genf und Lausanne. Später wieder Paris und Reisen. Gest. in Paris.
191 *Die rote Ameise.* Aus: »La fourmi rouge et autres textes«, hg. v. Pierre-Olivier Walzer, L'Age d'homme, Lausanne 1978 (Ü*)
207 *Sind Sie Reaktionär oder...* (Stichwort). Aus: »Der grosse Fragebogen«, in: »Unterwegs« (dt. v. Hannelise Hinderberger), Arche-Verlag, Zürich 1979. Frz. »Oeuvres complêtes«, L'Age d'homme, Lausanne 1969 ff.

FRIEDRICH DÜRRENMATT (geb.1921)
Geb.in Konolfingen; lebt in Neuchâtel
203 *Der Folterknecht.* Entstanden zwischen 1943 und 1946. Erstdruck in: »Die

Stadt«, Arche, Zürich 1952. Jetzt in Bd. 8 der Werkausgabe in 30 Bdn., 1981. © Arche Verlag, Zürich.

230 *Der Alte.* Erstdruck in: »Der kleine Bund«, 25. März Bern 1945. Jetzt in Bd. 8 der Werkausgabe in 30 Bdn., © Diogenes Verlag.

ALBERT EHRISMANN (geb. 1908)

Lebt als Schriftsteller in Zürich. Schrieb zusammen mit Kurt Früh die dramatische Erzählung »Der neue Kolumbus« als Festspiel anlässlich der Arbeitsfestwochen an der Landesausstellung 1939; Texte für das Cabaret Cornichon. Zahlreiche Gedichtbände.

128 *Äine waartet.* Aus: Wochenzeitung »ABC«, 11. März 1937.

208 *Der Anzug.* Aus: Wochenzeitung »ABC«, 15. Juli 1937. (Beide Gedichte sind in den Gedichtbänden von A. E. nicht enthalten.)

ALBERT EINSTEIN (1879-1955)

Geb. in Ulm. Aarau (Matura), Zürich (Studium), Bern (Patentamt), Professuren in Zürich, Prag, Berlin. Exil: 1933 USA. Gest. in Princeton.

327 *Ich mag die Schweizer ...* (Stichwort): Brief vom 24. August 1948 an Gustav Wissler. Zitiert nach: Carl Seelig, »Albert Einstein und die Schweiz«, Europa-Verlag, Zürich 1952.

PAUL ELUARD (Eugène Grindel) (1895-1952)

Geb. in Saint-Denis. Paris. Reisen nach Mittelamerika, Ozeanien, Asien. Spanischer Bürgerkrieg, Résistance. Gest. in Charenton-le-Pont.

347 *Zuviel Untat.* Frz. Erstdruck in: »Poésie et vérité«, La Baconnière, Neuchâtel 1942. Ü von Friedrich Hagen zuerst in: P. E., »Gedichte«, Lancelot-Verlag, Neuwied 1949. Jetzt in: P. E., »Choix de poèmes/Ausgewählte Gedichte«, Luchterhand, Neuwied 1951.

FELICE FILIPPINI (geb. 1917)

Geb. in Arbedo. Maler und Schriftsteller. Lebt in Muzzano.

121 *Ländliches Fest.* Aus: »Signore dei poveri morti«, Verlag Istituto editrice, Lugano 1943; Ü »Hergott der armen Seelen«, Büchergilde Gutenberg, Zürich 1945.

MAX FRISCH (geb. 1911)

Geb. in Zürich. Architekt und Schriftsteller. Aufenthalte in New York, Rom, Berlin. Lebt in Berzona und New York.

9 *Ort der Handlung ...* (Stichwort) Aus: »Die Chinesische Mauer«, s.u.

14 *Über Zeitereignis und Dichtung.* Erstdruck: Programmheft des Schauspielhauses Zürich zur Uraufführung von »Nun singen sie wieder«, 29. März 1945. Jetzt in: »Gesammelte Werke in zeitlicher Folge« Bd. II/1 (Werkausgabe Bd. 3, Suhrkamp, Frankfurt 1976.

457 *Die Chinesische Mauer* (Szenenausschnitte). Niederschrift Herbst 1945 bis Mai 1946; Uraufführung am Schauspielhaus Zürich, 10. Oktober 1946; Erstdruck (in einer veränderten Fassung) im Suhrkamp-Verlag, Frankfurt 1955. Jetzt in: »Gesammelte Werke in zeitlicher Folge«, Bd. II/1 (Werkausgabe Bd. 3), Suhrkamp, Frankfurt 1976.

KURT FRÜH (1915-1979)

Geb. in St. Gallen, 1933-ca. 1939 Leiter der »Volksbühne«, einer politischen Arbeiterbühne. Mitarbeit an den Cabaretts »Pfeffermühle« und »Cornichon«. Ab 1955 Produktion von Spielfilmen.

140 *Arbeitertheater in der Schweiz.* Aus: »Die Zeit«, März 1937.

DOMENIC GAUDENZ (geb. 1899)

Geb. in Celerina/Schlarigna. Arzt, lebt in Scuol.

398 *Ein verzweifelter Hilferuf.* Aus: »Der Landarzt in Uniform«, Calven-Verlag, Chur 1975.

ELISABETH GERTER (1895-1955)

Geb. in Gossau (St. Gallen). Ausbildung als

Krankenschwester, Schriftstellerin. Gest. in Basel.

365 *Der Frühling und ein Zusammenbruch.* Erstdruck in: »Die Schicksalstür«, Verlag Rengger, Aarau 1954. Jetzt in: »Die goldene Lüge«, Unionsverlag, Zürich 1981.

GILLES (Jean-Jacques Villard) (geb. 1895)
Geb. 1895 bei Lausanne. Bis 1939 teilweise in Paris. 1939-1946 Lausanne, antifaschistische Chansonprogramme. Lebt in Saint-Saphorin bei Lausanne.

481 *Tausend Jahre – wie die Zeit verrinnt!* Erste und letzte Strophe eines Chansons, das Gilles bereits im Mai 1944 vortrug. Frz. »Mille ans déjà – comme le temps passe!« Gedruckt in: »Chansons que tout cela!«, Rencontre, Lausanne 1963. (Ü*)

FRIEDRICH GLAUSER (1896-1938)
Geb. in Wien. 1921-1923 Fremdenlegion. Dann Wechsel zwischen Anstaltsaufenthalten und Ausland (Frankreich, Belgien). Gest. in Nervi.

176 *Matto erscheint.* Aus: »Matto regiert«, Jean-Christophe-Verlag, Zürich 1936. Jetzt in: F. G. Werkausgabe Bd. 4, Arche, Zürich 1973.

KURT GUGGENHEIM (geb. 1896)
Schriftsteller in Zürich. Schuf mit »Alles in Allem« (4 Bände, Artemis, Zürich 1952-1955) eine literarische Chronik des Jahrhunderts.

168 *Bundesfeier.* Aus: »Riedland«, Schweizer-Spiegel-Verlag, Zürich 1938; Neuausgabe Artemis, Zürich 1958.

WERNER J. GUGGENHEIM (1895-1946)
Geb. in St. Gallen. Schauspieler, Dramaturg, Schriftsteller und Übersetzer. Gest. in Bern.

237 *Bomber für Japan.* Der gekürzte letzte Akt des Schauspiels. Geschrieben 1937. Uraufführung (sowie Buchausgabe im Oprecht-Verlag) Zürich 1938.

ALEXANDER X. GWERDER (1923-1952)
Geb. in Thalwil, lebte in Zürich, nahm sich in Arles das Leben.

322 *Im Raum jenseits des Lebens.* Aus: »Land über Dächer« (Nachgelassene Gedichte), Arche, Zürich 1959.

STEFAN HERMLIN (geb. 1933)
Geb. in Chemnitz. Berlin, 1933 KZ Sachsenhausen. 1936 Flucht. Spanischer Bürgerkrieg; Résistance. »Illegal« in die Schweiz, 1942-1945 Lager; 1944/45 Redaktion »Über die Grenzen«. 1945 Frankfurt; 1947 DDR. Lebt in Ostberlin.

488 *Ballade von den alten und den neuen Wörtern.* Aus: »Über die Grenzen« Nr. 7, 1. Mai 1945.

HERMANN HESSE (1877-1962)
Geb. in Calw. Maulbronn, Basel, Tübingen, Gaienhofen, Bern (seit 1921 Schweizer Staatsbürger), ab 1919 Montagnola bei Lugano.

19 *Das Weglügen . . .* (Stichwort): Brief an Ludwig Fink, Mitte Januar 1932.

71 *Die Betten sind . . .* (Stichwort): Brief an Helen Welti, 27. März 1933. Beide in: »Gesammelte Briefe« Bd. 1, Suhrkamp, Frankfurt/M 1973.

492 *Rigi-Tagebuch.* Aus: »Krieg und Frieden«, Fretz & Wasmuth, Zürich 1946. Jetzt in: »Gesammelte Werke« Bd. 8, Frankfurt 1970.

FRITZ HOCHWÄLDER (geb. 1911)
Geb. in Wien, Dramatiker, seit 1938 in Zürich.

253 *Der Ankauf.* Aus: »Um Wortruba«, Europa, Wien 1967. Jetzt in:»Im Wechsel der Zeit: Autobiografische Skizzen und Essays«, Styria, Graz 1980.

LUDWIG HOHL (1904-1980)
Geb. in Netstal (Glarus). Aufenthalte im Ausland, vor allem in den Niederlanden. Lebte als Schriftsteller in Genf.

187 *Der Igel.* Erstmals erschienen in der Zeitschrift »Die Zeit«, Zürich April 1937. © Suhrkamp, Frankfurt/M.

RUDOLF JAKOB HUMM (1895-1977)
Geb. in Modena. Studium des Physik in Deutschland. Lebte seit 1918 als Schriftsteller in Zürich.

132 *Der Aufruf.* Aus: »Carolin«, Büchergilde Gutenberg, Zürich 1944.
476 *Wenn die Nacht taghell wird.* Aus: Jahrbuch »Die Ernte«, Zürich 1964. Die Erzählung wurde 1943 geschrieben.

MEINRAD INGLIN (1893-1971)
Lebte als Schriftsteller in Schwyz.

312 *Fiebertraum eines Leutnants.* Erstdruck: »Schweizer Monatshefte«, Zürich 1961 (Heft 5). Jetzt in: »Erzählungen I«, Atlantis, Zürich 1968.

WERNER KAEGI (geb. 1901)
Geb. in Zürich. Studium der Geschichte in Florenz und Paris. Zeitungskorrespondent, 1934-1971 Geschichtsprofessor an der Universität Basel.

481 *Nun wird uns eine ...* (Stichwort). Aus: »Zwischen gestern und morgen«, in: »Historische Meditationen« Bd. II, Fretz & Wasmuth, Zürich 1946.

PAUL KLEE (1879-1940)
Geb. in Münchenbuchsee (Bern). 1898 München, Reisen nach Nordafrika. 1916-1918 Kriegsdienst. 1920 Bauhaus Weimar, 1925 Dessau; 1931 Kunstakademie Düsseldorf. 1933 fristlos entlassen. Lebte seither in Bern. Gest. in Locarno-Muralto. (Vgl. Bildregister)

451 *Traum: Ich finde ...* (Stichwort). Aus: »Gedichte«, Arche, Zürich 1960. (1914 geschrieben).

PEIDER LANSEL (1863-1943)
Geb. in Pisa. Lebte seit 1934 in Sent und Genf.

389 *Beim Radiohören.* Aus: »Ouvras da Peider Lansel, chüradas dad Andri Peer«, Verlag der Lia Rumantscha, 1966. Erstdruck im »Fögl Ladin«, Samedan 1940. (Ü*)

ELSE LASKER-SCHÜLER (1869-1945)
Geb. in Wuppertal-Elberfeld. 1909-1933 vorwiegend in Berlin. Exil: 1933-1938 in der Schweiz (Zürich und Ascona), dazwischen erste Reise nach Israel und Ägypten. Seit 1938 endgültig in Jerusalem.

71 *Die Verscheuchte.* Aus: »Mein blaues Klavier«, Jerusalem Press, Jerusalem 1943. Jetzt in: »Sämtliche Gedichte«, Kösel-Verlag, München 1966. Das Gedicht ist 1933 in Zürich entstanden; eine erste Fassung mit dem Titel »Das Lied der Emigrantin« befand sich im Besitz von Dr. J. Job (damals Radio Zürich) mit dem Vermerk der Autorin: »Von vorgestern neu«.

CÉCIL LAUBER (1887-1981)
Lebte als Schriftstellerin in Luzern.

130 *Arbeiter in der Erde.* Aus: »Gesammelte Gedichte«, Tschudy-Verlag, St. Gallen 1955. Jetzt in: »Gesammelte Werke«, Benteli, Bern 1970 ff.

MAX WERNER LENZ (1887-1973)
Geb. in Kreuzlingen. Als Schauspieler in verschiedenen Städten Europas. 1931 Rückkehr in die Schweiz. Lebte als Schriftsteller und Dramatiker in Zürich.

93 *Menschen ohne Pass* (Cabaret Cornichon 1934). Aus: »Cabaret Cornichon«, Hg. v. Elsie Attenhofer, Benteli, Bern 1975.
297 *Fahrerin Scherrer* (Auszug). Aus: »Fahrerin Scherrer«, Büchergilde Gutenberg, Zürich 1946 (Die Handlung spielt im Sommer 1940).

WALTER LESCH (1908-1958)
Nach Auslandaufenthalten 1932 Rückkehr nach Zürich. Dramatiker. Gest. in Küsnacht bei Zürich.

235 *Choral der Rüstungsindustriellen* (Cabaret Cornichon 1934). Aus: »Cabaret Cornichon«, hg. v. Elsie Attenhofer, Benteli, Bern 1975.

CARL ALBRECHT LOOSLI (1877-1959)
Geb. in Schüpfen (Bern). Verschiedene Er-

ziehungsanstalten. Fünf Jahre in Frankreich. Nach der Rückkehr (1902): Rüegsauschachen, Bern.

143 *Unsere Konzentrationslager.* Aus: »Administrativjustiz und schweizerische Konzentrationslager«, Streitschrift, Selbstverlag, Bern 1939. © Huber, Frauenfeld.

THOMAS MANN (1875-1955)
Geb. in Lübeck. Ab 1893 in München. Exil 1933: Arosa, Lugano, Küsnacht bei Zürich; 1938 USA, ab 1940 Rundfunkansprachen »An deutsche Hörer«. 1947 und 1949 Europareisen. 1952 Rückkehr in die Schweiz: Kilchberg bei Zürich.

54 *Die Dinge sind erkannt und durchschaut.* Aus: »Tagebücher 1933-1934«, hg. v. Peter de Mendelsohn, S. Fischer, Frankfurt 1977.

207 *In Spanien wütet das Interesse ...* (Stichwort). Aus einem Aufruf, u. a. im »Öffentlichen Dienst« Nr. 12, Zürich, 19. März 1937.

RICHARD B. MATZIG (1904-1951)
Geb. in Luzern. Germanist. 1934 Rio de Janeiro, 1935-1940 Ascona. Darnach St. Gallen. Gest. in Zürich.

36 *Notturno.* Ausschnitt aus: »Notturno, eine neuzeitliche Harlekinade«, geschrieben für die Marionetten von Ascona 1937. Erstdruck: Volksverlag, Elgg 1938. Neuausgabe, hg. v. Hans Rudolf Hilty. Die Quadratbücher, St. Gallen 1964.

HANS MAYER (geb. 1907)
Geb. in Köln. Berlin. Exil: 1935 Schweiz, 1937 Frankreich, 1940 wieder Schweiz; Lager; Redaktion der Flüchtlings-Zeitschrift »Über die Grenzen« 1944/45. 1945 Frankfurt, 1948-1963 Leipzig, dann Hannover. Lebt in Tübingen.

482 *Eine Stimme aus dem Zuschauerraum.* Aus: »Theater–Meinungen und Erfahrungen«, Schriftenreihe »Über die Grenzen«, 4, Affoltern a/A 1945.

LEO VON MEYENBURG (1886-1936)
Geb. in Schaffhausen. Dresden, Zürich, Florenz. Ab 1922 in Frankreich. Gest. in Sceaux (Departement Seine).

138 *Vorstadtäcker.* Aus: »Leidende Landschaften, Orell Füssli, Zürich o.J.

JO MIHALY (geb. 1902)
Geb. in Posen. An verschiedenen deutschen Bühnen Ausdruckstanz mit politischen Inhalten. Exil: 1933 Zürich. Initiierte politische Kulturprogramme. Lebt seit 1949 in Ascona.

98 *Doktor Franz Hennig, Ausländer.* Aus: »Die Steine«, Verlag Heinrich F. C. Hansmann, Stuttgart 1946.

ALFRED MOMBERT (1872-1942)
Geb. in Karlsruhe. Heidelberg, Leipzig, München, Berlin. Grosse Afrikareisen. 1940 KZ Gurs. 1942 durch Schweizer Freunde losgekauft. Gest. in Winterthur.

6 *Alles ist hier.* Aus: »Der himmlische Zecher«, Insel-Verlag, Wiesbaden 1947.

EUGENIO MONTALE (geb. 1896)
Geb. in Genua. Rom, Erster Weltkrieg, ab 1928 in Florenz. Reisen nach Frankreich, England, Deutschland usw. Während des Zweiten Weltkriegs im Untergrund, gelegentlich in der Schweiz, wo 1943 als erster Band der Reihe »Collana di Lugano« der Gedichtband »Finisterre« herauskam; er wurde später Bestandteil des Bandes »La bufera e altro«. Seit 1948 in Mailand.

346 *Der Hitler-Frühling.* »Primavera hitleriana« in: »La bufera e altro«, Venezia 1956. Die Ü erschien zuerst in: »Europa heute«, hg. v. Hermann Kesten. Kindler Verlag, München 1962.

CLÉMENT MOREAU
(s. Bildregister)

71 *In den fortschrittlichen Kreisen ...* (Stichwort). Aus: Werner Mittenzwei: »Carl Meffert – Clément Moreau«, Henschel Verlag, Berlin/DDR 1977

HANS ALBRECHT MOSER
(1882-1978)
Geb. in Goritza (Italien). 1897 Übersiedlung in die Schweiz. Studienaufenthalte in Italien und Deutschland. Lebte seit 1911 als Klavierlehrer und Schriftsteller in Bern. Lange Aufenthalte in den Bergen.

323 *Der Mord.* Aus: »Aus dem Tagebuch eines Weltungläubigen«, Tschudy, St. Gallen 1954.

HANS MÜHLESTEIN (1887-1969)
Geb. in Biel. Lehrer in Allmendingen (Bern). Dramaturg in mehreren deutschen Städten. Professor für Kulturgeschichte in Frankfurt am Main und Leipzig. 1933 fristlos entlassen. Lebte seit 1935 als Schriftsteller und Übersetzer in Zürich. 1937 vor Gericht wegen Aufrufs zur Unterstützung der Republik.

216 *Los Dinamiteros.* Aus: »Aurora. Das Antlitz der kommenden Dinge«, Jean-Christophe-Verlag, Zürich 1935.

ROBERT MUSIL (1880-1942)
Geb. in Klagenfurt. Ausbildung zum Ingenieur (Assistent an der Technischen Hochschule Stuttgart), dann Studium der Physik und Philosophie. Bibliothekar und Redaktor. Seit 1922 Schriftsteller in Wien und Berlin. Exil: 1938 Schweiz, ab 1939 Genf.

237 *Die Zwangsarbeitslager . . .* (Stichwort): Tagebuch-Aufzeichnung, ohne Datum. Aus: »Tagebücher«, S. 802, Rowohlt 1976.

237 *Der Mensch im Exil.* Zit. in: Wilfried Berghahn, »Robert Musil«. Rowohlt, 1963.

RAYMOND PITTET (geb. 1919)
Sportjournalist in Lausanne. Hat immer wieder »authentische« Episoden »de chez nous« erzählt und geschrieben, sie aber erst kürzlich in einem Buch gesammelt.

328 *Der verirrte Jude.* Original: »Le juif aberrant«, aus: »Les années douces-amères«, Piantanida, Lausanne 1980. (Ü*)

CHARLES FERDINAND RAMUZ
(1878-1947)
Geb. in Cully bei Lausanne. Studierte in Lausanne und Bern. Arbeitete 1902-1914 in Paris. Lebte seither als Schriftsteller in der Schweiz, nach 1930 in bewusster Zurückgezogenheit in Pully bei Lausanne.

10 *Bedürfnis nach Grösse* (Auszüge). Frz. »Besoin de grandeur«, Lausanne 1937. Ü aus: »Werke in 6 Bänden«, Huber, Frauenfeld 1972 ff.

287 *Geburt.* Frz. »Journal 1895-1942«; Ü aus; »Tagebuch« Lausanne 1943, Steinberg-Verlag, Zürich 1950. © Marianne Olivieri-Ramuz, La Muette, CH-1009 Pully.

381 *Die Rückkehr des Toten.* Aus: frz. »Nouvelles«. Lausanne 1944; Ü »Vater Antilles und andere Novellen«, Steinberg, Zürich 1948. Auch in: »Pastorale und andere Erzählungen«, Diogenes, Zürich 1963. © wie S. 287.

481 *Befreiung Frankreichs . . .* (Stichwort). Aus: »Journal 1942-1947«, Lausanne 1949. (Ü*) Die Aufzeichnung stammt aus dem September 1944.

JOSEF REINHART (1875-1957)
Geb. in Rüttenen bei Solothurn. Studium an schweizerischen und deutschen Universitäten. 1912-1945 Seminarlehrer in Solothurn.

130 *'s Fabriggemeitli.* Aus: »Im grüene Chlee«, Sauerländer, Aarau 1948.

WERNER RENFER (1898-1936)
Geb. in Corgémont. Nach Beginn eines Agronomie-Studiums in Zürich Flucht nach Paris (1921). Mit seiner Frau 1923-1924 Versuch eines Lebens als Selbstversorger auf der Ile du Levant. Abschluss des Studiums. 1925-1936 Lokalredaktor und Schriftsteller in Saint-Imier. Wenige Tage vor seinem Tod vom Zeitungsverleger auf die Strasse gestellt. Die »Oeuvres«, hg. v. P. O. Walzer, Société Jurassienne d'émulation, Porrentruy 1958, enthalten wichtige nicht zu Lebzeiten publizierte Texte.

359 *Sind die Flugzeuge . . .* (Stichwort) Aus: »Oeuvres«, Bd. 1 (s. o.)

451 *Kommen wird die Zeit.* Frz. (ohne Titel) in: »Oeuvres« Bd. 1 (s.o.); Ü erstmals in: »Hortulus«, hg. v. Hans Rudolf Hilty, Heft 34, St. Gallen 1958.

TULLIO RIGHI
Lebensdaten nicht festzustellen.

348 *Fünf Partisanen.* Aus dem Schlussteil der gleichnamigen Erzählung, Büchergilde Gutenberg, Zürich 1944. Im Buch steht die Zeitangabe »September/Oktober 1943« und der Hinweis auf ein (offenbar ungedrucktes) Original: »I compagni di settembre«.

RAINER MARIA RILKE (1875-1926)
Geb. in Prag. Aufenthalte in Deutschland, Frankreich und Italien. Reisen nach Russland und Ägypten. Seit 1919 in der Schweiz, von 1921 bis zum Tod: Schlösschen Muzot im Wallis.

19 *Für mich, so wie ich ...* (Stichwort). Brief vom 2. Februar 1923. Aus: »Briefe an eine junge Frau«, Inselbücherei, Leipzig 1930. Neuere Werk- und Briefausgaben Rilkes: Insel, Frankfurt/M.

GUSTAVE ROUD (1897-1976)
Geb. in Saint-Légier. Studium in Lausanne. Lebte als Schriftsteller und Übersetzer in Carrouge (Waadt).

20 *Reisebilder aus der Toscana.* Teil von »Petit voyage«, in: »Feuillets«,Mermod, Lausanne 1929; seit 1950 mit andern Texten vereinigt zu »Ecrits I«, zuerst Mermod, heute Bibliothèque des Arts, Lausanne. (Ü*)

DENIS DE ROUGEMONT (geb. 1906)
Geb. in Neuchâtel. Bis 1935 Schriftsteller, Verleger und Universitätslektor in Frankreich. 1935/36 Französischlektor an der Universität Frankfurt a. M., 1941-1946 in den USA. Seit 1968 Direktor des »Centre Européen de la Culture« in Genf.

62 *Tagebuch aus Deutschland.* Aus: »Journal d'Allemagne«, Gallimard, Paris 1938. (Ü*)

452 *Utopien.* Aus: »Lettres sur la bombe atomique«, Gallimard, Paris 1946. (Ü*)

43 *Sich um die kleinen wahren Vorfälle ...* (Stichwort). Aus: »Tagebuch eines arbeitslosen Intellektuellen«, Büchergilde Gutenberg, Zürich 1938. (Frz. »Journal d'un intellectuel en chômage«, Gallimard, Paris 1937).

MAX RYCHNER (1897-1965)
Geb. in Lichtensteig. 1922-1931 Redaktor der »Neuen Schweizer Rundschau«, 1933-1937 Korrespondent der NZZ in Köln, 1937-1939 Redaktor am »Bund« (Bern), 1939-1962 an der »Tat« (Zürich).

377 *Palaver mit Marie.* Aus: »Glut und Asche«, Manesse, Zürich 1945.

JEAN RUDOLF VON SALIS (geb. 1901)
Geb. in Bern. Studium der Geschichte vor allem in Paris. 1930-1935 Pariser Korrespondent verschiedener Schweizer Zeitungen. 1935-1968 Professor für Geschichte in französischer Sprache an der ETH Zürich. 1940-1947 wöchentliche »Weltchronik« am Schweizer Radio. 1952-1964 Präsident der Stiftung Pro Helvetia.

372 *Betrachtungen zur Kriegsweihnacht 24. Dezember 1943.* Aus: »Weltchronik 1939-1945«, Orell Füssli, Zürich 1966.

JEAN PAUL SAMSON (1894-1964)
Geb. in Paris. Sekretär der »Etudiants socialistes révolutionnaires«. Kam 1917 als Kriegsdienstverweigerer in die Schweiz. Gründete 1953 die Zeitschrift »Témoine« (»Poésie et révolution, internationalisme et liberté«). Lebte als Herausgeber, Schriftsteller und Übersetzer in Zürich.

280 *Exodus nach Sachseln.* Aus: »Diasporades/Journal insoumis«, Zeitschrift »La tour de feu«, Heft 73, Jarnac (Frankreich) April 1962. (Ü*)

ANTOINE DE SANT-EXUPÉRY
(1900-1944)
Geb. in Lyon. Flugpionier und Schriftsteller. Als Kriegspilot im Luftkampf bei Korsika getötet.

389 *Es gilt nicht, gefährlich zu leben . . .* (Stichwort). Aus »Terre des hommes» (dt. »Wind, Sand und Sterne«). In der Genesungszeit nach einem Flugunfall hat der Autor das Buch in New York, Frankreich und im Sommer 1938 in der Schweiz geschrieben.

KARL SCHÖLLY (geb. 1902)
Geb. in St. Gallen. Studium in Deutschland abgebrochen. Wanderungen in Frankreich. Lebt als Schriftsteller in St. Gallen, bis zum Rentenalter mit dem Brotberuf seines »Kanzlisten«.

223 *Der ewige Wächter.* Aus: »Der ewige Wächter«, Geschichten, Tschudy, St. Gallen 1946.

FRANZ ROBERT SCHÖNI (1841-1876)
Geb. in Erlach. Kantonsschullehrer in Bern. 1872/73 im damaligen spanischen Bürgerkrieg und bei der Ausrufung der (kurzlebigen) ersten Republik. Kehrte nach der Restauration der Bourbonen »mit gebrochenem Herzen« zurück. (Hat der Leser gemerkt, dass in diesem einen Fall ein Text aus dem letzten Jarhundert eingeschoben wurde? Zum Beweis, dass auch die Teilnahme von Schweizern an Kämpfen für eine spanische Republik ihre Tradition hat – und zwar eine ganz andere Tradition als jene der »auswärtigen Solddienstes«.)

207 *Republikaner? Monarchist?* Aus: »Gedichte«, M. Fiala, Bern o. J.

SCHWEIZ. GEWERKSCHAFTSBUND

121 *In Deutschland herrscht . . .* (Stichwort). Der Aufruf des SGB-Ausschusses vom 3. März 1933 wurde in allen Gewerkschaftszeitungen und in der linken Presse veröffentlicht. Z. B. »Aufruf gegen den Terror in Deutschland«, in: »Der öffentliche Dienst« Nr. 10, Zürich 10. März 1933.

IGNAZIO SILONE (Secondo Tranquilli) (1900-1978)
Geb. in Pescina (Italien). Wuchs unter abruzzischen Bauern auf, sollte Priester werden. Kriegsdienstgegner, Sekretär der Sozialistischen Jugend in Rom. Mitgründer der KPI; nach der Machtübernahme Mussolinis politische Arbeit im Untergrund und im Ausland. Mehrmals in Moskau. 1929 aus gesundheitlichen Gründen in die Schweiz, lebte von 1930 an vorwiegend in Zürich. Schrieb hier die Romane, die ihn als Schriftsteller bekannt machten, aber auch politische Schriften, die – nach Bruch mit dem Kommunismus – eine humanistisch-sozialistische Gesellschaft im Auge hatten. Ab 1941 Kontakte mit Kreisen des italienischen Widerstandes und zum »Centro Estero del PSI«. Da er ein politisches Manifest mitunterzeichnet hatte, das von der Schweiz nach Italien eingeschleust wurde, kam er 1942 ins Polizeigefängnis (vgl. Ignazio Silone, »Memorial dal Carcere Svizzero«, Lerici, Mailand 1980). Nach der Rückkehr nach Italien 1944 eine Zeitlang Redaktor des »Avanti« und sozialistischer Abgeordneter. Starb in Genf.

72 *Der Fuchs.* Aus: »Die Reise nach Paris«, Novellen, Oprecht, Zürich 1943. Der Band ist nie italienisch erschienen; »Der Fuchs« wurde später zum Kurzroman »La volpo e le camelie« (1960) erweitert. Die »Urfassung« wird als Dokument für die Stimmung der frühen Exiljahre Silones neu gedruckt.

CARL SPITTELER (1845-1924)
Geb. in Liestal. Studium der Rechte und der Theologie. 1871-1879 Hauslehrer in Russland, darnach Gymnasiallehrer, 1890-1892 Feuilletonredaktor der NZZ. Lebte von 1893 an als Schriftsteller in Luzern.

451 *Da poltert auf dem Tier . . .* (Stichwort). Aus: »Der Olympische Frühling« (V/4), Erstausgabe bei Huber, Frauenfeld 1900 ff. Jetzt: »Gesammelte Werke«, Artemis, Zürich 1945 ff.

JESSE THOOR (Peter Karl Höfler) (1905-1952)
Geb. in Berlin. Anarchokommunistischer Schriftsteller im Kreis um Mühsam und Ringelnatz. Exil: 1933 Wien, 1938 Brünn und von dort über die Schweiz nach Lon-

don. Kam 1952 todkrank nach Österreich zurück und starb in Lienz (Osttirol).

119 *Dankrede.* Aus: »Die Sonette und Lieder«, Lambert Schneider, Heidelberg 1956. Jetzt in: »Gedichte«, Suhrkamp, Frankfurt/M 1975. Das Sonett war ein Dank an die Kollegen in Zürich, die geholfen haben, Thoor »illegal« nach London auszuschleusen, so Jo Mihaly und Wolfgang Langhoff.

KURT TUCHOLSKY (1890-1935)
Geb. in Berlin. Studium der Rechtswissenschaft. Satiriker, Erzähler, politischer Publizist, 1927 ein Jahr Herausgeber der »Weltbühne«, aber schon seit 1924 als Zeitungskorrespondent meistens im Ausland: vor allem Frankreich und Schweden. Ab 1929 Wohnsitz Hindås (Schweden). Wurde 1933 von Deutschland ausgebürgert, während er gerade in der Schweiz war (Zürich, Tessin). Nahm sich im schwedischen Exil das Leben.

359 *Der fromme Angler* (Teilabdruck). Aus: »Gruss nach vorn«. Eine Auswahl von Erich Kästner, Rowohlt 1948. Jetzt: »Ausgewählte Werke«, »Gesammelte Werke«, bei Rowohlt, Reinbek bei Hamburg.

ADRIEN TUREL (1890-1957)
Geb. als Schweizer Staatsbürger in St. Petersburg (Leningrad). Lebte 1891-1900 im Waadtland, 1900-1934 in Berlin, die zweite Hälfte des Jahres 1934 in Paris, von 1935 an in Zürich. Schriftsteller und »Sozialphysiker«. In der Berliner Zeit war Turel zusammen mit Harro Schulze-Boysen (später Mitglied der Untergrund-Organisation »Rote Kapelle«) Redaktor der Zeitschrift »Der Gegner«.

43 *Das Verhör.* Aus: »Bilanz eines erfolglosen Lebens«, Auswahl von Hugo Loetscher, Huber, Frauenfeld 1976. (Über das Gestapo-Verhör gibt es im Nachlass mehrere Aufzeichnungen aus verschiedenen Jahren; Stiftung Adrien Turel, Mikrofilme in der Zentralbibliothek Zürich.)

CHARLES FERDINAND VAUCHER (1902-1972)
Geb. in Basel. Rechtsstudium, dann Schauspielschule in Genf. Regieassistent von Louis Jouvet in Paris. Spanischer Bürgerkrieg. Schöpfer des Films »Farinet« (nach Ramuz). Ab 1940 Textautor und Regisseur beim Cabaret Cornichon in Zürich, später Radio-und Fernsehmitarbeiter.

214 *Das Dasein kleiner Leute.* Aus: »Heute und Morgen«, Heft 1, Zürich Juni/Juli 1938.

FRANÇOIS VILLON (1431-1489)
Spätmittelalterlicher französischer Balladensänger mit abenteuerlichem Lebenslauf.

389 *Ihr Menschenbrüder...* (Stichwort). So beginnt der »Totenspruch des François Villon für sich und seine Gefährten in Erwartung des Galgens 1462«. Nachdichtung von Richard B. Matzig aus: »Die Gedichte«, Zollikofer, St. Gallen 1961.

TRAUGOTT VOGEL (1894-1975)
Geb. in Zürich. Studien in Genf und Berlin. Lebte als Lehrer, Schriftsteller und Herausgeber in Zürich.

390 *Trauriges Glück.* Aus: »Leben und Schreiben«, Orell-Füssli, Zürich 1975.

ROBERT WALSER (1878-1956)
Geb. in Biel (Bern). Arbeitete mit vielen Unterbrechungen und zahlreichem Stellenwechsel im Bankwesen, als Diener, so in Zürich, Berlin (1905-1913), Biel, Bern. Daneben entstehen Gedichte, Romane und Kurzprosa. 1929-1933 in der Berner Heil- und Pflegeanstalt Waldau interniert, dann bis zum Tod in Herisau.

43 *In Herisau habe ich nichts mehr...* (Stichwort). Aus: Carl Seelig, »Wanderungen mit Robert Walser«, Tschudy, St. Gallen 1957 (Neuausgabe bei Suhrkamp, Frankfurt am Main 1977).

JULIE WEIDENMANN (1887-1941)
Geb. in Basel. Lehrerin, dann Pfarrfrau und

Schriftstellerin, ab 1931 in St. Gallen.

33 *Wenn morgen.* Aus: »Worte in die Zeit gesprochen«, Fehr, St. Gallen 1936. (Später: »Gesammelte Gedichte«, Tschudy, St. Gallen 1943.)

FRANZ WERFEL (1890-1945)
Geb. in Prag. Zeitweise Verlagslektor in Leipzig. Ausgedehnte Reisen. Lebte in Berlin, in Italien, hauptsächlich in Wien, als Dramatiker und Lyriker. Exil: 1938 über die Schweiz nach Frankreich, 1940 über Portugal nach den USA. Letzter Wohnsitz: Beverly Hills (Kalifornien).

119 *Die Zimmer meines Lebens.* Erstdruck in: »Mass und Wert«, Heft 6, Zürich 1938. Jetzt in: «Gesammelte Gedichte«, S. Fischer, Frankfurt am Main 1953.

WERNER ZEMP (1906-1959)
Geb. in Zürich. Studium der Germanistik und Altphilologie. 1945-1953 Lehrer an der Töchterschule. Lyriker und Übersetzer. Aufgabe des Lehramts und Übersiedlung in den Tessin. Gest. in Mendrisio.

284 *Zwei Briefe.* Aus: »Das lyrische Werk/Aufsätze/Briefe«, hg. v. Verena Haefeli, Atlantis, Zürich 1967.

HELENE ZIEGLER (1884-1942)
Lebte als Schriftstellerin in Zürich

370 *Unsichtbares.* Aus: »Tag und Traum«, eine Sammlung deutschweizerischer Frauenlyrik, Rascher, Zürich o. J.

ALBIN ZOLLINGER (1895-1941)
Geb. in Rüti (Zürich). 1903-1907 in Argentinien aufgewachsen. Lehrerseminar. Ab 1923 Lehrer in Zürich-Oerlikon. Grössere Reisen: Deutschland, Frankreich, Griechenland, Italien. Redaktor der Literaturzeitschrift »Die Zeit«. Intensive schriftstellerische Arbeit (Lyrik, Roman) neben Schule und Grenzdienst.

19 *Labyrinth der Vergangenheit.* Erstdruck: »Die Zeit«, Mai, Bern 1936.

131 *Advent der Fabrikmädchen,* Erstdruck: »Gedichte«, Rascher, Zürich 1933.

131 *Die beiden Spanien,* Aus: »Die Zeit«, August, Bern 1937.

250 *Die Rüstungsmagnaten.* Aus der kabarettistischen Szenenfolge »Opera buffa«, entstanden um 1935, bisher gedruckt nur in der Zeitschrift »Hortulus«, Heft 48, St. Gallen 1960.

297 *Ich bin gedrängt . . .* (Stichwort), Brief an Traugott Vogel vom 25. September 1937; in: A. Z., »Briefe an einen Freund«, Tschudy, St. Gallen 1955. Für alle Texte © Artemis, Zürich

Bildregister

RENÉ AUBERJONOIS (1872-1957)
Geb. in Lausanne, ab 1901 in Paris. 1914 Rückkehr, enge Freundschaft und Zusammenarbeit mit Ramuz.

151 *Gefängnisspaziergang.* Bleistift auf Papier, 13,2 x 16,4. Foto: Schweizerisches Institut für Kunstwissenschaft, Zürich (SIK)

383 *Boot an Seeufer.* Bleistift auf Papier, 17 x 13,3. Foto: SIK

ALFRED BERNEGGER (1912-1978)
Geb. in Luzern. Seit den späten Dreissigerjahren Maler, Illustrator und Grafiker in Zürich. Entwarf während des Krieges Soldatenmarken und Karten.

103 *Liegender.* Holzschnitt, 20 x 26. Foto: Guggenbühl

M. BRASDOS
Pseudonym für einen in verschiedenen Zeitschriften vertretenen Künstler, vermutlich Emigrant.

41 *Menschen?* Aus: »Das Flugblatt«, Nr. 12, Bern 18. Juni 1932, Titelblatt.

FRITZ BUCHSER (geb. 1903)
Lehre als Holzbildhauer. Seit 1931 in Zürich als Holzschneider und Illustrator.

433 *Der Verfolgte,* 1934. Holzschnitt, 32 x 11,5.

EMIL BURKI (1894-1952)
Ausbildung als Grafiker, dann v.a. Holzschneider. Mitarbeit u.a. am »Nebelspalter« und »Grünen Heinrich«. Mitbegründer der Holzschneidervereinigung »Xylos«.

35 *Hinter der Friedenspalme schmiedet man das Schwert.* Aus: »Das Flugblatt«, Nr. 30, 22. Dezember 1932.

HEINRICH DANIOTH (1896-1953)
Geb. in Altdorf, Malerlehre in Basel, Büroangestellter aus Notlage, ab 1931 in der Innerschweiz. Wandbilder, auch Glasmalerei, Entwürfe für Theaterdekorationen, Karikaturen im »Nebelspalter«.

363 *Föhnwächter.* Skizze zu »Föhnwacht«, 1944. Bleistift auf Papier, 59 x 27,5. Foto: Danioth-Archiv.

HANS ERNI (geb. 1909)
Lehre als Vermessungstechniker und Bauzeichner. Längere Aufenthalte u.a. in Paris, zunächst durch die Abstrakten beeinflusst. 1939 grosses Wandbild (»Die Schweiz, das Ferienland Europas«) für die Landesausstellung, entwirft bis in die Nachkriegszeit Plakate für die Arbeiterbewegung.

455 Titelblatt aus: »Über die Grenzen«, Nr. 12, Oktober 1945.

ALBERTO GIACOMETTI (1901-1966)
Ab 1922 in Paris, gehört der Gruppe der Surrealisten an. Arbeitet anfangs der Dreissigerjahre an Plastiken, die die Bedrohung und Vernichtung des Menschen im Krieg vorwegnehmen. 1940-45 vorübergehend in Genf. Bleibt in kritischer Distanz zur Schweiz und weigert sich, der Mobilisation Folge zu leisten.

17 *Pointe à l'oeuil,* 1931-32. Federzeichnung in Tusche, 9 x 11,6. Foto: A. Giacometti-Stiftung, Zürich.

PAUL KLEE (1879-1940)
Geb. in Münchenbuchsee bei Bern. Ab 1920 Lehrtätigkeit am Bauhaus. 1933 nach Entlassung an der Akademie Düsseldorf Rückkehr nach Bern. Nach einem Arbeitsunterbruch entsteht 1937-40 das Spätwerk mit verschlüsselten und symbolhaften Bezügen zum Zeitgeschehen.

193 *Angstausbruch,* 1939. Federzeichnung mit Tinte, 27,1 x 21,5. Foto: Kunstmuseum Bern.

295 Das Spiel artet aus, 1940. Bleistiftzeichnung, 20,9 x 29,7. Foto: Kunstmuseum Bern.

ALEXANDRE MAIRET (1880-1947)
Maler und Illustrator, u.a. für die Zeitschrift »Le Reveil Anarchiste«.

351 *Sozialer Frieden,* 1926. Holzschnitt, 25,5 x 19. Gedruckt in: »A. Mairet, Gravures Politiques«, Editions Octogones, Saint-Pierre-de-Clages 1980.

AIMÉE MONTANDON (geb. 1913)
Geb. in Neuenburg, lebt dort. Grafikerlehre, 1936-39 in Paris. Die Radierungen der Dreissigerjahre stehen unter dem Eindruck der Grausamkeiten des Spanischen Bürgerkriegs.
205 *Die Gehenkten,* 1936. Tuschzeichnung, 163 x 202. Foto: Kunsthaus Zürich.

MAX VON MOOS (1903-1979)
Geb. in Luzern, dort ab 1932 Fachlehrer an der Kunstgewerbeschule. Seit 1936 in der Künstlergruppe »Allianz«. Durch Konrad Farner mit den Ideen des Sozialismus bekannt. Viele Bilder der Dreissiger- und Vierzigerjahre zeugen von der Betroffenheit durch Spanischen Bürgerkrieg, Weltkrieg und Bedrohung durch die Atombombe.
243 (Ohne Titel), 1947. Federzeichnung mit Tusche, 42 x 59,5. Gedruckt in: Peter Thali, »Max von Moos«, Scheidegger, Zürich o. J.

CLEMENT MOREAU (geb. 1903)
Geb. in Koblenz, aufgewachsen in Erziehungsanstalten. Gelegenheitsarbeiten, ab 1927/28 erste Linolschnittzyklen mit sozialen Themen. Arbeitet für KPD-nahe Zeitschriften und Verlage. 1930-32 in der Künstlersiedlung Fontana Martina, ab 1932 in Basel, Zürich und Genf. 1935-1961in Argentinien. Lebt in Zürich und St. Gallen.
165 *Flugblatt, 1932.* Mit Linolschnitt »Aufrüttelung«, 18 x 13,5.
317 Aus dem Zyklus »Nacht über Deutschland«, 1940.
403 ebenso.

THEO OTTO (1904-1968)
Bühnenbildner und Illustrator, lernt zuerst Maschinenbau. Ab 1925 Arbeit an zahlreichen Bühnen in Deutschland, 1933 ans Zürcher Schauspielhaus (weit über 100 Bühnenbilder). Nach Kriegsende wieder internationaler Wirkungskreis.
485 *Thornton Wilder, Wir sind noch einmal davongekommen.* Bühnenbild zur europäischen Uraufführung 1944 in Zürich. Gedruckt in: »Teo Otto, Skizzen eines Bühnenbildners«, Tschudy, St. Gallen 1964.

ALDO PATOCCHI (geb. 1907)
Holzschnittzyklen zu Landschaften und Bauernleben im Tessin, Lebt in Cadempino.
125 *Die Arbeitslosen.* Holzschnitt, gedruckt in: »Das Flugblatt«, Nr.12, Bern 18. Juni1932.

GREGOR RABINOVICH (1884-1958)
Geb. in Leningrad, ab 1915 in Zürich. Zeichner, Karikaturist. Regelmässig Titelbilder für »Nebelspalter« zur Weltpolitik.
307 *Trotzdem böggen wir weiter!!* Titelblatt »Nebelspalter« Nr. 7, Rorschach 17. Februar 1939. 32 x 23.

WERNER SCHAAD (1905-1979)
Geb. in Stein am Rhein. Ab 1924 längere Aufenthalte v.a. in Paris. Surrealist. Zieht sich 1935 endgültig in die Provinz zurück. Ende der Dreissigerjahre Bilder zu Krieg und Revolution.
65 *Zeichnung I.* Feder/Tusche. 25 x 18. Gedruckt in: Grütter/Unger/Schaad, »Werner Schaad«, Schaffhausen 1981.

ROBERT SCHÜRCH (1895-1941)
Geb. in Aarau, zieht sich 1922 ins Tessin zurück. Seit den späten Zwanzigerjahren sozialkritische Zeichnungen mit existenziellem Charakter. Faszination durch Aussenseiter und Ausgestossene.
221 (Ohne Titel) Aus: »ABC«, 9. Sept. 1937.

LOUIS SOUTTER (1871-1942)
Geb. in Morges, Architekturlehre, Violinstudium. Lebte ab 1923 im Altersasyl Ballaignes, wo unzählige Federzeichnungen und mit den Fingern gemalte Bilder als Ausdruck der Einsamkeit und Verzweiflung des Menschen entstanden.

23 *Seuls.* Fingerzeichnung in Schwarz auf Papier, 64,9 x 50. Standort: Musée Cantonal des Beaux-Arts, Lausanne. Foto: SIK.

VARLIN (Willy Guggenheim)
(1900-1979)
Geb. in Zürich, 1922-32 in Paris, nach 1937 in Zürich. Karikaturen und realistische Bilder von Zürich und seinen Randexistenzen. Während dem Krieg parodistische Szenen aus dem Aktivdienst.

81 *Motta übt den römischen Schritt* (Anspielung auf die Mussolini-freundliche Politik von Bundesrat Motta). Aus: »ABC«, 17. Februar 1938.

181 *Vorläufig satt?* (Nach der Annexion Österreichs). Aus: »ABC«, 17. März 1938.

WALTER KURT WIEMKEN
(1907-1940)
Geb. in Basel, beeinflusst durch Expressionismus und später Surrealismus. Schon das Erlebnis des Ersten Weltkriegs, später des Spanischen Bürgerkriegs, prägt das Werk, das um Krieg und Frieden, soziale Gegensätze, das Elend des Bürgertums kreist.

211 *Der Krieg (Schwarze Schatten),* 1937. Lithografie, 29 x 39,4. Foto: SIK.

473 Niemandsland, 1939 (Buchumschlagentwurf). Tusche auf Papier, 24,6 x 17,2. Foto: SIK

EMIL ZBINDEN (1908)
Geb. in Niederönz. Nach der Lehre als Typograph Grafiker in Leipzig. 1934 Rückkehr nach Bern, u.a. Illustrator für die Büchergilde. Von 1937-54 900 Holzstiche für deren Gotthelf-Ausgabe.

49 *Dimitroff,* 1934. Holzschnitt. Gedruckt in: »Kunst und politische Unterdrückung«, hg. VPOD, 1979.

Unionsverlag

Otto Steiger
Porträt eines angesehenen Mannes
Die Musterbiografie eines kalt planenden, rücksichtslos konsequenten Aufsteigers. Ein Roman über die Frage, wieviel Menschlichkeit auf dem steilen Weg nach oben abgeworfen werden muss. Gehört dem Tüchtigen die Welt?
280 Seiten, 24.80

Werner Wüthrich
Vom Land. Berichte
Aus Gesprächen mit Bauern sind diese Berichte entstanden. Sie zeigen Schicksale und geben Einblick in die Verhältnisse auf dem Land, in den Alltag, die Arbeit und Freizeit, in die Sorgen, den Zorn und die Kämpfe der Bauern. Ein Schlüsselbuch in der aktuellen Debatte über eine verfahrene Landwirtschaftspolitik. Jetzt als Taschenbuch: 212 Seiten, 14.80

Elisabeth Gerter
Die Sticker
Das Epos vom Aufstieg und Niedergang der Ostschweizer Stickereiindustrie. Menschen aus allen gesellschaftlichen Sphären spielen ihre Rolle: Fabrikanten, Politiker, Arbeiter, Bauern. Vor allem aber die Sticker, denen die unbeugsamen Gesetze des Marktes zum Schicksal werden. 440 Seiten, 32.–

Elisabeth Gerter
Die goldene Lüge
Manche von Elisabeth Gerters Erzählungen wirken wie Miniaturen aus der vertrauten Welt der Ostschweiz, in anderen führt die Flucht aus menschlichen und wirtschaftlichen Krisen weit über den alten Lebenskreis hinaus – ins London der Obdachlosen, ins China der Vorkriegszeit, wo der arbeitslose Musterentwerfer zum kolonialen Konzernherrn wird, bis seine »goldene Lüge« zusammenbricht. 300 Seiten, 26.80

Lisel Bruggmann
Not macht erfinderisch
Die Erzählungen und Erinnerungen der Zürcher Arbeiterschriftstellerin zeigen im Alltäglichen die Schwierigkeit auf, als Mädchen und Arbeiterkind zu bestehen, unerfüllte Träume zu begraben und sich doch nicht beugen zu lassen. Mit Fotos von Hans Staub. 160 Seiten, 17.80

Unionsverlag

Yasar Kemal
Memed, mein Falke
Memed, der Bauernsohn, wird zum Räuber, Rebellen und Rächer des Volkes. In der Türkei wird dieser Roman in den Cafés vorgelesen, wandernde Sänger erzählen ihn nach. Kemals Romanfigur ist zu einem Symbol und selbst wieder zu einer Legende geworden. 340 Seiten, 28.–

Yasar Kemal
Die Ararat Legende
Eine alte kurdische Legende, neu erzählt in der Klarheit und dem Reichtum der traditionellen Volkssage. In Kemals Neufassung wird daraus eine Parabel politischer Hoffnung, aber auch menschlichen Unvermögens. Mit Zeichnungen von A. Dino. 160 Seiten, 22.80

Yasar Kemal
Das Lied der tausend Stiere
Das Epos vom Überlebenskampf der letzten türkischen Nomaden, vom Zusammenprall zweier Lebensformen und Denkweisen, des Nomadenlebens mit der industriellen Zivilisation. 300 Seiten, 34.–

Henri Barbusse
Das Feuer
»Barbusse hat tiefer als irgendein anderer vor ihm das Wesen des Krieges durchschaut. Jede Seite seines Buches ist ein Schlag des eisernen Hammers der Wahrheit.« Maxim Gorki. 480 Seiten, 19.80

Dora
Nichts geht mehr
Stationen einer Frau aus dem Milieu
»Dora, eine Prostituierte aus dem Zürcher Milieu, hat ihre Erfahrungen aufgeschrieben. Es ist ein menschlich bewegender Bericht einer Empörung, einer Auflehnung, der auch seine erschreckenden Seiten hat, was die Aufdeckung des Milieus zeigt.« (Basler Zeitung). 240 Seiten, 22.80

Eugene Lyons
Sacco und Vanzetti
Mit der Betroffenheit des Zeitgenossen verfolgt Lyons das Leben und Sterben der beiden italienischen Einwanderer, deren Namen zum Symbol des Justizmords wurden. 256 Seiten, 14.80

Unionsverlag

René Philombe
Bürgerklage
Die Gedichte belegen, warum Philombe ein »Dichter der Revolte und der Humanität« genannt wurde: Zorn und Zuversicht, Schmerz und Stolz sprechen aus ihnen. Sie sprechen von Afrika, vom Druck der Armut und Abhängigkeit, und damit auch von der nachwirkenden Verantwortung Europas. 104 Seiten, 12.80

Hilary Ng'weno
Der Mann aus Pretoria
Ein Thriller aus Afrika. »Da wird nicht politisiert, da läuft Aktion ab. Das unmenschliche Apartheid-System steht im Hintergrund gewissermassen selbstverständlich am Pranger. Davor knistert afrikanische Gegenwart.« (Dt. Allg. Sonntagsblatt) 140 Seiten, 9.80

Roger Mais
Bruder Mensch
Um John Power, den Flickschuster und Rastafari dreht sich dieser Roman über das Leben im Slum von Kingston, Jamaika. Die Gassen in ihrem Strudel von Überlebenskampf und Elend, von Liebe und Totschlag, kleinen Gaunereien, hochfliegenden Träumen und enttäuschten Hoffnungen werden zum »menschlichen Universum«. 240 Seiten, 14.80

Gil Tucker
Teer und Tempel
Das brutalisierte Leben im Slum, die Suche nach der Identität, der Kampf gegen Armut und Unwissenheit – diese Grundprobleme Jamaikas werden in Gil Tuckers Texten verarbeitet, oft lyrisch gebrochen, dann wieder in direkten Szenen und Essays. 128 Seiten, 13.80

Vinnia Ndadi
Kontraktarbeiter Klasse B
Mein Leben in Namibia
Ein Dokument aus erster Hand über den Alltag der schwarzen Bevölkerung unter dem südafrikanischen Apartheid-Regime. Ndadi erzählt über sein Dorf, seine Familie, über seine Erlebnisse als Kontraktarbeiter und seine allmähliche Entwicklung zum Widerstand. 184 Seiten, 12.80